ULLSTEIN

Das Buch

Mallorca in der Hitze des Sommers. Eine Traumhochzeit ist das gesellschaftliche Ereignis des Jahres. Ysabel, einzige Tochter aus dem Clan der Villalongas, und Felipe, Sohn des mächtigen Anwalts Dr. Jaume Sureda, wollen sich trauen lassen. Gäste aus dem In- und Ausland reisen an, und das Diner mit erlesenen Köstlichkeiten stellt selbst ein königliches Bankett in den Schatten. Doch dann kommt es zu einem dramatischen Zwischenfall. Als das Paar sich in der Kapelle auf dem Familienbesitz das Jawort geben will, stürmt ein unbekannter alter Mann in die Kirche und schleudert den Feiernden Worte des Hasses entgegen: »An Euren Händen klebt Blut! Mörder seid Ihr!« Nur mit Gewalt kann Jaume Sureda den wütenden Alten zum Schweigen bringen. Als der letzte Orgelton verklingt, ist der alte Mann tot. Man feiert trotzdem weiter, trunken von Prunk und Glanz, als wäre nichts geschehen. Aber die Frage bleibt: Ist Mallorcas berühmtester Anwalt ein Mörder? Und: Wer war dieser rätselhafte Alte? Die Liebenden geraten in einen Sog aus Intrigen, Lügen und Familienfehden, die ihr Leben drastisch verändern. Und bald auch ihre Gefühle zueinander ...

Die Autorin

Brigitte Blobel, 1942 in Hamburg geboren und aufgewachsen, studierte Theaterwissenschaft und Politik. Neben ihren Bestsellerromanen schreibt sie Jugendbücher, die mehrfach ausgezeichnet und in 14 Sprachen übersetzt wurden, sowie Drehbücher für Film und Fernsehen. »Brigitte Blobel gehört zu den erfolgreichsten Schriftstellerinnen Deutschlands.« (*Neue Revue*).

In unserem Hause sind von Brigitte Blobel bereits erschienen:
Der Duft des Fremden
Der Ruf des Falken
Schöne der Nacht

Für Lobo

■ El ángel bueno ■

Vino el que yo quería,
el que yo llamaba.

No aquel que barre cielos sin defensas,
luceros sin cabañas,
lunas sin patria,
nieves.
Nieves de esas caídas de una mano,
un nombre,
un sueño,
una frente.

No aquel que a sus cabellos
ató la muerte.

El que yo quería.

Sin arañar los aires,
sin herir hojas ni mover cristales.

Aquel que a sus cabellos
ató el silencio.

Para, sin lastimarme,
cavar una ribera de luz dulce
    en mi pecho
y hacerme el alma navegable.

Rafael Alberti

■ Der gute Engel ■

Es kam der, den ich liebte,
der, den ich gerufen.

Nicht jeder, der schutzlose Himmel fegt,
Gestirne ohne Unterschlupf,
Monde ohne Heimat,
Schnee.
Schnee, wie er einer Hand entrieselte,
ein Name,
ein Traum,
eine Stirn.

Nicht jener, der sich den Tod
ums Haar geschlungen hat.

Der, den ich liebte.

Ohne die Lüfte zu schrammen,
ohne Blätter zu ritzen oder Fenster zu rütteln.

Jener, der sich die Stille
ums Haar geschlungen hat.

Um hier, ohne mir wehzutun,
ein Flußbett lieblichen Lichts in meiner
Brust zu graben
und meine Seele schiffbar zu machen.

Deutsche Übertragung Fritz Vogelsang

Alonso

An diesem Morgen, der wie alle anderen Tage mit einem Seidenhimmel und vollkommener Windstille beginnt, möchte Alonso wetten, daß er noch hundert wird. In der heiligen Stunde des Sonnenaufgangs hält er alles für möglich. Die Welt ist nur für ihn da. Die Gasse schläft, für ihn allein der Tau auf den Oleanderbüschen, die sich durch die Gitterstäbe des Balkons auf der anderen Straßenseite drängen, für ihn allein der Gesang der Vögel, die süße Fäulnis von überreifen Kakifrüchten, der Teergeruch, den er aus der Ferne, vom Hafen zu riechen meint. Die Schönheit verschlossener Persianas in altem Mauerwerk, Stromleitungen, die wie gebündelte Seile an den Fassaden entlangführen, die blasse Sommerfarbe des Himmels, alles nur für ihn, den Alten auf dem Korbstuhl in der Carrer Font Augustín in einem Altstadtviertel von Palma im letzten Sommer des Jahrtausends. Er lehnt den Kopf zurück und fixiert die Madonnenstatue im dritten Stock des Hauses Nr. 25, das seiner Wohnung gegenüberliegt. Eine goldene Madonna in einer Nische, die man aus den Steinen herausgehauen hat. Wenn der erste Sonnenstrahl die Stola der Madonna berührt, entrinnt seiner Brust ein Seufzer. Und er lächelt. Dabei ist er kein gläubiger Mensch, läuft nicht in Kirchen, um zu beten oder für seine Sünden um Verzeihung zu bitten. Wenn er glaubte, es würde helfen, hätte er es längst getan, vor Jahren schon, Jahrzehnten.

Seine rechte Hand streichelt die Hündin, die wie jeden frühen Morgen neben seinem Korbstuhl schläft. Das tut sie schon seit mindestens vierzehn Jahren, die Sommernächte neben ihrem Herrn draußen in der Gasse, von den wenigen Stunden abgesehen, die der Alte in seinem Bett in der Wohnung im zweiten Stock verbringt. Aber im Sommer ist die Wohnung, im Winter kalt und feucht, für ihn zu heiß. Und das Bett zu groß für einen kleinen, alten, einsamen Mann. Lieber schleppt er den Stuhl die zwei Stockwerke hinunter auf die Gasse.

Der Korbstuhl, eigentlich ein Schaukelstuhl, der nicht schaukeln kann, ist von der Sonne gebleicht und von den heftigen Herbstregen, die es vor vielen Jahren einmal gab, aus der Form geraten. Aber der Alte liebt diesen Stuhl wie sonst nichts in seiner Wohnung. Der Kamerad der stillen Nächte in seiner Gasse. Carrer Font Augustín Nr. 22. Da wohnt er, seit fünfzig Jahren. Hier kennt er jeden Pflasterstein, jede schmiedeeiserne Balustrade, er könnte im Schlaf die Schilder über den Ateliers der Handwerker malen, Teulería (Töpferei), Fontanería (Klempner), Electricista (Elektriker).

Alonso hat eine Körperhaltung für diesen Stuhl entwickelt, die ihm größtmögliche Behaglichkeit verschafft. Der Kopf ruht zwischen den Schultern wie in einer Mulde, die Beine leicht gespreizt, so daß er die Gicht in den Knien nicht spürt, der Bauch vorgewölbt, um dem Magen genug Raum zum Verdauen zu schaffen, die rechte Hand streichelt das Fell der Hündin, die neben ihm döst. Um die lästigen Fliegen zu vermeiden, hat sie die Ohren über Augen und Schnauze geklappt, gleichgültig gegen die Schönheit des heranbrechenden Tages.

Die andere Hand des Alten streicht über die Melonen, kühl und glatt, die Manuel, der Gemüsehändler, genau neben seinem Korbstuhl in einer Schubkarre abgestellt hat, noch bevor er auf den Markt gefahren ist, um frisches Gemüse und Obst für den Tag zu kaufen. Sobald er bemerkt, daß Alonso seinen Korbstuhl vor die Haustür schleppt, kommt er schon mit der Schubkarre. Manuel ist zwanzig Jahre jünger als Alonso, der im nächsten Jahr seinen 85. Geburtstag feiern wird, auch er hat weißes Haar und einen Schnurrbart, den er pflegt wie sonst nichts.

Obgleich er geizig und voller Mißtrauen gegen die Ehrlichkeit der Nachbarn ist, überläßt Manuel es dem Alten, die Melonen zu bewachen. Alonso hat ihm einmal erklärt, daß ihn an diesen Früchten nur die Form, die Beschaffenheit der Schale und ihre sanfte Kühle reizt: den Geschmack einer Melone hält er für vollkommen überbewertet. Denn eine Melone, so Alonso, schmeckt wie Wasser, in das man zwei Spritzer Kakisaft gegeben hat.

So, beide Hände angenehm beschäftigt, begrüßt Alonso jeden neuen Tag. Er seufzt, wenn die goldene Madonna aufleuchtet, er begrüßt feierlich den ersten Sonnenstrahl, der auf die Spitzen der Yuccapalme oben im Dachgarten des Hauses Nr. 23 fällt, bevor der gleiche Strahl die Geranienblüten auf dem tieferliegenden Balkon aus ihrer Trägheit weckt.

Die Sonne, denkt Alonso, ist ein Maler, der einen goldenen Pinsel in der Hand hält. Das Fell der Katze, die zwischen Kräutertöpfen auf dem Fenstersims schläft, leuchtet wie die Batterie leerer Weingläser nebenan. Wenn das Licht schon fast das Pflaster der Gasse erreicht hat und die Temperatur um mindestens fünf Grad gestiegen ist, wird der erste Fensterladen aufgestoßen, und immer sind es die dunkelgrünen Persianas vor dem Schlafzimmer der Nadal-Witwe. Es ist der einzige Augenblick des Tages, an dem man diese Frau, die einmal zu den Schönsten des Viertels gehört hat, in einem Kleidungsstück sehen kann, das nicht schwarz ist. Jolanda trägt morgens, wenn sie sich gewaschen, aber noch nicht frisiert hat, einen Kimono aus grüner Seide. Vielleicht das letzte Geschenk ihres Mannes, der sein Leben mit Reisen verbracht hat, ohne seine Frau ein einziges Mal zu bitten, ihn zu begleiten.

Alonso schließt die Augen zu einem Spalt, so daß die mißtrauische Witwe meinen könnte, er schliefe, oder daß er geblendet werde von der Sonne, die in diesem Augenblick sein Gesicht mit dem goldenen Pinselstrich trifft. Denn jetzt beginnt die Nadal-Witwe vor der offenen Balkontür mit ihren Freiübungen. Züchtige Übungen, ein bißchen Kniebeugen und Armekreisen, aber dennoch. Alonso ist mit seinen über achtzig Jahren in einem Alter, wo auch sechzigjährige Witwen in manchen Augenblicken begehrenswert erscheinen.

Da schiebt Bautisata, der Panadero, die eisernen Rollos vor seiner Bäckerei hoch, und wie jeden Morgen verbarrikadiert die Witwe wieder die Balkontüren, als müsse sie immer noch ihre Unschuld hüten.

Dabei kommt jetzt das Schönste: der süße Hefegeruch der Ensaimadas, der auch die Hündin an Alonsos Seite aus ihrem Schlummer weckt. Sie hebt den Kopf, schlägt die Ohren zurück, schaut zu ihrem Herrn hoch und wedelt mit dem staubigen Schwanz. Alonso beugt sich zu der Hündin, ohne jedoch das Streicheln der Melonen für einen einzigen Augenblick zu unterbrechen.

»Schau dir die Welt an, Putanita«, sagt er, »wie schön das alles ist. Schau es dir an, bevor die Gasse sich mit widerlichem Volk füllt. Schau dir so viel Schönheit an, mein Hürchen. Und sei dankbar, daß wir das sehen dürfen.«

Die Hündin wedelt etwas heftiger und legt den Kopf schief, um zu zeigen, daß sie an jedem Wort ihres Herrn interessiert ist. Sie wedelt, als wisse sie, welche Schönheit der Alte meint: Es ist die Schönheit der Friseurgehilfin Magdalena, die im ersten Stock des gegenüberliegenden Hauses lebt, nicht hinter dunkelgrünen, sondern als einzige Bewohnerin der Carrer Font Augustín hinter himmelblauen Persianas. Und es ist der einzige Balkon, der von sich sagen kann: auf mir wächst eine Dattelpalme. Nicht ein einziges Mal hat sie Früchte getragen, aber das ist kein Wunder. Denn warum sollten die Insekten mit dem Blütenstaub der Dattelpalme sich hier in diese Gasse mitten in der Altstadt von Palma verirren, nur um der Palme auf dem Balkon der Friseurgehilfin Magdalena einen Gefallen zu tun. Datteln gibt es im Supermarkt, auf dem Mittwochsmarkt auf der Plaça Europa, Datteln gibt es bei dem geizigen Gemüsehändler, der genau gegenüber wohnt. Man kann eine Dattelpalme auch verehren, wenn sie keine Früchte trägt, dafür jedoch auf einem Balkon wächst, der viel zu klein für sie ist. Inzwischen verdunkelt ihre Krone bereits die Fenster im dritten Stock, und bald wird sie über die Dächer aller Häuser der Gasse Font Augustín hinausgewachsen sein.

Und es gibt bereits eine Bürgerinitiative, die das Halten von Palmen auf Balkonen verbieten will, aus Sicherheitsgründen.

Denn jeden Augenblick kann der Balkon mit der Palme in die Tiefe stürzen, und wer weiß, welche Katastrophen das nach sich zieht.

Aber das stört die schöne Magdalena nicht. Hingebungsvoll hackt sie jeden Morgen mit einem kleinen Spatel die Erde auf, bevor sie die Palme gießt. In einem hauchdünnen Sommerkleidchen beugt sie sich dabei so weit vor, so selbstvergessen, daß Alonsos Finger tatsächlich für einen Augenblick das Streicheln der Melonen vergessen ...

In diesem wohligen Dämmerzustand zwischen Träumen und Wachen empfängt Alonso also jeden neuen Tag wie ein Geschenk. Eine Versöhnung. Ein Trost für alles Gewesene und Vergangene. Als Entschädigung für das im Leben Versäumte. Und es ist ihm, als könne so ein Leben niemals aufhören.

Wenig später zerreißt das Knattern einer Vespa die Zeit der schönen Träume. Teresa, die jeden Montag kommt, um seine Wohnung zu putzen, die Wäsche zu waschen und ihm das Leben schwerzumachen mit ihren Vorhaltungen. Was weiß ein junges Kind wie sie schon über das Leben im Alter. Was hat es sie zu kümmern, ob er im Bett raucht oder wo er die Weinflaschen aufbewahrt. Wenn er es für praktisch hält, eben im Kleiderschrank.

Heute hat der Fahrtwind Teresas Rock über den Knien hochfliegen lassen, und ihre Schenkel leuchten weiß. Die Hündin, die ihre Abneigung gegen Teresa mit Alonso teilt, knurrt leise. Mehr ein Grummeln als ein Knurren, mehr, um Alonsos grimmes Lachen herauszufordern, denn als wirkliche Warnung.

Teresa stellt ihre Vespa an der Hauswand ab und nimmt von dem Hund keine Notiz. Sie hebt das Körbchen vom Gepäckträger, Wäsche, frisch gewaschen und gebügelt, eingeschlagen in einem Tuch. Daneben Putzmittel, die sie unentwegt von seinem Geld anschafft, obgleich sie weiß, daß er ebenso wie die Hündin den Geruch von Lauge, Seife und Scheuerpulver nicht vertragen kann.

»Bon dia, Señor Alonso. Das ist eine Hitze, was? Ich habe heute nacht kein Auge zugemacht. Wie in einem Backofen, habe ich meinem Jorge gesagt, ist es im Haus. Wie in einem Backofen. Die Bettwäsche habe ich nicht geschafft, in der Hitze die großen Stücke bügeln, das ist einfach zuviel, verstehen Sie, da läuft einem der Schweiß zwischen den Brüsten runter.«

Alonso streckt die Beine, bewegt die Zehen und wartet, daß das Blut zirkuliert. Dann rollt er sich etwas zur Seite und gräbt in der Hosentasche nach dem Wohnungsschlüssel.

»Heute werde ich mich gründlich mit der Küche beschäftigen, Señor Alonso«, Teresas Stimme vibriert vor Tatendrang, trotz der Hitze.

Alonso nickt ergeben. Was immer er gegen eine Generalreinigung der Küche einzuwenden hätte: Teresa würde es trotzdem genau so machen, wie sie es sich vorgenommen hat. Manchmal scheint es Alonso wie eine Strafe Gottes, daß er immer von Frauen umgeben ist, die sich nur mit der Kommandosprache des Militärs verständigen. Alonso erlaubt sich die Ansicht, daß alles Militärische Männersache zu sein hat. Und dann ist es in Ordnung. Aber Frauen, die Männer herumkommandieren, sind etwas äußerst Unangenehmes. Eigentlich kennt Alonso nur eine Sorte Frauen, die noch fürchterlicher sind: und das sind Frauen, die ihre Männer einfach wegschikken. Weg aus ihrem Leben. Die irgendwann genug davon haben, mit ihrem Mann weiter Tisch und Bett und Badezimmer zu teilen. Die einfach sagen: Es reicht. Verschwinde aus meinem Leben. Sieh zu, wie du allein zurechtkommst. Aber an diese große Erniedrigung seines Lebens will Alonso so früh an diesem verheißungsvollen Morgen nicht denken.

Statt dessen wird seine Aufmerksamkeit gefangen von einem Fremden in kurzer Hose und formlosem Polohemd, der eine Kamera vor dem Bauch trägt und ehrfürchtig, fast andächtig die Gasse betritt. Er schaut nach rechts, nach links, betrachtet die Bäckerei, den Balkon mit Magdalenas Palme, die goldene Madonna unter dem Dachfirst im dritten Stock des Hauses Nr. 25. Alonso auf seinem Korbstuhl, der nicht schaukeln kann, die Hündin, die Schubkarre mit den Melonen, die Zöpfe aus getrockneten Pimentos, frischem Knoblauch, Tomaten fürs Pa'mb oli, grüne, frische Pinientos, scharlachrote Paprika in der Form eines Schnabelschuhs. Auberginen, groß wie Rugbybälle, Kürbisse, Zucchini, Artischocken, Kapern in Körbchen, getrocknete Aprikosen, frische Aprikosen und Aprikosenkonfitüre, welche die Frau des Gemüsehändlers in ihren schlaflosen Nächten auf dem heimischen Küchenherd kocht.

Der Fremde in der kurzen Hose fotografiert alles, ohne zu fragen. Ohne jemanden zu grüßen. Er hält seine Kamera vor die Augen, weicht zwei Schritte von Alonso zurück, dann noch einen, noch einen, bis er sich an dem Fenstersims des Hauses Nr. 25 den Hinterkopf schlägt. Alonso lacht grimmig, greift nach seinem krummen Stock aus Olivenholz, klopft auf die Schenkel und sagt: »Zeit für's Frühstück, Putanita.«

Bevor der Fremde abdrücken kann, hat sich Alonso mit erstaunlicher Geschicklichkeit aus dem tiefen Stuhl erhoben, die Lehne gepackt und den Stuhl hinter sich her in den Hauseingang gezogen.

Er wartet hinter der Tür, bis der Fremde weitergegangen ist. Dann pfeift er seinem Hund und geht in entgegengesetzter Richtung davon.

Das Barrió, in dem Alonso seit fünfzig Jahren wohnt, gehört nicht zu den Vierteln der Altstadt, welche in Reiseführern angepriesen werden. Hier ist man noch verschont von Touristen. Auch wenn manche Trödler und Töpfer und Verkäufer von Souvenirs das bedauern mögen, ebenso wie der Maler im Haus Nr. 17, der seine Bilder jeden Abend auf die Gasse hinunterträgt und sie, an den Häuserfassaden angelehnt, zum Verkauf anbietet. Er müßte in eine andere Gegend ziehen.

Alonso, der viel Zeit hat, die Fremden zu beobachten, weiß, was sie suchen: das andere Mallorca, das andere Palma, jenes, welches sie aus den Reiseprospekten kennen. Gassen mit malerischen Trödlerläden, in denen man geflochtene Körbe, gußeiserne Straßenlaternen und Keramikgeschirr kaufen kann. Balkone, auf denen es üppig blüht: Oleander und Geranien in Hülle und Fülle, manchmal der betäubende Duft von Küchenkräutern, und dann wieder Leinen mit zarter Wäsche, geöffnete Fenster, hinter denen sich ein Leben abspielt, das die Touristen sich ausmalen, aber nicht wirklich sehen können. Sie stellen sich sowieso immer das Falsche vor: Huren – gekleidet wie Flamenco-Tänzerinnen – bei der Morgentoilette, Hausfrauen im Streit mit dem Dienstmädchen, oder Familienväter, die Wäscherin begrapschend, die sich über einen Trog mit duftender Lauge beugt. Mädchen mit flachen Brüsten, die von einer Karriere beim Film träumen, während ihre nackten Füße über den Steinboden fliegen.

Hier verfolgen alte Männer am Transistor-Radio politische Sendungen in catalanischer Sprache. Auch diese Bars betreten die Touristen nicht. Sie sind ihnen zu schmutzig, zu vulgär, Neon-Lampen, die Tische aus Kunststoff, die Stühle aus Plastik, die Kellnerinnen verhärmt, das Spülwasser hinter der Theke wird nur einmal täglich erneuert, die Biergläser sind stumpf. Es ist nicht das richtige Mallorca. Die Tapas, die kleinen Vorspeisen, die man zu einer Copa di Vino oder einem Fino bestellt, Otifarra (mit Zimt gewürzte Schweineblutwurst), Albigondas (Fleischbällchen mit Majoran), Calamares oder Bolets (Pilze) würde ein Beamter der Gesundheitsbehörde sofort beschlagnahmen, käme er je auf die Idee, diese Gasse aufzusuchen. Kein Priester kommt mehr vorbei, seit die Esglesia de Nostra Señora wegen Einsturzgefahr gesperrt wurde. Jetzt muß in dieser Gasse niemand mehr auf irgendwen oder irgendwas Rücksicht nehmen.

Noch sind fast alle Persianas verschlossen, so daß die zwei- und dreistöckigen Häuser rechts und links der Gasse einen abweisenden, ja verlassenen Eindruck machen. Nur aus einem der Fenster dringt Rap-Musik, ein hämmernder, monotoner Rhythmus, den Alonsos Krückstock sofort aufnimmt. Die Musik geht vom Stock in beide Beine. Normalerweise zieht er das rechte Bein nach, heute sieht man davon nichts. Im vorletzten Winter hat ein Zechbruder im Rausch einen Stuhl auf seinem Knie zerschlagen.

Es ist elf Uhr vormittags, und pünktlich setzt der Wind aus der Tramuntana ein. Er wirbelt Papierfetzen und Plastiktüten zwischen Hauswänden, Laternen und Balkongittern hin und her, der Staub tanzt im Sonnenlicht, die Quecksilbersäule steigt beständig, aber Alonso spürt an diesem Tag nicht den Feuerball hinter seiner Stirn. Seine Laune steigt. Er macht Pläne für den Tag. Er wird nach dem Cortado (und nachdem er seinen

Hund mit dem Würfelzucker gefüttert hat, den es dort gratis gibt) ans Meer hinunter gehen. Vielleicht kann er sich dem einen oder anderen Touristen als Führer durch die Kathedrale La Seu anbieten. Eine der vollkommensten und großartigsten Kathedralen der Welt. So steht es geschrieben, und genau so wird Alonso diese Kirche auch erklären: als großartiges und vollkommenes Meisterwerk, an dem seine Vorfahren mitgewirkt haben. Natürlich wird niemand ihm glauben.

Alonso wendet sich zweimal um. Das erste Mal, um sicher zu sein, daß Teresa die Persianas vor der Haustür wieder verschlossen hat, das zweite Mal, als er hinter sich die Rufe eines Zeitungsverkäufers hört. Der Junge brüllt die Schlagzeilen des Tages hinauf zu den geschlossenen Fenstern der schmalen Gasse, wie jeden Vormittag. An einigen der Häuser läuft er schnell vorbei, bei anderen nimmt er sich Zeit. Bleibt sogar manchmal erwartungsvoll stehen.

»Ultima Hora! Mallorca dieses Wochenende Treffpunkt des internationalen Jet Set! Die Hochzeit des Jahres!

Ysabel Pilar de Villalonga y Duquesa de Sa Carrotxa und Felipe Ramón, der Sohn des Königlichen Anwalts Don Jaume Sureda! Das Traumpaar des Jahres! Lesen Sie alles über Mallorcas große Familien, das große Geld, das Leben der Reichen und Schönen!«

Alonso bleibt stehen. Er winkt dem Zeitungsjungen zu. »Was brüllst du da?«

Der Verkäufer nimmt von ihm keine Notiz, denn oben im zweiten Stock des Hauses Nr. 9, eines Hauses mit einem runden Torbogen aus Marès-Steinen, in den Tierköpfe gemeißelt sind, fliegen die Fenster auf. Eine Frau, den Kopf voller Lokkenwickler, beugt sich heraus. »Wer heiratet?«

»Die Villalongas verheiraten sich mit dem Sohn des Millionärs Don Jaume Sureda!«

Die Frau lacht bitter. »Der Teufel scheißt immer auf den größten Haufen, was?« Sie knallt das Fenster wieder zu.

»Hey«, Alonso schlurft zu dem Zeitungsjungen zurück. Er schlägt mit der Krücke auf den Zeitungsstapel, den der Junge unter dem Arm trägt. »Was kostet es, wenn man in deine Zeitung nur mal reinschauen will?«

Der Zeitungsjunge, ein schmaler, vielleicht fünfzehn- oder sechzehnjähriger Junge, läßt seinen abschätzenden Blick über die Gestalt vor ihm gleiten. »Hundert Peseten«, sagt er.

»Hundert Peseten? Ich will die Zeitung nicht kaufen, Bursche, ich will nur diese Geschichte da auf Seite eins kurz überfliegen!«

»Ich verleihe keine Zeitungen. Ich verkaufe sie.« Der Junge schiebt den Alten zur Seite und ruft: »Alles über die Hochzeit des Jahres! Die Partído Nacional kündigt neue Gesetze an! Grausiger Mord in Arenal! Ultima Hora!«

Alonso folgt dem Jungen die Gasse hinunter. Die Sonne steht im Osten, und er hat seinen Hut vergessen. Das Licht blendet ihn.

»Warte! Ich kaufe sie dir ab! Halt an, Bursche!« Er muß sich heiser schreien, bis der Zeitungsverkäufer tatsächlich stehenbleibt. Aber nur, um der Friseurgehilfin, die seit langem von einem reichen Bräutigam träumt, eine Zeitung zu verkaufen. Endlich, als er lässig die Münzen in seine Hosentasche gleiten läßt, dreht er sich noch einmal zu Alonso um. »Du hast kein Geld«, sagt er. »Ich verhandle nicht mit Leuten, die pleite sind.«

»Was? Ich habe kein Geld? Wie kommst du darauf, du Rotznase?« schreit Alonso.

»Du stinkst, arme Leute stinken immer.« Der Bursche rennt lachend davon. »Das kann ich mit meiner Rotznase riechen.«

Der Alte schleudert ihm seinen Krückstock hinterher. »Weißt du überhaupt, mit wem du redest, Bastard?« schreit er. Seine Stimmbänder sind rauh wie Schmirgelpapier. Er leidet seit Monaten unter einem Katarrh der Luftwege. Er muß sich an den Häuserwänden abstützen, als er weitergeht. Sein Stock ist in einer Pfütze aus Schmieröl gelandet. Er bückt sich ächzend, um mit seinen gichtigen Händen den Griff zu erfassen, wischt ihn an seiner Hose ab und macht mitten in der Gasse kehrt.

»Margalída Pilar de Villalonga«, knurrt er. »Du stinkst auch. Selbst wenn du dich mit französischer Seife wäschst. Ihr alle stinkt. Und du, Pepe, halt deine Nase in deine Achsel und versuch, nicht das Gesicht zu verziehen von dem Aasgeruch!«

Jeden Morgen der gleiche Weg durch die Gasse hinunter zum Paseig Maritim. Vorbei an den Booten, den Fischern, die zwischen den Palmen der Promenade ihre Netze ausbreiten, an den Parkplätzen, wo eine neue, junge Generation kleiner Gangster auf eine günstige Gelegenheit wartet, die abgestellten Autos auszuplündern. Alonso kann es ihnen an der Nasenspitze ansehen, was sie vorhaben. Er knurrt sie an, manchmal wirft er seinen Stock nach ihnen. Aber sie lachen ihn aus, springen behend über die Abgrenzungen und verschwinden unten am Pier. Jede Woche werden es mehr. Alonso hat irgendwann aufgehört, sich ihre Namen und ihre Gesichter zu merken.

Die Hündin kneift feige den Schwanz ein, als er an Gruppen junger Männer in saloppen Anzügen und zu dunklen Sonnenbrillen vorbeihumpelt.

»Sie nehmen uns die Stadt weg, Putanita«, knurrt der Alte. »Sie nehmen uns alles weg. Irgendwann gehört uns hier nichts mehr.«

Es ist Anfang des Sommers. Der letzte Sommer des Jahrtausends. Das meteorologische Institut von Porto Pí verspricht einen langen und heißen Sommer. Das ist einfach, denn die Sommer auf Mallorca sind immer lang und heiß. Aber was es bedeutet, wenn das meteorologische Institut, das sich immer irrt, das Selbstverständliche verspricht, gehört zu den Mysterien, die Alonso nie begreifen wird.

Es ist elf Uhr vormittags, die Touristen in ihren Hotelburgen haben sich an den Frühstücksbuffets satt gefressen und streben an die Strände oder in die Strandbars, Busunternehmen karren neugieriges Volk über die Insel, an andere Strände, in die Berge oder zu den alten Windmühlen, den Grotten, den Weinkellern, den Keramik-Fabriken, den Manufakturen von Mallorca-Perlen. Notare beurkunden den Verkauf von Hunderten Quarteradas Land an einem Vormittag. Land, das über Jahrhunderte den Mallorquínern gehörte, Weideland, Ackerland, Strand, Felsenklippen und Buchten. Land, auf dem im Februar die Mandelbäume blühen, ein Jahrtausend lang, und Aprikosenbäume, deren Früchte im Juni auf Steinmauern trocknen. Land, auf dem schwarze Schweine Feigen fressen, schlafen und sich paaren. Land für die Schafherden, die Ziegen, die Taxifahrer, Köche und Zimmermädchen, vererbt von einer Generation auf die nächste. Hunderte Quarteradas Land verscherbelt an einem Tag, oder noch mehr, wer weiß das schon.

Alonso humpelt weiter zum Camp del Mar. An der Ampel klopft er mit dem Stock gegen das Hosenbein. Eine Aufforderung an die Hündin, ganz nah heranzukommen. Er bückt sich, packt die Hündin am Nackenfell und flüstert: »Hochzeit bei den Villalongas. Wie findest du das?« Er kichert, und dabei füllen sich seine von Alkohol und anderen Drogen geröteten Augen mit Tränen. »Wir lassen sie hochgehen, meine Schöne, das schwör ich dir bei dem größten Hammelknochen, den es auf dieser verdammten Insel je zu fressen gab.« Er gibt dem Tier einen Schubs, die Ampel springt auf Grün, die Hündin wetzt über den glühenden Asphalt und bleibt auf dem kleinen Rasenstück auf der anderen Straßenseite stehen, um auf ihren Herrn zu warten.

Trotzig wischt der Alte die Tränen weg, wirft den Kopf in den Nacken und überquert die Straße wie einer, dem die Welt noch zu gehorchen hat: den Krückstock wie eine Lanze nach vorn gerichtet, den Kopf mit dem schlohweißen Haar weit in den Nacken gelegt, das Kinn gereckt, der Adamsapfel groß wie eine reife Feige.

Fast immer halten die Autofahrer voller Respekt oder Verwunderung.

Der Alte tut, als merke er nicht, wie das Toben und Brodeln der Stadt ganz plötzlich, für eine einzige Sekunde, innehält. Denn das ist der letzte Respekt, den er von dieser Stadt, von dieser Insel, die seiner Familie Wohlstand und Ansehen verdankt, erwarten kann.

Ysabel

Ysabel Pilar de Villalonga sind gewisse Dinge immer schon peinlich gewesen. Man sitzt einfach nicht mit einem welkenden Moosröschenstrauß auf dem Schoß auf dem Mittelplatz in der Economy-Class. Besonders dann nicht, wenn man auf dem Weg zur eigenen Hochzeit ist.

Jessica hat ihr diesen Blumenstrauß beim Abflug einfach in die Hand gedrückt, und Jessica ist ihre beste Freundin. Es ist ihre eigene Entscheidung gewesen, das Business-Class-Ticket, das die Eltern ihr geschickt hatten, im Büro der British Airways auf einen Economy-Flug umschreiben und sich den Betrag in bar auszahlen zu lassen. Es war exakt der Betrag, der für Felipes Hochzeitsgeschenk noch fehlte. Es hatte sie mit einigem Stolz erfüllt, daß sie das Geld schließlich doch noch zusammenbekommen hat, ohne irgend jemanden in der Familie oder im Freundeskreis anzupumpen.

Die Business-Class ist ausgebucht. Männer, die alle ähnlich langweilige Anzüge und phantasielose Krawatten tragen. Die Hemden natürlich makellos. Sie tragen Aktentaschen und Laptops und kennen sich offenbar alle. Ysabel vermutet, daß es sich um Politiker handelt, vielleicht Repräsentanten der EU, die in Palma einen Kongreß abhalten wollen. Seit Palma wie eine schaumgeborene Meerjungfrau von Jahr zu Jahr immer schöner und strahlender wird, hat man im Ausland die Stadt als idealen Ort für Kongresse entdeckt.

Ihr Nachbar, der den Gangplatz hat, gehört höchstwahrscheinlich auch dazu. Der gleiche Anzug (er hat das Sakko, damit es keine Falten wirft, an den Halteknopf des Vordersitzes gehängt), die gleiche fahle Gesichtsfarbe. Er blättert in Akten. Als sie ihn verstohlen mustert, schaut er von den Papieren auf. »Schöne Blumen«, sagt er.

»Ich muß zu einer Hochzeit. Ich weiß, es sieht ein bißchen lächerlich aus, im Flugzeug mit Blumen auf dem Schoß.«

»Wieso? Es ist nett«, sagt ihr Nachbar, »netter als so was hier.« Er deutet auf seine Akten. »Aber man erwartet von mir, daß ich das alles vor der Landung gelesen habe. Und verstanden.« Er konzentriert sich wieder auf die Papiere. Bis zur Landung, denkt Ysabel erleichtert, wird er nichts mehr sagen.

Sie versucht, von Felipe zu träumen. Aber es gelingt ihr nicht. Sie ist zu aufgeregt. In den letzten Wochen hat sie sich manchmal wie im Schleudergang einer Waschmaschine gefühlt. Ein Leben im Schnelldurchlauf. An einem einzigen Tag mußte sie oft mehr Entscheidungen treffen als sonst in einem Monat. Der Text für die Hochzeitsanzeigen, die Trauringe, die Gästeliste, die Wunschliste für Hochzeitsgeschenke, die Wahl der Trauzeugen, der Blumenmädchen, ihr Geschenk für Felipe, die Hochzeitsreise (nach Mexiko!!!). Und das alles genau zu dem Zeitpunkt der wichtigsten Prüfungen.

Schriftliche Prüfung im Aktienrecht, mündliches Examen über Vor- und Nachteile von Rentenfonds, ein Referat vor der englisch-spanischen Handelsgesellschaft über Doppelbesteuerung. Zur gleichen Zeit mußte ihre Bewerbungsmappe fertig sein.

Jetzt, mit dem Moosröschenstrauß im Schoß, fragt sie sich, wie sie das alles bewältigt hat, ohne den Verstand zu verlieren. Im Augenblick befindet sich ihre Examensarbeit in der Druckerei Jeffry & Oerkins in der Downhill Road zum Binden. Erst in der Nacht ist ihr eingefallen, daß sie die Arbeit irgend jemandem widmen muß. Jessica mußte sie eine Stunde früher abholen, um den Umweg über die Downhill Road zu machen.

»Meinen Eltern, Margalída Pilar und Pepe Antonio de Villalonga, mit innigstem Dank und ewiger Liebe. Ysabel.«

Es war einfach ihre Pflicht, den Eltern das Werk zu widmen. Sie haben schließlich vier Jahre lang die Studiengebühren am Economic Institute in London bezahlt, die Wohnung im Rainbow House in Mayfair, ihre Kleider, ihr Essen, die Drinks abends im Pub, die Wochenend-Picknicks in den Yorkshire Heigths, die Monatskarte für die Underground, die Bibliothek, das Abonnement für das Fitnesscenter und den Pool im Dorset Hotel. Ach, eben alles. Ysabel hat es nicht geschafft wie Jessica, einen der begehrten Assistentenjobs am Institut zu bekommen. In einer Studentenkneipe zu kellnern, hat der Vater ihr verboten. Und zum ersten Mal im Leben – ganz erleichtert – hat sie den Eltern gehorcht. Für Dienstleistungsjobs bin ich nicht geschaffen, hat sie zu Felipe gesagt.

Felipe Ramón arbeitete während des Studiums (er hat sein Juraexamen vor drei Monaten bestanden) in einer befreundeten Kanzlei seines Vaters. Jemand wie Felipe würde überall auf der Welt einen Job in einer Rechtsanwaltskanzlei bekommen, denn sein Vater, der Starjurist Jaume Llorrenc Sureda, hat Verbindungen nach überallhin.

Ysabels Eltern hingegen sind nur Mallorquínischer Landadel, nette und harmlose Leute, wie Ysabel immer sagt, die sich am liebsten nie von der Insel wegbewegen würden. Ihre Eltern interessieren sich nur für Menschen, die auch große Häuser und viel Land besitzen, die zum Jagen, zum Fischen und zum Segeln gehen, ihre Campesinos ausbeuten und – wenn sie Geld brauchen – eine oder die andere Finca an vermögende Ausländer verkaufen.

Überhaupt sind ihre Eltern nur zwei- oder dreimal während der ganzen Studienzeit nach London gekommen. Papá kommt in der Stadt nicht zurecht, hat ihre Mutter immer wieder gesagt. Du kennst ihn doch, er fühlt sich nur wohl, wenn er auf seiner Insel ist. Woanders wird er krank.

Stell dir vor, er fängt jetzt wilde Ziegen mit dem Lasso, hat ihre Mutter gestern am Telefon erzählt, wußtest du das? Früher hat er sie geschossen. Zwei Jahre lang hat er mit dem Lasso geübt, jetzt kann er es. Wie die Bauern aus dem Dorf. Du glaubst nicht, wie stolz er darauf ist! Hoffentlich erzählt er nicht deinen Freundinnen davon. Sie werden in

Ohnmacht fallen, wenn sie hören, was dein Vater für ein Mann ist.

Mamá, meine Freundinnen sind nicht aus Zucker, hat Ysabel geantwortet. Bislang haben alle Papá sehr charmant gefunden.

Charmant? Dein Vater und charmant? Das ist das Neueste, was ich höre, und ich bin dreißig Jahre mit ihm verheiratet ...

Das Flugzeug dreht sich in die Landeschleife ein. Ysabel reckt den Hals. Unter der Tragfläche glitzert das Meer, tanzen Boote, schäumt es weiß gegen Felsklippen.

Dann eine weitere Kurve, und auf einmal ist der Puig de Alaró zum Greifen nah, ihr Lieblingsberg, dieser riesige, runde Knubbel, wie von einem Riesen gegen die hohen Berge der Tramuntana geschleudert, abgewaschen von Jahrmillionen, mit Erde bedeckt, die der Wind herübergetragen hat, angefüllt mit Kiefernsamen.

Und da, direkt über der blinkenden Tragfläche, genau in diesem Augenblick, als der Pilot das Flugzeug über die Nase ein bißchen absenkt zum Landeanflug, sieht sie es. Die lange Einfahrt, gesäumt von Palmen. Die hohe Mauer, hinter der die Olivenbaum-Plantagen beginnen. Das Viereck des ersten Innenhofs, es ist ihr fast, als könne sie die blauen Jacarandas sehen, vor dem Gebäude, drei Stockwerke hoch, mit Türmen und Erkern, warmer Stein im Vormittagslicht ...

Sie zieht tief die Luft ein, lächelt. Der Nachbar, der eben auch aus dem Fenster gesehen hat, klappt seine Akten zu.

»Schön?« fragt er.

»Und wie«, seufzt Ysabel. »Das ist immer der schönste Augenblick, wenn ich Els Sant Castells vom Flugzeug aus sehen kann.«

»Els Sant Castells?« Der Nachbar schiebt mit dem Daumen die Brille nach oben und mustert sie neugierig. »Darf ich mich vorstellen. Mein Name ist Gordon Brown. Ich bin zum ersten Mal auf der Insel. Sie wohnen hier?«

»Da unten, mein Elternhaus«, sagt Ysabel. »Da unten. Wenn Sie zurückschauen. Diese lange Einfahrt mit den Palmen, auf dem Hügel vor diesem runden Berg. Sehen Sie? Dahinter, der weiße Ort, das ist Alaró. Aber das Gut, da leben meine Eltern.«

Der Nachbar beugt sich vor, blickt angestrengt hinaus, hebt die Schultern, schaut sie wieder an. »Els Sant Castells«, sagt er gedehnt, »davon habe ich gehört.«

Ysabel lacht. »Das ist bestimmt eine Verwechslung. Unser Gut ist nichts Besonderes. Das kennen nur die Einheimischen. Das gehört seit Generationen unserer Familie.«

Der Nachbar nimmt die Brille ab, klappt sie zusammen, steckt sie in die Jackentasche. »Els Sant Castells«, murmelt er, »ich bin fast sicher. Ein großes Stück Land, nicht wahr?«

»8000 Hektar«, sagt Ysabel stolz. »Die Hälfte davon Wald, der Rest Obstbau und Ackerland.«

»8000 Hektar«, der Nachbar drückt die Finger in die Augenhöhlen, eine Angewohnheit offenbar, die ihm das Erinnern erleichtert. »Wie merkwürdig. Es ist mir, als habe ich auch diese Zahl gehört. Sie sind sicher, daß Ihre Eltern diese Finca nicht zum Verkauf angeboten haben?«

Ysabel lacht. »Ganz sicher.«

»Auch nicht in letzter Zeit? Sagen wir, vor drei, vier Wochen?«

»Hören Sie«, sagt Ysabel, und ihre Stimme wird ein wenig schärfer, »ich bin wirklich ganz sicher. Auf dieser Finca werde ich am Sonnabend meine Hochzeit feiern. Ich habe jeden Tag mindestens ein halbes dutzendmal mit Mamá oder Papá telefoniert. Glauben Sie nicht, sie hätten mir davon erzählt?«

Der Nachbar mustert sie. Er lächelt. »Sie haben recht«, sagt er, »ganz sicher eine Verwechslung. Wie weit ist diese Finca Ihrer Eltern von der Hauptstadt entfernt?«

»Mit dem Auto vierzig Minuten«, sagt Ysabel.

»Ah, vierzig Minuten. Für einen Hubschrauber also höchstens ein Trip von fünf oder zehn Minuten.«

»Wir haben aber leider keinen Hubschrauberlandeplatz«, sagt Ysabel. »Und ich glaube auch nicht, daß meine Eltern mit dem Gedanken spielen, so etwas einzurichten.«

Der Nachbar nickt. Er blickt jetzt wieder angestrengt nach draußen, unter ihnen werden die Felder kleiner, die Häuser zahlreicher, man sieht Windmühlen und Schuppen, eine

Schnellstraße, eine Autobahn, einen Steinbruch. Und dann wieder das Meer. Die Bucht von Palma.

Obwohl die Anschnallzeichen aufleuchten, steht ihr Nachbar noch einmal auf, macht sich oben im Gepäckfach zu schaffen. Sein Jackensaum streift ihr Gesicht. Ysabel lehnt sich zurück, den Blick unverwandt auf das Meer gerichtet, das Licht. Während sie dieses Meerblau und Himmelweiß in sich aufnimmt, kommt Ruhe in ihr Herz, in ihre Seele, in ihr Blut.

So war es immer gewesen, wenn sie diese Insel, auf der sie geboren ist und ihre Kindheit verbracht hat, endlich wieder erreicht hatte. Diese Momente des Landeanflugs sind die kostbarsten, die reinsten. Später vermischt sich wieder alles. Freude und Erschrecken, Glück und dunkle Erinnerungen. Jetzt aber ist das alles wunderbar: Schaumkronen auf dem Meer, tanzende Schiffe, eine weiße Küstenlinie, abgelöst von schroffen Felsen, rot das Land, weiße Dörfer, Windmühlen, Straßen, Kirchtürme, Weizenfelder, gelb und reif. Und immer wieder das Meer. Jetzt sind sie über der Bucht von Palma und drehen eine Kurve über der Insel Sa Dragonera, bevor sie über Andraitx Kurs auf den Flughafen von Son Joan nehmen. Die Kathedrale so nah, daß man die Stützbögen zählen kann.

Ihre Mutter hätte es am liebsten, wenn die Hochzeit in dieser Kathedrale stattfinden würde, aber Felipes Vater meinte, es sei doch viel stilvoller, in der Familien-Kapelle auf ihrem Landsitz Els Sant Castells zu heiraten.

Ob sie Felipe überreden kann, sofort vom Flughafen ans Meer zu fahren? Ob sie sich noch ein bißchen Glück stehlen können, bevor die Hektik sie nicht mehr zum Atmen kommen läßt?

Seit Wochen arbeitet ihre Familie schon an den Vorbereitungen dieser Hochzeit. Jeden Tag hat ihre Mutter Faxe in ihre Londoner Wohnung geschickt. Der täglich wechselnde Stand der Gästeliste, das Menü, die Blumendekoration, der Fragebogen des Priesters, die Kosten für das Brautkleid, die Unterbringung der Gäste, Papas Frack, der nicht eintrifft, die Tischreden, die Ansprachen, die Kleider der Blumenmädchen, die Farbe der Rosenblüten, die gestreut werden sollten, die Tanzkapelle nach dem Dinner. Möchte sie lieber arabische oder amerikanische Zelte, soll es schon bei der Begrüßung Kanapees zum Champagner geben ... Philip meint, dein Schwiegervater rät ...

Und jedesmal unterschrieb ihre Mutter mit dem gleichen Satz: In Eile, Mamá.

Damit wollte sie ihrer Tochter, die bis zum letzten Moment in London blieb, ein schlechtes Gewissen machen, und sie hat es geschafft.

Felipe ist ein wunderbarer Mann. Sie ist sicher, daß sie mit ihm ein Leben lang glücklich sein wird. In guten wie in schlechten Tagen. Sie ist sich vollkommen sicher. Sie hat andere Freunde gehabt, andere Liebhaber, aber nie war es so gewesen wie mit Felipe. Er ist ihr Freund und Geliebter, Bruder und Vater, er ist einfach alles.

Vor fünf Monaten und drei Tagen hat Felipe ihr den Heiratsantrag gemacht, morgens um halb vier, in ihrem zerwühlten Bett. Er wollte sie wecken, weil sie auf seinem Arm eingeschlafen war.

Vorsichtig zog er seinen Arm unter ihrem Kopf hervor. Sie knurrte nur und hielt im Schlaf, aber mit schneller Reaktion, seine Hand fest, stöhnte und kuschelte sich wieder ein.

Da richtete er sich ein wenig auf und steckte die Zungenspitze in ihr Ohr. Das Innere ihres Ohres ist eine ihrer erogenen Zonen. Sie stöhnte, preßte die Augen fester zusammen.

»Mi pasión«, murmelte Felipe, »willst du mich heiraten, Ysabel?«

Beim letzten Wort schreckte sie hoch, warf sich rum, starrte Felipe an und fragte: »Ja?«

Draußen fiel Schnee. Die Nacht mitten in London war ungewöhnlich still, wie immer, wenn Schnee fällt.

»Ich habe dich gefragt, ob du mich heiraten willst, und du hast ja gesagt!« Felipe lachte, küßte sie, rollte sie herum, zog sie an sich, preßte wieder seinen Bauch gegen ihren Rücken, streichelte ihr Gesicht und sagte: »Schlaf, schöne Braut, schlaf wieder ein.«

Sie hat einen winzigen Augenblick noch zum Fenster und auf den Schneeflockenwirbel im Lichtkegel der Straßenlaterne gesehen, »schön« gemurmelt und ist wieder eingeschlafen.

Am nächsten Morgen war sie verlobt. Nicht, daß sie eine einzige Sekunde darüber unglücklich gewesen wäre. Felipe mußte einen Trick erfinden, um ihr dieses »Ja« abzuluchsen. Er hatte sie schon oft gefragt, und sie hatte immer ausweichend geantwortet: nach dem Examen, ich bin noch zu jung, wieso sollen wir uns schon festlegen, das ganze Leben liegt doch noch vor uns, ich will keine Kinder. Ich möchte frei sein, glaube ich.

Felipe wußte es besser. Er wußte, daß sie sich vor Entscheidungen fürchtete, daß sie Angst hatte, ihm seine Zukunft zu verbauen, daß sie Angst hatte, von ihm nicht mehr geliebt zu werden, Angst vor der Normalität der Ehe, dem Alltag, der Gewöhnung, all dieser Dinge, die schließlich aus einer Ehe das machen, was sie bei ihren Eltern beobachtet hatte. Felipe wußte, sie würde nie ja sagen, wenn ihm nicht eine List einfiel.

Als sie den Eltern von dem Heiratsantrag erzählte, weil es eine lustige Geschichte war, sagte er: er habe geheiratet, weil Margalída ihm die Pistole auf die Brust gesetzt hätte. Es habe ihn schon sehr beeindruckt, wie sie mit glühenden Augen gesagt habe: »Heirate mich, oder du bist tot, hombre.«

»Pepe«, sagte die Mutter, »du lügst schon wieder.« Und lächelte.

Maria-Magdalenas Tagebuch

20. Januar 1937

Sie wollen mich nach Son Rapinya ins Spital bringen, aber das werde ich nicht zulassen. Mamá und Papá sind ganz bleich vor Sorge um mich. Seit Doktor Vigo mich untersucht und nichts gefunden hat, was meinen Zustand erklärt, kann Mamá nicht mehr schlafen. Der Doktor hat ihr gesagt, wenn ich nicht gegen meinen Zustand kämpfe, werde ich sterben. Aber genau das ist ja mein einziger Wunsch: im Tod wieder mit Victoriano vereint zu sein. Es sieht aus, als habe Mamá ihren Finger in Ruß getaucht und sich damit Ringe um die Augen gemalt. Alle zwei Stunden kommt sie in mein Zimmer und stellt einen Becher heißer Milch an mein Bett. Dabei weiß sie, daß ich die Milch nicht trinken werde. Ich schütte sie einfach aus dem Fenster. Es ist eine Sünde, ich weiß, wenn man in dieser Zeit, wo die Leute hungern, kostbare Milch einfach wegschüttet. Aber was für eine kleine Sünde gegen die großen, die ungeheuerlichen Sünden, die täglich begangen werden auf dieser Insel, seit Monaten Terror und Tod. Sünden, die im Namen der heiligen Kirche begangen werden, oder im Namen des Vaterlandes, im Namen von General Franco oder im Namen des Sozialismus. Ich weiß schon lange, daß in unserer Stadt Menschen aus ihren Häusern gezerrt und irgendwohin verschleppt werden, wo man sie quält, bis sie Dinge gestehen, die sie nie begangen ha-

ben. Victoriano hat mir erzählt, was diese Blauhemden, die Falangisten, mit denen machen, die nicht auf ihrer Seite sind. Damals wollte ich es nicht glauben. Damals habe ich gesagt: Mein Liebster, das stimmt nicht. An den Füßen aufhängen, die Zunge abschneiden oder noch anderes: das tun sich doch die Menschen nicht an. Sie sind doch Brüder. Wir sind doch Christen. Ich darf nicht daran denken, wie Victoriano mich angeschaut, mein Gesicht in seine Hände genommen und meine Augenlider geküßt hat. Erst das linke Auge, dann das rechte. Der Abdruck seiner warmen, trockenen Lippen auf meinen Lidern, seine Hände auf meinen Wangen. Ich darf nicht daran denken.

Mamá war eben schon wieder da. Ich mußte dieses Büchlein unter dem Bettlaken verstecken. Für die Nacht werde ich mir ein anderes Versteck suchen, denn sie kommen auch nachts in mein Zimmer. Mamá stellt die Lampe vor der Tür ab, öffnet sie einen Spalt und schlüpft herein. Ihre Füße stecken in dicken Wollsocken, und sie hat sich eine Decke um die Schulter gelegt. Niemand kann sich erinnern, wann es zuletzt im Januar so kalt gewesen ist. Die Menschen frieren bis ins Herz. Victoriano hat ausgesehen, als wäre er eben erst gestorben, weil es so kalt war. Ich habe vorher nicht gewußt, daß Blut gefrieren kann wie Wasser. Jetzt weiß ich es. Ich habe nicht gewußt, wie sich das Gesicht eines Toten anfühlt. Die Haut eines Toten, wenn man sie mit den Lippen berührt. Jetzt weiß ich es. Nicht gewußt, daß ich imstande sein könnte, einen Toten zu waschen, ihm die Augen zu schließen und die Hände über der offenen Brust zu falten. Eine Wunde zu küssen, bis das gefrorene Blut sich von meinem Körper wärmt und wieder zu rinnen beginnt. Auf mein Gesicht. Und über meine Hände, weil ich meine Hände in dieses Blut getaucht habe.

Seitdem ich das getan habe, fürchte ich gar nichts mehr.

Wenn Mamá nachts an mein Bett kommt, an den Ecken die Laken und Decken wieder feststopft, täusche ich tiefen Schlaf vor. Die letzte Milch lasse ich auf meinem Nachttisch stehen, damit Mamá nicht mitten in der Nacht durch das eisige Haus bis in die Küche gehen muß, um frische Milch zu wärmen. Damit nicht noch mehr vergeudet wird. Ich weiß, daß die ganze Milchration für mich aufgespart wird. Weil Doktor Vigo sagt, daß

Milch gesund ist, und weil ein unterernährter Körper keine Kraft hat, gegen eine Krankheit zu kämpfen, wie immer sie heißt.

An die Lebenden kann ich keinen Gedanken verschwenden, während ich mich darauf konzentriere, zu sterben. Früher haben die Mönche oft gehungert, und manche sind heiliggesprochen worden, ich weiß nicht, ob sie schon tot waren, bevor man sie heiliggesprochen hat. Vielleicht darf man einen Lebenden nicht heiligsprechen. Er könnte ja noch eine Sünde begehen. Etwas Schreckliches tun, weil die Umstände es erfordern. Ich könnte keine Heilige werden, auch wenn ich von nun an ein Leben führte, wie es dem Allerheiligen gefiele. Für die Sünde, die ich begangen habe, kennt Gott nur die schlimmsten Strafen, aber auch die fürchte ich nicht mehr.

Seit sieben Tagen habe ich kein Stückchen Brot mehr gegessen, keine getrocknete Aprikose, keine Feige. Ich habe, weil Mamá und Doktor Vigo mich dazu gezwungen haben, zwei Tassen Brühe getrunken, aber als sie das Zimmer verlassen hatten, habe ich mir einen Finger in den Hals gesteckt, so tief, bis alles wieder ganz von unten aus dem Magen heraufgekommen ist. Ich bin nicht sicher, ob etwas von der Bouillon schon vom Körper verbraucht war, aber wenn, kann es nur eine winzige Menge gewesen sein. Ich fühle mich so schwach, daß ich immer schlafen möchte. Aber dann träume ich vom Essen.

An Kuchen darf ich nicht denken, zum Beispiel an die Mandeltorte, die Cecilia sonntags immer gebacken hat, als noch kein Krieg war. Mandeln aus unserem Garten, frisch gerieben, Milch, Eier, Vanillezucker, dazu steif geschlagene Sahne. Daran darf ich nicht denken, ich dürfte das auch gar nicht hinschreiben, weil sich mein Magen vor Hunger zusammenkrampft. Er ist so vollkommen leer, daß er sich nach innen stülpt. Seine Wände sind wund, das kann ich fühlen. Aber ich muß den Schmerz aushalten. Was ist das gegen die Schmerzen, die Victoriano ertragen hat. Den Schmerz, als man ihn an den Füßen aufhängt hat.

Eben war mein Bruder bei mir. Obwohl er weiß, wie ich das hasse, kommt er zu mir in diesem blauen Hemd, mit diesen Soldatenstiefel, diesem prahlerischen braunen Gürtel mit der silbernen Schnalle. Er erzählt von ihren Siegen. Er sagt immer:

unsere Siege, wenn er Francos Armee meint. Er tut, als wäre er Soldat, dabei hat ihn niemand gerufen. Er und seine Freunde bilden sich ein, sie haben das Recht auf ihrer Seite, wenn sie ihre Parolen herausschreien. Aber von Victoriano weiß ich, daß das nicht stimmt.

Recht hat nur der, der Gerechtigkeit fordert, für alle, hat Victoriano mir erklärt, denn das Wort Recht steckt in dem Wort Gerechtigkeit. Und Gerechtigkeit muß für alle gelten, für die, die kein Land besitzen, ebenso wie für Leute wie wir, denen seit Generationen ein Teil der Insel gehört. Victoriano hat dafür gekämpft, daß alle, auch die Campesinos in ihren Casitas, heiße Milch trinken und Schuhe für ihre Kinder kaufen können, damit sie zur Schule gehen können, ohne sich zu schämen. Und er hat gefordert, daß die Kinder von Campesinos das Recht auf Schulbücher haben sollten.

Victoriano hat gesagt, Leute wie meine Familie haben seit Generationen dafür gesorgt, daß die Landarbeiter dumm blieben, damit sie sich nicht auflehnen gegen die da oben, damit sie keine Pamphlete schreiben oder lesen können und nicht erfahren, was in den Zeitungen steht und in den Büchern.

Juan ist in mein Zimmer gekommen, um mir von einem Sieg der Falangisten zu berichten, in der Nähe von Burgos. Die Basken kämpfen länger als alle anderen, aber wir werden sie auch kleinkriegen, hat Juan gesagt, wie alle anderen, die nicht begreifen, daß der Caudillo ein Gott ist. Wenn er das sagt, schaut er mich aus den Augenwinkeln an, als erwarte er, daß ich ihm widerspreche. Aber den Gefallen tue ich ihm nicht. Nur damit er sich noch mehr aufplustert und noch groteskere Geschichten erzählt? Angeblich hat General Goded – das ist der, der zuerst diese Insel in die Gewalt der Frankisten brachte – den Faschisten Mussolini um Hilfe gebeten, und der wird nun Schiffe über das Meer zu uns schicken, mit Kanonen und Panzern, und Hitler will U-Boote schicken und Helme und Granaten. Und bei dem Wort Granaten leuchteten seine Augen. Ich glaube, mein Bruder wird verrückt.

Tag für Tag zwingt er die Familie, vor dem Essen aufzustehen und dieses schreckliche Lied zu singen, das sie alle Stunde im Radio verbreiten: Cara al sol.

Juan streckt dabei den Arm zum Faschisten-Gruß. Und sein Gesicht verzerrt sich vor Leidenschaft zu einer häßlichen Grimasse.

Mamá sagt, er ist noch ein dummer Junge. Sie verschließt vor der Tragödie die Augen. Man muß das nicht ernst nehmen. So war sie immer schon.

Aber Papá fürchtet sich. Das kann ich spüren. Seit Pater Antonio aus Inca in unserer Kapelle die Messe gelesen hat, fürchtet er sich. Denn da hat Papá auf einmal begriffen, daß die Priester und die Falangisten gemeinsame Sache machen. Und daß die Kirche nichts dagegen tun wird, wenn in ihrem Namen gemordet wird. Pater Antonio hat meinem Bruder die Oblate auf die Zunge gelegt und gelächelt. Mir wurde ganz übel. Früher hat Papá über die Weinernte, die Jagd und seine Hunde gesprochen. Wenn er heute das Wort HUNDE in den Mund nimmt, meint er entweder die Anarchisten, die Kommunisten oder die Politiker. Für ihn sind sie alle Verbrecher, denn sie haben den Frieden unserer schönen Insel zerstört.

Es schneit schon wieder. Wenn es so weitergeht mit den eisigen Nächten, wird die Mandelblüte erfrieren. Ich möchte die Blüten pflücken und mir daraus ein Bett machen. Ein Brautbett. Ein Totenbett.

Der Gedanke an Victoriano quält mich immerzu. Ich wundere mich, daß ich noch lebe bei dem Schmerz, den ich ertragen muß.

Von Gabriel keine Spur. Seit er mich zu Victoriano geführt hat, habe ich ihn nicht mehr gesehen, ich glaube, er fürchtet um sein Leben, weil er den Mörder kennt. Ich muß jemanden finden, der für mich nach Palma fährt und Gabriel einen Brief von mir bringt. Ich muß jemanden finden, den sie unterwegs nicht anhalten und ausfragen, ins Gefängnis stecken oder einfach über die Klippen werfen. Aber wer könnte der sein? Wer weiß heute noch, ob er morgen nicht einen Toten in seiner Familie beklagen muß?

Ich darf nicht einmal weinen. Keinen Schmerz zeigen. Ich darf nicht laut über den Tod meines Geliebten klagen. Jeder Schrei muß in der Kehle erstickt werden. Ich presse mir ein Handtuch, ein Kissen, ein Kleidungsstück vor den Mund, wenn ich es nicht mehr aushalte. Denn sie wissen nichts von Victoriano und mir.

Papá hat gehört, daß Amerika ein Embargo gegen uns erlassen hat. Er sagt, bald werden wir kein Öl mehr haben, keinen Brennstoff. Die Fabriken werden nicht mehr arbeiten können, die Schiffe nicht mehr auslaufen. In Palma hungern sie, seit die Bäckereien geplündert und die Brotfabriken verwüstet sind. Die einen werden ermordet, weil sie auf der Seite von General Goded sind, die anderen, weil sie gegen Goded sind. Was man hier auch tut und denkt: man hat immer einen Feind. Das hat Victoriano mir schon vor Monaten erzählt. Wie recht er hatte. Ich traue niemandem mehr, meinem Bruder schon gar nicht.

Jaume Sureda

Es ist Montagmorgen, und Dr. Jaume Sureda ist seit einer halben Stunde überfällig. Mathilda hat schon zweimal in seiner Villa angerufen, diesem magischen Platz am Meer, den sie einmal sehen durfte, ein einziges Mal nur anläßlich des Firmenjubiläums am 1. Juni. Seitdem wird sie nicht nur von Wunschträumen geplagt, die im Büro stattfinden, nein, sie kann es nicht verhindern, daß sie sich als Ehefrau, als Hausherrin dieser schneeweißen Villa über den Klippen der Cala Oscura sieht, auf den Terrassen Blumen schneidend, einen Tisch für die Abendgesellschaft herrichtend oder durch die Zimmerfluchten schlendernd, barfuß, und womöglich sogar nackt ...

Die Fahrstuhltür gleitet zurück, und Sureda betritt den Empfangsraum seiner Kanzlei. Mathilda errötet, wie sie immer errötet, wenn sie ihren Chef erblickt, weil sie fürchtet, er könne ihre Gedanken erraten haben. Dr. Sureda sieht aus, als besitze er die Gabe, Gedanken zu erraten. Denn irgend etwas muß ihn ja unterscheiden von anderen Anwälten. Irgendeine Begabung muß ihm dazu verholfen haben, der reichste und mächtigste unter den Anwälten Mallorcas zu werden. So reich und so mächtig, daß er nicht nur im Laufe der Jahre Land gekauft hat im Herzen der Insel, viel Land in der Gegend zwischen Sineu und Alaró, sondern daß er das Vertrauen der Tochter des spanischen Königspaares, Elena, gewonnen hat. Mehrfach durfte Mathilda ihren Chef bereits mit dem Palast in Madrid verbinden. Das allein war schon wunderbar. Aber noch wunderbarer war es für Mathilda, ihren Chef zu beobachten, wenn er mit einem Mitglied der königlichen Familie sprach: Nichts an seinem Tonfall, an der Lautstärke, an seiner Gestik, an irgendeiner Regung seines Gesichts zeigte an, daß er mit besonderen Menschen sprach. Nicht anders redete Dr. Sureda mit der Infantin, als er mit ihr, der unbedeutenden Vorzimmerdame Mathilda, redete. Wenn Mathilda nachdachte, war es dies, was ihren Chef so unvergleichlich machte. Daß es für ihn keinen Unterschied gab zwischen einer gewissen Mathilda Catalína Arbona und der Infantin von Spanien

Mathilda ist davon überzeugt, daß die Klienten recht haben. Es gibt zwischen Palma und Paris, zwischen den Balearen und den Britischen Inseln keinen besseren Anwalt, keinen, der geschickter wäre, raffinierter. Zynisch, wo es sein muß, und großartig, wo es angeraten ist. Großartig im Sinne von genial, aber auch großzügig. Mathilda zögert noch, ob ihr Chef ein so großes Herz hat, daß es für alle reicht, oder vielleicht gar keines, oder eins, das er nur gut verbirgt.

Manchmal entdeckt sie in seinen Augen ein kaltes Leuchten, das sie erschreckt. Aber dann entschuldigt sie es mit dem einfallenden Licht, mit seiner Müdigkeit oder der Erregung, in die ihn ein Klient oder ein Telefongespräch versetzt hat.

In anderen Augenblicken kann sie unter seinem Lächeln dahinschmelzen wie ein Backfisch. Immer jedoch, vom Augenblick, wo Dr. Jaume Sureda die Kanzlei betritt, bis zu dem Augenblick, wo er sie wieder verläßt, ist sie in äußerster Alarmbereitschaft. Wagt nicht, länger als unbedingt nötig in den Waschräumen zuzubringen, eilt vorzeitig von der Mittagspause zurück, nervöser als eine Mutter, die ihr Baby allein gelassen hat. Immer in Sorge, er könnte sie gerufen haben, während sie fort war, immer in der Anspannung, daß ausgerechnet in diesem winzigen Augenblick, den sie sich gestattete, etwas Unwiederbringliches geschehen ist, etwas Wichtiges, das sie nun versäumt und womit sie ihren Chef womöglich verärgert haben könnte.

Niemals würde sie sich erlauben, später als ihr Chef im Büro zu sein, und nie, nie würde sie vor ihm das Haus verlassen. Eher würde sie die Opernkarten verfallen lassen und den Termin beim Zahnarzt, als den Chef allein zu lassen. Könnte doch sein, daß er sie ausgerechnet dann dringend braucht. Weil er eine Akte sucht, einen Vorgang, den sie bearbeitet hat und von dem nur sie weiß, wo er abgelegt wurde. Daß er eine Telefonnummer benötigt, die sie unter einem anderen Namen gespeichert, oder daß er sich an eine der Tochterfirmen eines Klienten nicht erinnern kann, denn es gibt viele Klienten mit vielen Tochterfirmen, überall in der Welt, und das Telefonbuch, das sie verwaltet, birgt mehr als zweitausend Eintragungen.

So sitzt sie in ihrem Büro, in einer kleinen Kammer direkt neben seinem gigantischen Arbeitszimmer, sie hat den gleichen Blick über die Bahía de Palma wie er, allerdings aus einem sehr kleinen Fenster. Rechts der Hafen mit der Mole Nr. 3, an der die Fährschiffe aus Barcelona anlegen, dahinter der Hafen für die Kreuzfahrtschiffe, weiter links der Yachthafen, der Club Nautico mit einer Terrasse, die in den Yachthafen hinausreicht, wo man zwischen schaukelnden Segelyachten sitzen und dem Kellner seine Wünsche vortragen kann. Dr. Jaume Sureda verbringt hier regelmäßig die Mittagsstunden, wenn er sich auf der Insel befindet. Und nicht mit Klienten in Puerto Andraitx oder Puerto Portals zum Mittagessen verabredet ist.

Während er dort sitzt, schaut Mathilda zu ihm hinüber. Natürlich kann sie ihn nicht sehen, es genügt ihr zu wissen, daß er dort sitzt, vor einer Schüssel mit Mejillones oder Frito Mallorquín, einem Cortado, einem Gin Tonic. Dr. Sureda schätzt – wie die Engländer – die erfrischende Wirkung eines Gin and Tonic zur Mittagszeit. Mathilda sitzt und blickt auf diese kaum sichtbare Linie zwischen Himmel und Meer, die sich gegen Mittag fast vollständig auflöst, auf dieses Blau, das ihre Gedanken ansaugt wie ein Vakuum. Durchsichtiger Himmel vor ihrem Bürofensterchen, in dem sich alles verliert. Jeder klare Gedanke, jeder vorformulierte Brief, jedes noch zu führende Telefonat. Wenn Mathilda zu lange hinausschaut auf diesen Platz, an dem sie ihren Chef vermutet, möchte sie sich zu einer Meerschwalbe verwandeln und flügelschlagend im endlosen Blau veschwinden.

Manchmal fürchtet sie, vor Verlangen nach ihrem Chef verrückt zu werden. Ihre Kollegen lachen sie aus. Ihre Kollegen haben eine andere Meinung von Dr. Sureda. Manche halten ihn für durchtrieben, andere sagen, er sei ein strenger, unnachsichtiger Chef. Ein Anwalt, der seine Gegner mit Totschlag-Argumenten vernichte. Mathilda weiß nicht, was sie damit meinen. Schließlich wird er dafür bezahlt – und man bezahlt ihn gut –, daß er den Gegner vernichtet. Dr. Jaume Sureda hat einen Beruf erwählt, der zwischen Siegern und Besiegten klar unterscheidet. Er hat einen Beruf erwählt, der den Kompromiß zwar für möglich, aber nicht für erstrebenswert hält. Besser ist, auf voller Linie zu siegen, in jedem einzelnen Punkt. Wenn er wieder einen großen Sieg errungen hat, ist Dr. Sureda der charmanteste, heiterste Mensch der Welt. Niederlagen akzeptiert er nicht. Grußlos betritt er dann das Büro, und grußlos geht er wieder. Schließt sich in seinem Arbeitszimmer ein und spricht mit lauter Stimme unentwegt die Berufungsschrift in sein Diktiergerät. Eine Niederlage ist für ihn nie endgültig.

Seit vierzehn Jahren ist sie seine Sekretärin, sie hat in dieser Zeit viele Niederlagen hinnehmen müssen. Vielleicht, eines Tages, vielleicht heute sogar, wird Dr. Sureda aufschauen, wenn sie sein Zimmer betritt, wird lächeln, sich zurücklehnen, mit seinen schönen Händen durchs Haar fahren und sagen: »Wissen Sie eigentlich, Mathilda, daß ich mir ein Leben ohne Sie nicht mehr vorstellen kann?«

Wie aus dem Erdboden ist er plötzlich da.

»Guten Morgen, Mathilda. Wissen Sie, was dieser Kerl im Radio heute Morgen gesagt hat?«

»Keine Ahnung, Chef. Aber in Ihrem Büro wartet ...«

Mathilda steht auf, um ihrem Chef aus dem Sakko zu helfen. Eine Liebenswürdigkeit, die er jedesmal mit einem »Das müssen Sie nicht tun, Mathilda« quittiert. Und einem Lächeln.

Mathilda schenkt ihm dann das Lächeln zurück und sagt: Aber wenn ich es doch gerne tue ...

»Er hat gesagt: Willkommen auf der Wüsteninsel Mallorca. Und wissen Sie, warum er es gesagt hat? Weil es seit zehn Wochen nicht geregnet hat. Ich bitte Sie, was sind zehn Wochen? In Mali hat es seit zehn Jahren nicht geregnet.«

Sureda schaut auf die Uhr. Er trägt ein kurzärmliges Polohemd in einem Blau, das von der Sonne ausgebleicht ist, dazu weite, bequeme Leinenhosen und Segelschuhe. Keine Socken.

Mathilda registriert alles mit einem einzigen Wimpernschlag.

»Es stimmt, ich bin heute ein bißchen spät. Aber heute ist auch ein besonderer Tag, oder? Der Ehevertrag zwischen Felipe Ramón und Ysabel.«

Mathilda errötet wieder. Wenn sie an die Hochzeit denkt, spürt sie ein schmerzhaftes Ziehen im Unterleib. Sie hatte sich so sehr gewünscht, daß Dr. Sureda auf die Idee kommen könnte, sie zu der Hochzeit zu bitten, als Gast, als langjährige Vertraute. Wenn sie ganz ehrlich war: Eine Zeitlang war es ihr selbstverständlich erschienen, daß ihr Name irgendwann auf der Gästeliste auftauchen müßte. Einmal in der Woche korrigierte Mathilda die Liste nach Absagen und Zusagen, notierte Namen von Menschen, die um jeden Preis noch eingeladen werden wollten, und andere, bei denen Dr. Sureda aus unerklärlichen Gründen wollte, daß sie dabei waren.

Nur ihr Name ist bis heute auf keiner der Listen aufgetaucht, die sie mit einem Kurier nach Els Sant Castells schickt, zu Händen von Doña Margalída Pilar de Villalonga, einer Frau, die Mathilda nur einmal gesehen und sofort durchschaut hat, wie sie meint.

»In einer halben Stunde landet Ihre Schwiegertochter. Haben Sie daran gedacht, daß Sie mit Felipe zusammen zum Flughafen fahren wollten?«

»Natürlich habe ich daran gedacht. Seit Tagen denke ich an nichts anderes.« Sureda beugt sich über den Schreibtisch und versucht, in dem Terminkalender zu lesen. »Sagen Sie für heute alle Termine ab.«

»Verzeihung, Chef, aber für sechzehn Uhr ist Mister Gordon Brown eingetragen.«

Sureda runzelt die Stirn. »Gordon? Für heute?«

»Er hat doch den Termin verlegt, wenn Sie sich erinnern. Er kommt heute mit dem Flugzeug aus London. Er bringt alle Unterlagen mit, die Sie angefordert haben.«

»Ah. Das ist gut.« Dr. Sureda nickt zufrieden. »Eines Tages, wenn wir diese Sache unter Dach und Fach haben, Mathilda, dann dürfen Sie sich etwas wünschen.«

Mathilda hält die Luft an, faßt sich an den Hals.

»Irgend etwas Besonderes. Denn wenn wir mit Gordon Browns Hilfe den ersten Akt unterschriftsreif haben, dann ist der Rest ein Kinderspiel.« Er schnippt mit den Fingern.

Mathilda steht und wagt nicht zu atmen. Wird er sie jetzt fragen, was sie sich wohl wünscht an jenem Tag X?

»Es wird der größte Deal sein für diese Insel, Mathilda, und es wird ein Dienst sein an unserem Land. Alles beides.« Er lacht.

»Vielleicht wird man einen Platz in Palma nach mir benennen.«

»Die Plaça Mayor«, sagt Mathilda.

Sureda wechselt, wie es seine Art ist, unvermittelt das Thema. »Heute mittag gehe ich mit den Kindern ins Caballito zum Essen. Das hat Felipe sich gewünscht. Danach kommen wir ins Büro, um den Ehevertrag zu unterzeichnen. Ist alles bereit?«

»Er liegt auf Ihrem Schreibtisch, Chef.«

»Gut.«

»In sechsfacher Ausführung. Ich dachte, ich ziehe noch eine weitere Kopie. Wegen der komplizierten Grundbesitze und der Pachtverträge, die auf diesen einzelnen Gütern noch liegen. Damit – im Falle irgendwelcher Komplikationen – jederzeit die Kopie an das Grundbuchamt geschickt werden kann.«

»Sie sind ein Schatz, Mathilda.« Sureda kommt zu ihr zurück. Mathildas Lider zucken. Einen Augenblick hält sie es für möglich, daß ihr Chef, dieser wunderbare, attraktive Mann, breitschultrig, dunkles Haar und haselnußbraune Augen, auf sie zukommen, ihr Gesicht zwischen seine Hände nehmen und sie küssen würde.

»Sie denken wirklich an alles. Aber ich bin ganz sicher: Es wird keine Komplikationen geben. Die beiden lieben sich. Sie sind beide klug, haben beide einen wunderbaren Beruf, Ehrgeiz, gesellschaftlich die gleiche Position, sie freuen sich auf die neuen Aufgaben in Madrid, sie sind modern, in England erzogen. Es wird nichts schiefgehen, Mathilda. Diese Ehe wird glücklich sein. Und zwar ein Leben lang. Und sie werden wunderbare Eltern sein für ihre Kinder.«

Mathilda wagt nicht, aufzusehen. Etwas in der Stimme ihres Chefs verwirrt sie. Macht ihr Angst. Diese Intensität, mit der er redet, als wolle er das Schicksal beschwören.

»Ich sollte mich spätestens in zehn Minuten auf den Weg machen, was?«

»Keine Minute später, Doktor.« Mathilda fängt sich, weil auch Sureda sich gefangen hat. Mutig sagt sie: »Aber so können Sie Ihre Schwiegertochter an diesem Tag nicht empfangen.«

Verwirrt schaut der Anwalt an sich herunter. In den heißen Sommermonaten sind Polohemd, Leinenhose und Segelschuhe seine traditionelle Bürokleidung, schließlich kommen auch die Klienten nicht im dunklen Anzug in seine Kanzlei, sondern oft genug direkt von ihrer Yacht oder dem Golfplatz. Schließlich ist Mallorca nicht Madrid.

In der Ankunftshalle herrscht ein Gedränge wie auf dem Markt.

Da, im Menschengewimmel, der elegante Herr, hochaufgerichtet, offenes Jackett: Das ist Don Jaume Llorrenc Sureda. Doktor der Rechte. Berater des Königs, seiner Hoheit El Rey Juan Carlos. Mit einem Seidentuch im Knopfloch. Ihr zukünftiger Schwiegervater.

Ysabel lacht. Sureda breitet die Arme aus, sein ganzes Gesicht ist ein einziges großes WILLKOMMEN!

Sie fliegt ihm in die Arme.

»Die Braut!« Gerührt küßt er sie. »Meine zukünftige Schwiegertochter. Was für ein Glückspilz ich bin.«

Er riecht nach teurem Rasierwasser und einem Auto mit Klimaanlage. Er schiebt die weiße Manschette zurück und zeigt auf die Uhr, die wahrscheinlich zwei Millionen Pesetas gekostet hat. »Dreißig Minuten Verspätung! Diese Fluglinien werden immer unpünktlicher. Was ist da los?«

»Wo ist Felipe? Ist Felipe nicht gekommen?«

»Er ist draußen. Er versucht, unseren Wagen aus den gierigen Klauen der Guardia Civil zu befreien. Die lauern jetzt rund um die Uhr hier Parksündern auf, schleppen Wagen ab und schicken Rechnungen, für die man fast ein neues Auto bekommt.«

»Felipe sollte ihnen erklären, daß er seine Braut erwartet. Eine gute Liebesgeschichte erweicht jedes Polizistenherz.«

Sureda schaut seine Schwiegertochter belustigt an. »Eine gute Liebesgeschichte erweicht jeden Polizisten? Wer erzählt solchen Unsinn? Ich bin seit dreißig Jahren Rechtsanwalt, aber ich habe noch nie erlebt, daß ein Richter oder Polizist von einer Liebesgeschichte wirklich beeindruckt war.«

Arm in Arm warten sie neben dem Gepäckband auf ihre Koffer.

Sureda mustert seine zukünftige Schwiegertochter. »Geht es dir eigentlich gut?« fragt er plötzlich. »Bist du glücklich?«

Ysabel schaut ihn mit ihren meergrünen Augen an, groß. »Aber natürlich, Papá!«

»Du siehst blaß aus.«

»Blässe ist in, Papá. Der neue City-Chic. Braun sind die Prolos.«

»Ist das schon die Vorbereitung auf Utopia?« Sureda seufzt. »Eines Tages werden wir Menschen unter Glas leben, fürchte ich. Vor uns einen Tisch mit Fernbedienungen für verschiedene Kabelnetze. Gefühle, Gerüche, Drogen und Drinks, was du willst. Alles virtuell.«

»Mallorca ist anders. Hier passiert so was nicht.«

»Vielleicht nicht, solange wir leben. Aber eure Kinder ...« Sureda lächelt, »die machen vielleicht schon Picknicks im Weltall, in Raumanzügen.«

»Was ist los mit dir, Papá?« Ysabel hängt sich bei ihm ein. Sie hat den Wunsch, ihn zu streicheln, aber sie traut sich nicht. »Warum bist du auf einmal so melancholisch?«

»Keine Ahnung. Das Wetter, nehme ich an. Sie reden immerzu von einem Tief, das aus Nordafrika kommt, mit Regen und Gewittern. Dabei wache ich jeden Morgen auf, und der Himmel von hier bis zum Mars ist ohne Wolken.«

»Was hast du anderes erwartet? Wenn Felipe und ich heiraten, lacht der Himmel, das ist doch klar.«

»Also immer noch keinen Zweifel?«

Ysabel tritt einen Schritt zurück. »Zweifel? Warum? Willst du, daß ich auf einmal zweifle?«

»Nein, nein! Ich bin ein törichter alter Narr, fürchte ich. Ich kann gar nicht oft genug hören, wie glücklich ihr seid und daß das für immer ist. Und daß ihr diese Entscheidung niemals bereuen werdet.«

»Hast du deine Frau nicht geliebt?« fragt Ysabel.

Sureda macht einem Passagier Platz, der seinen Koffer vom Band hebt und auf den Gepäckkarren wuchtet. »O doch«, murmelt er zerstreut, »am Anfang schon.«

»Felipe denkt, ihr habt euch sehr geliebt.«

Sureda lächelt. »Hat er das gesagt?«

»Er sagt, du hast wochenlang geweint, als sie starb. Wochenlang hat er dich gesehen mit roten Augen.«

»Er war sechs. Wie kann er sich daran erinnern.«

Auf der anderen Seite des Gepäckbandes wartet der Passagier, der im Flugzeug neben ihr saß. Sie winken sich über die Köpfe der anderen hinweg freundlich zu.

»Das ist mein Nachbar aus dem Flugzeug«, sagt Ysabel. »Ich glaube, sein Name war Brown oder so.«

In diesem Augenblick blicken Sureda und der Mann sich an. Der Mann hebt den Arm und winkt. Sureda zieht nur die Augenbrauen hoch und erwidert die Begrüßung mit einem knappen, fast abweisenden Nicken. Er wendet sich sofort wieder dem Gepäckband zu.

Ysabel beobachtet, wie der Mann, der eben das Kleingeld in seiner Handfläche sortierte, es wieder zurück in die Jackentasche gleiten läßt, dem Gepäckträger etwas zuruft und dann versucht, höflich und behutsam, zu ihnen vorzudringen. Aber je weiter er kommt, desto mehr entfernen sich Sureda und Ysabel. Ysabel wird erst nach einer Weile gewahr, daß ihr Schwiegervater sie sanft, aber nachdrücklich, nachdem er Stück für Stück den Trolley hochbeladen hat, zum Ausgang hin schiebt, am Gepäckband entlang.

»Was hast du, Papá?« fragt sie amüsiert.

»Gar nichts. Es ist nichts.«

»Dieser Brown. Er meinte, er habe von Els Sant Castells gehört. Das war komisch. Denn woher soll er es kennen? Eine kleine Finca von achttausend Hektar.«

»In anderen Gegenden sind so etwas riesige Güter«, murmelt Sureda. »Und ein Vermögen wert.«

»Zwölfhundert Schafe und zweihundert Jabuga-Schweine«, Ysabel lacht, »damit macht man kein Vermögen. Schon gar nicht jemand wie Papá, der sich nur für die Jagd interessiert, für wilde Ziegen. Ich bitte dich. Und der soll einen Mann kennen, der Anzüge von Harrolds trägt und röntgensichere Koffer? Im Leben nicht.« Sie lacht.

Gordon Brown hat es aufgegeben, Sureda zu erreichen. Er hat sich vom Strudel der Menschen zurückdrängen, wegschieben lassen. Jetzt folgt er dem Gepäckträger, der auf einen Zollbeamten zusteuert. Sie wechseln ein paar Worte, der Zollbeamte winkt sie höflich in eine Kabine.

»Würde ich wirklich gerne wissen, was dieser Typ so mit sich herumschleppt. Ich glaube, er hat dich erkannt.«

»Hat er so einen Eindruck auf dich gemacht? Ich glaube, ich muß Felipe warnen. Wenn seine Frau so leicht zu verführen ist ...«

Ysabel küßt ihren Schwiegervater. »Also gut, vergessen wir Gordon Brown. Erzähl mir was anderes. Wie sind die Pläne für den heutigen Tag?«

»Es ist alles organisiert. Wenn das Flugzeug sich verspätet hätte, wäre es eine Katastrophe geworden. Also, wenn Felipe es geschafft hat, einen Parkplatz für den Wagen dort zu ergattern, wo wir es verabredet haben, werden wir dein Gepäck verstauen und sofort ins Caballito fahren.«

»Ah«, ruft Ysabel, »ins Caballito. Felipe wird begeistert sein! Endlich wieder Cigalas à la Plancha!«

»Er ist schon begeistert. Er hat es nämlich persönlich beschlossen. Anschließend kurz in meine Kanzlei, das habe ich mit Mathilda besprochen. Sie sagt, wir sollten das heute noch erledigen, alles, was zu erledigen ist, und uns fortan nur noch unserem Vergnügen hingeben, dem Vergnügen, zwei wunderbare Menschen miteinander zu vermählen.«

Ysabel lacht. »Und was Mathilda sagt, das wird befolgt. Das paßt aber gar nicht zur dir.«

»In manchen Dingen vertraue ich ihrem Instinkt besser als meinem. Sie liest die richtigen Zeitschriften, weißt du, sie geht in alle amerikanischen Filme. Sie weiß, wie man sich bei gewissen gesellschaftlichen Anlässen kleidet, was man als Trinkspruch sagen sollte und was lieber nicht. Solche Dinge. Außerdem hat sie persönlich euren Ehevertrag abgetippt. Ich wollte nicht, daß er in meiner Kanzlei kursiert. Private Dinge halte ich gerne unter Verschluß. Sie hat alles so perfekt vorbereitet, daß du nur noch unterschreiben mußt.«

Ysabel lächelte ungläubig. »Einen Ehevertrag? Wir haben nie davon gesprochen, daß ein Ehevertrag ausgehandelt werden muß.«

»Ysabel, laß dich in den Arm nehmen. Es ist alles vollkommen harmlos und vernünftig, was wir da aufgesetzt haben. Es stellt die Dinge einfach nur klar. Ich bin für klare Verhältnisse. Es ist mein Beruf, zu verhindern, was man verhindern kann. Und jetzt möchte ich wieder das süße Lächeln sehen. Mein Gott. Eine junge Braut. Und so krause Falten auf der Stirn.«

Er küßt sie, und Ysabel läßt es geschehen, mit geschlossenen Augen. Später, denkt sie, werde ich darüber nachdenken. Später werde ich mit Felipe darüber reden. Werde ihn fragen, warum so etwas über unsere Köpfe hinweg verhandelt wird. Oder weiß Felipe mehr als ich? Auch sie hat gelernt, im Erstsemester, daß eine Ehe juristisch eine hochkomplizierte Fusion ist. Komplizierter als die Fusion mancher Firmen. Natürlich wird sie sich nicht gegen einen Vertrag sperren. Wenn er fair ist. Wie könnte sie. Sie ist eine moderne Frau. Sie hat Wirtschaftswissenschaften studiert. Sie weiß, daß ihr Schwiegervater im Grunde recht hat.

»Ysabel Pilar de Villalonga? Dürfen wir? Ein kleines Foto?«

Sureda wirbelt herum. Er hält Ysabels Arm fest wie in einem Schraubstock. Ein Blitzlicht flammt auf, noch eines. Fotografen sind da, Reporter.

Er schiebt die Leute mit einer herablassenden Handbewegung weg. »Was wollen Sie? Fotografieren Sie lieber die Stars. In deren Leben schnüffeln Sie doch so gern herum!«

»Aber Papá.« Ysabel entzieht ihm sanft ihren Arm. »Sei nicht wütend.«

Als die beiden Fotografen ihre Kamera senken, tritt eine junge Frau vor, nicht viel älter als Ysabel. »Wir haben erfahren, daß Sie mit der Morgenmaschine aus London kommen.«

»Von wem haben Sie das?« fragt Sureda scharf. »Etwa aus meiner Kanzlei?«

»Wir haben im Els Sant Castells angerufen. Ich habe mit Ihrer Mutter gesprochen«, die Reporterin wendet sich jetzt an Ysabel,

»Doña Margalída sagte mir, daß Sie bestimmt nichts dagegen hätten, für Diario de Mallorca ein kleines Interview zu geben. Unsere Leser brennen darauf, etwas über die Traumhochzeit des Jahres zu hören.«

»Traumhochzeit! Wer erzählt so einen Unsinn?«

Die Reporterin vermeidet es, Sureda anzusehen. Sie tritt noch einen Schritt auf Ysabel zu. »Mein Chefredakteur möchte in der morgigen Ausgabe mindestens drei Seiten über Sie und Don Felipe Ramón bringen. Wenn Sie mich jetzt wegschicken, schmeißt er mich raus!«

Ungerührt schiebt Sureda den Gepäckwagen auf die großen, gläsernen Schiebetüren zu, die sich automatisch öffnen. Das gleißende Licht eines heißen Sommertages. Die Phalanx von Reisebussen, Menschentrauben um die Einstiegtüren, Taxifahrer, die auf dem Trittbrett ihrer schwarzgelben Autos stehen und sich mit dem Hemdsärmel den Schweiß von der Stirn wischen, hastende Leute mit und ohne Gepäck, auf dem Weg von irgendwo nach irgendwo.

»Papá«, fleht Ysabel, »nur ein Foto!« Es ist ihr erstes Interview.

Sie nimmt die Sonnenbrille aus der Tasche und schiebt damit die Haare aus der Stirn.

»O ja«, der Fotograf tritt einen Schritt zurück und hebt die Kamera. »Das ist schön, diese Handbewegung. Kann ich das noch einmal haben?«

»Klar«, sagt Ysabel fröhlich. Und schiebt die Haare ein zweites Mal mit der Sonnenbrille aus der Stirn.

»Morgen wirst du auf der ersten Seite von Diario de Mallorca sein.« Sureda knurrt mißmutig. »Willst du das?«

»Ich finde es lustig.« Ysabel lächelt in die Kamera. Das Blitzlicht flammt wieder auf. Und noch einmal.

»Und jetzt noch einmal mit dem Herrn Schwiegervater, bitte«, sagt der Fotograf.

Ysabel hängt sich bei Sureda ein. »Er ist der beste Schwiegervater der Welt«, sagt sie.

»Und warum?« Die Reporterin zückt ihr Notizbuch.

»Weil er mir ein Brautkleid geschenkt hat, Haute Couture«, sagt Ysabel. »Und weil das so sagenhaft schön ist. Das darf ich doch erzählen, oder nicht?«

Sureda drückt ihren Arm. »Du kannst erzählen, was du willst, Kind. Du bist alt genug. Es ist deine Hochzeit, dein Glück, deine Ehe, dein Leben. Alles deins. Du machst, was du für richtig hältst.« Er wendet sich, jetzt plötzlich viel sanfter, an die Reporterin. »Hochzeitsbilder sind doch viel schöner als das hier. Warum fotografieren Sie nicht, wenn Ysabel ihr Brautkleid trägt?«

»Das würden wir ja gerne«, sagt der Fotograf, »aber wir wissen nicht, wo die Trauung stattfindet.«

»In der Kathedrale von Palma?« fragt die Reporterin.

Ysabel schüttelt den Kopf. »Bei uns. Zu unserem Haus gehört eine kleine Kapelle.«

Sureda lächelt. Es gefällt ihm, wie Ysabel Haus gesagt hat und kleine Kapelle. In Wahrheit handelt es sich um eine Kirche, in der alle 250 Gäste bequem Platz haben werden. Und das Haus hat 64 Zimmer.

»Eine eigene Kapelle«, der Kuli kratzt auf dem Notizblock. »Wie das klingt. Ich habe gehört, Els Sant Castells soll eines der schönsten Landgüter der Insel sein. Aber ich kenne niemanden, der je da war.«

Sureda streckt ihr die Hand entgegen. »Geben Sie mir Ihre Karte, ich schicke Ihnen eine Einladung. Vorausgesetzt, daß Sie sich festlich kleiden und auch Ihr Begleiter da«, er deutet auf den Fotografen, »nicht in diesem Räuberzivil kommt, Jeans und Army-Weste. Die Uniform der Fotografen.«

Die Reporterin strahlt. »Danke. Eine Frage noch, Doña Ysabel, bitte, eine einzige, weil wir dafür auf der Hochzeit vielleicht keine Zeit haben.«

Sureda bleibt seufzend stehen.

»Aber wirklich nur noch eine«, bittet Ysabel.

»Ich wollte Doña Ysabel fragen, ob sie an das Schicksal glaubt.«

Sureda wendet sich angewidert ab.

»Ich glaube«, sagt Ysabel zögernd, »daß alles, was mit uns geschieht, einem Plan folgt. Ich meine nicht, daß es der Plan Gottes sein muß. Ich weiß nicht, ob Gott wirklich existiert. Je weiter wir mit unseren Marssonden und Satelliten den Weltraum erforschen, je mehr Millionen Lichtjahre wir durchqueren können mit unseren Teleskopen oder wie auch immer ... – was ich sagen wollte ...«

»Was du sagen willst, Kind, ist doch das: Alles liegt in der Hand einer unsichtbaren Macht, die uns lenkt und führt.«

»Nein, Papá, nein, das wollte ich nicht sagen. Ich wollte sagen, daß es wahrscheinlich einen Plan gibt für alles, auch für unsere Hochzeit, daß es einen Grund gibt, warum Felipe Ramón und ich uns ineinander verliebt haben. Und einen Grund, warum wir beschlossen haben zu heiraten. Daß ich diesen Grund aber nicht kenne. Ich war vorher in andere Männer verliebt und hab nicht den Wunsch gehabt zu heiraten.«

»Haben Sie früher auch schon Heiratsanträge bekommen?«

»Nein«, sagt Ysabel, »habe ich nicht. Aber ich habe es auch nicht darauf angelegt.«

»Und bei Don Felipe Ramón haben Sie es darauf angelegt?«

Ysabel lacht. »Nein, auch nicht. Ich habe mich aber in ihn verliebt. Und ich nehme an, er hat sich in mich verliebt. Und dann wollten wir uns nicht mehr vorstellen, daß einer ohne den anderen leben müßte. Und dann haben wir gesagt, okay, wieso heiraten wir dann nicht? Das ist alles. Tut mir leid, wenn es nicht romantischer ist. Ich hoffe, Sie haben genug für Ihre Zeitung?«

»Worauf du dich verlassen kannst«, brummt Sureda. »Sie werden damit nicht nur drei Seiten füllen, sondern das ganze Blatt. Hola!« Er reißt den Arm hoch und winkt. »Da ist er! Felipe! Hier!«

Felipe läuft ihnen entgegen. Er läuft nicht, er hüpft, er tanzt, er springt. Er trägt einen weißen Leinenhut zu einer weißen Leinenhose und weißem T-Shirt. Er sieht aus wie ein Sunnyboy, ein Millionärssöhnchen, der am Mittelmeer Urlaub macht auf der Luxusyacht seines Vaters. Und außerdem sieht er verliebt aus. Fotos von solchen Männern wollen die Menschen sehen.

Er breitet die Arme aus und fängt Ysabel auf. Er schiebt ihren Hut aus der Stirn, nimmt ihre Sonnenbrille ab, steckt sie in seine Hosentasche und küßt sie, mit geschlossenen Augen, lange, drängt sich an sie, bis sie seinen warmen Körper spürt.

So stehen sie, und die Blitzlichter flackern.

Plötzlich brüllt Sureda die beiden Fotografen an: »Gönnt ihr dem jungen Paar nicht wenigstens eine Minute für die Begrüßung? Was ist das hier? Mallorca, die Insel der Liebenden? Oder ein Orwell-Staat? Ach, geht zum Teufel.«

Er schiebt die Gepäckkarre weiter bis zur Limousine und entsichert die Zentralverriegelung.

Endlich läßt Felipe seine Braut los. Er lächelt in die Kameras der Fotografen. »Ich wette«, sagt er fröhlich, »es gibt in Ihrem Archiv keinen schöneren Kuß.«

Der Fotograf und die Reporterin bedanken sich artig und ziehen sich zurück.

»Jetzt rennt er, um den Film zu entwickeln«, sagt Felipe, »und sie denkt schon im Auto über eine gute Schlagzeile nach.« Er legt seinen Arm um Ysabels Taille. »Wir werden berühmt, mi pasión.«

»Eine gräßliche Bande«, knurrt Sureda, »dieses Journalistenpack.«

»Aber du hast sie selber eben zur Hochzeit eingeladen.«

»Weil sie sowieso gekommen wären. Weil man sie nicht abhalten kann. Wenn sie aber eingeladen sind, dürfen wir hoffen, daß sie sich anständig benehmen, und wir Einfluß haben auf das, was sie schreiben.«

Felipe lacht. »Aber was sollen sie schon Schlimmes schreiben, Papá? Es ist eine Hochzeit. Eine fröhliche, harmlose Geschichte. Wovor hast du Angst?«

»Ich? Ich habe vor gar nichts Angst.«

»Na, siehst du. Außerdem haben die Zeitungen dir sehr geholfen, so berühmt zu werden, wie du heute bist. Hätten sie nicht jeden deiner Prozesse begleitet, immer wieder über deine Erfolge geschrieben – wer weiß, ob du heute der berühmteste Anwalt der Insel wärst.«

»Ich verdanke denen nichts. Gar nichts.« Sureda schiebt den Trolley neben seine Limousine mit getönten Fensterscheiben.

Wegen der Klimaanlage sind alle Fenster geschlossen. Ysabel haßt Klimaanlagen. Aber das wird sie ihrem Schwiegervater nicht sagen. Nicht heute.

Während er ihre Koffer in dem großen Gepäckraum verstaut, immer noch entrüstet, tauschen Felipe und Ysabel Küsse.

»Sie schnüffeln überall herum. Sie behindern Prozesse. Die Wahrheitsfindung sowieso. Sie verdrehen Tatsachen, beeinflussen Zeugen, Richter und Geschworene. Ohne sie hätte ich es leichter, viel leichter gehabt. Sie stürzen Regierungen und bringen honorige Leute um ihre Ehre. Sie suchen überall nach Schmutz. Es ist widerlich.«

Felipe legt seinem Vater den Arm um die Schulter. »Dafür, Papá, haben die honorigen Leute dann ja dich. Du machst ihre angeschmutzten Westen wieder rein und gibst ihnen ihre Ehre zurück. Und dafür bezahlen sie dich fürstlich. Das ist doch wunderbar.«

Sureda, der gerade in den Wagen einsteigen will, hält mitten in der Bewegung inne.

Er mustert seinen Sohn, diesen unbekümmerten, fröhlichen und verliebten jungen Mann im weißen Sommeranzug.

»Eines Tages wirst du verstehen, was ich gemeint habe.«

Doña Margalída

Am frühen Morgen lag noch Nebel über dem Tal, wie ein zarter Brautschleier, der sich über die Kronen der Orangenbäume legte und in Rebstöcken verfing. Von den Steinmauern, die Els Sant Castells terrassenförmig umgeben, war durch den Nebelschleier nur der alte Wasserturm sichtbar, zweistökkig, mit Fenstern, schmal wie Schießscharten, und einer Haube aus schwarzem Holz. Ein Leuchtturm im Nebelmeer. Und als von diesem Turm das kleine Glöckchen schlug, das die Arbeiter zur Merienda rief, zum zweiten Frühstück, mußte Doña Margalída an ihre eigene Hochzeitsreise denken, vor fast dreißig Jahren. Sie reisten mit einem Schiff über das Meer und gerieten in einen Sturm, einen Tag und eine Nacht waren die Wellen hoch wie Häuser. Das Schiff lag schräg im Wasser, richtete sich auf und fiel auf die andere Seite, alles schwankte. Nichts blieb an seinem Platz. Doña Margalída mußte sich mit ihren Seidenstrümpfen von Pepe in ihrer Koje festbinden lassen, um nicht herauszufallen. Oben, an Deck, ließ der betrunkene Kapitän das Glöckchen läuten. Nebel war über dem Meer. Jeden Augenblick konnten sie mit einem anderen Schiff kollidieren.

»Ich habe nicht geheiratet, um zu sterben«, hat sie zu ihrem Mann gesagt, der als einer der wenigen noch aufrecht gehen konnte. Pepe pflegte sie wie ein Samariter, denn damals liebte er sie noch.

»Du wirst nicht sterben, Margalída, mi corazon«, flüsterte Pepe, »ich bin bei dir. Es geschieht dir nichts. Es ist nur ein kleiner Sturm.«

An diesem Morgen ist Doña Margalída mit Kopfschmerzen aufgewacht. Sie fühlt sich immer noch wie auf einem schwankenden Schiff. Jemand, denkt sie, zieht mir den Boden unter den Füßen weg. Was bedeutet es, daß mir immerfort so schwindlig ist?

Sie nimmt gleich zwei Tabletten, die sie vorher in lauwarmem Kräutertee aufgelöst hat. Sie geht, die Hände gegen die Schläfen gepreßt, in dem Haus herum und herrscht Catalína an, die Köchin, weil sie das Radio so laut aufgedreht hat. Und weil sie die Lieder mitsingt, beim Putzen der Küchenfliesen. Schmalzige Schlager, nordafrikanische Lieder, welche die Immigranten mitgebracht haben auf ihrem Weg über Melilla nach Tarifa. Und von da, ausgestattet mit gefälschten Papieren, weiter nach Malaga und auf diese Insel. Alle sind zur Zeit verrückt nach diesen Liedern, arabischen Klängen. Diese Insel, denkt Doña Margalída, haben unsere Vorfahren gegen die Mauren verteidigt, und nun erobern sie alles wieder zurück.

»Stell die Musik ab, Catalína! Ich kann dieses Gejaule nicht ertragen.«

»Kopfschmerzen?« fragt Catalína fröhlich.

Doña Margalída setzt sich an den Küchentisch, der groß wie ein Billardtisch ist, und hält die nackten Unterarme auf die kalte Marmorplatte. Das ist angenehm. Sie legt auch die Stirn auf die Platte, dreht den Kopf behutsam auf dem kalten Stein hin und her. Die Küchenfenster sind weit geöffnet, aber die Sonne kann nicht herein, weil ein Zitronenbaum im Küchenpatio mit seinem dichten Blättergewirr die Strahlen abhält. Der Baum wächst auf einer alten Zisterne, hat seine armdicken Wurzeln um die Mauern der Zisterne geschlungen, sich festgekrallt. Er blüht und trägt Früchte, immer gleichzeitig, das ganze Jahr hindurch. Auf der Fensterbank wuchert Zitronenmelisse. Doña Margalída atmet den frischen Duft gierig ein. Hinter der Patiomauer hört sie Lärm. Traktoren und den aufheulenden Ton von Lastwagen.

»Hat mein Mann schon gefrühstückt?«

»Don Pepe hat Punkt acht Uhr gefrühstückt, wie immer«, sagt Catalína, »und dann ist er mit Francisco weggefahren.«

»Und der Lärm? Diese Lastwagen?«

»Die Leute von Señor Philip bringen den Rasen, zwei Lastwagen mit großen Rollen.« Catalína schüttelt fassungslos den Kopf. »Sie rollen den Rasen aus wie einen Teppich! Alles wird grün, da, wo sonst immer nur tierra blanca war. Francisco sagt, es ist wie ein Wunder. Zehn Jahre lang hat er versucht, da irgend etwas wachsen zu lassen auf der mageren Erde. Nie ist etwas gekeimt außer Disteln. Und jetzt kommen diese Leute und lassen es grün werden an einem einzigen Vormittag. Wirklich ein Wunder.«

»Man kann viele Wunder mit Geld kaufen, Catalína.« Doña Margalída erhebt sich seufzend, geht zum Herd und hebt schnuppernd den Deckel des Kaffeekochers. »Ist er noch heiß?«

Catalína nimmt ihr energisch den Kaffeekocher aus der Hand. »Ich koche Ihnen frischen, Señora. Der hier ist schon kalt. Ich mache Ihnen einen schönen heißen café con leche, und Sie setzen sich draußen in den Patio und hören den Vögeln zu. Die singen heute wie bestellt. Ich habe zu Francisco gesagt, das ist die Hochzeitsmusik für unsere Doña Ysabel, aber Francisco meint, es ist wegen des Nebels. Alles war heute morgen ganz feucht, die Erde, die Dächer, die Pflanzen. Das ist fast so schön, als hätte es geregnet. Ein Geschenk, mitten im Sommer. Setzen Sie sich in den Patio. Ich kümmere mich um den Kaffee.«

»Den Vögeln zuhören!« Doña Margalída verdreht die Augen. »Ich muß an hundert Sachen gleichzeitig denken. Heute kommt Ysabel, und nichts ist fertig. Der Rasen sollte schon letzte Woche kommen. Philip hat ihn vor einer Woche angekündigt, und seitdem warten unsere Leute auf die Lastwagen. Was die sich vorstellen, fünf Tage vor der Hochzeit erst den Rasen zu verlegen! Dieser Dreck, den sie machen, diese Unruhe. Ich werde noch verrückt. Hat dieser David sich gemeldet?«

»Ich weiß von keinem David, Señora.« Catalína klopft den Kaffeegrund gegen den Mülleimer. »Fragen Sie Sebastian. Ich bin nur die Köchin, ich erfahre nichts.«

Sebastian hat vor dem Gästebad auf seine Dueña gewartet. Er weiß immer, wo sie ist. Wie ein Hund, der nie die Spur seiner Herrin verliert.

»Doña Margalída: Señor David fährt gerade auf den Hof. Wo möchten Sie ihn empfangen?«

»In meinem Büro. Catalína soll mir den Kaffee ins Büro bringen. Und fragen Sie Señor David, was er trinken möchte. Wenn er Earl Grey Tee möchte, soll Catalína nicht wieder sagen, wir hätten keinen im Haus. Es gibt Leute, die gerne Tee trinken, auch um diese Tageszeit, Sebastian! Ganz besonders, wenn es Engländer sind! Vielleicht kannst du das Catalína begreiflich machen. Ich bin dazu offenbar zu dumm.«

Sebastian senkt den Kopf. Sebastian ist vierundsiebzig und seit seinem zwölften Lebensjahr bei den Villalongas in Diensten. Er kennt die Familie genauer als diese sich selbst.

»Señora«, er lächelt sanft, »es ist Catalína, die so störrisch ist. Sie denkt, daß Tee schlecht für die Augen ist. Nur weil ihre Großmutter, die bei dieser englischen Familie gearbeitet hat, in der es niemals Kaffee, sondern immer nur Tee gab, im Alter blind wurde. Ich habe Catalína schon hundertmal gesagt, daß ihre Großmutter den Grauen Star hatte. Und daß man heute so was operieren kann.«

»Das Mädchen macht mich wahnsinnig«, seufzt Doña Margalída.

»Ich rede mit ihr.« Sebastian läuft voraus und stößt die Tür zum Turm auf. Doña Margalídas Büro im ersten Stock ist nur durch eine Rundtreppe aus schmalen Marès-Steinen zu erreichen. An der Wand nur ein dünnes, schmiedeeisernes Geländer, dessen Enden wie Lanzenspitzen geschmiedet sind. Einmal im Monat reißt Doña Margalída sich an diesen Lanzenspitzen ein Kleid auf. Aber ihr Mann weigert sich, das Geländer zu erneuern. Er weigert sich immer. Egal, was sie vorschlägt.

»Geh und rede mit Catalína. Der Kaffee könnte längst fertig sein. Bestimmt hat sie über diesen schnulzigen Schlagern wieder die Zeit vergessen. Irgendwann schmeiße ich sie raus, Sebastian, egal, ob sie deine Großnichte ist oder nicht.«

Catalína hat das Radio wieder angestellt und summt ein Lied, während sie mit dem Schneebesen die kochende Milch aufschäumt.

»Du sollst Tee kochen«, zischt Sebastian. Er nimmt ihr den Milchtopf aus der Hand. Catalína hält ihn fest.

»Sie will aber Milchkaffee!« schreit sie.

»Gib den Topf her. Ich schlage die Milch. Setz Wasser auf für den Tee. Señor David ist da, und du weißt, daß er immer Tee will. Earl Grey. Den da in der schwarzen Dose.«

»Wenn er blind werden will. Aber nicht, solange ich hier Köchin bin. Gib den Topf wieder her!«

Aber Sebastian hält den Milchtopf fest und zuckt mit keiner Wimper, als der heiße Milchschaum über seine Hand läuft. »Sie wirft dich raus, Catalína, wenn du so weitermachst. Ich habe dir das hundertmal gesagt.«

»Was hast du gesagt? Wieso will sie mich rausschmeißen? Sie kriegt keine andere, das weiß sie. Niemand will hier arbeiten, bei einer Dueña, die immer schlechte Laune hat.«

»Unsinn. Aber du regst sie auf.«

»Und wieso? Wieso rege ich sie auf? Weil ich singe? Weil ich gerne fröhlich bin? Darf in diesem Haus keiner fröhlich sein? Was ist das für eine Familie, die davon Kopfschmerzen bekommt, wenn andere singen ...?«

»Du bist wie deine Mutter. Du redest zuviel. Sei ruhig, und mach deine Arbeit. Sobald Señor David nach oben geht, ins Büro der Señora, bringst du das Tablett mit Kaffee und Tee. Vergiß nicht den Zucker. Und die Zitrone. Señor David trinkt den Tee mit Zitrone.«

»Damit er noch schneller blind wird.« Catalína greift nach dem Teekessel. Trotzig fragt sie: »Und woher weiß ich, wann der Señor David nach oben gegangen ist?«

»Ich sag dir Bescheid. Ich nehm ihn in Empfang. Er mißt noch irgend etwas aus. Ich arbeite draußen an den Beeten. Ich muß die Jacaranda-Blüten aufsammeln. Darum hat Doña Ysabel mich gebeten. In der Remise stehen schon zehn Eimer voll mit Blütenblättern. Das ist ein Duft!«

»Und was will sie mit den ganzen Blütenblättern?« fragt Catalína.

Sebastian hebt die Schultern. »Ich habe sie nicht gefragt.«

»Das ist typisch«, Catalína tippt sich gegen die Stirn. »Du tust, was diese Leute sagen, seit sechzig Jahren.«

»Zweiundsechzig«, korrigiert Sebastian stolz.

»Du stellst keine Fragen, du forderst nichts. Nicht einmal eine Gehaltserhöhung.«

»Die kommt automatisch«, sagt Sebastian, »da kann ich mich auf den Dueño verlassen. Außerdem geht es dich nichts an.«

»Und wann ist deine letzte Gehaltserhöhung gekommen?«

Sebastian runzelt die Stirn, wedelt ärgerlich mit den Armen. »Was schnatterst du, freches Gänslein? Kümmer dich um deine Sachen. Wieso steht der Teekessel immer noch nicht auf dem Herd?«

»Wenn man will«, ruft Catalína ihm nach, »daß ich immer und zu allem meinen Mund halte, dann kann ich ihnen jetzt schon sagen: Mit mir nicht. Ich mache das nicht mit. Ich bin doch keine Sklavin! Die Zeiten sind vorbei. Auch für solche Familien wie die Villalongas. Aber vielleicht wissen die das noch nicht.« Ihre Stimme überschlägt sich. Sie ist bei ihrem Lieblingsthema. Es ist wunderbar, mit einem alten Onkel Sebastian über so etwas zu streiten. Sebastian zieht die Tür vorsichtig zu. Er fürchtet, jemand im Haus könnte Catalína hören. Aber die Wände auf Els Sant Castells sind meterdick. Die Säle und Kammern in Els Sant Castells, die Zellen der Mönche, die hohen Räume in der Bel Etage, sie alle haben in Jahrhunderten ihre Geheimnisse bewahrt. Alle Schreie sind hier verschlossen, alle Tränen, alle Lust. Wie in einem Safe, zu dem es keine Schlüssel mehr gibt.

Ein heftiger Wind schlägt die Persianas oben am Turmfenster gegen die Mauer.

Im gleichen Augenblick erzittert das undurchdringliche Laub der Bougainvilleas, lilafarbene Blüten fallen zur Erde, ein Gezwitscher und Gekreische hebt an, ein Flügelschlagen und Lärmen, und wie eine kleine dunkle Wolke formiert sich ein Vogelschwarm, steigt hoch und ist im nächsten Augenblick verschwunden.

Aber es war kein Wind, der die Fensterläden aufgestoßen hat. Es ist Doña Margalída, die alles aufreißt und umstößt, was ihr im Weg ist. Sie ringt nach Luft, nach Worten.

David, der blonde Engländer, Besitzer des GLORIA PARTY SERVICE, steht auf der anderen Seite des Schreibtisches und lächelt.

Doña Margalída hüstelt. Lächeln darf man in ihrem Büro nur, wenn es paßt, und im Augenblick paßt es ganz und gar nicht.

»Sie wollen Zelte aufbauen für die Feier? Zelte? Els Sant Castells hat 64 Zimmer, David! Mehr als 2000 Quadratmeter Wohnfläche bietet dieses Haus mit all seinen Nebengebäuden! Und Sie wollen Zelte aufbauen für unsere Gäste? Habe ich richtig gehört?«

David nickt, blaß, aber gefaßt.

»Oder liegt es vielleicht nur an Ihrem furchtbaren Akzent, daß ich etwas falsch verstanden habe? Ich denke, Sie wohnen seit zehn Jahren auf der Insel, David, wieso sprechen Sie immer noch nicht Mallorquín? Wieso muß ich mich mit Ihnen auf spanisch unterhalten und mir auch noch Mühe geben, daß ich Sie richtig verstehe?«

»Gnädige Frau ...«

Mit einer herrischen Handbewegung schneidet Doña Margalída ihm das Wort ab.

»Unsere Gäste sollen in Zelten hocken – wie ... wie ... Flüchtlinge? Haben Sie einen Blick auf die Gästeliste geworfen? Wissen Sie überhaupt, wer zu dieser Hochzeit kommt? Die Duquesa von Bourbon! Sie war auf der Hochzeit von Prince Charles und Lady Diana!«

»Senõra Margalída, ich habe mir ...«

»Seien Sie still, David. Der Conde de Aguirre kommt, ein Mann, der schon mit Pinochet gespeist hat, als Sie noch gar nicht auf der Welt waren! Es kommt der Sohn von General Goded! Dieser Mann hat die Truppen aus Marokko geholt, um Spanien zu befreien! Er ist ein Volksheld ...«

»Er?« murmelt David. »Oder sein Vater?«

»Goded hat dafür gesorgt, David, daß Mallorca zuallererst, noch vor allen erkannte, daß Franco der neue Führer ist.«

»Aber wohin hat Franco das spanische Volk geführt«, murmelt David.

Doña Margalída reagiert nicht auf seine Einwürfe.

»Ich interessiere mich nicht für Politik. Godeds Sohn jedenfalls ist ein Freund der Familie. Und so ein Freund soll von uns in einem Zelt abgespeist werden? Vielleicht eine Art Lazarettzelt, wie man sie damals in Sevilla, in Aragón und Almeria aufgestellt hat? Ich hätte gerne, daß Sie das meinem Mann erklären!«

Doña Margalída greift zu einem Lineal und fächelt sich Luft zu. Die Erregung hat ihr die Röte ins Gesicht getrieben. Es ist falsch, sich bei dieser Hitze so zu erregen. Sie weiß, daß es überhaupt falsch ist, sich zu erregen, schon gar vor dem Personal. Der Einfachheit halber zählt sie David, seit er an der Organisation der Hochzeit maßgeblich beteiligt ist, mit zum Personal.

»Eine ganze Abordnung vom Corte wird kommen, David«, fährt Doña Margalída fort, »es kommt Umberto, der Tenor der Oper von Madrid, es kommt die Präsidentin des Inselrates, der Erzbischof der Stadt Palma! Soll der Bischof in einem Zelt hocken? Wieso ist es in diesem Raum auf einmal so heiß?«

Auf der Oberlippe von Doña Margalída bilden sich kleine Schweißperlen. Für ihr Alter – Doña Margalída wird im kommenden Jahr 58 – hat sie vollendet geschwungene Lippen, voll und weich. Aber jetzt zittert ihre Oberlippe unter den Schweißperlen. Hastig greift sie nach einem Taschentuch.

David beugt sich über den Schreibtisch. Er breitet die Zeichnungen vor ihr aus. Aquarelle, pastellfarbene Tuschzeichnungen, Bleistiftskizzen und Pläne, wie von einem Meisterarchitekten auf Pergament. Es wurde an nichts gespart. David weiß, wie man Kunden betört.

»Senõra Margalída«, sagt David, »wenn Sie sich nur die Mühe machen wollen, diese Pläne zu studieren, dann werden Sie sofort begreifen, daß es sich hier um ganz besondere Zelte handelt, festliche und prachtvolle Zelte, wie Sie sehen. Zum Beispiel hier. Ein Detail nur. Die Zeltstangen, umwickelt mit Kordeln, königsblaue Quasten. Das ist ein herrlicher Anblick, gnädige Frau.«

Doña Margalída tastet nach der Stuhllehne, geht mit kleinen Schritten, und ohne David anzuschauen, um den Stuhl herum, läßt sich behutsam nieder.

»Ich habe gedacht, daß dieses Fest bei Ihnen in den besten Händen ist, David! Mein Schädel platzt gleich. Wieso waren heute nacht die Fenster nicht geöffnet? Die Luft in diesem Zimmer ist mörderisch.«

David glättet die Zeichnungen und beschwert die aufgerollten Ecken mit den Jadeelefanten, die aufgereiht nach Größe auf dem Schreibtisch stehen. Ein Geschenk ihres Sohnes Anatol. Er hat einen Film in Thailand gedreht, oben im Norden. Anatol produziert in Hollywood Filme, die aber in Spanien noch nie gezeigt wurden. Angeblich sollen diese Tiere Glück bringen. Doña Margalída hat davon bis jetzt noch nichts gemerkt. Aber das ist ungerecht. Ihre Tochter heiratet in die reichsten Kreise Mallorcas. Sie ist wirklich ungerecht.

»Wenn Sie nur einmal einen Blick auf diese Skizzen werfen mögen, gnädige Frau, verstehen Sie sofort, worum es geht. Der GLORIA PARTY SERVICE wäre nicht Nr. 1 auf der Insel geworden, bei dieser anspruchsvollen Klientel, wenn uns je Fehler unterlaufen wären. Allein in dieser Saison haben wir schon feste Buchungen für acht große, wirklich sehr große Feste beim Hochadel ...«

Doña Margalída hebt den Kopf. Der Schmerz in den Schläfen läßt plötzlich nach.

»Acht Feste?« fragt sie.

David nickt. Als ahnte er nicht, daß Doña Margalída jetzt Namen hören möchte, Daten, Fakten, deutet er auf die Skizzen. »Es sind keine gewöhnlichen Zelte, wie Sie sehen ...«

»Acht Feste? Im Hochadel? Ich weiß nur von dreien ...«

»Gnädige Frau, Sie verzeihen, aber Diskretion ist unser Geschäft. Auch über diese Hochzeit lassen wir keine Details an die Öffentlichkeit. Auch nicht gegenüber der Presse. Täglich ruft jemand an vom Diario de Mallorca, meistens zweimal am Tag die Ultima Hora, aber wir geben nichts raus. Keine einzige Information. Darauf haben Sie mein Wort, gnädige Frau.«

Doña Margalída läßt David nicht aus den Augen. Acht Feste, im Hochadel. Nun gut. Vielleicht ergibt sich bei der Hochzeit noch das eine oder andere. Sie beugt sich endlich über die Skizzen.

»Es handelt sich hier«, sagt David, »um die exakten Kopien jener Zelte, die von arabischen Scheichs für Festlichkeiten benutzt werden. Es sind wirklich nicht irgendwelche Zelte, wie Sie sehen.«

»Arabische Zelte?«

»Ja, sie sind in der Regel sechseckig. Und werden, genau so, wie wir es vorhaben, im Halbkreis um eine Bühne, eine Tanzfläche aufgebaut. Wir wollen in die Mitte dieser Zelte einen künstlichen Wasserfall bauen. Das vermittelt Frische und Üppigkeit, es ist etwas, an dem in dieser heißen, trockenen Jahreszeit alle Sinne sich laben können. In den Zelten können wir die Temperatur mindestens um acht Grad senken. Den Damen schmilzt das Make-up bei der Hitze, gnädige Frau. Die Herren bekommen durchgeschwitzte Hemdkragen, und die jungen Damen ärgern sich, daß ihre teuren Kleider aussehen wie nasse Fetzen. Ich habe das alles schon erlebt, Doña Margalída. Die Blumenarrangements welken, alles verdirbt unter der Sonne. Wir rechnen immer mit Katastrophen. Das ist mein Job. Dafür werde ich bezahlt. Und deshalb sage ich: Wir werden Zelte aufstellen. Alle zur Mitte hin geöffnet. Und zwar um den Brunnen herum, den wir mit Früchten und Blumen und Fakkeln in ein magisches Zentrum verwandelt werden. Weinreben, Efeu, Trauben, Körbe mit Datteln und Feigen, Mandeln, die frisch über einem Feuer geröstet werden, und winzige Glühbirnen in diesem Geäst, die eine Illusion von Millionen Glühwürmchen verbreiten. Lassen Sie uns nur machen, Senõra. Es wird Ihnen gefallen, ich weiß es.«

Doña Margalída legt ihre Hand auf Davids Arm. Ihre Stimme ist sanft und nachgiebig. »Ich vertraue Ihnen ja, David.«

Als David behutsam seinen Arm entzieht, tut sie, als bemerke sie es nicht. Sie streichelt statt dessen die polierte Schreibtischplatte.

»Habe ich Ihnen erzählt, woher dieser Schreibtisch kommt?«

»Ja, gnädige Frau. Der Erzherzog Salvador hat von diesem Schreibtisch aus den Blick auf die Tramuntana beschrieben.«

»Vergessen Sie nicht Chopin!« ruft Doña Margalída. »Er soll an diesem Tisch ein Klavierkonzert komponiert haben.« Sie schaut David triumphierend an. »Dieses Haus ist voller Geschichten, David. Voller wunderbarer Dinge und Erinnerungen. Habe ich Ihnen das Zimmer gezeigt, in dem man mir das Brautkleid angezogen hat? Da hängt an der Decke noch der Haken mit dem Seil, genau wie vor 29 Jahren. Heute denken die Gäste, die nichts wissen, daß man sich an dem Seil vielleicht aufhängen soll. Aber an dem Seil hat meine Seidentiara gehangen, die wog fünfzehn Pfund, und daran befestigt noch die Schleppe, zehn Meter lang! Wieviel die gewogen hat, weiß ich nicht mehr. Aber das alles, was ich auf dem Kopf tragen mußte, war so schwer, daß man mir die Tiara von oben herab, von der Zimmerdecke, auf meinen Kopf senken mußte, damit die Frisur nicht durcheinandergerät. Noch wochenlang hat mein Nacken geschmerzt. Vier Tanten haben mir beim Anziehen geholfen. Und weil man meine Haare schon am Vortag gewaschen und eingelegt hat, durfte ich in der Nacht vor der Hochzeit nur im Sitzen schlafen. Ich war damals ein zierliches junges Mädchen, David, das können Sie sich heute vielleicht nicht mehr vorstellen ...«

»Sie sind doch immer noch ein zierliches junges Mädchen«, sagt David lächelnd.

Doña Margalída klopft ihm mit dem Lineal mahnend auf die Finger. »Man darf es mit den Komplimenten nicht übertreiben. Denn dann wirken sie wie Hohn. Ich weiß, daß ich zugelegt habe. In unserer Familie neigt man zum Matronigen in einem gewissen Alter, das jedenfalls behauptet Pepe immer. Aber wann war Pepe schon mal charmant. Am Tag vor unserer Hochzeit war er im Es Pla unterwegs, Schnepfen jagen.

Ich saß unter den Händen zweier Friseure, meine Haare waren so lang, sie reichten bis zur Taille, wenn sie nicht geflochten waren, David. Und er kam von der Jagd, und an seinem Gürtel hingen die Schnepfen, die er geschossen hatte, wie Trophäen. An seinen Stiefeln klirrten die Sporen, denn damals ist er noch zu Pferd auf die Jagd gegangen. Er stand in der offenen Tür, das Licht im Rücken, und ich dachte: Der Ritter kommt und holt seine Braut. Ich war so verliebt, David, an dem Tag, ach, ich wünsche meiner Kleinen so sehr, daß diese Liebe länger hält als meine.«

Bevor David etwas Zustimmendes äußern kann, hat Doña Margalída einen früheren Erzählfaden wieder aufgenommen. »Beide Kinder sind hier geboren. Ysabel hat keine Schwierigkeiten gemacht, ein Mädchen. Aber Anatol, ihn auf die Welt zu bringen war eine blutige Angelegenheit. Ich war so erschöpft, daß ich zwölf Stunden lang geschlafen hab. Und als ich aufwachte, saß eine Nachtigall auf dem Fenstersims und sang. Und neben mir, in der Wiege, schlief der kleine Bub, gewaschen und frisch gewickelt. Und draußen hörte man das Schlagen und Rufen, das Lachen der Arbeiter. Es war die Zeit der Mandelernte. In der Stadt stöhnten sie über die Hitze. Aber hier wehte ein köstlicher Wind, bis zu mir ins Zimmer. Deshalb liebe ich Els Sant Castells. Deshalb habe ich mich mit Händen und Füßen dagegen gewehrt, dieses Gut zu verkaufen. Es stimmt, daß wir hier nur wenige Wochen im Jahr verbringen. Das schmerzt mich auch. Mein Mann wirft es mir immer wieder vor. Wenn es nach Pepe ginge, würden wir das Stadthaus in Palma verkaufen ...«

»Bitte nicht, gnädige Frau!« fleht David erschrocken. »Es ist einer der schönsten Paläste der Stadt. Die Feste, die man dort feiern kann! Bitte nicht verkaufen. Damit ein Immobilienbüro oder eine Reiseagentur da einzieht! Wollen Sie das?«

»Oder ein Deutscher«, sagt Doña Margalída mit Schaudern, »der mit seinem schwarzen Geld die Preise verdirbt.«

David breitet weitere Zeichnungen vor ihr aus, die Innenansicht eines Zeltes, mit gedeckter Tafel und fertiger Bestuhlung.

»Die Stühle sind golden, die Sitze aus Samt. Aber das wissen Sie ja.«

»Rot?« ruft Doña Margalída beglückt. »So rot wie im Schloß Bellver?«

»Wir benutzen aus der gleichen Fabrikation Stühle«, sagt David, und ein Leuchten geht über das Gesicht von Doña Margalída. »Es wird alles wirklich sehr königlich aussehen, gnädige Frau.«

»Habe ich Ihnen erzählt«, Doña Margalída greift wieder nach Davids Arm, »daß vielleicht die Tochter von König Juan Carlos kommen wird? Mit ihrem Mann! Wissen Sie, daß Don Jaume für Doña Elena und ihren Mann den Ehevertrag aufgesetzt hat? Zweihundertachtundfünfzig Seiten! Seitdem sind sie Freunde. Ich habe zu Don Jaume gesagt: Wenn Sie mir einen Gefallen im Leben tun wollen, dann sorgen Sie dafür, daß diese beiden herrlichen Menschen zu unserer Hochzeit kommen.« Sie nimmt die Zeichnungen wieder auf. »Es können also 252 Personen sein, ohne Bodyguards.«

»Für die Leibwächter der Gäste haben wir besondere Vorkehrungen getroffen«, sagt David. »Das gehört zu unserem Job. Aber wenn ein paar Gäste mehr oder weniger sind, wahrhaft kein Problem. Wir rechnen immer mit einer Toleranz von 5 Prozent plus oder minus. Wir können die Tafeln entsprechend variieren.«

»Wann haben Sie diese Zelte zum letzten Mal gebraucht?«

»Vor zwei Wochen, gnädige Frau. Da waren es allerdings sieben Zelte.«

»Sieben Zelte?« ruft Doña Margalída empört. »Und für uns planen Sie nur fünf! Haben Sie vergessen, daß diese Hochzeit das Ereignis des Jahres ist?«

»Ich vergesse es nicht. Vor zwei Wochen wurde die Grundsteinlegung für ein großes Bauprojekt gefeiert. Hotel und Poloclub. Bei Felanitx. Sie haben es bestimmt gelesen.«

»Ein Deutscher baut das, nicht? Da hat es viele Proteste gegeben?«

»Die Proteste sind verstummt. Wir hatten, wie gesagt, auch ein gesetztes Essen, aber ...«

Doña Margalída unterbricht ihn. »Wie viele Gänge?«

»Vier Gänge.«

»Wir servieren fünf! Und dabei sind das Dessert und der Käse nicht mitgerechnet.«

»Ebensowenig wie die Tapas.«

»Richtig. Wie viele Sorten Tapas servieren wir noch gleich?«

»Da müßte ich in den Aufzeichnungen nachschauen, ich glaube nicht, daß ich jetzt auswendig ...«

»Aber Sie wissen doch noch, was wir besprochen haben ...«

»Natürlich. Wir haben Tempura von Gemüse und Gambas. Wir haben Albondigas aus Kalbfleisch. Wir haben Calamares Fritos, Datíles con Beicon, wir haben Mini-Empanadas, mit Stopfleber und Erbsen gefüllt ...«

»Und der Pata-Negra-Schinken«, unterbricht Doña Margalída, »der von Ihrem Spezialisten frisch vom Knochen geschnitten und abwechselnd mit reifen Feigen rosettenförmig auf Tellern angerichtet wird. Um eine Kresseblüte.«

»Sie wissen doch alles, gnädige Frau.« David, nach einem diskreten Blick auf die Uhr, rollt die Pläne zusammen.

Doña Margalída lehnt sich zurück. Die Handflächen auf dem kühlen, glatten Holz des Schreibtisches, den ihr Vater dem Conde Llorenc Huguet bei einer Wette abgenommen hat. Oder im Streit. Aber was soll's. Jetzt gehört er ihnen.

Was sagt David gerade?

»Wir haben für jeden Gast eine Sitzbreite von 80 Zentimetern berechnet. Das ist ausreichend für das Tafelsilber. Ausreichend für die Schulterbreite.«

»Wie viele Gäste waren es auf dieser Gründungsfeier bei dem Deutschen?«

»Zweihundert.«

»Und da hatten sie sieben Zelte?«

Als David nickt, sagt Doña Margalída mit leiser Stimme, aber sehr scharf: »Dann will ich acht Zelte.«

»Aber gnädige Frau, wir haben ...«

»Acht Zelte und basta.« Doña Margalída schlägt mit der flachen Hand auf den Tisch. »Das Gut Els Sant Castells steht auf 8000 Hektar Land! Und wir verhandeln über Zentimeter? Uns gehört das Land von hier bis nach Alaró, David! Was soll dieses lächerliche Feilschen um Zentimeter? Wenn ich es will, werden zehn Zelte aufgestellt! Zwanzig!«

David bückt sich wortlos, um eines der Blätter aufzuheben, die Doña Margalída mit einer herrischen Bewegung heruntergefegt hat. Als er sich aufrichtet, ist sein Gesicht noch um eine Spur blasser.

»Ich tue es ungern, gnädige Frau«, sagt er leise, fast ohne die Lippen zu bewegen und die Zähne auseinanderzunehmen, »aber alles ist, so, wie ich es Ihnen hier zeige, bereits von

Don Jaume abgesegnet worden. Jede Einzelheit. Ich wahre nur die Form, indem ich herauskomme nach Els Sant Castells, um es ein weiteres Mal mit Ihnen durchzugehen. An diesen Plänen soll nichts mehr geändert werden. Nach diesen Plänen ist der Kostenvoranschlag aufgesetzt worden und, wie verabredet, zu einem Teil bereits bezahlt.« David macht eine kleine Pause und blickt in Doña Margalídas Augen. »Von Don Jaume, wie Sie wissen. Mein Auftraggeber ist Don Jaume.«

Doña Margalída schließt die Augen. Wie Blitze zucken die Schmerzen in ihren Schläfen.

Da, das Gezwitscher in der Luft. Das Schnattern und Schnäbeln, das Flügelschlagen, das Rauschen im Geäst der Bougainvillea, das Rascheln von Blättern. Dieser ungeheure Lärm auf einmal. Dieses Tirilieren und Zwitschern.

»Was ist das?« flüstert Doña Margalída.

»Die Sperlinge. Sie sind zurückgekommen.«

Doña Margalída öffnet behutsam die Lider. Vorsichtig schaut sie in die Richtung, in der David steht. Ihre Augen wandern zu seinem Gesicht, den Augen. So helles Blau. Arglos und freundlich.

Was hatte er zuletzt gesagt? Vergessen. Ach, lieber vergessen.

Er lächelt. Und da lächelt auch sie.

»Ach, die Vögel. Die wohnen hier seit Generationen«, sagt sie.

»Eine richtige Großfamilie. Manchmal machen sie so einen Krach, daß ich das Fenster schließen muß. Ich weiß nicht, worum sie sich immerzu zanken.«

»Wahrscheinlich um ähnliche Dinge wie wir Menschen. Um Futter, um Platz.«

»Aber sie haben doch alles.«

»Die Menschen auch«, sagt David.

»Sie sind ein Philosoph«, sagt Doña Margalída. Sie schaut ihn neugierig an. »Stimmt das?«

»In meinem Beruf«, sagt David schulterzuckend, »bleibt das nicht aus.«

»Ich mag Leute, die nachdenken.« Doña Margalída, auf einmal besänftigt, streckt ihm graziös die Hand hin.

David küßt die Luft über dem Smaragd, der in Gold gefaßt ist.

»Ich bin sicher«, sagt Doña Margalída weich, »daß bei Ihnen alles in guten Händen ist, David.«

David lächelt. »Sie müssen sich keine Sorgen machen.«

»Um eines darf ich Sie aber bitten, David.« Doña Margalída geht an ihm vorbei und öffnet die Tür, die zur Treppe führt. »Behalten Sie das für sich.«

»Was?«

»Daß der Vater des Bräutigams die Hochzeit bezahlt. Ich weiß, daß es an uns wäre, für die Kosten aufzukommen. Unglücklicherweise trifft diese Hochzeit mit einem gewissen finanziellen Engpaß zusammen. Der wird wahrscheinlich schon in wenigen Monaten behoben sein. Und natürlich bekommt Don Jaume dann von mir und meinem Mann alle Kosten zurückerstattet. Jeden Duro. Für alles. Für die Zelte mit geraffter Fliegerseide, die Kellner, die Blumen, den Tischschmuck. Wir werden alles aus eigener Tasche zurückbezahlen, David. Ich möchte nicht, daß auf der Insel falsche Gerüchte entstehen. Ich weiß, das Sie ein Gentleman sind.«

David verbeugt sich wortlos. Er geht an Doña Margalída vorbei.

»Meine Lippen sind versiegelt, gnädige Frau.«

Doña Margalída hält ihn fest, wartet, daß er ihr sein Gesicht zuwendet, und küßt ihn auf die Wangen.

»Es wird ein wunderbares Fest, nicht wahr?«

»Ganz sicher.«

»Ysabels Enkel werden noch davon erzählen, nicht wahr?«

»Es wird die Hochzeit des Jahres, Doña Margalída. Soviel ist sicher.«

Doña Margalída lacht. Sie ist plötzlich ganz fröhlich, der Kopfschmerz vergessen.

»Und der Koch?« fragt sie, als sie hinter David die gewundene Treppe heruntersteigt.

»Welcher Koch?« fragt er zurück. »Ich beschäftige zwanzig.«

»Na, den Sie mitgebracht haben. Der das Probe-Menü gekocht hat. In unserem Stadthaus. Vor einem Monat. Dieser dicke – ist er ein Mann Ihres Vertrauens?«

»Ich beschäftige nur Personal, dem ich vollkommen vertraue.«

»Ich möchte nicht, daß einer meiner Gäste am anderen Tag mit Magenkrämpfen im Hospital liegt, weil vielleicht das Eis nicht gut war oder der Fisch.«

»Wir kaufen alles in den Markthallen an der Plaça Olivar. Alles wird für den 25. frisch bestellt. Alles, gnädige Frau. Hummer, Wachteln, Gemüse, Fleisch. Alles. Morgens um vier Uhr sind unsere Köche schon auf dem Markt und laden alles auf. Und dann beginnt die Arbeit. Wenn die Braut noch dem schönsten Tag entgegenschläft.«

Es ist die Zeit der Jacaranda-Blüte. Es war Ysabels großer Wunsch, während der Blütezeit zu heiraten. Die Zeit, in der die jahrhundertealten, ausgetretenen Marmorsteine des Hofplatzes einen Teppich aus blaßblauen Blüten tragen.

David hat die Schönheit der Bäume in ihrer Pracht bereits in sein Konzept einbezogen. Ysabel zu Ehren ist Sebastian seit Tagen nur damit beschäftigt, die eben gefallenen Blüten vorsichtig in Weidenkörben zu sammeln und in die Remise zu tragen.

»Herrliche Bäume«, sagt David wieder einmal, als er neben Doña Margalída aus dem Portal tritt.

»Die verdanken wir dem Caudillo.« Doña Margalída schiebt mit der Schuhspitze die Blüten beiseite. »Sie sind fast siebzig Jahre alt. Und ihre Blüten werden immer größer. Von diesem Duft habe ich schon morgens Kopfschmerzen. Ich leide, wenn sie blühen.«

David bleibt stehen. »Dem Caudillo? Sie meinen General Francisco Franco?«

»Wen sonst. Wir hier auf der Insel haben ihm den Namen Caudillo gegeben. Er war schon Palmas Liebling, als auf dem Festland noch keiner an ihn geglaubt hat. Damals hatte Azaña ihn als Militärgouverneur auf diese Insel versetzt. Er kam mit seiner Frau. Es muß der Sommer der großen Feste gewesen sein. Pepe weiß es von seinen Eltern. Die Leute haben immer nur getrunken, gesungen und getanzt. Man hat sich um Franco gerissen, David. Das wird heute gern verschwiegen.

Unsere Familie war nicht die einzige, die für ein Fest ihren Garten umgraben ließ. Weil die Frau des Caudillo Jacarandas so liebte, haben die Großeltern die tonnenschweren Marmorplatten aus dem Boden ausgraben lassen und Bäume gepflanzt, die mit dem Schiff aus Sizilien herbeigeschafft werden mußten. Dort sind Jacarandas auch beliebt.«

»Vielleicht hatte Mussolinis Ehefrau die gleiche Schwäche«, murmelt David. Seine Miene wirkt plötzlich betrübt. Er wirft einen Blick auf die Körbe, mindestens ein halbes Dutzend, die in der Remise stehen, luftig und schattig.

Sebastian hat eigens einen Ventilator dort angebracht, der die leichten Blüten aufwirbeln und befächeln soll, damit sie nicht vorzeitig welken.

»Ich wußte gar nicht«, sagt David, »daß Ihre Familie zu den Franco-Anhängern gehörte.«

Doña Margalída hebt die Schultern. »Niemand redet über so was. Man versucht, alles zu vergessen.«

»Ich wußte nicht einmal, daß Franco Militärgouverneur auf dieser Insel war«, sagt David.

»Es hat auch nicht lange gedauert. Nur einen Sommer. Vielleicht, weil hier zuviel gefeiert wurde. Sie haben ihn bald wieder nach Marokko versetzt. Da gab es mehr Krieg und Tod und weniger Feste.«

Sie wirft einen Blick in den Himmel, der von einer geradezu magischen Durchsichtigkeit ist. »Es wird nicht regnen, nicht wahr, David?«

»Es wird nicht regnen, gnädige Frau.«

Doña Margalída fürchtet nichts so sehr wie einen Platzregen oder ein Gewitter während der Hochzeitsfeier. Denn wenn es um diese Jahreszeit auf der Insel regnet, dann ist es nicht ein höflicher, guterzogener Regen wie im nördlichen Teil Europas, ein Regen, wie er auf London oder Paris herabkommt, sondern eine Naturkatastrophe.

Doña Margalída ist dreimal nach Inca gefahren und hat in der Kirche Santa Ana jeweils eine meterhohe und armdicke Kerze gestiftet. Sie hätte auch in ihrer eigenen Kapelle beten können, nur eine Viertelstunde Fußweg von diesem mit Jacarandaduft erfüllten Hof, aber dieser Kirche traut sie nicht, weil sie nach dem Namenspatron Baptista benannt ist. Doña Margalída traut auch Baptista nicht. Die heilige Ana ist ihre persönliche Schutzheilige. Sie wird dafür sorgen, daß dieser Tag, an dem ganz Mallorca auf Els Sant Castells schaut, nicht durch ein Gewitter verdorben wird.

Und im übrigen hat David ja recht: Mit den Zelten ist auch diese Sorge gebannt. In Zelten ist man gut und trocken aufgehoben bei so einem Wolkenbruch. Aber es wird ja nicht regnen. »Es darf nicht regnen.«

»Nicht, wenn Engel heiraten«, vollendet David, als habe er Doña Margalídas Gedanken erraten, ihren Satz.

Doña Margalída lächelt. Sie reicht David ihre Hand, und er beugt sich artig darüber. »Danke, David«, flüstert sie, »das haben Sie schön gesagt.«

Als David in seinen Wagen gestiegen und davongefahren ist, gesellt sie sich zu Sebastian, der die Körbe mit Blüten unter dem Ventilator neu arrangiert.

»Hast du Don Pepe gesehen?« fragt sie.

»Noch nicht«, sagt Sebastian. »Er ist heute morgen sehr früh losgefahren.«

»Ziegen jagen, ich weiß«, Doña Margalída schnaubt. »Was dieser Mann sich denkt! Ich ersticke in Arbeit, mit all den Vorbereitungen, all den tausend Dingen, die durchdacht und angeschoben werden müssen, und mein Gatte jagt Ziegen in Arta! Wenn man es jemandem erzählte, er würde es nicht glauben, oder? Warum tut er das?«

»Es ist jetzt die Zeit«, sagt Sebastian sanft. »In zwei Wochen darf man nicht mehr jagen. Und er hat erst vier Zicklein mit dem Lasso gefangen, Don Alomar von Es Castaner hat allein im März achtzehn Ziegen mit dem Lasso gefangen. Kein Wunder, daß es ihm keine Ruhe läßt.«

»Männer sind wie Kinder, Sebastian.« Doña Margalída läßt ihre Finger durch die seidenzarten Blütenblätter gleiten. Sie nimmt eine Handvoll hoch und hält sie an die Nase. Es duftet betörend. Vielleicht hat David ja recht. Vielleicht kommen ihre Kopfschmerzen gar nicht von den Jacarandas. Vielleicht gibt es einen anderen Grund.

»Wenn Sie verzeihen«, korrigiert Sebastian sanft, »ich bin

auch ein Mann. Aber ich habe schon mit neun Jahren aufgehört, ein Kind zu sein.«

Tröstend legt Doña Margalída ihre Hand auf seinen schweißnassen Rücken. Alles an ihm ist ihr seit Jahrzehnten vertraut. Der Geruch von ranzigem Olivenöl (mit dem er jeden Morgen seine Hände einreibt, nicht weil das ranzige Öl besser wäre, sondern weil es billiger ist, ein Abfall aus der Küche, den er sich besorgt). Sein Schweiß, seine schlechte Aussprache wegen der fehlenden Schneidezähne, seine krummen Beine, der schlurfende Gang nackter Füße in zu großen Lederschuhen.

»Wenn Don Pepe zurückkommt, schick ihn zu mir«, sagt sie, »aber ohne dieses tote Zicklein, verstanden? Falls er eins gefangen hat.«

»Ich werde versuchen, es ihm auszureden«, sagt Sebastian.

Maria-Magdalenas Tagebuch

22. Januar 1937

Als hätten sie mein Tagebuch heimlich gelesen: Heute morgen brachte Cecilia eine Mandeltorte. Halb so groß wie sonst, aber mit dem gleichen köstlichen Duft und der gleichen Farbe von Eiern und gemahlenen Mandeln. Mir wurde sofort vor Hunger ganz schwindlig. Cecilia hatte auch Tee gekocht, und sie nahm meinen Kopf in ihren Arm und flößte mir Tee ein aus einer Schnabeltasse, indem sie den Schnabel zwischen meine ausgetrockneten Lippen und die Zähne schob, die ich aus Schwäche nicht mehr zusammenpressen konnte.

Erst als der Tee meine Speiseröhre durchfloß und ich merkte, wie der Hustenreiz sofort nachließ, erst als der sanfte Sud meine Magenwände umhüllte, begann sie, mit einer Kuchengabel ein Stück des Kuchens abzustechen, ein Stück, groß wie ein Buñuelo. Also klein eigentlich. Man könnte es gut in den Mund stecken und zerkauen. Aber Cecilia war schlau, sie zerteilte das Stückchen immer weiter und weiter, bis es nur noch so groß wie mein Daumennagel war. Und schließlich fürchtete ich, sie wollte alles zerkrümeln, und da nahm ich ihr das Stück einfach vom Teller und aß es auf. Erst als sie lachte, wußte ich, was ich getan hatte. Ich hatte mein Versprechen gebrochen, Victoriano. Aber da war es zu spät. Da konnte ich meine Hände nicht mehr kontrollieren, die sich den Kuchen griffen und in meinen Mund stopften und stopften und stopften. Erst als ich wieder anfing zu essen, habe ich den Hunger gespürt.

Und ich habe gewußt, daß ich nicht so einfach davonkomme.

Man kann sich nicht einfach aus dem Leben stehlen. Der Tod ist eine schwierige Angelegenheit, wenn man keine Helfer hat.

Schöner Gedanke: Erst aufhören zu essen, dann mit dem Trinken, und schließlich sogar das Atemholen lassen.

Aber Gott hat uns mit einer Lebensenergie ausgestattet, die stärker ist als der Wunsch zu sterben. Manchmal wünschte ich, einer von den Blauhemden würde kommen, mich holen und mir ein Messer in die Brust stoßen, dann wäre ich jetzt schon bei dir, mein Geliebter. Und niemand würde um mein Geheimnis wissen, das auch deins ist. Niemand würde sich das Maul darüber zerreißen können, daß ich schwanger bin. Eine unverheiratete Frau, eine Villalonga. Schwanger mit neunzehn, und man weiß nicht einmal, von wem! Welche Schande. Seht, wie ihr Bauch wächst, seht, wie ihr Gang schwer wird, ihre Schenkel prall mit Wasser. Seht den mütterlichen Blick in ihren Augen, wenn sie ein Baby anschaut. Seht, wie blaß sie ist, wie sie würgt beim Anblick frisch geschlachteten Fleisches. Seht, welche Schamlosigkeit, so, mit einem Kind im Bauch, unter guten Christen herumzulaufen, züchtigen Ehefrauen und anständigen Müttern.

Wenn Papá es erfährt, bringt er mich um. Oder schickt mich zu den Karmeliterinnen nach Sineu. Dort sind die Klostermauern so dick, so hoch, und die Nonnen so streng, daß man mir niemals wieder erlauben wird, einen Sonnenaufgang über Els Sant Castells zu sehen, oder am Feiertag ein schönes Kleid zu tragen. So einen langsamen Tod im Kloster ertrage ich nicht.

Aber noch ist es möglich, daß nur der Schmerz, nur meine Verzweiflung schuld daran sind, daß die Tage nicht kommen. Ich blute nicht seit November. Dumm und naiv, wie ich war, habe ich mir das Datum meiner letzten Blutung nicht notiert. War so voller Glück damals, Victoriano, als wir zusammen waren, so voller Glück, daß ich sicher war, ein Segen müsse auf dieser Liebe liegen. Ein Segen liegt darauf, wenn diese zwei Körper sich finden. Schon wegen dieser Dummheit habe ich es verdient, daß ich jetzt so elend bin, wenn andere feiern, als gäbe es in diesen finsteren Zeiten noch Grund dazu.

Cecilia sagt, sie haben mit der Orangenernte pünktlich begonnen, an San Antonio Abad, obwohl sie fürchteten, daß die Sozialisten und die Anarchisten den Gottesdienst stören würden oder die Ernte vernichten. Cecilia sagt, es sei alles gut gegangen, aber für die Traktoren fehlen Ersatzteile und Benzin, weil der Hafen gesperrt ist, wegen der italienischen Kriegsschiffe und der Minen, die man gelegt hat. Frachtschiffe dürfen den Hafen nicht mehr anlaufen, seit die »Mar Cantabrico« von Admiral Moreno gekapert wurde. Es sollen wichtige Motoren aus Amerika an Bord gewesen sein. Und sie wissen also gar nicht, wohin mit den Orangen. So macht das Pflücken eigentlich gar keinen Sinn, aber es ist besser, als die Hände in den Schoß zu legen, sagt Cecilia, denn dann kommt man nur ins Grübeln. Ihr Mann ist vor einer Woche von einem Adjutanten abgeholt worden. Sie hat im ersten Stock am Fenster gestanden und gesehen, wie Leute von der Guardia Civil auf ihren Mann eingeprügelt haben, weil er sich weigerte, auf die Ladefläche des Lasters zu klettern. Sie haben immer weiter geschlagen, sagt Cecilia, als er schon am Boden lag. Erst als er sich nicht mehr rührte, haben sie ihn aufgehoben, einer an den Beinen und einer die Schultern, und ihn wie einen Sack Fischmehl auf den Laster geworfen. Wenn ich nur wüßte, schluchzte Cecilia, wo er jetzt ist. Er hat geblutet, und er braucht auch ein frisches Hemd. Es ist doch verboten, in schmutzigen Sachen den Blauhemden gegenüberzutreten.

Als Cecilia das Zimmer verließ, versuchte ich, den Kuchen wieder auszuwürgen. Aber es ging nicht. Der Körper gab ihn nicht mehr her. Vielleicht hat Cecilia deshalb Stunde um Stunde an meinem Bett gesessen. Cecilia kennt mich besser als Mamá. Sie hat mich gefüttert, als ich ein Baby war, hat mich getröstet, wenn ich geweint hab. Sie hat meine Windeln gewechselt und mein Lieblingskleid so lange geflickt, bis es mir beim besten Willen nicht mehr paßte. Ich glaube, ich liebe Cecilia mehr, als ich meine Eltern je lieben könnte. Ich dachte auch immer, daß ich vor Cecilia nie ein Geheimnis haben würde.

Aber ich habe geschwiegen. Ich habe ihr nichts erzählt. Cecilia weiß nicht, was ich gesehen hab am 16. Januar, bei den Talaiotes. Sie weiß nichts von den Leichen, die sie dort einfach liegenlassen zwischen den Runensteinen, auf den gefrorenen Disteln vom letzten Herbst. Auch der frische Klee, der schon gelbe Blüten hat, sah aus wie gefroren. Heute ist es draußen warm und schön, sagt Cecilia. Der Petit Verano beginnt, der kleine Sommer. Dann wird es nicht mehr lange dauern, bis die Mandelbäume blühen. Victoriano hatte gesagt: Wenn die Mandelbäume blühen, stelle ich dich unter den schönsten Baum und werde die Äste schütteln, daß Blütenblätter auf dich herabfallen wie Schnee und dich einhüllen wie ein Schleier. Wenn die Mandelbäume blühen, werden wir Mann und Frau. Dazu brauchen wir keine Kirche und keinen Priester. Überhaupt niemanden.

Das weiße Sommerkleid und die dünnen weißen Schuhe hatte ich unter dem Mantel versteckt. Niemand hat mich gesehen, als Gabriel mich an der Weggabelung abholte, und niemand sah, wie ich wieder zu Gabriel auf sein Motorrad gestiegen bin. Weil ich ihn darum gebeten habe, bin ich die letzten zwei Kilometer – vielleicht waren es mehr – zu Fuß gegangen. Ich wollte nicht, daß jemand seine Motorradspuren in der feuchten, tiefen Erde sieht. Denn die Erde war nicht wirklich gefroren. Nur von einem Frosthauch bedeckt. Gabriel sagte, es sei Wahnsinn, daß er noch ein zweites Mal mit mir dahin fahren sollte. Aber was kümmerte es mich, ob es Wahnsinn war oder nicht?

Wenn sie uns sehen, erschießen sie uns, sagte er.

Und ich sagte: Sollen sie doch.

Gabriel war Victorianos bester Freund. Sein einziger. Sie studierten zusammen und teilten sich ein Zimmer in der Altstadt. Sie wußten immer alles voneinander, auch das von Victoriano und mir. Victoriano hatte ihm erzählt, ich sei die Blume seines Lebens. Er sagte oft so schöne Dinge. Er konnte Gabriel vertrauen. Warum sollte ich ihn nicht noch einmal bitten, mich zu ihm zu fahren?

Es mußte sein, weil wir noch nicht getraut waren wie Braut und Bräutigam. Weil wir auf die Mandelblüte warten wollten, wir Dummköpfe. Ohne daran zu denken, daß man meinen

Liebsten jeden Augenblick abholen könnte. Ihn jeden Augenblick wegen irgend etwas verhaften und foltern und töten könnte. Ich wundere mich selbst, daß meine Hand nicht zittert, wenn ich das schreibe. Aber ich war nie stärker als in diesem Augenblick, wo ich mich zwischen den jahrtausendalten, eiskalten Steinen ausgezogen habe, Pullover, dunkelblauer langer Wollrock, Strickjacke und Mantel, um das weiße Sommerkleid anzuziehen und die weißen Schuhe auf meine halberfrorenen nackten Füße. Meine Hände waren so klamm, als würden sie für immer steif bleiben.

Victorianos Wunden waren wieder geschlossen, das Blut sickerte nicht mehr, als ich mich neben ihn legte, sein Arm war nur ein bißchen steif, als ich ihn aufhob und um meinen Hals legte, damit ich ihm noch näher war. Ich hatte vorher noch nie einen Toten gesehen, noch nie einen Leichnam berührt. Und dennoch fühlte ich keine Angst, keinen Ekel.

Ich schlang meine Arme um ihn, als könnte ich ihn wärmen. Aber er war so kalt, so still. Doch ich wußte ja, das ist nur seine Hülle, nur das Äußere, und das zählt nicht. Ich weiß, daß er da war, bei mir war, die ganze Zeit. Ich konnte seine Seele spüren. Ich habe mein Kleid über uns beide ausgebreitet und lauter Dinge geflüstert, von denen ich wußte, daß sie ihm gefallen.

Von unserem wundervollen Abend nach der Weinernte hab ich gesprochen, und wie du mir die Traube in den Mund gesteckt hast und gesagt: Wünsch dir was.

Und wie ich mich so geschämt hab, weil ich wußte, daß man mir diesen Wunsch auf der Stirn ablesen kann, am Hals, am Busen, in den Augen, von den Lippen. Wenn ich dich sah, hab ich gezittert vor Lust. Ich wußte nicht, daß ich einen Körper habe, bevor ich dich traf. Mein Unterleib hat sich zusammengezogen, und in den Brüsten war ein Ziehen, kaum auszuhalten, wenn du nur mein Haar berührt hast. Und als wir dann im September – der Wein war in diesem Jahr früh reif geworden – endlich einmal allein waren in eurem Zimmer in Son Guillot, und Gabriel versprochen hatte, zwei Stunden lang Wache zu halten, und als ich mich vor dir auszog und dabei weinte, und als du dachtest, du mußt mich trösten und mir die Angst nehmen, da habe ich doch nur geweint vor Verlangen nach deinem schönen Körper, Victoriano. Und als du mich gestreichelt hast und mir immer ins Ohr geflüstert, es ist keine Sünde, wenn man sich liebt. Hör auf, an deinen Priester zu denken, ich bitte dich, Maria-Magdalena, hör auf, dich zu schämen. Da hast du nicht gewußt, was ich ahnte: daß es eine viel größere Sünde wäre, dieses alles nicht zu tun. Denn Gott hat die Menschen doch für die Liebe gemacht. Die Küsse, das Streicheln, das Flüstern, das Augenspiel, das Spiel der Hände und der Zunge. Ich bin nicht die, die du in mir gesehen hast, mein Geliebter. Nicht schamhaft und nicht scheu.

Wenn wir uns im nächsten Leben wieder begegnen, Victoriano, mein Liebster, ewig Geliebter, dann vergeuden wir nicht wieder so viel Zeit. Und dann habe ich den Text gesprochen, den ich sprechen wollte unter dem blühenden Mandelbaum in eurem Garten: Ich, Maria-Magdalena, bin deine Braut, jetzt und immerfort. Und nichts und niemand kann uns trennen oder unsere Liebe zerstören, was immer geschieht. Amen.

Don Pepe

Der Camí des Salays Verds führt auf halber Höhe an einem Pinienwald vorbei. Sobald sie in den Schatten der hohen Bäume gelangen, wird es kühler und frischer. Der harzige Geruch dringt durch die offenen Fenster des Toyota-Jeep. Don Pepe sitzt am Steuer, und Francisco, der Verwalter von Els Sant Castells, der es haßt, wenn sein Dueño fährt, beruhigt sich, indem er tief den Rauch der schwarzen Zigarette inhaliert. Auf der Ladefläche kämpfen die beiden Doggen gegen das Schaukeln. Ihr Stolz läßt es nicht zu, wie andere kleine Bastarde sich einfach in eine Ecke zu drücken, den Bauch gegen die Ladefläche gepreßt, die Schnauze zwischen den Pfoten. Sie stellen sich gegen den Fahrtwind, der ihnen den Speichel in Fäden aus den Lefzen schlägt.

Hinter ihnen auf der Rückbank das Jagdgewehr. Eine Rolle Draht, eine Metallzange, ein paar Flaschen Wasser, ein Messer. Das übliche. Die beiden sind nicht auf dem Weg nach Artà, um Ziegen zu jagen. Der Camí des Salays Verds führt zu der Finca Son Rafal, einem kleinen Hof, der auch zu dem Besitz der Villalongas gehört und um den Pepe sich jahrelang nicht gekümmert hat, bis ihm die Idee kam, diese Finca seiner Tochter Ysabel zur Hochzeit zu schenken.

Eine Idee, die seine Frau Margalída absurd findet.

Was glaubst du, hat sie gesagt, was kann ein junges, modernes Mädchen mit einem halbverfallenen Anwesen aus dem sechzehnten Jahrhundert anfangen? Ein Haus, in dem man Tür an Tür mit den Kühen gelebt hat, ein Haus, dessen Schlafzimmerfenster auf den Schweinekoben hinausgehen. Und der Hof hinter der Küche! Wächst da irgend etwas anderes als diese gräßlichen Opuntien, die schmecken wie Seife und an deren Dornen man sich ständig die Haut aufreißt? Kannst du mir irgend etwas Schönes über Son Rafal sagen? Irgend etwas?

Ich war dort, als ich ein Junge war, hat Pepe erwidert. Aber das hätte er nicht sagen dürfen, denn wenn Margalída sich für irgend etwas überhaupt nicht interessiert, ist es seine Kindheit. Wir haben alle unsere Erinnerungen, hat sie ihm einmal an den Kopf geworfen, als er, geschüttelt von einer Depression, zu weinen begann. Verschon mich mit deiner Geschichte. Sie interessiert mich nicht.

Pepe findet es auch heute noch erstaunlich, daß er sich in eine Frau verlieben konnte, die in allem eine andere Ansicht vertritt. Die anders denkt, anders fühlt und die sich im Bett anders benimmt als jedes Mädchen, das er vorher geliebt hat. Aber die Dinge sind, wie sie sind.

Und heute ist der Tag, an dem Francisco und er die Umbauarbeiten kontrollieren wollen, die in den letzten Monaten auf Son Rafal stattgefunden haben.

In seiner Brusttasche das Scheckbuch. Wenn alles nach seinen Wünschen verlaufen ist, wird dieses der Tag sein, an dem er mehr Geld ausgibt als in vielen Monaten zuvor. Vielleicht in vielen Jahren zuvor.

Das Geld für Miguel, den Bauleiter, das Geld für Ramón, den Fliesenleger, das Geld für den Tischler, den Schlosser, den Elektriker. Sie alle werden Spalier stehen, Punkt elf Uhr, zitternd in der Furcht, daß Pepe noch etwas zu beanstanden findet und so der Geldsegen wieder nicht kommt.

Es war Pepes besonderer Ehrgeiz, Bauarbeiter für sich arbeiten zu lassen, bis zur Final de Obras, ohne daß er ihnen bis jetzt einen einzigen Duro gezahlt hat. Wo doch ganz Mallorca im Baufieber lebt, wo es doch angeblich keinen einzigen Tischler mehr gibt, der vor dem Jahr zweitausend noch ein einziges Türchen herstellen würde, keinen Fontanero, der noch die Armaturen im Badezimmer montieren würde, keinen Menschen, der die Baldosas an die Küchenwände klebt. Mit Genugtuung verfolgt Pepe täglich in den Zeitungen die Meldungen über Hotels, die nicht rechtzeitig eröffnet werden können, über die reichen Ausländer, denen all das Schwarzgeld nichts hilft, wenn sie jemanden suchen, der ihnen Marmorfliesen um die Picona legt oder eine Steinwand um ihren Orangengarten. Sie alle haben längst Vorschüsse gezahlt, haben die Arbeiter mit Geschenken bestochen, haben Fiestas für sie arrangiert, ihnen Brüderschaft angeboten oder ihre Töchter. Aber die Handwerker haben sich am Telefon verleugnen lassen, zehnmal, hundertmal, haben versprochen zu kommen und sind doch nicht erschienen, haben Krankheiten vorgetäuscht, Hochzeitsreisen, den Tod der Großmutter, haben so viel gelogen, daß es zum Himmel stinkt, über einen Gauner, der ihnen alles Geld abgeknöpft hat, einen Klienten, der nicht zahlt und der sie in den Ruin treibt, bis der reiche Bauherr noch mehr Geld bietet und wieder einen Vorschuß zahlt. Und diese Mallorquíner stecken das Geld ein, sagen freundlich: »Adios«, steigen in ihre Furgonats und knattern vom Hof.

Aber nicht die Handwerker von Don Pepe, Duque de Sa Carrotxa. So weit kommt es noch, daß man in seinem eigenen Land, auf seiner eigenen Insel nichts mehr zu sagen hat!

Ich zahle, und ich zahle gut, hat Pepe jedem der Handwerker gesagt, dem Maurer, dem Tischler, dem Brunnenbauer. Aber erst, wenn ich sehe, daß ihr gut gearbeitet habt.

Sie haben sich darauf eingelassen, weil sie es gewohnt sind, sich auf Dinge einzulassen, die den Villalongas einfallen. Weil ihre Familien früher für die Villalongas das Land bestellt haben, die Mandeln geschlagen, den Weizen geerntet, weil ihre Familien den Pozo Negro der Villalongas geleert haben und deren Kloake ihre Felder düngte, deshalb können sie nicht anders, als immer noch zu nicken, wenn Don Pepe sie ruft. Arbeiten, unter glühender Sonne, oder im Winter, bei einer Temperatur, die ihnen die Hände klamm werden läßt, und zwar nur mit dieser Hoffnung, daß sie eines Tages für ihre Mühe entlohnt werden.

Ein Fasan schreckt aus den Anissträuchern auf, die rechts und links vom Weg meterhoch wachsen. Ein herrliches Fasanenmännchen, dessen Federkleid in der Sonne leuchtet wie Jade und Onyx. Pepe streckt die linke Hand aus dem offenen Fenster, zielt mit dem Zeigefinger nach dem Tier und ruft: »Peng! Peng! Peng!« Er lacht. »Getroffen.«

»Lassen Sie doch den armen Fasan«, sagt Francisco. »Nach der Hochzeit Ihrer Tochter wird es sowieso nur noch ganz wenige auf der Insel geben. Ich habe gehört, daß es nicht nur eine Fasanenconsommee geben soll, sondern daß man die Tische auch mit ausgestopften Goldfasanen dekorieren will.«

Pepe drückt auf die Hupe, damit der Karren vor ihm zur Seite weicht, so weit, daß der mit frisch gemähtem Gras überladene Karren fast in den Graben kippt.

Der Maulesel, der den Wagen zieht, reißt den Kopf zurück, und der Bauer droht mit der Peitsche, als sie vorbeifahren und ihn in einer Staubwolke zurücklassen.

»Das mit den Fasanen war meine Idee«, sagt Pepe, »aber David wollte nichts davon wissen. Meine Frau auch nicht. Ich weiß nicht, aber sie behaupten, ausgestopfte Tiere seien aus der Mode gekommen. Sie sagen, es sei barbarisch. Und weshalb ist es nicht barbarisch, Blumen die Köpfe abzuschneiden und sie auf den Tisch zu legen, obgleich man genau weiß, daß sie fünf Stunden später verblüht sind? Der Mensch versündigt sich, egal, was er tut.«

Francisco studiert das Profil seines Herrn. Er drückt die Zigarettenkippe im Aschenbecher aus und schnippt sie mit den Fingern aus dem Fenster.

Pepe hat im Laufe der Jahre, die sie beide in dem einen oder anderen Jeep über die Insel gefahren sind, schon viel geredet. Über alles hat er mit ihm geredet, fast alles. Aber einen Satz wie diesen hat er noch nicht gehört.

»Dueño«, sagt Francisco, »was ist los?«

Pepe zieht das Steuer nach links, dann wieder heftig nach rechts, der Wagen schleudert, und Francisco wirft einen besorgten Blick nach hinten. Die Hunde sind umgefallen und sortieren gerade verlegen ihre Pfoten.

»Nichts ist los. Meine Tochter heiratet, das ist los. Vielleicht ist das nichts. Vielleicht ist das viel.«

Francisco nickt.

»Da vorn«, sagt er, »sieht man schon das Dach.«

Pepe tritt auf die Bremse, und die Hunde schlittern auf der Ladefläche nach vorn und prallen gegen die Rückwand des Fahrerhäuschens.

»Sie bringen meine Hunde um, Don Pepe«, sagt Francisco.

Pepe wirft einen gleichgültigen Blick in den Rückspiegel. »Die halten was aus. Die sind zäh.«

Er legt die Hände um das Steuer und schaut auf das staubfarbene Dach der Finca Son Rafal, das zwischen den schlanken Zypressen aufleuchtet.

»Es sieht größer aus als früher«, sagt Pepe.

»Weil sie das ganze Dach um zwei Meter angehoben haben.«

»Früher waren die Leute kleiner.«

»Oder es hat ihnen nicht so viel ausgemacht, sich zu bükken«, sagt Francisco.

Pepe schaut seinen Verwalter an. »Die Villalongas haben sich nie gebückt, vor keinem.«

Francisco lacht. Er hat keine Furcht vor Don Pepe. Er traut sich, ihm alles zu sagen. »Sie haben sich nie gebückt und sind dafür oft mit dem Kopf gegen einen Balken geknallt. Unsere Familie hat sich immer gebückt, deshalb kennen wir keine Kopfschmerzen.«

»Du redest einen Haufen dummes Zeug, Xisco.« Pepe legt den ersten Gang ein und gibt Gas.

Sie fahren eine Weile an einer Steinmauer entlang, die vor Jahrzehnten schon errichtet wurde, mit Steinen, die die Bauern auf dem Feld gesammelt haben. An manchen Stellen ist die Mauer eingebrochen unter dem Druck von Baumwurzeln und Brombeergestrüpp. Manches Mal wird sie überwuchert von einer Kletterpflanze, die tiefblaue, trompetenförmige Blüten trägt, das ganze Jahr über, samtige Blüten, groß wie eine Kindertrompete. Und dennoch ist das alles nur Unkraut. Wie der Klatschmohn, der im Mai unter den Olivenbäumen mit den weißen Margeriten um die Wette blüht, wie der weiße, baumhohe Ginster, dessen Duft betäubt wie schweres Parfum.

Nach der Steinmauer ein Feld mit Mandelbäumen, dann Wein. Wein, so weit das Auge reicht.

Pepe bremst zum zweiten Mal, stützt die Arme auf das Steuerrad und blickt über den Weinberg. Die Ranken schlängeln sich auf dem Boden, Trauben hängen dicht an dicht, noch grün, aber bald werden sie rot und gelb sein. In jeder einzelnen Frucht werden hundert, nein, tausend Sonnenstunden gefangen sein. Zu Silvester wird er zwölf dieser schönsten Trauben in den Mund stecken, zu jedem Glockenklang eine, und wird sich dabei etwas wünschen. Als er ein Kind war, fiel ihm das Wünschen leichter. Vielleicht, weil er damals noch glaubte, daß es gut ist, wenn Wünsche in Erfüllung gehen.

»Dieser Wein, Xisco«, sagt Pepe, »ist ein Cabernet Sauvignon.«

Francisco nickt. Er zündet sich eine Zigarette an, schließt die Augen, um den ersten, köstlichen Zug besser zu genießen.

»Ich weiß, Dueño. Und da drüben ein Shiraz.«

»Ganz richtig. Und was noch?«

»Es gibt auf der ganzen Insel keine Trauben, die man mit dieser vergleichen kann.«

»Das ist ein anständiges Hochzeitsgeschenk, was, Xisco?« Pepe schlägt seinem Verwalter auf die Knie. »Da kann sie sich nicht beschweren, was? Von wegen, ihr Vater würde sich lumpen lassen. Jaume denkt vielleicht, daß wir arm sind. Aber so arm sind wir nicht, daß wir nicht königliche Brautgeschenke machen können.«

»Don Jaume hat auch viel Land«, sagt Francisco vorsichtig.

Pepe startet den Wagen aufs neue. »Er hat viel Land. Okay. Das stimmt. Land, das er unserer Familie abgekauft hat, den Nadals, den Valles, den Cardells. Gut. Das stimmt. Er hat Land zusammengekauft wie ein Parvenü. Findest du nicht?«

»Mir wäre egal«, sagt Francisco, »wie man das nennt. Wenn ich Geld hätte, würde ich mir auch Land kaufen. Viel Land. Eichen pflanzen und Algarobbas. Die Sonne darauf scheinen lassen. Ich würde Pata-Negra-Schinken in die ganze Welt verkaufen von meinen Schweinen. Ich würde das beste Geschäft machen. Und ein glücklicher Mann sein.«

»Bist du etwa nicht glücklich?« knurrt Pepe. »Du hast doch alles.«

»Aber ich wäre frei«, sagt Francisco sanft. »Ich könnte meinen Tag bestimmen, das ganze Jahr lang. Das ist noch etwas anderes.«

Pepe nickt. Er legt seinem Verwalter die Hand auf den Arm. »Du hast recht. Das macht den ganzen Unterschied der Menschheit aus. Ob du Herr bist oder Knecht. Ob du bestimmen kannst, oder ob du Befehle ausführen mußt. Aber ich befehle nicht viel, was? Du bestimmst, und was du bestimmst, das wird gemacht.«

Francisco widerspricht nicht. Die Hunde bellen, weil sie ein Kaninchen sehen, das durch das Gestrüpp davonjagt. Für ihr Leben gern würden sie vom Wagen springen und hinterherhetzen. Aber Francisco pfeift, und sie stehen starr wie Statuen. Wagen kaum, dem Kaninchen hinterherzusehen. So ist auch Francisco einer, der befiehlt. Und es gibt welche, die diesen Befehlen gehorchen müssen.

»Ich werde Ysabel sagen, daß sie bestimmen kann«, brummt Pepe, während sie dem Weg durch einen Olivenhain folgen, vorbei an verwitterten Brunnenanlagen, wo die Schafe grasen.

»Was bestimmen?« fragt Francisco.

»Welchen Namen sie dem Wein geben will. Es ist ihr Wein. Also soll er auch heißen, wie es ihr gefällt. Ich werde ihr sagen, sie kann Etiketten entwerfen nach ihrem Geschmack. Aber eines muß daraufstehen: Embottillada en Son Rafal, das muß draufstehen. Das hat schon auf den Weinflaschen gestanden, die meine Mutter verkauft hat. Daran darf sich nichts ändern. Das dürfen wir meiner Mutter nicht antun, daß der Name Son Rafal geändert wird.«

Francisco hebt die Schultern. »Warum sollte sie das ändern?«

»Weiß nicht«, brummt Pepe, »aber Kinder möchten am liebsten immer alles ändern, oder? Das liegt in der Natur der Sache. Und weißt du was, Xisco, es ist mir egal. Meistens. Aber dieses nicht. Der Name Son Rafal muß leben. Und Schluß.«

»Ich bin sicher, daß Ysabel das versteht.«

»Das hoffe ich.«

»Ysabel ist immer eine brave Tochter gewesen.«

»Das stimmt, gracias a los díos«, sagt Pepe.

Als sie in den Schotterweg einbiegen, der geradewegs auf die

Hoftür von Son Rafal zuführt, sehen sie die Handwerker, die am offenen Tor lehnen, rauchen, trinken und warten.

Pepe drückt auf die Hupe. Die Männer bewegen sich nicht.

Pepe fährt näher heran, so nah, daß er ihnen fast über die Füße fährt.

»Hola.«

Die Leute nicken und starren ihn an. Kleine Augen, Mißtrauen, Furcht, Hoffnung.

»Na?« sagt Pepe fröhlich. »Wie sieht's aus?«

»Gut sieht's aus«, sagt Miguel, der Bauleiter. »Alles fertig. Alles schön.«

Pepe öffnet die Wagentür. Miguel hilft ihm, aus dem hohen Wagen auszusteigen.

»Seh ich aus, als wäre ich schon alt?« fragt Pepe. Als Miguel etwas erwidern will, legt er ihm freundschaftlich den Arm um die Schulter. »Weißt du was, Miguel? Dein Großvater hat schon Häuser für unsere Familie gebaut. Und ich glaube, meine Familie war immer zufrieden mit eurer Arbeit. Ich wette, es ist heute genauso hier.« Er führt Miguels Hand an seine Brusttasche. »Fühlst du? Ein neues Scheckbuch. Eben von der Bank.« Er lacht. »Heute ist Zahltag, Leute. Und Samstag heiratet meine Tochter. Ich denke, darauf müssen wir einen Schluck trinken, was, Francisco?«

Francisco nickt. Er klappt die Rückbank hoch und hebt einen Karton mit Rotweinflaschen heraus.

Die Hunde stehen und starren auf die Leute, mit halboffenen Mäulern, aus denen der Speichel rinnt.

»Okay«, Pepe nimmt eine Flasche, dreht sie so, daß er das Etikett lesen kann, »was steht hier? Embottillada en Son Rafal. Das ist hier, Leute. Zu dieser Finca hat immer der Weinberg da drüben gehört. War immer ein guter Wein, auch wenn die Leute ihn in den letzten Jahren etwas vernachlässigt haben. Ich möchte mit euch auf die Finca trinken und auf die Hochzeit meiner Kinder. Francisco, wo hast du die Gläser versteckt? Und die Würste? Und das Brot?« Er lacht, klatscht in die Hände, umarmt einen Arbeiter nach dem anderen, schlägt ihm auf den Rücken, die Schulter. »Das ist ein Tag, was?«

Und die Leute, die so viele Monate gearbeitet haben in Bangen und Hoffen, merken allmählich, daß alles gut wird. Pepe wird ihnen das Geld zahlen, und sie werden davon ein neues Auto kaufen, vielleicht, oder einen Traktor für das eigene Stück Land, sie werden sich davon eine Casita bauen, vielleicht, oder mit ihrer Freundin um die Welt fliegen. Oder, noch besser: ohne Freundin, um zu sehen, ob die Frauen anderswo schöner sind, oder wilder, oder gefügiger.

Vielleicht werden sie auch das Geld nehmen, ins Casino gehen und alles auf eine Zahl setzen. Es geht Pepe, verdammt noch mal, nichts an.

Todos Santos

Sureda steht in der Bibliothek hoch über dem Meer und beobachtet seinen Sohn. Felipe Ramón hat die Hosenbeine aufgekrempelt und watet, die Sandalen auf dem Kopf balancierend, durch das seichte Wasser der Bucht, die hundert Meter tiefer liegt als das Haus. Er hat die Arme ausgebreitet wie ein Tänzer, der über ein Seil geht, er setzt vorsichtig einen Fuß vor den anderen. Ein Ballettänzer könnte es nicht graziöser.

Was er sich dabei denkt. In Felipes Gesicht spiegelt sich das flimmernde Licht der Wellen. Der Bootssteg liegt schon im Schatten des Felsens, der Pfosten mit dem weißen Rettungsring.

Sureda erinnert sich plötzlich wieder an den Tag, an dem dieser Ring seinem Sohn das Leben gerettet hat. Todos Santos – Allerheiligen. Wie sie ihn hinausgeworfen hat, weit hinaus. Mercedes, seine Frau. Diese zarte Person, der auf einmal Riesenkräfte wuchsen. Wie dieser Rettungsring durch die Luft gesegelt ist, mit schaukelnden Seilen ringsum. Platschte und niedersank neben dem Jungen, der mit seinen Armen verzweifelt auf das Wasser schlug, als könnte er es so zum Verschwinden bringen. Und bei jedem Schrei noch mehr Wasser schluckte, und spuckte und hustete, und versank, wieder auftauchte. Und kein Boot auf dem Meer. Kein Retter. Nirgendwo. An Todos Santo sind sie alle auf den Friedhöfen.

Mercedes, die ihre dicke, daunengefütterte Jacke, weil sie im Winter immer fror, wegschleuderte, die Schuhe auszog (schwarze Stiefel, wenn er sich recht erinnerte) und kopfüber in das eisige Wasser gesprungen war. Sie, die eine schlechte Schwimmerin gewesen ist, kraulte wie eine Athletin gerade auf das ertrinkende Kind zu, packte es, hielt es unter den Achseln, genau wie es richtig ist, der Kopf des Jungen rollte hin und her auf ihrer Brust. Sie drehte sich um und schwamm mit dem Kind ans Ufer zurück. Und da hob sie den Kopf. Und sah ihn oben am Fenster stehen. Oder vielleicht sah sie ihn nicht. Das Fenster war fast blind von feinen Salzschlieren, die der letzte Herbststurm heraufgepeitscht hatte, vermischt mit Pinienwachs und Staub. Am nächsten Tag sollte jemand kommen, um die Fenster zu reinigen. Spezialisten, die sich mit einem Tragekorb oben am Haus abseilen lassen mußten. Denn dieses Haus war auf die Spitze eines Felsens gebaut, in der Cala Punta Oscura, einer kleinen Bucht, die morgens im Schatten der Pinienfelsen lag, am Nachmittag aber leuchtete das Wasser blaugrün, und man sah von oben aus dem Fenster hundert Meter tiefer jeden Kiesel im Wasser. Jeden flinken, kleinen Fisch.

Er stand, in der Hand den Telefonhörer, und schaute auf dieses Drama herunter, diese Tragödie, die sich vor seinen Augen abspielte. Am Telefon war der Minister. Er sprach zum ersten Mal mit dem Minister in Madrid. Er hatte lange auf dieses Gespräch gewartet, wie ihm schien sein ganzes bisheriges Leben. Dieser Minister würde mit einem Schlag alle seine Probleme lösen. Wenn er nur eine Minute zuhörte, nur eine Minute seiner kostbaren Zeit verschwendete an Dr. Jaume Sureda, einen Anwalt mit den besten Zeugnissen, einem hervorragenden Leumund, aber nicht wirklich berühmt, nicht wirklich wichtig. Noch nicht.

Herr Minister, flüsterte Sureda, hören Sie mir bitte noch eine Sekunde zu. Er hatte den Minister zu Hause erreicht. Bei seiner Familie. Ein Privileg.

Unten im Wasser kämpfte seine Frau um das Leben des kleinen Felipe, seines einzigen Kindes. Seine Frau, die eigentlich kaum schwimmen konnte. Er müßte auflegen, müßte herunterlaufen, ihnen helfen, aber nie wieder würde die Chance dasein, dieses Gespräch mit dem Minister zu führen, in dem es für ihn um alles ging. Seine Zukunft, seine Reputation, seine Verbindungen zum Palast.

Gut, sagte der Minister, ich höre. Was haben Sie auf dem Herzen, Sureda? Was kann ich für Sie tun?

Retten Sie mein Kind, wollte Sureda rufen, retten Sie meine Frau, sie ertrinken.

Aber das sagte er nicht.

Er sprach schnell, konzentriert, er brauchte nicht weniger als zwanzig Sekunden, um den Minister zu überzeugen. Die Vorarbeit war ja bereits geleistet. Die Papiere lagen alle beim Staatssekretär auf dem Tisch. Er konnte das nachprüfen lassen, nachrechnen, nachlesen, verifizieren. Das einzige, was Jaume Sureda in diesem Augenblick brauchte, war sein: Gut, in Ordnung. Ich kümmere mich darum.

Seine Frau hielt den Jungen. Aber sie hielt ihn falsch, den Kopf nicht hoch genug. Beide schluckten Wasser, eine Welle schwappte über sie hin.

Irgend etwas war an dem Nachmittag passiert, das Kindermädchen hatte Ausgang, und der Gärtner war wahrscheinlich mit seiner Familie auf dem Friedhof, die Toten beweinen. Er erinnert sich nicht. Nur an das Gesicht dieser Mutter, seiner Frau, die sein Kind hält. Und das Gesicht, das zu ihm hochgewendet ist.

Jetzt kam der Nachbar. Er rannte zum Steg, schrie, sah Mercedes mit dem Kind, rannte zurück, holte den langen Haken, mit dem sie die Boote der Gäste an den Steg ziehen, einen zehn Meter langen Haken. Die Mutter ergriff das Ende des Hakens, der Nachbar stemmte sich gegen den Mast, an dem der Rettungsring hing, und zog. Zog seine Frau Mercedes und seinen Sohn zu sich heran. Sie war gerettet. Sie waren beide gerettet, auch wenn sie immer noch im kalten Wasser waren. Vierzehn Grad. Mehr hatte es nicht, im November. Mercedes hatte sich immer geweigert, auch nur einen Zeh ins Wasser zu stecken, wenn es weniger als 26 Grad hatte.

Jetzt wollte der Nachbar sie herausziehen. Nein, nein, sagten ihre Gesten, erst Felipe, erst das Kind.

Er legte das Kind auf das Holz und beugte sich, um Mercedes zu helfen. Aber sie hatte keine Kraft mehr, ihre Hände griffen nach seinem Arm und rutschten wieder ab. Sie versank, wurde von der Strömung unter den Bootssteg getrieben. Er weiß noch heute, wie er den Hörer fallen ließ, ohne dem Minister adiós zu sagen.

Und wie er plötzlich losgerannt war. Die Türen flogen. Seine Schritte, sein Herz, wie er lief, wie es hämmerte in seiner Brust. Wie seine Lungen schmerzten, als würden sie zerreißen. Schneller war er nie die vierhundertachtzig Stufen, die in den Felsen hineingehauen waren, hinuntergestürzt. So läßt sich ein Adler in die Schlucht fallen. Senkrecht, direkt.

Ja, er hat sie herausgezogen. Er hat sich flach auf den Bootssteg gelegt und hat ihren Kopf genommen. Ganz fest ihren Kopf in seine beiden Hände. Hat diesen Kopf hochgehalten, ihre Augen waren, als würden sie aus den Höhlen springen. Der Nachbar hinter ihm. Er hat sie hochgehalten, mit seinen Armen, seinen Schultermuskeln. Ja, er hat sie gerettet. So ist es wohl gewesen. Aber nur für einen Aufschub gerettet. Nur für diese Monate von Januar bis Juni. Bis zu dem Augenblick, als der Arzt sagte: Wir müssen einen Priester holen. Ich kann nichts mehr für sie tun. Er hat den Arzt geschlagen. Der Arzt hätte ihn dafür verklagen können. Das ist ihm später bewußt geworden. Viel später.

Die kleine Hand von Felipe in seiner großen Hand, als sie den Sarg in die Erde ließen. So viele schwarze Mantillas. So viele Wehklagen. Mercedes, eine Frau in der Blüte ihres Lebens, sechsundzwanzig Jahre alt.

Die kleinen Finger lösten sich aus seiner Hand, und der Junge legte sich flach in den Staub, beugte sich über den Rand des Grabes und schrie: Mamá! Mamá! Komm da wieder raus!

Sie warfen Erde mit kleinen Schaufeln, sie brachten das schreiende Kind weg, das immer nur schrie: Mamá! Du mußt da wieder rauskommen!

Felipe nimmt die Sandalen, schwenkt sie herum, legt den Kopf in den Nacken und blickt in den Himmel. Er lacht, läßt sich rücklings in das Wasser fallen, mit Bermudas und T-Shirt, Sandalen und Sonnenbrille.

Sureda zieht das Handy aus der Hosentasche und tippt eine Nummer ein.

Er sieht, wie Felipe verwundert den Kopf hebt, aufspringt. Er fummelt in den tiefen Taschen seiner Bermudas, die jetzt naß sind und an seinem Körper kleben. Jetzt, mit diesem nassen Hemd und den nassen, kurzen Hosen, sieht man, was für einen Körper der Sohn hat. Anders als der Vater. Er ist schmaler, fast einen Kopf größer als der Vater, und athletischer. Sein Bauch flach wie ein Brett.

Er nimmt das Handy ans Ohr. »Ja?«

»Ich wollte nur sicher sein, daß diese neuen Handys tatsächlich wasserdicht sind.«

Felipe grinst, wirbelt herum, schaut zum Haus empor. Er kann den Vater nicht sehen, weil Sureda einen Schritt vom Fenster zurückgetreten ist.

»Wo bist du?«

Sureda durchquert das Arbeitszimmer, den Wintergarten und tritt auf die Terrasse. Er stellt sich an die Brüstung.

»Das Handy hast du mir geschenkt, Vater. Vergessen? Man kann damit vierzig Meter tief tauchen.«

»Ich hatte nie den Wunsch, vierzig Meter tief zu tauchen«, sagt Sureda.

»Was sollte das eben sein? War das ein Freudentanz oder die schiere Verzweiflung, daß du dich ins Wasser gestürzt hast?«

Felipe lacht. Er fischt seine Bastsandalen, die auf dem Wasser schwimmen, und schleudert sie auf den Sand. Dann stakst er ans Ufer.

»Der schiere Übermut, Vater«, sagt er. »Ich möchte mich vor Freude am liebsten immerzu selber beißen. Warst du auch so glücklich kurz vor der Hochzeit?«

»Ich denke schon. Aber bestimmt wollte ich mich nicht mit meinen Sachen ins Wasser werfen. Damals hat man noch etwas mehr auf seine Dinge achtgegeben. Ich war nicht so reich, weißt du. Ich hatte keinen Vater, der mir Kreditkarten schenkt, ohne Limit.«

»Okay, du bekommst sie zurück. Ich habe dich nicht darum gebeten, Vater.« Da hatte Sureda seinen Satz schon längst bereut.

Felipe steigt die Treppen hoch. Vierhundertachtzig Stufen. Dafür braucht er zehn Minuten. Die Treppen sind manchmal überwuchert von Pflanzen oder Moosgewächsen, dann gibt es Absätze, mit eisernen Bänken, auf denen man sich ausruhen kann. Sureda spielt seit kurzem mit dem Gedanken, auf halber Höhe einen kleinen Kühlschrank zu installieren, für Softdrinks. Andererseits hat er einen Architekten beauftragt, zu prüfen, ob man einen Lift bauen könnte hinunter zum Meer. Das wäre das Ideale. Ein Fahrstuhl zum Strand. Aber womöglich würde sich seine private kleine Bucht dann bevölkern mit Freunden und Familienmitgliedern, denen der Weg hinunter jetzt zu beschwerlich ist.

Zum Beispiel Margalída. Wie nennt man eigentlich die Mutter seiner Schwiegertochter?

Gibt es eine Bezeichnung für diese Verwandtschaft? Oder ist es gar keine?

Er möchte den Kontakt mit Margalída und Pepe so lose wie möglich halten. Jetzt, mit 63 Jahren, ist es für ihn zu spät, sich an eine Familie zu gewöhnen. Für manches ist es jetzt zu spät.

Felipe zeigt, als er plötzlich oben auf der Terrasse auftaucht, nicht die geringsten Anzeichen von Atemlosigkeit. Gut trainiert, denkt der Vater anerkennend. Er hat über dem Studium der Gesetzestexte seinen Sport nicht vernachlässigt. Das ist gut so. Ich hab das immer falsch gemacht.

»Ich würde gerne mit dir reden, Felipe«, sagt Sureda.

»Klar.« Felipe läßt die nassen Sandalen fallen und setzt sich auf die Brüstung.

Dahinter fällt der Felsen hundert Meter senkrecht ins Meer. Seit einiger Zeit bekommt Sureda Schwindelanfälle, wenn er zu nah an die Brüstung geht. Er verzieht das Gesicht.

»Würde es dir etwas ausmachen, nicht direkt auf der Brüstung zu sitzen?«

Felipe lacht. »Warum? Hier sitze ich wunderbar in der Sonne.«

»Es ist direkt über dem Abgrund«, sagt sein Vater.

Felipe lacht. »Angst? Du hast Angst um mich, Vater?«

Sureda hebt in einer hilflosen Geste die Schultern.

Felipe steht sofort auf und setzt sich auf einen Gartenstuhl. »Jetzt wird das Kissen Salzwasserflecken bekommen.«

»Danke.« Er setzt sich seinem Sohn gegenüber. Felipe zieht sein T-Shirt aus und wringt es aus, zieht es wieder an. Die Sonne bleibt noch eine Stunde am Himmel, und es sind zweiunddreißig Grad.

»Was wolltest du mir sagen?«

»Es geht um diese Rede. Deine Schwiegereltern finden, daß ich eine Rede halten sollte.«

»Wunderbar«, sagt Felipe fröhlich. »Du kennst den Spruch. Man kann über alles reden, nur nicht über fünf Minuten.«

»Aber in diesen fünf Minuten sollte man etwas Wesentliches sagen. Etwas, über das auch du dich freust. Du und Ysabel.«

»Im Gerichtssaal hältst du Plädoyers über Stunden. Zu allen deinen Mandanten fällt dir jede Menge ein. Nur zu mir nichts? Ist das dein Ernst?« fragt Felipe, beinahe amüsiert.

Sein Vater lächelt, ein wenig verlegen. »So ist es wohl.«

»Dann sag nichts.«

»Deine Schwiegereltern, glaube ich, erwarten, daß ich eine Rede halte.«

»Ruf sie an, und sag ihnen, daß sie sich falsche Hoffnungen machen. Wirklich, Vater, wenn es dir schwer fällt, etwas über deinen Sohn zu sagen, dann laß es doch einfach.«

»Jetzt bist du verletzt. Das habe ich befürchtet.«

Felipe verdreht die Augen. »Ich bin nicht verletzt. Aber was soll ich sagen? Ich bin pitschnaß, würde gerne unter die Dusche gehen, mir etwas Trockenes anziehen, einen Drink mixen, mit Ysabel telefonieren oder mich einfach wieder unten ins Wasser werfen – es hat mindestens 26 Grad, ich hab einfach vergessen, wie herrlich diese Bucht ist ...«

»Lenk nicht ab.«

Vater und Sohn blicken sich in die Augen.

Felipe seufzt. »Und wie wäre es, wenn du deinen Gästen sagst, daß dir zu deinem Sohn nichts einfällt? Das wird ein garantierter Lacher.«

Sureda nickt bedächtig. »Was ich eigentlich sagen wollte ..., ich habe es schlecht angefangen, fürchte ich ...«

»Wo du für deine brillanten Anfänge doch eigentlich berühmt bist.« Felipe scheint vor der Schärfe seiner Worte selbst zu erschrecken und will den Vater anfassen, aber der weicht – vielleicht unabsichtlich – einen Schritt zurück.

»Es war nicht so gemeint, Vater. Hören wir auf damit, ja? Das führt zu nichts.«

»Ich weiß so wenig von dir«, sagt der Vater. »Als es mir bewußt wurde, war ich erschrocken. Verstehst du? Erschrocken.«

»Ich fürchte, Vater, wir können das in den vier Tagen vor der Hochzeit auch nicht mehr ändern.« Felipe lacht. »Also, was soll's. Ich zieh mir was Trockenes an, ja? Gibt es immer noch den uralten Malt Whiskey in diesem Haus? Von deinem Freund aus Amerika?«

Sureda hält Felipe fest, als der sich abwenden will. Er ist entschlossen, dieses Gespräch zu einem Ende zu bringen, irgendeinem Ende. Es kommt ihm vor, als habe er dafür nicht mehr viel Zeit. Vielleicht hat es etwas mit der Hochzeit zu tun, mit der unausweichlichen Veränderung einer Vater-Sohn-Beziehung. Felipe wird in den nächsten Tagen kaum Zeit für ihn haben. Danach verschwindet er mit Ysabel in die Flitterwochen, nach Mexiko. Und von dort werden sie direkt nach Madrid gehen und ihr eigenes Leben beginnen.

Sureda wird keinen Anteil mehr daran haben. Jedenfalls nicht mehr, als Ysabel und Felipe gestatten. Wenn er sie sehen möchte, wird er fragen, ob es ihnen recht ist. Wenn er spontan bei ihrer Wohnung vorfährt, wird er damit rechnen müssen, daß er stört. Selbst die Tatsache, daß Felipe in die Madrider Kanzlei eintritt, deren Senior-Partner Dr. Jaume Sureda ist, wird nichts an der Tatsache ändern, daß sie sich immer mehr voneinander entfernen werden.

Felipe verdient sein eigenes Geld, ein gutes Geld. Über das Gehalt hat er mit seinem Vater verhandelt wie ein Profi, kalt und konsequent. Wie er mit jedem anderen Geschäftspartner verhandelt hätte. Schon damals war Sureda bewußt gewesen, daß sie in eine neue Phase der Beziehung eintreten, aber damals hatte es ihn nicht so geschmerzt wie gerade heute, gerade jetzt.

»Bartolomé wird dir einen Whiskey bringen«, sagt er, »bleib

noch eine Sekunde.« Er lächelt, was ihm schwerfällt. Er will seine Stimme leicht klingen lassen, seine Gesten wie beiläufig. »Vielleicht ist es das letzte Mal, daß wir so miteinander plaudern können.«

Felipe lacht ein wenig irritiert. Er möchte sich umziehen, er möchte sich in sein Zimmer zurückziehen, dieser zu großen Nähe zu seinem Vater entkommen, das spürt Sureda, und das verletzt ihn noch mehr.

»Warum sollte es das letzte Mal sein? Wir werden uns in Madrid ständig über den Weg laufen, Vater, und ich werde dich öfter mit Fragen nerven, als dir lieb ist.«

Sureda steckt die Hände in die Hosentaschen und schaut auf das Meer. »Warst du eigentlich glücklich im Internat?«

»Glücklich?« Felipe lacht bitter. »Kennst du jemanden, der im Internat glücklich war?«

»Gut. Anders ausgedrückt: Hast du das Gefühl, daß dir in deiner Kindheit etwas gefehlt hat?«

Unten in der Bucht zanken sich die Möwen um einen kleinen, silbernen Fisch. Sie kämpfen erbittert, zerfetzen den Fisch mit dem Schnabel. Glitzernde Teile fallen ins Wasser und werden geschnappt, bevor sie in der Tiefe versinken können.

»Mamá hat mir gefehlt«, sagt Felipe. »Aber das weißt du.«

»Du hast nie darüber gesprochen.«

»Vater, ich bitte dich. Wann sollte ich mit dir darüber sprechen? Und was sollte ich sagen? Dir hat die Frau gefehlt, mir die Mutter. Wir wußten das beide. Warum sich damit quälen?«

Sureda mustert seinen Sohn. Ja, das ist es. So sind sie miteinander ausgekommen über Jahre, indem sie aufeinander Rücksicht genommen haben, sich gegenseitig verschlossen, ihre Gefühle für sich behielten, ihre Sehnsucht, ihren Schmerz und die Einsamkeit. Er ist mein Sohn, denkt Sureda, von seiner Mutter hat er nichts. Seine Mutter war weich, sanft und sinnlich. Seine Mutter hat immer nur auf ihr Herz gehört, nicht auf den Verstand. Felipe wäre ein anderer geworden, wenn seine Mutter bei ihm geblieben wäre.

»Ich frage mich oft, ob du es als Tragödie empfunden hast, ohne Mutter aufzuwachsen. Mit lauter verschiedenen Kindermädchen, und später, im Internat. Ob du darunter gelitten hast, ob dir etwas gefehlt hat. Emotional. Ich weiß nicht, ob ich mich verständlich ausdrücke.«

Felipe, der die Anspannung im Gesicht seines Vaters bemerkt, legt leicht seine Hand auf dessen Schulter. »Mach dir keine Sorgen meinetwegen, ich komm zurecht. Ich bin immer zurechtgekommen. Ich hatte keine Wahl, oder? Vielleicht ist es gut so. Wer kann das beurteilen? Vielleicht hätte Mamá mich verwöhnt, verhätschelt, hätte mir alles nachgesehen, die schlechten Zensuren, den lausigen Geschmack, die Saufgelage mit Freunden, und aus mir wäre einer von diesen verwöhnten Söhnen reicher Eltern geworden, die nichts zustande bringen, außer von der Kreditkarte ihres Daddys zu leben.«

»Möglich.« Sureda nickt. »Möglich, daß du recht hast. Dennoch denke ich in letzter Zeit häufig darüber nach, was anders gewesen wäre. Wie anders ein Leben verläuft, wenn man als Kind die Mutter an der Seite hat. Wenn man ihre Liebe spürt, wenn man sich beschützt fühlt von dieser Liebe.«

»Vater?« Felipe beugt sich vor und blickt seinem Vater in die Augen. »Seit wann denkst du über so etwas nach? Führst du gerade einen Prozeß um Mutterliebe?«

Sureda denkt an den Tag, als er Felipe im Internat abgegeben hat, an dieses tapfere kleine Kerlchen, das die Tränen herunterschluckte, das die Hand des Vaters ausschlug, das sich abwendete, als der Vater sich bückte, um dem Sohn einen letzten Abschiedskuß zu geben. Vor dem Direktor. Und den Lehrern! Wie hatte er annehmen können, daß sein Sohn so etwas zuläßt.

Er versucht, sich an die Briefe zu erinnern, die Felipe ihm aus dem Internat geschrieben hat. Nüchterne Briefe, wie Protokolle, die festhielten, was Felipe erlebte, welcher Lehrer gerecht war und welcher nicht, wie die Arbeiten ausgefallen sind und mit welchem Kind er das Zimmer teilt. Ein Satz an den anderen gehängt, nüchterne klare Sätze, in denen nichts mitschwang, nicht die Sehnsucht nach dem Vater, nicht die Bitte, ihn da rauszuholen. Er bat nicht einmal um mehr Taschengeld, um einen zusätzlichen Samstag daheim. Er bat um gar nichts, er wollte nie etwas. Wenn die Ferien kamen und er seinen Sohn abholte, begrüßten sie sich ernst und feierlich wie Fremde. Felipe stieg in sein Auto, er verstaute den Koffer im Gepäckraum, und wenn er sich hinter das Steuer setzte, hatte Felipe schon ein Buch aufgeschlagen und las darin. So gebannt, daß er nicht wagte, ihm Fragen zu stellen, bis sie daheim waren. In seinem Zimmer schloß Felipe sich stundenlang ein. Sureda erinnert sich, daß ihn das nicht verletzte, sondern erleichterte. Daß er froh war, wenn Felipe sich mit einem Buch auf die Sonnenliege unten am Meer verzog, froh, wenn Felipe mit dem Boot hinausfuhr zum Angeln, wenn er abends vor dem Fernseher hockte, weil es einen spannenden Film gab, den Felipe nicht versäumen wollte.

Hatte Felipe Angst, mit seinem Vater zu reden? Oder wußte Felipe, daß sein Vater sich nicht wirklich für das Leben interessierte, das er führen mußte? Ein Leben im Internat, in der emotionalen Kälte? Ab und zu in den Ferien unterbrochen von einem Aufenthalt in einem Haus am Meer, mit vierzehn Zimmern, und alle ohne Leben?

Er hat recht, denkt Sureda, ich habe mich nicht wirklich um ihn gekümmert. Er ist ein armes, einsames Kind gewesen. Und ich habe ihn aus dieser Einsamkeit nicht befreit. Ich habe ihm nicht geholfen.

Er spürt, daß er sentimental wird. Er will sich davor schützen, vor allen Dingen will er diese Gefühle vor seinem Sohn verbergen und gleichzeitig diesen vielleicht letzten Augenblick der Intimität mit seinem Sohn für eine Botschaft nutzen.

Er hat seinem Sohn viele Dinge zu sagen. Dinge, die längst hätten gesagt werden müssen. Vielleicht ist es dazu längst zu spät. Er weiß es nicht. Er hat keine Erfahrung im Umgang mit Gefühlen. Er hat sich nie Gefühle gestattet. Gefühle machen ihm Angst. Gefühle gehören in ein Reich, das er nie betreten hat.

Dennoch gibt es etwas, das Felipe wissen sollte. Etwas, das er seinem Sohn sagen möchte am Vorabend der Hochzeit, am Tag bevor er ihm ganz entgleitet.

»Deine Mutter hat dir das Leben gerettet. Da warst du fünf«, sagt Sureda in das lange Schweigen hinein. Er deutet auf das Wasser, das gegen den Bootssteg schwappt. »Es war an Todos Santos. Du wärst fast ertrunken.«

»Ich weiß. Das hast du mir erzählt. Aber du hast mich aus dem Wasser gezogen. Du hast mich gerettet. Mich und Mamá.«

»Ich habe euch aus dem Wasser gezogen. Aber nicht gerettet. Nur aus dem Wasser gezogen, gerettet hat dich deine Mutter. Wenn sie nicht kopfüber vom Bootssteg einfach gesprungen wäre, du wärst ertrunken. Sie hat geistesgegenwärtig den Rettungsring geworfen, und dann ist sie hinterhergesprungen. Ich habe da oben am Fenster gestanden. Ich war am Telefon. Ich habe ein wichtiges Telefonat geführt, und während ich sprach, hat deine Mutter versucht, dich zu retten.«

Felipe starrt seinen Vater verständnislos an. »Du hast telefoniert? Während Mamá und ich um ein Haar ertrunken wären? Ist das wahr?«

»Deine Mamá konnte kaum schwimmen. Und dennoch ist sie gesprungen, in das eiskalte Wasser, vor dem sie immer so eine Angst hatte. Sie wollte immer, daß wir ein anderes Haus bauen, nicht so nah am Meer. Als hätte sie geahnt, daß davon eine Gefahr ausgeht. Mütter haben einen unglaublichen Instinkt, eine Ahnung von den dunklen Dingen ...«

»Du hast telefoniert, während Mamá und ich da unten um unser Leben kämpften? Das glaube ich nicht!«

»Ich wollte dir nur sagen, Felipe, daß die Mutterliebe etwas ist, das man durch nichts ersetzen kann. Durch gar nichts, verstehst du? Ich wollte nur, daß du, wenn du jetzt Ysabel heiratest und mit ihr in eine gemeinsame Zukunft gehst – daß du nicht vergißt ...« Er bricht plötzlich ab, fährt mit der Hand über die Augen, wendet sich ab. Seine Schultern zucken.

»Vater«, sagt Felipe vorsichtig, erschrocken, »Vater, was ist mit dir los?«

»Nichts, nichts, gar nichts, Felipe. Ich fürchte, ich bin heute ein wenig sentimental. Ich wollte dir noch gerne etwas sagen, etwas anderes, das auch mit der Liebe einer Mutter, oder eben nicht mit der Liebe einer Mutter zu tun hat. Aber ich denke«, er wendet sich um und ist schon wieder der, den Felipe kennt, »wir sollten lieber hineingehen. Du zitterst, dir ist kalt. Wir sollten diesen Malt Whiskey trinken, von dem du seit Stunden gesprochen hast. Er ist wirklich der beste Whiskey der Welt.«

Felipe bleibt stehen, als Sureda sich schon dem Haus nähert.

»Wir müssen keinen Whiskey trinken. Wir müssen nicht ins Haus gehen. Wenn du mir noch etwas zu sagen hast, Vater, dann sollten wir das jetzt tun.«

»Nicht jetzt, nein, nein. Es ist genug. Wirklich nicht jetzt. Später.«

Sureda lächelt, wehrt den fragenden Blick des Sohnes ab, indem er mit den Händen herumflattert, als verscheuche er Insekten. »Gehen wir ins Haus. Es kommt ein kalter Wind auf. Hoffentlich schlägt das Wetter nicht um.«

Maria-Magdalenas Tagebuch

4. Februar 1937

Es kommt nicht. Will nicht kommen. Krallt sich in meinem Unterleib fest, schwillt an, Tag für Tag, ob ich esse oder nicht, trinke oder nicht, ob ich die Luft anhalte oder schreie, ob ich hüpfe, springe, und mit den Fäusten auf meinen Bauch einschlage, nachts, im eiskalten Bad.

Ich weiß es gewiß, ich bin schwanger. Ich erwarte ein Baby, und höre nicht auf zu weinen. Ich kann dieses Kind nicht haben. Dieses Kind wird unglücklich sein und Unglück über andere bringen, das spüre ich. Der Schmerz in meinem Unterleib hört nie auf auch nicht, wenn ich mir einbilde zu schlafen, aus Müdigkeit, Erschöpfung und Zorn. Ja, ich bin auch zornig auf dieses Land und diese Menschen, die zugelassen haben, daß eine Liebe wie die zwischen Victoriano und mir zerstört wird, daß unser Glaube an das Gute vernichtet wird, daß das Gute überhaupt mit Füßen getreten, die großen Ziele der Menschen belacht werden. In dieser wahnsinnigen Zeit mußte der nächste Wahnsinn kommen: Maria-Magdalena de Villalonga, von der man annimmt, daß sie eine keusche Jungfrau ist, erwartet ein Kind.

O Gott, hilf mir, wenn du überhaupt zu Mitleid fähig bist. Hilf mir, denn ich kann nicht mehr.

6. Februar 1937

Noch immer kein Blut. Aber ich gebe die Hoffnung nicht auf. Ich darf die Hoffnung nicht aufgeben. Solange es nicht Gewißheit ist, versuche ich, ein normales Leben zu führen.

Ich habe von Frauen gehört, bei denen die Menstruation nach einem schweren Schock monatelang, ja jahrelang ausgeblieben ist. Ich darf mich nicht in die Verzweiflung hineinsteigern, sonst wird das Mißtrauen um mich herum noch größer. Ich muß wachsam sein.

Ich esse wieder. Ich sitze wieder mit ihnen am Tisch. Ich höre wieder zu, was sie sprechen. Ich schäme mich, so feige zu sein, so schwach. Ich schaff es alleine nicht, zu sterben.

Sie reden bei Tisch über die Revolution. Über nichts anderes. Aber wie sie darüber reden!

Der kalte Winter, der Vormarsch der Falangisten, der feige Regierungschef in Madrid. Aber nicht über die Toten, die morgens an Land geschwemmt werden. Mit durchschnittener Kehle, ein Messer im Rücken, treiben sie bäuchlings, die Arme vom Körper weggestreckt, in den Buchten, in denen ich einmal gebadet habe. Wie könnte ich je wieder das Meer ansehen, ohne an die Toten zu denken.

Gestern haben sie unseren Bäcker abgeholt, zu einem Verhör. Er ist immer noch nicht wieder da. Auch von Gabriel keine Spur mehr, seit damals. Sie zerren die Leute aus ihren Häusern und stecken sie in Gefängnisse, die Anklage ohne Urteil. Es herrscht die reine Willkür. Ich habe versucht, Gabriel eine Nachricht zu schicken, durch den kleinen Sebastian. Aber ich weiß nicht, ob er mich überhaupt verstanden hat. Auch in seiner Familie ist etwas Furchtbares passiert. Wir dürfen nicht mehr Mallorquín sprechen. Nicht einmal mehr zu Hause, in unseren eigenen vier Wänden. Eine Anordnung des Generals Goded: Amtssprache und Nationalsprache ist ab sofort das kastilische Spanisch. Wir wissen nicht, ob wir vielleicht von Spitzeln umgeben sind, in unserem eigenen Haus. Können wir der Köchin noch trauen, flüstert meine Mutter, Cecilia, dem Verwalter?

Die Arbeiter auf dem Feld verstummen, denn sie haben das

Spanische nie gelernt. Aber in ihrer eigenen Sprache dürfen sie nicht mehr reden. Nur noch heimlich, unter der Bettdecke vielleicht, mit ihren Frauen. Alle leben in Angst. Das Lachen ist von dieser Insel verschwunden. Die Heiterkeit.

Es will nicht Frühling werden. Ich glaube, daß Gott uns bestraft. Wenn es keinen Gott gibt – wie Victoriano immer behauptet hat –, dann verschwört sich etwas anderes gegen uns Mallorquiner. Ich habe nicht verstanden, was Victoriano meinte, als er sagte: Das Böse ist in der Welt. Seit ich die düsteren Gesichter sehe in unserem Dorf, in der Kirche, auf dem Feld, seit es keine Musik mehr gibt und keine Dorffeste und die Frauen nur noch Schwarz tragen, immer nur Schwarz, weil es in jeder Familie jetzt Tote gibt oder verschollene Angehörige, die man weggeschleppt und in irgendwelche Folterkammern gesperrt hat.

Juan in seinem blauen Hemd sitzt bei uns am Tisch und schlägt sich gegen die Brust. Er findet alles in Ordnung, was passiert, und gut. Nein, nicht alles. Er findet richtig, was die Falangisten machen. Sein Zimmer ist eine Waffenkammer, ich habe es mit eigenen Augen gesehen. Er hat Gewehre und Messer, Säbel, Dolche, Mörser, Handgranaten in seinem Zimmer gestapelt wie ich meine Bücher. Er läuft herum mit der Miene eines Wahnsinnigen. In seinen Augen Mordlust. Ich habe Angst, wenn ich ihm im Haus oder draußen begegne, und weiß nicht, warum. Natürlich wird er mir nichts tun. Er vermeidet es neuerdings, mich nach meiner Meinung zu fragen. Ich bin nicht einmal sicher, ob ich eine Meinung habe. Ist dieses, was wir erleben, Krieg? Aber wer hat ihn erklärt?

Vater wollte mit dem Schiff nach Barcelona, um die Lage dort zu erkunden, weil angeblich Mallorquínische Güter nicht mehr aufs Festland gebracht werden dürfen. Aber nachdem er achtzehn Stunden am Hafen gewartet hat, ist er wieder zurückgekommen.

Das Schiff fährt nicht, sagte er.

Warum fährt es nicht? fragte Mutter.

Weil sie es versenkt haben.

Wer tut so etwas? fragte meine Mutter.

Juan stach mit der Messerspitze durch das Tischtuch in den

Holztisch. Seine Stimme zitterte vor Wut. Wer tut so etwas schon, schrie er, natürlich die Kommunisten, diese Schweine. Die überall unter uns sind.

Ach Unsinn, sagte meine Mutter und schenkte Wein nach.

Mir war kalt bis ins Herz.

Du glaubst es nicht? schrie Juan. Er zog das Messer aus dem Tisch und deutete mit der Spitze auf mich. Ich zitterte.

Dann frag sie doch! schrie er. Sie weiß das viel besser als ich!

Meine Mutter hatte gerade mit der Gabel ein Fleischbällchen aufgespießt, die Tomatensoße tropfte auf den Teller.

Ihre Hand schwebte in der Luft. Sie starrte mich an. Ihre Augen wurden groß und ganz schwarz. Es war, als habe sie in diesem Augenblick eine Erleuchtung, eine Erkenntnis gewonnen ...

Aber Vater rettete mich. Er schob den Stuhl zurück, schlug mit der Faust auf den Tisch und sagte: Ab sofort ist es in diesem Hause verboten, über Politik zu sprechen. Wir haben einen Bürgerkrieg, das ist wahr. Aber solange ich hier in diesem Hause etwas zu sagen habe, werde ich verhindern, daß daraus auch ein Bruderkrieg wird.

Einen Augenblick war es still.

Dann warf Juan seinen Kopf in den Nacken und lachte.

Dafür ist es zu spät, Papá, sagte er. Den Krieg haben wir schon in unserem Haus.

Juan, sei still, flüsterte meine Mutter. Ihre Stimme zitterte. Sei sofort still, kein Wort mehr, kein Wort.

Wußte sie, was er sagen würde?

Ahnte Vater es?

Er nahm das Tischglöckchen und läutete, heftig, laut und unbeherrscht. Der helle Ton des Glöckchens erfüllte unser Speisezimmer, und ich dachte, ein Totenglöckchen in unserem Haus.

Wir schwiegen, während das Mädchen die Speisen hinaustrug. Aber als sie die Tür mit dem Fuß hinter sich zugezogen hatte und wir wieder unter uns waren, stand Juan auf, warf die Serviette auf den Stuhl, als werfe er mir einen Fehdehandschuh hin, mit der gleichen herausfordernden Geste, und sagte: Eure schöne Tochter hat ja sogar an einen von ihnen ihre Unschuld verloren. Schaut sie doch an.

Ich erstarrte wie meine Eltern.

Juan lachte. Der Coup war ihm gelungen.

Oh, wie ich ihn haßte. Wie ich ihn haßte.

Ist das wahr? flüsterte meine Mutter. Sie wagte nicht, mich dabei anzusehen, und in ihrer Stimme war nicht einmal Zorn, wie früher, vor den Zeiten des Terrors, ganz sicher Zorn in ihrer Stimme gewesen wäre. In ihrer Stimme war nur Angst.

Mit wem? wiederholte sie. Wer ist es?

Einer von diesen roten Schweinen, brüllte mein Bruder, hob den Stuhl an der Lehne hoch und stellte ihn krachend wieder hin. Ein Wunder, daß er nicht geborsten ist. In der Mitte durch. So wie es ein Wunder war, daß ich nicht ohnmächtig wurde. Früher, da bin ich sicher, sind Frauen in solchen Augenblicken ohnmächtig geworden. Welch eine Gnade der Natur. Von uns erwartet man, daß wir stark sind.

Ich stand auf. Juan schaute mich an wie jemanden, den man zum Duell fordert. Wie einen Feind. Seine eigene Schwester schaute er mit so einem Blick an! Seine eigene Schwester!

Ist das wahr? fragte mein Vater mit einer Stimme, die fremd war.

Ich schwieg.

Natürlich ist es wahr! schrie Juan. Er hat in Moskau studiert!

Was redest du da? flüsterte ich erschrocken. Was lügst du da?

Ich wollte weg, aber mein Bruder packte meinen Arm. So fest, daß ich auch jetzt, zwei Tage später, immer noch seine Fingerabdrücke sehen kann.

Es ist wahr, aber dieses rote Schwein hat nicht lange etwas davon gehabt, sagte mein Bruder grimmig. Und die Mordlust leuchtete wieder in seinen Augen. Wir haben dafür gesorgt, daß er meine Schwester nicht wieder anfassen kann.

Ich wirbelte herum. Ich packte ihn. Am Kragen, am Hemd, am Ohr, am Haar. Ich zerrte und stieß ihn, boxte und schrie.

Wir? schrie ich. Wer ist das? Wen meinst du mit wir?

Ich war außer mir, weil er keine Antwort gab. Weil er mit mir spielte, während ich kämpfte. Er mit seinen achtzig Kilo und ich mit meinen fünfzig und Fäusten, die nicht gelernt hatten zu boxen.

Seht ihr? rief Juan hitzig. Glaubt ihr mir jetzt? Oder ist sie immer noch euer Augenstern und eure schöne scheue Prinzessin. Jetzt, wo ihr alles wißt? Und ich bin immer noch der Taugenichts? Das schwarze Schaf der Familie? Ja? Auch nachdem ihr das alles wißt? Ihr könnte euch erkundigen: Sein Name ist Victoriano Moreig. Student. Und seine Leiche liegt da, wo sie hingehört: zwischen Hundekot und Müll.

7. Februar 1937

Der kleine Sebastian ist vollkommen verstört aus Palma zurück. Er erzählt nicht, was er erlebt hat. Aber meinen Brief trug er immer noch in der Tasche. Ich fand Sebastian zusammengekauert zwischen den großen Fässern im Weinkeller. Im letzten Jahr ist er noch durch die kleine Luke in die Fässer gestiegen, um sie zu reinigen, damit sie mit frischem Wein gefüllt werden konnten. Jetzt kauerte er wimmernd zwischen den Fässern. Er wollte nicht reden. Aber ich mußte es wissen. Ich schüttelte ihn und haßte mich gleichzeitig dafür, daß ich von einem Kind etwas verlangte, was ich vielleicht selber nicht aushalten könnte.

Hast du den Brief abgegeben? fragte ich.

Er wimmerte, preßte die Hand gegen den Bauch, würgte und schüttelte den Kopf.

Warum nicht? Hast du die Adresse nicht gefunden?

Doch, die Adresse habe er gefunden.

Und Gabriel? Der Student?

Sebastian wimmerte. Ich schüttelte ihn.

Hast du den Studenten gesehen? Warst du in seiner Wohnung?

Er nickte, preßte die Hände in den Magen und wimmerte.

Und? Und? Ich schüttelte ihn wieder und wieder.

Aber Sebastian sprach nicht. Er würgte. Bis gelber Schleim aus seinem Mund kam.

Da begriff ich endlich, daß das, was er gesehen hatte, so furchtbar war, daß man es nicht erzählen konnte.

Ist er tot? fragte ich flüsternd. Ich ließ ihn los. Trat einen

Schritt zurück und suchte Halt an dem dicken Bauch des Weinfasses.

Sebastian hob den Kopf, schaute mich mit Augen an, die einem das Herz brechen konnten, und sagte: Si Señora, asesinato por su hermano.

Und er sagte es in Castellano, nicht in Mallorquín, so groß war sein Entsetzen.

Mein eigener Bruder. Mein eigener Bruder!!!

8. Februar 1937

Sebastian ist krank. Ich brauchte eine Weile, bis ich begriff: Der arme Junge hatte den ganzen Weg in die Stadt mit leerem Magen zurückgelegt, zu Fuß, denn der Zug fuhr nicht. Und in der Stadt gab es nichts, nicht ein Stück Brot für ihn, nicht eine Scheibe Sobrasada. Nicht einen Zuckerwürfel. In der Tasche hatte er ein paar Duros, aber man kann in Palma nichts mehr kaufen, wenn man keine Marken hat. Man braucht Marken für alles. Wir hatten vergessen, daß er ein Waisenkind war. Das hatte das Gouvernement nicht vorgesehen, daß in diesem fürchterlichen Terror auf einmal nur die Kinder übrigbleiben könnten.

Und wir, die es wissen sollten, hatten nicht daran gedacht. Wie ich mich geschämt habe. Zu allem auch noch das.

Wenn ich in die Augen dieses Kindes sehe, in dem das ganze Entsetzen der Welt sich sammelt, wird mir so bang, daß ich kaum noch atmen kann.

Was ist, wenn ich wirklich schwanger bin?

In was für ein Elend würde dieses Kind geboren?

Und in welch größerem Elend wäre ich?

Juan ist verschwunden. Seit dem Abendessen mit meinen Eltern ist er verschwunden. Freunde von Juan sind gekommen und haben nach ihm gefragt. Wie sie angekommen sind, in einem Jeep, mit umgeschnallten Gewehren und Gürteln, in denen Patronen steckten, in den Seitenschäften das Messer. Ihre Augen hatten einen kalten Glanz wie gefrorenes Wasser. Ihr Lächeln war nur noch eine Fratze.

Vielleicht habt ihr geholfen, Gabriel umzubringen, hab ich gedacht. Vielleicht seid ihr alle zusammen in seine Wohnung gestürmt und habt ihn erstochen, in seinem Bett, bevor er überhaupt Zeit hatte, richtig wach zu werden. Vielleicht habt ihr es alle zusammen gemacht. Um die Spuren zu verwischen.

Gabriel war der Zeuge. Er hat gesehen, wie Victoriano starb. Er hat alles gesehen. Er kannte das Gesicht der Mörder, die Hände der Mörder und ihre Waffen. Er hätte gefährlich werden können. Für meinen Bruder. Und für euch, die ihr die Helden spielt. Macht es euch Spaß, die Angst in den Augen der Frauen zu sehen? Ja? Findet ihr es aufregend, wenn die Menschen in den Dörfern bei eurem Erscheinen in den Häusern verschwinden und schnell die Türen hinter sich schließen? Hattet ihr Angst, daß Leute wie Victoriano und Gabriel euch euer Land wegnehmen würden? Eure Privilegien? Euer Geld? Ja? Ist es das? Habt ihr Victoriano denn je gefragt, ob er euer Land überhaupt will? Und das schmutzige Geld? Ich wünschte, ich hätte mehr Zeit gehabt, von Victoriano zu lernen, worum es eigentlich geht. Was hinter allem steckt. Wie sie alle in ihren Ländern auf ihren Regierungssesseln sitzen und abwarten, was passiert. Wie sie ein paar U-Boote schikken, ein paar Waffen, die rechten Regierungen den Rechten, die linken Regierungen den Linken, und zusehen, wie wir uns selbst zerfleischen. Wie unsere Friedhöfe sich füllen, die Krankenhäuser, die Gefängnisse. Wie ein Nachbar den anderen umbringt. Wie Fabriken in die Luft fliegen und Bäckereien im Feuerqualm verschwinden, wie die Messer der Metzger zum Töten von Menschen gebraucht werden und in den Ställen die Kühe verenden, weil der Bauer tot in seiner Kammer liegt. Der Tischler in Inca, der so schöne Möbel macht, zimmert nur noch Särge. Im Hafen patrouillieren junge Kerle, sagt mein Vater, die gar nicht wissen, was sie tun sollen. Sie fuchteln mit Gewehren herum, verbreiten Angst und Schrecken und verbieten den Fischern, mit ihren Booten aufs Meer zu fahren, weil sie damit vielleicht Flüchtlinge von der Insel wegbringen könnten. Leute, die bereits von irgendeinem Tribunal zum Tode verurteilt waren. Deshalb gibt es auf dieser Insel, die umgeben ist von fischreichem Gewässer, auch keinen Fisch mehr zu kaufen. Es gibt gar nichts mehr.

Heute haben wir das letzte Pfund Mehl genommen, um einen Kuchen für Mamá zu backen. Es ist ihr Geburtstag.

Ich habe ihr eine Stola gehäkelt und sie ihr vor die Schlafzimmertür gelegt. Ich weiß, sie will mich nicht sehen. Ihre Tochter ist entehrt. Hat den Namen der Familie befleckt. Hat ihre Unschuld verloren. An einen Kommunisten! Vielleicht einer von den Leuten, die in unserer Kapelle das Altarbild gestohlen haben. Die Monstranz und den silbernen Becher für die Oblaten. Ich kann ihr nicht erklären, daß Victoriano so etwas nie getan hätte. Victoriano achtete den Besitz der anderen. Auch wenn er es ungerecht fand, daß die einen viel und die anderen wenig haben. Für sich selbst hat er nie etwas gewollt. Els Sant Castells, dieses Gut, auf das ich so stolz bin und in dem ich eine glückliche Kindheit verlebte, hat auf ihn gar keinen Eindruck gemacht. Er wollte nur wissen: Wie viele Arbeiter schuften hier für kargen Lohn? Wo ist die nächste Schule, in der die Kinder der Campesinos Lesen und Schreiben lernen können? Wer bezahlt die Arbeiter, wenn sie krank sind? Wovon leben sie, wenn sie zu alt sind, um zu arbeiten?

Victoriano hätte diese Fragen auch meinem Vater gestellt. Ich weiß schon, warum ich so sorgsam darauf geachtet habe, ihn von meinen Eltern fernzuhalten.

Ach, mein Geliebter, du hast einmal gesagt, ein Bruderkrieg ist die größte Tragödie, die einem Land widerfahren kann. Damals dachte ich schon, daß du recht hast. Bruderkrieg gleich Bürgerkrieg.

Das Herz stockt mir, wenn ich nur an die Möglichkeit denke, daß mein eigener Bruder womöglich auch dein Leben auf dem Gewissen hat. Wie kann er je wieder ruhig schlafen? Wie kann ich jemals wieder in einer Kirche beten zu einem Gott, der so was zuläßt?

Wenn ich mir im Spiegel in die Augen blicke, dann sehe ich einen verlorenen Geist, der in einer Hülle aus Angst steckt. Und Verzweiflung. Heute nacht habe ich geträumt, ich liege in einem Bett und neben mir, in einer Wiege, ein Kind.

Ich bin erwacht mit einem Schrei und naß von Schweiß.

Alonso

Alonso hat die Siesta ausgedehnt bis sechs Uhr abends, aber die Hitze ist immer noch nicht abgeklungen, als Alonso wieder auf die Gasse hinaustritt. Er schaut sich um. Die Fensterläden im Haus gegenüber sind geöffnet. Señorita Magdalena kämmt ihr nasses Haar auf dem Balkon. Das Haar ist ihr ganzer Schmuck. Als sie jünger war, hat eine Shampoo-Firma aus Sevilla mit ihren Haaren geworben. Man sollte glauben, daß jede Frau, wenn sie nur dieses nach Kakifrüchten duftende Shampoo benutzt, solche Haare bekommt: wie ein Wasserfall aus kastanienbrauner Seide.

Stünde der Klappstuhl von Jesús wie immer vor dem Garagentor, könnte Alonso sich hinsetzen und nur schauen. Er weiß, daß Magdalena nichts dagegen hat, wenn die Männer ein bißchen schauen. Ihr Dekolleté ist von den über das Gesicht herabfallenden Haaren ohnehin fast vollständig verhüllt. Sie schnürt ihre Mieder wie die Huren im Dos Melones, dem besten Puff der Insel, wie manche sagen. Alonso hat schon lange kein Geld für Huren, er muß es sich, wenn der Drang ihn – meist während der Siesta – überkommt, schon selber besorgen. Früher hat er das für würdelos gehalten, eine letzte große Demütigung, die das Schicksal ihm zufügt. Heute verrichtet er diesen kleinen Liebesdienst an sich selbst, ohne sich weiter Gedanken zu machen. Er hat sich an so vieles gewöhnt in dieser langen Zeit. Warum nicht an das.

Aber der Klappstuhl ist nicht da. Jesús muß ihn mit ins Haus genommen haben, wegen der Müllabfuhr. Sie machen keinen Unterschied zwischen Müll und nützlichen Dingen. Alles, was auf der Straße steht, verschwindet schneller im Bauch dieses dröhnenden Riesenautos als eine Kakerlake in der Mauerritze.

Die Hündin döst in der Sonne. Der Bauch prall gefüllt. Sie hat es gut gehabt diesen Mittag, in der Tapas-Bar »Francisco« auf der Plaça de Europa, die noch vor vier Wochen Plaça del Francisco Franco geheißen hat. In dieser Gegend, die nicht einmal die Beamten des Ajuntaments kontrollieren, halten manche Dinge sich länger, sogar Ruf und Ansehen eines Diktators.

Alonso hat auf dem Brunnenrand gesessen, im Schatten der einzigen Palme, die dieser Platz aufweisen kann, und genau verfolgt, wie die Arbeiter der Stadt in einem roten Auto vorgefahren sind, mit Eisensäge, Hammer und Kolben sich darangemacht haben, die alten Schilder zu entfernen. Ein Schild war an die Hauswand der Bar Francisco genagelt, in der Alonso seine tägliche Ration Fino und Pa'mb oli anschreiben läßt. Bei der Demontage des Schildes ist ein Mauerstein herausgebrochen, und der Putz hinter den Stromleitungen hat sich gelöst. Vicente Rojo, der Besitzer der Bar, ist herausgekommen, eine vor Schmutz starrende Schürze um den Bauch, hat den Arbeiter am Hals gepackt und gewürgt. Alonso hat mit grimmiger Freude zugesehen, wie das Gesicht des Mannes erst rot und dann blau wurde, bevor ein Kollege ihn aus dem Klammergriff des Wirtes retten konnte. Das neue Schild durften sie jedenfalls nicht an dieser Hausecke anbringen, denn diese Hausecke, so Vicente Rojo, habe sein Vater mitbezahlt, als er die Bar übernommen habe, und diese Hausecke muß er ja auch reinigen von Hundescheiße und Abfällen und diesem Zigeunergesocks, das da rumhängt und die Leute mit Hütchenspielen abzockt.

Auf diesem Platz hat es nie eine Nelkenfrau gegeben, solange ich hier Wirt bin, hat Vicente gebrüllt, solange der Platz »General Francisco Franco« geheißen hat, und keine Handleserinnen. Denn die Leute brauchen niemanden, der ihnen die

Zukunft liest, sie wissen sowieso, daß sie nichts erwarten können. Von niemandem.

Alonso hat sich, während er auf dem Brunnenrand saß und Mandelkerne kaute, geschworen, daß er keinen Fuß in die Bar setzen wird, falls Vicente sich breitschlagen ließe, seiner Bar einen anderen Namen zu geben.

BAR FRANCISCO hat seit siebzig Jahren auf der zerschlissenen Pergola, ochsenblutrot mit grüner Kante, gestanden. Denn vor siebzig Jahren ist der General Francisco Franco hier eingekehrt. Nach dem Besuch bei einer Hure. Er war bester Laune und hat zwei Runden Hierbas ausgegeben, für alle. Das ist an einem Montag gewesen, hat Vicentes Vater erzählt, und am Donnerstag sei er schon wieder dagewesen, ungefähr um die gleiche Uhrzeit, und das hat sich wie ein Lauffeuer herumgesprochen auf dem Platz, und aus allen Häusern seien die Leute geströmt und hätten sich einfach so, ohne zu bestellen, auf die wackligen Stühle gesetzt und gewartet. Ein Blick in die gegerbten Gesichter mit den müden Augen habe genügt, und unser Caudillo – der damals noch nicht so hieß, weil man noch nicht wußte, daß er einmal der Häuptling aller Spanier werden würde – habe gerufen: Hierbas für alle!

Und als sie alle mit einem Glas in der Hand dasaßen, habe der General sein Glas gehoben und gebrüllt: »Viva Franco! Arriba España! Und jetzt alle!«

Am 19. Juli 1936, als Mallorca durch einen Handstreich des Generals Goded faschistisch wurde, hat Vicentes Vater seine Kneipe, die früher einfach nur BAR PLAÇA geheißen hat, umgetauft in BAR FRANCISCO.

Weil, wie Vicente gern erzählt, der Caudillo, der damals noch nicht so hieß, beim Abschied seinen Vater umarmt und zu ihm gesagt habe: »Eines Tages wirst du deinen Kindern davon erzählen, daß ich hier war.« Erst danach, so Vicente, habe man auch den Platz umgetauft, der früher Plaça de Nostra Señora geheißen hat.

Alonso sammelt Spucke in seinem Mund, bis er nur noch Schaum spürt, dann speit er sie im hohen Bogen aus.

Wer erinnert sich noch, wie die Falangisten mit den Anarchisten und den Sozialisten hier auf diesem Platz um jeden Meter gekämpft haben und in seiner Gasse um jedes Haus. Wie sie mit ihren italienischen Gewehren auf die Fenster gezielt haben. Jedes geschlossene Fenster eine Gewehrsalve. Niemand hat etwas zu verbergen. Wie sie einen Sympathisanten der POUM bis in die Kneipe verfolgt hatten. Der Feigling wollte sich unter dem Tresen verstecken. Aber die Jungen haben ihn herausgeholt und vor den Augen der Arbeiter, die ihren Feierabendcognac tranken, füsiliert. Sie haben ihn an seinem schmutzigen Kragen gepackt und auf die Straße geworfen. Im Rinnstein haben sie ihn liegenlassen. Da sind die Fensterläden wieder zugezogen worden, ganz lautlos, vorsichtig. Und es war still.

Vicentes Vater sagte, ein ganzes Jahr lang habe sich danach kein Marxist mehr auf den Platz oder in seine Kneipe getraut.

Aber ein Jahr später haben fanatische Anhänger des Anarchisten Durruti die Fenster eingeschlagen, und bevor sie wieder eingesetzt werden konnten, ist das gesamte Mobiliar der Kneipe in der nächsten Nacht von der Guardia Civil zertrümmert worden. Mit Taschenmessern haben sie aus der Pergola den Namen FRANCISCO herausgeschnitten und den Schlachtruf der Straße: Sol! Sol! Sol! auf die Hauswand gepinselt. Aber Vicentes Vater hat die Schmiererei übermalen und eine neue Pergola in Auftrag geben lassen. Und wieder den Namen BAR FRANCISCO darauf drucken lassen. Sie haben Hundekot und Stierblut an die Tafel neben dem Eingang geschmiert. Aber Vicente hat den Kot abgewischt, ein neues Stück Kreide genommen und wieder geschrieben: BAR FRANCISCO. Und darunter: Menu del dia: caldo de pollo, croquettas de Bacalao, crema catalana: das Menü blieb immer gleich. Bis auf die Jahre der Hungersnot, in denen nichts auf der Tafel stand. Die Zeit, als ein Liter Milch ein Vermögen kostete und man selbst für Brot Marken zugeteilt bekam. Als Vicentes Vater im gesegneten Alter von sechsundachtzig Jahren hinter dem Tresen zusammenbrach, gerade als er den Zapfhahn für das Bier geöffnet hatte, und so in einer Lache aus Bier den Tod fand, hat Vicente nicht einen Augenblick daran gedacht, der Bar einen anderen Namen zu geben. Er hat mit dem Geld aus der Lebensversicherung seines Vaters neue Tische und Stühle gekauft, das ist im Jahr 1968 gewesen, er hat in der Küche einen Abzug über dem Herd installieren und die Ameisenstraßen hinter den gesprungenen Baldosas, den mit Fischmotiven bemalten Kacheln, ausräuchern lassen. Aber der Name BAR FRANCISCO prankte stolz über dem Eingang, genauso, wie der Platz noch im Frühjahr »Plaça General Francisco Franco« geheißen hat.

Alonso hatte Vicente gedroht, in Zukunft woanders anschreiben zu lassen, falls er je auf die Idee käme, den Namen der Bar zu ändern. Viele Nächte haben sie, wenn der letzte Gast aus der Kneipe auf den Platz hinausgetorkelt war, weitergetrunken und sich hineingesteigert in Geschichten über den Caudillo. Über seinen Sommer auf der Insel. Über seine Besuche in den Hurenhäusern. Sie haben sich überlegt, in welchem Bordell er gewesen sein kann und welches Mädchen ihm wohl am meisten Spaß machte. Eine Rothaarige mit weißem Fleisch und Mädchenbrüsten? Eine Schwarze, Feurige in Stiefeln und mit Lederpeitsche? Oder vielleicht eine erfahrene Alte, die vor nichts zurückschreckte?

Alonso hatte in seinem Leben genug Männer kennengelernt, erfolgreiche und angesehene Männer, die sich immer häßliche Huren aussuchten. Oder alte Frauen, so alt, daß sie die Mütter dieser Männer hätten sein können. Es waren interessante Gespräche, die Vicente und er in den Nächten führten, die Zunge schwer vom vielen Schnaps, aber die Sorgen weit weg.

Alonso schreitet so kräftig aus, wie sein lahmes Bein es erlaubt. Er hat seinen Olivenholzstock an diesem Tag gegen einen Spazierstock aus Rosenholz vertauscht, mit silbernem Knauf. Achtmal ist dieser Stock schon im Leihhaus gewesen, achtmal hat Alonso ihn – mit Hilfe des Schecks, den ein Bote ihm an jedem ersten Freitag des Monats bringt – wieder zurückgetauscht. Sein Instinkt hat ihm immer wieder gesagt, daß er diesen Stock einmal wird brauchen müssen. Aber seine Fähigkeit, in die Zukunft zu schauen, war schlecht entwickelt. Er hat sich beim besten Willen und bei aller geistigen Anstrengung nicht vorstellen können, was für Umstände zu dieser Gelegenheit führen werden.

Die Summe oben rechts auf dem Scheck der Bank Sa

Nostra hat sich im Laufe der letzten zehn Jahre nicht erhöht. Dabei sind die Lebenshaltungskosten gestiegen, die Inflation, die Touristen haben die Preise in die Höhe getrieben, die Hoteliers, das Gouvernement der Insel, haben nichts dagegen unternommen.

Wer in diesen Jahren reich geworden ist, den mußte der Preisanstieg nicht kümmern. Früher hat er mit dem Geld, das monatlich kam, wie ein kleiner Vorstadt-König leben können.

Alonso hat an diesem Tag keine Pesete in der Tasche. Deshalb muß er den weiten Weg vom Sa-Lotja-Viertel zu dem Barrió, in dem der Schneider Philip Kerr sein Atelier hat, zu Fuß zurücklegen. Es war sechs Uhr abends, als er auf seine Gasse hinaustrat. Jetzt, um sieben Uhr, ist er immer noch unterwegs, die Schritte langsamer, Schweiß rinnt ihm über die Stirn. Er faßt den Stock fester, wünscht, er hätte den Wurzelstock gewählt. Das Silber glüht in seiner Hand. Außerdem schmerzen die Füße, und das Herz schlägt gegen die Rippen.

Alonso spürt an diesem Sommerabend sein Alter. Früher hat er ganz andere Wege zu Fuß zurückgelegt. Aber damals waren seine Beine auch noch in Ordnung, damals konnte er das rechte Knie ebenso anbeugen wie das linke.

Er hätte die Ärzte, die ihn nach der Schlägerei im Celler C'an Toní zusammengeflickt haben, verklagen sollen. Vielleicht hätten sie sich mehr Mühe gegeben, wenn er seinen Ausweis dabeigehabt hätte. Oder weniger nach Schnaps gestunken oder saubere Unterwäsche getragen hätte. In der Zeitung hat er gelesen, daß sie sich in Amerika Schadenersatz in Millionen-Dollar-Höhe auszahlen lassen, wenn den Ärzten ein Kunstfehler unterläuft. Diese Doctores haben ihm ganz eindeutig die Kreuzbänder über dem Knie falsch angenäht oder zuviel abgeschnitten. Irgendwas ist falsch, sonst könnte er das Knie doch anwinkeln. So ist seine ganze Figur schief geworden. Wenn er geht, schiebt er die linke Schulter etwas vor, wie um das Nachziehen des rechten Beines auszugleichen. Der Kopf vorgestreckt wie der eines Läufers, wenn er die Ziellinie passiert. Er will mit dem Kopf schon immer da sein, wo seine Füße noch lange nicht sind.

Die Hündin ist nicht bei ihm. Sie verdaut immer noch die

Riesenportion Lammknöchelchen. Ein Geschenk von Maria, die im dritten Stock des Hauses wohnt und im Hotel Paraiso arbeitet, einem Drei-Sterne-Hotel an der Playa de Palma.

Alonso ist froh, daß das Mädchen in die Dachwohnung über ihm eingezogen ist. Ein freundliches Kind, das unaufgefordert das Treppenhaus fegt, den Müll in verschnürten Beuteln in die Ecke stellt, den Hund streichelt und ihm einen respektvollen Gruß entbietet, sobald sie ihn sieht. Und sie liebt die Putanita, als wär es ihr eigener Hund. Und die Putanita liebt mit ebenso großer Leidenschaft zurück. Wenn ich mal nicht mehr lebe, denkt Alonso, wird das Mädchen sich um meinen Hund kümmern. Nicht, daß sie viel braucht, die kleine Bastardin, aber doch frisches Wasser und einen Happen Fleisch jeden Tag. Wahrscheinlich hat sie es bei Maria besser als bei mir. Die lächerliche Summe, von der ich leben muß, reicht kaum für mich. Wie soll ich da auch noch einen Hund durchbringen.

Eine Familie, die ihre Angehörigen so vegetieren läßt, hat die Pest an den Hals verdient.

Alonso treibt die Wut immer weiter. Der Zorn bringt ihn dazu, mit dem Stock gegen Häuserwände und Poller, Blumenkübel und Kotflügel parkender Autos zu schlagen. Er murmelt Verwünschungen vor sich hin, gegen die Familie, gegen den Staat, gegen das Wetter, sein Bein, den Durst. Er überquert Plätze, die so zugeparkt mit Autos sind, daß er sich nur mit Mühe durchzwängen kann. Andere mit schattenspendenden Algarobbo-Bäumen, unter denen hübsch gekämmte Kinder artig spielen, bewacht von ihren Niñeras. Er geht vorbei an Trödelläden und Bars, an einem neuen Geschäft der Teleconia, an Reiseagenturen und Immobilienbüros. Jeden Tag verändert sich das Gesicht der Stadt. Bauzäune werden errichtet, Bürgersteige gepflastert, Häuserfassaden renoviert. Die alten Palacios, die noch vor ein paar Jahren mit Holzbrettern notdürftig gegen den Verfall – und vor neugierigen Blicken – geschützt waren, tragen jetzt Baugerüste, und aus Innenhöfen, in denen früher Katzen die Ratten jagten, dringt jetzt Handwerkerlärm. In manche dieser alten Stadtpaläste ist schon neues Leben eingekehrt. Blumenkübel und rankende Bougainvilleas um die renovierten Treppengänge aus Marmor, um Brunnen, eingefaßt mit handgemalten Kacheln und schmiedeeisernen Bögen, von denen ein Flaschenzug herabhängt, tief unten, dreißig oder vierzig Meter tief, die Zisterne. Das Wasser vom Gesundheitsamt geprüft, die Renovierungsarbeiten abgesegnet vom Denkmalschutzamt, außen an der Hauswand eine Plakette, die sagt, daß der Architekt für die Renovierung dieses Palastes aus dem 15. Jahrhundert den Preis der Stadt Palma gewonnen hat.

Niemals bleibt er stehen, um diese herrlichen Innenhöfe zu bewundern. Er bleibt überhaupt nicht stehen. Er geht, ohne anzuhalten. Wenn er anhielte, würde sein Herz aussetzen oder seine Kniescheibe aushaken, irgend etwas würde passieren, das ihn am Weitergehen hindert. Also darf er nicht stehenbleiben. Denn er hat an diesem Abend einen Termin.

In der Gasse, die an die Avenida Antoni Maura stößt, in einem Haus aus der Jahrhundertwende, hat der Engländer Philip Kerr seit mehr als zwölf Jahren sein Atelier. In der Beletage, hinter einem Balkon, der wegen Einsturzgefahr nicht mehr betreten werden darf, auf dem aber dennoch Kamillen in alten Terracottatöpfen wuchern, schneidet er Stoffe zurecht, malt mit Kreide Linien aufs Papier, setzt Spulen auf die Nähmaschine, stickt Knopflöcher und paßt Reißverschlüsse ein. Und während er dieses alles tut, vergeht die Zeit. Er ist auf diese Insel gekommen, um Millionär zu werden. So hat er es seinen Eltern gesagt, als er aus dem kleinen Ort bei Liverpool eines Tages aufgebrochen ist. Auf dieser Insel werden alle, die etwas im Kopf haben, Millionäre, hat er gesagt, auf der Insel kann man gar nichts anderes werden als reich.

Die Mutter hat ihn geküßt, der Vater ihm mit der rauhen Hand über die Wange gestrichen, dann war er weg. Seitdem schreibt er Jahr für Jahr an seine Eltern, wie gut es ihm ginge und daß er sie eines Tages auf die Insel holen werde, in seine Villa am Meer, mit Pool und Badesteg. Daß sie sich nur noch ein wenig gedulden müssen.

Alonso steht hinter einer spanischen Wand aus Pappmaché und entkleidet sich. Die spanische Wand zieren Pfauen, die zwischen Damen in Rokoko-Kleidern mit gespreiztem Gefieder herumstolzieren.

Er wirft sein Jackett über die Wand, dann die Hose. Die Metallschnalle des Gürtels schlägt gegen ein Scharnier der Pappwände, und es gibt einen kurzen, hellen Ton: pliiiiing.

Der Schneider Philip Kerr geht händeringend zwischen dem Schreibtisch, dem Lager mit den Stoffballen und dem Fenster hin und her.

Alonso knöpft sein Hemd auf. Das erfordert nicht viel Arbeit, denn von den acht Knöpfen gibt er nur doch drei.

»Bitte, behalten Sie das Hemd an!« ruft der Schneider verzweifelt. »Sie müssen doch Ihr Hemd nicht ausziehen!«

»Ich tue es aus Respekt vor Ihrer Arbeit«, sagt Alonso, »aus Respekt vor diesem Raum, den schönen Stoffen, dem angenehmen Geruch in diesem Atelier. Ich trete Ihnen lieber in diesem Unterhemd entgegen, frisch aus der Wäsche.«

Noch bevor der Schneider es verhindern kann, ist Alonso hinter der spanischen Wand hervorgekommen. Verschämt zieht er die Unterhose über den Bauch, fast bis unter die Achseln. »Ist ein bißchen weit, diese Hose«, sagt er. »Heutzutage kann man keine gute Baumwollwäsche mehr kaufen, nirgendwo. Alles wird schlechter, Señor. Aber wem sage ich das. So etwas müssen Sie wahrscheinlich täglich ertragen.«

Der Schneider hat sich hinter den Schreibtisch geflüchtet.

Während Alonso den Tisch umrundet, greift er nach dem Maßband und drückt es dem Schneider, der sich nicht zu wehren weiß, in die Hand.

»Bitte, Maestro, nehmen Sie Maß. Ich brauche einen Anzug, schwarz, aus edlem Tuch, der gewisse Schwächen meines Körpers, die durch das Alter bedingt sind, zärtlich verdeckt. Ich weiß, daß Sie das können. Sie schneidern auch die Anzüge für diesen Anwalt, Don Jaume Sureda, nicht? Einer der bestgekleideten Männer der Insel, sage ich immer. Wenn ich einmal einen Anzug für eine besondere Gelegenheit brauche, sage ich immer, dann gehe ich auch zu diesem Künstler, der für Don Jaume Anzüge schneidert, die ihn zu einem schönen Mann machen.«

»Sie sind ein Freund von Don Jaume?« Der Schneider wirkt zum ersten Mal interessiert, ja aufmerksam. »Dann fragen Sie ihn doch bitte, warum er seit zwei Jahren bei mir keine Anzüge mehr bestellt. Er war ein sehr guter Kunde. Hat immer die Hälfte im voraus bezahlt.«

»Jetzt läßt er in Madrid nähen«, sagt Alonso, »beim Hofschneider. Bei dem gleichen, der auch für unseren König arbeitet. Unter dem tut er es nicht mehr.«

»Woher wissen Sie das?«

Alonso führt verstohlen die Hände in die Achseln, um zu prüfen, ob sich Schweiß gesammelt hat. »Er gehört quasi zur Familie. Ich werde es ihm ausrichten, wenn ich ihn nächstes Mal treffe. Sie möchten also gerne wieder einen Anzug für ihn schneidern.«

»Es muß kein Anzug sein«, ruft der Schneider eifrig. »Wenn er nur wieder von den Hemden bräuchte. Er bestellt sie immer mit extralangem Arm. Ich habe seine Maße noch hier in diesem Buch. Er muß nur durchrufen lassen. Zahl und Farbe angeben. Meistens nimmt er sie rein weiß. Und sie sind eine Woche später in seinem Haus.«

»Gut, ich merke es mir.« Alonso dreht sich vor dem Schneider. »Wollen Sie nicht erst meine Maße nehmen? Dann kann ich mich wieder anziehen. Bitte, seien Sie vorsichtig mit meinem rechten Knie. Es ist sehr empfindlich. Die Kurpfuscher vom Hospital de la Sagrada Familia haben es auf dem Gewissen. Ich hätte sie verklagen sollen. Heilige Familie! Glauben Sie, daß es so etwas gibt? Eine heilige Familie?«

Alonso hebt die Arme, damit der Schneider seinen Brustumfang messen kann, und dreht sich wie eine Primaballerina vor dem Schneider.

»Einen schwarzen Anzug also.« Der Schneider schlägt das Auftragsbuch auf.

»Schwarz, mit seidenem Revers und Schwalbenschwänzen. Dazu ein Hemd aus Pikeestoff mit kleinen Perlmuttknöpfen und Manschetten, für die ich ebenfalls hier bei Ihnen gleich Perlmuttmanschettenknöpfe bestellen möchte. Sie haben sicherlich einen Londoner Lieferanten. Meine Manschettenknöpfe liegen im Safe, und ich habe den Schlüssel verloren. Ja, ja, die Tücken des Alters. Die Hose bitte bequem, aber elegant. Das Bein leicht ausgestellt, mit Umschlag. Bitte, achten Sie auch darauf, daß der Hosenbund fest und doppelt vernäht ist. Nichts wäre peinlicher als ein Hosenknopf, der während einer Hochzeitsfeier platzt.«

Der Schneider, der sich in sein Schicksal ergeben hat, nimmt Maß. »Es soll also ein Anzug für eine Hochzeit sein.«

»Ich kann nicht wie ein Wegelagerer auftreten, wo es von Herzögen und Baronen, Präsidenten und Ministern wimmelt. Was meinen Sie?« Alonso lächelt den Schneider an, während dieser seinen Bauchumfang mißt.

»Jetzt nicht die Luft anhalten«, warnt der Schneider, »das verfälscht die Maße. Ich könnte Ihnen einen Stoff empfehlen. Englisches Kammgarn, 5% Seide, 5% Mohair, leicht und angenehm, sommers wie winters.«

Alonso lächelt großzügig. »Die Entscheidung überlasse ich Ihnen. Im Schritt übrigens bitte reichlich Platz. Ich habe mir angewöhnt, viel zu Fuß zu gehen. Wie gesagt, bequem. Und dennoch elegant. Ein Festanzug für einen Flaneur. Nicht wahr, wir verstehen uns.«

»Möchten Sie viel Armfreiheit, oder bevorzugen Sie bei Sakkos die schmale Silhouette?«

»Wie ist es denn gerade Mode?« fragt Alonso vergnügt.

Seit langem hat er nicht einen so angenehmen Abend erlebt. Der Schneider hat inzwischen das Silbertablett in Reichweite geschoben, mit der Kristallkaraffe, in der sich goldgelber Fino befindet. Die Fenster zur Avenida sind geöffnet, und der Lärm einer eleganten Straße dringt zu ihnen herauf. Lachen, das satte Brummen teurer Autos, ein Kinderkarussell, das sich in der Mitte des mit Mimosenbäumen bepflanzten Platzes befindet. Aus der Nachbarwohnung Opernmusik. So soll es sein.

Maria-Magdalenas Tagebuch

15. Februar 1937

Es ist Frühling geworden. Der warme Wind aus der Sahara vertreibt die Kälte aus den Mauern. Ich habe mir im Gemüsegarten eine Arbeit gesucht. Ich grabe den Boden um. Später will ich hier Tomaten pflanzen und Pimientos. Seit Toni, unser Gärtner, verschwunden ist, verkommt hier alles.

Toni ist zu Papá gegangen, in seinem besten Anzug, und hat gesagt: Ich muß dem Ruf meines Herzens folgen. Papá war in der Bibliothek und bereitete sich auf den Besuch von Admiral Rossi vor. Das ist der Mann, den sie uns geschickt haben, seit General Goded nach Barcelona geflohen ist, als neuen Gouverneur. Er soll verrückt sein. Vielleicht ein Italiener, vielleicht auch nicht. Wahrscheinlich ein Freund von Mussolini. Hier hält es niemand für ausgeschlossen, daß Mussolini sich diese Insel einverleiben möchte.

Toni stammt aus Son Bergues, einem kleinen Dorf bei Alaró. Seine beiden Brüder sind schon auf dem Festland und haben sich da der POUM *angeschlossen (Partído Obrero de Unificación Marxista).*

Seine beiden Brüder haben in der Fischfabrik gearbeitet und dort Kontakt zu den Gewerkschaften bekommen, sagte er. Und sie haben dadurch erkannt, welche Bestimmung sie haben: für ein freies marxistisches Spanien zu kämpfen. Jetzt will er auch gehen, aber er weiß noch nicht, wie er von hier wegkommt. Manche fliehen auf kleinen Booten, im Winter ist das gefährlich. Wir hatten schon viele Stürme, und es heißt, jeden Tag werden Leichen angeschwemmt an der Bahía de Son Servera, und Boote, die an den Klippen zerborsten sind, treiben um das Cap Ferrutx. So heißt es. Aber niemand kann das nachprüfen. Papá verläßt unser Land nicht mehr, seit Banden von Mördern herumstreifen, dich ausrauben oder unter einem Vorwand ins Gefängnis stecken.

Papá hat zuerst gedacht, als Toni in diesem guten Anzug vor ihm stand, daß Toni vielleicht heiraten wollte. Das wäre schön gewesen. Eine Hochzeit, endlich etwas Gutes, Positives. Aber nein: Er wollte kämpfen, Blut vergießen. Er war wie alle. Papá ließ ihn ziehen.

Er ist erst zwei Wochen fort, und schon verwildert alles. Jetzt erst weiß man, wieviel Toni gearbeitet hat, von Sonnenaufgang bis Sonnenuntergang, bei Sturm und Kälte und unter glühender Sonne. Immer sah man ihn mit diesem löchrigen Strohhut, seiner staubigen Hose und der langen grünen Schürze, die er darüber trug. Immer mit gebücktem Rücken, immer Schweres schleppend. Mittags saß er im Schatten des Kreuzgangs im Innenhof und aß, was seine Mutter ihm mit auf den Weg gegeben hat. Nie hat er mit den anderen in der Küche gegessen. Und keiner wußte, warum. Vielleicht liebte er Cecilia, und sie hat ihm einen Korb gegeben. Cecilia ist eine stolze, hochmütige Köchin. Ich glaube schon, daß sie immer noch auf den Prinzen wartet. Toni ist wohl zu stolz gewesen, ihr unter die Augen zu treten, nachdem sie ihn abgewiesen hat.

Vielleicht ist also doch die Liebe der Grund dafür, daß er auf einmal die Insel verlassen und mit den Marxisten kämpfen will. Auch der zweite Angriff auf Madrid nach der Niederlage in der Jamara-Schlacht ist gescheitert. Der Ministerpräsident Azana hat eine Atempause. Aber Juan sagt mit leuchtenden Augen: Der muß aufpassen, der Hund. Wir versuchen es wieder und wieder.

Juan spricht immer von wir, aber ich weiß gar nicht genau, wen er eigentlich meint. Er ist so fanatisch, daß nichts, was er sagt, in meinen Ohren logisch klingt. Papá hat ihm nichts von

Tonis Plänen gesagt. Vielleicht fürchtet er, daß Juan ihn umbringen wird, bevor er ein Boot erreicht hat. Alles ist möglich.

An Juans Händen klebt Blut. Das Blut meines Geliebten.

Ich grabe den Gemüsegarten um, bis mir schwindlig wird vor Schwäche. Manchmal, wenn ich eine Pause mache, mich auf dem Spaten abstütze und nach oben schaue, sehe ich Mamá oben am Fenster, wie sie zu mir herunterschaut. Ich weiß, was sie denkt: Maria-Magdalena müht sich ab, um das Baby in ihrem Bauch loszuwerden. Das Baby, das wächst und wächst. Und sich festkrallt im Unterleib. Das leben will.

Aber vielleicht schafft Maria-Magdalena es ja, und uns bleibt die Schande erspart. Wie sollen wir in der Semana Santa bei der Osterprozession mitgehen, »Viva la virgen« rufen, wenn alle wissen, daß ich unter meinem Herzen ein Kind trage?

Bastard werden sie ihn nennen. Keine größere Schande in diesen Familien als ein uneheliches Kind.

Aber du irrst dich, Mamá, ich will dieses Kind behalten, will es nicht loswerden. Es ist Victorianos letztes Geschenk an mich. Es ist das, was mich mit ihm noch verbindet, meinem Geliebten. Aber das sage ich euch nicht. Ich sage euch gar nichts, nichts. Ich schnüre meinen Bauch ein, damit ich in die Kleider passe, wenn das Kind wächst, werde ich weniger essen, so lange, wie es geht, werde ich die Schwangerschaft vor den Leuten verheimlichen. Ich habe noch nie diesen Boden umgegraben. Er ist hart wie Stein und rot. So rot …

Seit Tagen hat es nicht geregnet, und der Wind hat die Oberfläche glatt poliert wie Marmor. Ich brauche diese schwere Arbeit, um nicht zu schreien. Um nicht verrückt zu werden. Abends bin ich so müde, daß ich schon schlafe, während ich mich noch ausziehe.

Ich warte jeden Augenblick darauf, daß Papá oder Mamá mich rufen. Irgendwann wird es diese Aussprache geben. Irgendwann werden sie wissen wollen, ob Juan recht hat. Mein Bruder, der mich verraten hat. Mein Bruder, der Mörder.

Ich kann seine Nähe nicht ertragen. Sobald er in einem Raum erscheint, in dem ich mich gerade aufhalte, muß ich flüchten. Weil ich fürchte, ich spuck ihm ins Gesicht, ich bohre meine Finger in seine Augen. Oder nein, ich könnte ihn gar nicht an-

fassen. Ich zittere bei dem Gedanken, ihn zu berühren. Er ist wie ein Gift, wie ein Geschwür, ein Monster. Mein Bruder, den ich einmal so geliebt habe, ist nun mein Feind. Ich hasse ihn so sehr, daß ich wünschte, er wäre tot.

Wenn ich weggehen könnte, würde ich Els Sant Castells verlassen. Sofort. Aber wo soll ich hingehen?

Die Klosterschule ist von der Regierung geschlossen worden. Die Lehrerinnen hat man aufs Festland gebracht. Ich bete für Schwester Hortensia, meine Französisch-Lehrerin, und für Schwester Ursula, die mir zum Schulabschluß ein Album mit getrockneten Blumen aus der Tramuntana geschenkt hat. Ich weiß, daß sie mich aufnehmen würde, wenn ich an ihre Tür klopfe. Aber wo ist sie jetzt?

In der Familie gibt es niemanden, dem ich vertraue. Ich habe keinen Beruf gelernt, ich habe kein eigenes Geld. Wo soll ich also hin?

Ich kann nicht einmal Auto fahren. Und wenn ich Auto fahren könnte: Das Benzin ist rationiert, alles, was wir haben, wird für die Traktoren gebraucht. Und selbst wenn ich hier wegkönnte: Möchte ich da draußen sein, wo die Menschen sich gegenseitig umbringen? Wo die Welt aus den Fugen ist?

Heute funktioniert seit langer Zeit einmal wieder das Telefon, und Papá hat mit einem Geschäftsfreund in Madrid gesprochen. Seitdem wissen wir, wie furchtbar es dort war, als die Kommunisten sich mit den Faschisten einen Straßenkampf geliefert haben und von oben Bomben fielen. Die Kommunisten hatten Banderolen quer über die Straßen der Altstadt gehängt: »No pasarán!« war ihre Parole, aber General Mola verkündete jede Stunde im Radio, daß er den Geburtstag der bolschewistischen Revolution mitten in Madrid feiern würde. Auch der Premierminister glaubte, daß die Stadt nicht zu halten sei, und gab Befehl, die Regierung auszulagern nach Valencia.

Wir haben von all dem hier auf der Insel nichts mitbekommen. Nur Gerüchte, nur Schauergeschichten, von denen man nicht wußte: Sind die wahr? Oder nur Propaganda?

Keiner glaubt einem anderen ein Wort. Und dann kam dieser Colonel Vicente Rojo Lluch, der den Widerstand organisierte, nachdem die Politiker Madrid einfach aufgegeben hat-

ten. Unter seiner Aufsicht haben die Bürger Barrikaden gebaut, Suppenküchen und Erste-Hilfe-Stationen eingerichtet, viele begeisterte Sozialisten aus dem Ausland haben geholfen, Pressezentren einzurichten, denn die Reporter wollten, daß man in der ganzen Welt erfuhr, wie tapfer und siegreich die sozialistische Idee sein würde.

Ach Victoriano, ich weiß, du wärst dabeigewesen. Ich hätte dich nicht zurückhalten können. Hättest wie die anderen an den Sieg geglaubt.

Moskau schickte Waffen und Material, alles wurde in die Stadt geschleust auf geheimen Wegen.

General Mola hatte schon das Universitätsgelände erobert. Alle Gebäude der schönen Universität sollen nur noch Trümmer sein. Die Faschisten lagerten auf dem Casa de Campo, aber in der Altstadt glaubte man immer noch, daß die Faschisten aufgehalten werden könnten. Die Toten lagen auf den Straßen, tagelang, und verwesten. Man konnte sie nicht einmal begraben. Die Menschen wagten sich nicht aus ihren Kellern, aus ihren Verliesen. Ein tagelanger Straßenkampf mit Hunderten von Toten und Verwundeten, um die sich keiner kümmerte, die auf dem Pflaster lagen, blutend und schreiend. Es gab zuwenig Ärzte, zuwenig Schwestern, zuwenig Verbandsmaterial und Medikamente. Wie immer haben sie all ihr Geld nur ausgegeben, um Waffen zu kaufen. Die einen wie die anderen. Zehn Tage hat der Kampf in den Straßen gedauert, die ausländischen Journalisten konnten von ihren Zimmern an der Plaça de España den Kampf verfolgen. Häuser flogen in die Luft, Menschen wirbelten im Trümmerqualm. Als Papá all das erzählte, stockend, dabei immer wieder nach dem Wein greifend, hat Mamá geweint, lautlos, die ganze Zeit. Sie tut mir so leid. Mamás Vater war Rektor der Universität bis vor zehn Jahren. Als Kind hat sie auf dem Campo gespielt, mit den Kindern anderer Professoren. Da, wo jetzt die Toten liegen oder Soldaten Schützengräben ausheben. Was für eine Welt. General Franco sagt im Radio immer wieder, daß er die spanischen Städte nicht zerstören will. Aber den Marxisten will er sie auch nicht überlassen. Also wird er sie doch zerstören. Jede Nacht kommen die Flieger von Don Adolfo Hitler, General Francos deutschem

Freund, und werfen ihre Bomben ab. Jede Nacht zerstören sie Häuser, Fabriken, Brücken, Straßen. In Madrid gibt es keine Luftschutzbunker und keine Raketen, die Luftangriffe abwehren können, sagt Papá. Die Menschen sind ausgeliefert.

Was tun sie? fragt Mamá.

Beten, sagt Papá. Und dann erzählte er, daß die Bomben auch die Untergrundstationen zerstört hätten und Hunderte von Menschen durch eine unterirdische Explosion getötet sind.

Italien und Deutschland haben das Regime von General Franco diplomatisch anerkannt. Der Caudillo Franco wird jetzt nicht aufgeben, bis er jede Straße, jedes Haus und jedes Barrio von Madrid erobert hat.

Es ist ihm egal, ob die Menschen hungern, ob sie etwas zu essen haben, Hauptsache, seine Gesinnungsfreunde gewinnen den Kampf.

Aber wenn alles in Trümmern liegt? Wenn unsere Industrie, die Felder, die Häfen, wenn alles zerstört ist, auch die Familien: Wer feiert dann mit ihm seinen Sieg?

Der Hochzeitstag

Als der erste Hahn kräht, kurz nach Anbruch der Dämmerung, sind die Persianas auf Els Sant Castells bereits zurückgeklappt, die Fensterflügel aufgestoßen, die Portale weit geöffnet. Schon in den frühen, noch kühlen Morgenstunden eilen die Menschen geschäftig auf dem Anwesen hin und her. Vom Wirtschaftstrakt zu den Kühlkammern, vom Generatorenhaus zurück zu der Remise, von dort zu den Katakomben, in denen die Mönche früher ihre Ernte lagerten.

In den Patios und Höfen werden Steinböden, Bänke, Blumenkübel, Majolika-Kacheln an den Wänden mit einem scharfen Wasserstrahl abgespritzt. Ein Wasserwagen fährt auf den Alleen hin und her und sprüht glitzernde Tropfen auf die Oleanderbüsche, die die Einfahrten säumen.

Ein taufrischer, duftender Morgen. In den Kreuzgängen stellen Arbeiter Tische auf, schlichte Spanplatten auf Holzböcken, mit Plastik festgetackert, aber darüber bodenlange Taftdecken. Auseinandergefaltet und ausgeschlagen, daß sie sich wie weiße Segel blähen, bevor sie niedergehen. Vierarmige Leuchter, armdicke Wachskerzen, ein Tisch für die Hochzeitsgeschenke, ein anderer für Wein-, Champagner- und Wassergläser werden herangeschleppt. Unter den Tischen Wannen für Eis, Spülwasser und Abfall. Das alte Zedernholzportal der Kapelle mit den eisernen Beschlägen, mit der Bürste geschrubbt, bekommt eine Politur aus Bienenwachs.

Im Garten wird geharkt, gewässert, Unkraut gejätet, ein letztes Mal werden welke Blätter und Blüten entfernt.

Auf einem terrassierten Hang, hinter dem Feld mit tausendjährigen Olivenbäumen und umgeben von Bananenstauden, der Pool, dunkelgrüne Kacheln aus Marokko, nach Süden hin ein halbrunder Abschluß, dahinter Säulen, die einen tonnenschweren Holzbalken tragen, dazwischen blähen sich Vorhänge aus weißem Segeltuch.

Jessica, die Freundin aus London, schwimmt, ohne etwas von der Schönheit des Platzes wahrzunehmen, wie eine Athletin Bahn für Bahn, von Nord nach Süd im Delphin-Stil, auf dem Rückweg krault sie. Dann eine Strecke Rücken, nach der Wende Brust, ohne innezuhalten und der Schönheit ringsum einen Blick zu gönnen.

Die Sonne steigt von Minute zu Minute und frißt die frische Kühle der Nacht.

Ein junger Bursche sammelt die welken Blüten vom Beckenrand, harkt alles zusammen und schaut verstohlen zu der Schwimmerin, deren Kräfte nicht nachzulassen scheinen.

Unten im Tal pflügt ein Campesino sein Stückchen Land. Der Nachbar öffnet eine Wasserschleuse und füllt die Tröge für das blökende Vieh. Zwischen Aprikosenbäume werden feine Netze gespannt, ein unsichtbares Gefängnis für die Singvögel. Später werden sie sich dann kopflos und gerupft vor den Casítas der Landarbeiter am Spieß drehen.

Die Fahne der Villalongas flattert am Mast hoch oben auf dem hölzernen Wehrturm. Kühlwagen parken im Hof, gerade ausgerichtet wie mit dem Lineal. Die Küchenbrigade schleppt Plastikwannen ins Kühlhaus, Fasane, gefüllt mit Schinken, Wachteln, Fische, dann Körbe mit Beeren, Eierkartons und Säcke mit Broten: Pan Blanco und Pan Moreno. Für einen Augenblick duftet der ganze Hof nach Brot und dann wieder nach den Blüten der Jacarandas. Die beiden Doggen des Verwalters bellen sich heiser wegen der vielen Menschen, der Unruhe, der fremden, ungewohnten Geräusche. Sie zerren an den Ketten und beißen in den Maschendrahtzaun, bis sie blutige Mäuler haben.

Ein Fenster im Turm fliegt auf. Doña Margalída arbeitet schon in ihrem Büro. Sie sitzt wieder einmal über dem Placement für den wichtigsten Tisch, den Tisch mit dem Brautpaar, den Brauteltern. Wer soll neben dem Vater des Bräutigams sitzen? Zweimal hat sie Sureda gebeten, eine Tischdame seiner Wahl zu benennen.

»Ich bin ein schlechter Tischherr, Margalída. Setz irgend jemanden neben mich, der nicht schmatzt und mir nicht die Langustenschalen in den Schoß wirft«, sagt er, wenn sie ihn fragt.

»Unsinn, Jaume. Jede Frau würde gerne neben dir sitzen!«

Wenn er jetzt sagen würde: Warum nicht du, Margalída?

Aber er sagt: »Nimm eine, die nicht von ihren Krankheiten spricht. Ich hasse Gespräche über Krankheiten bei der Hochzeit.«

»Die Duquesa de Bourbon?«

»Ja, wenn du willst. Oder lieber doch nicht. Sie interessiert sich nur für arabische Gartenkunst. Und ich weiß darüber ganz und gar nichts.«

»Die Fürstin Retnikoff? Du hast sie einmal bei der Vernissage in der Fundacion Miró kennengelernt.«

»Diese Frau mit den hundert Federboas, die meint, daß man sie nur versteht, wenn sie kreischt? O bitte nicht. Gibt es nicht ein normales, nettes Mädchen, das sich nur freut dabeizusein und den ganzen Abend einfach schweigt?«

»Jaume, ich muß schon sagen, es klingt, als wenn du gar keine Lust hast auf dieses Fest.«

»Dieses Fest, an dem die Suredas und Villalongas zueinanderfinden! Ein Festtag für mich, meine Liebe! Setz mich neben deine beste Freundin, Margalída, wenn du glaubst, daß du ihr damit einen Gefallen tust. Aber sag ihr: über die Königsfamilie kein Wort.«

Doña Margalída hat Namen hingeschrieben und wieder ausgestrichen. Ein Jammer, das Protokoll verlangt, daß sie neben ihrem Pepe sitzen muß. Sie haben sich seit Jahren nichts zu sagen, und an diesem wunderbarsten, großartigsten Tag, den die Familie erlebt hat, seit sie in eben dieses Haus geheiratet hat, muß sie neben einem Mann sitzen, der über nichts reden kann als die Jagd, seine Zigarren und seine Verdauung.

»Francisco! Diese Hunde machen mich wahnsinnig! Tu irgend etwas!«

Der Verwalter taucht auf unter einem dieser Dächer aus bemoosten Dachziegeln, reckt seinen Hals. »Sie bellen, weil sie nervös sind, Doña Margalída«, ruft er zu ihr herauf. »Wegen der vielen Fremden. Und der vielen Autos.«

»Es werden noch mehr Menschen und noch mehr Autos kommen! Sollen die Viecher die ganze Zeit bellen?«

»Ich werde versuchen, sie zu beruhigen.« Francisco verschwindet.

Doña Margalída trinkt Kräutertee aus einem Keramikbecher und blickt wieder auf den Plan mit der Tischordnung. Sureda hat ihr die Tischordnung überlassen.

Mit Ysabel kann sie darüber nicht reden. Ysabel will nichts von Etikette und Protokoll wissen.

Sie meint, sie könne mit Jessica, Leslie, Ines und diesen anderen Freunden aus London aus Felipes Yachtclub locker zusammensitzen und Spaß haben. Eine Hochzeit ist kein Spaß, sondern eine hoch feierliche Angelegenheit, eine Hochzeit ist etwas fürs Geschichtsbuch.

Doña Margalída seufzt.

Sie hat Pepe dazu verpflichtet, während des Defilees der Gäste an ihrer Seite zu stehen und laut und deutlich Namen, Verwandtschaftsgrad und Titel zu nennen.

Die Köter hören nicht auf zu bellen. Im Gegenteil, es wird immer wilder. Ein Lastwagen fährt auf den Hof. Auf der Laderampe ein Dutzend junger Männer, alle mit nacktem Oberkörper. Die Klappen werden heruntergelassen, die Leute springen auf den Boden und schlagen sich den Straßenstaub aus den Hosen. Fremde Gesichter, ausländische Gesichter, Philippinos, Koreaner, Araber, Schwarzafrikaner. Sie drehen sich bedächtig im Kreis da unten im Hof und schauen wortlos.

Doña Margalída weicht vom Fenster zurück. Sie fühlt sich durchbohrt von kohlschwarzen Augen. »Immigrantenpack«, murmelt sie. »Kleine Gauner, allesamt.« Sie greift nach dem Telefon und wählt Davids Nummer.

»David! Unten im Hof wimmelt es von nackten Männern! Alles Ausländer.«

Sie kann Davids Antwort kaum verstehen, denn die Hunde bellen wie toll unten in ihrem Zwinger.

Sie sieht, wie einer der Arbeiter lachend einen Stein hebt und ihn gegen den Zwinger schleudert. Einen winzigen Augenblick ist es still. Die Hunde ducken sich, lauern, und als kein zweiter Stein folgt, bellen sie um so lauter.

»David!« schreit Margalída. »Hören Sie mich nicht? Was sind das für Leute? Die machen die Hunde verrückt!«

»Sie bauen die Zelte auf«, sagt David, »es sind meine Spezialisten. Sie bauen die fünf Zelte in drei Stunden auf. Dann sind sie wieder weg.«

»Und nächste Woche kommen sie zurück, heimlich, nachts, rauben unser Haus aus.« Doña Margalída reibt ihre Stirn. Zwei Stunden hat die Maniküre an ihren Händen gearbeitet, eine weitere an ihren Füßen. Der Friseur ist für zehn Uhr bestellt. Jetzt ist es halb acht Uhr morgens. Um diese Zeit liegt sie sonst immer noch im Bett. Aber schlafen kann sie ja schon seit vielen Nächten nicht mehr.

»Es sind Leute meines Vertrauens«, ruft David ins Telefon. »Sie arbeiten seit Jahren für mich. Machen Sie sich keine Sorgen, Doña Margalída. Ich bin in einer halben Stunde bei Ihnen. Wir haben die Zelte schon auf den Lastwagen.«

»Alles am letzten Tag!« seufzt Doña Margalída. Sie versteht nicht, warum diese Zelte nicht schon am Vorabend aufgebaut wurden. Dann wäre man sicher, daß alles seine Ordnung hat. Die Stühle, die Tafeln, alles muß noch gerichtet werden.

David hat versichert, daß alles auf die Minute bereit sein wird. Alles taufrisch.

Doña Margalída wirft das Fenster zu. Augenblicklich wird es still. Sie legt die kalten Hände an den heißen Hals. Mein Herz ist aus dem Takt, denkt sie. Kein Wunder an so einem Tag.

Auf dem Weg in ihr Ankleidezimmer begegnet sie ihrer Tochter. Fast nackt, nur in eines dieser afrikanischen Tücher gehüllt, die Doña Margalída verabscheut, hüpft Ysabel auf bloßen Füßen, wie sie es früher als Kind getan hat, von einer grünen Marmorfliese zur anderen. Das Spiel verlangt, daß man die weißen Fliesen nicht berührt. Ysabel fällt ihrer Mutter um den Hals. Staunend nimmt die Mutter wahr, wie frische, kühle, junge Haut sich anfühlt. Dieser natürliche Erdbeerduft junger Haut. Das Kitzeln seidiger Haarlocken.

»Mamá, in Jessicas Zimmer ist kein Strom. Ich suche Sebastian.«

»Wozu Strom? Wenn sie Licht braucht, soll sie die Persianas aufmachen. Dann kommt Sonne herein, soviel sie will. Da hat sie mehr Licht als aus einer Glühbirne.«

»Mamá! Jessica will ihre Haare fönen. Sie war im Pool.«

»Hast du ihr nicht erzählt, daß ihre Haare schneller trocknen, wenn sie sie in der Sonne bürstet? Schätzchen, mach mich nicht nervös mit einem Fön. Die Generatoren laufen auf Hochtouren wegen all der Kühlschränke, die wir heute brauchen. Dieser David hat ein Küchenzelt aufgebaut, das ist so groß, als müsse er ein ganzes Regiment bekochen! Ich weiß nicht, wo mir der Kopf steht, und du sagst, Jessica braucht einen Fön! Die Hochzeit ist um sechs Uhr abends!«

»Mamá, reg dich nicht auf, bitte, ja?« Ysabel streichelt die Wange ihrer Mutter. »Wieso zitterst du?«

»Ich zittere schon seit Wochen, mein Schatz. Und das nur, weil wir dir das schönste Fest deines Lebens machen wollen.«

Ysabel küßt ihre Mutter. »Ihr seid süß, wirklich. Ich freu mich auch riesig. Alle finden es wunderbar hier. Entschuldige, daß ich noch einmal nach dem Fön fragen muß. Jessie ist nicht von hier. Von wo sie kommt, kann man sich nicht vorstellen, daß Haare auch trocknen, wenn man sie einfach in der Sonne kämmt.« Ysabel lacht, und Doña Margalída nimmt ihr Kind in den Arm. »Ach, meine Kleine«, sagt sie gerührt. »Ich habe überhaupt keine Zeit zum Nachdenken gehabt. Immer nur planen, entscheiden, machen, tun.«

»Hochzeiten sind so, Mamá. Der Ausnahmezustand. Der absolute Herzstillstand. Das sagt jeder. Aber ich versprech dir, daß es die letzte Hochzeit ist. Anatol heiratet nicht. Und damit ...«

»Hat er das gesagt? Zu dir?«

»Mamá«, Ysabel schaut ihre Mutter fassungslos an, »kannst du dich nicht endlich damit abfinden?«

Doña Margalídas Lippen werden schmal. »Irgendwann wird er aufwachen.«

»Und sich in ein Mädchen verlieben? Mamá, Anatol weiß seit seinem sechzehnten Lebensjahr, daß er schwul ...«

Hastig drückt Doña Margalída ihrer Tochter die Hand auf den Mund. Sie schaut sich erschrocken um. »Still«, flüstert sie, »willst du still sein. Dieses Wort will ich in diesem Haus nicht hören.«

Als Ysabel gequält seufzt, wechselt sie rasch das Thema.

»Deine Freundin kann doch mal schauen, ob es im blauen Bad Strom gibt. Das ist mit dem Notstromaggregat verbunden.«

Ysabel schaut ihre Mutter eindringlich an. »Mamá«, murmelt sie, »Anatol ist dein Sohn.«

»Glaubst du, ich habe das vergessen?«

»Er liebt dich und Papá. Er leidet darunter, daß ihr ihn so auf Distanz haltet.«

»Wir halten ihn auf Distanz?« Doña Margalídas Stimme wird lauter. »Sind wir nach Amerika gezogen oder er?«

»Du weißt, warum er nach Californien gegangen ist.«

»Ja, ja, erinnere mich nicht daran.«

»Er ist nach Californien gegangen, weil er euch die Schande ersparen wollte. So habt ihr es doch genannt: eine Schande. Er ist weggegangen, weil er euch liebt, Mamá. Wieso kapiert ihr das nicht?«

Doña Margalída schließt die Augen. Wieder der Griff der Finger an den Hals. »Hörst du diese Hunde? Sie bellen seit heute morgen um halb sechs. Es macht mich rasend.«

Das Handy klingelt. Ysabel wendet sich von der Mutter ab. »Ja?«

»Oh, Felipe, oh«, sie lacht und läuft, ohne der Mutter noch einen Blick zu gönnen, den Flur hinunter. »Keine Sekunde natürlich. Wie kann ich an so einem Tag schlafen? Aber es geht mir gut. Phantastisch, klar. Alle sind da, bis auf Anatol. Nein, ich weiß nicht ..., vielleicht mit der Zehn-Uhr-Maschine ..., ich hab nichts gehört, nichts ... und du? Was machst du?«

Doña Margalída schaut ihrer Tochter nach. Eine schöne Tochter haben wir zustande gebracht, Pepe und ich, denkt sie. Ein tolles Mädchen, klug, apart, charmant. Das Charmante hat sie von mir, das Kluge sowieso. Die Augen sind von Pepe, Nase und Stirn.

So anmutig wie sie bin ich früher auch gelaufen. Ach, das Alter ist eine Gemeinheit. Was hat es aus mir gemacht? Eine Frau, die sich schämt, wenn sie in den Spiegel guckt.

Don Pepe steht in der Bibliothek, das Telefon in der Hand, als seine Frau den Raum betritt. Er hält den Hörer hoch.

»Es ist Anatol! Er ist gerade gelandet.«

Sie schauen sich an. Doña Margalída lächelt. Da lächelt er auch.

»Anatol? Ist er noch dran?«

Als ihr Mann nickt, nimmt sie ihm den Hörer aus der Hand. »Anatol? Hier ist Mamá. Wo bist du jetzt?«

»Wir stehen hier auf einem dieser endlosen Laufbänder. Und hoffen, daß am Ende des Marsches irgendwo unsere Koffer auf uns warten«, hört sie ihn sprechen. »O Mann, Mom, dieser Flughafen ist ja ultra! Was haben die sich dabei gedacht? Wollt ihr New York Konkurrenz machen? Wir sind total erschlagen. Ich hab Barnaby erzählt, daß Mallorca eine kleine, gemütliche Insel im Mittelmeer ist, und er denkt jetzt, wir sind in einem Space-Lab gelandet.«

Doña Margalída schaut, während sie mit ihrem Sohn telefoniert, zu Pepe.

Barnaby, denkt sie, wer zum Teufel ist Barnaby? Weiß Pepe es schon?

Pepe hat sich wieder an den Tisch gesetzt und blättert in der Bibel. Er sucht einen Spruch, mit dem er die Gäste begrüßen will. Das tut er nicht freiwillig. Doña Margalída hat ihm eingeredet, daß sie nicht alles Sureda überlassen dürfen. Immerhin heiratet eine Villalonga.

»Schön, daß du da bist, Junge«, sagt Doña Margalída. »Wir hatten schon Angst, du würdest zur Hochzeit deiner einzigen Schwester zu spät kommen.«

»Zu Ysabels Hochzeit? Zu spät kommen? Das hast du nicht ernsthaft geglaubt, Mom! Ich liebe meine kleine Schwester. Barnaby ist schon wahnsinnig neugierig auf euch alle.«

Pepe hebt den Kopf.

»Und?« fragt er freundlich.

Sie wischt mit dem Ärmel ihres Morgenrockes den Staub von einer Stuhllehne. »Ich glaube, er bringt einen Freund mit«, sagt sie.

»Einen Freund?« fragt Don Pepe.

Doña Margalída nickt, ohne sich umzudrehen, geht sie zur Tür.

»Was für ein Freund ist das? Schau mich an, Frau.«

Sie dreht sich um, hebt den Kopf, blickt ihren Mann an. »Er heißt Barnaby«, sagt sie. »Pepe, ich hoffe, daß du keinen Skandal machst.«

David, der Chef von GLORIA PARTY SERVICE, weißes Dinner-Jackett, Satinschleife, gestärktes Hemd, Lackschuhe, Seidenstrümpfe, zelebriert die letzte Kontrolle wie eine Chefarzt-Visite. Neben ihm tänzelt Eliza, seine Oberkellnerin für besondere Gelegenheiten. Eliza, eine Peruanerin, hat als Primaballerina in Limas Opera getanzt, bevor sie sich in einen gewissen Carlos verliebte, der vorgab, ein reicher Mallorquíner zu sein. Er trug elegante Smokings und hatte fabelhafte Manieren. Sie glaubte ihm alles und wunderte sich erst, als sie im Unterdeck eines Frachtschiffes über den Ozean reisten, dritter Klasse in einer Kabine, die sie mit sechs peruanischen Landarbeitern teilten, die ihren Paß mit dem Visum und der tarjeta de trabajo wie einen Schatz unter der Matratze hüteten.

In Palma angekommen, stieg Carlos mit ihr in einen Bus und fuhr nach C'an Picafort, ins Hotel Estrella, und stellte sie dort als seine Ehefrau dem Personalchef vor. Bevor Eliza ihre Koffer in den Schrank stellen konnte, trug sie schon Häubchen und Schürze und mußte im Speisesaal (»nur aushilfsweise« flüsterte Carlos ihr ins Ohr) eine englische Reisegruppe bedienen.

Die Scheidung von Carlos zog sich in die Länge, in Lima wurde während der Unruhen die Oper geschlossen, in Palma gab es keinen Intendanten, der sich für modernes Ballett interessierte.

So besann Eliza sich auf das, was sie im Hotel Estrella in C'an Picafort gelernt hatte, und trat in das Unternehmen GLORIA PARTY SERVICE ein.

Eliza trägt ihre Haare straff zurückgekämmt, dazu Bühnen-Make-up und einen Kopf, der sehr gerade auf dem Schwanenhals sitzt.

»Auf Tisch zwölf fehlt eine Pfeffermühle«, stellt sie fest. »Ich kümmere mich darum.«

David nickt. Er diskutiert mit dem Beleuchter die Position der Scheinwerfer.

»Wird niemand geblendet? Ist der Lichtstrahl genau auf das Blumenarrangement in der Mitte des Zeltes gerichtet? Und wieso plätschert der Brunnen zwischen den Schalen mit exotischen Früchten nicht?«

»Das Wasser läuft zu langsam«, entschuldigt der Techniker sich. »Es ist zuwenig Druck auf den Pumpen.«

»Dann müßt ihr den Druck erhöhen.«

»Das habe ich versucht, David, aber Francisco, der Verwalter – das ist der Mensch, der hier alles unter Kontrolle hat –, behauptet, um diese Jahreszeit sei der Druck immer schwach. Es hängt mit den Brunnen zusammen, die Leitungen sind offenbar seit Jahren defekt.«

David hat nicht zugehört. Er zählt die Bestecke, hebt hier eine Gabel, dann einen Löffel hoch. Das Silber glänzt, die Gläser funkeln. Auf den Platztellern ein kleines Geschenk für jeden Gast: das Brautpaar im silbernen Rahmen. Neben der Serviette das Menü, mit Myrthenkranz und Satinschleife. Die Blumengebinde: Rosen in Weinlaubranken. Der Zelthimmel, angestrahlt von Scheinwerfern, schimmert wie Gold. Zwei Tontechniker probieren die Lautsprecher aus. »Uno, dos, tres ...«

»Die Bässe leiser«, ruft David. »Das geht ins Trommelfell ..., dies ist eine Hochzeit, kein Diskoabend!« Er wirbelt herum. »Eliza! Was ist mit den Wasserkaraffen?«

»Stehen alle im Barzelt auf einem Tisch. Sie werden erst gefüllt, wenn die Gäste eintreffen. Das Eis ist in Wannen bereitgestellt. Ich habe vier Leute, die ausschließlich nur Wasserkaraffen nachfüllen und für das Eis sorgen.«

»Vier für 250 Leute? Ist das genug?«

»Wir haben das schon mit dreien geschafft, Chef«, sagt Eliza strahlend. »Kein Problem, wirklich. Mehr kann ich nicht abstellen. Wir haben zehn Mann für die Tapas, fünf hinter der Bar, den Sommelier für die Weine. Der Rest geht mit Gläsertabletts herum.«

Im Zelteingang taucht der Chefkoch auf. Ein Zwei-Zentner-Mann. »David, wo bleiben die Baguettes? Die Frauen wollen anfangen, aber die Baguettes sind nicht da.«

David bedeutet Eliza, daß sie die Kontrolle der Zelte allein durchziehen soll, und folgt dem Koch in das Küchenzelt.

Die Tische groß wie Tischtennisplatten. Auf einem Tisch Berge von Gemüse, das geputzt und geschnitten wird. Am anderen Tisch werden Wachteln gefüllt. Waldhimbeeren und taufrische Walderdbeeren werden aus den Körbchen auf eine Platte geschüttet und sortiert, die schlechten ins Kröpfchen, die guten in einen Silberpokal. Ein Batzen roher Thunfisch wird von einem Koch mit einem scharfen Messer in kleine Würfel geschnitten und in Sesam gewälzt. Für die Katze, die herumschleicht, gibt es Fußtritte, sonst nichts.

Im Küchenzelt herrscht eine Hitze wie in einem Schmelzofen. Ein Junge kühlt die Salatblätter mit einem Fön.

»Eine Sisyphus-Arbeit.« Dem Chefkoch läuft das Wasser in das Halstuch. »Ich hab ein Gefühl, als wenn es heute noch ein Gewitter gibt. So verdammt schwül heute.«

»Unsinn«, knurrt David, »dein Schweiß ist Lampenfieber.«

In diesem Augenblick zerreißt ein Donnerschlag die Luft, als würde in der Tramuntana ein Berg auseinandergesprengt. Alle schauen auf. Blicken vom Chefkoch zu David. Alle wissen, daß die beiden Feinde sind, ohne es jemals auszusprechen. Man wartet darauf, daß es irgendwann knallt. Vielleicht heute abend? Oder erst bei der nächsten Feier?

»Ich brauche die Baguettes jetzt«, sagt der Chefkoch, »sonst können meine Leute nicht weiterarbeiten.«

»Wer hat die Baguettes bestellt? Ich?« schreit David. »Das Essen ist ganz und gar ausschließlich deine Sache!«

Der Chefkoch bleibt ruhig. Aber er krempelt die Ärmel seiner Kochjacke auf, aufreizend langsam.

»Das ist im Prinzip richtig, nur dieses Mal hast du mein Auto gebraucht, um die Tour zur Mesquida zu machen. Und da hast du gesagt, du fährst auf dem Rückweg beim Bäcker vorbei.«

Wieder dieser Blick. David, ein schmaler, eleganter Mann, hat die gleiche Größe wie der dicke Koch. Keiner blinzelt.

»Es ist zum Kotzen«, flucht David, »irgend etwas geht immer schief.«

»Du redest meinen Text«, knurrt der Chefkoch. »Wieso geht bei dir immer etwas schief?«

Sie treten einen halben Schritt aufeinander zu. Da stürzt Eliza ins Zelt. Sie klatscht in die Hände. »Hombres! Il Señor panadero!«

Und sie macht Platz für den Bäcker, der ein riesiges Backblech mit ofenfrischen Baguettes auf dem Kopf balanciert und fröhlich in die Runde grinst.

»Bravo!« ruft Eliza. »Applaus!«

Alle klatschen und lachen. Der Koch legt seine Pranke auf Davids Schulter. Davids Gesicht entspannt sich, fast sieht es aus, als wolle er lächeln.

»Du wirst sehen«, sagt der Koch, »heute läuft alles wie am Schnürchen.«

»Keine Katastrophen?« fragt David. »Kein einziges Desaster?«

»Kein einziges«, sagt der Koch und hebt die fleischige Hand zum Siegeszeichen.

»Es ist die größte Hochzeit des Jahres!« sagt David eindringlich. Er hebt seine Stimme. Alle Köche und Hilfsarbeiter schauen zu ihm hin.

»Die größte Hochzeit des Jahres! Alle Augen sind auf euch gerichtet, auf uns. Es muß alles klappen. Verstanden? Jeder Teller, der dieses Zelt verläßt, wird zweimal gecheckt. Habt ihr verstanden? Einer reinigt den Tellerrand, der andere kontrolliert die Beilagen. Ich möchte nicht den kleinsten Soßenfleck auf den Tellerrand sehen!«

»David«, sagt der dicke Koch sanft, »das ist mein Job. Kümmere du dich um den Rest.« Er schiebt David aus dem Zelt.

»Und fahr zur Hölle«, fügt er hinzu, als David verschwunden ist. Die Köche senken die Köpfe tiefer, um ihr Grinsen zu verbergen.

Das Glöckchen im Kapellenturm von San Martín auf Els Sant Castells läutet seit einer halben Stunde. Auf den Feldern ruht die Arbeit. Eine Verfügung des Dueño, Don Pepe, dem das Land gehört. Jedenfalls ein paar Quadratkilometer Land um Els Sant Castells. Keine Traktoren, die Staub aufwirbeln, kein Motorenlärm, keine Holzsäge, kein Marmorschleifgerät ist in Betrieb. Es ist Freitag, ein Festtag, denn gleich wird Doña Ysabel Pilar de Villalonga y Duquesa de Sa Carrotxa in dem Kirchlein von Els Sant Castells dem jungen Doktor der Rechte Felipe Ramón Sureda ihr Ja-Wort geben.

In den Pueblos rings um Els Sant Castells ist es kein Geheimnis, daß dem Vater des jungen Rechtsanwaltes viele der Fincas gehören, die früher zum Besitz der Villalongas zählten. Er habe sie unter einem falschen Namen gekauft, mit Hilfe von Strohmännern, oder andere Kunden in seinem Auftrag geschickt, heißt es. Man hat seine Möglichkeiten, so etwas herauszufinden, auch wenn man nur ein armer Bauer ist, einer von denen, die über ein Stück Land verfügen, so klein, daß man nur eine Casita von acht Quadratmetern darauf errichten darf, nicht mehr, keine Porché, keine Veranda, keinen Stall, kein elektrisches Licht, nur eine Casita, als Schutz vor der glühenden Mittagssonne während der Erntezeit, eine Casita, um das Werkzeug zu verstauen oder die Früchte, die man geerntet hat, bis sie zum Markt gefahren werden. Früher waren sie Tagelöhner gewesen, Leibeigene der Villalongas, haben von zwölf Stunden am Tag acht Stunden für den Dueño geschuftet und vier Stunden auf dem eigenen Stückchen Land. Auch als sie das Land pachten durften, hätten sie nicht gewagt, zu forschen, wer denn das Land gekauft hat, das an ihres grenzt. Wieviel gezahlt wurde und von wem, wer es beurkundet hat und welche Wasserrechte er besitzt. Darf er den Pozo bauen? Wieviel Liter Wasser pro Tag darf er entnehmen? Wo genau verläuft die Grenze? Gibt es ein Wegerecht? Und wer darf auf dem Land jagen? Früher hätten sie nicht gefragt, unter dem Diktator Primo de Riveras nicht, aber auch später, während der Revolution, hat sich niemand getraut, den Kopf zu erheben, die Stimme, und mehr Rechte zu verlangen. Nicht auf Mallorca. Nicht die Landarbeiter dieser Insel, für die sich in Madrid niemand interessierte.

Und dann kam General Goded, den sie den zweiten Eroberer nennen, nach Jaume II. General Goded, der nur sieben, acht Wochen brauchte, im Juli 1936, um Mallorca zu unterwerfen. Und die Insel wie eine Morgengabe dem Caudillo Francisco Franco zu überreichen. Eine Insel mit einer Million Mandelbäume oder mehr, niemand hat sie gezählt, einer weiteren Million Aprikosenbäume, Oliven, Orangen, die alle geerntet, verpackt und verschifft werden müssen bis in den Norden Europas. Weizen, der gesät, geerntet werden muß. Und der Wein. Der Rosado der Familie Ferrer aus Binisalem, der Cabernet Sauvignon, der Merlot der Familie Mesquida in Porreres, die Johannisbrotfrüchte, das Futter der Esel und Maulesel mußten von den Algarrobos geerntet werden, eine reiche Insel, eine Insel der Bäume. Auf dieser Insel, wird General Goded seinem Caudillo vorgeschwärmt haben, kann ein Affe von Küste zu Küste gelangen, ohne einmal den Boden zu berühren. So dicht stehen hier die Bäume. Aber das wußte der Caudillo ja bereits. Diese Insel hatte er sich schon viel früher ausgesucht für sein Blutgericht. Daß auf dieser Insel Terror regieren würde, jahrelang, hat er vielleicht schon gewußt, als er nach dem Besuch einer Hure dem Vater von Vicente Rojo den Arm um die Schulter gelegt und gerufen hat: Vino für alle, und dann: Viva Franco! Arriba España! Hier hat es angefangen. Hier wußten sie früher Bescheid. Nur die kleinen Bauern wußten von nichts. Konnten nichts wissen, wollten nicht, durften nicht. Die Priester in den Kirchen verbündeten sich mit den Faschisten. Wenn einer zur Beichte ging, trieb er vielleicht am nächsten Tag schon in einer türkisfarbenen Bucht, ein Messer im Rücken. Wenn einer Schutz suchte vor der Mördermeute in einem Kloster, schlossen sie das Tor, bevor er hineinschlüpfen konnte, und hörten seine Todesschreie draußen an der Klostermauer. Und schickten später den kleinsten und jüngsten Mönch hinaus, mit Wassereimer und Putzlappen, das Blut wegzuwischen. Später, als es wieder still war.

In die Kirche San Martín auf Els Sant Castells gelangt man nur durch den Kreuzgang mit feinen gotischen Säulen. Der Kreuzgang ist geschmückt, als wäre er die Braut. Efeuranken um Alhambra-Säulen, duftender Jasmin in Terracottatöpfen, weiße Leinentücher auf den Tischen. In der Mitte der Brunnen, errichtet im 13. Jahrhundert aus Marmorsteinen vom Castell de Bellver, das länger als Gefängnis denn als Schloß gedient hat. Der König selbst hatte den Benediktinern erlaubt, für den Kirchenbau Marmor aus seinem königlichen Steinbruch zu schlagen. Den kleinen Brunnen haben die Mönche sich selber geschenkt, als Dreingabe gewissermaßen.

Die Gäste, festlich gestimmt und heiter, in eleganten Kleidern, Chiffon auf nackter Haut, Spitze über kunstvoll gelegten Frisuren, das Stakkato hoher Absätze, das Lachen, das Raunen und Flüstern, die Bravo-Rufe, als Don Jaume in ihre Mitte tritt, im grauen Frack, maßgeschneidert. An seinem Arm die Braut: Ysabel Pilar de Villalonga, Diplom-Ökonomin, 24 Jahre alt, in einer Wolke aus blaßgelbem Atlas und Tüll, mit geschnürtem Mieder, ein Theaterkleid mehr als ein Brautkleid, mit einer acht Meter langen Schleppe aus Spitze, in die weiße Kamelien gesteckt sind. Eine stolze Braut mit sehr großen, strahlenden Augen und leuchtenden Lippen.

Anatol, ihr Bruder, klatscht in die Hände, als sie am Arm ihres Schwiegervaters den ganzen Kreuzgang abschreitet. »Viva Ysabel! Viva la Novia!«

Er breitet die Arme aus, und Ysabel flüstert ihrem Schwiegervater zu: »Das ist mein Bruder, Papá!« und läßt ihn los und fliegt in Anatols Arme. »Du Verrückter«, ruft sie lachend, »wo hast du dich versteckt? Wann bist du gekommen?«

»Vor vier Stunden«, Anatol hält sie fest, küßt sie. »Wieso bist du noch schöner geworden?«

»Das ist das Glück, Anatol.« Ysabel strahlt. Sie liebt ihren Bruder. Sie hat ihn immer geliebt. Nichts Besseres kann einem Mädchen in Spanien passieren, als einen älteren Bruder zu haben. Man wird von ihm beschützt, man darf sich in seine Freunde verlieben, in ihrer Nähe sein, ohne daß es unschicklich ist. Ein großer Bruder kämpft für die kleine Schwester, verteidigt sie vor den Eltern, den Tanten. Immerzu. Ein großer Bruder ist etwas Besonderes.

»Wie geht es dir, Anatol? Ich wollte dich immer anrufen, aber ich habe ...«

»Es geht mir gut, Schwesterchen.«

»Alles in Ordnung?« Ein kurzer Blick.

Er lächelt. »Alles in Ordnung.«

»Bist du allein gekommen?«

»Nein, Barnaby steht da drüben.« Anatol deutet mit dem Kopf zum Brunnen. Da lehnt Barnaby, ein zwei Meter langer Schwarzer, und läßt das Brunnenwasser über seine Handflächen laufen. Er blickt zu ihnen rüber. Anatol winkt, er winkt zurück. Da winkt auch Ysabel. »Mein Gott, er sieht fabelhaft aus«, flüstert Ysabel.

Sie zieht ihren Bruder zu Sureda. »Papá, das ist mein Bruder Anatol. Von dem ich schon viel erzählt habe.«

»Ah, Hollywood. Ich weiß Bescheid. Schön, daß Sie kommen konnten, Anatol. Ich weiß, in Hollywood ist alles größer und schöner. Aber wir geben uns hier auch Mühe, eine anständige Party zu feiern. Hochzeiten sind Parties, stimmt's? Alles ist Party in Amerika.«

Anatol nickt. »Wenn sie gut inszeniert ist, sogar eine Beerdigung.«

»Ihr seid verrückt, heute heirate ich! Da redet man nicht über Beerdigungen. Wo ist Felipe?«

»Wo er hingehört.«

»Er ist schon in der Kirche?« ruft Ysabel. »Wieso habe ich ihn nicht gesehen?«

»Weil du so aufgeregt bist, Schwesterherz.«

»Wie seh ich aus, Bruder?«

»Hinreißend.«

»Wo ist Mamá?«

»Auch schon in der Kirche«, sagt Sureda. »Ich denke, Anatol, wir sollten jetzt auch hineingehen, um die anderen ein bißchen anzutreiben. Ich habe extra angeordnet, daß es vor der Kirche keinen Champagner gibt, sonst würde es noch Stunden dauern, bis wir mit der Zeremonie beginnen können.«

»Okay, ich treibe die Schäflein zu ihrem Hirten.« Anatol reibt seine Hände. Er lacht. »Leute, es geht los. Wenn Sie sich bitte alle in die Kapelle begeben würden! Meine Schwester kann nun keine Minute mehr warten. Sie will ja sagen, und zwar jetzt! Sofort!«

Ysabel beobachtet, wie Anatol und Barnaby miteinander reden, zu ihnen hinschauen und dann sich einreihen in das Defilee der Gäste.

Ysabel erkennt einige, aber nicht viele Freunde unter den Gästen. Viele sind ihr vollkommen fremd. »Ich merke gerade«, sagt sie zu Sureda, während sie im Schatten des Kreuzganges warten, »daß ich lange weg war von hier. Diese Menschen kenne ich gar nicht.«

»Aber es sind deine Gäste, Ysabel«, sagt Sureda amüsiert.

»Meine nicht. Vielleicht die von Mamá, oder von Vater, oder deine Freunde?«

Sureda nickt. »Ein paar unter ihnen sind auch meine Freunde. Ich habe mir erlaubt, sie einzuladen.«

»Natürlich, Papá, natürlich. Wir wollen heute alle Menschen bei uns haben, die wir lieben. Sie sollen sich mit uns freuen. Schade, daß du keine Tanten und Onkel, keine Nichten und Neffen hast. Die Villalongas, so ein großer Clan, und du und Felipe die einzigen Suredas. Ach, ich bin so glücklich.«

»Auch für mich«, sagt Sureda mit bewegter Stimme, »ist dies ein ganz besonderer Tag, auf den ich lange habe warten müssen. Ich brauche keine Tanten und Onkel.«

Ysabel schaut ihren Schwiegervater fragend an. Er bemerkt diesen forschenden, aufmerksamen Blick. Seine Schwiegertochter ist klug, das weiß er. Aber alle Dinge versteht sie nicht. Er drückt sanft ihren Arm.

Ein Ehepaar, ganz in Schwarz, mit einer etwa siebzehnjährigen Tochter, die auch vollkommen in Schwarz gehüllt ist, geht würdevoll grüßend an ihnen vorbei in die Kapelle.

»Wer ist das?« fragt Ysabel.

»Alles Villalongas«, sagt Sureda. »Ich glaube, es ist der Cousin dritten Grades deines Vaters.«

»Was du alles weißt über unsere Familie.« Ysabel lacht. »Ich habe mich nie dafür interessiert.«

»Das«, Sureda deutet auf einen Mann im weißen Leinenanzug, der in einem Palmentopf seine Zigarre ausdrückt, das Sakko zuknöpft und mit beschwingtem Schritt in die Kirche geht, »ist auch ein Villalonga. Er war bis zur politischen Wende der

Bürgermeister von Inca. Jetzt, wo niemand mehr seine Handlung überprüft, handelt er mit Immobilien.«

Die beiden grüßen sich, indem sie leicht den Kopf senken.

Ysabel lächelt am Arm ihres Schwiegervaters.

»So viele Villalongas. Alles unsere Familie.«

»Wer so heißt«, murmelt Sureda, »gehört dazu.«

»Aber du und Felipe«, sagt Ysabel, »ihr heißt nicht so und gehört von jetzt an doch dazu.«

Ysabel küßt scheu die Hand ihres Schwiegervaters. »Das ist für mich eine große Freude. Die größte meines Lebens.«

»Meine auch.« Sureda hebt Ysabels Hand an seine Lippen. Sie lächeln sich an wie Komplizen.

Da erscheint im offenen Kirchenportal, unter dem aufbrausenden Choral der Orgel, die ein Benediktinermönch bauen mußte als Buße für eine Gotteslästerung, Don Pepe.

Der Erzbischof, gekleidet im katholischen Pomp, Purpur und Gold, Schärpe, Plastron und Mantilla, breitet mit großer Geste die Arme aus, kommt mit hängenden Armen, einem Lächeln, das sagen will: Kinder, es ist Zeit. Ysabels Vater dagegen mit scheuem Lächeln, und in diesem Lächeln der Schmerz des Vaters, der sein Kind an einen Rivalen verloren hat. Denn in diesem Leben sind sie alle Rivalen, die jene Zärtlichkeit stehlen, die doch nur ihm, dem leibhaftigen Vater, gebührt.

Ysabels Vater in neuen Lackschuhen und einem nachtblauen Frack, der am Vorabend von dem Kurier des Schneiders aus Valladolid gebracht wurde, weil die Post versagt hat. Und weil Doña Margalída mit der heftigsten Migräne ihres Lebens gedroht hat, falls der Brautvater-Anzug nicht pünktlich eintrifft. Während der Erzbischof am Portal wartet, macht Ysabels Vater fast unbeholfen ein paar kleine, kurze Schritte auf sie zu.

»Tut mir leid, Jaume«, sagt er, »aber jetzt gehört sie noch mir. Wieso bist du noch nicht in der Kirche?«

»Ich habe Ysabel die Zeit vertrieben, bis es losgeht.«

»Es geht los.« Pepe faßt Ysabels Ellenbogen, sie rafft die Schärpe. Aber Staub kann es nicht geben auf einem Platz, in einem Kreuzgang, der noch am Mittag mit dem Wasserstrahl abgesprüht worden ist. Wasser, das auf heißen Steinen verdampfte, so schnell, als habe es den Boden gar nicht berührt.

»Ich hoffe«, knurrt Don Pepe, »ihr werdet sie hüten wie euren Augapfel.«

Ysabel lacht auf. »Vater, was soll das?«

»Sie ist meine einzige Tochter. Und ich weiß nicht, was ich in meinem Leben je mehr geliebt habe.«

»Vater, bitte.« Ysabel beugt sich vor und gibt ihrem Vater durch den Spitzenschleier einen kleinen Mädchenkuß. »Sie warten auf uns.«

»Kann er es nicht aushalten? Kann Felipe nicht noch zwei Sekunden warten, bis er dich mir wegnimmt? Wieso habt ihr alle es so verdammt eilig?«

Sureda verbeugt sich. »Vermutlich, weil es heiß ist, weil die Gäste in der Kirche darauf warten, daß endlich das Fest beginnt. Du weißt doch, wie die Menschen sind, Pepe: immer nur auf ihr Vergnügen aus.«

Er lächelt Ysabel zu, und im nächsten Augenblick ist er schon bei dem Erzbischof, der schürzt seine Hände über dem Bäuchlein, das Gesicht strahlend in göttlicher Güte. Sureda sagt etwas zu dem Geistlichen, der nickt wohlwollend, Sureda verschwindet im Innern der Kirche.

Don Pepe läßt den Ellenbogen seiner Tochter los, sobald er sicher ist, daß Sureda in der Kirche verschwunden ist. Dann zieht er ein Batisttaschentuch und putzt sorgfältig den Schweiß von den Handflächen, der Stirn, den Schläfen. Seine Hände zittern.

Ysabel sieht es mit Rührung. Aber noch mehr mit Ungeduld. Es ist ihr, als dehnten sich plötzlich die Minuten zu Stunden.

»Vater«, sagt sie, als ihr Vater umständlich das Tuch wieder einsteckt und den Kopf in den Nacken legt, um den makellosen Himmel nach einem Zeichen abzusuchen, »sie warten auf uns.«

Ein Hahn steht auf den Marès-Stein einer eingestürzten Windmühle und kräht. Er schlägt mit den Flügeln, sein Kamm schwillt. Er kräht, aber die Hühner hören nicht auf ihn. Sie laufen unten herum, picken die Samenkörner des wilden, blutroten Mohns, der noch vor ein paar Wochen die Felder um die Mühle, die Erde im Schatten der Olivenbäume leuchten ließ.

Küken folgen auf unsicheren Beinchen den Hennen, piepsen, und die Hennen kümmern sich um nichts. Denn der Hahn, Familienvater, Ritter und Kämpfer, hat die Aufgabe, sie zu beschützen. Sie setzen Fett an, während er vor Verantwortung und Sorge um die Sicherheit seines Clans kaum Zeit hat zum Fressen, seine Kehle ist ausgedörrt, und das Krähen klingt heiser. Er beobachtet von seinem Aussichtsturm den Traktor, der den staubigen Weg heraufkommt. Er sieht, wie der Traktor hält und ein Hund von der Ladefläche springt. Gelb wie der Staub des Camí des Salays Verds, auf dem der Traktor sich bewegt, knatternd und schwarzen Rauch ausstoßend. Er sieht, wie ein Alter seinen Anzug mit dem Ende des Krückstocks abklopft, wie der Hund in die Felder springt, um einen Hasen aufzuscheuchen, er sieht die Mönchsgeier über dem Pinienwald, wie der Alte stehenbleibt, tief atmend, als die breiten Kronen der Feigenbäume am Wegrand endlich den Blick auf Els Sant Castells freigeben. Starr steht der Alte in seinem Anzug aus schwarzem Tuch. Die Hündin, die ihren Herrn besser kennt als dieser sich selbst, läßt den Hasen laufen und kehrt winselnd zu dem Alten zurück. Aber der Alte kümmert sich nicht.

Seine wäßrigen Augen füllen sich mit Tränen, die er sofort mit herrischer Geste wegwischt. Er schneuzt sich, steckt das Tuch wieder ein, räuspert sich zweimal und nimmt seinen Gang wieder auf. Die Hündin weicht nicht mehr von seiner Seite. Sie geht geduckt, fast schleichend, an der verfallenen Windmühle vorbei. Von dem Hahn, der von der Mauer heruntergesprungen ist und nervöse Unruhe im Hühnerhof verursacht hat, nimmt sie keine Notiz. Sie achtet auf den schweren Gang des Alten, das Pfeifen in seiner Brust, und fürchtet sich. Sie geht so nah bei ihrem Herrn, daß der Staub ihres Fells an seinem Hosenbein haftet.

Sie bleibt stehen, setzt sich hin, klemmt den Schwanz ein, duckt den Kopf, fixiert ihren Herrn, der einfach weitergeht, ohne sich umzuschauen, ohne Gedanken an seine Hündin, seine treue Vasallin seit so vielen Jahren. Er geht, bis eine Wegkrümmung ihr den Blick versperrt. Da springt sie auf und läuft ihm nach. Ist wieder bei ihm, und noch immer sagt er nichts.

Nicht ein kleines zärtliches »Na, Putanita, du alte Hure, wo hast du gesteckt?«

Nicht einmal das. Der Alte hat die Augen starr auf die hohen Mauern, auf die Türme und Fensterfronten von Els Sant Castells gerichtet. Sein Herz rast. Hinter der Stirn sprühen Funken. Wie kann er sich da um die Hündin kümmern? Wie kann er in einem solchen Augenblick an irgend etwas anderes denken als an seinen großen Plan?

Maria-Magdalenas Tagebuch

1. März 1937

Vorgestern war Graf Rossi da, zum Abendessen. Der neue Gouverneur, von dem jetzt das Schicksal Mallorcas abhängt: ein Italiener! Zweimal hat er seinen Besuch verschoben und durch seinen Adjutanten reizende Absagen schicken lassen, in denen immer die Schönheit von Mamá gepriesen wurde. Dabei kennt er unsere Familie gar nicht.

Aber es stimmt, Mamá ist sehr schön, obwohl sie bereits in einem Alter ist, wo sie Abuela sein könnte, Großmutter.

Juan rennt herum wie ein Pfau, wie ein Wahnsinniger. Er ist so stolz, daß wir Besuch von diesem Mann bekommen sollen. In seinen Augen ist der Graf ein Held. Er ist in das Büro des Militärgouverneurs gestürmt, der diese Insel regiert, seit General Goded in Barcelona ist. Ein unscheinbarer Mann, über den keiner etwas Konkretes sagen kann. Nur der Conde Rossi. Er ist ins Büro gestürmt und hat sich auf den Schreibtisch des Gouverneurs gesetzt und die Arme über der Brust verschränkt: »Räumen Sie Ihre Sachen«, hat er gesagt, »Sie haben genau zehn Minuten Zeit. Wenn Sie dann immer noch da sind, werde ich meine Leute rufen.«

Er hat gelacht, als er das erzählte. Er lacht sowieso sehr gerne. Und nach jedem Witz hat er die Hand von Mamá ergriffen, sie geküßt und gemurmelt. »Pardon, Señora.«

Mamá hat gelächelt, ihm zugeprostet und geschwiegen. Wie Mamá das zu tun pflegt, wenn etwas geschieht, was sie nicht versteht. Sie hat sich auf ihre Aufgabe als Gastgeberin konzentriert. Seit langem haben wir nicht so gut gespeist. Es wurde ein Kapaun geschlachtet und gefüllt mit Entenlebern, Feigen und Mandeln. Da es im Garten noch kein Gemüse gibt und man auf dem Markt nichts mehr kaufen kann, hat Cecilia Kartoffelscheiben gebacken, mit Olivenöl beträufelt und mit Rosmarin gewürzt. Der Graf hat gesagt, daß er noch nie besser gegessen hat, seit er auf der Insel ist. Mamá hat gelächelt, ihm zugeprostet und geschwiegen. Papá war den ganzen Abend sehr nervös. Und Juan war außer sich vor Stolz und Begeisterung. Seine Verehrung für den Grafen kennt keine Grenzen, seit er ihn gesehen hat, in diesem roten Sportwagen ohne Verdeck. So ist er zu uns nach Els Sant Castells gekommen: Wie ein Filmheld hat er ausgesehen, mit seiner Pilotenbrille und der Kappe aus schwarzem Leder.

Hinten im Auto lag eine Konfektschachtel für Mamá und ein Seidenschal aus Como. Der Graf hat in Italien Verwandte, die eine Seidentuchfabrik besitzen. Der Schal ist wirklich sehr schön, aber Mamá wird ihn niemals tragen. Er ist viel zu bunt. So etwas mag man in Italien tragen, in Spanien nicht.

Graf Rossi ist begeisterter Rennfahrer. Die meiste Zeit haben er und Juan über Autos gesprochen, das war auch besser, als wenn sie über den Krieg reden. Juan im Blauhemd, der Conde Rossi trug ein schwarzes Hemd und um den Hals ein großes Kreuz aus Elfenbein. Er sah fast aus wie ein Priester einer geheimnisvollen Sekte. Vielleicht ist er das auch, sagte Papá, als der Graf gegangen war. Aber ein Priester macht einer Frau nicht so unverhohlen den Hof. Erst hat er versucht, Mamá mit seinem Charme einzufangen, aber als Mamá den Mund einfach nicht aufmachte, hat er sich an mich gewandt. Ich saß ihm zur Linken und stocherte in dem Essen herum. In seiner Gegenwart war ich so bedrückt, daß ich nichts herunterbekam, vielleicht werde ich schon wieder krank.

Der Conde Rossi trank Wein, dann Grappa, den er selber mitgebracht hat, ein Geschenk an den Hausherrn. Es war ein sehr guter Grappa, aus Italien. Er fragte mich, ob ich einen Freund habe, ob ich bald heiraten werde. Ich wurde rot, ich schüttelte den Kopf. Er sagte: Aber so eine Schönheit darf doch nicht allein sein!

Papás Augen blickten mich die ganze Zeit sorgenvoll an. Einmal, als Mamá aufstand, legte sie ihre Hand auf meine Schulter. Wollte sie mir beistehen? Oder mich ermahnen, ja nichts Falsches zu sagen? Die Familie nicht bloßzustellen?

Er sagte, daß er mindestens eine Frau pro Tag brauche, daß sein Körper einfach nach der Gesellschaft eines weiblichen Körpers verlange. Er sagte, in Palma wüßten sie alle schon darüber Bescheid. Er lachte, als er sah, wie ich errötete. Das sind die Männer des neuen Spanien, rief er fröhlich, hob sein Glas und prostete Papá zu. Sie machen erst die Frauen glücklich und dann das ganze Land.

Juan lachte wie ein Verrückter, es war nicht auszuhalten.

Er sprang auf, zwang uns, ebenfalls aufzustehen, uns an den Händen zu fassen und dieses gräßliche Lied »Cara al Sol« zu singen.

In Gedanken habe ich Victoriano um Verzeihung gebeten. Ist er dafür gestorben, daß ich dieses Theater mitmache?

Später hat der Graf Papá und Juan erzählt, daß er einen Kreuzzug plane in den Dörfern. Und er kündigte an, daß die Priester ihm dabei helfen würden.

Wenn die Priester auf Ihrer Seite sind, sagte Papá, dann ist es gut, hoffe ich.

Sie sind ein gläubiger Katholik? fragte Rossi.

Nicht so wie früher, erwiderte Papá, aber noch genug, um zu glauben, daß ein Priester die Menschenwürde ehrt. Und das Blutvergießen geißelt. Aber neuerdings bin ich nicht mehr so sicher. In den Kirchen geschehen Dinge, die ich nicht verstehe.

Der Graf hat gelacht.

Als Mamá und ich schon im Bett waren, haben sie ganze Flasche italienischen Branntwein geleert. Juan hatte sich Erlaubnis geholt, einmal mit dem Sportwagen des Grafen die Einfahrt hinauf- und hinunterzufahren. Ich glaube, er hätte aus Dank dafür gemordet. So stolz war er, der Wahnsinnige.

Rossi verabschiedete sich mit einem Gruß an »die zauber-

hafte Elfe und die leidenschaftliche Rose«. Damit waren ich und Mamá gemeint. Ich hoffe, Papá lädt ihn nie wieder ein.

7. März 1937

Nur noch eine Woche bis zur Semana Santa. Und jetzt wissen wir, was der Conde Rossi gemeint hat, als er den Kreuzzug ankündigte in den Dörfern: Ein beispielloses Blutvergießen hat er gemeint, mit der Assistenz der Bürgermeister und der Priester in den Dörfern. Ein rücksichtsloses Morden und Abschlachten hat er gemeint.

Sie kamen in der Nacht und wußten genau, an welchen Türen sie klopfen müssen.

Wo ein Anarchist, ein Kommunist, ein Ausländer wohnt oder nur einer, der keine Lust hatte, auf irgendeiner Seite zu sein. Sie rissen die Leute aus den Betten, aus dem Schlaf, trieben sie vor sich her, schreiend und singend. Trieben sie auf ein Feld, in einen Orangengarten, in ein verlassenes Gehöft. Dort warteten sie, bis die Sonne aufging. Warteten, bis sie die gefangenen, geprügelten, geschundenen Menschen in ihrer Todesangst dazu zwingen konnten, das Lied zu singen, das Loblied auf den Caudillo Franco. Aber erst mußten sie Jubelschreie ausstoßen. »Viva José Antonio!« mußten sie schreien und »Viva Francisco Franco!« Manche haben sich auf die Zunge gebissen, wollten nicht gehorchen. Sie sind gepeitscht worden. Man hat sie gefesselt und an den Füßen aufgehängt in den Zweigen der Algarobbobäume. Hat sie mit dem Kopf nach unten in das Bachbett gestoßen und geschlagen, bis Blut das Wasser rot färbte. Und die Priester und die Bürgermeister haben zugesehen, wie ihre eigenen Bürger, ihre treuen Schäflein, geschunden und gequält wurden. Es ist nicht zu glauben, was hier auf dieser schönen Insel passiert. Die Aprikosenbäume blühen, und der Mohn leuchtet so rot wie das Blut auf den Feldern. Schneeweiße Margeriten überall. Die Olivenbäume haben neue Triebe, und der Weizen, da, wo er gesät wurde, wächst in den Himmel. Die Sonne leuchtet von einem makellos blauen Himmel. Immer noch singen die Vögel, und ein Hahn kräht vor Son-

nenaufgang. Immer noch ziehen blökende Schafherden über die Wiesen, und in den Nischen der Steinmauern nisten die Schnepfen. Es ist alles, wie ich es immer kannte, und dennoch ist nichts mehr so nach diesem Kreuzzug. In jeder Familie ein Toter oder zwei. Keiner kann mehr dem anderen in die Augen sehen. Der Nachbar hat den Nachbarn getötet, der Priester hat weggeschaut.

Es ist eine Tragödie der Menschheit, sagt Mamá. Sie weint den ganzen Tag. Sie haben es genau so gemacht, wie der Graf bei dem Abendessen in unserem Haus angekündigt hatte: Sie haben es gemacht wie in Pamplona, vor dem Festival der Virgen del Sagrario, am 15. August. Ein halbes Jahr ist das her oder sogar mehr. Wir haben alle davon gehört, aber es nicht glauben wollen. Am Tag vor dem Fest der heiligen Jungfrau haben sie die Gefängnisse von Pamplona geöffnet und die Katholiken herausgeholt. Sie sollten beichten, hat es geheißen. Sie waren gefesselt an den Händen, aber nicht an den Füßen. Priester waren bei ihnen, um die Beichte entgegenzunehmen.

Aber wenn sie gebeichtet hatten, drückte man ihnen den Gewehrlauf in den Nacken und tötete sie.

Als die Gefangenen begriffen, daß sie keine Chance hatten, versuchten sie zu fliehen. Es waren Hunderte, die man unter einem Vorwand ins Gefängnis gesteckt hatte. Hunderte unschuldiger Leute, die versuchten, vor dem Massaker zu fliehen. Eine unbeschreibliche Panik entstand, in der jeder Flüchtende erschossen wurde. Wie Tiere sind sie niedergeschossen worden. Aber danach haben die Carlisten sich mit den Faschisten gestritten, daß man den Roten nicht hätte erlauben dürfen, vor Gott zu beichten. Es war eine absurde Situation. Und der Streit ging weiter, bis die Priester, die dem Morden zugeschaut hatten, allen Mördern eine Massenabsolution erteilten.

So haben sie es hier auch gemacht, nur, daß sie die Leute nicht aus den Gefängnissen, sondern aus den Dörfern holten. Leute, die ich kenne, den Schneider, den Bäcker, den Lehrer, den Leiter der Bibliothek, bei dem ich mir früher französische Bücher auslieh, um die Sprache zu lernen. Den Sekretär des Bürgermeisters, von dem ich wußte, daß er sich manchmal mit Victoriano getroffen und mit ihm über die Zukunft Spaniens diskutiert hatte. Sie alle sind jetzt tot und in einem Massengrab verscharrt. Ein Bauer mußte das Pferd anspannen und das Land pflügen und darauf säen, als gäbe es keine Leichen. Aber niemals wird man in den Dörfern vergessen, was an diesem 7. März geschehen ist. Niemals. Später werden sie hier Kreuze errichten, da bin ich sicher, und eine kleine Kapelle, in der man für die unschuldigen Opfer beten kann.

Victoriano, dein Kind wächst, es meldet sich schon. Heute nacht wachte ich auf, legte die Hand auf meinen Bauch und spürte, wie es sich bewegte. Es war mir, als könnte ich einen kleinen Fuß fühlen, der gegen die Bauchdecke stößt.

O heilige Mutter Gottes. Und immer noch kein Wort darüber zu Mamá. Sie blickt mich jeden Morgen, wenn ich zum Frühstück komme, so merkwürdig an.

Ich sage guten Morgen und küsse ihre Stirn. Und setze mich und schlage ein Buch auf. Wenn ich lese, stören sie mich nie. Das war schon früher so, wenn ich für die Schule lernte.

Mein armes Kind, was soll einmal aus dir werden? Was für eine Zukunft hast du? Was für eine Zukunft hat deine Mutter?

Heilige Madonna, steh mir bei.

Die Trauung

Don Pepe Antonio Jesús de Villalonga y Duque de Sa Carrotxa verflucht seine neuen Lackschuhe. Obgleich er weiß, daß man in Gotteshäusern nicht den Teufel anrufen darf. Die Fersenkappe ist so steif, daß sie bei jedem noch so vorsichtigen Schritt die empfindliche Haut weiter aufreibt. Außerdem hat der Schuh für seine derben Bauernfüße eine zu schmale Leiste. Im linken Hühnerauge spürt er einen Schmerz, als würde ein Teufelchen immer tiefer mit einer glühenden Nadel in seinen Zeh stechen.

Er rutscht auf der Kirchenbank hin und her, bemüht sich verstohlen, das Bein anzuziehen, um die Schnürsenkel zu öffnen. Wenigstens ein wenig zu lockern, wenigstens während der Zeremonie, die immerhin eine Stunde dauern soll, wenn Margalída recht hat. Es würde ihn nicht wundern, wenn aus einer Stunde zwei werden oder mehr. Allein die Ansprache von Hochwürden! Die Worte seiner Exzellenz fließen wie die Wasser aus einem Brünnlein. Er ist verliebt in die eigenen Worte, in seinen Tonfall, der dem Singsang Mallorquínischer Volkslieder entspricht. Daran hat er sein Leben lang gearbeitet, und nun, mit siebzig, hat er es, wie er selber meint, zur Meisterschaft gebracht. Danach ein Jubilate, gesungen vom Kirchenchor aus Inca, und dann diese Bach-Variation, die der Organist der Kathedrale von Palma, Vigo Moreno, eigens für die Hochzeit komponiert hat. Eine Variation kann lang sein oder kurz. Don Pepe ist überzeugt, daß Vigo Moreno sich für die lange Variation entschieden hat, denn die Hochzeitsgesellschaft ist sozusagen unter seiner Obhut oder von ihm gefangen. Hier kann niemand einfach aufstehen und die Kirche verlassen, wie das in der Kathedrale Son Seu üblich ist.

Don Pepe wird ganz heiß bei dem Gedanken, daß Flucht unmöglich ist. Um den Schmerz zu betäuben, schlägt er den Fuß gegen den Betstuhl.

»Pepe!« zischt Doña Margalída, »sitz ruhig!«

»Ich will meine alten Lackschuhe«, knurrt Don Pepe. »Diese sind zu klein.«

»Deine Tochter heiratet, und du redest von Schuhen! Warum hat Gott mich mit so einem Menschen gestraft.«

Von der ersten Reihe hat man einen wunderbaren Blick auf den geschmückten Altar, auf das Madonnenbild, das aus dem 14. Jahrhundert stammt und eine große Kostbarkeit darstellt. Darüber das Glasfenster, eine Rosette aus buntem Glas, vom gleichen Künstler entworfen, der auch die Rosette über dem Portal der Pfarrkirche Mare de Deu del Angels geschaffen hat. Die übrigen Kirchenschätze, das Weihrauchfaß aus Silber, das goldene Kreuzigungsbildchen mit einem Stück Leinen und einem Nagel sind Duplikate. Der echte Schatz wurde geraubt. Ebenso wie die mit Blattgold und Edelsteinen verzierte Schale für die Oblaten, das Zepter mit der in Smaragde gefaßten Krone, welches auf dem Altartisch gestanden hat. Alles geplündert während des guerra sagrada, des Heiligen Krieges, wie die Falangisten das Morden und Rauben nannten. Als die Horden über die Insel zogen, Kirchentüren mit der Axt einschlugen, Feldsteine durch die Kirchenfenster warfen und all die über Jahrhunderte sorgsam gehüteten Schätze in Mehlsäcken davonschleppten, um dafür Gewehre zu bestellen, Flugzeuge, Kriegsschiffe und Bomben.

Der Jesús, der da in luftiger Höhe am Kreuz über ihnen schwebt, mit seitlich geneigtem Kopf, dem auf der Stirn geronnenen Blut, der Dornenkrone, dem Leinentuch um seinen zerschundenen Körper, dieser Jesús ist aus Gips, das Kreuz aus billigstem Holz. Sein Vater hat diesen Jesús bei einem Kunsthandwerker in Valdemossa bestellt, er hat einen goldenen Rahmen aufhängen und darunter eine Inschrift anbringen lassen, die heute nicht mehr lesbar ist.

Während Vigo die Orgelpfeifen zieht, breitet Doña Margalída den Rock ihres Festkleides auf der Kirchenbank aus. Taubengrauer Seidentaft, hochgeschlossen, mit kurzem Ärmel, aber einem Bolero-Jäckchen, über das sie die Spitze ihrer Mantilla breitet. Sie streift die Satinhandschuhe von den manikürten Fingern, während sie sich neugierig nach allen Seiten umschaut, hier eine Kußhand wirft, dort ein Nicken, ein Lächeln, ein kurzes Aufleuchten der Augen.

Was für ein Tag. Und der Himmel draußen durchsichtig blau. Kein Lüftlein weht. Wenn die Orgel oder der Pfarrer nur einen Augenblick schwiegen, könnte man das andächtige Gemurmel der Hochzeitsgäste hören. Ja, sie sind alle beeindruckt, und dies ist erst der Anfang.

Doña Margalída, wieder besänftigt, legt die Hand auf den Arm ihres Mannes. »Unsere Tochter ist schön wie eine Königin.«

»Es reicht«, murmelt Don Pepe, »wenn sie schön ist wie eine Villalonga.«

Er legt den Kopf in den Nacken und blinzelt dem Christus zu, der über ihnen hängt, reglos, an unsichtbaren Nylonfäden gehalten. Er schaut auf die Füße des gekreuzigten Jesús, und der Schmerz wühlt sich noch tiefer in seinen linken Zeh. Der Schweiß bricht ihm aus. Schon immer hat der Weihrauchgeruch in Kirchen ihn krank gemacht.

Die Orgel verstummt, und der klare Ton der Kirchenglocke ist zu hören. Diese Glocke hat schon viele Hochzeiten der Villalongas eingeläutet, Hochzeiten und auch Beerdigungen, Taufen und Kommunionen. Dankesgottesdienste und Bittgottesdienste. Als die Anarchisten die Kirche stürmten und mit Äxten und Beilen auf die Kunstwerke losgingen, an einem Herbsttag im Jahr 1936, da hat ein Junge aus dem Dorf sich in den Glockenturm geschlichen, hat sich an die Seile gehängt und die Glocke schwingen lassen, bim-bim-bim-bim, über das Tal, die weidenden Schafe, in die Hütten der Bauern, die Werkstätten der Tischler und Töpfer, in die Schmieden und die Backstuben.

Die Glocke hat geläutet, als sie die Toten gefunden haben, zwölf junge Männer aus dem Dorf, die nachts aus ihren Häusern gezerrt und in einem Olivenhain hingerichtet wurden, weil man ihnen Kollaboration vorgeworfen hat. Gegen Franco und für die Sozialisten.

Man hat ihnen in den Nacken geschossen und sie dann an die Bäume genagelt, tausend Jahre alte Stämme, schrumpelig und grau, waren besudelt mit Blut. Zwölf Männer gemordet, zwölf Familien in Verzweiflung und Trauer, das ganze Dorf erstarrt in Angst. Aber die Glocke hat geläutet. Immer dieser klare, reine Ton, Trost im Schmerz, Verheißung in der Verzweiflung. Und der Jubelton für Feste wie dieses. Eine Braut und ein Bräutigam wie aus dem Bilderbuch. Das wunderschöne Brautkleid. Die sanfte Kurve ihres Halses, die man nur ahnen kann unter Spitze und Schleier.

Ach, seine Ysabel, sein Täubchen. Noch nicht lange, da hat er sie auf seinen Armen geschaukelt, ist neben ihr gelaufen, als sie auf dem Dreirad durch den Kreuzgang gekurvt ist, um sie aufzufangen, wenn sie fällt. Später hat er die Longe des Ponys gehalten, auf dem sie saß, aufgerichtet und stolz, die Locken hüpfend beim ersten Galopp. Und wie das Pony auf einmal bockte und sie rief: Papá, halt mich fest, hörst du? Geh nicht weg!

Wie sie ihren ersten Liebeskummer an seiner Schulter ausgeweint hat. Nicht an der Schulter der Mutter. Sie war immer Papás Kind. Wie hatte der Kerl geheißen, der als erster das Herz seiner Tochter gebrochen hat? Mit dem Schwert, das in der Küche an der Wand hängt, nur dazu da, um Champagnerkorken zu köpfen, hätte er ihn damals ermorden können. Statt dessen hat er ihre Tränen getrocknet und etwas gesagt von Schmerz, der vergeht, und Erfahrungen, die gemacht werden müssen, und sie hat geweint, und dann gelächelt und ihn geküßt, ihre Haut hat nach Erdbeeren gerochen und geschlagener Sahne, frisch aus dem Bottich, so süß. Und sie hat gesagt: Sowieso liebe ich in meinem ganzen Leben nur einen einzigen Mann, und das bist du, Papá.

Tränen steigen in seiner Kehle auf, als er sie anschaut, kniend neben Felipe Ramón auf einem Betschemel. Knieend vor dem Erzbischof, diesem Heuchler. Tränen in seinen Augen, als er Don Jaume anschaut, eine ganze Kirchenbank für sich allein. Warum? Will niemand neben ihm sitzen? Oder darf es niemanden geben neben ihm? Fühlt Jaume sich als Gott? Nur weil er Geld hat, um ihnen allen das Land abzukaufen? Weil er ein Vertrauter des Königshauses ist? Weil er Teilhaber ist von Firmen auf den Bermudas und den Cayman Islands? Weil er die Dinge hinter den Dingen erfährt? Weil der englische Premierminister sein Freund ist? Oder haben sie Angst vor der Schärfe seines Verstandes? Mögen sie nicht neben ihm sitzen, weil sie denken, er könnte alles erraten? Die Fäulnis ihres Charakters, die niederen Wünsche?

Er sitzt in der ersten Reihe aufrecht, die Hände rechts und links flach auf dem glatten Holz, und betrachtet seinen Sohn und die Schwiegertochter. Sein Gesicht verrät nicht einen halben Gedanken. Aber Macht strahlt er aus. Und Autorität. Und Furchtlosigkeit. Ein Mann ohne Familie. Ohne die ganze Sippe, mit der Pepe sich herumschlagen muß.

Pepe spürt einen Stich von Eifersucht und Neid.

Wer dagegen ist er? Ein Bauer in der zwölften Generation. Mitglied einer alten Familie mit Tradition und Geschichte. Das schon. Seine Vorfahren haben die Hand von Jaume II, des Eroberers von Marokko, geschüttelt. Vorher haben sie das Schwert gegen die Moros geführt und sie vertrieben aus der Altstadt von Palma, aus ihren arabischen Bädern, aus den Höfen, in denen Frauen wie im Harem gehalten wurden, aus den Dörfern, von den Weinbergen. Haben ihre besten Leute verloren im Zweikampf, den Boden mit Blut getränkt, aber gewonnen. Und dafür hat Jaume II ihre Stirn geküßt. Damals waren sie die Herren, und die kleinen Landarbeiter auf den Feldern und die Handwerker in den Gassen haben gezittert, wenn sie hoch zu Roß herankamen.

Der Erzbischof hat zu Ende gesprochen und wischt mit einem Tuch die Stirn. Gleichzeitig suchen seine Augen den Blick des Chorleiters, der den Arm mit dem Taktstock hebt, und schon schwebt der süße Engelsgesang, das Hosianna, durch das Kirchenportal.

Ysabel und Felipe Ramón wenden sich einander zu. Sie hebt ihren Schleier, und beide lächeln sich an.

Doña Margalída sucht ergriffen die Hand ihres Mannes und hält sie fest. Pepe erwidert den Druck. Er kann sich nicht erinnern, wann sie sich zuletzt berührt hatten. Seit Jahren träumen sie in getrennten Zimmern ihre Träume, schwitzen sie ihre Begierden unbemerkt vom anderen in den Laken aus. Seit Jahren zur Begrüßung nur ein Nicken, ein freundliches Lächeln, mehr nicht. Und dennoch sind sie immer sanft und nachsichtig miteinander umgegangen, als sie bemerkten, daß ihre Leben zueinander nicht passen. Sie haben sich eingerichtet und versucht, die Verletzungen gering zu halten. An die Nächte, in denen sie ihre Kinder Ysabel und Anatol gezeugt haben, kann er sich nicht erinnern. Die schönsten Momente ihrer Ehe sind schon lange her. Zu viele Erinnerungen an andere Frauenkörper, andere leidenschaftliche Nächte schieben sich vor das Bild. Alles in allem war es bislang kein schlechtes Leben, denkt Don Pepe und hebt die Hand seiner Frau, um sie zu küssen.

Sie scheint nicht einmal verwundert. An diesem Tag ist alles möglich.

»Gleich ist es soweit«, flüstert sie.

Und er nickt, vergißt den Schmerz in seinem Fuß, das Reiben des steifen Kragens. Seine Augen heften sich auf den Schleier der Braut, das Köpfchen unter diesem Schleier, so klug, so stolz aufgerichtet, so schön.

Daß aus dem Schoß dieser Frau so etwas Gutes gekommen ist, denkt Don Pepe, und er beugt sich im Überschwang der Emotion zu Doña Margalída und küßt sie auf die Lippen.

»Was ist mit dir, Pepe?« flüstert sie.

»Nichts«, raunt Don Pepe, »alles ist gut.«

Das Brautpaar kniet auf den Betschemeln, die extra für diesen Anlaß mit neuem rotem Samt bezogen wurden. Die blondlockigen Blumenmädchen haben sich rechts und links hingesetzt, die Röckchen aus Tüll um sich gebreitet, daß sie aussehen wie kleine frische Margeriten.

Der Erzbischof spricht schon wieder, und Don Pepe hört nicht zu.

Die Hochzeitsgesellschaft lauscht den Worten des Geistlichen. Er lobt die Braut, den Bräutigam, die Familie Villalonga, bedauert, daß die Familie Sureda so klein ist, erwähnt den Tod von Felipe Ramóns Mutter, er spricht über die Liebe, über den Brief an die Korinther, die Psalmen von der Liebe. Er blickt, während er redet, in die Gesichter der Hochzeitsgäste, so als zähle er die Prominenten, die Berühmten und Reichen, so als überlege er, wer zuletzt bei ihm zur Beichte gewesen ist und wer seit langem nicht gespendet hat. Währenddessen perlen die Worte von seinen Lippen, einfältig und monoton, aber von einem seltsam magischen Rhythmus.

Doña Margalída sucht immer wieder die Hand ihres Mannes, mit der anderen tupft sie die Tränen aus den Augenwinkeln.

Seinen Sohn Anatol kann Pepe nicht sehen. Er muß weiter hinten in der Reihe Platz genommen haben, unter Ysabels Freunden. Vielleicht ist das auch besser so. Mit Barnaby hat er noch kein Wort gewechselt. Das wird sich später ergeben.

Braut und Bräutigam erheben sich. Der Erzbischof hält die Ringe in den Händen und spricht das Ehegelöbnis.

»Willst du, Felipe Ramón Sureda, Ysabel Pilar de Villalonga y Duquesa de Sa Carrotxa zu deiner Frau nehmen? Dann sage laut und deutlich: Ja.«

Im hinteren Teil der Kirche ist eine Unruhe entstanden. Leise Rufe, Rascheln, ein Hund bellt. Und plötzlich ruft einer:

»Eine Bluthochzeit! Jaja, feiert nur eure Bluthochzeit, ihr Mörder! Sauft nur den Wein, denn es ist nicht das Blut Christi. Das ist längst vergossen und verbraucht. Von diesen Menschen da! An euren Händen klebt Blut! Mörder seid ihr! Eine Mörderbande!«

Die Menschen springen auf, Hüte rutschen von den Köpfen. Die kleinen bestickten Handtäschchen fallen auf den Boden, die Bibeln, das Gesangbuch. Alle drängen zum Mittelgang, um zu sehen, wer das ist, der da so schreit mit einer Greisenstimme, brüchig, aber laut. Ein alter Mann, weißes Haar, das bis auf den Kragen fällt, ein alter Mann, der sein rechtes Bein nachzieht und schwer auf seinem Krückstock geht, schlurft durch den Mittelgang des Kirchenschiffes. Seine Füße zerfetzen die Blüten. Sein Anzug ist neu, aber staubig. Hinter ihm der Köter, ein staubfarbenes schmales Tier mit Rehaugen. Jemand will das Tier zurückhalten. Da beißt es, knurrt und bellt. Der Mann geht geradewegs auf den Altar zu.

»Und danach, wenn ihr alle heiliggesprochen seid und die große Absolution habt, dann beginnt das Ficken und Fressen, das Saufen und Huren. Ja, ich weiß, wie das hier zugeht. Ich kenne euch alle, ihr Betrüger, ihr Heuchler.«

Die Braut und der Bräutigam haben sich umgewandt, halten einander an den Händen und blicken dem alten Mann entgegen. Er atmet kurz, wie unter Schmerzen.

Aber sein Gesicht glüht, und seine Augen sprühen, während er eine Verwünschung nach der anderen schreit.

»Felipe«, flüstert Ysabel, »wer ist das?«

»Ich habe keine Ahnung.« Felipe blickt ratlos zu seinem Vater, der auf der linken Kirchenseite in der ersten Reihe sitzt.

Sureda springt auf. Er breitet die Arme aus und läuft dem alten Mann entgegen. Der Mann hebt seinen Krückstock, wie um ihn zu schlagen.

Sureda weicht dem Schlag aus und packt das Handgelenk des Alten. Die anderen tun nichts.

Der Erzbischof hat die Eheringe in seinem Talar verborgen.

Jemand hat den Hund festgehalten und zerrt ihn aus der Kirche. Der Alte strauchelt und fällt in die Arme von Sureda. Seine Hand umklammert den Stock. »Ihr werdet alle an dem Blut der Mörder ersticken, alle, alle!« schreit er.

Sureda packt den Mann, preßt ihm die Hand auf den Mund, schiebt ihn wortlos weg, aus dem Blickfeld der Hochzeitsgäste.

Der Alte hat ein feuerrotes Gesicht. Für eine Sekunde schaut er Don Pepe an. Und Pepe wird bleich wie ein Leichentuch.

Dann hat Sureda ihn auch aus seinem Blickfeld gezerrt. Er hat den Alten im Schraubgriff, die Hand auf dem Mund. Der zappelt eine Weile, dann wehrt er sich nicht mehr.

»Bitte, Exzellenz«, sagt Sureda leise, »machen Sie weiter. Keine Unterbrechung, bitte.«

»Sie sind sicher?« wispert der Hochwürden.

Und als Sureda ungeduldig nickt, den Alten immer noch im Klammergriff, fängt seine Exzellenz, der Erzbischof von Palma, wieder da an, wo er aufgehört hat.

»Bitte, meine Kinder«, sagt er sanft, »wendet euch mir wieder zu.«

Felipe und Ysabel drehen sich zu dem Geistlichen um. Und der lächelt und sagt:

»Willst du, Ysabel Pilar de Villalonga y Duquesa de Sa Carrotxa, Felipe Ramón Sureda zu deinem Ehemann nehmen, ihn lieben und ehren ein Leben lang, so antworte mit einem deutlichen: Ja.«

Ysabel wirft einen kurzen, ängstlichen Blick auf ihren Schwiegervater, aber der nickt, hochrot vor Anstrengung und Ungeduld, als wolle er sagen, ich halte ihn hier, ich hab ihn fest, mach nur weiter, bring es zu Ende, und so sagt Ysabel laut und innig: »Ja, ich will.«

»Dann küßt euch, liebe Kinder«, sagt der Erzbischof und hält die Hand über sie, während sie sich in die Arme fallen als stünden sie auf dem Deck eines sinkenden Schiffes und hätten nur einander, sich zu halten.

Der Erzbischof gibt ein Zeichen hinauf zu Vigo, und die Orgel beginnt, so daß es in den Ohren dröhnt.

Die Hochzeitsgäste setzen sich wieder, und Sureda läßt den alten Mann, der wie ein Sack in seinen Armen hängt, langsam zu Boden gleiten.

Sureda richtet sich auf. Er klopft den Staub von seinem Anzug, lächelt dem Brautpaar zu und nimmt wieder seinen alten Platz ein.

Der Alte auf dem Boden rührt sich nicht.

Der Kirchenchor singt das Jubilate, als die Hündin, geduckt und mit eingekniffenem Schwanz, zu ihrem Herrn läuft und jaulend und winselnd ihm immer wieder das reglose Gesicht leckt.

Das Gesicht ist blau und rot, der Kopf merkwürdig verrenkt, die Arme schlaff, das linke Bein angewinkelt, das rechte steif. Die Hündin stößt laute, jaulende Klagelaute aus. Sie läuft um ihren Herrn am Boden herum, und niemand tut etwas. Schließlich läuft sie zu Sureda, baut sich vor ihm auf und bellt.

In der letzten Reihe erhebt sich Francisco, der Verwalter. Er greift dem Hund ins Nackenfell und zerrt das sich sträubende Tier aus der Kirche, zerrt es durch den Kreuzgang, das Portal, hinaus in den Hof, den steinernen Weg, den von duftendem Oleander gesäumten Pfad, zum Zwinger.

Da stehen die beiden Doggen ganz reglos, nur ihr Schwanz geht vorsichtig hin und her. Ihre Schnauzen sind geöffnet, Speichel tropft auf den Boden. Sie hecheln. Ihre Flanken zittern.

»Hier habt ihr was zum Spielen«, sagt Francisco und schleudert die Hündin über den Zaun in den Zwinger.

Die Reporterin von Ultima Hora, den Fotografen im Schlepptau, drängt sich durch die Hochzeitsgesellschaft nach vorn, zum Altar. Niemand beachtet sie, als sie den letzten Kreis durchbricht und den alten Mann auf dem Boden entdeckt.

»Was ist passiert?« fragt die Fotografin.

Sureda, der an der Statue des heiligen Antonius lehnt, die Augen geschlossen, reagiert nicht.

Die Reporterin wendet sich an Doña Margalída, die in ihrem Handtäschchen verzweifelt nach Kopfschmerztabletten sucht.

»Wer ist dieser Mensch, Doña Margalída?«

»Ich ..., ich weiß es nicht ..., fragen Sie meinen Mann ..., fragen Sie ...«

Ysabel und Felipe halten sich an den Händen, Ysabels Schleier ist zurückgeschlagen, so wie sie ihn zurückgeschlagen hatte, um Felipe diesen ersten Kuß als Ehefrau zu schenken. Dieser Augenblick, den die Fotografen festhalten sollten und der in ihrem Kopf und in ihrem Herzen bleiben sollte für immer.

»Wer ist das?« flüstert Ysabel. »Kennst du den alten Mann?«

Felipe schüttelt den Kopf. Er läßt seinen Vater nicht aus den Augen, nie hat er ihn so bleich gesehen, als habe jemand das Blut aus seinen Adern weggespült. Er sieht aus, als habe er im Stehen das Bewußtsein verloren.

Der Fotograf hebt die Kamera. Das Blitzlicht flammt auf, aber da brüllt es: »Keine Fotos! Keine Fotos!«

Das ist Don Pepe. Er stürmt auf den Fotografen zu. Er reißt dem verdutzten Mann die Kamera vom Gesicht, zerrt an dem ledernen Schulterriemen. Der Fotograf, erschrocken, läßt los. Die Kamera fällt auf den Steinboden.

»Hören Sie ...«, sagt der Fotograf.

Aber Pepe hat seinen Kragen gepackt. »Wer hat dich eingeladen? Was willst du hier, he? Spionieren? Was soll das? Schert euch raus. Dies ist meine Kirche. Hier habe ich zu bestimmen.«

»Entschuldigen Sie, Don Pepe ...« Die Reporterin, die sich für das größte gesellschaftliche Ereignis des Sommers eigens ein neues Kleid gekauft hat (dunkelgrünes Crêpe de Chine über champagnerfarbener Seide), stellt sich schützend vor den Fotografen. »Wir sind Gäste.«

»Wer hier Gast ist, bestimme ich!« brüllt Don Pepe.

»Nicht, Pepe, bitte«, flüstert Doña Margalída beschwörend, »schrei nicht so laut. Es ist Ysabels Hochzeit, vergiß das nicht!«

Allen, die den leblos auf dem Boden liegenden Mann umringen, wird in diesem Augenblick bewußt, daß sie das Hochzeitspaar vollkommen vergessen haben.

Als Ysabel die Blicke auf sich fühlt, lächelt sie tapfer. Ihre Nägel krallen sich in die Hände ihres Mannes. Da ihre Stimme zittern wird, wenn sie jetzt etwas sagt, schweigt sie lieber.

»Kennen Sie diesen Mann?« fragt die Reporterin.

Ysabel schüttelt den Kopf.

»Und Sie, Dr. Sureda?«

Felipe atmet tief durch. Er läßt den Blick nicht von seinem Vater.

Der hat die Arme nach hinten gestreckt, um sich an der Statue des heiligen Antonius festzuhalten, vielleicht hätten seine Beine längst nachgegeben, wenn der Heilige ihn nicht stützte. Immer noch hat sein Vater die Augen geschlossen.

»Ich habe nicht die geringste Ahnung«, sagt er mit fester, ruhiger Stimme, sehr gefaßt, sehr beiläufig, als gebe es gar keinen Grund, sich so aufzuregen. »Jemand ist ohnmächtig geworden«, sagt er. »Und wir brauchen einen Arzt.«

Er dreht sich um, stellt sich auf die Zehenspitzen und ruft über die Köpfe der Gäste hinweg: »Gibt es hier einen Arzt?«

»Ein Arzt! Wir brauchen einen Arzt!«

»Jemand ist ohnmächtig geworden!«

»Da liegt ein Mann auf dem Boden!«

»Wer ist das?«

»Das ist der, der vorhin so gebrüllt hat.«

»Der mit dem Hund?«

»Ja, ich glaube, der mit dem Hund.«

»Weiß denn niemand, wer das ist?«

»Es kommt mir vor, als müßte ich ihn kennen.«

»Verdammt, gibt es unter all diesen Leuten nicht einen Arzt?«

Da drängt sich eine junge Frau nach vorn. In der Hand einen kleinen dunkelbraunen Arztkoffer. Sie ist noch außer Atem. »Es tut mir leid, ich habe erst meine Tasche geholt. Bitte, lassen Sie mich durch. Ich bin Ärztin.«

»Wer ist das?« flüstert Ysabel Felipe ins Ohr. »Hier sind so viele Menschen, die ich noch nie in meinem Leben gesehen hab.«

»Das ist Carla Mendoz«, erwidert Felipe, nach kurzem Zögern.

Ysabel schaut ihn an. »Diese Carla?«

Felipe lächelt. »Ich weiß nicht, welche Carla du meinst, wenn du sagst: diese Carla. Ich kenne nur eine einzige.«

»Ja«, sagt Ysabel leise, »und die war deine Geliebte.«

»Lange bevor wir uns ineinander verliebt haben«, sagt Felipe.

Ysabel schaut ihren Mann an. Sie sucht nach einer Regung in seinem Gesicht, nach etwas, das ihrem Argwohn, ihrem Mißtrauen Nahrung geben könnte. Von dieser Carla hat er manchmal gesprochen. Wenn sie ihn fragte: Hat es je eine Frau gegeben, die du wirklich geliebt hast? Er hat geantwortet: Ja, aber das war ein Fehler. Und wie heißt diese Frau? Wer war sie? Sie heißt Carla, hat er gesagt, und sie lebt in Sevilla. Sie ist mit einem Stierkämpfer verheiratet. Es gibt Frauen, die verlieben sich nur in dich, wenn du einen Stier für sie tötest. So eine ist Carla.

Carla Mendoz kniet neben dem alten Mann. Sie horcht ihn ab. Sie knöpft seine Anzugjacke auf. Ein teurer, neuer Anzug. Die Weste aus feinstem Tuch. Das Hemd, Leinen, so neu und frisch, scheint zu knistern, als sie die Knöpfe öffnet. Sie legt das Ohr an seinen Brustkorb. Die Finger an die Halsschlagader. Dann an den Puls. Sie rückt die Augäpfel in die Höhe, zieht die Lider hoch.

Manche Gäste wenden sich ab.

Außerhalb der Kreuzgangmauern, neben der kleinen Pforte, durch welche die Mönche ihre Besucher unbeobachtet ein- und ausgehen lassen konnten, steht Anatol. Obwohl er sich in den tiefsten Schatten des Feigenbaumes zurückgezogen hat, schwitzt er wie in der Sauna.

Aus dem Tal das Gebimmel einer Schafherde. Zwischen dem silbrigen Grün der Ölbäume leuchtet rote Erde, frisch gepflügt, damit das kostbare Wasser nicht vergeudet wird an Dinge, die man nicht ernten kann. Neben einem steinernen Brunnen dämmern zwei Maulesel an Ketten, mit hängenden Ohren, in der prallen Sonne.

Es ist sechs Uhr am Nachmittag, und alles steht still. Auch die Luft.

Maria-Magdalenas Tagebuch

12. März 1937

Die Semana Santa ist vorbei, und ich lebe immer noch. Und das Baby in meinem Bauch, es lebt auch immer noch. Und ich verstehe nicht, wie es möglich ist, daß ein Mensch immer weiter lebt, wenn er tot sein will. Ich liege im Bett, schließe die Augen und versuche, einfach nicht mehr zu atmen. So leicht: ein Befehl: Hör auf zu atmen. Hör einfach auf. So leicht. Ich halte die Luft an, bis ich denke, meine Lunge platzt. Mein Gesicht ist heiß wie Feuer, meine Augen quellen fast aus den Höhlen. Ich denke: Nur noch ein kleines winziges bißchen durchhalten, und es ist vorbei. Alles vorbei.

Aber dann reiße ich den Mund auf, schnappe nach Luft, keuche, spucke, huste mir die Seele aus dem Leib, ziehe so tief die Luft ein, daß man mein Keuchen bis in den Keller hört. Es ist der Reflex. Der Reflex, der sagt: Du mußt atmen. Wenn mein Kopf einen Befehl gibt, gehorcht der Körper nicht. Der Körper hat einen Reflex. Einen Instinkt: Er will leben. Auch wenn die Seele, das Herz, der Kopf, wenn das alles etwas anderes will. Der Mensch ist doch nicht besser als ein Tier.

Während der Prozession stand ich neben meinen Eltern am Camí de Sa Rotja, und wir hörten schon von weitem das Schlagen der Trommeln. Und die Lieder, die sie sangen.

Eine Weile hatten alle geglaubt, die Osterprozession würde abgesagt, aber Graf Rossi hat befohlen, daß sie stattfindet. Vielleicht haben die Kirchenväter ihn unter Druck gesetzt, ich weiß nicht.

Jetzt denke ich, er wollte im Schutz der Prozession weiter morden. Er wollte, daß die Menschen abgelenkt sind. Ich verstehe nichts mehr.

Ich habe gesehen, wie Alonso Robles, der Sohn des Besitzers der Bar Sol in Santa María, zu meinem Vater ging und ihm etwas sagte. Mich schaute er nicht an, obwohl ich direkt neben Papá stand. Er schaute auch meine Mutter nicht an. Er wirkte aufgeregt, er hatte einen roten Kopf und fahrige Bewegungen. Ich fragte mich: Was ist mit ihm los? Ich kenne Alonso schon lange. Victoriano und ich haben in der Bar Sol oft einen Café getrunken. Victoriano erzählte allen Leuten, daß er mir Latein beibringt, weil ich gerne Medizin studieren möchte. Und weil man dazu Latein braucht. Das war praktisch. Denn so konnte er mir manche Dinge in lateinischer Sprache sagen, Dinge, die nicht für andere Ohren bestimmt waren. Ovid hat die schönsten Liebesgedichte geschrieben, die ich kenne. Victoriano konnte sie so vortragen, daß sie wie Lieder klangen. Er hat aus den »Amores« deklamiert, alles aus dem Kopf. Manchmal bin ich rot geworden. Wie schamlos sie waren im alten Rom. Aber es hat mir gefallen. Und niemand außer uns beiden im Café Sol wußte, was für unanständige Dinge wir uns sagten. Es war auch ein Spaß gewesen, jedesmal, diese Bauern hinters Licht zu führen. Wir haben uns im Café nie berührt, nicht einmal die Fußspitzen unter dem Tisch haben sich getroffen. In diesen Cafés sieht jeder alles.

Wir mußten aufpassen. Alonsos Vater ist kurzsichtig und meistens betrunken. Ihn interessiert nicht, was seine Kundschaft macht, Hauptsache, sie trinkt und bezahlt. Aber Alonso ist anders. Wenn er seinem Vater hilft, dann wandern seine Augen immerzu hin und her. Er ist voller Neugier. Er ist nicht diskret wie sein Vater. Manchmal lungert er an den Tischen herum, wenn er glaubt, daß man über etwas Interessantes spricht.

Victoriano hat mir gesagt, er glaubt, daß Alonso ein Spion sei. Daß er für die Faschisten arbeitet. In seinem Zimmer hängt ein Bild von General Goded, der so viele Tote auf dem Gewissen hat. Von Goded selbst unterschrieben. Victoriano hat so getan, als wenn er Alonso wahnsinnig um das Autogramm beneidet. Es war ihm vorgekommen, als wolle Alonso ihn testen.

In der Bar Sol sitzen viele Blauhemden. Aber sie sitzen ja überall. Es hat Victoriano schon gestört – mir war es zu der Zeit noch egal, mein Bruder trug ja auch dieses blaue Hemd, aber es war die einzige Bar gewesen, die ich mit dem Bus erreichen konnte. Der Bus fährt nur noch zweimal in der Woche nach Santa Maria. Es gibt fast nichts mehr zu kaufen, die meisten Geschäfte haben geschlossen, und woher Alonsos Vater den Nachschub für die Bar bekommt an Kaffee und Zukker, das weiß niemand so genau. Und keiner fragt. Sie haben die Virgen Sagrada an uns vorbeigetragen, und ihr schönes, klares Gesicht leuchtete so, daß mir die Tränen in die Augen stiegen. Ich hätte mich am liebsten vor sie hingeworfen, aber die Kapuzenmänner, die sie trugen, sahen so furchterregend aus.

Ach, heilige Madonna, schau zu mir hin. Sag mir, was ich tun soll, betete ich und lief neben den Kapuzenmännern her, neben der Madonna, die hoch über ihre Köpfe ragte, als würde sie auf einer Sänfte getragen, ihr goldenes Haar schimmerte, und ihre Puppenwangen waren rosig wie Marzipan.

Heilige Madonna, rief ich, sieh mich an. Sag mir, was ich tun soll.

Während die einen Kirchenlieder sangen, hörte man immer wieder Einpeitscher, die dagegen das Lied der Falangisten sangen: Cara al Sol, arriba España! Am lautesten sang mein Bruder Juan. Vielleicht glaubt er wirklich, daß er für eine gute Sache gemordet hat.

Vivad, la vida sigue.
Los muertos mueren
y las sombras pasa
(lebe, weil das Leben weitergeht. Die Toten sterben, und die Schatten ziehen weiter), schrie Juan und streckte den rechten Arm vor zum Falangistengruß, als die Madonna an ihm vorbeigetragen wurde. Ich schämte mich zu Tode.

Die Alten waren verwirrt und erschrocken. Manche unter den Gläubigen, die ein Leben lang die Prozession in unserem

Dorf begleitet hatten, schlichen sich still nach Haus. Ich sah die alte Maria mit ihrem krummen Rücken, das bestickte Tuch um die Schultern gerafft. Ich sah Pedro, der sich um unser Vieh gekümmert hat, bis Papá fand, daß er zu alt war. Aber ich sah auch José, von dem ich immer dachte, daß er zu den Blauhemden gehört. Er steckte sich eine Zigarette an und pustete den Rauch meinem Bruder ins Gesicht. Es hätte nicht viel gefehlt, und Juan hätte sich auf ihn gestürzt. Die Stimmung war so erregt, so aufgeheizt, und gleichzeitig hatten alle Angst. Jeder vor dem anderen.

Ich weinte. Die Tränen liefen mir über das Gesicht, ich schob die Menschen zur Seite, ich war wie blind, ich stolperte, fiel hin und stand wieder auf. An dem Tag hatte es geregnet, und auf den Straßen war es naß. Mein Mantel schleifte im Schmutz. Meine Mantilla war durchnäßt, die Haare hingen mir in Strähnen über die Augen. Ich war wie von Sinnen. Vielleicht wegen der Trommeln. Nie haben die Trommeln eigenartiger geklungen, bedrohlicher, als kündeten sie von einer Zeit, die Schrekken in das Land bringt.

Ich bin schwanger, wollte ich schreien. Ich trage ein Kind in mir, und bald wird man es sehen. Bald kann ich es nicht mehr verbergen …

Aber die Virgen Sagrada schaukelte auf ihrer Sänfte aus purpurnem Samt über unseren Köpfen, sie lächelte, und ihr goldenes Haar breitete sich aus. Und alle riefen: Viva la Virgen! und klatschten und sangen und wiegten sich vor und zurück. Ich war wie benommen. Der Priester schwenkte das Weihrauchfäßchen vor meiner Nase, ich hatte seit dem Morgen nichts gegessen, ich merkte, daß meine Knie nachgaben, und wich vor der Menge zurück. Dann fiel ich einfach um.

Später, in meinem Zimmer, sagten Mamá und Papá mir, was Alonso gewollt hat.

Er ist gekommen, sagte Papá, weil er um deine Hand anhalten will.

Ich erstarrte.

Alonso? Aber er ist der Sohn eines Gastwirts!

Das wissen wir. Was ist schlecht daran?

Er ..., er hat ..., er ist ..., – stammelte ich. Ich wußte nicht weiter. Meine Eltern standen vor mir. Ich im Bett, sie am Fußende. Beide sehr verlegen, aber auch bestimmt. Sie wirkten streng, und es sah aus, als erwarteten sie, daß ich mich nicht widersetze. Ich verstand nur nicht, warum.

Du bist schwanger, sagte Mamá plötzlich. Das kann bald jeder sehen. In dir wächst ein Kind heran, und du hast es nicht einmal nötig, uns zu informieren.

Wenn ihr es doch schon wißt, sagte ich.

Wir wissen es nicht, widersprach mein Vater, wir ahnen es nur nach dem, was Juan uns erzählt hat.

Gut, dann wißt ihr es jetzt, sagte ich. Und dann wißt ihr auch, daß ich Alonso nicht heiraten kann.

Wer ist der Vater des Kindes? fragte Mamá.

Endlich war es heraus. Wie viele Tage und Nächte diese Frage sie wohl schon quälte.

Ich blieb stumm.

Willst du uns keine Antwort geben? fragte Papá.

Ich schüttelte den Kopf.

Ist es jemand, den wir kennen? fragte Mamá.

Ich nickte. Victoriano war einmal bei uns zu Hause gewesen, nur flüchtig. Er hatte meinen Vater begrüßt und meine Mutter, und dann hatte er sich ganz schnell abgewandt und war davongegangen. Er hatte mich nur nach Hause begleitet, an dem Mittwoch nach der Schule. Es war kurz vor dem Examen. Und wir waren seit zwei Monaten ineinander verliebt. Wir hatten noch nicht miteinander im Bett gelegen, aber wir wußten damals schon, daß es jeden Augenblick passieren könnte. Deshalb wollte Victoriano meinen Eltern nicht in die Augen sehen.

Wenn wir ihn kennen, sagte meine Mutter, dann kannst du uns doch auch seinen Namen nennen.

Aber ich möchte nicht, sagte ich.

Weiß Juan ihn denn?

Ich zuckte die Schultern, mein Kopf glühte.

Also fragen wir Juan, sagte Papá und drehte sich um.

Ich sprang aus dem Bett und hielt meinen Vater am Ärmel fest.

Er ist tot, sagte ich. Sein Name spielt keine Rolle.

Er ist tot? fragte Mamá. Ihre Augen wurden ganz schwarz. Für eine Sekunde glaubte ich, sie habe Mitleid mit mir. Aber das war ein Irrtum. Sie wollte es nur wissen, um das Ausmaß der Schande einzuschätzen.

Wie ist er gestorben? fragte Papá.

Ich hob die Schultern.

Warum sagst du uns nicht wenigstens das? fragte Mamá.

Fragt Juan, sagte ich.

Mamá und Papá tauschten einen Blick.

Juan weiß, wie er gestorben ist? fragte Papá. Seine Stimme klang rauh.

Ich nickte. Ich schaute gegen die Zimmerdecke. Ich fror.

Also ist alles wahr, sagte meine Mutter. Und seufzte.

Ich sage dir doch, daß es wahr ist, brummte mein Vater. Ich sage es dir schon die ganze Zeit. Alonso hat nicht gelogen. Er denkt sich so etwas nicht aus.

Was hat er gesagt? fragte ich.

Mein Vater räusperte sich und trat ans Fenster.

Er atmete tief durch und setzte dreimal neu an, bevor er einen Satz zustande brachte.

Maria-Magdalena, sagte er, du weißt, daß wir dich sehr lieben und uns nichts mehr wünschen, als daß du ein glückliches Leben führst, jetzt und immer.

Ja, sagte ich, das weiß ich.

Wenn es nun so aussieht, als würde dieses Leben nicht ganz so leicht werden, dann ist das nicht unsere Schuld, sagte mein Vater.

Und ich sagte: Nein, das ist nicht eure Schuld.

Denn alles, was du durchmachst, hast du dir selber zuzuschreiben, sagte mein Vater.

Und ich sagte: Ja, Papá.

Er holte wieder Luft: Also, sagte er, ist es für uns auch schwer, dir zu helfen, sehr schwer. Wir wissen nicht, was richtig ist. Wir möchten dich beschützen. Aber wir müssen auch an die anderen denken, die ebenso beschützt werden müssen.

Ich verstand nicht. Meine Mutter tupfte sich mit dem Taschentuch die Tränen.

Wen wollt ihr beschützen? fragte ich.

Deinen Bruder, sagte Mamá und schluchzte auf. Wir wollen deinen Bruder davor bewahren, daß man ihn ins Gefängnis steckt.

Ich wußte, daß dieses Gespräch wirklich war, und gleichzeitig sträubte sich in mir etwas, das zu glauben. Gibt es etwas Bizarreres, Groteskeres als so ein Gespräch zwischen einer Tochter und ihren Eltern?

Warum sagt ihr mir nicht genau, was ihr von mir wollt, sagte ich.

Die beiden tauschten einen Blick. Meine Mutter lächelte zaghaft. Wir wollen, das heißt, wir wünschen, daß du Alonso Robles aus Santa Maria zu deinem Mann nimmst.

Nein, sagte ich, nie im Leben.

Mein Vater seufzte. Siehst du, sagte er, ich wußte es. Sie wird störrisch sein.

Ich bin nicht störrisch, schrie ich, nur verzweifelt. Warum soll ich einen Jungen heiraten, den ich weder liebe noch achte? Für den ich mich kein bißchen interessiere?

Aber er interessiert sich für dich, sagte meine Mutter. Er liebt dich. Er hat zu Papá gesagt, daß er seit seinem zwölften Lebensjahr in dich verliebt ist. Seit einem Tag im Sommer. Da hast du an der Cala Virgili gebadet, mit Freundinnen. Er hat dich beobachtet.

Oh, ich wußte es wieder. Es fiel mir ein, obwohl es so lange her war. Wir waren so ausgelassen gewesen, die ganze Klasse der Klosterschule, ohne Lehrerin an der Cala Virgili. Wir haben nackt gebadet, das stimmt, und es war herrlich gewesen. Und als wir wieder zurückgelaufen sind an das Ufer und uns abgetrocknet haben mit den Unterröcken und uns wieder angekleidet haben, sagte Francesca: Schau mal da.

Und da stand dieser Junge, und es war Alonso. Und als wir zu ihm hinschauten, rannte er weg.

Ich war zehn Jahre alt, sagte ich, als müsse ich mich verteidigen.

Gut, sagte meine Mutter, jetzt bist du neunzehn und schwanger. Alonso ist bereit, dich zu heiraten, obwohl er weiß, daß du ein Kind erwartest.

Woher weiß er das? fragte ich verwirrt.

Er weiß es von mir, sagte Mamá ruhig. Ich habe es ihm gesagt, damit wir später keine Schwierigkeiten bekommen, wenn er womöglich behauptet, wir hätten ihn betrogen.

Ihr hättet ihn betrogen? Ich war fassungslos.

Ich stand auf und kleidete mich an, hastig. Ich schnürte das Mieder falsch zu und bekam die Knöpfe der Weste durcheinander. Meine Haare standen wirr um meinen Kopf. Ich mußte unter das Bett kriechen, um meine Schuhe hervorzuholen. Ich zitterte so, daß ich kaum meine Schuhbänder knoten konnte.

Was willst du tun? fragte mein Vater, der mich beobachtete.

Ich geh weg, sagte ich.

Wohin willst du gehen? fragte er ruhig.

Ich weiß es nicht, sagte ich, aber jeder Platz auf der Welt ist besser als dieser.

Und wenn wir jetzt sagen, daß wir es dir nicht erlauben? Mein Vater ging zur Tür und drehte sehr langsam den Schlüssel herum.

Du bist es dem Namen der Villalonga schuldig, sagte meine Mutter. Nimm doch Vernunft an, Kind. Du kannst doch kein Kind bekommen und nicht verheiratet sein.

Dem Kind ist es egal, sagte ich, es wird trotzdem auf die Welt wollen.

Papá zog den Schlüssel ab und spielte damit, während er sprach. Alonso hat gesehen, wie dein Bruder Juan jemanden getötet hat, sagte er.

Ich spürte, wie ihn jedes Wort quälte, wie ihm jedes Wort die Kehle zuschnürte. Aber ich hatte kein Mitleid mit ihm.

Alonso hat es nicht mit diesen Worten gesagt, fuhr Papá fort, aber er hat es so gemeint: Wenn wir nicht tun, was er will, wird er Juan bei der Guardia Civil denunzieren. Selbst wenn er einen Kommunisten umgebracht hat, wird die Polizei genötigt sein, ihn zu verhaften. Nur wo kein Kläger ist, ist auch kein Urteil. Aber ich bin sicher, daß Alonso es tun wird. Er hat alles gesehen. Er kann detaillierte Auskünfte geben. Er ist sogar im Besitz der Mordwaffe, die dein Bruder zurückgelassen hat.

Alonso hat meine Familie in der Hand. Ich starrte meinen Vater an, meine Mutter.

Wird es euch nicht ganz schlecht? fragte ich.

Da sagte meine Mutter: Es geht darum, daß wir den Schaden jetzt so gering wie möglich halten.

Und mein Vater sagte: Das Geschlecht der Villalonga hat auf dieser Insel Güter seit Jaume II. Wir gehören zum ältesten Adel Mallorcas. Damals, als unser Vorfahr von Jaume II mit diesem Land beschenkt wurde, hatte der Name Villalonga einen ganz besonderen Klang. Es war ein Heldenname. Es war der Name eines Menschen, der gekämpft hatte für die Spanische Krone. Der diese Insel aus den Krallen der Mauren befreit hat und der dafür beschenkt wurde. Ein tapferer Krieger, ein großer Mann. Wir dürfen es nicht zulassen, daß wir als die Erben den Namen der Villalonga besudeln, das ist unsere heilige Pflicht.

Aber er ist doch längst besudelt, sagte ich.

Die beiden schauten mich an.

Mein Bruder ist ein Mörder. Das bekommt ihr doch nicht aus der Welt, das ist doch eine Tatsache. Und zufällig weiß ich auch, wer der Mensch ist, den er getötet hat.

Ich konnte mein Entsetzen nicht mehr verbergen. Ich schluchzte hemmungslos, aber als meine Mutter mich umarmen wollte, stieß ich sie zurück und lief zur Tür.

Aber ich war gefangen.

Und da wußte ich: Sie werden mich in diesem Zimmer einsperren, bis ich mich ergebe. Sie werden mich als ihre Gefangene halten. So lange, bis ich ja sage.

Aber eines habe ich jetzt schon verstanden: In dieser Familie zählt die Ehre des Namens Villalonga mehr als mein Glück. Ich bin nur die Tochter, und ich habe gesündigt, indem ich mich dem Mann hingegeben habe, den ich liebe. Dem einzigen, den ich je lieben werde.

Juan hat gesündigt, weil er gemordet hat. Aber sie schützen den Sohn.

Habe ich je etwas anderes glauben können?

Der Tod

Sureda wartet, bis die Kirche still ist. Keine Schritte, keine Stimmen. Jemand schließt von außen die schweren, alten Zederntore. Es wird dämmrig im Raum.

Sureda fragt sich, wo eigentlich der Erzbischof ist. Wann hat er seinen Platz am Altar verlassen? Lange schon? Warum hat er sich nicht um den alten Mann gekümmert? Wohin ist er auf einmal verschwunden?

Sureda atmet tief und nimmt das dämmrige Licht wahr. Ein schwüler Weihrauchgeruch überdeckt jetzt den Blütenduft.

»Wollen Sie warten, bis der Krankenwagen kommt«, fragt er. »Und nichts tun? Müssen Sie ihm nicht eine Spritze geben? Muß er nicht anders hingelegt werden?«

Carla Mendoz stellt ihre Arzttasche auf den Betschemel. »Dr. Jaume«, sagt sie, »ich bin Carla Mendoz. Wir haben früher manchmal miteinander telefoniert. Ich war die Freundin Ihres Sohnes.«

Als Sureda nicht reagiert, fügt sie hinzu: »Ich bin die Medizinstudentin aus Sevilla, die Ihnen einmal den Oktopusstachel aus dem Fuß gezogen hat. Ich habe in Ihrer Villa am Meer die schönsten Ferien meines Lebens verbracht.«

Langsam kommt Suredas Erinnerung zurück. Er mustert die junge Frau und kramt in seinem Gedächtnis. Ja, er kennt dieses Gesicht. Eine vage Erinnerung. Ein Kindergesicht hat er in Erinnerung. Aber anders …

»Ich hatte dunkle, lange Locken«, sagt Carla lächelnd. »Das ist schwer für Männer. Ich weiß. Außerdem ist es acht Jahre her. Eine lange Zeit.«

»Nicht, wenn man jung ist wie Sie.« Sureda spürt eine Beklemmung in der Brust. Er legt die Hand auf sein Herz und holt tief Luft.

»Ich bin froh«, sagt Carla, »daß wir allein sind. Ich wüßte nicht, wie ich das, was ich sagen muß, vor allen sagen könnte. An so einem Tag. Felipes Hochzeitstag. Ich wünsche ihm alles Glück der Welt. Und Ihnen natürlich auch.«

»Danke, Carla, herzlichen Dank.« Sureda zieht seinen Frackrock aus und rollt ihn zusammen. Er beugt sich über den alten Mann. »Ich werde ihm wenigstens etwas unter den Kopf legen«, sagt er. »Das tut man doch so.«

»Doktor Sureda«, sanft zieht Carla ihn von dem Körper weg, »Sie müssen das nicht tun. Dieser Mann ist tot. Für alle Fürsorge ist es zu spät.«

Sureda weicht zurück vor diesem Kind, diesem zarten, jungen Mädchen, das einmal in seinem Haus am Meer gewohnt hat, in seiner kleinen Bucht geschwommen ist, sich gesonnt, an seinem Tisch gefrühstückt, unter der schattigen Veranda Siesta gemacht hat, abends an der Poolbar Drinks gemischt ... Und jetzt so mit ihm spricht.

»Tot?« fragt er.

»Sein Genick scheint gebrochen«, sagt sie. »Eigentlich keine leichte Sache, aber ..., mancher Augenblick verleiht einem ungeahnte Kräfte ... Ich weiß, Sie wollten ihn nur daran hindern weiterzusprechen. Ich fand es auch ganz furchtbar, was da passiert ist, aber als dieser Mann auf einmal ..., gerade als Felipe die Worte nachsprechen sollte ...«

»Das Genick gebrochen?« In seinem Kopf dröhnt das Echo der eigenen Worte.

»Ich werde jetzt im Krankenhaus anrufen und einen Arzt und einen Krankenwagen bestellen«, sagt Carla. »Ich werde nicht sagen, daß es sich um einen Toten handelt, denn dann kommen sie nicht, und wir haben ein Problem. Wir müssen ihn hier wegschaffen. Es ist eine unwürdige Situation. Für alle. Sind Sie herzkrank, Doktor Sureda?«

Sureda merkt erst jetzt, daß er die rechte Hand auf die Herzgegend preßt. Hastig steckt er die Hand in die Hosentasche. Weil ihm diese Haltung aber angesichts eines Toten zu nachlässig erscheint, legt er sie auf den Rücken. »Nein, ich bin nicht herzkrank. Nur ein bißchen kurzatmig, beim Treppensteigen. Und bei Aufregungen. Ich habe, glaube ich, nicht richtig verstanden, was Sie gesagt haben.«

Carla Mendoz läßt ihn keine Sekunde aus den Augen. »In Ordnung. Ich wiederhole. Wir werden einen Krankenwagen bestellen und den Mann wie einen Kranken hier heraustragen lassen. Ein Toter bei einer Hochzeitsfeier, das ist nicht gut. Es muß dafür gesorgt werden, daß keiner der Hochzeitsgäste diesen Transport beobachten kann. Ich nehme an, das ist in Ihrem Interesse. Und besonders im Interesse des Brautpaares.«

Sureda nickt zerstreut. »Ja«, murmelt er, »natürlich.«

»Vielleicht«, sagt Carla, »kommen die Kollegen bei der Untersuchung ja zu einem anderen Ergebnis.«

»Anderem Ergebnis?«

»Bei der Autopsie. Vielleicht ist er ja an etwas anderem gestorben. Herzanfall, Diabetes, Schock durch Unterzuckerung. Es gibt so viele Arten zu sterben, wie es Arten zu leben gibt. Vielleicht hatte er poröse Knochen. Manche brechen ganz leicht, auch die Halswirbel.«

Sie legt ihre Hand auf seinen Arm. »Tun Sie mir jetzt einen Gefallen und suchen Sie den Menschen auf, der für dieses Fest verantwortlich ist, für die Organisation.«

»David«, Sureda spricht wie jemand, der aus der Narkose erwacht, mit dicker, schwerer Zunge, »David Brenson vom GLORIA PARTY SERVICE.«

»In Ordnung. Er soll diese Champagner-Arie mit den Drinks und Ansprachen woandershin verlegen. Nicht da in den Kreuzgang. Da, wo alle sehen, wenn die Sanitäter mit der Trage kommen. Das ist kein schöner Anblick auf einer Hochzeit. Ich möchte auch verhindern, daß ein Neugieriger hier noch einmal einen Blick hineinwirft. Ich werde bei dem Toten warten.«

»Sie?« fragt Sureda, als halte er sie immer noch für ein kleines Mädchen. »Sie wollen das tun?«

»Machen Sie sich keine Sorgen. Ich kann mit dem Tod gut umgehen.«

Als Sureda das Zedernholzportal aufstößt, wird er von einem grellen Lichtstrahl getroffen. Das Blitzlicht des Fotoreporters.

Er schließt die Augen, gepeinigt von dem grellen Schmerz.

»Don Jaume«, sagt die Reporterin, »können Sie uns sagen, was da drinnen vor sich geht?«

Sureda versenkt die Hände in den Taschen seines Fracks. Seine Miene ist sorgenvoll. Er nickt. »Eine Ärztin kümmert sich um den Mann. Wir haben das Krankenhaus in Manacor angerufen, sie schicken einen Krankenwagen und einen Notarzt. Machen Sie sich keine Sorgen. Es wird alles gut.«

»Verraten Sie uns den Namen des Mannes?«

»Ich kenne ihn nicht«, sagt Sureda.

»Niemand scheint ihn zu kennen«, sagt die Reporterin. »Finden Sie das nicht merkwürdig?«

»Wenn ich mich über jede Merkwürdigkeit aufregen würde, die auf der Welt passiert, hätte ich viel zu tun«, gibt Sureda kühl zurück. »Und jetzt entschuldigen Sie mich bitte.«

Er schiebt die Reporterin zur Seite. In diesem Augenblick hat er David entdeckt. David, der mit einer Magnum-Flasche Pommery herumgeht und die Gläser nachfüllt.

Genau im richtigen Augenblick wendet er den Kopf und blickt Sureda an.

Der nickt fast unmerklich. David übergibt die große Champagnerflasche einem Angestellten und folgt Sureda in den dämmrigen Nordwestflügel des Kreuzganges. Dorthin, wo keine Festgäste sind.

»David«, sagt Sureda nach einem tiefen Atemholen. »Ich weiß, daß es verdammt schlimm ist für jemanden, der sich so viele Gedanken um die perfekte Planung gemacht hat.«

»Das tut nichts zur Sache, Sir.« David räuspert sich. »Ich habe gehört, es hat einen kleinen Zwischenfall gegeben? Darf ich Ihnen trotzdem erst einmal meinen herzlichen Glückwunsch aussprechen?«

Die beiden geben einander feierlich die Hand.

»David, wir müssen diesen ganzen Empfang verlegen.«

»Verlegen, Sir?«

»Ja, in den Patio, vorn in den Innenhof, an den Pool, in die Halle. Irgendwohin. Hier können die Gäste nicht bleiben.«

»Oh.« David blickt auf die langen Tische mit blinkenden Gläsern, Batterien von Flaschen, Plastikwannen mit Eis, Tellerberge, Blumengestecke, Fackeln an eisernen Ringen. »Das ist aber schade.«

»Schade, ja, ich weiß. Aber nicht zu ändern. Der Sanitätswagen wird gleich da sein. Wir müssen die Gäste wegbringen, verstehen Sie?«

Sureda schwitzt, was selten vorkommt. Er wischt sich mit einem Taschentuch die Stirn. Sein Hemd klebt feucht am Rükken. Der Geschmack auf der Zunge ist bitter wie Galle. Champagner würde jetzt helfen. Aber wieviel Champagner muß man trinken, um den bitteren Geschmack von der Zunge wegzuspülen? Gibt es überhaupt so viel Champagner?

David, der Sureda beobachtet hat, sagt besänftigend. »Machen Sie sich keine Sorgen. Ich kümmere mich um alles. Darf ich Ihnen ein Glas Champagner bringen lassen? Sie sind bestimmt durstig.«

»Und Sie sind ein sehr kluger, aufmerksamer Mensch«, Sureda legt seine Hand auf Davids Schulter. »Wenn es Ihnen gelingen sollte, aus dieser Veranstaltung dennoch ein großes, fröhliches Fest zu machen, werde ich immer in Ihrer Schuld sein.«

Der Chefkoch tobt nicht, schreit nicht, wenn alles um ihn herum sich wie im Veitstanz dreht, schneller und schneller, die Rufe und Befehle hysterischer werden, das Töpfeklappern wie ein Höllengerassel, den Kellnern der Schweiß ausbricht und die Köche vor Anspannung glühende Pfannen fallen lassen.

Wie ein Bär steht er da im Vorspeisenzelt zwischen den Tischen, auf denen sich silberne Tabletts stapeln. Kunstvoll angerichtet all die Köstlichkeiten der Mallorquínischen Küche. Dazu Kaviardosen, Langusten mit zusammengebundenen Scheren, Jacobsmuscheln auf Algenbetten, Soprasadas vom Kaninchen, Nierchen vom Lamm.

Bald ist nirgendwo mehr ein Zentimeter Platz. Schon wissen die Frauen nicht, wohin mit den kleinen Crostini, in Knoblauchöl geröstet und mit Zickleinleber belegt, wohin mit den Wachteleiern, auf die ein Klecks Kaviar gehört, wohin mit den Tempuro-Scampis, den Cigalas, Almeijas ...

»Chef!« brüllt ein Koch, ein Sieb hochhaltend, aus dem heißer Dampf quillt, »ich hab keinen Platz für die Langusten! Wieso tragen die Kellner das Zeug nicht weg?«

Der Chef, der eben mit einer langen, feinen Stahlnadel in die Filets sticht, die im Ofen nachgaren, richtet sich auf. Er zieht das Küchentuch aus dem Hosenbund und wischt sich die Stirn.

»Holt David«, sagt er. »Bringt mir David her.«

Niemand bewegt sich. Die Kellner stehen, ausgerichtet in vier Reihen, und starren den Koch an.

»David«, sagt er, »hört ihr nicht?«

Immer noch rührt sich niemand. Von draußen kein Geräusch, keine Musik. Wo sind die Musiker? Die Band? Wo der DJ, der CDs auflegen soll?

Sie hatten ihm gesagt: Es geht los, wenn du den Bolero hörst. Volles Rohr. Der Song von den Dos Gardenias, ein Lieblingslied von Felipe und Ysabel. Vielleicht haben sie zum ersten Mal Liebe gemacht bei diesem Song, hat er gedacht.

Dos gardenias para tí
Con ellas quiero decir:
te quiero, te adoro, mi vida
ponle toda tu atención
porque son tu corazón y el mío.

Zwei Gardenien für dich,
mit denen ich sagen will:
ich liebe, verehre dich, du mein Leben,
gib gut auf sie acht,
denn sie sind dein Herz und meins.

Es ist vielleicht der Lärm, der ihn die Musik nicht hören läßt.

»Hat jemand Musik gehört?« fragt er. »Einen Bolero? Irgend etwas mit zwei Gardenien?«

»Nein, Chef«, sagt der mit dem dampfenden Sieb, »Keine Musik.«

»Wo sind die Leute alle?« Der Chefkoch runzelt die Stirn. »Immer noch in der Kirche?«

»Nein, in der Kirche liegt nur eine Leiche.« Ein junger Kellner, der noch nicht lange in dem Geschäft ist und nicht weiß, wann man reden und wann man besser schweigen sollte.

Dem Saucen-Chef fällt das Sieb mit kochenden Almeijas aus der Hand. Der Chefkoch stopft das Handtuch wieder in den Hosenbund. Er geht auf den jungen Kellner zu. Er schiebt die Ärmel hoch und reibt seine Handgelenke.

Der Kellner, erschrocken, weicht Meter um Meter zurück.

»Was?« flüstert der Chefkoch. »Was sagst du?«

»Ich ..., ich ... nichts ... ich mußte nur ein Tischtuch bringen, zum Zudecken. Mehr weiß ich auch nicht ...« Der Kellner greift nach einem Silbertablett voller geröstetem Speck und gebratenen Datteln und flüchtet.

Der Chefkoch dreht sich im Kreis. Er fixiert den Saucier, den Saladier, den Patissier. Alle senken den Blick. »Was, verdammt noch mal, ist hier los?«

In den Backöfen garen die Filets, die Wachteln, gestopft und zusammengebunden, liegen bratfertig auf großen Blechen. Salatköpfe sind gezupft, gesäubert und getrocknet, die Gräten mit feinen Pinzetten aus den Fischfilets gezogen, die Brote aufgebacken, knusprig und dampfend, auf die Minute genau. Alles ist fertig. Aber kein David. Keine Musik. Nichts, was so klingt wie das Lied von den Dos Gardenias.

Der Chefkoch streift die Ärmel wieder über und tritt vor das Zelt. Er hört sein eigenes Herz lauter als das Gelächter, das Schwatzen und Rufen der Gäste. Er muß abnehmen. Das hat der Arzt gesagt. Wenn er so weitermacht, wird er nicht alt. Zweieinhalb Zentner. Ein Zentner zuviel Fett auf den Knochen. Wie soll das Herz das aushalten. Die Lunge, die Leber, zuviel Alkohol, zuviel Bier, zuviel von allem. Es wächst über den Kopf. Hier draußen ist die Luft besser. Der Himmel färbt sich im Osten schon violett. Eben ist die Sonne untergegangen, schickt einen Strahlenkranz.

Da geht David. Elegant tänzelt er neben der Hausherrin, neben Doña Margalída, und redet mit ihr.

Doña Margalída fächelt sich Luft zu. Ein Fächer aus Straußenfedern, passend zum taubengrauen Kleid. Auch sie redet genauso aufgeregt, genauso schnell. Sie bemerken den Chefkoch nicht, der im Eingang seines Küchenzeltes steht.

»David!« brüllt der Koch.

David bleibt stehen, blickt zu ihm hin.

Auch Doña Margalída schaut auf das Küchenzelt. Im nächsten Augenblick hat sie den Fächer so gehoben, daß ihr Gesicht verdeckt ist.

»Was ist los?« brüllt der Chefkoch. »Wir haben alles vorbereitet! Auf die Minute genau! Wieso geht es nicht los?«

David flüstert der Doña etwas zu und läuft zu ihm hin. Im Laufen schlägt das elegante weiße Jackett Falten, die Hose um seine Beine. Auf den Ritzen seiner Lackschuhe ist Staub.

Der Chefkoch registriert das alles mit einer Genugtuung, die sein Herz ruhiger schlagen läßt.

»Paul! Mensch!« David ist jetzt bei ihm, legt seine Hände auf die weiße Kochjacke, die schon feucht vom Körperschweiß und von den Küchendämpfen ist. »Wer sagt dir, daß du hier brüllen darfst wie auf dem Komißplatz! Das war Doña Margalída.«

»Ich scheiß auf die Doña«, gibt der Chefkoch ruhig zurück. »Ich will wissen, was hier los ist. Wieso geht es nicht weiter? Wo ist die Musik? Wir warten auf das Startsignal seit exakt ...«, er hält David seine Armbanduhr vor das Gesicht, »zwanzig Minuten. Wir haben den totalen Stau in der Küche. Nichts geht mehr.« Er macht Platz für David. »Guck es dir an.«

Die Kellner weichen zurück. Die Köche reiben die Hände an ihren Schürzen und setzen ein diensteifriges Lächeln auf. Sie alle können morgen gefeuert werden, niemand hier verfügt über einen Vertrag, der ihm auch übermorgen ein Einkommen sichert. Sie sind abhängig von Davids Gunst, von der Gunst des Küchenchefs, von den Auftraggebern, den Jahreszeiten, der Partylaune der Mallorquíner, der Partylaune der Engländer, der Deutschen, der Festlandspanier. Besser den Mund halten und nicht auffällig werden. Der Koch, dem das Mißgeschick mit dem dampfenden Sieb passiert ist, fegt die Almeijas mit einem Besen unter den Tisch zu dem anderen Abfall.

»Wir müssen umdisponieren«, sagt David.

»Was?« Der Chefkoch packt seinen Kragen. »Was heißt das? Wann können wir die Tapas servieren?«

»In zehn Minuten.« Davids bleiche Haut schimmert unter dem Film aus Schweiß. Er greift nach einem Taschentuch, wischt die Stirn, die Wangen, den Hals.

»Der Kreuzgang wird gerade geräumt«, sagt David, nachdem er das Taschentuch verstaut und einmal tief Luft geholt hat.

»Der Kreuzgang wird geräumt?« echot der Chefkoch.

»Ja.« David richtet sich auf, damit er aus einem Höhenunterschied von eineinhalb Zentimetern auf den Koch herunterblicken kann. »Da gibt es ein kleines Problem. Aber nichts, was euch hier etwas angeht. Ich regel das schon. In zehn Minuten beginnen wir.«

»Mit der Musik von Dos Gardenias?« Der Chefkoch hat Davids Ärmel gepackt, bevor er verschwinden konnte. »Wenn in der Kirche eine Leiche liegt? Unter unserem Tischtuch?«

Davids Lider zucken. Dann die Mundwinkel. Das ganze Gesicht ein einziges Zucken. »Wer sagt das?«

»Der Kellner, der das Tischtuch bringen mußte. Eine Leiche in der Kirche.«

»Nein, nein.« David hat sich gefangen. Er lacht. Er schüttelt die Hand des Kochs ab. »Ein Irrtum. Nur ein kleiner Schwächeanfall, sagt Doktor Sureda. Der Krankenwagen ist sofort da. Die müssen durch den Kreuzgang, deshalb wird geräumt. Die Tapas und der Champagner werden vorne im Hof serviert, unter den Jacarandabäumen. Wirklich, ein sehr schöner Platz. Wir bauen dort gerade die Getränketische auf. In zehn Minuten kann alles ablaufen nach Plan. Wir haben dann eine halbe Stunde Verzögerung. Kommst du damit klar, Paul?«

Paul, der Chefkoch, nickt bedächtig. »Keine Leiche?« fragt er.

David lacht sehr laut. »Keine Leiche.«

»Du schwörst?«

»Ich schwöre.«

»Weil ich«, sagt Paul, der Chefkoch, »verdammt noch mal, keine Lust habe, einen Festschmaus zu servieren, wenn ich weiß, daß irgendwo ein Toter rumliegt.« Er geht ganz nah an

David heran. »Versteh mich richtig. Ich hab da auch meine Moral. Ich weiß nicht, wie du über so was denkst, David.«

David hält den Koch mit einem eisigen Blick von sich fern. »Wie wäre es, wenn wir über so was diskutieren, wenn die Arbeit gemacht ist? Wenn alles vorbei ist.«

»Wenn alles vorbei ist«, sagt der Chefkoch, »ist es vielleicht zu spät.«

»Für was?« fragt David.

»Das weiß ich nicht. Du bist doch der Schlaue von uns beiden. Ich hab nur so ein Gefühl, so ein verdammt schlechtes Gefühl hier drinnen. Verstehst du?« Er tippt auf seinen fetten Leib.

David zieht mit spitzen Fingern seine Satinschleife zurecht. »Für Gefühle werden wir nicht bezahlt.«

Er greift in eine Silberschale, nimmt eine taufrische Himbeere und schiebt sie sich in den Mund. »In zehn Minuten, okay?«

Der Chefkoch nickt bedächtig. »Zehn Minuten.« Er blickt auf die Uhr. »Wenn es mehr als zehn Minuten sind, Kumpel, bring ich dich um.«

David lacht, zupft die Manschetten unter dem Jackett hervor und eilt davon.

Ysabel hat die Schleppe des Brautkleides über dem rechten Arm gerafft, zweimal geschlungen, damit sie nicht immer wieder heruntergleitet, und irrt zwischen den Gästen herum, ein gefrorenes Lächeln auf dem schönen Gesicht.

»Ich suche Felipe. Habt ihr Felipe gesehen? Ich suche meinen Vater. Mamá, wo sind alle?«

Sie kann auch ihren Bruder nicht sehen, nicht einmal den baumlangen schwarzen Freund von Anatol, den sie noch nicht begrüßt hat. Sie hat auch Francesca noch nicht begrüßt, ihre Freundin aus Kindertagen, die jetzt mit einem Möbeltischler in Perta verheiratet ist. Sie ist Zaza noch nicht um den Hals gefallen, ihrer Kinderfrau. Und da drüben steht Xavier, ihre erste Liebe, ein Champagnerglas in der Hand, und folgt ihr mit den Augen, wohin immer sie geht. Sie lächelt zu ihm hinüber, flüchtig, wie um Entschuldigung bittend, und er hebt, als habe er verstanden, sein Glas.

Da steht Jessica. Und testet ihr Berlitz-School-Spanisch an zwei männlichen Mitgliedern der Villalonga-Familie. Tio Juan und Tio Miguel. Zwei alte Männer, die den Gecken spielen vor einem jungen schönen Mädchen aus London.

»Yo etoy arrivada ayer.«

»Legada«, korrigiert Tio Miguel. Eine Gelegenheit, Jessicas Arm zu berühren, den goldenen Flaum der Härchen. »Aber das macht nichts. Jemand, der so schön ist, darf Fehler machen.«

»Jessie, hast du Felipe gesehen?«

Ysabel ist außer Atem. Die geschnürte Weste läßt ihr nicht genug Luft, wenn sie sich schnell bewegt. Und sie muß sich schnell bewegen zwischen all diesen Leuten, zwischen dem Innenhof, dem Kreuzgang, dem Patio, der Bibliothek, der Halle. Wo ist Mamá? Wo ist Papá? Anatol? Was machen sie alle?

Jessica trägt ein Kleid, das vorne und hinten aus einem winzigen Stückchen blaßblauer Seide besteht. Und sonst nur Haut, glatte, junge, aufregende Haut. Sie zieht die sich sträubende Jessica weg. Sie ist den Tränen nahe. »Ich finde niemanden«, flüstert sie, sich verzweifelt umschauend. »Wo sind alle?«

»Wir sollten nicht da im Kreuzgang bleiben«, sagt Jessica. »David hat uns gebeten, den Kreuzgang zu räumen. David ist dieser fabelhaft aussehende Engländer. Ich glaube, er organisiert hier alles, er hat gesagt, die Tische werden unter den Jacarandas aufgebaut.« Sie küßt Ysabel. »Das findest du bestimmt viel schöner.«

»Warum soll ich das schöner finden?«

»Weil du die Jacarandas so liebst. Vergessen?«

Ysabel beißt sich auf die Lippen. Sie spürt, daß sie eigentlich weinen muß. Lieber wäre ihr, sie könnte an Felipes Schulter weinen. Oder an der Schulter von Mamá. Sie versteht nicht, warum es ihr so schlecht geht. Da in der Kirche, die noch geschmückt ist wie für ein großes Fest, kniet Carla Mendoz neben einem kranken alten Mann. Carla, die ehemalige Geliebte von Felipe. Ein alter Mann, den Ysabel noch nie gesehen hat und der es schaffte, ihre schöne Trauung zu stören. Kaputtzumachen. Alles kaputt.

»Was ... ist ... mit ... dem alten Mann?« flüstert Ysabel.

»Hat dir jemand was gesagt? Mir erzählt keiner was. Die behandeln mich wie ein Kind. Ich darf nichts wissen.«

»Ich habe gehört, daß eine Ärztin sich um ihn kümmert.« Jessica hat den Arm um die Braut gelegt und führt sie weg von den Gästen auf die schattige Veranda. Korbsessel stehen da. Rosenblüten in einer Messingschale.

»Setz dich hier hin, Schätzchen, und warte einfach. Ich schaff dir alle herbei, die du willst. Wen zuerst? Deinen Mann? Deine Mutter? Deinen Vater? Wen zuerst?«

»Ich weiß nicht.« Ysabels Hände umklammern die Lehne. Sie schließt die Augen. »Wieso bin ich hier so anders, Jessie? Wieso geht es mir hier so, als wäre ich immer noch ein Kind? Als dürfte ich nichts bestimmen? Als geschehen die Dinge um mich herum, ohne daß ich etwas verhindern kann? Warum ist das so?«

Jessica lehnt an der Verandasäule. Sie spürt den kühlen Stein an den nackten Schultern. Sie seufzt, weil alles ihr gut gefällt. Die Leute, das Licht, das herrliche Gut, die alten Dinge, jahrhundertealte Mauern, Töpfe und Säulen.

In einem Himmelbett hat sie geschlafen, unter Schichten weißer Leinenlaken, zwischen vier gedrechselten Pfosten aus Olivenholz, hinter Fensterläden, durch die am Morgen gelbes Licht gefallen ist. Sie hat Hähne krähen gehört in der Dämmerung. Einen Esel. Das Zirpen der Vögel, das bei Sonnenaufgang seinen Höhepunkt hatte. Ein Konzert mit vielen Stimmen. Sie hat auf einem gestickten Batistkissen gelegen, die Augen weit geöffnet, und auf den Baldachin geschaut, grüner Brokat, ein wenig brüchig, ein wenig verblichen, zusammengehalten von einer goldenen Sonne. Das alles hat sie an einem einzigen Tag erlebt. Ist in einem Pool geschwommen, der von Bananenstauden gesäumt ist. Hat einen Spaziergang im Orangenhain gemacht, die Blicke der Landarbeiter auf ihren nackten Beinen gespürt, hat in der Ahnengalerie vor Porträts von Menschen gestanden, die Gesichter hatten wie von Velázquez. Oder wie die Infantin Isabella von Kastilien. Sie hat eine Braut angekleidet, sie hat spanische Barockmusik gehört, auf einer Orgel gespielt und einen alten Mann gesehen, der während der Hochzeitszeremonie Verwünschungen ausgestoßen hat, von einem kräftigen Mann im Genick gepackt und festgehalten wurde, bis er auf den Boden niedersank.

Im Kreuzgang Champagner und viele Blicke auf ihrer nackten Haut. Jemand, der Xavier heißt, hat sie in ein Gespräch verwickelt. Dann hat sie ihren Tischherrn kennengelernt, einen jungen Herzog aus uralter Familie. Er trägt einen Brillanten im Ohr und hat Tätowierungen auf den Fingern. Er gefällt ihr. Der Abend fängt eben erst an.

Da erklingt Musik. Die Dos Gardenias. Ein Lieblingslied von Ysabel und Felipe. Kubanische Musik.

»Dieses Fest«, sagt Jessica, die Arme ausbreitend, »ist wie ein wahnsinniger Traum. Findest du nicht?«

»Wahnsinnig?« Ysabel erhebt sich aus dem Sessel, rafft die Schleppe ihres Brautkleides. Sie wird allein ihren Mann suchen und die anderen. Irgendwo müssen sie sein.

»Ja«, strahlt Jessica, »einfach wahnsinnig schön.«

In ihrem Mädchenzimmer sitzt das Brautpaar auf dem frischbezogenen Bett, verlegen wie Kinder und amüsiert, daß sie verlegen sind, und voller Angst, ob alles gut, ob alles richtig ist.

Suchen in den Augen des anderen eine Antwort auf Fragen, die sie nicht stellen. Lächeln sich zu, als müßten sie sich Mut machen. Und wissen doch, daß sie diesen Mut eigentlich nicht brauchen.

Felipe zieht Ysabel an sich, behutsam, damit das Brautkleid keinen Schaden nimmt. »Sind Brautkleider extra so«, murmelt er, während seine Finger über Schnüre und Perlenstickereien und Korsage gleiten, »daß man an die Braut nicht rankommt? Dieses Kleid ist ein Panzer, Ysabel. Hat der Designer eine Gebrauchsanleitung mitgeliefert, wie man so einen Panzer knackt?«

»Ja«, Ysabel küßt ihn, »aber die geb ich dir erst heute nacht. Ach, Felipe, ich wünschte, es wäre alles schon vorbei. Mir ist überhaupt nicht nach Feiern. Ich hab keinen Hunger, keinen Durst, keine Lust, mit den Leuten da unten zu reden. Ich kenne so viele Leute gar nicht. All diese Villalongas. Sie interessieren mich nicht. Sie haben mich nie interessiert. Können wir einfach hierbleiben? Wir fragen David, ob er uns hier das Essen serviert, und lassen die anderen unten feiern. Das wär ein Spaß, oder?«

Felipe betastet zärtlich das Gesicht seiner jungen Frau. Er küßt sie, behutsam, auf die Stirn, die Augen, den Mund, das Kinn, den Hals.

»Stimmt«, murmelt er, an ihrem Hals schnuppernd, »das wäre ein Spaß. Wir hier oben, beide nackt, vor einem silbernen Tablett mit Speisen, Wein, wir haben Sex, dann essen wir, wir haben wieder Sex, dann klingeln wir nach noch mehr Wein und Champagner.« Er lacht und küßt sie. »Und die anderen da unten müssen sich streng nach Protokoll benehmen.«

»Weißt du, wer der alte Mann ist?« flüstert Ysabel.

Felipe schüttelt den Kopf. Er preßt ihr Gesicht an seine Schulter und schaut aus dem Fenster. Musik schallt zu ihnen herauf: Y tú que has hecho? Und du, was hast du gemacht ...?

»Ich habe keine Ahnung«, murmelt Felipe.

»Hast du deinen Vater gefragt?«

»Ja, ich habe ihn gefragt. Er war sehr bleich, findest du nicht? Ich dachte, er würde ohnmächtig werden während der Trauung. So hab ich ihn noch nie gesehen.«

»Was hat er gesagt? Kennt er ihn?«

»Nein, er kennt ihn nicht.«

»Er hat ihn so festgehalten, daß ich dachte, der alte Mann erstickt.«

»Das hat er für uns getan, damit er nicht alles kaputtmacht. Wir wollten uns gerade das Ja-Wort geben.«

Sie schauen sich an, lächelnd. »Ach ja?« fragt Felipe mit hochgezogenen Braunen. »Bist du sicher?«

»Ganz sicher.« Ihre Lippen berühren sich.

»Und bereust du es schon?«

»Dummkopf.«

Sie küssen sich wieder.

Jemand ruft: »La novia! Wo ist die Braut? Wo ist Felipe? Wir wollen auf das Brautpaar trinken!«

»Ysabel! Felipe!« schallt es zu ihnen hoch.

Ysabel klammert sich an Felipe. »Nein«, flüstert sie, »nicht jetzt. Ich will nicht. Ich will hierbleiben, allein mit dir.«

Felipe macht sie sanft von sich los. Er streift seine Jacke glatt. Er fährt sich mit den Händen durch die Locken.

»Ich denke mal, wir dürfen uns nicht benehmen wie Kinder«, sagt er tapfer.

»Komisch, ich fühl mich wie ein Kind, die ganze Zeit schon. Es ist verrückt, ich hasse das Gefühl. Aber es ist so stark.«

Felipe erhebt sich, geht zum Fenster, schaut hinaus, die Hände auf den Fensterrahmen gestützt. Eine schwarze Silhouette gegen den leuchtenden Abendhimmel.

Ysabel spricht gegen seinen Rücken. Es geht leichter, wenn er sie dabei nicht ansieht.

»Du hast mir nicht gesagt, daß du Carla eingeladen hast.«

»Nein«, sagt Felipe, »ich habe es dir nicht gesagt.«

»Und warum nicht?«

»Du hast mir auch nicht gesagt, daß Xavier Mariscal dasein wird.«

Ysabel lacht. »Aber das ist etwas anderes.«

»Finde ich nicht.«

»Felipe, Xavier war mein Freund, als ich ein Kind war!«

»Einmal hast du es mir anders erzählt. Die Cala Mesquida, der erste Kuß, und all die anderen Küsse, die danach gekommen sind. Davon hast du nichts erzählt.«

»Es sind keine Küsse danach gekommen!«

»Und das andere?« fragt Felipe.

»Was anderes? Nichts anderes! Wir waren Kinder, Felipe. Aber du und Carla, das ist erst zu Ende gewesen, als wir uns kennengelernt haben.«

»Nein«, sagt Felipe, »es war viel früher zu Ende, viel früher. Sie war längst mit diesem Stierkämpfer zusammen. Ich habe es nur nicht gewußt. Ich habe mich nur wie ein Idiot benommen. Das war es.«

»Und trotzdem hast du sie eingeladen.«

»Ein Zufall. Sie hat Freunde getroffen, im Club Nautico. Und denen hat sie ihre Adresse gegeben. Und die haben mich angerufen.«

»Deswegen haben sie dich extra angerufen? Wer hat angerufen? Tommi? Oder Juan? Wer hat angerufen?«

»Weiß ich nicht mehr. Sie haben auch nicht deswegen angerufen. Eher beiläufig haben sie mir erzählt: Weißt du eigentlich, daß Carla jetzt auf der Insel ist? Und daß sie eine Wohnung sucht irgendwo in der Nähe von Manacor?«

»Sie sucht eine Wohnung?« Ysabels Augen durchbohren seinen Rücken. Aber er spürt nichts.

»Ja, sie arbeitet als Ärztin im Klinikum in Manacor. Ich glaube, sie ist Narkoseärztin, aber ich weiß es nicht genau. Ich habe vergessen, sie zu fragen, es gab so vieles ...«

»Du hast mit ihr gesprochen?«

»Natürlich hab ich mit ihr gesprochen.« Jetzt, endlich, dreht er sich um. »Sei nicht kindisch, Ysabel.«

»Ich bin aber kindisch. Ich weiß, daß ich kindisch bin. Es ist mir egal. Wann hast du mit ihr gesprochen?«

»Als ich angekommen bin.«

»Gleich, als du angekommen bist?«

»Ysabel, ich weiß es nicht genau. Vielleicht einen Tag später.«

»Einen Tag später? Oder doch gleich, als du angekommen bist?«

»Nein, es waren zwei Tage später.«

»Als ich schon auf der Insel war?«

»Nein, vorher. Ysabel, ist das ein Verhör? Können wir damit aufhören, bitte? Es ist unser Hochzeitstag.«

Ysabel erhebt sich. Wieder muß sie die Schleppe um ihre Hand schlingen, den Schleier und die Mantilla feststecken, und wieder ist das Kleid so schwer und so eng und schnürt ihr die Luft ab, daß sie für einen Augenblick glaubt, das Gleichgewicht zu verlieren. Aber sie will nicht noch einmal straucheln wie mitten im Kirchengang. Sie rafft das Kleid in die Höhe und tritt vor ihren Mann.

»Aber warum hast du sie eingeladen?«

Er beugt sich vor, legt seinen Finger auf ihre Nasenspitze. »Okay, ich sag es dir, aber du darfst es nicht gegen mich verwenden. Ich wollte mich rächen. Ich wollte, daß sie sieht, wie glücklich ich jetzt bin. Verstehst du das?«

Eine bessere Antwort ist einfach nicht denkbar. Und wie wunderbar es ist, wenn es keine Lüge ist.

»Hör zu«, sie legt ihm die Finger an die Lippen.

»Unser Lied.«
Er küßt ihre Fingerspitzen.
»Zweite Strophe.«

Dos gardenias para tí
Que tendrán todo el color de un beso
De esos besos que to dí
Y que jamás encontrarás
En el calor de otro querer.

Zwei Gardenien für dich
mit all der Hitze eines Kusses.
Diese Küsse, die ich dir gab
Und die du niemals finden wirst,
wenn du einen andern umarmst.

Maria-Magdalenas Tagebuch

6. April 1937

In Aragón, das seit Tagen von den Falangisten belagert wurde, ist eine Division von »El Campesino« in Stellung gegangen. Sie hatten fast keine Waffen. Aber sie hatten den Mut und den Willen, die Bewohner ihrer Stadt vor einem Massaker zu schützen. Sie haben die Stellung so lange gehalten, aber nicht lange genug. Als die Falangisten sie überrollten, fanden sie in der Stadt keine Männer mehr, keine Kämpfer, keine Soldaten, keine Reporter, keine Sympathisanten der internationalen Linken.

Auf den Straßen irrten Kinder umher und verwirrte alte Leute. Die Stadt war vollkommen still.

An diesem Tag habe ich Alonso Robles, den Gastwirtssohn aus Santa Maria, geheiratet. Ich habe ihm in unserer kleinen Kapelle neben dem Kreuzgang das Ja-Wort gegeben.

Die Kirche war bis auf den letzten Platz gefüllt. Alle sind gekommen, die eine Einladung erhalten haben. Alle waren sie neugierig, wollten den Mann sehen, den Maria-Magdalena auserwählt hatte.

Oder wollten sie etwas anderes sehen?

Mein Bauch war von Spitzenschleiern verhüllt. Mein bleiches Gesicht unter der Mantilla, die ich nur zurückschob, um die Oblate entgegenzunehmen, verdeckt. Alonso neben mir hat-

te vor Aufregung ein hochrotes Gesicht. Vielleicht würgte ihn auch der steife Hemdkragen. Er sah aus wie jemand, der nie zuvor einen Anzug mit einem steifen Hemd getragen hat. Seine Hände zitterten.

Ich war ganz ruhig, denn ich war ja schon gestorben. Es konnte mir nichts passieren. Der Priester hat hübsch gesprochen, nehme ich an, wie Priester das tun in solchen Augenblicken. Ich habe gar nicht zugehört.

Durch das Kirchenschiff flog eine Schwalbe während der Trauung, ich habe ihr nachgeschaut, habe ihre Flügelschläge gehört. Einmal stieß sie gegen das Fenster und einmal gegen den schwebenden Jesús, der an unsichtbaren Fäden mitten in der Kirche hängt. Da ist sie erschrocken herumgetaumelt und hat dabei meine Mantilla gestreift. Ich trug auch die Tiara, die meine Mutter auf der Trauung getragen hatte und meine Großmutter. An meinem Hals schwerer Schmuck aus Granaten. Er fühlte sich kalt an. Die Schwalbe war die Seele von Victoriano, die sich wund rieb an diesem Christus. In dessen Name so viel Unrecht geschieht. Die Schwalbe sollte mir auch sagen: Ich bin bei dir, meine Geliebte. Ich bin bei dir.

Unser Kind, Victoriano, hat sich seit der Trauung in meinem Bauch nicht mehr bewegt.

Vielleicht ist es mit mir gestorben.

Mamá hat eine große Hochzeit ausgerichtet, Papá hat das letzte Geld aus der Schatulle genommen, um die Verwandten zu bewirten, den Priester, die Familie von Alonso, eine Familie von Bauern und einfachen Leuten, die staunend in Els Sant Castells herumliefen. Ich habe gesehen, wie eine von Alonsos Tanten eine silberne Kuchengabel in ihrer Rocktasche verschwinden ließ.

Und wie Alonsos Vater sich nach dem Preis des Kristalllüsters im Comedor erkundigte. Mein Großvater hat ihn in Venedig bestellt, aus blauem Muranoglas. Bestimmt kostet der Lüster mehr als die ganze Bar Sol in Santa Maria mit den wackeligen Stühlen und den Tischen, die Brandlöcher haben. Dieser Mann ist nun mein Schwiegervater.

Um mit so einer Familie verheiratet zu sein, habe ich das Lyzeum der Benediktiner-Nonnen besucht, habe ich nächte-

lang Französisch und Chemie gelernt und mich auf ein Medizinstudium vorbereitet. Für diese Familie, die die Kuchengabeln in ihre Taschen stopft und keinen Duro in den Klingelbeutel tut.

In Lerida liegen die Toten auf den Straßen und können nicht beerdigt werden, weil die Deutschen immer wieder ihre Bomber schicken. Immerzu sagen sie im Radio – wenn wir es überhaupt empfangen können –, daß der Krieg bald vorbei sein wird. Es heißt, General Mijo will sich Franco als Geisel für die Armee, die aufgerieben ist, anbieten, um das Töten zu beenden. Aber Franco will keine Geisel, er will die Macht über das ganze Spanien. Der Ebro wird ihn nicht aufhalten, die Widerstandsgruppen in Barcelona nicht, die Basken nicht. Niemand wird ihn aufhalten.

7. April 1937

Alonso hat noch nicht gewagt, mich anzufassen. Seit der Trauung haben wir nur das Nötigste miteinander gesprochen.

Er heißt jetzt Alonso de Villalonga Duque de Sa Carrotx. Er muß sich fühlen wie im Traum.

Meine Eltern haben persönlich den Grafen Rossi aufgesucht, um zu erreichen, daß ihr Schwiegersohn unseren Namen tragen darf. Schließlich wollten sie mir nicht zumuten, Maria-Magdalena Robles zu heißen. Oder Alonso hat es von ihnen verlangt, daß er den Namen tragen darf. Es war Teil des Abkommens zwischen Mamá, Papá, Juan und ihm.

Ich sehe ihn manchmal mit Juan, wenn sie sich auf dem Vorplatz begegnen oder Alonso über die Felder geht, die Hände in den Hosentaschen, und alles inspiziert. Es gehört jetzt auch ihm.

Mamá und Papá haben mir nicht einmal erzählt, wie der Ehevertrag aussieht. Ich glaube, Mamá ist nur froh, daß ich ein legitimes Kind zur Welt bringen werde. Eine Familie, die eine eigene Kirche hat, darf nicht sündigen.

O heilige Madonna, was für eine Heuchelei. Ich habe mich einem Mann hingegeben, den ich geliebt habe. An dessen Sei-

te ich alt werden, mein Leben verbringen wollte. Was ist daran Sünde?

Alonso hat Papá gebeten, ihn mit auf die Jagd zu nehmen. Kannst du denn mit dem Gewehr umgehen? hat Papá gefragt.

Da hat Alonso gelacht. Wir sind im Krieg, Schwiegervater, hat er gesagt, wer da nicht mit einem Gewehr umgehen kann, ist ein toter Mann.

Auch Juan hat gelacht.

Ich bin aufgesprungen, und mein Stuhl ist umgefallen. Das war ein Lärm auf dem Marmorboden!

Daß er wagt zu lachen, wenn sie über das Morden sprechen!

Jetzt ist Alonso mit Papá unterwegs. Sie wollen Schnepfen jagen. Eine Kunst, sagt Papá, die man nicht an einem Tag lernt.

Ich will ja auch länger als einen Tag in diesem Haus leben, hat Alonso erwidert und gelacht.

Er hat dabei zu mir hinübergeschielt. Ich saß ihm gegenüber, beim Mittagessen. Ich habe das Pa'mb oli mit den Fingern zerkrümelt, in Alonsos Anwesenheit bekomme ich keinen Bissen herunter.

Ich esse später, wenn er gegangen ist, um sich sein neues Reich anzuschauen. Dann gehe ich in die Küche und lasse mich von Cecilia verwöhnen. Ein Wunder, wo sie immer etwas hernimmt. Man hungert jetzt sogar schon im Dorf. Die Zeit des wilden Spargels ist vorbei, aber bald wird es das erste Gemüse geben, dann wird hoffentlich alles besser.

Unser Kind, Victoriano, rührt sich wieder. Es strampelt und dreht sich im Leib, als wäre es ihm da drinnen zu eng. Dabei sind es noch drei Monate bis zum Termin.

Bolero

Im Nordostwinkel des Kreuzganggewölbes, im tiefsten Schatten, wartet Don Pepe seit Minuten reglos, wartet, daß David die Gäste endlich wegtreibt, fort hier aus diesem Viereck, weg von dem Brunnen, weg vom Kirchenportal. Alles raus hier. Die Tische weg, die Gläser, die Flaschenbatterien, Champagnerkübel, Eiswannen, weg, weg.

Keine glänzenden Roben mehr auf diesem Platz, keine geschminkten Gesichter, Brillanten, hochgeschnürte Brüste, das falsche Glitzern in ihren Augen, die Gier. Und die Männer, wie sie balzen und posieren in ihren steifen, schneeweißen Westen. Wie beim Gehen die Spitzen ihrer Lackschuhe geckenhaft nach außen zeigen. Da, da kommt Anatol, sein Sohn. Den Arm um diesen Schwarzen gelegt, eifrig auf ihn einredend. Barnaby hält mit Daumen und Zeigefinger die selbstgedrehte Zigarette. Wie heißt das noch? Ein Tütchen rauchen.

Barnaby inhaliert tief, während er den Kopf schieflegt und Anatol zuhört. Dann überreicht er Anatol die Zigarette, ein kleiner, feuchter Stumpen, und Anatol saugt gierig. Und ihre Augen lächeln sich zu.

Don Pepe ballt die Faust. Für wie dämlich halten sie ihn alle? Barnaby sei Anatols Freund, heißt es, der Kumpel, mit dem er in Hollywood Geschäfte macht. Filmgeschäfte. Nichts weiter als ein Freund.

Als Sureda auftaucht, zieht Pepe sich noch tiefer in den

Schatten des Kreuzganggewölbes zurück. Wirklich verstecken kann man sich nicht zwischen Säulen, für deren Schlankheit und Feinheit man die Bauherren damals gepriesen hat. Sureda geht zu einem jungen Kellner mit blondgefärbtem Stoppelhaar und taillenkurzem Sakko und redet auf ihn ein. Der Kellner nickt, zieht das Damasttuch von dem Tisch, den er gerade abgeräumt hat, und verschwindet damit in der Kirche.

Sureda schaut sich um. Pepe verbirgt sein Gesicht.

Sureda atmet tief durch, knöpft seine Weste zu und folgt den anderen in den Hof, in dem die Jacarandas immer noch blühen.

Der Kellner stürzt aus der Kirche. Das Portal ist weit geöffnet. Er preßt seine Hände gegen den Magen, er krümmt sich.

Pepe hält die Luft an. Gleich wird etwas geschehen. Etwas Unabwendbares, etwas Furchtbares, auf das er seit langem vorbereitet ist. Bittere Magensäfte steigen in seiner Speiseröhre auf. Die Galle ätzt die Schleimhaut seiner Mundhöhle, er hustet, stöhnt, preßt die Hand vor den Mund, fingert nach einem Taschentuch. Der Schweiß läuft ihm in Bächen über den Rücken.

Als der Kellner endlich im Laufschritt den Platz verläßt, wagt Don Pepe sich aus der Deckung. Er wischt die Lippen, steckt das Taschentuch weg, fährt sich mit der Hand über das Haar.

Seine Füße schmerzen bei jedem Schritt. Aber nicht nur die Füße, der ganze Körper ist ein einziger Schmerz.

Man hat ihn zugedeckt, mit einem Tischtuch aus Damast. Nur das Gesicht ist frei.

Warum hat man ihn zugedeckt? Warum liegt er immer noch da auf dem Steinboden? Frieren wird er nicht. Das Thermometer zeigt immer noch 32° Grad. Selbst wenn die Kirche der kühlste Raum von ganz Els Sant Castells ist: eine Erkältung wird keiner bekommen, der hier auf dem Boden liegt. Eine Hand ragt unter dem Tuch hervor. Die Augen geschlossen. Die Lippen schmal und rissig. Das Kinn glattrasiert, aber aus der scharfen, schmalen Nase wachsen gelbliche Haarbüschel und aus dem Ohr. So würde seine Margalída ihn nicht aus dem Haus lassen, denkt Pepe, da würde sie ihn schon zurechtweisen.

»Du hast keine Frau, die auf dich aufpaßt, was?« murmelt Pepe, als er sich über den Menschen beugt.

Immerhin, ein teurer Anzug, bester Schneider, wie mir scheint. Wo hast du das her? Und das Hemd, sieht aus wie noch nie getragen. Mal abgesehen von den Schweißflecken am Kragenrand. Schöne Manschetten, doppelt gefaltet, abgerundete Ecken. So etwas wollte ich auch mal haben.

Das hast du nun davon, daß du hierhergekommen bist.

»Was willst du hier? Warum bist du gekommen? Ich bin wütend auf dich, hombre. Du hast diese Hochzeit gestört. Margalída hat von diesem Tag geträumt. Meine Tochter Ysabel, mein Täubchen … Felipe ist ein guter Mann. Sie werden glücklich sein, die beiden. Was geht dich unsere Familie an? Diese Hochzeit? Was? Wer bist du? Was willst du von uns?«

Plötzlich spürt er eine Hand auf seinem Rücken. Er erschrickt zu Tode, wagt nicht, aufzusehen.

»Er hört Sie nicht mehr«, sagt Carla Mendoz.

Pepe zuckt zusammen wie unter einem Schlag, duckt sich, zieht die Schultern ein, krümmt den Rücken.

»Hört mich nicht?« wiederholt er, wie in Trance.

»Er ist tot.« Carla hilft ihm, sich aufzurichten, eine kleine, zarte, junge Person. »Ich warte hier auf den Notarztwagen, auf die Sanitäter. Wir wollen das so diskret wie eben möglich handhaben. Das ist schon mit Doktor Sureda so abgesprochen.«

»Er ist tot? Wie denn? Wieso denn tot?«

Don Pepe läßt sich von der Ärztin zur Kirchenbank führen, sinkt auf dem harten Holz zusammen. Er kann seine Augen nicht von diesem Gesicht lösen.

»Was wollte er hier?«

»Ich habe keine Ahnung«, sagt die Ärztin. »Kennen Sie diesen Mann denn nicht?«

Don Pepe gibt keine Antwort. Sein Blick gleitet vom Gesicht des Toten über den eingesackten Bauch unterhalb der Rippenbögen. Ein magerer alter Mann, Haut und Knochen in einem teuren neuen Anzug.

»Solche Dinge passieren«, sagt Carla Mendoz gleichmütig. »Man muß heutzutage immer damit rechnen, daß ein Irrer kommt und alles kaputtmacht. Verrückte Zeiten, was? Gestern ist einer in Chicago in ein McDonald's-Restaurant gestürmt und hat 14 Leute umgebracht. Ein Junge von 15 Jahren. Mit dem Gewehr seines Vaters. Einfach umgemäht. Und niemand weiß, warum er so was macht.«

Don Pepe hört nicht zu. Er preßt die Hände zwischen die Knie und schaukelt den Oberkörper vorgebeugt hin und her. Ein leiser, wimmernder Ton entweicht seiner Brust.

Die junge Ärztin tut, als bemerke sie das alles nicht.

»Sie sind der Vater von Ysabel«, sie streckt ihm die Hand hin. »Ich habe Ihnen noch gar nicht gratuliert. Herzlichen Glückwunsch.«

»Danke«, flüstert Pepe, schlaff erwidert er ihren festen, warmen Händedruck.

»Ysabel bekommt einen wunderbaren Mann«, sagt Carla. »Ich bin sicher, daß die beiden gut zusammenpassen. Sie haben sich in London kennengelernt, nicht?« Carla hat auch in London studiert.

Pepe hört nicht zu, wie sie plaudert, angesichts eines Toten. Ärzte können so etwas. Sie können auch, während sie einen Leichnam sezieren, sich fürs Abendessen verabreden oder über den Sex der letzten Nacht reden.

»Sie sollten jetzt besser zu den anderen gehen«, sagt die Ärztin. »Ich rechne jeden Augenblick mit dem Krankenwagen. Ich erledige das hier. Machen Sie sich keine Sorgen.« Sie lächelt. »Ich habe die Speisekarte gelesen. Es ist ja ein königliches Menü. Ich hoffe, ich bin rechtzeitig mit allem fertig. Vergeben Sie meinen Platz nicht. Felipe hat mir einen besonders netten Partner ausgesucht.«

Pepe erhebt sich. Sein Atem geht schwer. Er vermeidet den Blick auf das Gesicht des Alten, als er um das ausgebreitete Tuch herumgeht.

»Wir werden mit dem Dinner nicht beginnen, bevor Sie da sind«, sagt er.

Carla lacht. »Sie sind ein Schatz. Wissen Sie, daß dies meine erste große Hochzeit ist? Ich hab mich so wahnsinnig darauf gefreut.«

»Es tut mir leid.« Pepe muß sich an den Zedernholzpfosten

der Kirchenbänke festhalten, während er auf das offene Portal zuwankt.

»Ach, das hier«, ruft Carla heiter, »ist doch schnell erledigt.« Ihre Stimme ist nur noch ein fernes Hallen in seinem Kopf.

Doña Margalída betupft ihre Schläfen mit Kampfer. Sie hat einen Stuhl an das Waschbecken geschoben, aus Angst, ihre Beine würden sie nicht mehr tragen.

Aus dem Spiegel schaut eine Fremde sie an. Eine Frau mit weitaufgerissenen Augen, aus denen jemand die Pupille herausgestochen hat. Leerer kann ein Blick nicht sein als der, den Doña Margalída aus dem Spiegel empfängt. Das Kampferöl – Oleum Camphoratum steht auf dem Glasfläschchen – hat der Doktor ihr gegen plötzliche Rötungen der Gesichtshaut verschrieben. Dagegen hat es nicht geholfen, aber den Schmerz in ihrem Nerv hat es gelindert. Manchmal jedenfalls.

Sie muß sich ganz auf die Wirkung des Kampfers konzentrieren, muß die Fenster schließen. Stille braucht sie. Eine kühle, dämmrige Stille. Nur die dünnen Teakholzblätter des Ventilatorrads über ihrem Kopf summen leise.

Sie muß diesen Alten aus ihren Gedanken vertreiben. Diese Stimme in ihrem Ohr zum Schweigen bringen. »Mörder ihr alle. An euren Händen klebt Blut!«

»Nein«, flüstert Doña Margalída, und sie zieht ihre Stirn so eng zusammen, daß die Nasenwurzel schmerzt. »Nein, das hat er nicht gesagt. Ich muß mich verhört haben. Alles halb so schlimm.«

Niemand kennt den Alten. Ein Verrückter. Diese Insel ist voller Verrückter.

Auf dieser Insel ist alles möglich. Leute drehen durch, verlieren den Verstand, weil sie zu lange über Mittag mit bloßem Kopf in der Sonne gearbeitet haben, gebückt womöglich auf Melonenfeldern oder in den Weinbergen. Sie haben zuviel Hierbas getrunken, schlechten Kräuterschnaps, oder sie sind verrückt geworden aus Wut darüber, daß die anderen reich wurden, nur sie nicht. Auf dieser Insel gibt es täglich einen neuen Millionär. Er braucht nur ein Stück Land zu verkaufen, unfruchtbares, felsiges Garriga-Land, von dem aus man aber zufällig einen Blick auf das Meer hat, ein Stück Land, das früher dazu taugte, magere Ziegen durchzufüttern (nicht einmal für die Schafe hätte es gereicht), aber heute wird man mit so etwas Millionär.

Soll man da nicht verrückt werden?

Die Villalongas haben das Land am Meer längst verkauft. Damals schon, als man nicht wußte, daß das schlechteste Land einmal das beste sein würde. Als die wenigen Touristen, die mit dem Schiff von Barcelona herüberkamen, noch einen Tag brauchten, um von Palma in die Bucht von Pollensa zu gelangen, einen Tag oder mehr.

Was hat der Alte gesagt? Mörder? An euren Händen klebt Blut ...

Doña Margalída zieht den Korken aus dem Fläschchen und träufelt mehr Öl auf den Wattebausch, preßt ihn gegen die linke Schläfe.

Sie werden gleich mit dem Dinner beginnen, denkt sie, ich muß mich wieder schminken, die Haare richten. Ich darf nicht zu lange hier oben bleiben, in der Stille, der Ruhe. Es würde auffallen. Man wird mich vermissen. Auf diesen Tag habe ich so lange gewartet. Eine halbe Millionen Peseten hat dieses Kleid gekostet. Vierzehn Tage lang habe ich auf meine Ensaimadas beim Frühstück verzichtet. Keinen Zucker in den Kaffee gerührt, obwohl er bitter schmeckte wie Galle. Nur, weil ich in dieses Kleid passen wollte.

Warum kasteit man sich, um schön zu sein? Was ist Schönheit wert? Was ist all die Mühe wert, die man sich gibt, um das hier ...

Wenn es einem Verrückten erlaubt ist, einfach in eine Hochzeit zu platzen und wüste Beleidigungen auszustoßen. Beleidigungen? Beschimpfungen, Anklagen, Beschuldigungen. Mörder. Blut an euren Händen.

Sie hält ihre zitternden Finger hoch. Brillanten glitzern. Zeigt sie der Fremden im Spiegel, die sie anstarrt aus leeren Augen.

Warum sticht man einem Menschen die Pupillen aus?

War das auch eine dieser Foltern, ja? Hat man das mit den Leuten gemacht, im Castell Bellver, damals? Augen ausstechen?

Sie drückt ihre Fäuste in die Augenhöhlen, bis es schmerzt.

Nein, nein, an diesen Händen klebt kein Blut. An diesen nicht. An anderen vielleicht. An diesen nicht. Sie starrt auf ihre Finger, blutrot lackierte Fingernägel. Die Finger zittern.

Aber was ist mit der Geschichte, die Sebastian ihr erzählt hat? Warum geht ihr das auf einmal nicht mehr aus dem Kopf?

Sebastian, der mit neun Jahren aufhörte, ein Kind zu sein.

In Binisalem ist es passiert, auf halbem Weg zwischen Binisalem und Santa. Da hatten sie ein kleines Stück Land, mit einem Haus, in dem Sebastians Mutter die Leute aus dem Dorf empfing, um ihre Geschichte aufzuschreiben. Sie kamen, setzten sich an den Küchentisch. Sebastians Mutter schlug eine neue Seite in dem Heft auf, das sie bei dem Krämer in Inca kaufte, strich die Seite mit den Fingern glatt, schaute auf ihr Gegenüber und sagte freundlich: »Und du, was hast du im Krieg erlebt?«

Manche sprachen nicht gleich. Manche drehten die Sätze wie einen Kloß, den man nicht herunterschlucken, aber auch nicht ausspeien kann, in ihrem Mund. Dann kochte sie Tee oder massierte die Schultern oder wartete einfach, trat vor die Tür, verschränkte die Arme, lehnte am Türrahmen, lächelte freundlich und sagte: »Laß dir Zeit.«

Und wenn einer nach einer endlosen Weile aufstand und sagte: »Ich kann es nicht, nicht heute«, dann lächelte sie und sagte: »Ich verstehe. Es war zu schlimm, ja?«

Drei Tage vorher hatten sie mit Kuchen und Limonade seinen neunten Geburtstag gefeiert. Er hatte seinen Eltern vorgemacht, wie er ein Rad schlagen kann. Der Vater hatte ihm ein kleines Schwein geschenkt, das er ganz allein großziehen durfte. Alles war gut gewesen, bis sie den Weg heraufkamen zu ihrem Haus, Knüppel und Stangen in der Hand, und riefen: Komm raus, Antonía!

Ich habe mich unter den Röcken meiner Mutter versteckt, als sie kamen, hat Sebastian gesagt. Seine Stimme hat gebebt, als wäre es gestern gewesen. Dabei ist es sechzig Jahre her. Unter ihren schwarzen, staubigen Röcken habe ich gehockt. Sie hat nicht gerne gewaschen, lieber hat sie an dem Küchentisch gesessen und geschrieben. Einer muß es tun, Junge, hat sie gesagt, einer muß es aufschreiben, was hier gewesen ist, auf dieser Insel, sonst wird es uns später keiner mehr glauben. Für das Kochen und Waschen und Backen war da nur wenig Zeit. Mein Vater hat manchmal geschimpft, aber meistens war er zufrieden mit einem Krug Wein am Abend und einer großen Platte Pa'mb oli. Das hat er sowieso von allen Gerichten am liebsten gegessen.

Die Schläge gegen die Tür, gegen das alte Holz, mit Dreschflegeln, Schaufeln, Hacken haben sie die Tür eingeschlagen und geschrien: A muerte los cobardes! Tod den Feiglingen! So, wie sie es geschrien haben seit Jahren. Immerzu, wenn sie jemanden jagten durch die Stadt, wenn sie jemanden aus dem Bett holten, um ihm den Schädel einzuschlagen. Tod den Feiglingen! A muerte los cobardes!

Aber als sie zu uns kamen, war Frieden, hat Sebastian zu Doña Margalída gesagt. In Europa war Krieg, aber hier war der Krieg vorbei. Franco hat es geschafft, uns da rauszuhalten, aus dem Morden zwischen London und Leningrad. Wir hatten unsere Ration an Tod und Verderben gehabt, an Terror und Angst. Wir hatten genug. Wir waren gerade dabei, uns daran zu gewöhnen, daß der Diktator für uns sorgen wollte wie ein Vater. Und daß wir ihm zu gehorchen hatten wie Kinder, die noch nicht denken können. Wir waren gerade dabei. Da kamen sie und versuchten, unsere Tür einzuschlagen. A muerte los cobardes!

Papá war kein Feigling, um uns zu schützen, Mamá und mich. Er hat seine Jacke genommen, die Stiefel angezogen und die Tür von innen entriegelt. Wir im Dunkeln. Die da draußen im gleißenden Licht.

Was wollt ihr, hat Papá gefragt, ganz ruhig. Der Krieg ist vorbei. Wir sind wieder Brüder. Wißt ihr das nicht? Es gibt keinen Feind mehr, keinen Haß, nur noch Brüder.

Keine Helden mehr und keine Feiglinge. Der General hat gesagt, wir können wieder ohne Angst unser Haus verlassen, auf unsere Felder gehen und ernten, ohne Angst. Versteht ihr?

Freunde, legt die Hacken da weg und gebt mir die Hand.

Unter dem Kleid war es stickig.

Ich klammerte mich an ihr Bein. Sie versuchte, mich abzuschütteln. Vielleicht hatte sie Angst, das Gleichgewicht zu verlieren. Vielleicht hatte sie vergessen, daß ich da war.

Pedro! Sie wollen nicht dich! Sie wollen mich! Laß mich gehen! schrie sie.

Sie stolperte vorwärts, ich rutschte aus, ihre staubigen schwarzen Röcke fuhren über mein Gesicht. Sie rannte den Weg hinunter. Die Arme gegen den Himmel gereckt. Die Schreie, sie schrie sich die Seele aus dem Leib. Helft Pedro! Helft mir! Sie bringen meinen Mann um! Sie werden Pedro töten!

Ich kroch zur Tür, erzählte Sebastian, von der Tür zur Bank. Ich kletterte auf die Bank, ich zitterte. Mein Blut war wie Eis. Ich schaute über die Brüstung den Weg hinunter. Da sah ich den Karren. Ein Maulesel zog ihn. Der Maulesel wurde mit Peitschen geschlagen, damit er schneller lief. Der Karren hüpfte über die Schlaglöcher. Staub wirbelte auf, flimmerte in der heißen Luft.

Und ein helles Bündel hüpfte hinter dem Karren, drehte sich, bäumte sich und wurde von Meter zu Meter dem staubigen Erdboden gleich.

Es war die Farbe seines Anzugs, der Sonntagsanzug, Sommeranzug. Er hatte nur den einen, der Vater, sagte Sebastian. Sie hatten ihm einen Strick um die Füße gebunden, die Arme gefesselt und auf den Rücken geschnürt. Sie wußten, daß sie meine Mutter töten, wenn sie ihn quälen, hat Sebastian gesagt. Sie waren jahrelang geübt in solchen Sachen, Folter und Qual. Tiere können niemals so sein wie Menschen.

Sie hatten ihn auf den Karren gesetzt, aber in der Kurve hatte er das Gleichgewicht verloren und war hinuntergestürzt. Der Maulesel wurde weitergepeitscht, die Horde lief neben ihm her. Sie schleiften ihn durch den Staub, den Dreck, bis er nichts war als ein staubiger Klumpen.

Mamá legte sich flach auf die Erde. Mitten auf den Weg. Die Arme ausgebreitet. Sie lag da wie eine, die man gekreuzigt hat, mitten auf dem Weg.

Ich bin zu ihr gelaufen. Ich habe ihr Wasser ins Gesicht gespritzt. Ich habe ihr Haar gestreichelt, ihre Schultern gerüttelt, habe ihr ins Ohr geflüstert, geweint, geschrien: Mamá, was hast du? Mamá, bitte steh auf. Bitte, sag etwas. Du darfst hier nicht liegen, ich habe Angst, Mamá.

Aber meine Mutter, hat Sebastian gesagt, war schon tot.

So hatte ich drei Tage nach meinem neunten Geburtstag keinen Vater und keine Mutter. So habe ich aufgehört, ein Kind zu sein, als ich neun Jahre alt war.

Diese alten Geschichten. Man sollte seinem Gehirn verbieten, sie hervorzuholen, immer und immer wieder.

Sie interessiert sich nicht für Politik. Sie will nichts wissen von damals. Niemand will etwas wissen. Alle wollen in Frieden leben. Den neuen Wohlstand genießen. Die Demokratie, nicht wahr. Das wollen alle. Nicht an früher denken, an die Franco-Zeit, als keiner dem anderen trauen konnte und bestraft wurde, wer nicht Spanisch sprach. Jetzt sind sie alle wieder Brüder, sprechen Mallorquín, taufen die spanischen Straßennamen wieder um und verlieren kein Wort über früher.

Nur sie, sie muß hier, auf Els Sant Castells, bei jedem Schritt an solche Dinge denken. Bei jedem Gesicht, das morgens grüßt oder nicht grüßt. Bei jedem Blick, den sie auffängt von den Arbeitern, muß sie denken, ist hier auch so etwas Furchtbares passiert? Und es macht sie verrückt.

Wie ist es möglich, daß ein alter Mann, der in die Kirche stolpert und Verwünschungen ausspricht, das alles in ihr wieder aufwühlt? Das, was längst vergessen war und vergeben?

Sie öffnet das Fenster und stößt die Persianas auf. Unten im Hof, in einem Halbkreis von applaudierenden Freunden, das Brautpaar.

Felipe Ramón und Ysabel Pilar küssen sich für die Fotografen. Blitzlichter flackern auf. Jemand ruft ihnen einen Scherz zu, und Felipe, den einen Arm um seine Braut, macht mit der anderen Hand hinter ihrem Rücken ein Siegeszeichen.

Alles lacht.

Und die Musik spielt den Bolero. Zum zweiten Mal bereits das Lied von den Dos Gardenias, letzte Strophe:

Pero si un atardecer
Las gardenias de mi amor se mueren
Es porque han adivinado

Que tu amor me ha traicionado
Porque existe otro querer.

Aber wenn eines Abends
die Gardenien meiner Liebe verwelken,
dann ist es, weil sie erraten,
daß deine Liebe mich betrogen hat,
weil es ein anderes Verlangen gibt.

Ysabel löst sich aus Felipes Armen.

»Look here!« Jessica hebt lachend eine Gardenie auf, die sich aus Ysabels Spitzenmantilla gelöst hat. »Sie ist noch nicht verwelkt!«

Felipe nimmt sie ihr ab und steckt sie an das Mieder seiner Braut.

Ysabel schaut sich vergnügt um. Der alte Mann in der Sakristei ist längst vergessen.

Sie sieht ihre Mutter oben am Fenster, und sie ruft: »Mamá! Wo bleibt ihr alle! Wir warten auf euch!«

Alle Gesichter wenden sich ihr zu, schauen zu ihr hoch. Wie ein Burgfräulein steht sie oben an dem Fenster, kämmt ihr Haar.

»Komm runter, Mamá!« ruft Felipe.

Zum ersten Mal sagt er Mamá zu ihr. Und die Reporterin, die neben Felipe steht und unablässig Seite um Seite ihres kleinen Notizblocks füllt, lächelt zu ihr hoch. Sie sagt etwas zu dem Fotografen, und der hebt seine Kamera und zielt.

»Du mußt lachen, Mamá!« ruft Felipe.

Doña Margalída benetzt die spröden Lippen mit der Zunge. Sie atmet einmal tief durch. Sie denkt an etwas Schönes. Endlich lächelt sie und winkt.

»Bravo!« rufen die jungen Leute. Und klatschen. »Viva la mamá!«

Sureda ist erleichtert. Der Krankenwagen ist vom Verwalter am großen Tor abgefangen und über Feldwege hinauf zum Kreuzgang geleitet worden. Die Sirene war abgestellt. Man hat die Musik etwas lauter gedreht. Zweimal das Lied von den Dos Gardenias. Wie auf ein geheimes Kommando tauchten die

Kellner in weißen Jacken und schwarzen Hosen, bodenlange Schürzen um die schmalen Hüften geschlungen, aus dem Seitentrakt auf, silberne Tabletts über den Köpfen balancierend. In der Mitte, tänzelnd, in jeder Hand eine Magnum-Flasche Champagner: Eliza, die Primaballerina aus Lima, mit dem strahlendsten Lächeln der Welt, sie schenkt nach, auch wenn die Gläser noch halbvoll sind, wünscht guten Durst und eine fröhliche Feier nach allen Seiten, dirigiert diskret die Kellner in alle Winkel und Ecken, achtet auf halbvolle Tabletts und Gäste, die hungriger sind als andere. Am besten gehen die Tempura von frischem Thunfisch, in Sesam gewälzt, dazu eine süßsaure Sauce. Der Kellner hält das Tablett, der Gast spießt mit einem Zahnstocher ein Stück Thunfisch auf, stippt es in die süßsaure Sauce, die ebenfalls in einem silbernen Schüsselchen auf dem Tablett bereitsteht, der Kellner reicht ihm eine kleine Batistserviette, der Gast schluckt das delikate Stückchen Fisch mit einemmal hinunter, während der Kellner freundlich wartet, legt das Hölzchen an den Rand des Tabletts und spült mit Champagner nach. Der Kellner widmet sich einem weiteren Gast.

Andere kosten in Speck gebratene Datteln, fritierte Tintenfische, kleine Sardinen auf Toast. Das alles macht Durst. Champagnerkorken knallen, Weinflaschen werden entkorkt und sind schon weg. In dem schmalen Durchgang zwischen dem Innenhof, direkt neben dem Küchenzelt steht David und wacht über allem.

Er prüft die Tabletts, wenn sie herauskommen, und auch, wenn sie im Laufschritt in das Spülzelt gebracht werden. Er ist hochkonzentriert. Die Kellner bringen frische Gläser, Wasserkrüge, Eisbehälter. Sie müssen überall gleichzeitig sein. Auf alle ein Auge haben. Kein Gast darf einen winzigen Moment das Gefühl haben, man beachtet ihn nicht.

Er persönlich kümmert sich um das Wohlergehen der Braut, der Brauteltern und um die Wünsche seines Auftraggebers, Don Jaume Suredas.

Sureda ist bleich. Immer wieder tupft er mit einem Tuch die Stirn, die Schläfen, den Hals. Sobald er Augenkontakt mit David hat, läuft der zu ihm hin und fragt: »Sir?«

»Alles läuft, wie es laufen muß, nicht wahr?« murmelt Sureda. Und tupft den Schweiß von der Stirn.

»Alle sind zufrieden.«

»Soweit ich das im Augenblick beurteilen kann, Sir, sind die Gäste überaus zufrieden. In zehn Minuten erwarte ich die Flamenco-Gruppe. Das bringt zusätzlich Stimmung.«

»Eine Flamenco-Gruppe?« Sureda runzelt die Stirn. Er kann sich nicht erinnern. »War das abgesprochen?«

»Ein Wunsch des Brautvaters.« David verbeugt sich. Ein leichtes Lächeln spielt um seine Mundwinkel. »Don Pepe erzählte, daß es auf seiner Hochzeit eine Flamenco-Gruppe gegeben habe. Er erinnert sich, daß es die Gäste in ganz besonders gute Stimmung gebracht hat. Natürlich muß es erotischer Flamenco sein. Nackte Beine, wirbelnde Rücken, große Brüste. Das sind nicht meine Worte, Sir. So hat Don Pepe es bei mir bestellt.«

Sureda nickt. Warum auch nicht. Große Brüste, nackte Beine. Warum nicht ein bißchen Erotik am Hochzeitstag?

»Der Krankenwagen ist schon wieder abgefahren?« fragt Sureda halblaut und so beiläufig, als sei diese Frage eigentlich nicht der Rede wert.

»Ich habe nichts gehört, Sir«, sagt David. »Ich glaube, sie sind noch in der Kirche. Soll ich mich erkundigen?« Er will sich umdrehen, aber Sureda hält ihn fest.

»Nein, schon gut, bleiben Sie hier und kümmern Sie sich um die Gäste. Ich selber will nachsehen.« Ein tiefer Seufzer löst sich aus seiner Brust.

»Ist alles in Ordnung, Sir?« fragt David besorgt.

Sureda legt ihm die Hand auf die Schulter. »Niemals ist alles in Ordnung, David. Man ist schon froh, wenn es einem gelingt, einige Dinge in Ordnung zu halten. Aber ich weiß, wie Sie die Frage gemeint haben. Und ich danke Ihnen. Machen Sie sich um mich keine Sorgen. Diese Hochzeit ist eine verdammt komplizierte Angelegenheit, was?«

Seine Stirn ist totenbleich und feucht. Er spürt Davids Blick auf seiner Stirn und zieht das Taschentuch. Er reibt erst die feuchten Innenflächen seiner Hände trocken.

»Wenn Sie ein frisches Taschentuch benötigen, Sir«, mit eleganter Geste hat David ein taufrisches Taschentuch aus seiner Jackettasche gezaubert.

Sureda lächelt. »Sie denken wohl an alles.«

»Dafür werde ich bezahlt.«

»Wenn es uns gelingt, David«, Sureda betupft mit dem nach Lavendel duftenden Tuch die Stirn, »diese Hochzeit so durchzuziehen, wie wir es uns vorgenommen haben: als Triumph der Liebe, dann ist alles gut.«

»Es wird uns gelingen, Sir.«

»Auch nach dem, was in der Kirche passiert ist?«

David nimmt Sureda das benutzte Taschentuch ab. »Geben Sie es mir, Sir, bitte, ich kümmere mich darum. Auf Ihre Frage: Die Gäste haben den Vorfall längst vergessen. Was ist schon passiert? Ein alter Mann ist in der Kirche ohnmächtig geworden. Ich habe diskret verbreiten lassen, Sir, daß ein Arzt sich um ihn kümmert und daß er bereits wieder wohlauf ist.«

Sureda räuspert sich. »Wohlauf?«

»Ja, Sir, ich halte es für das Beste, diese Angelegenheit – so betrüblich sie ist – herunterzuspielen.«

»Herunterspielen. Ja, das ist das Beste. Wir spielen die Angelegenheit herunter.« Sureda zögert. »Hat irgend jemand ..., ich meine ..., hat irgend jemand erwähnt, um wen es sich handeln könnte?«

»Soweit ich weiß, niemand, Sir. Niemand kennt den Mann.«

Sureda reckt sich. »Das ist gut.«

»Kennen Sie ihn denn, Sir?«

Sureda zögert. Von seinem Platz aus kann er, hinter den Jacarandabäumen, seitlich des großen Hauptgebäudes, eine winzige Ecke des Kirchenturms erkennen. »Ich bin mir nicht sicher.«

Als er Davids sehr aufmerksamen, intensiven Blick nicht mehr erträgt, reibt er nervös die Hände. »Ich denke, ich schikke Sie jetzt wieder zurück auf Ihren Posten. In zehn Minuten kommen die Bailarinas? Dann sollten Sie dafür sorgen, daß der Krankenwagen Els Sant Castells verlassen hat, bevor der Tanz beginnt.«

Der Arzt, Dr. Miguel Herreda, hat sich in der Sakristei die Hände gewaschen, während die Sanitäter den Körper des Mannes auf die Trage gelegt und festgeschnallt haben.

Carla Mendoz legt dem Toten den Spazierstock mit dem silbernen Griff zwischen die gefalteten Hände. Die Augen sind geschlossen, die Lippen von Schaum und Spuckeresten gesäubert. Die Schuhspitzen zeigen nach außen. Carla hat sich die Zeit des Wartens damit vertrieben, erst das Gesicht und dann die Lackschuhe des alten Mannes von Staub und Schmutz zu säubern. Sie hat das mit Hilfe eines Deckchens getan, das sie auf dem Altar fand, über die Schale mit den Oblaten gebreitet.

Nun, als der Doktor zurückkommt, verbirgt sie das Deckchen hinter ihrem Rücken.

Womöglich würde der Doktor Miguel Herredo so etwas als Sakrileg empfinden.

»Sie waren also dabei, als es passierte«, sagt Dr. Herredo und betrachtet seine gepflegten Fingernägel.

»Ja, ich war dabei.«

»Sie haben gesehen, daß jemand ihn festhielt?«

»Nein, natürlich nicht.«

»Und wieso nicht?«

»Ich saß dahinten, in der zehnten Reihe ungefähr. Der alte Mann war vorn am Altar, er ist ja bis nach vorn gelaufen, und dann erst wurde er aufgehalten.«

»Aber Sie haben gesehen, wer ihn aufgehalten hat?«

Carla nickt.

»Was hat derjenige genau getan, um ihn aufzuhalten?«

Carla Mendoz zögert. »Ist das alles eigentlich wichtig? Warum?«

»Ich muß einen Totenschein ausfüllen«, sagt Dr. Herredo. »Und ich frage mich, was ich schreiben soll.«

»Schreiben Sie, was Sie für richtig halten.«

»Dann muß ich schreiben, daß der Mann gestorben ist, weil sein Halswirbel gebrochen ist.«

Carla wartet, bis der Arzt seine Augen von dem Anblick der eigenen Fingernägel lösen kann. Ihre Augen leuchten vor Klarheit. »Dann schreiben Sie das.«

Dr. Herredo räuspert sich. »Hier findet eine Hochzeit statt, nicht wahr?«

Carla Mendoz nickt. »Das habe ich Ihnen erzählt.«

»Die Tochter der Villalonga?«

»Ja, Ysabel Pilar de Villalonga und Herzogin von irgendwas.«

»Sa Carrotxa.« Der Arzt widmet sich wieder der Betrachtung seiner Nägel. »Die sind jetzt alle beschäftigt, was?«

»Wie Sie sich denken können. So eine Geschichte mitten bei der Hochzeit. Das hat niemand gern.«

»Niemand bekommt gern den Halswirbel ausgerenkt«, fügt der Arzt hinzu. Er blickt flüchtig zu dem Toten hin. Die Sanitäter schultern die Trage und warten auf den Befehl.

»Gut«, sagt der Doktor, »bringt ihn weg.«

»Aber nicht in die Ambulanz«, sagt ein Sanitäter.

»Bringt ihn in die Pathologie. Ich will ihn mir noch genauer anschauen. Vielleicht gibt es etwas anderes, das ich übersehen habe. Etwas, das vorher schon zum Tod führte.« Er seufzt, schaut sich in der Kirche um. Sein Blick bleibt an dem Teppich welker Jacarandablüten hängen. »Mögen Sie diese Blüten?«

Carla Mendoz. »Darüber habe ich mir noch nie Gedanken gemacht. Meine Lieblingsblume ist die Calla.«

»Ah, das unschuldige Weiß.« Der Doktor hebt amüsiert die Augenbrauen. »Mir gefallen die Jacaranda auch nicht. Aber das aus einem anderen Grund. Meine Mutter schmückte sich damit, wenn sie den General empfing. Sie empfing viele Männer. Ich ging noch nicht zur Schule. Ich hatte keine Freunde. Wenn ich auf die Gasse ging, um zu spielen, riefen die Mütter ihre Kinder ins Haus zurück. Ich verstand nicht, warum. Meine Mutter schmückte das Bett mit diesen Blumen nur, wenn dieser Mann kam. Der Mann in der Uniform. Verstehen Sie? Viele Männer besuchten uns. Erst tranken sie Wein mit meiner Mutter im Salon, und ich mußte in der Küche spielen. Dann gingen sie ins Schlafzimmer. Mutter sagte, der Mann ist müde, er möchte sich ein bißchen ausruhen, geh nach draußen spielen. Aber wenn ich auf die Straße ging, verschwanden die anderen Kinder. Es gab nichts zu sehen, nichts zu spielen. So schlich ich zurück in den Salon und schaute durch den Türspalt. Ich sah die Uniform auf dem Stuhl, die Unterhosen eines Generals, seine Socken, seine Schuhe. Sie glänzten. Damals wußte ich noch nicht, daß Soldaten mit Spucke ihre Schuhe putzten. Es hätte mir vielleicht gefallen. Hören Sie mir überhaupt zu?«

Carla Mendoz nickt, aber in Wirklichkeit hört sie nicht zu. Sie hört das Gläserklingen und träumt von goldenem Champagner in Kelchen. Wozu hat sie dieses schöne Kleid angezogen? Wozu einen halben Vormittag damit zugebracht, sich herzurichten, wenn die anderen jetzt tanzen und lachen und sie wieder doch nur neben einer Leiche stehen und einem alten Mann dabei helfen muß, sein Gewissen zu erleichtern?

»Meine Mutter hat mit ihm geschlafen, den sie fürchteten und haßten. Na ja, manche liebten ihn auch, den Todbringer. Ich habe seinen Arsch gesehen, wie er sich auf- und abbewegte auf meiner Mutter. Sie sind noch jung. Auf welcher Seite hat Ihr Großvater gekämpft?«

»Ich habe keine Ahnung«, sagt Carla, »die alten Geschichten interessieren mich nicht. Sie haben keine Bedeutung.«

»Oh, für manche schon. Die alten Geschichten haben zum Beispiel mein Leben vergiftet. Das verstehen Sie nicht, ich sehe es Ihnen an. Ich merke, daß ich Sie langweile.«

»Nein, nein, überhaupt nicht. Ich denke nur, wir sollten ...«

»Wenn ich einen alten Mann sehe wie diesen hier, dann frage ich mich immer: Auf welcher Seite ist er gewesen? Was hätte er gesagt, wenn er gewußt hätte, daß meine Mutter sich von dem Caudillo vögeln läßt. Ich weiß nicht einmal, ob er sie bezahlt hat. Ob sie Geld dafür wollte. Oder ob er dachte, es ist eine Gnade für sie, eine Ehre, wenn er sich ihres Körpers bedient zur eigenen Befriedigung. Wir hatten, wenn er meine Mutter verließ, jedenfalls einen ausgeglichenen General. Für ein paar Stunden hat er vielleicht nicht verlangt, daß Köpfe rollten und Kanonen gefüttert wurden. Verstehen Sie? Manchmal versuche ich, mir Mut zu machen, indem ich mir sage: Vielleicht war das, was meine Mutter mir angetan hat, ja gut für das Land. Wenigstens für einen Augenblick.«

Von draußen Bravorufe, Klatschen, Gesang.

Carla prüft verstohlen den Sitz ihrer Frisur, den Ausschnitt des Kleides. Sie hebt die Hände an die Nase. Die Seife in der Sakristei hat einen üblen Geruch. Wie Sandelholz. Damit haben sich in Afrika die Frauen die Zähne geputzt.

»Sie werden sich fragen«, sagt der Doktor, »warum ich Ihnen das erzähle. Aus einem einfachen Grund: Ich habe erfahren, daß Sie jetzt an unserem Klinikum arbeiten. Sie sind mir aufgefallen, neulich, in der Cafeteria. Mir fallen neue Gesichter immer sofort auf.«

»Ich arbeite seit zehn Tagen in der Poliklinik«, sagt Carla freundlich. »Aber in der Cafeteria war ich noch nie.«

»Nein? Sind Sie sicher?« Der Doktor hebt die Augenbrauen.

»Ganz sicher, Dr. Herredo. Wenn Sie hier fertig sind ...«

»Ja, ja, ich bin fertig. Ich bin sowieso überhaupt bald mit allem fertig. Dieses ist mein letztes Jahr im Berufsleben. Was danach kommt: Gott allein weiß es. Falls er sich für mich interessiert. Ich werde vielleicht aufs Festland ziehen, zu meinem Sohn und den Enkelkindern. Dabei machen Kinder mich immer nervös. Die lauschen an Wänden und spähen durch Türspalte. Es ist ein Laster, das man ihnen nicht abgewöhnen kann. Wußten Sie, daß der General Franco beim Sex gequiekt hat wie ein Schwein?«

Carla Mendoz schaut ihn an. Dr. Herredo klappt seine Tasche zu.

»Ich dachte beim ersten Mal, als er mit ihr im Schlafzimmer war, Mamá bringt ihn um. Ich wußte nicht, daß es viele gute Gründe gab, ihn umzubringen. Aber es war ein Quieken der Lust. Verstehen Sie? Die ganze Straße wußte, daß meine Mutter mit dem General ins Bett ging. Es gibt Dinge, die kleben an einem Menschen wie Pech. Man wird sie nicht los. Niemals. Man riecht danach. Man wacht nachts auf und ekelt sich vor dem eigenen Schweiß. Man wacht nachts auf und ekelt sich vor den eigenen Träumen. Verstehen Sie das? Heute macht es mir nichts mehr aus, wenn die Leute sich über meine Mutter Geschichten erzählen. Ich habe sie vor zwanzig Jahren beerdigt. Sie liegt da drüben, bei Costitx, auf dem kleinen Friedhof. Ich hoffe, daß ihre Seele Ruhe findet. Der Blick von dem

Friedhof jedenfalls ist schön.« Der Doktor seufzt, lächelt und reicht Carla die Hand. »Ich wollte, daß Sie das aus meinem Mund hören, bevor die Kollegen Schlimmeres erzählen.«

Er dreht sich ruckartig um und geht hinaus.

Carla beobachtet, wie er im Hinausgehen mit den Schuhspitzen die Blüten wegschiebt. Und es ist ihr, als höre sie ihn immer noch seufzen.

Maria-Magdalenas Tagebuch

3. Mai 1937

Gestern dachte ich, ich würde mein Kind verlieren. Ich war im Bad, und plötzlich wurde mir ganz schwarz, und als ich aufwachte, lag ich auf den kalten Fliesen, und alles war voll Blut.

Das Fenster war geöffnet, und der Regen kam herein mit heftigen Windstößen. Ich war völlig durchnäßt, und ich wußte eine lange Zeit nicht, ob das Blut war oder Regen, Tränen oder was sonst. Ich habe mir, als ich ohnmächtig wurde, an der Kante des Waschtisches die Schläfe aufgeschlagen. Jetzt ist mein Auge geschwollen, und meine Wange ist blutunterlaufen. Ich sehe zum Fürchten aus. Ich kann nicht unter Menschen gehen. Das mußte mir Alonso gar nicht erst sagen, ich wäre sowieso nicht mit zu der Fiesta in Sineu gegangen. Mit meinem dicken Bauch mag ich nicht unter Leute gehen, die Blicke ertragen müssen. Und wenn ich in ihren Augen sehe, wie sie rechnen: Ah, im März hat sie geheiratet, aber im Mai ist der Bauch schon so dick, als würde er platzen. Komisch, nicht wahr? Als Jungfrau kann sie nicht in die Ehe gegangen sein. Alonso betrinkt sich auf jedem Fest. Vielleicht spürt er genauso wie ich die Blicke der Leute. Vielleicht erträgt er es auch nicht. Wenn wir von einem Fest nach Hause kommen, habe ich Angst, daß er mich schlägt. Aber er hebt nicht die Hand gegen mich, nicht mehr, seit ich ihm einmal gesagt habe: Wenn du mich schlägst, nur ein einziges Mal, dann bringe ich dich um. Er glaubt, daß ich dazu imstande bin. Er weiß erst jetzt, was für eine Frau er geheiratet hat. Vielleicht hielt er mich immer für so ein harmloses, schönes Ding, das man heiratet, um sich damit zu schmücken. Wie man eine Blumenvase ins Zimmer stellt, weil es fein aussieht und weil Blumen so süß duften. Oh, Alonso, wie du dich getäuscht hast, mein Lieber, nicht wahr? Jetzt mußt du deinen Preis dafür zahlen, daß du unsere Familie erpreßt.

Juan ist auf und davon. Papá sagt, er ist mit einem Schiff nach Kuba. In Havanna lebt ein Onkel von Papá, er hat dort eine Holzhandlung. Vielleicht findet er da Arbeit. Besser, er ist nicht da. Besser, ich muß sein Gesicht nicht sehen, und er erinnert mich nicht jeden Tag an den Augenblick, als mein Leben aufhörte. Ich weiß, daß sie Victorianos Körper zusammen mit anderen, die in der selben Nach starben, in die Höhlen am Puig de Alaró verschleppt haben. Jeden Morgen, wenn ich aufwache und die Persianas aufstoße, sehe ich den Puig de Alaró vor mir, in dessen Höhle sie Victorianos toten Körper geschleppt haben, liegengelassen, weggeschmissen, als ob er gar nichts wäre. Und ich sehe, wie die Eleonoren-Falken ihre Kreise ziehen, in halber Höhe vor dem Berg. Ich möchte dann mein Kleid aufreißen und schreien: Ja, kommt her, reißt auch mir das Herz aus dem Leib. Hackt mir die Augen aus. Freßt mich auf. Mich und mein Kind, damit ich im Himmel wieder eins werde mit Victoriano. Ich weiß, unser Körper ist nichts als Staub, wenn unsere Seele davonfliegt. Ich weiß, daß ich mir nicht so viele Gedanken machen muß wegen Victorianos Körper, ich darf nicht daran denken, was damit geworden ist.

Er hätte ein Begräbnis verdient, einen Grabstein auf unserem Friedhof, einen Platz, zu dem ich gehen, an dem ich weinen und Blumen ablegen kann. Aber wie gut für Alonso, daß es so einen Platz nicht gibt. Er würde mich da wegscheuchen, das weiß ich. Er will, daß ich alles vergesse. Er will so tun, als seien wir immer ein Liebespaar gewesen und hätten es uns nur nicht eingestanden. Manchmal, in der Nacht, wache ich auf, weil er meinen Körper berührt. Er tut es sehr zärtlich, fast scheu. Er streicht über meine Brüste, meinen Bauch, legt die Hand zwischen meine Schenkel. Oft atmet er dann schneller, und ich tue, als schliefe ich ganz tief. Er ist mein Mann, er hat mit dem Heiratsdokument das Recht erhalten, mich zu berühren.

Aber ich ertrage es nur, wenn wir einander nicht in die Augen sehen, ohne darüber am nächsten Tag auch nur das geringste Wort fallenzulassen. Nackt ist Alonso ein schöner Mann. Kräftig und muskulös. Morgens macht er am Fenster, von dem aus man den Puig de Alaró sieht, seine Übungen. Er hat das bei seiner militärischen Ausbildung gelernt. Davon, sagt er, habe er breite Schultern und einen kräftigen Rücken bekommen.

Papá ist sehr zufrieden mit der Arbeit, die Alonso auf Els Sant Castells verrichtet. Er sagt, einen besseren als Alonso hätten wir nicht finden können. Wie er für alles sorgt, sich um alles kümmert. Die Bar Sol interessiert ihn nicht mehr. Er geht fast nie in das Gasthaus, um seinem Vater bei der Arbeit zu helfen, nicht einmal an den langen Feiertagen zu Pfingsten ist er dagewesen. Dafür sollten wir gestern kommen, zum Lammbraten. Aber ich mußte ihn allein schicken, weil ich aussehe wie ein Monster. Der Arzt ist gekommen und hat mich untersucht. Er sagt, deinem Kind geht es gut. Mein Victoriano. Ich war so erleichtert, daß ich in seiner Anwesenheit die Tränen nicht zurückhalten konnte.

Alonso verliert kein Wort über meinen dicken Bauch. Als der Arzt kam, stieg er ins Auto und fuhr weg. Er kam erst spät nach Hause, legte sich neben mich ins Bett und fragte nichts. Kein Wort nach dem Baby und wie es mir geht. Er las im Bett die Zeitung, die immer schon drei Tage alt ist, wenn sie gebracht wird, und nichts als Lügen enthält. Aber Alonso hat Informanten, die ihm die Wahrheit erzählen. Sagt er.

Alonso leidet immer noch mit jeder Niederlage von General Mola und freut sich über jeden Sieg. Im Baskenland haben General Molas Truppen große Verluste erlitten, sagt er, wegen des hügeligen und unwegsamen Geländes. Dabei hat Hitler seine Legion Condor geschickt und die Italiener ihre Truppen. Die Basken haben raffinierte Panzerfallen gebaut, und die Nationalisten mußten große Verluste hinnehmen. Beim Essen spricht man nur noch über den Krieg. Und jetzt, seit Guerni-

ca, ist es noch schlimmer. Papá kennt Guernica, er hat mit den Basken oft Geschäfte gemacht. Er sagt, Guernica sei nur ein kleiner Marktflecken, und es habe dort nie Garnisonen gegeben oder militärische Stützpunkte, einfach gar nichts. Es war eine kleine Stadt mit Leuten, die den Krieg nicht wollten, wie so viele anderen in den Städten, die zerbombt und zerstört worden sind, wo man Familien auseinandergerissen und Menschen abgeschlachtet hat. Man hungert jetzt in Städten, die früher im Überfluß lebten. Kinder sterben auf den Straßen. In Guernica gab es kein einziges militärisches Objekt, für das es sich überhaupt lohnte, eine Bombe abzuwerfen, außer dieser Brücke über den Mundacha-Fluß. Wenn die Brücke zerstört wäre, würde der Rückzug der Basken, der bislang so vorbildlich gewesen war, aufgehalten werden. Das könnte zu großen Verlusten unter den baskischen Truppen führen, darüber haben Papá und Alonso oft miteinander geredet. Ich habe nie herausgefunden, auf welcher Seite Papá eigentlich ist. Er hat Alonso immer lange und aufmerksam zugehört, dann hat er an seiner Zigarre gekaut, sie zwischen den Fingern gequetscht, tief Luft geholt und gesagt: »Das ist richtig. Aber ...«

Alonso wird nie mehr hitzig in den Debatten. Das ist vorbei, seit Juan weg ist. Ohne Juan ist alles leichter. So ein Hitzkopf, ein Fanatiker, besessen und gefährlich. Ich habe einen Bruder, der über Leichen geht. Jetzt ist er in Kuba, und ich frage mich, welches Unheil er dort anrichtet, welchen fanatischen politischen Gruppen er sich dort anschließen wird. Wo einer schreit: »Sieg, heil«, da reißt mein Bruder die Arme hoch. Ich wußte nicht, daß ich zu so viel Haß fähig bin.

Guernica ist im Mittelalter die Hauptstadt der baskischen Nation gewesen. Papá sagt, daß die Condor-Piloten das nicht gewußt haben, als sie ihre Bomben auf Guernica abluden. Sie haben nicht nur eine kleine Stadt zerstört, sondern ein Symbol. Das Symbol der Basken.

Der Tag, der 26. April, als es passierte, war ein Mittwoch, und am Mittwoch ist Markt in Guernica. Das Wetter war leuchtend klar, und morgens begannen die Tieffliegerangriffe. Die Verwundeten wurden gerade ins Krankenhaus von Guernica geschafft, als die nächste Staffel der Junker 52 über die

Stadt flog. Und wie sie die Leute durch die Straßen gejagt haben, als würden sie auf Hasen schießen, sagt Papá, durch die Gassen der Stadt und die Straßen, die nach draußen führen. In drei Wellen sind die Tiefflieger gekommen, nachmittags zwischen halb fünf und halb sieben. Da war es kein klarer Himmel mehr über Guernica, sondern die Luft war schwer von Rauch und Qualm. Und alles Schutt und Asche. Und so viel Schreie von Verwundeten und Kindern, die ihre Eltern suchten. Aber das Schlimmste ist, daß Hitler versucht hat, die Schuld an der Vernichtung der Zivilbevölkerung den Roten anzulasten. Oh, wenn Victoriano jetzt lebte. Den flammenden Artikel möchte ich lesen, den er verfaßt hätte, einem gewissen Adolf Hitler ins Gehirn geätzt, einem Feigling, der erst hier bei uns seine tödlichen Waffen erprobt und nachher andere dafür verantwortlich macht!

General Franco hat verboten, daß die Bombardierung von Guernica erwähnt wird. Niemand darf darüber reden, nicht in den Bars, nicht auf der Straße. Nicht einmal zu Hause in den eigenen vier Wänden. Denn heute gibt es die Spione ja innerhalb der Brüder und Schwestern einer Familie. Keiner ist sicher. Sie haben einen Priester aus Navarro zu lebenslanger Haft verurteilt, weil er die Lüge in die Welt gesetzt haben soll, daß Guernica von den Antinationalisten zerbombt worden ist. Was für eine Angst dieser General Franco haben muß! Und warum fürchten wir uns so vor ihm, daß wir zittern. Alonso, meinem Mann, schwillt die Brust, und er streckt den Arm nach vorn, wenn der Caudillo erwähnt wird. Jedesmal dreht sich das Baby in meinem Bauch, wenn wir über den Krieg sprechen, als versuche es, das alles nicht zu hören, eine Stelle in meinem Bauch zu finden, wo es sicher ist vor all dem Greuel, der geschieht.

Mamá ist stumm. Immer häufiger sitzt sie so da, mit schmalen Lippen, dunkelrot gebissen, wie eine lange Wunde. Sie trägt ihr Haar jetzt immer ganz straff aus dem Gesicht gekämmt, mit großen Kämmen hinten im Nacken festgesteckt. Ich würde Kopfschmerzen bekommen, wenn ich meine Haare so zurückzerren würde. Sie wird auch immer dünner. Ich denke, sie macht sich Sorgen. Aber bestimmt nicht um mich, um mich macht sich keiner Sorgen. Es ist immer nur Juan, an den sie denkt. Er hat sich noch nicht gemeldet, seit er in Kuba angekommen ist. Nun fürchtet Mamá, daß unterwegs etwas passiert sein könnte. Das Schiff, auf dem er gereist ist (und was für Schwierigkeiten es gab, ihn bis nach Casablanca zu bringen und von dort auf ein amerikanisches Schiff), das Schiff jedenfalls ist mit einer Woche Verspätung in Havanna eingelaufen.

Die Verhaftung

Sureda hat sie erwartet, aber nicht so schnell. Nicht gleich am ersten Tag nach der Hochzeit seines Sohnes und keineswegs so früh.

Vor neun Uhr morgens hat er bislang noch nie eine Polizeistreife gesehen, weder in der Hauptstadt noch am Hafen noch sonst irgendwo. Deshalb hat er sich weder mit dem Aufstehen noch mit dem Rasieren und Anziehen beeilt. Nur auf das Bad im Meer hat er verzichtet. Dabei ist dieser Morgen von betörender Schönheit. Ein leichter Wind ist aufgekommen, fächelt in den Kronen der Schirmakazien, die tiefe Schatten auf das karibisch-blaue Meer werfen.

Als Sureda das Motorrad hört und wenig später einen Jeep, der in jeder Steilkurve den Felsen hinauf zuviel Gas gibt, ist er im Bad damit beschäftigt, sich Brillantine in das widerborstige Haar zu massieren. Je mehr die Farbe aus seinen Haaren weicht (er war einmal pechschwarz), desto schwieriger wird es, die Rodolfo-Valentino-Frisur beizubehalten, im Nacken läßt er sein Haar etwas länger stehen, so daß es über dem Kragen in einer kleinen Welle nach außen hin läuft. Dieses ist die einzige Eitelkeit, die Sureda sich erlaubt. Er weiß, daß es bei Frauen gut ankommt, wenn ein Mann nicht nur Haare, sondern auch eine Frisur hat.

Während er mit einem Hirschhornkamm durch das Haar fährt, von der Schläfe zum Nacken, hört er das Aufheulen des

Motors und leidet mit jedem Salbeibusch rechts und links der Auffahrt, über den sich ein Schwall stinkenden Qualms ergießt. Die Salbeibüsche sind zu Kugeln zurechtgestutzt, Zypressen dahinter ragen wie Obelisken empor. Nach jeder Linkskurve ein Blick auf den Felsen, nach jeder Rechtskurve ein Blick auf das Meer. Ein Wunder, denkt Sureda, daß es noch niemandem den Atem genommen hat. Daß noch niemand vor Staunen einfach geradeaus gefahren ist. Hundert Meter vom Haus entfernt das zweite Tor, ein Bogen aus Natursteinen, das in Eisengitter gelassen wurde, jedoch meistens offensteht. Sureda hat schon immer die Auffassung vertreten, daß der, der sich schützt, am meisten gefährdet ist. Er fürchtet sich auch jetzt nicht, als das Brummen des Motorrads und des Jeeps lauter werden und das Zwitschern der Vögel mit einemmal verstummt.

Der Jeep fährt jetzt an den mannshohen Strelitzien vorbei, die im Windschatten von Philodendron wuchern. Dann die Allee der Terrakottatöpfe, in denen feuerroter Hibiskus blüht, bevor er schließlich vor dem Säulengang zum Halten kommt. Abrupt stirbt der Motor, erst der des Jeeps, dann der des Motorrades. Sureda preßt mit den Handflächen die Haare an die Schläfen. Er stellt, während er sich nah gegen den Spiegel beugt, Tränensäcke fest, die gestern noch nicht da waren. Überhaupt ist das Gesicht ein wenig aufgedunsen, die Wangen schlaff, das Kinn müde. Zeichen von zuviel Alkohol, zuviel Anspannung? Vielleicht hätte er einmal noch Ferien machen sollen, wenn er gewußt hätte, was auf ihn zukommt. Wenn es ihm jemand gesagt hätte, gut, dann wäre er vielleicht noch einmal schnell mit dem Jet seines Freundes Gordon auf die Caymans geflogen, in sein Chalet unter Kokospalmen, hätte den Arbeitsanzug mit den Bermudas vertauscht, sich einen Schnorchel über das Gesicht gestülpt und wäre hinausgeschwommen ans Riff. Das Wunder der Korallenbänke hat sich ihm erst spät erschlossen. Dafür ist er Gordon dankbar. Gordon hat ihn auf die Caymans gebracht, mit seinen Millionen-Dollar-Paketen, hat ihm das Büro besorgt, die ganze Software, die man da braucht, um gute Arbeit zu leisten.

Ohne Gordon hätte er die Schönheit von Korallenbänken nie kennengelernt.

Jetzt hört er ihre Schritte im Säulengang. Gelbe und blaue Wicken ranken sich empor und wuchern zwischen eisernen Bögen mit Trompetenblumen und Kletterrosen um die Wette. Die Blüten locken die Bienen an, und wo Bienen sind, sind auch Vögel, ihr Gesang erfüllt die Luft vom Morgendämmern bis zum Sonnenuntergang. Nur in der Nähe der Volieren der Herzöge von Brabant hat Sureda schöneres Vogelzwitschern gehört. Aber dort leben sie in Gefangenschaft, hier sind sie frei. Dem Gärtner hat Sureda verboten, die herabhängenden Äste unter der Pergola zu beschneiden. Wenn sie weiter hinunterwachsen, hat er gesagt, müssen wir uns eben tiefer bücken. Ein bißchen Demut vor der Natur schadet uns nicht.

Über der Pergola befinden sich die Fenster zu seinem Bad, und diese Fenster sind von Mai bis November für den Vogelgesang geöffnet. Tag und Nacht. Nur wenn die Vögel schlafen, gestattet Sureda sich in diesem Raum Musik.

Er knöpft seine Manschetten zu und tritt ans Fenster. Wenn er sich vorbeugt, kann er den Jeep sehen, daneben das Motorrad. Wie er erwartet hat, steht GUARDIA CIVIL auf der Fahrertür des Jeeps. Auf dem Motorrad liegt ein Helm. Und im Jeep sind wahrscheinlich Handschellen.

Sureda schaut sich noch einmal um. Die Kacheln aus den Handwerksbetrieben von Marrakesch.

Das in den Boden eingelassene Bad, aus einem einzigen Marmorblock gehauen, mit einem silbernen Löwen, der das Wasser in die Wanne speit. Die Stapel schneeweißer Handtücher auf der Konsole zwischen Bad und Waschtisch.

Als junger Anwalt, mit den ersten Fällen betraut, hat er sich oft gefragt, wie ein Mensch diesen abrupten Wechsel erträgt zwischen feudaler Wohnung und Gefängniszelle. Dann lernte er, daß gerade die, welche in der Freiheit den Luxus genießen, sich am ehesten an die Kargheit einer Zelle gewöhnen. Vielleicht hat er demnächst Zeit, dieses Mysterium zu ergründen.

Er tritt aus dem Bad und beugt sich über die Balustrade, von der aus man hinunter in das Foyer schauen kann, auf die Rosette aus weißen, rosa und dunkelgrünen und goldenen Marmormosaiken. In der Mitte eine Wasserschale, aus der ein hoher, feiner Wasserstrahl emporsteigt.

Die beiden Polizisten stehen am Brunnen und beobachten den Strahl.

Sureda räuspert sich. Er hat die Hände auf das Geländer der Balustrade gestützt. »Guten Morgen.«

Die beiden, wie ertappt, schnellen herum und schauen zu ihm auf. Er lächelt. Das gefällt ihm, daß diese beiden Burschen noch einmal zu ihm aufschauen müssen. Mit Augen, in denen das Staunen glänzt.

Bartolomé, ein sanfter und immer barfüßiger Philippine, der sich um das Wohl von Dr. Sureda kümmert, sobald er seine Villa an der Cala Oscura betritt, serviert Café solo in kleinen Gläsern. Der Kaffee ist sehr heiß und sehr süß. Commandante Manuel Roig liebt Kaffee, der sehr heiß und sehr süß ist. Ganz besonders weiß er es zu schätzen, wenn man zum Kaffee Buñuelos serviert, ebenfalls heiße und sehr süße, in Fett ausgebackene Hefekringel, außen knusprig, innen cremigweich. Er seufzt behaglich, bevor er seinen goldenen Zahn in das Hefeteilchen schlägt.

Sureda hat Kaffee abgelehnt, was er selten tut. Schon aus Höflichkeit. Aber an diesem Morgen, am Tag nach der Hochzeit seines Sohnes Felipe Ramón, will er nicht höflich sein. Er weiß aus Erfahrung, daß Höflichkeit in der Bewertungsskala von Polizeikommissaren und Ermittlern keinen Wert darstellt. Anders ein sehr heißer und sehr süßer Kaffee und Buñuelos, die so gut sind wie die aus dem Café Sol am Marktplatz von Santa Maria, sonntags zwischen zehn und zwei. Dort hat Bartolomé die Kunst, Buñuelos in heißem Fett auszubacken, gelernt. Sureda hat ihn hingeschickt, drei Sonntage mußte er Bartolomé entbehren, drei Sonntage mußte Bartolomé Schuhe tragen, Gummisandalen, weil der Fußboden in der Küche der Bar übersät war mit Scherben und Unrat. Dann kam Bartolomé zurück, zog vor der Haustür seine Schuhe aus, lächelte den Vögeln zu, die in dem Blätterdach der Pergola herumschwirrten, ohne ihren Gesang zu unterbrechen, ging von der Halle direkt in die Küche, stellte einen Wok auf den Herd und bereitete, während das Öl sich im Wok erhitzte, aus Hefe, Mehl und Wasser einen Teig. Er wendete die ausgebackenen Teile in Puderzucker, arrangierte sie auf einem Porzellanteller, den springende Leoparden zierten, und trug sie vierhundertachtzig Steinstufen hinunter an den Strand, wo Sureda im Schatten eines maisgelben Sonnenschirms auf einer Liege die Sonntagsausgabe des Diario de Mallorca las. Sureda schaute einmal auf und wußte, daß sich der Aufwand gelohnt hatte.

Sureda rührt in einem Glas mit Vichy Catalan, in dem er zwei Aspirin auflöst.

»Ein schöner Tag«, sagt der Commandante in das Summen der Bienen und die Schreie der Möwen, die sich um einen toten Fisch zanken. »Nicht so heiß wie gestern, und vor allen Dingen Wind. Endlich der richtige Wind. Dabei hatten sie für gestern ein Gewitter angesagt.«

»Es durfte kein Gewitter geben«, sagt Sureda. »Ein Gewitter bei einer Hochzeit ist ein schlechtes Omen.« Er lächelt. »Ich hab mit Petrus ein Abkommen getroffen.«

Der junge Polizist in Motorradkluft erhebt sich und tritt durch die offene Terrassentür ins Freie. Sureda beobachtet, wie er auf der Terrasse herumgeht und alles anschaut, mit dem Staunen eines Kindes. Die großen, steinernen Löwen, die Sureda von einer Thailandreise mitgebracht hatte – sie waren sechs Wochen über die Ozeane gefahren, während ihn der Trip nur 14 Stunden seines Lebens gekostet hatte. Der steinerne Tisch, weiße Daunenkissen auf Mauerbänken, Liegestühle aus Rattan mit ebenfalls weißen Kissen, Arrangements von Muscheln und Seesternen, Badeschuhe aus Hanf, die aussehen, als seien sie nie benutzt, neben kunstvoll zusammengelegten Kimonos, die Ärmel gefaltet unter dem Gürtel, der zu einer Rosette gebunden ist.

»Glauben Sie mir«, sagt der Commandante, »ich tue das nicht gern. Ich hole Sie ganz ungern hier heraus, aus dem Paradies. Wahrscheinlich wollten Sie gleich runter ans Meer. Ist das Ihre Yacht da draußen?«

Er zeigt auf einen Zweimaster, ein schnittiges Holzboot, das in der Bucht ankert.

Sureda nickt gleichmütig.

»Von so was hab ich als Junge geträumt«, sagt der Commandante. »Aber da muß man Millionär sein, um so was zu unterhalten. Die Leute sagen, ein Schiff zu unterhalten, das ist, als würde man eine Geldvernichtungsmaschine in Gang setzen.« Er lacht. »Aber Sie sehen das wahrscheinlich anders.«

»Ich sehe es genauso«, sagt Sureda ruhig. »Sie haben völlig recht. Es ist Unsinn, so ein Schiff zu besitzen. Wie es ebenfalls Unsinn ist, allein in so einem Haus zu leben.«

»Sie leben allein hier?«

»Bis auf die Tage, die Felipe Ramón mich besucht hat. Ich habe sonst keine Familie. Natürlich schläft Bartolomé im Haus, aber das zählt nicht.«

»Wieso zählt das nicht?« fragt der Commandante interessiert. Er fixiert Sureda, der stellt das Glas ab, reicht dem Commandante ein silbernes Körbchen mit Papierservietten, damit er sich die Zuckerkrümel von den Fingern wischen kann, und sagt: »Was genau wirft man mir vor?«

Der Commandante reagiert sofort. Er putzt die Finger, greift in seine Jacke und zieht einen Brief heraus.

»Dies ist die Vorladung«, er reicht die Sureda, »wenn Sie einen Blick darauf werfen wollen? Sie kennen sich ja bestens mit den Paragraphen aus.«

Sureda überfliegt das Papier mit der Verfügung, eine richterliche Vernehmung vorzunehmen, und zwar sofort, nickt gelassen, faltet das Schreiben zusammen und erhebt sich.

»Welcher Untersuchungsrichter hat heute Dienst?« fragt er. Früher hätte er so was gewußt, früher kannte er die Terminpläne aller Staatsanwälte und Untersuchungsrichter von Palma. Damals hatte er auch noch keine Klienten, die ihn von Palma nach Madrid, von dort nach London, zu den Cayman Islands und nach Paraguay schickten.

»Richter Rafael Ginard, glaube ich«, sagt der Commandante.

Rafael Ginard. Sureda zieht die Stirn kraus. Rafael Ginard. Der Name bringt nichts zum Klingeln. Keine Erinnerung, nichts.

»Er ist erst vor ein paar Monaten vom Festland geschickt worden«, sagt der Commandante, »soweit ich weiß. Man hört ja immer nur Gerüchte. Es soll eine Art Strafversetzung gewesen sein. Genaues kann ich nicht sagen. Darf ich ja auch nicht. Aber er scheint in einen Fall verwickelt gewesen zu sein, wo es um viel Geld ging.«

Sureda tut, als höre er gar nicht richtig zu. Dabei saugt er jedes Wort auf. Rafael Ginard, vom Festland abkommandiert. Ein Fall, in dem es um viel Geld ging. Davon gibt es auf dieser Insel mehr als genug. Wenn er wüßte, worum es genau gegangen war, das würde ihm helfen. Aber er wird es herausfinden.

In der Tür erscheint Bartolomé, lautlos und aufmerksam, in schneeweißer weiter Hose und einem weißen, an den Seiten geschlitzten Seidenhemd. Er blickt aufmerksam von Sureda zu dem Commandante, dann zu dem jungen Polizisten, der eben wieder durch die Terrassentür ins Innere des Hauses tritt.

»Hier ist es kühler«, sagt der junge Polizist. »Sie haben ein verdammt schönes Fleckchen Erde gefunden, Dr. Sureda. Verdammt schön. Wie hoch ist der Felsen, auf dem dieses Haus steht?«

»Fünfzig Meter«, sagt Dr. Sureda, »wenn Sie mich einen Augenblick entschuldigen wollen.«

Die beiden nehmen Haltung an, und Sureda verschwindet, indem er Bartolomé am Arm hinter sich her in den Wirtschaftstrakt des Hauses zieht.

Bartolomés schwarze Augen glühen. »Ist es etwas Ernstes, Master?« fragt er.

Sureda faßt Bartolomé an den Schultern. Sein Griff ist hart, vielleicht zu hart. Er spürt die wachsende Anspannung.

»Ich muß noch einmal telefonieren, Bartolomé. Ich würde das gerne von deinem Handy tun. Ist das möglich?«

»Selbstverständlich, Master. Ich hole es.«

»Sag mir, wo es ist, und geh du wieder hinein und biete den beiden Herren an, ihnen den Billardraum zu zeigen. Ich wette, sie brennen vor Neugier, zu wissen, was es hier alles gibt.«

»Das Handy ist in meinem Zimmer, auf dem Nachttisch«, sagt Bartolomé. »Verzeihen Sie, wenn das Zimmer nicht aufgeräumt ist.«

Das erste Verhör

In der Präsidentensuite des Grandhotels Son Vida sind die Vorhänge zugezogen, die Persianas verschlossen, kein Strahl der Morgensonne dringt hindurch, nicht das Lachen der Kinder, die im Babypool schon ihr drittes Bad nehmen, nicht die ermahnenden Rufe der Mutter und Kindermädchen.

»José! Luís! Hört auf zu plantschen! Es wird ja alles naß!«

Die Türen zum Hotelflur doppelt, mit Leder gepolstert. Die Zimmerkellner, die Frühstückstrolleys an der Türe zur Präsidentensuite vorbeischiebend, könnten laute Lieder singen, der Präsident in seinem Himmelbett würde es nicht hören. Nicht das Rauschen der Wasserleitungen aus anderen Hotelzimmern, nicht das Geplapper der Zimmermädchen, die bei offenen Türen Betten beziehen, Toiletten spülen und Teppiche saugen. Vor dem Schlafzimmer die Loggia ein überdachter Balkon mit zierlichen Säulen und Bögen, zwei Liegen, auf der einen das Brautkleid, zerknittert, auf der anderen die Frackjacke des Bräutigams, das Innere nach außen gekehrt, dunkle Seide glänzt in der Sonne.

Brautschuhe aus Satin, achtlos hingeworfen, neben schwarzen Socken und dem Kummerbund aus Duchesse, ebenfalls schwarz. Ein Stilleben, das niemand bewundert.

Die Champagnerflasche, halb nur geleert, am Kopfende der Liege. In dem Kühler – das Eis, das den Champagner in der Nacht kühlte, ist längst geschmolzen – badet eine Vogelfamilie. Im hermetisch verschlossenen Schlafzimmer hört man von alledem nichts. Der Gärtner hoch auf dem Rasenmäher, der das eben geschnittene Bermudagras schon wieder abraspelt. Weiter hinunter am grünen Hang, hinter den Palmwedeln und baumhohem Oleander, der Golfplatz. Auch um diese Zeit, morgens um neun Uhr, sind die Urlauber schon unterwegs in karierten Hosen und Lederschuhen mit Spikes, ziehen Caddiewagen mit Kalbsledertaschen und gepolsterten Gummirädern hinter sich her, die Schirmmütze tief in die Stirn gezogen.

Manchmal durchbricht der Knallen eines abgeschlagenen Golfballs die Stille. Aber der Präsident in seiner schalldichten Suite würde nicht geweckt.

Felipe Ramón und Ysabel schlafen wie Kinder, tief und traumlos, die Beine ineinander verhakt, seine Arme umschlingen ihren Bauch, sein Gesicht in der Mulde ihrer Schultern, beide mit einem Lächeln und Lidern, die nicht zucken, kein einziges Mal, als der Etagenservice sich zum zweiten Mal meldet.

Um vier Uhr morgens sind sie von ihren Liegen auf der Loggia aufgestanden. Felipe Ramón hat versucht, die Braut, jetzt seine rechtlich getraute und kirchlich gesegnete Frau, über die Schwelle aufs Bett zu tragen, aber auf halbem Wege ist ihm die Kraft ausgegangen. Ysabel hat an seinem Hals gehangen, kichernd und glücklich, während er mühsam, mit zitternden Oberschenkeln, einen Schritt vor den anderen setzte.

Er hat sie nicht fallen lassen, sondern sie ist langsam aus seinen Armen geglitten, hat auf dem Fußboden gesessen, ein kleines Mädchen mit nackten Brüsten und Spitzenslip, und zu ihm hochgelächelt. Und nun? hat sie gefragt.

Jetzt bin ich Jesús, hat er gesagt, und ich befehle dir: Stehe auf und wandle.

Und so ist sie aufgestanden, zum Bett gestolpert und hat sich in die Kissen fallen lassen, in das duftende Bett aus Leinenlaken. Hat ihre Haare auf Daunenkissen zerwuselt, die Arme ausgebreitet, die Beine gespreizt, während er vor ihr kniete, am Fußende, und all die Dinge sagte, die sie erwartete von ihrem Bräutigam, ihrem rechtlich getrauten und kirchlich gesegneten Ehemann in der ersten Nacht ihrer Ehe.

Bevor sie einschliefen, er an ihren Rücken gepreßt, seine Arme um ihren Bauch geschlungen, murmelte er: Es stimmt, Sex in der Ehe ist anders als vor der Ehe.

Wie anders? hat sie gefragt, schon fast im Schlaf.

Schöner, hat er gesagt.

Das knöcherne Klopfen an der Tür wird lauter, unerbittlicher. Ysabel hebt den Kopf, blinzelt, versucht, sich zurechtzufinden, tastet nach dem Schalter der Nachttischlampe.

Sie dreht sich zu ihrem Mann um. Einen Augenblick betrachtet sie mit Rührung das Gesicht des Schlafenden, küßt seine nackte Schulter, sein Haar. »Felipe, das Frühstück ist da.«

Er knurrt, küßt die Luft, lächelt, dreht sich um und schläft weiter.

Ysabel wickelt ein Laken um den Körper und tapst auf bloßen Füßen zur Tür.

»Guten Morgen, Señora Sureda«, der Etagenkellner strahlt, »ich hoffe, Sie hatten eine wunderbare Nacht. Jetzt bringe ich Ihnen Ihr wunderbares Frühstück. Sie haben es für neun Uhr bestellt. Ich hoffe, es ist nicht zu früh. Wo darf ich das anrichten?«

»Wie ist denn das Wetter?« fragt Ysabel mit einer Stimme, die voller Schlaf und Behaglichkeit ist.

»Wie immer um diese Jahreszeit«, sagt der Kellner, »heiß und trocken.«

»Oh, schön. Ich hab vergessen, daß ein Sommer so sein kann. Die letzten Sommer haben in wir London verbracht. Also dann draußen, denke ich, auf der Loggia.«

Der Etagenkellner, der sich in der Suite blind zurechtfände, steuert den Teewagen durch den Salon zur Balkontür, ohne einen einzigen Blick auf das Schlafzimmer zu werfen. Er zieht die Vorhänge zurück, öffnet die Balkontüren, schiebt die eisernen Riegel der Persianas zurück, stößt sie auf.

Sonne flutet herein, Licht, der Geruch von Rosmarin und Thymian, frisch gemähtem Gras, und gleichzeitig das Lachen der Kinder, das sanfte Brummen des Rasenmähers, Golfbälle, die von einem Tee abgeschlagen werden, Stimmen von der großen Terrasse, auf der man einen Cocktail vorbereitet. In der

Ferne, über dem Dächermeer von Palma, der Hafen, das Meer, glitzernd blau und unendlich, im Dunst verschwimmt die Linie zwischen Himmel und Meer.

Ysabel sitzt, das Laken um den Körper geknotet, auf der Fußbank vor dem Himmelbett und schaut hinaus, trinkt das Licht, riecht das Land, hört die Stimmen.

Und plötzlich breitet sie die Arme aus, wirft den Kopf in den Nacken und stößt einen Freudenschrei aus. »Wow!!! Ist das Leben schööööön!«

Felipe schreckt hoch, reibt sich die Augen, blinzelt in die Helligkeit.

»Was? Was hast du gesagt?«

»Schau einmal da.«

Felipe läßt sich wieder fallen. »Ich kann nicht, ich bin noch müde. Wie spät ist es?«

»Zehn Uhr.«

»Weck mich um elf, ja?«

»Wir haben für neun das Frühstück bestellt.«

»Ich nicht, das warst du.«

»Ja, weil wir nachher rausfahren wollen, nach Son Rafal.«

Felipe runzelt die Stirn. Draußen, auf der Loggia, deckt der Kellner den Tisch, schenkt Mineralwasser aus der Glaskaraffe in Gläser, läßt es in Regenbogenfarben perlen.

»Was ist das, Son Rafal?«

Ysabel geht um den Pfosten des Himmelbettes herum und küßt seine nackte Schulter. »Mein Brautgeschenk«, sagt sie, »meine Aussteuer.«

»Gut, Aussteuer können wir gebrauchen. Wir haben gestern festgestellt, es gibt keinen einzigen silbernen Champagnerkühler in unserem Haushalt.«

Ysabel knabbert an seinem Ohr. »Mein Brautgeschenk ist eine Finca, Felipe. Eine Finca in den Bergen. Der Platz, an dem meine Großmutter gelebt hat, bis sie starb. So schön, daß sie nie von dort wegwollte, hat mein Vater gesagt. So schön.«

Der Etagenkellner hat sein Werk vollendet. Er steht da, mit einem Ledermäppchen, in dem sich die Rechnung befindet, und räuspert sich diskret.

»Ich lasse das einfach hier liegen, Sie können das irgendwann unterschreiben. Wenn etwas fehlen sollte oder Sie noch irgendeinen Wunsch haben, bitte wählen Sie einfach die 4.«

Er verschwindet, wie er gekommen ist, durch den Salon, den kleinen Flur.

»Ist er weg?« Felipe zieht seine Frau zu sich herunter, schiebt ihr Laken weg, von den Brüsten herunter zum Bauchnabel, leckt ihre Brustwarzen, bis sie sich aufrichten, knurrt behaglich, zieht sie neben sich auf das Bett. »Ich habe die ganze Nacht von Sex geträumt«, murmelt er, während seine Hände zwischen ihre Schenkel gleiten, »oder habe ich das nicht geträumt?«

In dem kleinen Augenblick, in dem die Frage noch im Raum schwebt und Ysabel die Lippen öffnet, um zu antworten, schrillt das Telefon.

Felipe zieht den Kopf seiner Frau zu sich herunter, bedeckt mit ihren Haaren seine Ohren.

»Nicht hingehen, nicht abnehmen«, murmelt er. »Es ist unser Hochzeitstag. Wir wollen mit niemandem sprechen.«

Ysabel küßt ihn, hört nicht auf das Schrillen, schiebt ihre Zunge zwischen seine Lippen, in den schlafwarmen Mund.

Das Telefon verstummt. »Ich liebe dich«, flüstert Felipe. »Ich liebe dich, ich liebe dich.«

»Du mußt nicht flüstern«, sagt Ysabel, »wir haben die Präsidentensuite.«

Felipe richtet sich auf, legt den Kopf in den Nacken und brüllt: »Ysabel Sureda, ich liebe dich!«

Da klingelt das Telefon schon wieder. Unablässig schrillt es aus allen Zimmern, dem Salon, dem Bad, der Gästetoilette, und diesem Telefon neben ihrem Bett. Ein stereophones Schrillen.

Felipe stöhnt auf, wirft sich herum, greift den Hörer und schreit: »Nein!« Und will wieder auflegen. Kurz bevor der Hörer auf die Gabel fällt, hört er die Stimme seines Vaters.

»Felipe Ramón! Ich bin's! Dein Vater!«

Felipe fällt in die Kissen zurück, den Hörer am Ohr. Er schließt die Augen.

»Vater«, sagt er, »es ist zehn Uhr früh. Ich bin verheiratet.«

Die Stimme seines Vaters klingt gedämpft, seltsam verzerrt.

Felipe muß sich aufrichten, um gut zu verstehen. Er fährt sich, während er zuhört, ständig mit den Fingern durch die Haare. Er knurrt, räuspert sich, brummt.

Als er endlich auflegt, steht Ysabel schon unter der Dusche, läßt das Wasser über ihr Gesicht laufen.

Er legt die Hände von außen an die Duschwand aus Glas. Sie lächelt. Sie drückt ihre Lippen an das Glas, er drückt seine dagegen.

»Was ist los?« ruft sie.

Er wartet, bis sie die Dusche abgestellt hat und herausgetreten ist.

»Sie haben Vater abgeholt«, sagt er.

Ysabel starrt ihn an.

»Sie bringen ihn nach Palma, ins Untersuchungsgefängnis. Wahrscheinlich werden sie Anklage erheben.«

Ysabel greift nach dem Handtuch, wickelt es um das Haar. »Anklage?« wiederholt sie tonlos.

Felipe Ramón starrt auf die kleine Wasserlache, die sich auf dem Marmorboden um Ysabels Füße bildet.

»Es hat etwas mit dem Alten zu tun. Gestern. In der Kirche.« Er hebt den Kopf und schaut Ysabel in die Augen. »Mehr weiß ich auch nicht. Ich muß sofort zu ihm, bevor irgend jemand von der Presse Wind von dieser Sache bekommt. Das muß unter der Decke bleiben. Der Tod des Mannes, verstehst du? Sie wollen meinen Vater dafür drankriegen. Sie haben schon lange auf einen Moment gewartet, wo sie ihm etwas anhängen können.«

»Warum?« fragt Ysabel.

»Weil er zu mächtig ist, zu eigensinnig, weil er nicht zu ihnen gehört.«

»Zu wem?« Ysabel folgt Felipe. In dem Flur stehen ihre Reisetaschen. Die Koffer für die Hochzeitsreise. Felipe zieht die Leinenhose an, ein Polohemd, zieht den Gürtel durch die Schlaufen, zerrt seine Straßenschuhe aus dem Kleidersack, setzt sich auf den Boden, streift sie über die nackten Füße.

»Was meinst du damit, daß er nicht zu ihnen gehört?«

»Ich meine damit gar nichts«, Felipe Ramón springt federnd auf, tastet die Gesäßtaschen ab.

»Ich wiederhole nur, was mein Vater gesagt hat. Wo ist meine Brieftasche? Meine Kreditkarten? Wo ist das ganze Zeug? Der Autoschlüssel?«

»Warte.« Ysabel läuft durch den Salon auf die Loggia. Da liegt, vom Etagenkellner diskret zusammengelegt, seine Frackhose. In der Hose die Brieftasche, die Autoschlüssel. Er selbst hat den Wagen in der Nacht noch bis zum Hotel gesteuert. Gut, daß die Guardia Civil keine Fahrzeugkontrollen gemacht hat in dieser Nacht.

Er küßt Ysabel, aber nicht auf die Lippen. Er küßt sie flüchtig, mit den Gedanken ist er bereits weit weg. Er küßt bereits wie ein Ehemann, der sich zu Hause die Kraft geholt hat, um draußen im Kampf zu bestehen.

Ysabel schaut ihn mit dunklen, großen Augen an.

»Übrigens, Vater will unbedingt herausfinden, um wen es sich bei dem Toten handelt«, sagt er, als er schon die Tür zum Flur geöffnet hat. Er schaut rechts und links, er spricht leise, bereits im Ton eines Konspirativen, im Ton eines Mannes, der fürchtet, belauscht zu werden, der im Besitz von Geheimnissen ist, beruflichen Geheimnissen, Geschäftsgeheimnissen, irgend etwas. Er wird immer berufliche Geheimnisse haben, wenn er erst in Madrid als Juniorpartner in die Kanzlei eingetreten ist, in der die wichtigsten Fälle Spaniens verhandelt werden. Er wird sich immer so umschauen, vor seiner Haustür, wenn er seiner Frau noch etwas mitteilen will. Etwas, das ihm gerade durch den Kopf gegangen ist. Und weil er nicht weiß, ob er im Laufe des Tages die Zeit finden wird, mit seiner Frau zu telefonieren.

»Wer könnte es sein?« fragt Ysabel.

Felipe legt die Finger auf die Lippen. »Er hat noch nicht einmal eine Vermutung. Aber er läßt dich grüßen und dir ausrichten, du mögest dir keine Sorgen machen. Und nicht auf das hören, was andere sagen.«

Felipe will gehen, hat die Autoschlüssel schon in der Hand. Aber Ysabel hält ihn fest, mitten auf dem Hotelflur, den Körper nur mit einem Badetuch bedeckt. »Was sagen denn andere Leute? Wieso soll ich darauf nicht hören?«

»Schatz, ich weiß es nicht. Ich muß los, Vater wartet dringend auf mich. Er verläßt sich auf mich.« Felipe lächelt, und etwas blitzt in seinen Augen. »Es ist meine erste Bewährungsprobe, verstehst du? Zum ersten Mal kann ich ihm zeigen, was ich gelernt habe.«

Ysabel schaut ihm nach, wie er im Laufschritt, federnd, den endlosen Flur durchmißt. Der Fahrstuhl wartet schon, er geht hinein und ist weg. Er hat sich nicht mehr zu ihr umgedreht.

Ysabel schließt sanft die Tür, durchquert die Zimmer, tritt auf die Loggia.

Orangensaft in Kristallgläsern auf einem Bett von gestoßenem Eis. Kunstvoll gefaltete Servietten, von einer Satinschleife zusammengehalten, in der eine Rose steckt. Silberne Hauben für die Tortillas, die Butter, den Obstsalat. Ein Tisch voller silberner Hauben, voller versteckter Genüsse. Ysabel hebt eine Haube, betrachtet die Tortillas, Eigelb mit Petersilie und Pimientos verrührt und ausgebacken, zu einer Rolle zusammengelegt, auf dem Teller mit gegrillter Tomate garniert, kroß gebratenem Speck. Sie läßt die Haube wieder fallen und sinkt auf den Stuhl. Ein Golfball wird abgeschlagen. Es klingt wie ein Schuß.

Der Commandante hat eben den berühmtesten Anwalt Mallorcas, Dr. Jaume Sureda, bei dem diensthabenden Untersuchungsrichter abgeliefert, und nun ist er schon wieder unterwegs. Dieses Mal nicht in Begleitung eines Motorrades. Das war eine Anordnung des Richters, die der Commandante ohnehin nicht verstanden hat. Was kann ein Kollege schon helfen, der mit dem Motorrad voranfährt? Selbst wenn er hinterherführe, könnte er höchstens etwas ausrichten, wenn Dr. Sureda beschlösse, aus dem fahrenden Jeep zu springen. Vielleicht irgendwo auf einem der engen Wege zwischen Steinmauern? Wo er sich den Anzug an den scharfen Steinkanten aufreißen oder gleich die Knie zerschmettern würde beim Sprung?

Hat der Untersuchungsrichter sich etwa so etwas vorgestellt? Oder glaubt er, der berühmteste Anwalt Mallorcas würde auf der Schnellstraße Palma – Manacor aus dem fahrenden Jeep springen? Und wie ein gejagter Hase in die Felder davonspringen?

Dr. Sureda hat sich fabelhaft benommen. Er hat im Fond

des Wagens gesessen, ganz ruhig, ohne erkennbare Nervosität, nur einmal wollte er telefonieren, aber er hat es sofort unterlassen, als der Commandante ihn daran erinnerte, daß er dazu eine richterliche Genehmigung braucht.

»Die alten Gesetze«, sagte der Commandante, wie um sich zu entschuldigen. »Sie wissen ja, vieles hat sich geändert seit 1975, aber nicht alles.«

»Sie dürfen mich 48 Stunden festhalten«, sagt Sureda, »aber keine Minute länger. Das steht auch in den Gesetzen. Es sei denn, Sie hätten hieb- und stichfeste Beweise hinlänglich meiner Person. Worum geht es eigentlich?«

Der Commandante hatte Dr. Sureda durch den Rückspiegel einen Blick zugeworfen. Konnte es sein, daß Dr. Sureda wirklich keine Ahnung hatte? Daß er sich unschuldig fühlte? War das möglich?

In Dr. Suredas Miene ließ sich gar nichts lesen. Nicht einmal eine Verärgerung darüber, daß er diesen schönen Samstag nicht auf seiner Yacht, die in der Cala Oscura vor sich hin schaukelt, verbringen durfte, sondern in einem Jeep, der nicht einmal über eine Klimaanlage verfügte, über die heißen, baumlosen Straßen Mallorcas kutschiert wurde. Sie sind bis Porto Christo der Küstenstraße gefolgt, und Dr. Sureda hat aus dem Fenster geschaut wie ein Tourist, der sich vom Taxi über die Insel fahren läßt. Das glitzernde Meer zwischen Pinien, weiße Kalkfelsen, an die das Wasser schwappt, Hinweisschilder zu Parkplätzen und Badebuchten, in denen man Liegestühle und Sonnenschirme mieten kann. Restaurants preisen ihre Paellas an oder die Calamares vom Grill. Mit Badegästen vollbeladene Autos kamen ihnen entgegen, manche führten auf dem Dach ein Gummiboot, eine Kinderkarre, ein Surfbrett.

Einmal, als der Blick sich weitete auf die Landzunge von Punto de Namer, entfuhr dem Anwalt ein Seufzer.

Der Commandante glaubte zu verstehen: »Ein verdammt schönes Fleckchen Erde, das hier«, sagte er mitfühlend. »Aber schauen Sie mich an: Ich habe heute Geburtstag und bin trotzdem im Dienst.«

»Glückwunsch«, sagte Sureda und klopfte ihm von hinten auf die Schulter.

Der Commandante kann sich nicht erinnern, wann zuletzt ihm ein Delinquent (und nach dem gängigen Sprachgebrauch war Dr. Jaume Sureda ein Delinquent) auf die Schulter geklopft hat. Bei jedem anderen hätte er es sich vielleicht verbeten. Aber in diesem Fall verzog er seine Miene zu einem kleinen Grinsen und sagte: »Danke, aber keine Sorge: Ich habe meiner Frau versprochen, daß wir das nachfeiern.«

»Sie werden sie zum Essen einladen?« fragte Sureda.

»Ja, stimmt, zum Essen.« Ein kurzer, argwöhnischer Blick in den Rückspiegel. »Woher wissen Sie das?«

»Ich kann Ihnen das Aramis empfehlen. Es sei denn, Sie wohnen nicht in der Altstadt?«

»Ich wohne in der Altstadt.« Die Stimme des Commandante bekam etwas Verkniffenes. »Aber ich glaube kaum, daß wir beide in den Restaurants der gleichen Preisklasse verkehren. Ich bin Polizist, Señor Sureda, und besitze keine achtzehn Meter lange Yacht.«

Sureda tat, als habe er das nicht gehört. Er zog eine Visitenkarte aus seinem Sakko und kritzelte etwas auf die Rückseite. »Juan Carlos Perez serviert ein ausgezeichnetes 3-Gänge-Menü. Es kostet zwischen zwei- und dreitausend Peseten. Wenn Sie hingehen, geben Sie ihm das da.«

Er wollte das Kärtchen nach vorne reichen, aber der Commandante nahm beide Hände vom Steuer und rief abwehrend: »Sie wollen mir doch hoffentlich kein Geld geben, Dr. Sureda!«

»Nur meine Visitenkarte. Sagen Sie Gabriela einen schönen Gruß von mir. Und sie wird Ihnen und Ihrer Frau den besten Tisch anbieten und ein besonderes Menü zusammenstellen. Man wird Sie gut behandeln. Zahlen müssen Sie schon selbst.«

Weil der Commandante mit beiden Händen wieder das Steuer umklammerte, ließ Sureda das Visitenkärtchen einfach auf den leeren Beifahrersitz fallen.

Bis zum Ende der Fahrt wechselten sie kein weiteres Wort.

Jetzt ist der Commandante schon wieder unterwegs auf der Autobahn, in Richtung Inca, und immer noch strömen die Menschen aus der Hauptstadt an die Strände. Er reiht sich ein in die Kolonne der Wochenendler, und er flucht leise vor sich hin. Er würde jetzt gerne mit seiner Frau telefonieren, Elena, mein Häschen, würde er sagen, ich sehne mich nach deinem Fell. Sie weiß, welches Fell er meint. Das kleine seidige Dreieck zwischen ihren Schenkeln, ein Fell, weicher als das eines Hermelins, und fein gelockt. Man kann die Locken um die Finger wickeln oder sie glatt zupfen. Man kann daran schnuppern oder hineinpusten, bis Elena anfängt zu kichern, weil es so kribbelt. Ein kitzeliges Häschen, seine Elena. Samstag ist der Tag, an dem sie Sex haben. Meistens nach dem Aufwachen, wenn sie noch nach Schlaf riecht. Ein Geruch wie von frischer Milch. Er braucht nur seine Nase zwischen ihre Brüste zu schieben, und schon erregt er sich. Seine Eltern haben nicht verstanden, was er an Elena so Besonderes fand. Aber er wußte, warum er sie heiraten wollte und keine andere. Wenn ich überhaupt heirate, dann sie, hat er gesagt. Und es bis zu diesem Tag nicht bereut.

Es ist Samstag und sein 31. Geburtstag, 12 Uhr mittags. Und er ist immer noch im Dienst.

In Santa Maria del Camí hätte er beinah die Autobahnausfahrt verpaßt. Im letzten Augenblick wirft er das Steuer herum, blinkt und bremst. Er ist ein guter Autofahrer. Aber auch abhängig von der Reaktionsschnelle der anderen. Ein wütendes Hupkonzert begleitet ihn, als er zwischen den Oleanderhecken den Jeep wieder in seine Gewalt bringt.

Er darf während der Fahrt nicht träumen. Er darf in seinem Beruf überhaupt nicht träumen. Sein Ausbilder hat ihm eingebleut, worauf es ankommt: Konzentration bei der Entgegennahme von Befehlen. Präzision in der Ausübung der Befehle. Keine Emotionen, keine Wut, keine Rachegefühle. Aber auch: kein Mitleid. Sein Ausbilder hat ihm an Beispielen aus der Polizeigeschichte Mallorcas anschaulich erklärt, warum alle drei Emotionen: Haß, Rache, Mitgefühl, gleich fatal sein können, in gewissen Augenblicken. Und es geht ja immer nur um die gewissen Augenblicke, die zählen.

Der Commandante ist nicht sicher, welche Emotionen bei diesem Auftrag überwiegen werden. Er ist sich überhaupt nicht sicher, wie er Don Pepe, Duque de Sa Carrotxa, die Nachricht überbringen soll.

Er hat darum gebeten, einen anderen zu schicken, einen, der nicht aus der Gegend stammt. Einen wie den Arzt zum Beispiel, Dr. Herreda, der den Toten untersucht hat, oder irgendeinen anderen aus der Zentrale. An diesem Samstag haben fünf Kollegen Dienst. Warum schickt man gerade ihn? Warum läßt man ihn erst rausfahren bis zur Villa des Dr. Sureda, den Mann ins Gerichtsgebäude bringen, um ihn sofort mit neuer Mission wieder loszuschicken? Steckt ein Plan dahinter? Wenn ja: welcher Plan?

Der Commandante drückt auf die Hupe. Vor ihm, auf dem schmalen Weg, trottet ein Maulesel, den man vor eine Karre mit eisenbeschlagenen Holzrädern gespannt hat. Auf dem Kutschbock ein alter Mann und eine alte Frau. Er im schwarzen Anzug, sie mit einem bunten Tuch über dem krummen Rücken. Der Commandante kennt die Leute. Und er weiß, wohin sie fahren: zu ihrem Stück Land bei Baix de Puig. Und er weiß auch, was sie dort tun werden: die Feigen pflücken und sie zum Trocknen auslegen.

Der Kutscher lenkt den Karren so dicht wie möglich an die von Disteln und Dornen überwucherte Steinmauer, um den Jeep vorbeizulassen. Aber der Commandante fährt nicht weiter, als er auf gleicher Höhe mit den alten Leuten ist. Er kurbelt das Seitenfenster herunter und lacht. »Ihr erkennt eure eigenen Leute nicht mehr, was?«

Es sind seine Großeltern. Die beiden lachen und entblößen ihre Kiefer mit schlechten Zähnen.

»Du hast heute Geburtstag!« ruft die alte Frau.

»Ja, aber wir feiern nicht, ich bin im Dienst.«

»Ich weiß, Elena hat es uns erzählt, du Armer.«

»Und wohin mußt du jetzt?«

»Rauf nach Els Sant Castells.«

»Da war gestern die Hochzeit, stimmt's?«

»Ja, da war die Hochzeit, und noch etwas anderes.«

Die beiden alten Leute warten. Sie sind in einer Zeit groß geworden, als es nicht ratsam war, zu viele Fragen zu stellen. Wenn jemand etwas erzählen will, dann wird er es tun, egal, ob man ihn dazu auffordert oder nicht. Will er es nicht erzählen, bringt es auch nichts, wenn man ihn bittet.

»Es hat einen Toten gegeben während der Hochzeit«, sagt der Commandante.

»Oh«, die Großmutter hält erschrocken ihre von Gichtknoten verformte Hand an den Mund.

»Ja, einen Toten.« Der Commandante fühlt sich plötzlich groß, herausgehoben aus der Menge der Menschen, aus der Masse der Ahnungslosen. »Und ich habe die Aufgabe, Don Pepe die Wahrheit über diesen Toten zu sagen.«

»Junge«, sagt der Großvater voller Stolz, »du wirst das gut machen.«

Sie warten. Ob noch etwas kommt.

Der Maulesel wirft den Kopf. Seine langen Ohren fallen rechts und links herab wie Hasenohren. Er stiert immer wieder angstvoll auf den Jeep, der mit ihm gleichauf ist. Die Hufe des Maulesels klappern über die Steine.

Hinten auf dem Karren stapeln sich leere Holzkisten. Für die Feigen. Dazu ein Korb mit einer Thermoskanne und Empanadas, in ein Küchentuch eingeschlagen. Die Großmutter des Commandante ist für ihre Empanadas berühmt: Sie füllt sie mit Mangold und gerösteten Mandeln. Und würzt mit Safran. An der Nordseite ihrer Finca blüht ein ganzes Safranfeld. Es ist ihr großer Stolz. Einmal hat Elena der Großmutter des Commandante ein Buch geschenkt, das den Titel »SAFRAN« trägt, die Großmutter hat vor Freude Tränen verdrückt.

»Ich würde euch erzählen, wer der Tote ist«, sagt der Commandante, »aber ich darf es nicht. Im Augenblick jedenfalls ist es noch ein Staatsgeheimnis. Versteht ihr?«

Die beiden Alten nicken ehrfürchtig. Das Wort Staatsgeheimnis hat für sie einen besonderen Klang. Es ist ein größeres Tabu als alle anderen. »Aber wenn es eines Tages doch herauskommt«, sagt der Commandante, »dann haben die Leute was zu reden. Für lange Zeit.«

Ein Auto kommt ihnen entgegen. Die Sonne spiegelt sich in der Windschutzscheibe und blendet den Maulesel so, daß er scheut.

Der Großvater muß alle Kraft aufbringen, um das nervöse Tier zu beruhigen.

So winkt der Commandante noch einmal kurz, gibt Gas und fährt an dem Karren vorbei und das Staatsgeheimnis mit ihm.

Maria-Magdalenas Tagebuch

4. Juni 1937

Mein Sohn ist geboren, und in der gleichen Stunde ist General Goded mit dem Flugzeug abgestürzt. Er flog mit anderen einen Angriff auf die Stadt Bilbao, in der es schon seit Monaten keine Nahrungsmittel mehr gibt und die Kinder in den Armen ihrer Mütter verhungern. Aber die Basken wollen dem Druck der Falangisten nicht nachgeben, sie sind ein stolzes Volk. Sie haben einen Verteidigungsring um Bilbao gelegt, aber er ist so dünn und wird an vielen Stellen immer wieder durchbrochen. Papá sagt, wenn die fanatischen Roten endlich einsähen, daß sie keine Chance haben gegen Franco, dann würden die Kinder in Bilbao nicht mehr sterben.

Papá ist inzwischen ganz auf der Seite von Alonso. Sie feiern jeden Sieg der Armee, trinken auf den General. Papá hat gestern das letzte Weinfaß angestochen, aber nicht, um auf die Geburt meines Sohnes zu trinken, auf ein glückliches, langes Leben meines Kindes. Sie mußten trinken, um den Schmerz über den Tod von General Goded zu ertragen.

Papá und Alonso hockten in der Bibliothek vor dem kleinen Radio, aus dem nur verzerrte, kreischende Töne kamen, sie konnten fast nichts verstehen, aber sie hockten da, die geballten Fäuste zwischen den Knien, und stießen wilde Siegesrufe aus, wie um sich Mut zu machen. Auch wenn Goded tot ist, werden die Falangisten siegen, erst in Bilbao, dann Santander, dann Aragón, dann Madrid. Madrid wird fallen, sagt Papá, und es wird ein fürchterliches Gericht gehalten werden unter all den Sowjets und Anarchisten. Ein Blutgericht.

So saßen sie unten, während ich oben, einen Stock über ihnen, lag. Die Wehen setzten ganz früh am Morgen ein.

Alonso schlief in der letzten Woche nicht mehr bei mir. Er wollte ein Zimmer für sich allein, er wollte nachts die alten Zeitungen lesen oder sich mit Papá betrinken, und mein Gestöhne machte ihn ganz verrückt. Ich war zufrieden, daß er mich in Ruhe ließ.

Aber als die Wehen am frühen Morgen jede Minute kamen, schleppte ich mich zu ihm ins Zimmer und sagte: Du mußt die Hebamme holen. Ich glaube, es geht sehr schnell.

Er stand sofort auf. Er zog sich an, während ich mich am Fußende seines Bettes vor Schmerzen krümmte. Er legte einmal sogar seine Hand auf meinen Rücken und sagte: Ich mach, so schnell ich kann. Er schob mir die Haare aus der Stirn und küßte meine Schläfe.

Danke, flüsterte ich. Ich schämte mich, wegen der Schmerzen, wegen dieser Geburt, ich schämte mich für ihn, für das Kind, ich war krank vor Angst, ich wollte die Wehen nicht, ich wollte nicht, daß mein Kind den Weg fand aus mir heraus, weg von mir, ins Leben. Ich wollte es bei mir behalten. Ganz plötzlich war mir das klar. Ich wollte es nicht loslassen. Niemand hatte mir gesagt, wie stark dieser Schmerz ist, der so regelmäßig kommt, daß man verrückt wird davon. Gerade hat man Luft geholt, und der Atem hat sich beruhigt, und das Herz schlägt nicht mehr so, daß die Rippen davon zerspringen könnten, so wird eine neue Welle von Schmerz durch den Körper geschickt. Als wäre man mit einem elektrischen Kabel an ein Schmerzzentrum gekoppelt, das in regelmäßigen Abständen Impulse rausschickt.

Ich mußte an die Bomben denken und an die Verwüstungen, die sie hinterlassen. Die Angst der Leute in ihren Häusern, in den Schutzräumen, unter den Brücken. Die Angst vor dem Augenblick, wo es wieder losgeht. Und so wenig Zeit, sich zu erholen, sich zu fangen, an etwas zu denken, was ei-

nem Kraft gibt. Schon ein neuer Angriff. Schon ein neuer Schmerz.

Dann war die Hebamme da. Sie schickte Alonso aus dem Zimmer, sie rief meine Mutter. Auch vor Mamá schämte ich mich. Ich konnte nicht aufhören zu schreien. Ich hatte die Hände auf meinen Bauch gelegt, und bei jeder Wehe schrie ich: Nein! Nein!

Und sie dachten, ich meine den Schmerz, und sagten: Ruhig atmen, das geht vorbei. Das haben alle Frauen ausgehalten.

Aber ich meinte nicht den Schmerz, ich kämpfte gegen die Wehen, gegen den Schmerz. Denn mit jeder Wehe schob sich mein Kind unausweichlich immer näher ans Leben. Näher zur Welt, die nur aus Feinden besteht.

Die Hebamme spürte, wie verzweifelt ich war. Sie schickte meine Mutter aus dem Zimmer, Cecilia auch, die einen Stapel frischer Laken und einen Eimer mit warmem Wasser neben dem Bett abstellte. Sie schickte alle hinaus. Und dann legte sie eine kühle Hand auf meine Stirn, und mit der anderen fühlte sie meinen Puls, und sie fragte: Schätzchen, warum verkrampfst du dich so?

Und ich weinte und küßte die Hand, die eben auf meiner Stirn gelegen hatte, und sagte: Ich will mein Kind nicht hergeben.

Die Hebamme schwieg. Sie untersuchte mich, und sie legte ihre Hände gegen meinen Bauch, als die nächste Wehe kam, und sagte: Atme in meine Hände. Und ich versuchte es, und sie sagte: Warum willst du es nicht hergeben?, als die Wehe vorbei war. Sie legte ein Tuch in warmes Wasser, wrang es aus und legte es mir auf den Busen. Es roch ein wenig nach Minze und Kampfer. Und ich fühlte mich erleichtert.

Es gehört mir. Niemand aus dieser Familie soll es anfassen.

Meine Mutter klopfte gegen die Tür, aber die Hebamme rief nur: Draußen bleiben! Und Mamá wagte nicht, sich ihrem Befehl zu widersetzen.

Ich beschwor die Hebamme, niemandem zu erzählen, was ich ihr während der großen Schmerzen anvertraut hatte. Und sie sagte, sie würde ihr Wort halten, weil sie mich achte. Weil sie meine Trauer und meine Verzweiflung achte. Und sie erzählte, daß auch ihr Geliebter verschleppt und ermordet wor-

den sei, einfach nur, weil er sich geweigert hatte, vor einem Bild Francisco Francos zu salutieren, wie man es in der Kaserne von ihm verlangte. Wir klammerten uns aneinander, und ich weinte all die Tränen, die ich mir während der Schwangerschaft nicht erlaubt hatte. Mütter, die zuviel weinen, während sie ein Kind im Bauch tragen, werden unglückliche Kinder auf die Welt bringen. Das wollte ich nicht. Ich wollte, daß mein Kind fröhlich und selbstbewußt und klug würde.

O heilige Madonna, laß mich sterben. Mach, daß ich einfach nicht mehr atme. Daß mein Blut stillsteht. Oder besser: Laß es aus mir herauslaufen. Die Hebamme hatte ein Gummilaken mitgebracht und es über das Bett gespannt. Ich habe meinen Sohn auf einem Gummilaken, in einer Lache von Blut, zur Welt gebracht.

Die Hebamme hat kaltes Wasser über sein kleines Gesicht gespritzt und auf seinen winzigen Rücken geklopft, so daß ich dachte, mir selbst würden alle Rippen gebrochen, aber da tat dieses kleine süße Ding einen Schrei, und die Hebamme sagte zu mir: Siehst du, Schätzchen, du kannst doch lächeln.

Und wirklich, ich muß gelächelt haben. Mein Gesicht schmerzt noch jetzt von diesem Lächeln.

Dann hat die Hebamme meinen Sohn gebadet und gewickelt und ihn mir in den Arm gelegt. Und dann hat sie die Tür aufgestoßen und gerufen: Wer möchte der jungen Mamá gratulieren?

Aber es war niemand da. Sie saßen unten in der Bibliothek vor dem Radio und hörten immer wieder diese Nachricht, daß General Goded bei dem Flugzeugangriff auf Bilbao abgeschossen worden oder abgestürzt sei, daß man noch untersuche, ob es ein feiger Mordanschlag der Republikaner gewesen sei oder ein Unglück, und daß ganz Spanien nun trauern müsse um den großen Mann. Als ich zur Schule ging, war General Goded der Sicherheitsminister des Königs. Ich glaube, damals haben die Leute ihn schon gefürchtet.

Mein Kind lag in meinem Arm, und niemand kam. Die Hebamme packte ihre Sachen zusammen, und schließlich kam Cecilia und trug die blutigen Laken und den Wassereimer wieder heraus, und ich bat sie, mir ein frisches Nachthemd zu bringen und etwas neues Wasser, Seife und ein frisches Handtuch.

Cecilia warf einen Blick auf mein süßes Baby, aber sie sagte nichts, obwohl mein Herz danach schrie, daß einer käme und sagte: Oh, so ein süßes Kind. Oh, wenn wir so ein süßes kleines Baby im Haus hätten. Welche Freude, welch Sonnenschein.

Doch sie blieb stumm.

Ich herzte mein Baby. So etwas Kleines, Zartes hatte ich noch nie in den Armen gehabt. Die winzigen Fingerchen. Diese kleinen hutzeligen Zehen. Meine Puppen waren größer. An den Lippen noch kleine Bläschen, aber der Mund, zu einem Schmollmündchen verzogen, war ein bißchen geöffnet, als wolle mein Sohn sagen: Oh, oh, was für eine Welt. Was für eine Mamá. Was für ein Licht. Was für ein Zimmer. Was für eine Welt.

Dann brachte Cecilia die Sachen, um die ich gebeten hatte, und die Hebamme half mir, weil ich mich so schwach fühlte. Immer wieder ging sie hinaus in den Flur, um zu sehen, ob einer käme.

Sie legte mir das Baby wieder in den Arm und sagte, daß man mit dem Nabel sehr sorgsam umgehen müsse, viele Kinder würden krank, weil eine Infektion durch die Nabelschnur in den Körper gelange. Darauf sollte ich achten.

Ich nickte nur. Die Hebamme sagte, sie würde am nächsten Morgen wiederkommen, um das Kind zu versorgen.

Ich nickte nur, wiegte mein Kind im Arm und schwieg. Ich will sie in Sicherheit wiegen, die Hebamme, Alonso, meine Eltern, ich weiß nicht, ob ich der Hebamme trauen kann. Besser ist es für mich, wenn ich niemandem traue. Sie sind alle noch ahnungslos. Immer noch.

Sie wissen nichts von Teofila und Pedro, diesem braven Ehepaar aus Sa Indioteria, nichts von meinen heimlichen Treffen mit diesen Leuten.

Sie werden davon erfahren, wenn alles getan ist. Wenn sie nichts mehr daran ändern können. Dann werde ich vor sie hintreten und sagen: Schlagt mich tot, aber ich werde euch nicht verraten, wo mein Kind ist.

Das ist mein Plan. Denn ich weiß, daß er gut ist, ich habe so viele schlaflose Nächte darauf verwandt und mehr Tränen, als eine Mutter in einem Leben weinen kann, geweint.

Sie kamen vielleicht drei Stunden, nachdem die Hebamme das Haus verlassen hatte, zu mir ins Zimmer. Vielleicht war Cecilia noch einmal zu ihnen in die Bibliothek gegangen und hat sie daran erinnert, daß ein Stockwerk über ihnen eben ein Kind geboren wurde. Sie kamen alle drei. So als fürchteten sie sich, einzeln ihm gegenüberzutreten, als hätten sie Angst vor dem ersten Blick auf mein Kind, vor dem ersten Wort.

Von welch erbärmlichen Feiglingen bin ich umgeben.

Ich hatte die Kissen hinter meinen Rücken gestopft, so daß ich mehr saß als lag und ihnen klar in die Augen sehen konnte.

Sie standen um mein Bett, Mamá, Papá und Alonso, und starrten das Kind an. Ich streichelte sein Köpfchen und küßte es, während sie es anstarrten, als wollte ich es vor ihren bösen Blicken beschützen.

Sie schwiegen. Also mußte ich sprechen. Mein Herz schlug wie toll. Aber meine Stimme war ganz ruhig, als ich sagte: Ich werde ihn Jaume Victoriano nennen. Jaume soll sein Rufname sein, aber in seiner Geburtsurkunde soll es so stehen: Jaume Victoriano, damit nicht vergessen wird, daß Victoriano sein Vater ist.

Daß du es wagst, sagte meine Mutter, den Namen dieses Menschen in einem solchen Augenblick zu erwähnen.

Ich wüßte keinen besseren Augenblick, gab ich ruhig zurück.

Alonso trat an meinen Bett, schaute auf das Kind, das nicht seines ist, auf die Mutter, die seine Ehefrau ist, und ich konnte sehen, wie es in ihm arbeitete. Konnte die Kämpfe sehen, die in seinem Inneren tobten.

Das Baby hatte die Augen fest zusammengepreßt, und seine winzige Hand umklammerte den Zeigefinger, den ich ihm hinstreckte, als spürte es die Spannung.

Es sieht aus wie du, sagte Alonso.

Ich lächelte. O nein, sagte ich, es sieht aus wie sein Vater.

Mamá hustete. Das tut sie oft, wenn sie empört ist.

Gib ihn mir, sagte sie und streckte die Arme nach dem Kind aus. Aber ich hielt es fest. Ich schüttelte den Kopf und sagte: Nein, siehst du nicht, wie er sich festhält. Er will nicht.

In dem Alter haben Kinder noch kein Bewußtsein, sagte Mamá.

Ich sah sie nur an. Ich fragte mich, was sie dachte. Woran sie dachte. Hat sie mich früher, als ich ein Baby war, behandelt wie ein Wesen, das noch kein Bewußtsein hat? Liegt es vielleicht daran, daß ich so wenig fühle, wenn ich sie sehe, mit ihr spreche, an sie denke?

Papá ging im Zimmer auf und ab, die Hände hinter dem Rücken verschränkt. Er hat meinem Kind nur einen einzigen Blick zugeworfen, von der Seite, aus den Augenwinkeln, und die Augen dann sofort zur Zimmerdecke erhoben. Er seufzte tief und sagte: General Goded ist tot.

Eine furchtbare Geschichte, flüsterte Mamá und wollte mir wieder das Kind wegnehmen.

Ich weiß nicht, was sie meinte: War mein Baby die fürchterliche Geschichte oder der Tod dieses Generals, der nichts als ein williger Helfer von General Franco war, nichts als eine Marionette ohne Gehirn?

Wir werden uns einen anderen Namen für ihn überlegen, sagte Alonso, als das Schweigen zu lange dauerte. Vielleicht können wir ihn Jorge nennen, nach meinem Vater.

Ich lächelte. Alonso ist so ein Tölpel, so ein tumber Mensch.

Und warum, fragte ich, wollen wir mein Kind nach deinem Vater nennen? Er hat mit Jaume sowenig zu tun wie, wie …

Ich stockte, weil mir der richtige Vergleich nicht kam. Ich wollte sagen, wie mit dem Weihbischof, aber dann fürchtete ich, daß man es als eine Gotteslästerung auslegen könnte.

Mein Kind soll getauft werden und alle kirchlichen Weihen bekommen, die es zu einem angesehenen Mitglied unserer Kirchengemeinde macht. Auch das ist mit Teofila und Pedro abgesprochen. Ich werde versuchen, heimlich zu der Taufe zu kommen, ich werde kontrollieren, ob sie mit dem Kind regelmäßig den Gottesdienst besuchen.

Ich weiß, Victoriano, mein Geliebter, daß du jetzt über mich lachen mußt. Aber in diesem einen Punkt waren wir nie einer Meinung, erinnerst du dich?

Du hast immer gesagt, die Menschen haben Gott erfunden, um das Leben auf Erden überhaupt aushalten zu können. Wenn sie aufhören, von Gott das Heil zu suchen, werden sie endlich ein menschenwürdiges, selbstbestimmtes Leben haben.

Ich habe gesagt: Gott hat die Menschen erfunden, um an ihnen ein Beispiel zu setzen. In dem ganzen großen Universum will er auf diesem Planeten beweisen, daß das Gute das Böse besiegen kann. Beides ist in der Welt.

Das Baby begann zu weinen und drängte sein Köpfchen an meinen Körper. Ich knöpfte mein Nachthemd auf. Ich rieb meine Brustwarze an seinen zarten, mit einem weichen Schorf bedeckten Lippen, bis es das Mündchen aufmachte und dann auf einmal, ganz heftig, zu saugen begann. Ich spürte ein Ziehen in der Brust, und gleichzeitig einen Schmerz, der mich schreien ließ.

Ich warf den Kopf zurück und schloß die Augen.

Geht, schrie ich, geht, geht. Laßt mich mit meinem Kind allein.

Wie du mit uns redest, sagte Mamá und hustete.

Alonso räusperte sich und sagte: Gut, wir lassen dich jetzt allein. Ich komme später wieder, dann werde ich Jorge auf den Arm nehmen und ihn richtig begrüßen. Ich sehe, dieses ist nicht der Augenblick.

Papá war schon an der Tür, er gierte nach neuen Nachrichten aus dem Radio, Nachrichten über den Tod von General Goded. Ein Attentat? Ein Selbstmord vielleicht? Oder einfach nur ein Unglück?

Ach, was kümmert es mich.

3 Tage später:

Ich bin wieder zurück. Liege in meinem Bett, die Kissen im Rücken aufgetürmt, und versuche, ruhig zu sein. Meine Finger zittern, während sie den Füllfederhalter führen. Die Schrift ist fast unleserlich, aber ich kann nicht warten, ich muß jetzt aufschreiben, was ich erlebt habe.

Niemand im Haus hat bemerkt, wie ich gegangen bin, das Kind in eine Decke gehüllt, und niemand hat gesehen, wie ich wieder zurückgekommen bin.

Teofila und Pedro haben an der vereinbarten Stelle auf mich gewartet, die braven Leute. Drei Stunden mußten sie ausharren in der Dunkelheit, bis ich endlich kam.

Diese drei Stunden waren die ärgsten Momente in meinem Leben.

Ich habe im Bett gelegen, in diesem Bett, zwischen diesen Laken, ich war vollkommen nackt. Mein Kind lag auf meinem Bauch und schlief. Es grunzte leise und behaglich vor sich hin.

Ich hatte ihm vorher die Brust gegeben, gewartet, bis es sein Bäuerchen machte, und es dann nackt auf meinen Bauch gelegt. Ein letztes Mal waren wir eins, ein letztes Mal paßten sich unsere Atemzüge einander an, die Temperatur unserer Haut. Jede Bewegung meines Babys war wie ein Streicheln, ein Kitzeln auf der Haut. Ich strich sanft mit den Fingern über den zarten Flaum der schwarzen Härchen. Mein Baby gluckste, als wolle es darüber lachen, während mir die Tränen aus den Augen liefen wie in einem nicht enden wollenden Strom.

Drei Stunden warteten Teofila und Pedro, während ich Abschied nahm von meinem Kind.

Es hat mir das Herz zerrissen, aber ich weiß dennoch, daß ich die richtige Entscheidung getroffen habe. Unser Sohn, Victoriano, soll nicht in diesem Haus leben, in einer Atmosphäre von Verrat und Betrug. Ihr sollt mein Kind nicht bekommen, mein Kind wird bei einfachen Leuten aufwachsen, aber bei Menschen, die ehrlich und herzlich sind, offen und gut. Das weiß ich, das habe ich lange genug getestet. Mein Sohn soll nicht in Falschheit aufwachsen und Heuchelei. Jaume ist nicht Alonsos Sohn, und ich mache dieses Spiel nicht mit, das sie sich für mich ausgedacht haben.

Es ist mir egal, was man im Dorf sagt, wenn ich auf einmal ohne mein Baby herumgehe. Was Alonso antwortet, wenn sie ihn nach seinem Sohn fragen. Aber vielleicht fragen sie ja gar nicht. Vielleicht wissen sie mehr, als sie vorgeben. Vielleicht ha-

ben sie ja immer gewußt, daß Victorianos Leichnam oben in der Schlucht verborgen war, einer unter vielen, die für eine idiotische Sache haben sterben müssen.

Aber sie werden mich nicht zwingen können, mein Kind wie eine Beute, oder eine Opfergabe auch noch diesem Betrug, dieser Scharade zu opfern.

Für wen spielen wir das ganze Theater? Für wen eigentlich?

Warum trägt Alonso den Namen unserer Familie? Warum muß ich so tun, als habe ich ein eheliches Kind geboren? Ist ein Kind, das ohne Vater aufwächst, ein schlechteres Kind?

Ist eine Frau, die ein Kind empfängt vor den heiligen Sakramenten der Ehe, eine schlechtere Mutter?

Wer hat all diese Gesetze gemacht, die den Männern Macht geben und die Frauen wie Sklaven halten?

Oh, wenn ich eines Tages nicht mehr dieses Leben führen muß, wenn sie eines Tages keine Gewalt mehr über mich haben, werde ich dafür kämpfen, daß diese Dinge sich ändern. Nicht jetzt, jetzt bin ich zu müde, zu traurig und zu schwach. Aber ich werde nicht immer so schwach sein.

Nicht mehr lange.

Morgen, zum Frühstück, werde ich vor sie hintreten und sagen: Mein Kind habe ich fortgegeben. Ich werde niemandem von euch jemals erlauben, es zu besuchen, es anzufassen oder auch nur seinen Namen zu erwähnen.

Ich habe mich entschlossen, dieses Kind anderen Leuten in Obhut zu geben, weil jeder Platz, an dem es aufwächst, besser ist als dieser, der nach Gift riecht und Lüge, nach Betrug und nach Mord.

Ich weiß nicht, vielleicht werde ich zu feige sein, das alles zu sagen. Dann werde ich mich nur stumm an den Tisch setzen, und wenn einer fragt, wahrscheinlich Mamá, wie geht es dem Kleinen?, werde ich sagen: Ich weiß nicht.

Und sie wird fragen, lächelnd: Wieso weißt du es nicht?

Und ich werde aufschauen, ihr direkt in die Augen, und werde versuchen, auch zu lächeln, und meine Stimme wird wie Eis sein, wenn ich sage: Weil es nicht mehr bei mir ist, weil es nicht mehr in diesem Haus ist.

Was wird Alonso sagen? Und Papá? Mamá wird weinen,

denke ich, oder ihre Lippen in stummem Protest zusammenpressen. Mamá wird darüber nachdenken, was das Personal tuschelt und die Leute im Dorf sagen. Papá wird einen Augenblick irritiert sein und dann wieder vor dem Radio sitzen und die neuesten Nachrichten hören.

Sie werden sich daran gewöhnen, ganz schnell. Für das Baby haben sie sich ja sowieso nicht interessiert. Alonso wird erleichtert sein, irgendwann, daß er kein Balg aufziehen muß, das ihm nicht gehört.

Sie alle werden sich damit abfinden.

Aber was ist mit mir?

Jaume, mein Kleiner, mein süßes Kind, ich bete, daß du irgendwann begreifst, welches Opfer ich heute nacht gebracht habe. Welche unglaubliche Kraft dazu gehört, ein Kind wegzugeben, das erst drei Tage alt ist.

Du hast geweint, mein Kleiner, als Teofila dich, in diese weiche blaue Decke gehüllt, in den Arm nahm. Ich habe dein Weinen gehört auf dem Weg zurück, ich bin gelaufen, den ganzen Weg, es war eine mondhelle Nacht, die Sterne leuchteten, und das Käuzchen schrie.

Ich habe dein Weinen gehört, noch als das schwere Tor hinter mir zufiel, als ich die Treppen hinauflief in das Zimmer, als ich mich, zitternd vor Kälte und Trauer, auf das Bett fallen ließ, mein Gesicht in die Kissen drückte. Ich höre dein Weinen noch immer, mein Kleiner. Verzeih mir, verzeih.

Der lange Schatten

Als der Jeep des Commandante sich dem Gut Els Sant Castells nähert, schlagen die Hunde nicht an. Nur das Krähen des Hahnes, der wieder auf den steinernen Überresten einer Windmühle Wache hält, begleitet den Commandante auf der letzten Meile seines Weges. Eine Staubwolke folgt dem Wagen, obgleich gestern zwei Lastwagen ihre Wassertanks auf dem Weg versprüht haben. Alles sollte für die Hochzeit taufrisch sein, sogar die jahrhundertealten Carreteras, die zwischen den Olivenhainen und Weinbergen zum Gut hinaufführen. Aber gestern war gestern, und heute ist heute.

Heute sind wieder Bauern auf dem Feld, unter Feigenbäumen, die einen Schatten werfen, wie kein Sonnenschirm es könnte. Die Frauen bereiten die Merienda vor. Kalte Fleischbällchen und Coca, Gemüsekuchen mit eingebackenen Sardinen. Kinder spielen mit Jojos und jagen mit Fliegenklatschen den Hummeln nach. Esel, die Vorderhufe zusammengebunden, dösen in der Sonne. Ein Traktor zieht schnurgerade Furchen durch die rote Erde unter Olivenbäumen, schwarze Früchte glänzen in grauem Laub. Schnepfen, die der Flinte Don Pepes bisher entkommen sind, flattern vor ihm hoch und verschwinden im Dickicht der Brombeerhecken.

Irgendwann werden auch sie am Gürtel des Dueño hängen, nur heute nicht.

Heute sitzt Don Pepe in der Bibliothek, er trägt eine Sonntagshose und ein Sonntagshemd (weiß, mit langen, aufgekrempelten Ärmeln) und wühlt in alten Papieren. Schweiß steht auf seiner Stirn, denn der Ventilator über ihm an der Decke hat den Geist aufgegeben. Von einer Sekunde zur anderen hörte das leise behagliche Summen auf, die frische Brise strich nicht mehr um seinen Nacken, die Luft stand still. Pepe könnte Sebastian rufen oder Francisco, aber der Verwalter hat neuerdings am Wochenende frei (früher haben die Leute sieben Tage in der Woche ihrem Dueño zur Verfügung stehen müssen, das waren Zeiten), und Sebastian wird mit seiner Frau in der Kirche beten wie jeden Samstagvormittag. Vielleicht betet er heute für das Glück der jungen Ehe.

Oder er überwacht den Abbau der Festzelte, der Küchenzelte, den Abtransport von Tischen und Stühlen, Weinkisten und Kühlschränken. Vielleicht steht er in der Kirche und fegt die welken Jacaranda-Blüten zusammen.

Margalída hat noch geschlafen, als er sein Bett verließ. Wie immer war die doppelflügelige Tür zwischen den beiden Schlafzimmern nur angelehnt. Mit dem kleinen Finger konnte er die Tür aufstoßen und einen Blick auf seine Frau werfen. Ein weiblicher Körper, dessen Konturen unter dem Leinenlaken sich mit den Jahren kaum verändert haben. Das schwarze Haar, das über das Kopfkissen fließt, der sanfte Schnarchton, rhythmisch und friedlich. In Schlaf wirkt seine Frau wie ein Kind. An allen vier Bettpfosten hängen ihre Fetische, Ketten und Amulette, Gürtel und Stirnbänder, Schals und Federboas. Über ihr schwebt der Baldachin aus gerafftem dunkelblauem Samt, in der Mitte durch eine Sonne zusammengehalten. Es ist das Bett, in das sie nach ihrer Hochzeitsreise zurückgekehrt sind. Damals war es groß genug für zwei. Die Sonne lächelt uns zu, hat er gesagt, wenn er ihren Körper an sich zog, wir lieben uns unter der Sonne, wenn er sie auf den Rücken drehte, behutsam ihre Beine spreizte – nie tat sie das ohne diesen leichten Druck seiner Hände –, die Sonne ist unser Schutzgott.

Und was hat sie erwidert? Er erinnert sich nicht.

Sie wacht nie auf, wenn er an ihr Bett tritt, um sie zu betrachten. Welcher Zufall hat da Regie geführt, daß es unter all den Frauen ausgerechnet Margalída war, die er heiraten und mit der er Kinder haben würde. Ausgerechnet sie, die er gehaßt hat als Kind, gehaßt und beneidet, weil sie beim Festumzug der Heiligen Drei Könige als Engel verkleidet oben auf dem Geschenkewagen sitzen durfte, Süßigkeiten von ihrer schwindligen Höhe hinabwarf auf die anderen Kinder, Kinder wie er, die Spalier standen und gafften. Ihre Flügel waren aus goldener, durchsichtiger Gaze. Ebenso wie das Kleid. Er hat sie gehaßt, weil es ihm nicht ein einziges Mal gelungen ist, nur einen Bonbon zu fangen. Weil sie ihn nicht ein einziges Mal beachtet hat, obgleich sich seine Blicke an ihr festsaugten und er sich reckte zwischen den anderen Jungen. Daran erinnerte er sich plötzlich: daß er geglaubt hatte, es müsse genügen, einfach nur dazustehen und zu warten. Weil es eine göttliche Gerechtigkeit gebe, die jedes Kind bedenkt, auch die Stillen, die Scheuen, die nicht schreien und johlen. An diesem Tag wenigstens. Die Heiligen Drei Könige waren aus dem Morgenland gekommen, und sie hatten Geschenke mitgebracht, für jedes Haus, für jedes Kind. Die Geschenke waren auf die alten Heuwagen geladen, manche wurden von Traktoren gezogen, andere von Pferden. Einmal hat Margalída auch auf einem schnaubenden Rappen gesessen. Und einmal war sie eine kleine arabische Prinzessin, die mit König Balthasar aus dem Morgenland gekommen war. Balthasar mit schwarzem Gesicht und einem Turban aus purpurner Seide, viermal so groß wie sein Kopf, behängt mit Perlen und Schnüren. Gekleidet in eine Pluderhose und spitze Schnabelschuhe. Und sie, Margalída, durfte neben ihm sitzen, und ihre Lippen leuchteten wie Geranienblüten.

Er hat sie gehaßt, weil sie immer ausgewählt wurde für solche Prozessionen und Feste, weil sie in der Kirche sang und bei dem Fest der Mandelernte tanzte. Ihn hat man nie gefragt, ob er in einem Theaterstück mitspielen oder in einer Prozession mitlaufen wollte. Vielleicht hätte er darum bitten sollen. Aber man hatte ihn nicht erzogen, um etwas zu bitten. Er wird sich schon melden, wenn er etwas möchte, hat seine Mutter immer gesagt. Wozu hat er einen Mund? Wozu hat er sprechen gelernt?

Es fällt ihm in diesem Augenblick ein, daß er so früher als

Kind auch am Bett seiner Mutter gestanden, am Fußende, und darauf gewartet hat, daß sie sich unter ihrer Decke bewegt, daß sie vielleicht sogar die Augen aufschlägt und ihn anlächelt, den kleinen Pepe, ihren Sohn. Daß sie die Arme ausstreckt und zärtlich zu ihm sagt: Komm, mein Kleiner, komm zu mir. Er wäre unter ihre Bettdecke gekrochen und hätte sich an sie geschmiegt, an diesen weichen, warmen Körper, er wäre ganz still gewesen, sie hätte ruhig wieder einschlafen können, er hätte sie einfach nur angeschaut, dieses wunderschöne Gesicht, diese Locken, die von ihren Atemzügen bewegt werden, die Wimpern, die Nasenflügel. Er hätte sie in Ruhe einfach nur anschauen und dabei ihren warmen Leib spüren können. Stundenlang.

Aber niemals hat sie zu ihm gesagt: Komm, mein Kleiner, und die Arme nach ihm ausgestreckt. Meist hat sie sich mit einem kleinen Aufstöhnen zur Seite gedreht und tiefer geatmet als zuvor. Mit schweren Atemzügen hat sie ihm gesagt: Ich will meine Ruhe. Geh weg! Wenn er sich sehr nach ihr sehnte, nach einem Wort oder einem Lächeln von ihr, hat er gewagt, sich zu räuspern, oder er hat mit den Fingern kleine, kratzende Geräusche an den Bettpfosten gemacht oder mit den getrockneten Schoten gespielt, die da hingen, zu Ketten aufgereiht, und die, wenn man sie bewegte, ein Geräusch machten wie Regen, der auf Dachpfannen prasselt. Dann hat sie manchmal ihren Arm unter der Decke herausgezogen und auf das Kissen geschlagen. Und etwas gemurmelt, das er nicht verstand. Sagte sie: Ich schlafe noch, mein Kleiner? Oder sagte sie: Verschwinde hier? Er wußte es nicht. Er schlich davon, barfuß, in kurzen Hosen. Ein kleiner Junge, der einsam war und fror.

Hat er Margalída vielleicht nur deshalb geheiratet, weil sie ihn in ihrer hochmütigen Art an seine Mutter erinnerte? Weil sie ihn genauso vor dem Fußende ihres Bettes stehenließ wie damals die Mutter? Weil er auch bei ihr um jede Zärtlichkeit betteln mußte?

Hat er ausgerechnet sie unter all den möglichen Mädchen ausgewählt, weil sie ihm da oben auf dem Wagen der Heiligen Drei Könige so unerreichbar erschienen war wie eine Göttin?

Wen hatte er mit dieser Hochzeit bestrafen wollen? Sich selbst? Seine Mutter?

Mit Margalída hat er nie über seine Mutter gesprochen, über die Trostlosigkeit, in die er versank, wenn sie ihn nicht beachtete, über die eigene Nichtigkeit. Über die Kälte, die ihn erzittern ließ, wenn sie ihn wegschob, sobald er sich an sie schmiegen wollte.

Möglich, denkt Pepe, daß alle Frauen so sind. So unerreichbar fern und schön. Selbst bei ihr werde ich nicht aufhören, sie begehrenswert zu finden. Mag ihr Fleisch fahl werden, ihre Haare grau, ihre Brüste schlaff. Ich werde immer wieder an dieses Fußende zurückkehren, um sie anzuschauen und zu warten, ob sie die Augen öffnet, mich ansieht und mir ein Lächeln schenkt. Wenn sie einmal die Augen öffnete, wenn sie einmal etwas sagte, etwas Zärtliches, Liebes, was wäre dann?

Würde er sich nicht zu Tode erschrecken?

Würde er sich nicht schämen?

Wie sollte er seine Gegenwart in diesem Zimmer erklären? Wie sollte er ihr erklären, daß er nach dreißig Ehejahren immer noch in dieses Zimmer schlich, an ihrem Fußende stehenblieb und sie anschaute?

Du bist verrückt, Pepe, würde sie sagen. Und lachen. Hinauslaufen vielleicht. Es den Kindern erzählen oder den Freundinnen, stellt euch vor, würde sie sagen, ich wache morgens auf, und da steht mein Mann, und es kommt mir vor, als habe er da schon Stunden gestanden, wie ein kleiner Junge, wißt ihr, der darauf wartet, daß er ins Bett darf. Wie findet ihr das? Und die Freundinnen würden lachen, und sie würden sich jedesmal, wenn er ihnen begegnete, daran erinnern. Und also könnte er den Freundinnen seiner Frau nicht wieder unter die Augen treten.

Besser, es bleibt, wie es ist.

Sie wacht nie auf, wenn er ihr Zimmer betritt, frühmorgens, um sie anzuschauen und über das Leben nachzudenken, über die Vergänglichkeit des Lebens und über eine Sehnsucht, die sich nie erfüllt. Über die Fallstricke, die das Leben bereithält. Oder den Zufall. Und über sie, seine Frau, die für ihn eine Fremde geblieben ist, obgleich er zwei Kinder mit ihr gezeugt hat. Eine Tochter und einen Sohn. Zuerst den Sohn. Wie es sich gehört. Den Stammhalter. Denjenigen, der dafür sorgen soll, daß der Name der Villalonga nicht ausstirbt. Es wird sich zeigen, ob sie sich nicht geirrt haben. Es wird sich zeigen, ob die Hoffnungen, die sie in Anatol gesetzt hatten, nicht verfrüht waren. Pepe und Margalída vermeiden, darüber zu reden. Außerdem lebt Anatol in Hollywood, und das ist vom mallorquinischen Leben so weit entfernt wie der Mond. Doch dann, sechs Jahre später, kam der Sonnenschein in sein Leben: Ysabel, das Mädchen mit dem Puppengesicht und dem Lachen eines kleinen Clowns.

Ysabel, das Glückskind, das Sonntagskind. Die Freude seines Lebens.

Gestern haben wir sie weggegeben, dachte er, als er auf das melodische Schnarchen Doña Margalídas hörte. Flüchtig stellte er sich die Suite im Grandhotel Son Vida vor, die Präsidentensuite. Sureda hatte sie angemietet für die beiden, weil sie sich nicht einig werden konnten, in wessen Haus die beiden ihre Hochzeitsnacht verbringen sollten. Unter wessen Schutz. Gehört Ysabel noch ihm, dem Vater, oder schon dem anderen?

Er denkt an seine Tochter. Ysabel, mit Haaren wie die Mutter, ihr Körper unter dünnen Tüchern, nicht unähnlich denen der Mutter, nur zarter, geschmeidiger vielleicht. Es gibt Augenblicke, in denen Don Pepe sich den Gedanken erlaubt, wie es wäre, eine junge Geliebte zu haben, ein Mädchen zu lieben, das im Alter seiner Tochter ist. Ein Mädchen wie diese Jessica, die jetzt im Gästeflügel schläft. Ein Mädchen mit festen Brüsten und straffem Bauch. Aber er kann diese Gedanken auch wieder verdrängen, in seine Träume verbannen.

Als er sich abwandte, um hinauszugehen, wälzte Margalída sich unter dem Laken, schob ihren linken Fuß heraus und vollführte irgendwelche Gymnastik mit den Zehen.

Er wartete. Wollte sie ihm etwas sagen? Wachte sie auf?

Sie hielt die Augen fest geschlossen, aber hob den Arm und winkte ihm, als schicke sie ihn fort.

Dankbar verließ er das Zimmer.

Jetzt sitzt er an dem großen Schreibtisch aus Zedernholz, und der Staub schlägt ihm aus dem alten Fotoalbum entgegen. Es ist ein Album, das bei seiner Geburt angelegt wurde. Man hat es bei seiner Mutter gefunden, als das Zimmer, das nie einer außer ihr betreten hat, ausgeräumt werden mußte. Eine Kammer, angefüllt mit alten Dingen, wertlosem Plunder, Kleidern, die sie nie mehr trug, Schmuck, den man nie an ihr gesehen hat, Zeitungen, vergilbt, Bücher, deren lederne Rücken brachen, wenn man sie aufschlug. Sie selbst schlief in einer Kammer mit einem schmalen, harten Bett, schmucklos wie eine Mönchszelle. Auch ihn, ihren Sohn, hatte sie immer nur in ihrem Salon empfangen oder im Garten. Bei schlechtem Wetter im Salon – und das Wetter war selten schlecht –, bei gutem Wetter draußen im Garten oder unter der Pergola.

Unter dem süßen Duft dieser Jasminsträucher, die alles überwucherten und aus dem Garten eine schattige, duftende Höhle gezaubert hatten. Er schlägt das Album auf.

Auf der ersten Seite: seine Mutter, wie immer von Kopf bis Fuß in Schwarz gekleidet. Seine Mutter, die unter einem Hut, dessen schwarzer Schleier zurückgeschlagen ist, den Betrachter anblickt, aufmerksam und stolz, ernst, ohne das geringste Anzeichen eines Lächelns. Sie steht vor dem Eingang ihres Hauses. In der einen Hand einen Korb mit Gemüse, in der anderen ein Messer, krumm wie ein Dolch. Man sieht nicht, ob sie das Gemüse bereits geerntet hat oder erst unterwegs ist in den Huerta, den Garten. Man sieht nicht, ob es morgens ist oder nachmittags, Sommer oder Herbst. Man sieht nichts außer diesen Augen, ernst und stolz.

Auf der nächsten Seite das erste Foto von Pepe Antonio Jesús de Villalonga. Ein Säugling mit Augen, die staunen, und Hängebäckchen. Die Haare – falls er welche hatte – sind unter einer geklöppelten Haube verborgen.

Er liegt in den Armen seiner Mutter, die ein schwarzes Festkleid trägt. Eine hohe Stirn, aus der das Haar streng zurückgekämmt ist, und glatte Haut, schöne geschwungene Augenbrauen und eine markante Nase. Ihre Lippen sind ein wenig zu schmal, um wirklich schön zu sein. Vielleicht ging es ihr an diesem Tag nicht besonders gut, vielleicht ging es ihr niemals besonders gut. Sie hält das Kind steif, als sei sie noch nicht daran gewöhnt, ein Baby im Arm zu halten. Sie lächelt nicht. Ihre Bluse ist zugeknöpft bis zum Kinn. Pepe hat den Busen seiner Mutter nie berührt. Das hat sie nicht zugelassen. Die Milch wurde abgepumpt, in Fläschchen gefüllt. Jemand – war es seine Mutter? – wickelte und fütterte ihn. Doch dann legte man das Baby der Mutter in die Arme. Und der Fotograf suchte die richtige Blende und den angenehmen Hintergrund aus, und Mutter und Kind wurden verewigt.

Das älteste Motiv: Madonna mit dem Kind.

Immer, wenn Pepe das Foto sieht, von sich als Säugling in den Armen seiner Mutter, denkt er: warum nicht? Warum wollte sie mich nicht? Warum war alles falsch, was ich machte, wie ich war?

Die Augenfarbe: nicht richtig. Meine Stimme: zu laut. Mein Wesen: zu derb. Meine Wünsche: zu egoistisch. Warum hat sie mich nicht geliebt?

Und immer tut es weh. Vielleicht schaut er deshalb so selten die alten Fotos an, wegen dieses Schmerzes, der sich wie ein glühender Ring um seine Brust legt. Ein uralter Schmerz, ein Kinderschmerz. So viel Sehnsucht. Und nie wurde diese Sehnsucht gestillt. Ich war ein undankbares Kind, denkt er. Ungerecht. Ich habe zuviel verlangt. Keine Mutter kann all das geben, was Kinder erwarten. Auch Margalída konnte das nicht. Oder? Oder?

Warum ist Anatol nicht wie andere Jungen? Warum verliebt er sich nicht in ein süßes amerikanisches Mädchen? Was haben wir falsch gemacht?

Einmal hat Margalída sich weinend an seinen Hals gehängt, und ihre Tränen sind an seinen Wangen heruntergelaufen, als sie schluchzte: Was habe ich falsch gemacht, Pepe?

Er kann sich gut erinnern an die schwarzen Streifen auf seinem Gesicht, Tränen und Schminke seiner Frau.

Es war das einzige Mal. Er hatte keine Lösung, keine Antwort.

Er hat gesagt: Ich glaube, es liegt nicht an uns. Wir haben getan, was wir konnten. Wir haben ihm gegeben, was wir geben konnten, nicht wahr? So viel Liebe, wie wir geben konnten. Die Antwort war nicht gut, kann nicht gut genug gewesen sein für eine Mutter, die an sich selber zweifelt. Sie hat ihn nie wieder gefragt. Man hat das Thema vermieden, soweit wie möglich, und sich um so mehr an der süßen Ysabel gefreut. Bei Ysabel haben sie alles richtig gemacht. Margalída und er.

Er geht mit dem Album ans Fenster. Hält es schräg in das Licht. Wie alt wird er gewesen sein? Sechs Monate? Ein Jahr?

Das Kind schaut zum Gesicht der Mutter hoch, seine kleinen Hände greifen nach ihr. Aber sie lächelt nicht. Neigt nicht den Kopf zum Kind, sie blickt in die Kamera des Fotografen, ernst und stolz, in einem Kleid aus schwarzem Taft, wie es heute Großmütter tragen.

Er blättert weiter, er sucht. Was sucht er? Er weiß es nicht. Ein Foto, das seine Mutter mit einem Lächeln zeigt, ein Foto, das seine Mutter in zärtlicher Hingabe zu ihm zeigt, etwas Intimes, etwas, das die Bindung zwischen Mutter und Sohn dokumentiert, etwas, das ihm sagt: Sie ist glücklich. Ich habe meine Mutter glücklich gemacht, weil ich da war, einfach nur deswegen. Er sucht aber vor allen Dingen ein Foto seines Vaters. Es gibt kein Foto. Es gibt kein Bild, das den kleinen Pepe Antonio Jesús mit seinem Vater zeigt oder mit beiden Eltern. Immer nur die Mutter. Oder eine Niñera, eine Kinderfrau. Er wächst heran, kann auf eigenen Beinen stehen und liebt offenbar die Gesellschaft der Köchinnen und der Arbeiterinnen. Man sieht den Knaben zwischen Frauen mit langen Schürzen. Die Frauen lachen, der Knabe ist ernst. Er hält ein Spielzeug in der Hand. Eine kleine Trompete. Hat er je Trompete gespielt, als er größer wurde? Oder irgendein anderes Instrument? Er kann sich nicht erinnern.

Ein Foto zeigt ihn als Dreijährigen, auf dem Bock einer Kinderkutsche. Ein Zwergpony mit einer Mähne, die fast bis auf den Boden reicht, zieht die Kutsche. Der kleine Pepe Antonio Jesús lacht und hebt die Peitsche. Im Hintergrund, kaum zu erkennen, seine Mutter. Sie ist fast so schwarz wie der Schatten, den der Algarobbo wirft, der große Johannisbrotbaum mitten im Wirtschaftshof. Die Früchte des Baumes allein haben ein Dutzend Esel das Jahr über ernährt, bis ein Blitz in den Baum einschlug und ihn in der Mitte gespalten hat, in einem Jahr, als er nicht mehr bei seiner Mutter wohnte, weder in dem Stadtpalast noch draußen, auf der Finca Son Rafal. Er hatte seine eigene Bude im La Lonja-Barrio, zwischen Tapas-Bars und Nightclubs, wo er die Tage verschlafen und die Nächte durchfeiern konnte.

Kein Bild also von seinem Vater, kein Foto seiner Eltern. Nicht einmal eines, das die Finca Son Rafal in ihrer bizarren Architektur zeigte. Die Schönheit und das Besondere dieses Gehöftes im Schatten der Tramuntana, umgeben von fruchtbarer roter Erde, blaugrauen Olivenbäumen. Geometrische Muster, die sich über ganze Hügelketten hinwegziehen bis zum Horizont, bis zu den Pinienwäldern, den ersten Bergschluchten, bis zu der fernen Kulisse eines Bergdorfes auf halber Höhe, mit der Kirche, deren Turm wie ein Minarett gegen das dunkle Grün der Wälder leuchtet, weiß und zierlich.

Pepe ist in der Nacht aufgewacht mit diesem Bild der Finca vor Augen. Es war ihm, als habe er das Schnaufen des Zwergponys gehört, das Klappern der kleinen Ponyhufe auf dem Pflaster aus Kieselsteinen, vor Jahrhunderten in gleichmäßigen Rautenmustern verlegt. Es war ihm, als habe er die Stimme seiner Mutter gehört, die ihn rief, oder war es die Köchin? Die Niñera? Das Hausmädchen?

»Pepino, wo bist du?«

Seit er sich entschlossen hatte, die Finca Son Rafal restaurieren zu lassen und sie seiner Tochter als Morgengabe zu ihrer Hochzeit zu schenken, hatte er oft solchen oder einen ähnlichen Traum gehabt. Er erinnerte sich auf einmal wieder an den Geruch seiner Mutter …

Sie aß gerne rohe Pimientos und rieb ihre von der Gartenarbeit rissigen Hände mit Olivenöl ein, frischem, duftendem Olivenöl. Er erinnerte sich an den Klang ihrer Stimme – dunkel und samtig, eine Alt-Stimme. Wenn sie ihm etwas vorsang, waren es melancholische Fados, die sie als Kind von ihrer portugiesischen Niñera gelernt und nie vergessen hat. Er ist mit Fados aufgewachsen, mit traurigen Liedern von verlorener Liebe, verlorener Heimat, verlorenem Glück. Es waren seine Wiegenlieder, seine Einschlaflieder. Er fand sie schön.

Ysabel sollte zusammen mit der Escritura und all den anderen Papieren, die sie als rechtmäßige Besitzerin der Finca Son Rafal ausweisen, auch ein Foto bekommen. Eine Reproduktion eines alten Fotos. Aber er hatte keine Zeit gehabt, er hatte es vergessen über all dem Trubel, all der Hektik, die Margalída in den Wochen vor der Hochzeit im Haus verbreitete, zudem hat ein Student (er schrieb seine Magisterarbeit über die Geschichte alter mallorquinischer Familien) sich angeboten, die Bibliothek neu zu ordnen. Nach Sachgebieten, nach Jahreszahlen ein Register anzulegen.

Er hatte die Bibliothek zur Hälfte neu geordnet, als ihn die Lust verließ oder eine neue Lust überfiel. Es gab kein neues Register, und das alte konnte nicht mehr aufgetrieben werden. Ein Chaos herrschte und herrscht noch immer in der Bibliothek. Wie sollte Don Pepe da etwas wiederfinden?

Erst an einem Vormittag der letzten Woche, an diesem Vormittag, als Margalída mit David stundenlang über die Anzahl der Partyzelte diskutierte, hatte er das Album plötzlich entdeckt: Zwischen Wanderkarten, die seine Mutter selbst gezeichnet hatte, Jahresbänden der Gemeinde von Santa Maria und Binyali, Katalogen über landwirtschaftliche Geräte und die Aufzucht mutterloser Jungtiere entdeckte er das Album.

Aber er fand keine Zeit mehr, es in Ruhe nach einem passenden Foto durchzusehen.

Seit er dem Toten in der Hochzeitskapelle ins Gesicht geschaut hat, findet er keine Ruhe mehr, keinen Schlaf. Sein Herz hat den Takt verloren, sein Gemüt die Gelassenheit. Es ist ihm, als verfolgten die Ahnen auf den Porträts in der Halle ihn mit höhnischen Blicken – zum ersten Mal versteht er das Wort virtual reality –, als lauerte der Geist der Verstorbenen in den Ecken des Hauses. In der Nacht ist er aufgewacht, weil er zu ersticken glaubte, der Gaumen ausgetrocknet, die Kehle rauh wie nach einem zwanzigtägigen Ritt durch die Wüste. Trocken und rauh.

Erst als die Wagentür des Jeeps ins Schloß fällt, schlagen die Hunde an, wenn auch nur träge. Zwischen ihnen, flach hingestreckt, liegt die Putanita, die staubgelbe Hündin, vierzehn Jahre alt. Ihr Atem geht heftig und schnell. Die Augen irren umher, als suchten sie einen Halt, als warteten sie, daß jeden

Augenblick die Gestalt des Alten wieder auftaucht, humpelnd, staubig, um sie zu befreien aus dem Käfig. Und sich zu entschuldigen für das, was man ihr angetan hat. Aber ihre Augen sehen nichts als Maschendraht, zwei Meter hoch. Und einen Wassernapf, in dem tote Fliegen schwimmen.

Sie rührt sich nicht, als die Rüden aufstehen, sich strecken und dann gegen den Zaun anrennen. Sie rührt sich nicht, als das Gebell der Hunde wütender und wilder wird. Sie liegt da, mit fliegenden Flanken und flachem, schnellem Atem und tut, als wäre sie tot.

Der Commandante geht sicher wie ein Schlafwandler durch das Gutshaus, das er in seinem Leben nie betreten hat.

Er öffnet keine Türen zu Zimmern, die ihn nichts angehen. Er verläuft sich nicht in den Gängen, die von der zwanzig Meter hohen Halle abzweigen. Aus der Küche kommt der Geruch von frisch gebrühtem, schwarzem Kaffee und Brot. Der Commandante spürt, wie sich sein Magen verkrampft. Jemand singt ein Lied seiner Kindheit, ein mallorquinisches Volkslied, das sie in Binisalem immer singen zur Vermada, dem großen Weinfest. Das letzte Mal sind er und seine Elena nicht dabeigewesen, aber dieses Jahr werden sie wieder gehen, ins Can Arabí, zum Sopar a la Fresca, und mitsingen.

Er schiebt die Tür vorsichtig auf. Eine große Küche mit gemauerten Borden, auf denen sich gußeiserne und kupferne Pfannen türmen. Kacheln mit alten Mustern über dem Herd. Der Rauchfang schwarz von Ruß. Aber der Boden aus Marmor und blank, und in der Mitte ein Tisch, altes Olivenholz mit einer Platte aus grünem Granit. An diesem Tisch, auf Pantoffeln, steht Catalína und bereitet das Frühstück für den Dueño vor, stellt einen Teller auf das Tablett, bestäubt die Ensaimada mit Puderzucker, nimmt die schäumende Milch vom Herd und schreit, als ihre Augen auf einmal diesen Polizisten entdecken, in schwarzer Uniform, die Kappe unter den Arm geklemmt wie ein Soldat.

Der Commandante lächelt und legt beschwichtigend den Finger auf den Mund: »Pssst, keine Angst. Es riecht, als gäbe es Kaffee aus Kolumbien.«

»Es ist Kaffee aus Kolumbien, Señor.« Catalína zittert. Sie weiß nicht, warum, schon ihre Großeltern haben beim Anblick eines Polizisten gezittert. Dabei hat er ein gutes Gesicht. Aber zählt ein guter Kopf, der aus einer Uniform ragt? Sie weiß es nicht. Sie hat aber ihren Großeltern und den Tanten geschworen, nie einen Soldaten mit nach Hause zu bringen. Oder einen Polizisten.

Der Commandante tritt an den Tisch und bestaunt das Frühstück, das auf dem Tablett hergerichtet ist.

»Solche Ensaimadas«, sagt er, »gab es auch früher bei uns zu Hause. Der Bäcker in unserem Dorf kriegt sie niemals so hin, entweder sind sie zu fett oder oben verbrannt, daß die Kruste sich löst. Dann wird der Teig trocken, und das schmeckt wie Staub. Aber diese hier, die sehen aus, als würden sie auf der Zunge zergehen.«

Stumm geht Catalína zum Küchenbord, nimmt einen Teller, legt eine Ensaimada darauf und rührt Puderzucker durch ein dünnes Haarsieb, bis die Hefeschnecke ganz und gar unter feinem Schnee verschwindet.

Sie schiebt das Gebäck zu ihm hin. »Auch Kaffee?«

Er nickt. Er strahlt. »Mit Vergnügen.«

Er legt seine Kappe ab und nimmt Platz.

Das ist das Gute auf dieser Insel, sagt sein Lachen, man betritt ein Haus, geht in die Küche, man setzt sich, trinkt Kaffee und beißt ins süße Gebäck. Und keiner fragt, warum man gekommen ist. Es ist wie ein Wunder. Niemals wollte der Commandante irgendwo anders seinen Dienst tun als hier, im Herzen der Insel.

Catalína schaut nicht zu, wie der Commandante frühstückt.

»Ich muß zu Don Pepe«, sagt der Commandante. »Ich muß ihm etwas ausrichten. Schläft er noch?«

Catalína schüttelt den Kopf. Sie legt eine frische Stoffserviette auf das Tablett. »Ich werde ihm Bescheid sagen.« Sie hebt das Tablett auf und trägt es hinaus. Der Commandante, mit vollem Mund kauend, schaut ihr nach.

Catalína stellt das Tablett in der Bibliothek vor Don Pepe ab. Ihr Herr sieht müde aus und bleich. Seine Augenlider sind gerötet und die Pupillen klein wie Stecknadeln. Aber er lächelt sie an, und das tut er selten.

»Man sollte sich nicht mit der Vergangenheit beschäftigen, Catalína«, sagt er. »Das macht nur schlechte Träume. Habe ich dir schon einmal ein Foto meiner Mutter gezeigt?«

Catalína schüttelt stumm den Kopf.

»Warte, hier.« Don Pepe blättert in einem Album, schlägt eine Seite auf und hält sie ihr hin. »Das gefällt mir am besten.«

Catalína beugt sich über ein Bild, das eine Frau in schwarzen Kleidern zeigt, ein Tuch um die Schultern, eine Taille, so dünn wie bei einer Puppe, weitschwingender Rock, der unten mit schwarzer Spitze verziert ist. Der Rockstoff glänzt. Die junge Frau hat große, traurige Augen, aber ein kleines Lächeln spielt um ihre Lippen.

»Díos mío«, flüstert Catalína und legt die Hand ans Herz, »ist sie schön, diese Señora.«

Don Pepe nickt. Die Antwort stellt ihn zufrieden. »Man muß lange suchen, um ein Foto von ihr zu finden, auf dem sie so glücklich aussieht wie hier.« Er nimmt das Album und klappt es zu. Er reibt die Hände, hält die Nase über die Kaffeetasse. »Ah, das wird die Geister erwecken.«

Catalína ist schon an der Tür, da dreht sie sich noch einmal um. »Da ist jemand von der Guardia Civil, der Sie sprechen möchte. Der Commandante aus Petra.«

Pepes Lächeln verschwindet wie ein Spuk. Seine Hände verkrampfen sich um die Armlehne. »Was will er?« flüstert er.

Der Commandante wischt mit dem Handrücken das Schweinefett und den Puderzucker von den Lippen und nimmt den letzten Schluck Kaffee.

Da geht die Tür auf. Don Pepe, fertig angezogen, wenn auch ohne Schuhe, steht in der Tür, hinter ihm, klein, ängstlich und bebend vor Neugier, Catalína, das Küchenmädchen.

»Sie wollen mich sprechen?« fragt Don Pepe, ohne Zeit mit einem Gruß oder einem Handschlag zu verlieren.

Der Commandante springt auf. Seine Hacken schlagen gegeneinander. Einmal Soldat, immer Soldat, sagt seine Elena, wenn sie das sieht, und lacht.

Manchmal tun ihm davon die Fersen weh, von diesem steifen Zusammenschlagen. Er wünscht sich weichere Stiefel, mit weichen Fersenkappen, aber die liefert das Magazin der Guardia Civil nicht aus.

»Guten Morgen, Señor, guten Morgen, Don Pepe. Jawohl, ich habe Ihnen etwas auszurichten. Ich soll Sie ins Krankenhaus nach Manacor bringen. Man wartet dort auf Sie.« Er zögert, schaut auf Catalína, die sofort die Augen senkt, und fährt mit veränderter Stimme fort: »Man erwartet Sie in der Pathologie.«

Pepe zieht die Luft durch die Nase. »Wo?«

»Im Leichenhaus, Don Pepe. Sie sollen dort die Leiche identifizieren.« Er räuspert sich, hebt den Blick und schaut gerade in die kleinen Stecknadelpupillen des Adligen.

»Es handelt sich um den alten Mann, Señor, wie Sie wissen.« Er nimmt seine Kappe wieder unter den Arm. »Ich habe den Auftrag, Sie unverzüglich dorthin zu bringen, wenn es Ihnen recht ist, Señor.«

Maria-Magdalenas Tagebuch

9. Juni 1937

Alonso kam mit einem Geschenk für das Baby, meinen Sohn. Es ist ein Geschenk vom Juwelier Horach Moya in der Carrer Catalunya. Ich habe das Etui sofort erkannt. In einem solchen Etui sind auch unsere Eheringe gewesen. Die Ringe, die uns aneinander fesseln. Ich weiß nicht, für wie lange Zeit.

Er ist wortlos in mein Zimmer gekommen, eben, vor ein paar Minuten, während ich hier saß und schrieb. Ich habe das Tagebuch sofort in der Schublade versteckt, wie ein kleines Mädchen. Vielleicht ahnt er, wenn ich mich in dieses Zimmer zurückziehe, nicht meine Nägel maniküre oder Illustrierte lese, sondern mein Leben beweine.

Alonso steht wortlos in der Tür, mit diesem Geschenk in der Hand.

Was ist? frage ich. Warum kommst du nicht herein?

Ich habe hier etwas, sagt Alonso, und komme mir damit vor wie ein Idiot.

Was ist es? frage ich ihn ganz freundlich.

Seine Art ist merkwürdig, linkisch, und seine Stimme schwankt zwischen Trauer und Zorn.

Es ist nicht für dich. Ein Geschenk, sagt er. Für dich, aber auch wieder nicht für dich. Es ist eine alte Uhr. Mein Vater hat sie bekommen von einem Gast, der ein Jahr lang seine

Rechnung nicht bezahlt hat. Eine so teure Uhr wollte er nie tragen, er sagt, wegen so etwas bringen sie einen um in der Bar Sol.

Ich wußte nicht, was er erzählen würde und was in dem Etui ist. Ich sagte nur: In der Bar Sol bringen sie einen auch wegen noch weniger um. Ich habe jemanden gekannt, den haben sie wegen gar nichts umgebracht. Wegen nichts und nichts und nichts.

Alonso ist blaß geworden. Es ist das erste Mal, daß ich von dem Mord an Victoriano gesprochen habe. Jetzt weiß er, daß ich nicht so ahnungslos bin, wie er es gerne hätte, wie alle es gerne hätten. Auch mein Bruder. Er kann ja hingehen und zu meinem Bruder sagen, ich, Maria-Magdalena, weiß etwas. Ja, ich weiß etwas, Juan.

Gut, sagt Alonso, wenn es so ist, dann gibt es nichts mehr zu sagen. Es ist kein Geschenk für dich. Es ist eigentlich für das Baby gewesen. Ich konnte die Gravur erst machen lassen, wenn ich den Tag der Geburt kenne, verstehst du. Deshalb komme ich erst jetzt damit.

Lächerlich. Ich fühle mich lächerlich.

Du gibst das Kind weg, bevor ich es in den Arm nehmen konnte.

Du gibst das Kind weg, das auch mein Kind ist.

Nein, schrie ich, dein Kind ist es nicht!

Doch, vor dem Gesetz ist es mein Kind. Ich habe dich geheiratet, und ich habe gewußt, daß in deinem Leib das Kind eines anderen wächst. Ich habe es akzeptiert. Vielleicht interessiert es dich nicht. Aber ich war bereit, diesem Kind ein Vater zu sein. Ein guter Vater. Mit den Kindern meiner Schwester habe ich immer gespielt, als sie klein waren. Du weißt selbst, daß die beiden mich lieben. Du weißt selbst, wie sie mir immer um den Hals fallen, mich wegziehen, weil sie ein neues Spiel haben, das sie mir zeigen wollen. Ich wäre diesem Kind ein guter Vater geworden.

Er legt das Päckchen auf den Tisch.

Soll ich es aufmachen? frage ich. Trotzdem?

Er hebt die Schultern. Sein Gesicht ist weiß.

Gut, sage ich, dann mache ich es auf.

Es ist eine Uhr. Eine wunderschöne Uhr. Wenn man den Deckel aufschnappen läßt, ertönt das Schlaflied, das Mamá gesungen hat, wenn ich weinte. Horabaixa past el sol.

Schau in den Deckel, sagt Alonso, als ich das Lied leise mitsingen will. Schau, was da steht.

Ich lese eine Gravur, die er offenbar bei Horach Moya bestellt hat. Er ist berühmt für seine feinen Gravuren.

Zur Geburt am 4. Juni 1937 – steht da.

Ich merke, daß meine Hände zittern. Das willst du ihm schenken? frage ich. So etwas Wunderbares? Sie muß ein Vermögen wert seit, diese Uhr. Und das Lied. Ich habe gar nicht gewußt, daß es Leute gibt, die eine kleine Spieluhr einbauen können …

Moya kann das eben, sagt Alonso barsch. Er hätte auch in unsere Ringe etwas eingraviert, wenn du es nicht verboten hättest.

Ich lausche dem Lied. Ein Xylophonspiel. So süß …

Das willst du ihm schenken? frage ich immer wieder fassungslos. In diesem Augenblick habe ich mich geschämt. Ich hätte ihn umarmen können in dieser Sekunde, ich hätte ihn streicheln können, sein Gesicht küssen, ja sogar das hätte ich in diesem Augenblick gekonnt.

Ich wollte aufstehen und ihm in die Arme fallen. Ich sagte immer nur: Und das willst du ihm schenken?

Da ließ er mich stehen, faßte auf dem Tisch nach der Uhr, schloß sie in seiner Hand ein und sagte: Jetzt nicht mehr. Jetzt will ich es dem Kind nicht mehr schenken. Wo es weg ist. Wo es dir egal ist, ob dieses Kind einen Vater hat. Weil du so stolz bist, so furchtbar stolz. Weil dein Stolz größer ist als deine Liebe.

Nein! schrie ich. Das ist nicht wahr! Ich liebe dieses Kind. Aber ich kann es nicht ertragen, daß es mit einem Mörder unter einem Dach lebt und mit dem Mitwisser des Mordes. Verstehst du das nicht? Alonso! Versteht ihr das nicht? Ich tue es aus Notwehr. Um mein Kind zu retten. Um mein Kind aufwachsen zu lassen in einer Luft, die nicht erfüllt ist vom tödlichen Gift des Hasses!

Aber Alonso hört nicht zu. Ich spüre, er will nicht hören, was ich zu sagen habe. Er steckt die Uhr in seine Jackentasche und geht wortlos aus dem Raum.

Ach Jaume, mein Söhnchen, mein Kind.

Wenn ich nur wüßte ..., wenn ich nur wüßte ...

Der Palast der Justiz

Felipe springt aus dem Taxi, stürmt die Treppe zum Gerichtsgebäude empor und tritt mit dem Fuß die Tür auf.

»Hallo.« Ein Mann kommt, die Arme emporgereckt. »Sie da, was wollen Sie?«

Es ist ein Mann von der Verwaltung. Ein Mann mit hellblauem Hemd, dunkelblauer Uniform, ein Beamter, der seine Pflicht tut, an einem Samstag, dem ersten Tag von Felipes Ehe. Er geht auf ihn zu, aber Felipe stürmt an ihm vorbei.

»Hombre«, der Mann streckt seinen Arm aus und packt Felipes Schulter. »Warten Sie. Eine kleine Frage.«

Felipe bleibt stehen, schließt die Augen, öffnet sie wieder, seufzt. »Was wollen Sie wissen?«

»Name«, sagt der Beamte, »Adresse und den Grund, warum Sie hier reinstürmen, als wäre das ein Westernsaloon und Sie Clark Gable. Wir sind in Mallorca, Hombre. Und nicht in Hollywood.«

Felipe mustert den Mann, versucht, sich ein Bild zu machen, den Menschen einzuordnen. Ist er wichtig? Oder nur der Portier? Er war plötzlich von links aufgetaucht, aus dem Schatten. Die Pförtnerloge ist leer. Auf dem Bildschirm des Computers nur flimmerndes helles Licht.

Andererseits hat der Mann ein Gesicht. Felipe unterscheidet zwischen Menschen, die nur Namen haben oder Funktionen, und anderen mit einem Gesicht. Das sind die, die zählen. Auf die eine oder andere Weise. Dieser hier, der Mann, der ihn an den Schultern packt und ihn zu sich herumdreht, hat ganz eindeutig ein Gesicht. Wenn auch ein altes. Felipe schätzt ihn auf Ende fünfzig, Anfang sechzig. Er trägt eine Krawatte, in der eine Perle glänzt. Vielleicht ist es eine billige Perle, aus der Fabrik für Mallorca-Perlen in Algaida. Vielleicht ist sie wertvoll.

Es ist Samstagvormittag, zehn Uhr. Und in dem breiten Sonnenstrahl, der durch das hohe Fenster fällt, tanzen die Mücken mit den Staubkörnern einen Bolero. Gestern noch, vor zwölf Stunden noch, nein weniger, hat er mit seiner Braut den Bolero getanzt. Dos gardenias para tí…

Warum ist ihm auf einmal so übel? Warum schießt das Blut in seine Augen, warum muß er sich bezähmen, um diesem Beamten nicht einfach die Faust zwischen die Augen zu hauen?

Jemand ist dabei, sein Leben zu zerstören. Sein Glück. Seinen Traum. Irgendeine finstere Macht gönnt ihm das Glück nicht.

Irgend etwas passiert, und er weiß nicht, was noch warum.

»Felipe Ramón Sureda«, murmelt Felipe, nachdem er sich mehrfach geräuspert hat, »Doktor der Rechte. Ich kann mich ausweisen, wenn Sie wollen, aber …«

»Darum wollte ich Sie gerade bitten. Dieses ist ein Gerichtsgebäude, Señor. Hier kann man nicht rein- und rausgehen wie in eine Bar. Ein Bier bestellen, austrinken und wieder gehen. Das geht nicht, Señor. Dies ist das Haus der Hüter der Gesetze. Und darauf bin ich stolz.«

Felipe fingert nach seiner Brieftasche, sucht den Personalausweis, zeigt ihn vor.

Der Mann mit der Perle in der Krawatte liest, runzelt die Stirn, schaut ihn an, geht ein wenig näher ans Licht. Jetzt tanzen die Mücken um seinen Kopf.

Felipe wartet, sein Herz schlägt gegen die Rippen. Irgendwo in diesem Gebäude wartet sein Vater, irgendwo hier passiert etwas, das er verhindern muß. Sofort und unbedingt verhindern. Sein Vater erwartet das von ihm. Sein Vater erwartet von ihm das Wunder.

Dabei hat er gesehen, wie der Vater den Alten gepackt hat, wie er ihm den Arm um den Hals gelegt und den Kopf zurückgedrückt hat. Er hat gesehen, wie das Gesicht des Alten erst rot wurde, dann blau, wie er gezappelt und gekämpft hat und plötzlich still war. Es war der Augenblick, als seine Ysabel ihm das Ja-Wort gab. Es war der Augenblick, als seine Ysabel sich zu ihm beugte für einen wunderbaren, unersetzlichen, unwiederholbaren Kuß. Vor den Augen des Erzbischofs, vor den Augen Gottes, wenn man so will. Er interessiert sich nicht für die Kirche, nicht für Gott. Aber dieser Kuß war etwas Heiliges, das hat er immer gewußt. Und aus den Augenwinkeln mußte er mit ansehen, wie sein Vater dem alten Mann die Luft abdrückte, und er konnte nichts tun. Oder doch?

»Don Felipe Ramón Sureda«, der Mann kommt zurück. Er lächelt. Sein Gang ist auf einmal locker, fast beschwingt. »Sie haben doch gestern geheiratet.« Er streckt schon wieder die Hand aus. Er scheint in seinem Leben nichts anderes zu tun, als Hände zu strecken. »Was machen Sie hier?«

Die Frage verwirrt Felipe so, daß er stottert, als er antworten will: »Ich ..., mein Vater ..., er hat ...«

»Sie sollten bei Ihrer jungen Frau sein! Sagen Sie nicht, daß Sie schon am ersten Ehetag die Arbeit der Liebe vorziehen. Wie schrecklich. Mein Lieber, was auch immer Sie arbeiten wollen, verschieben Sie es auf morgen, übermorgen, nächste Woche. Die Welt ist voller Gauner, das wissen wir. Jeden Tag werden schmutzige Geschäfte verhandelt. Das wissen wir auch. Wissen Sie, was ich neulich gesagt habe: der Sisyphos der alten Griechen. Dieser Mann, der die Kugel den Berg hinaufrollt. Heute ist er Anwalt von Beruf. Jurist. Wir sind die letzten, die versuchen, die alten Werte zu retten.«

Felipe Ramón hat sich entschlossen, den Kopf ein wenig zur Seite zu neigen, die Hände in die Hosentasche zu stecken und zu lächeln. Vielleicht ist der Mann verrückt. Vielleicht aber auch nicht. Man muß jederzeit mit allem rechnen. Eine Lektion, die sein Vater ihn gelehrt hat.

»Folgen Sie meinem Rat, und fahren Sie heim zu ihrer jungen, entzückenden Frau. Werden wir morgen Fotos der Hochzeit in den Zeitungen sehen? Ihr Vater hat mir eine Einladung geschickt, aber wissen Sie, ich gehe nie auf solche Feste.« Er lacht. »Meine eigene Hochzeit war das letzte große gesellschaftliche Ereignis, bei dem man mich antreffen konnte. Und das liegt exakt einundzwanzig Jahre zurück. Anna und ich haben im Februar geheiratet. Es war windig, und in den Bergen fiel Schnee. Sie haben es besser gemacht. Man soll im Sommer heiraten, sich im Sommer verlieben, im Sommer Kinder zur Welt bringen. Überhaupt sollte alles nur im Sommer stattfinden …« Er bricht mitten im Satz ab, runzelt wieder die Stirn, mustert Felipe Ramón. »Oder gibt es einen unaufschiebbaren Grund, der Sie hierherführt?«

»Genau so ist es.« Felipe ist erleichtert, daß der Mann seine Suada unterbrochen hat. Er fürchtete schon, er würde niemals aufhören. »Ich habe einen Anruf von meinem Vater erhalten. Er hat einen Termin beim Untersuchungsrichter.«

Der Mann, der sich Felipe nicht vorgestellt hat (und Felipe hat den Augenblick nicht genutzt, ihn nach seiner Legitimation zu fragen), hebt erstaunt die Augenbrauen, wendet sich um und wirft einen Blick auf die große runde Uhr über der Freitreppe, die in den ersten Stock führt.

»Wer hat denn heute Dienst?«

»Dr. Rafael Ginard«, sagt Felipe, »und wenn Sie gestatten …«

Der Mann weicht zur Seite, deutet eine Verbeugung an. »Aber gewiß doch, gewiß doch, verehrter Dr. Sureda. Sie kennen sich aus?«

Bevor Felipe etwas erwidert hat, beginnt sein Gegenüber bereits mit weitschweifigen Erklärungen.

Im zweiten Stock, rechter Flügel, eine Glastür, ein Gang, eine Wandelhalle zur Linken, zur Rechten Gerichtssäle, daran vorbei weiter geradeaus, »und schon, Verehrter, befinden Sie sich im Büro von Dr. Rafael Ginard.« Er beugt sich vor und zwinkert Felipe Ramón kumpelhaft zu. »Sagen Sie ihm nicht, daß Sie mich hier gesehen haben.« Er schlägt seine Hand auf Felipes Schulter. »Ich zähle auf Sie.«

Er dreht sich um und eilt auf das Portal zu. Für einen kurzen Moment, als der Mann wie ein Schattenriß im gleißenden Tageslicht steht, hat er etwas Grandioses, fast Tragisches. Dann fällt die Tür zu, Felipe Ramón hastet die steinerne Freitreppe nach oben in den ersten Stock.

Er findet die Tür. Er entdeckt das Schild: Dr. Rafael Ginard, Untersuchungsrichter, Raum 1045.

Er klopft.

Von drinnen eine hohe, weibliche Stimme. »Ja? Kommen Sie herein.«

Felipe Ramón steckt seinen Kopf in die Tür. »Bin ich hier richtig? Ich suche Dr. Rafael Ginard.«

»Wenn Sie lesen können, was draußen auf der Tür steht«, sagt eine fröhliche junge Stimme, »dann wissen Sie, daß Sie richtig sind.«

Felipe tritt ein. Ein schmales, sehr hohes Zimmer, ein Aktenschrank, Schreibtisch, kein Computer, dafür ein Tablett mit Bocadillo, Broten mit Schinken und Käse, eine Teekanne, Tassen, eine Handtasche, weit geöffnet, aus der Kleenextücher herausquellen. Die Sekretärin hat ein Handtuch über die Knie gebreitet und feilt ihre Nägel. Sie tut, als bemerke sie nicht den etwas irritierten Blick von Felipe Ramón.

»Sind Sie angemeldet?« fragt sie »Ich habe keine Eintragungen mehr für heute.«

»Ich bin auf der Suche nach meinem Vater«, sagt Felipe Ramón. »Er soll sich hier befinden, bei Richter Dr. Ginard. Er hat mich angerufen, als er auf dem Weg hierher war. Es hat leider eine Weile gedauert.« Er lächelt. »Ich lag noch im Bett.«

»Wie schön für Sie.« Die Sekretärin, ein junges Mädchen mit kunstvoll zerzausten Locken und einem Schmollmund, der jeden Vergleich mit einer Kinoschönheit aufnehmen könnte, mustert ihn auf eine Weise schamlos, daß er errötet. »Ich habe heute Dienst, ich bin schon um sieben Uhr aus den Federn. Der Richter ist nicht im Haus. Er ist weggegangen.« Sie schaut auf die Uhr. »Vor ungefähr zwanzig Minuten. Haben Sie schon gefrühstückt? Kann ich Ihnen einen Bocadillo anbieten? Dr. Ginard hat sie bestellt und ist gegangen, bevor sie gebracht worden sind. Ich darf sie nicht essen, bin gerade auf einer Diät.«

»Sie haben nicht zufällig meinen Vater gesehen?«

»Ihren Vater? Sollte ich den kennen?«

»Dr. Jaume Sureda«, sagt Felipe. »Er hatte einen Termin bei Dr. Ginard, jetzt, um diese Zeit.«

Die Sekretärin starrt ihn an. Sie schüttelt den Kopf. »Nein, das wüßte ich.«

»Dr. Ginard hat sein Handy eingeschaltet?« fragt Felipe scheinbar gelassen. Das hatte er gelernt in der School of Law. Niemals Emotionen zeigen, unter gar keinen Umständen.

Die Sekretärin lacht. »Sein Handy? Wollen Sie mich auf den Arm nehmen? Er hat in seinem Leben nicht einen einzigen Tag ein Handy benutzt.«

Felipe Ramón nickt.

Die Sekretärin feilt den Nagel ihres rechten kleinen Fingers. Sie steckt dabei die Zunge zwischen die Zähne, das gibt ihrem Gesicht einen dümmlichen Ausdruck.

»Aber er war hier?« fragt Felipe.

»Wer?«

»Der Richter. Ich meine, er ist heute morgen hier gewesen?«

»Natürlich war er hier. Wäre ich sonst da?«

Felipe reckt sich, schaut zum Fenster hin. Ein schmales, hohes Fenster, von dem aus man in einen schmalen, hohen Innenhof blickt. Vielleicht der Hof, in dem die Untersuchungshäftlinge ihre täglichen Runden machen dürfen.

Felipe fühlt sich bedrückt. Er leidet unter dem kalten Rauch, der in dem Zimmer hängt, unter dem Mangel an Sauerstoff, unter dem Geruch von alten Akten. Früher hat er seinen Vater einmal in dieses Gerichtsgebäude begleitet, und da schon hatte er entschieden, daß er kein Anwalt in dieser Stadt werden wollte. Dieses Gebäude behagte ihm nicht.

»Also«, er atmet tief durch, »ich fasse zusammen: Sie wissen nicht, wo der Richter sich jetzt aufhält. Sie wissen nicht, ob mein Vater, Dr. Jaume Sureda, hier in seinem Büro gewesen ist oder ob er ihn hierherbestellt hat …«

»Moment«, sagt die Sekretärin, »ich weiß, daß der Commandante ihn hier abliefern sollte.«

»Der Commandante?« Felipe spürt, wie sich seine Nackenhaare aufstellen. »Wer ist der Commandante?«

»Ach, wir nennen ihn nur so. Er hat so ein Gesicht, wissen Sie, so was Markantes. Ich weiß auch nicht. Irgend jemand hat angefangen, ihn den Commandante zu nennen. Und seit der das weiß, benimmt er sich auch so.«

»Es ist nicht zufällig ein Mann mittlerer Statur, schlank, dunkler Anzug, der eine Perle in der Krawatte trägt?«

Die Sekretärin starrt ihn an, fassungslos, dann bricht sie in ein fröhliches Lachen aus und schüttelt ihre Locken.

»Der Commandante ist ein ganz normaler Polizist, sonst nichts. Er sollte eine Verhaftung vornehmen. Ich weiß nicht. Irgendwo in der Nähe von Porto Christo ...« Sie reißt die Augen auf. »Ist das vielleicht Ihr Vater?«

»Ja.« Felipe atmet tief durch. Er könnte diese Kuh umbringen, mit seinen eigenen Händen. Deshalb verschränkt er die Arme auf dem Rücken und starrt gegen die Zimmerdecke, damit sein Blick ihn nicht verrät. »Hat der Commandante meinen Vater hierhergebracht?«

»Nein«, sagt die Sekretärin »aber er hat angerufen.«

»Darf man erfahren, von wo?«

»Von unten. Ich weiß nicht. Aus dem Auto? Aus der Halle? Er hat angerufen, und Dr. Ginard hat gesagt, in Ordnung, ich komme runter. Er hat sein Sakko da vom Bügel genommen und ist verschwunden, ohne mir zu sagen, ob er jemals vorhat, hierher zurückzukommen. Er hat seine Brieftasche mitgenommen, seinen Autoschlüssel, alles. Und ich sitze hier, und meine Freunde amüsieren sich in Alcudia, baden, trinken, tanzen. Schön, was? So was nennt man einen sozialen Chef.« Sie schiebt ihren Schreibtischstuhl zurück, verschränkt die Arme hinter dem Kopf und zeigt Felipe Ramón den goldenen Flaum ihrer Achselhaare.

»Danke«, murmelt Felipe, behutsam zurückweichend. »Danke für die Auskunft. Ich versuche woanders mein Glück.«

Felipe Ramón steht auf dem Paseig de Born, neben einem Zeitungskiosk, und telefoniert.

Auf der Titelseite des Diario de Mallorca ein Hochzeitsfoto: Ysabel und Felipe Ramón, das glückliche Paar.

Auf El Mundo: ein Foto von Jaume Sureda und Ysabel, auf dem Weg durch das Kirchenschiff zum Altar.

Titelbild von Ultima Hora: natürlich der Kuß.

Felipe hat keinen Blick für die Zeitungen, keinen Blick für

die Touristen, die Autos, die in endlosen Schlangen auf der einspurigen Fahrbahn vorwärts kriechen. Die Bäume werfen schwarze Schatten, unter denen die Männer sich auf ihren Klappstühlen niedergelassen haben und schwatzen, Skat spielen, Bier trinken oder den schönen Touristinnen auf die nackten Beine schauen.

Felipe drückt immer wieder verzweifelt die gleiche Nummer. Er läßt es klingeln, bis eine künstliche Stimme ansagt, daß er jetzt mit der Mailbox verbunden sei, wütend bricht er das Gespräch ab und wählt wieder neu.

Schließlich, als er es nicht mehr zu hoffen wagt, hört er ihre Stimme. »Holá!«

Das ist Ysabel, und ihre Stimme klingt wie von einem anderen Stern. Wo ist sie? Was macht sie gerade?

»Ysabel! Ich bin es. Was machst du? Wieso nimmst du nicht ab?«

»Tu ich doch, Schatz. Was ist los? Ich bin nur gerade durch das Hotel gegangen. Ich wollte zum Pool. Die Zimmermädchen sind gekommen, und ich wußte nicht, was ich da sollte in dem Zimmer. Wann kommst du zurück? Sie wollen wissen, wann wir morgen ...«

»Ysabel, hör zu, ich bin hier noch in Palma. Ich kann Vater nicht finden. Ich war im Gerichtsgebäude. Aber da ist er nicht. Offensichtlich ist er mit dem Richter irgendwo hingegangen.«

»Irgendwo hingegangen? Was heißt das?«

»Ich weiß nicht, was das heißt, Ysabel! Ich weiß nur, daß ich ihn suchen muß.«

»Ruf ihn doch an.«

»Das würde ich gerne, wenn ich seine Handynummer hätte. Deshalb wollte ich dich bitten. Kannst du in meinen Sachen nachschauen. Irgendwo muß das kleine Notizbuch sein. Und da stehen alle Nummern meines Vaters, alle. Auch seine neue Handynummer. Er wechselt sie ungefähr alle zwei Monate. Der alte Herr hat ganz schön viele Marotten. Ein Glück, daß wir weit weg sind, Chérie, in Madrid. Außerdem hab ich einen Kater und Sehnsucht nach dir. Bist du schon auf dem Weg zurück ins Zimmer?«

»Was sonst?« sagt Ysabel. »Soll ich dich wieder anrufen, wenn ich das Buch gefunden hab?«

»Das wär toll. Ich warte.«

»Wo bist du?«

»Ich stehe neben dem Zeitungskiosk auf dem Born.«

»Oh! Sind die Morgenzeitungen schon da? Die Samstagszeitungen?«

»Natürlich. Und du auf jeder Titelseite.«

Ysabel lacht. Er hört durchs Telefon ihr Lachen, manchmal abgehackt, weil die Verbindung schlechter wird, je tiefer sie in das Innere des Hotels eintaucht. »Das sagst du erst jetzt? Wie sehen wir aus?«

»Du siehst aus, wie eine Braut aussehen muß.« Felipe geht näher an den Zeitungsständer heran, er betrachtet das Foto von Ultima Hora. »Schließt du immer die Augen, wenn wir uns küssen?«

»Sie haben das Foto gebracht, wo wir uns küssen?«

»Ganz genau.«

»Das in der Kirche oder das vom Flughafen?«

»Haben wir uns so oft geküßt? Und immer vor den Augen dieser Reporter? Es ist das Bild aus der Kirche. Du im Brautkleid. Dann ist es das Bild aus der Kirche, oder?«

Einen Augenblick ist es still.

Dann ruft er: »Bist du noch da?«

»Felipe, dieses Foto ..., kann man da den alten Mann sehen? Ist er mit auf dem Bild?«

»Ich weiß nicht.« Felipe spürt seinen Herzschlag, die Hitze, den Lärm. Auf einmal schlägt es über ihm zusammen. »Ich schau nach, wenn du willst. Aber willst du es wirklich so genau wissen?«

»Ja«, sagt Ysabel, »ja, bitte. Ich bin gleich im Zimmer. Du brauchst nicht aufzulegen. Schau inzwischen nach dem Foto. Schau genau hin, ja?«

Felipe zieht ein Exemplar von Ultima Hora aus dem Ständer, geht damit ein, zwei Schritte.

Plötzlich eine Stimme hinter ihm, jemand packt ihn an der Schulter. »Hombre, hier bezahlt man die Zeitungen.«

Felipe dreht sich um. Es ist der Kioskverkäufer. Der schaut

ihm ins Gesicht, runzelt die Stirn, schaut auf das Foto, und seine Miene erhellt sich. »Hey, das sind Sie? Oder? Das sind Sie, verdammt noch mal, da auf dem Bild!«

Er lacht, er umarmt Felipe. Er freut sich. Er zieht Felipe weiter in die Mitte des Boulevards, mitten zwischen all die Flaneure, die am Sonntag nichts anderes zu tun haben, als auf dem Born spazierenzugehen und darauf zu warten, daß der Kioskbesitzer ihnen eine Sensation präsentiert.

»Schaut mal, wen wir hier haben! Gestern hat er geheiratet, heute ist sein Bild in allen Zeitungen, und schon ist er hier, bei mir, mein alter Freund Felipe Ramón Sureda.«

Was ist in dieser Stadt los, denkt Felipe Ramón verzweifelt. Was ist mit den Menschen los. Die waren doch früher nicht so. Hat das was mit den Touristen zu tun? Spielen sie hier alle Attraktion? Will jeder sein eigenes kleines Eventprogramm machen? Das ist ja nicht auszuhalten. Er versucht verzweifelt, sein Handy gegen die Umarmungen des Kioskbesitzers, gegen seine feuchten Küsse zu verteidigen.

»Felipe!« das ist Ysabels Stimme. »Felipe, kannst du mich hören? Ich habe die Nummer von deinem Papá. Und weißt du was: Übermorgen um diese Zeit sind wir in Mexico!!!«

Maria-Magdalenas Tagebuch

20. Dezember 1937

No pasarán!

Das hat Victoriano mir immer wieder gesagt, als dieser wahnsinnige Krieg begann, als Franco und Goded ihre Truppen sammelten, no pasarán, hat er mich getröstet, als man von einem Militärputsch sprach, no pasarán, sagte er immer, wenn ich fürchtete, sie würden unsere Liebe zerstören. Sie werden es nicht schaffen.

Aber, Victoriano, sie schafften es doch. Sie haben alles zerstört, weißt du, alles.

Heute war ich auf dem Puig de Alaró, um mit dir zu sprechen.

Ich bin allein auf diesen Berg gegangen, Victoriano. Ein Bauer hat mich auf seinem Karren ein Stück mitgenommen, es war bitterkalt, und der Bauer steckte die Hände abwechselnd in den Mund, um sie zu wärmen. Mit einer Hand lenkte er den Maulesel über die steinigen Pfade. Er sprach kein Wort mit mir, murmelte aber immer etwas in sich hinein. Ich glaube, er war verwirrt oder ein bißchen verrückt. Der Maulesel jedoch vertraute seinem Herrn. Ich merkte es am Spiel seiner langen Ohren, wie er sensibel reagierte auf die wechselnden Stimmungen seines Herrn, die Befehle, das Beruhigen, das Aufmuntern.

Es hat gestern geschneit und vorgestern auch. Bei uns in Els

Sant Castells lag der Schnee auf meiner Kiefer vor dem Fenster, als ich morgens die Klappen aufstieß. Ich war so erschrokken, ich dachte, es habe Asche vom Himmel geregnet, oder irgendeine neue Katastrophe sei passiert. Wir haben lange nicht so einen kalten Winter gehabt, ich kann mich nicht erinnern, wann zuletzt ich Schnee auf Mallorca gesehen habe. Der Innenhof war voller Tierspuren. Hasenpfoten, Katzentatzen und die Spur einer Schildkröte. Papá hat mir die Tierspuren erklärt, er war fasziniert, in seinem Herzen ist Papá Jäger und sonst nichts.

Als die Wolken weitergezogen sind Richtung Menorca, wurde der Himmel plötzlich strahlend klar. So ein Blau, mein Geliebter, wie du es immer beschrieben hast. Das Hoffnungsblau der Welt hast du es genannt, das Seelenblau unseres Planeten. Ich habe meine dicksten Sachen herausgesucht, feste Schuhe, Schal und Mütze. Niemand hat gesehen, wie ich das Haus verließ. Sie haben mich eine Weile bewacht wie eine Gefangene, aber in der letzten Zeit passen sie nicht mehr so gut auf. Und sie fragen mich nicht mehr scheinheilig, wohin ich gehe, wenn ich nur einmal das Tor vom Innenhof öffne und ein kleines Stückchen den Weg hinuntergehe. Vielleicht, weil sie glauben, daß ich Jaume vergessen habe. Sie glauben tatsächlich, sie könnten mich dazu bringen, mein Baby, dieses Kind, das ich geboren habe und neun Monate in mir trug, einfach auszulöschen in meinem Herzen. Oder in meinem Kopf. Ich weiß nicht, was Menschen sich vorstellen.

Vielleicht gibt es das alles, daß eine Frau ein Kind bekommt, es am Tag der Geburt abgibt und nie wieder einen Gedanken darauf verschwendet. Es gibt auch Mütter, die unter den Trümmern eines Hauses ein Kind bekommen haben, das im nächsten Augenblick tot war, zerfetzt von einer Bombe. Ich bin sicher, daß dieser Krieg jede Art von Scheußlichkeit geboren hat, jede Art von Zerstörung der menschlichen Seelen. Auch ich bin nachts ganz krank von diesen Nachrichten. Von den Blockaden, dem Hunger, den ausgemergelten Menschen, die einem begegnen, die an unsere Pforten klopfen, um Arbeit bitten, etwas Warmes zu essen, ein Kleidungsstück. Ich weiß nicht, woher sie kommen und wohin sie gehen, wenn wir ihnen eine Suppe angeboten haben und manchmal ein Ei. Wir haben ja selbst nicht mehr viel. Und ernähren all die Menschen, die immer auf unserem Hof gearbeitet haben, mit dem, was dieser Hof hervorbringt. Doch jetzt ist Dezember, die Hühner legen kaum noch ein Ei, die Sauen weigern sich, zu gebären. Papá sagt, daß die Wälder voll sind von Wilderern und Fallenstellern. Daß die Menschen selbst im Dezember noch nach Beeren suchen. Daß es fast kein Brennholz mehr gibt.

Ach, was ist aus dieser reichen, schönen Insel geworden.

Ich warte sehnsüchtig auf den Januar, auf mehr Licht. Vielleicht bekommen wir den petit verano, den kleinen Sommer, schon noch im Dezember. Die warmen Tage. Mamá sagt, früher haben sie manchmal schon im Januar wilden Spargel gefunden.

Victoriano, ich weiß nicht, ob du mich gesehen oder gehört hast, wie ich dort oben auf dem Berg herumgeklettert bin, zwischen Ginster und Rosmarin, über scharfes Gestein und Distelwege. Stundenlang habe ich die Disteln heute nachmittag aus meinem Mantel ziehen müssen mit einer Pinzette. Sie sind scharf wie Nadeln und stechen durch alles, selbst durch ein dickes Tuch. Ein Falke war bei mir die ganze Zeit. Ein Wanderfalke. Er stieg auf von einem Felsmassiv und zog über mir seine Runden, in ruhigem Flug. Er ließ sich tragen von der Thermik, und es war mir, als spähte er die ganze Zeit zu mir herunter. Ich stolperte durch die Gegend, hatte kein Ziel und keinen Weg. Vielleicht fürchtete er, ich würde aus Versehen an sein Nest geraten. Aber um diese Zeit brüten doch die Falken nicht, oder? Ich muß Papá fragen. Die Sonne glitzerte in den Schneekristallen. Und manchmal plätscherte ein kleines Wasser, ein Rinnsal von geschmolzenem Schnee, und ich sah, wie an den zarten grünen Stengeln des Glöckchenstrauchs sich erste Knospen öffneten. Es war mir, als hörte ich ein leises, tröstliches Läuten dieser kleinen Glöckchen. Überhaupt war so viel Frieden da oben bei dir, mein Geliebter. Man war so weit weg von der Welt, als gehörte man gar nicht dazu.

Ich konnte für einen Moment alles vergessen, das große Unglück, das unser Land getroffen hat, und das noch größere, unter dem ich jeden Tag leide.

Unser Land ist zerstört, vernichtet. Die Leute, die in Deja wohnen und in Pollensa, irgendwo nah am Meer, sagen, daß sie fast täglich sehen, wie Minen im Meer hochgehen. Und wie das Wasser einer Fontäne gleicht, nach allen Seiten in den Himmel spritzt. Sie sehen auch, wie Schiffe in die Luft fliegen. Man sagt, es seien italienische U-Boote, die Minen an die Handelsschiffe, an die Kriegsschiffe und Zerstörer legen. Auf der DEUTSCHLAND *sind 600 Menschen gestorben. Ebenso viele sollen bei der Zerstörung der* BALEARES *ums Leben gekommen sein. Man redet von mehr als dreißig zerstörten Schiffen. Zwei Dutzend davon spanische, kurz nachdem die* BARLETTA *hier im Hafen von Palma de Mallorca bombardiert wurde und sechs hohe italienische Offiziere starben. Das wird Mussolini uns nicht vergessen. Russische, deutsche und englische Schiffe explodierten auf dem Meer, und Leichen trieben an die Küsten. Piraten plündern, und Kinder müssen mit ansehen, wie man diese aufgedunsenen Körper in fremden Uniformen ans Ufer schleppt, sie auf einen Haufen schichtet und anzündet. Leute wärmen sich an diesem Feuer.*

Aber ein noch größeres Feuer gab es letzte Woche in Madrid, als die ganze Stadt brannte. Die Republikaner zusammen mit den Russen und den Roten hatten von Anfang an keine Chance. Sie waren nicht ausgebildet, es heißt, die Kämpfer wußten manchmal nicht, wie man einen Mörser bedient. Die Linken wußten, daß Franco die Stadt am 18. Dezember bombardieren würde, und kamen ihm eine Woche mit einer Offensive zuvor. Wenn es gut ausgegangen wäre, Victoriano …

Es ging nicht gut aus. Immer noch ist Madrid nicht ganz gefallen, sie brennen Straße für Straße nieder, Haus für Haus. Sie zerstören alles. Buenaventura Durruti, den du so verehrt hast, Victoriano, ist mit seiner Kolonne nach Madrid gezogen, in dem Versuch, die Kommunisten und die Anarchisten zu vereinigen mit der Internationalen Brigade, die alle hoffnungslos zerstritten waren. Aber vielleicht war sein Plan schlecht, vielleicht kam er zu spät. Er mußte mit seiner Kolonne von Aragón zu Fuß nach Madrid, aber seine Leute waren entmutigt und müde, er wollte die Universität von Madrid mit seinen Leuten verteidigen, aber nicht einmal das hat funktioniert. Viel-

leicht haben die Kämpfer sich nicht einmal miteinander verständigen können, man sagt, Madrid sei wie ein Babylon gewesen, alle Sprachen der Welt versammelt, alle Idealisten, Fanatiker, Reformer, alle Linken und Roten hilflos vereinigt unter der Parole gegen den Faschismus: No pasarán!

Aber es hat nicht funktioniert. Durruti hat man gefunden, seinen toten Körper, von ihnen erschossen. Sie haben seinen Leichnam nach Barcelona gebracht und ihn dort beerdigt. Zigtausende sind gekommen, um ihm ein letztes Lebewohl zu sagen. Er war ein starker catalanischer Kämpfer, der größte vielleicht unter den Catalanen. Hast du ihn deshalb so verehrt, Victoriano? Weil er Catalane war?

Ich verstehe weder die Begeisterung für den einen noch für den anderen. Was mir am meisten gefiele, wäre ein Mensch, der für den Frieden eintritt und nicht für eine Idee. Ideen sind der Keim zu neuem Streit und neuem Krieg. So viel habe ich inzwischen gelernt.

Ich wünsche mir, eine kleine Finca zu bewirtschaften, nicht mehr als zehn, zwölf Quarteradas Land. Ich möchte morgens mit dem ersten Hahnenschrei aufstehen und abends mich ins Bett legen, wenn meine Katze sich vor dem Ofen zum Schlaf zusammenrollt. Ich möchte im Sommer das Wasser aus meinem Brunnen schöpfen und damit meine Blumen und mein Gemüse begießen, möchte Schafe auf die Weide führen und einen ganzen Tag bei ihnen bleiben, um ihnen zuzusehen, wie sie Halm für Halm in ihren kleinen weichen Mäulern verschwinden lassen. Ich möchte meinen eigenen Wein keltern, nur wenig, ein paar Fässer, die ich verkaufen werde. Für Gäste brauchte ich nichts, ich glaube nicht, daß viele Gäste sich zu meinem Hof verirren werden. Ich werde keine gute Gastgeberin sein, keine freundliche Plaudertante. Mich interessieren die Gespräche der Leute nicht.

Aber ich weiß, daß noch viele Jahre vergehen werden, bevor ich mir diesen Traum erfüllen kann. Und daß ich noch durch ein großes Tal der Tränen muß.

Alonso hat mir nachspioniert. Deshalb ist mein Kleiner, Jaume, mein Baby, weggebracht worden. Das war im Oktober. Im November bekam ich – durch Sebastians Hilfe – eine Nach-

richt von Teofila. Offenbar haben Mamá und Papá den Leuten Geld gegeben, daß sie sich eine Casita in Capdepera kaufen können, so weit weg von uns wie möglich. Dorthin sind sie nun gezogen, und seitdem kein Wort von ihnen, keine Nachricht. Auch Sebastian weiß nicht, wie er mir helfen soll. Mein einziger Trost: Jaume wird gut versorgt. Ich glaube, auf ihre schlichte Art wird Teofila eine gute Mutter für ihn sein. Sie sagte mir, sie würde ihn lieben wie ihr eigenes Kind, aber sie gestatte sich dieses Gefühl nicht, aus Respekt vor mir. Da habe ich geweint, sie geküßt, und gesagt: Lieben Sie ihn wie einen eigenen Sohn. Er wird der einzige Sohn sein, der zwei wahre Mütter hat. Die sich für ihn zerreißen würden, nicht wahr? Sie würden sich auch für ihn zerreißen lassen. In Madrid werfen Mütter sich über ihre Kinder, wenn die Tiefflieger kommen, um sie mit ihren eigenen Körpern zu schützen. Ich weiß: Ich täte das auch.

Victoriano, es ist möglich, daß ich wieder schwanger bin. Seit zehn Tagen warte ich auf meine Blutung. Sie will und will nicht kommen, und etwas in meinem Körper sagt mir: Es ist wieder soweit.

Verzeih, Geliebter, wenn du kannst.

Die Ruhe vor dem Sturm

Der Richter Dr. Rafael Ginard weiß, was sich gehört. Er entschuldigt sich wortreich für die Unannehmlichkeiten, die er sowohl Dr. Jaume Sureda wie auch Don Pepe de Villalonga bereiten muß. An einem Sonntag!

»Zur Zeit des Kirchganges!« Er schaut auf die Uhr. »Wahrscheinlich werden jetzt gerade die Oblaten gereicht und der Wein. Leib und Blut Christi. Verteilt an die gläubige Gemeinde, als Reinwaschung von Sünde, Vergebung der Schuld. Eben dieses dürfen alle anderen nun erleben, aber Sie«, sagt er und faltet seine Hände vor dem Bauch, »Sie mußten meiner Einladung folgen und hierherkommen. Bitte verzeihen Sie mir.«

Sureda räuspert sich und schaut auf die Uhr. »Bei allem Respekt«, sagt er, »vor Ihren Entschuldigungen, Herr Kollege. Aber wenn Sie zur Sache kommen würden.«

»Natürlich.« Der Richter nickt heftig, fast wie ein Automat, in den man einen Peso gesteckt hat.

»Natürlich, Dr. Sureda, Ihre Zeit ist knapp. Wer wüßte das nicht besser als ich.«

Sureda hebt die Augenbrauen, aber er schweigt.

»Und Sie«, sagt der Richter, jetzt zu Don Pepe gewandt, »Sie habe ich vom Frühstückstisch wegholen lassen.«

»Vergessen Sie mein Frühstück«, knurrt Don Pepe. »Ich esse morgens niemals viel. Nur etwas schwarzen Kaffee, ein bißchen süßes Brot, mehr nicht.«

»Ah«, ruft der Richter, »Kaffee und süßes Brot. Wollen wir lieber nicht daran denken.« Er deutet mit schwungvoller Geste auf den Herrn, der im weißen Kittel gegen den Schreibtisch lehnt. »Dr. Herreda, wäre es wohl möglich, daß wir ein wenig Kaffee bekämen? Vielleicht, wenn alles erledigt ist?«

»Ich kann es veranlassen, kann aber für die Qualität des Kaffees nicht garantieren.« Dr. Herreda lächelt. »Dieses ist, wie Sie wissen, ein Krankenhaus. Und in Krankenhäusern hält sich der Aberglauben, daß starker Kaffee schlecht für das Herz ist.«

Sie befinden sich in dem privaten Sprechzimmer von Dr. Herreda, dem Internisten und stellvertretenden Chefarzt der Klinik von Manacor. Ein praktischer, spärlich möblierter Raum mit Aktenschränken an den Wänden und einem Schreibtisch, der penibel aufgeräumt ist. An den Wänden Fotos von Fossilien. Offenbar hat Dr. Herreda eine Leidenschaft für Fossilien.

Er trägt einen Arztkittel, an dem nur der oberste Knopf geschlossen ist. Die Brille ist aufs Haar zurückgeschoben, in der Kitteltasche stecken mehrere Kugelschreiber. Im Nebenraum klingelt unablässig ein Telefon, das niemand zu beachten scheint.

Draußen gleißendes Sonnenlicht.

Sureda und Don Pepe haben sich freundlich, aber mit einer gewissen Zurückhaltung begrüßt. Unter den Augen eines Richters, der mit Argusaugen jede Geste, jedes Lidzucken bewacht, ist es nicht leicht, sich ungezwungen zu begrüßen.

»Alles gut überstanden?« hat Sureda gefragt.

Und als Don Pepe nur mit einem Nicken reagierte, hat er hinzugefügt: »Der Rotwein hatte zuviel Prozent. Mindestens 15%. Das vertrage ich nicht.« Vielleicht wollte er damit nur andeuten, daß er auch für den Rotwein aufgekommen war.

Carla Mendoz war erst später eingetreten, auch sie im weißen Kittel, mit einer Akte in der Hand. Eine von ihr angefertigte Akte, die sie in Anwesenheit von Pepe und Sureda dem Richter übergab.

»Das ist mein Protokoll«, sagte sie. »So genau wie möglich. Ich hoffe, es hilft Ihnen weiter.«

»Das hoffe ich auch.« Der Richter hat seinen Blick wohlgefällig über das glatte Gesicht, die zarte Figur, die schmalen Fesseln der jungen Ärztin gleiten lassen, dann die Brille vom Kopf auf die Nase gezogen und war für eine Weile still.

Pepe und Sureda haben zuerst Dr. Herreda, dann Carla Mendoz begrüßt, ein paar Worte über das Wetter und das Fest fallenlassen. Und dann zum Fenster hinausgesehen. Danach war es still, bis auf das Rascheln des Papiers, wenn der Richter eine Seite umschlug.

»Sie haben aber viel geschrieben«, bemerkt Sureda und lächelt. Er gibt sich noch galant und selbstbewußt. Pepe steht unbeholfen da und versucht, seine Bauernhände zu verstecken.

»Es sieht mehr aus, als es ist«, sagt Carla Mendoz. »Ich habe so eine furchtbare Klaue. Ich brauche für zwei Sätze eine ganze Seite.«

»Arbeitet man in diesem Krankenhaus noch nicht mit dem Computer?« fragt Sureda.

»Doch, doch, natürlich. Aber der Computer war gerade von Kollegen blockiert, und das hier duldete keinen Aufschub. Wenn ich gewußt hätte, daß der Richter hier in der Pathologie einen Lokaltermin anberaumt ..., wenn ich früher informiert worden wäre ...« Ihre Augen gleiten hilflos von Pepe zu Sureda und wieder zurück. Sie hebt die Schultern. Es sieht aus, als flehen sie um Verzeihung. »Es tut mir leid«, fügt sie hinzu, dreht sich um und verläßt den Raum.

Pepe und Sureda wenden sich fast gleichzeitig zu Dr. Herreda um, der vor seinem Schreibtisch steht und die Bleistifte anspitzt.

»Haben Sie eine Ahnung ...«, beginnt Sureda. Aber im gleichen Augenblick schlägt der Richter Dr. Rafael Ginard die Akte zu. Und bei dem kleinen hellen Knall zucken Pepe und Sureda zusammen.

Der Richter lacht. »So schreckhaft?«

Er legt die Akte auf den Schreibtisch, streicht noch einmal versonnen mit der Hand darüber und hebt dann den Blick. Der Richter Dr. Rafael Ginard mag nicht viele Talente sein eigen nennen. Aber über eines verfügt er: Er kann mehrere Menschen gleichzeitig fixieren. Mit seinen Blicken durchbohren, auch wenn sie mindestens zwei Meter voneinander entfernt stehen.

»So«, sagt er, lächelt, schaut traurig aus dem Fenster, zu dem Doktor hin, auf die Akte und reibt noch einmal die Hände gegeneinander. »So, so, so war das also. Eine großartige Hochzeit. Und dann das.« Er schüttelt den Kopf, streichelt weiter den Aktendeckel. »Am hellichten Tag sozusagen. Vor aller Augen.« Er blickt Pepe an. »Wie viele Gäste waren bei der Trauung anwesend?«

Pepe räuspert sich. Er war nicht darauf vorbereitet, daß man zuerst an ihn das Wort richten würde. »Zweihundertfünfzig«, sagt er.

»Ganz genau oder grob geschätzt?«

»Wenn ich die Frage beantworten darf.« Sureda, gewöhnt, das Wort an sich zu reißen, tritt einen halben Schritt vor. »Wir haben exakt 248 Personen eingeladen, davon sind aber acht Personen nicht erschienen, ich nehme an, daß man mit so einer Quote rechnen muß. Dafür sind aber zwei Personen erschienen, die gar nicht auf der Liste standen.« Er erwähnt, knapp und präzise, die Umstände, unter denen man den Fotografen und die Reporterin des Diario de Mallorca eingeladen habe.

»Also waren es 242 Personen«, sagt der Richter, »die zusammengekommen waren in der kleinen privaten Kirche auf Ihrem schönen Anwesen, Don Pepe«, er wendet sich wieder an Pepe und lächelt, »um ein Fest zusammen zu feiern. Das schönste Fest des Lebens, wie wir es mit Recht nennen. Eine Hochzeit. Eine Hochzeit aus Neigung und nicht aus Kalkül.«

Beide, Pepe sowie Sureda, nicken wortlos.

»Liebesheiraten waren ja sehr lange verpönt. Besonders unter den sogenannten guten Familien der Insel«, sagt der Richter. »Manche haben das nicht verstehen wollen, aber mir hat das immer eingeleuchtet. Man muß darauf achten, daß das Geld zusammenbleibt, nicht wahr? Man muß mit der Heirat auch ein bißchen Personalpolitik machen. Wenn nicht gar Landespolitik. Oder sagen wir besser: Inselpolitik.«

Sureda hat artig zugehört. Aber jetzt erlaubt er sich eine

kleine diskrete Geste: Er schiebt mit den Fingerspitzen den Jackenärmel über dem linken Handgelenk zurück und wirft einen Blick auf seine Armbanduhr. »Mit Verlaub ...«, beginnt er.

Aber da hat Dr. Rafael Ginard schon die Hände hochgenommen und gerufen: »Ich weiß, ich weiß, ich bin schon wieder dabei, mich zu verplaudern. Aber wann hat man noch einmal die Gelegenheit, zwei Mitglieder so wichtiger Familien zu treffen. Und zwar am Morgen nach einem so aufregenden, wichtigen Fest. Es steht in allen Zeitungen.«

Carla Mendoz öffnet lautlos die Tür. Sie wirft einen neugierigen Blick auf die Anwesenden. »Ist ..., werde ..., ich meine, ist meine Anwesenheit noch gefragt? Ich habe heute nämlich eigentlich dienstfrei.«

Der Richter lächelt. »Liebe Frau Doktor, bitte, bitte, sehen Sie mir nach, daß ich Ihnen den wohlverdienten Urlaubstag verderbe. Sie haben eine gute Arbeit abgeliefert. Kompliment.«

»Ich war schon immer gut im Aufsatzschreiben«, sagt Carla Mendoz trocken. Sureda lächelt. Carla Mendoz errötet.

Dr. Herreda sagt: »Und dennoch sind Sie Ärztin geworden?«

»Ja«, sagt Carla Mendoz, »dennoch.« Sie hält dem Blick, dem zynischen oder amüsierten, ihres Kollegen stand. »Ich wundere mich ja auch nicht, daß Sie Medizin studiert haben, nach dem, was ich aus Ihrer Kindheit weiß.«

Dr. Herreda seufzt. »Ich wußte, daß Sie mich darauf ansprechen würden, irgendwann«, sagt er. »Aber daß es so schnell sein würde ... Nun ja, heute geht alles etwas schneller, nicht wahr? Es wird Zeit, daß ich mich pensionieren lasse. Mit der Jugend halte ich nicht mehr Schritt.«

Der Richter schaut verwirrt von einem zum anderen. »Darf ich fragen, worüber man sich streitet?« fragt er.

»Oh, wir streiten uns nicht. Wir sind Kollegen. Und Kollegen streiten sich niemals.« Dr. Herreda steckt seine Hände in die Kitteltaschen und klimpert mit dem Kleingeld. »Wenn Sie uns vielleicht einweihen mögen, Dr. Ginard, in die Abläufe, die Ihnen vorschweben. Möchten Sie, daß ich Ihnen in der Pathologie ...«

»Ach ja, bitte, rufen Sie an, und bereiten Sie die netten Menschen dort auf unser Kommen vor. Sagen Sie, wir werden nicht lange brauchen. Zehn, höchstens zwanzig Minuten.«

»Gut.« Dr. Herreda geht zum Schreibtisch, nimmt das Telefon, wählt eine Nummer, wartet, verdreht die Augen, wartet weiter, räuspert sich und sagt: »José Luís? Ich bin's. Herreda. Wir kommen jetzt mit großer Delegation. Jawohl, wie ich dir gesagt habe. Nicht länger als zwanzig Minuten. Danke, José Luís.« Er legt auf. »Man erwartet uns.«

Der Richter zückt verstohlen ein Pillendöschen, entnimmt mit spitzen Fingern eine hellgrüne Tablette und legt sie auf die Zunge. Als er aufschaut, blickt er in die aufmerksamen Augen des Arztes.

»Ich nehme das nur vorsorglich«, sagt er. »Gegen die Übelkeit. Wissen Sie, ich habe früher viel mehr Außendienst gehabt, da hatte ich mich gegen den Anblick von Leichen auf eine gewisse Weise gewappnet.« Er läßt das Pillendöschen nun, da alle seine kleine Schwäche kennen, mit einem leichten Knall wieder zuschnappen und schiebt es in die Jackentasche zurück. »Immer wieder erstaunlich, wie der Mensch sich anpassen kann, nicht wahr. An alles.«

Don Pepe schwitzt. Sein Taschentuch ist vollkommen durchweicht, weil er so oft schon den Hals und die nasse Stirn damit abgewischt hat. Er zerdrückt es in den Händen, als ekle er sich davor.

Dr. Herreda reißt einige Papierfetzen aus der Kleenex-Box, die auf seinem Schreibtisch steht, und reicht sie Don Pepe. »Nehmen Sie das.«

»Danke«, sagt Pepe heiser. »Enorm heiß hier in dem Raum.«

»Eigentlich«, sagt der Arzt, »sollte er immer auf exakt 23 Grad heruntergekühlt sein. Vielleicht funktioniert die Anlage wieder einmal nicht.«

»Hauptsache, sie funktioniert im Leichenraum«, sagt der Richter trocken.

»Oh, keine Sorge. Dieses Krankenhaus ist nach modernstem Standard gebaut. Unsere Pathologie ist ein Schmuckstück, wenn Sie so wollen. José Luís, der Pathologe, hält sich für privilegiert. Im Sommer hat er – neben den Fischhändlern vielleicht in den Tiefkühlhallen an der Plaça Olivar – den kühlsten Arbeitsplatz. Wenn ich an andere Krankenhäuser denke. Die Räume, in denen man Tote aufbewahrte, manchmal Tage, manchmal eine ganze Woche, weil keine Zeit für die Obduktion war und man noch auf gewisse Reaktionen von Haut und Organen warten wollte, wegen eventueller neuer Krankheitsbilder, während meiner Militärzeit in Afrika, in Ceuta. Da habe ich Sachen erlebt ...« Er stockt, als er in das fahle Gesicht des Amtsrichters schaut. »Ich weiß, ich weiß. Aber es gibt Dinge, die einen Arzt beschäftigen. Zum Beispiel, wieviel Mühe man sich gibt mit dem Körper, solange das Blut darin noch fließt und die Zellen – soweit es ihnen möglich ist – ihre Arbeit tun. Und dann, von einem Augenblick zum anderen, werden diese Körper, auf die wir so viel Fürsorge und medizinisches Wissen aus Jahrtausenden verwandt haben, weggelegt wie alte Kleider. Wie Müll. Ich weiß, Sie möchten das jetzt gar nicht wissen, aber wie man in manchen Krankenhäusern mit diesen armen Leichnamen umgeht! Welche Geschäfte da getätigt werden! Das meiste illegal natürlich, Leichenfledderei in ungeahnten Ausmaßen, Herr Dr. Ginard.«

Der Richter räuspert sich. Er spielt mit dem Pillendöschen in der Jackentasche. Man hört das leichte Klimpern der Pillen. »Ich möchte diese Sache hinter mich bringen, lieber Doktor«, sagt der Richter. »Und ich denke, ich spreche hier im Namen aller Anwesenden.«

Carla Mendoz, die am Fenster steht und ihre Zigarette im Aschenbecher zerkrümelt, hebt gleichmütig die Schultern. »Mir macht das nichts. Ich bin an ganz andere Geschichten gewöhnt. Früher glaubten die Kommilitonen, daß weibliche Studenten eher schlappmachen. Schneller in Ohnmacht fallen. Das hat sich als ein großer Irrtum erwiesen.«

»Sie müssen uns übrigens nicht in die Pathologie begleiten, Frau Doktor«, sagt der Richter. »Sie haben das Protokoll mit Ihren Aussagen zum Verlauf des gestrigen Tages ja bereits unterschrieben. Wenn ich weitere Fragen habe, weiß ich ja, wo ich Sie finden kann. Hier«, er lächelt ihr zu, »im Dienste unserer Kranken.«

Carla Mendoz stellt den Aschenbecher ab, verneigt sich kurz vor der Runde und verläßt als erste den Raum.

Der Richter atmet tief durch. »Wir müssen uns, möglicherweise, auf einige überraschende Erkenntnisse gefaßt machen. Ich weiß nicht, wie gut Ihre Vorahnungen sind …«, sein Blick schweift von Dr. Sureda zu Don Pepe, »und ob Sie vielleicht längst auch zu einem gewissen Schluß gekommen sind …«

Pepe starrt den Richter verständnislos aus wässerigen Augen an. Er schüttelt den Kopf.

Sureda zieht die Mundwinkel zu einem Lächeln hoch und schweigt.

Der Richter, der vielleicht noch einen Augenblick gehofft hat, daß man ihm diesen Gang ersparen könnte, seufzt tief. »Also gut, machen wir uns auf den Weg.«

Margalída sitzt an dem Granittisch in der Küche, sie spürt die Kälte des Steins bis in die Gelenke ihrer Ellenbogen. Die Hände sind um einen Becher Tee gelegt. Ihr ist eiskalt, der heiße Tee fließt durch ihren Körper wie Balsam. Sie schaut Catalína zu, die mit kräftigen Schwüngen die Küchenkacheln putzt. Der Scheuerlappen ist gelb wie die Zitronen auf dem Tisch. Catalínas Arme sind fest und rot.

Eine Katze, die durch die offene Hoftür hereinstreicht, wird von Catalína mit einem derben Fußtritt wieder hinausbefördert.

»Drei tote Mäuse hat sie mir heute morgen hier reingebracht, Señora. Drei Stück! Hat sie mitten zwischen die Stapel von Geschirr gelegt, die ich auf dem Boden abgestellt habe, weil nirgends sonst mehr Platz war. Was ich nicht verstehe, Señora, dieser David hat doch sein eigenes Geschirr mitgebracht für die Gäste. Und warum haben sie dennoch alles hier aus den Schränken gerissen? Und dieser Koch, dieser dicke Riese da, der hatte doch sein eigenes Zelt zum Kochen, seine eigenen Anrichtetische – und wieso hat es hier heute morgen trotzdem ausgesehen, als hätte eine Bombe eingeschlagen?«

»Ich habe keine Ahnung, Catalína«, sagt Margalída gleichmütig. »Vielleicht haben sich die jungen Leute in der Nacht noch eine Merienda gemacht. Vielleicht hatten sie Hunger, als der Tanz zu Ende war, oder Durst, als David längst alle Getränke wieder eingesammelt hatte, was weiß ich. Ich bin um drei Uhr zu Bett gegangen, weil meine Füße brannten wie Feuer und weil ich einfach umgefallen wäre, wenn man mich noch eine Minute gezwungen hätte, auf den Beinen zu bleiben. Es war ein wunderbares Fest, nicht, Catalína? Hat es dir gefallen?«

»Das, was ich davon gesehen habe, hat mir gefallen«, sagt Catalína. Sie hält den gelben Lappen unter den Wasserstrahl, spült den Lappen aus, wringt ihn trocken und poliert die Fliesen der Herdstelle noch einmal nach. »Aber ich habe nicht viel gesehen.«

»In der Kirche bist du doch gewesen, oder? Ysabel, die Braut, in diesem Kleid, der Schleier ... Ich habe noch nie eine schönere Braut gesehen, Catalína. Ich schwör's. Alle, alle haben gesagt, Ysabel sah aus wie eine Königin.«

»Sie selbst werden auch nicht gerade häßlich gewesen sein als Braut«, sagt Catalína, »nach allem, was man so im Dorf erzählt.«

Margalída setzt lächelnd die Teetasse ab. »Ach, man redet im Dorf noch über meine Hochzeit?«

»Die von Ihnen und von Don Pepe. Na klar. Jedenfalls jetzt, wo die Señorita geheiratet hat, da graben die Leute all die alten Geschichten wieder aus, wie es war damals, als es auf einmal hieß, Don Pepe hat sich entschieden. Er hat Margalída Cusman gewählt. Dabei standen die Wetten damals nicht schlecht, daß Carmen Jordí das Rennen machen würde. Sagt man. Aber auf jeden Fall sind Sie eine schöne Braut gewesen. Und die Kutsche. So herrlich geschmückt.«

»Carmen Jordí?« Margalída runzelt die Augenbrauen. »Man erzählt sich im Dorf, daß Pepe beinahe Carmen Jordí geheiratet hätte? Wie kommen die Leute auf so einen Unsinn?«

»Keine Ahnung, Señora. Mir persönlich ist das auch vollkommen egal. Ich schnappe nur hier etwas auf und dann da, vielleicht habe ich alles in den falschen Hals gekriegt.«

»Carmen Jordí! Diese dumme Gans, die auf die Bälle in Palma immer von ihrem Vetter begleitet wurde? Diesem ..., wie heißt er noch ... Mein Gott, war das ein Tölpel. Von so einem ließ sie sich zu den elegantesten Bällen begleiten. Und weißt du, warum, Catalína? Weil sie nie von einem der guten jungen Männer aus der Gegend gebeten worden ist. Nie hat ein Junge sie eingeladen, mit ihr auf ein Fest zu gehen. Aber sie hatte all diese hübschen, durchsichtigen Kleider, weißt du, und die Büstenhalter, die man durch die Kleider sehen konnte, sie dachte …«

Margalída lehnt sich auf dem Küchenstuhl zurück und lacht. »Carmen Jordí. Madonna, wie viele Jahre ist es her, daß ich zuletzt an sie gedacht habe. Ich sage dir was, Catalína.«

»Es interessiert mich nicht, Señora. Ich ärgere mich schon, daß ich überhaupt etwas gesagt habe. Sebastian wird wieder wütend auf mich sein. Wenn es Ihnen nichts ausmacht, Señora, dann würde ich jetzt gerne den Tisch hier putzen.«

»Ich sage dir was, Catalína, Don Pepe hat sich nie für Carmen interessiert. Ja, es ist wahr, sie ist ihm hinterhergelaufen. Wie eine läufige Hündin. Ja, das stimmt. Sie hat alles mögliche versucht. Mich schlecht zu machen bei seiner Familie. Lügen hat sie über mich erzählt. Aber weißt du was? Lügen haben kurze Beine. Am Ende hat es ihr alles nichts geholfen, und sie mußte weg aus Palma, weil es so peinlich war. Für sie und die Eltern. Ich glaube, sie lebt jetzt in einer Kleinstadt irgendwo zwischen Casablanca und der französischen Grenze. Sie versauert da als Lehrerin in dieser Kleinstadt. Recht geschieht es ihr.«

»Señora.« Catalína wedelt mit dem Wischtuch vor Margalídas Nase. »Wenn Sie mich immer von der Arbeit abhalten, dürfen Sie auch nicht schimpfen, wenn die Arbeit nicht rechtzeitig fertig ist. Ich muß das Frühstück machen für acht Personen. Die Señorita aus England ist schon zum Swimmingpool gegangen. Und Don Anatol mit seinem Freund aus Amerika haben mir gestern gesagt, sie wünschen im Zimmer zu frühstücken. Milchkaffee, Rührei, Orangensaft und Toast. So was nenne ich ein amerikanisches Frühstück. Früher hat Don Anatol immer Ensaimadas gegessen. Das weiß er wohl nicht mehr.«

»Im Zimmer wollen sie frühstücken? In welchem Zimmer?«

Catalína schaut Doña Margalída an. Ein tiefer, langer Blick. Dann hebt sie die Schultern, wirft den Kopf zurück und sagt: »Das hab ich vergessen. Aber jetzt müssen Sie wirklich hier weg.«

Margalída nimmt die Tasse und steht auf. Sie trinkt einen Schluck, der Tee ist nur noch lauwarm, sie lehnt sich gegen den Schrank. »Und Don Pepe? Hat er schon gefrühstückt?«

»Schon lange.« Catalína nimmt die Zitronen vom Tisch und wirft sie geschickt in den Korb in der Ecke. Dann beginnt sie, die Granitplatte zu wischen. »Und das zweite Mal mit dem Commandante. Der hat ein gutes Leben. Er hat mir erzählt, erst hat er bei Sureda Buñuelos gegessen, frisch ausgebacken in sehr gutem Fett. Der Commandante sagt, er beurteilt die Buñuelos nach der Güte des Öls, in dem sie ausgebacken werden. Und als er hierherkam, sind gerade die Ensaimadas fertig geworden, und ich wollte eben Don Pepe sein Frühstück bringen, da sagte der Commandante, er muß ihn abholen oder wegbringen, ich weiß nicht mehr genau, was er sagte. Jedenfalls sind sie in dem Jeep von der Guardia Civil weggefahren. Ich glaube, nach Manacor.«

»Nach Manacor? Wieso nach Manacor? Und wer ist der Commandante?«

»Ich weiß nicht. Ein Polizist, irgendein Polizist aus Petra. Er stammt hier aus dem Nachbardorf, ich sehe ihn oft, wenn er seine Großeltern besucht. Früher hat er ihnen bei der Mandelernte geholfen. Sebastian kennt ihn gut. Wie spät ist es jetzt, Señora?«

Margalída schaut auf die Uhr. »Gleich elf.«

»Na, ich denke, so zwei Stunden wird er schon weg sein.«

Catalína wirft den Wischlappen in das Spülbecken und trocknet ihre Hände an dem Geschirrtuch, das neben dem Herd an der Stange hängt. Margalída tritt einen Schritt zur Seite, als befürchte sie, daß Catalína das Geschirrtuch mit ihrem Rock verwechseln könnte.

»Leute von der Guardia Civil haben ihn abgeholt?« Margalídas Hände zittern plötzlich. Als sie die Teetasse absetzt, klirrt es, als habe die Tasse einen Sprung bekommen.

»Nicht Leute, nur einer, der Commandante eben. Hab ich doch gerade gesagt.«

»Aber warum er meinen Mann abgeholt hat, hat der Commandante nicht gesagt?«

»Ich denke mal, das versteht sich von selbst.« Catalína holt

Tassen und Teller aus dem Schrank und stellt sie auf ein Tablett. Dann nimmt sie Eier aus dem Kühlschrank und schlägt sie über einer braunen Keramikschüssel auf. »Er wird wegen dem alten Mann gekommen sein. Dem aus der Kirche. Diese Hündin ist übrigens im Zwinger, bei den Rüden von Francisco. Die haben sich die ganze Nacht über das arme Tier hergemacht, man kann nicht hinsehen, wirklich. Eine geile Bande. Ich hab zu Xisco gesagt, du bist ein Schwein. Machst dir hier deine eigene Porno-Show. Hoffentlich holt der alte Mann die Hündin ab, bevor die geilen Monster sie total zerrissen haben. Wie geht es denn dem alten Mann?«

»Welchen Mann meinst du?«

»Der in der Kirche war. Doña Margalída«, empört schaut Catalína die Hausherrin an, »nun tun Sie nicht so. Ich hab gesehen, wie der Krankenwagen gekommen ist. Sie haben ihm das Tuch über das Gesicht gedeckt, als sie ihn auf der Trage wegtrugen, durch das kleine Türchen im Kreuzgang, das war so verrostet, Xisco mußte erst mit Öl kommen, damit der Riegel weggeschoben werden konnte. Ich hab ihm das Öl gebracht. Er hätte sonst noch unser bestes Speiseöl genommen. Männer haben wirklich keine Ahnung. Ich bin also mit dem Ölkännchen raus zum Kreuzgang. Und dann haben wir sie reingelassen. Einen alten Doktor und zwei Sanitäter mit der Trage. Der Doktor hat gefragt: Wo ist er? Und Xisco ist mit ihm in die Kirche. Da war da noch diese junge Frau. Sebastian sagt, sie sei auch Ärztin. Es hat ihr überhaupt nichts ausgemacht, bei dem Menschen zu warten, bis Hilfe kam. Ich könnte das nicht, wissen Sie, Señora, neben so einem halbtoten Menschen, der fast nicht mehr atmet, nur noch so irgendwie röchelt, bestimmt war auch alles voller Blut …«

»Unsinn, woher soll denn das Blut kommen?«

»Weiß ich nicht. In Filmen kommt immer Blut aus dem Mund oder manchmal aus einer offenen Wunde.«

»Aber der Mann war nur ohnmächtig, Kind! Was erzählst du für Geschichten. Es gab nicht einen Tropfen Blut. Er war nur ohnmächtig.«

»Und wieso«, sagt Catalína trotzig, »haben sie ihm dann das Tuch über das Gesicht gelegt? Es war eines von den Tischtüchern, da, wo sie vorher die Bar aufbauen wollten. Wissen Sie, an der Westecke des Kreuzganges. Später hat David das dann ja anders beschlossen. Keine Ahnung, wieso. Xisco sagt, es war, damit man nicht sieht, wie sie den Mann aus der Kirche tragen. Ziemlich gruselig war das schon. Also, ich finde, man darf einem Mann, der bloß ohnmächtig ist, nicht das Gesicht zudecken. Da kann er doch ersticken.«

»Catalína, mach dir nicht für andere Leute den Kopf. Ich denke, der Arzt hat genau gewußt, was er tut.«

»Ja, das habe ich auch zu meinem Großonkel gesagt. Wissen Sie, was Sebastian glaubt?«

Margalída steht in der Tür.

»Du wirst es mir gleich sagen, nehme ich an.«

»Sebastian glaubt, er war schon tot, als sie ihn aus der Kirche getragen haben. Der Onkel sagt, man konnte es an den Gesichtern der Sanitäter erkennen.«

Margalídas Hände umklammern den Türgriff. »Aber nein, nicht tot, Catalína. Was ihr euch immer alles ausdenkt. Wieso denn tot?«

»Und der Onkel hat auch noch gesagt, Doña Ysabel tut ihm leid. Niemand kann sich erinnern, daß es so etwas gegeben hat, in der Kirche, bei einer Trauung. Wenn der alte Mann nun wirklich gestorben ist ...«

Doña Margalída geht mit zwei Schritte auf Catalína zu. Ihre Augen blitzen, die Lippen beben. Sie hebt die rechte Hand und schlägt Catalína ins Gesicht. Zweimal.

Catalínas Augen sind riesengroß. Die zweite Ohrfeige an einem Tag. Was ist los?

»Hör auf mit diesem Gerede!« schreit Doña Margalída. »Hör auf, Geschichten in die Welt zu setzen! In diesem Dorf erzählt man sich schon genug Lügen! Der Mann ist nicht tot, verstanden?« Sie schlägt noch einmal zu. Aber jetzt ist Catalína rechtzeitig ausgewichen.

Doña Margalída steht auf einmal starr und betrachtet ihre Hand wie die Hand einer Fremden. Eine Träne rollt über ihr Gesicht. »Ich kann es nun einmal nicht leiden, wenn man Lügen erzählt«, schluchzt sie und stürzt aus der Küche.

Catalína läuft zu dem kleinen Spiegel über dem Waschbecken, nimmt ihn ab und geht damit zum Fenster. Sie wartet darauf, daß die Stelle, die jetzt schön brennt, auch noch rot wird. Der Beweis. Jeden Augenblick kann Francisco zurückkommen. Oder Don Pepe. Die werden sich wundern. Keinen Tag länger in diesem Irrenhaus, murmelt Catalína, während sie die kalte Hand gegen ihre heiße Wange preßt. Sonst werde ich genauso verrückt wie sie.

Maria-Magdalenas Tagebuch

3. März 1938

Juan ist wieder da, mein furchtbarer Bruder. Er ist mit der SALAMANCA *nach Kuba gefahren, aber in Havanna hat er sich nicht einmal Zeit genommen, meinem Onkel seine Aufwartung zu machen, sondern ist mit dem nächsten Schiff zurück nach Casablanca. Von dort mit einer Söldnertruppe nach Barcelona. Wahrscheinlich, meint Papá, hat er schon, bevor er sich nach Kuba einschiffte, Kontakte mit dem Rekrutierungsbüro in Casablanca aufgenommen und sich als Freiwilliger gemeldet. Warum er dann überhaupt nach Kuba gefahren ist, wochenlang auf See war, ist mir unbegreiflich. Vielleicht hat er sich irgend etwas von der Reise erhofft …*

Eine Woche soll er in Havanna durch die Bars gezogen sein, jede Nacht eine andere Frau im Arm, und eine Runde nach der anderen ausgegeben haben. Papá schwört, daß er ihm das Geld dafür nicht gegeben hat. Ich war so wild, als ich all das hörte. Ich habe Papá angeschrien und gegen seine Brust getrommelt, er mußte mich festhalten wie eine Rasende. Woher hatte er das Geld, um wieder mit dem Schiff nach Nordafrika zurückzufahren? War alles nur ein Ablenkungsmanöver? Damit ich glaubte, er sei weit-weit weg? Interessiert sie überhaupt, was ich glaube? Sie bestimmen doch über mein Leben. Erzählen mir, wie man im Dorf über mich tuschelt, weil ich angeb-

lich gegen alle Sitten verstoße. Ich frage mich nur, womit ich gegen alle Sitten verstoße. Mein Bruder Juan hat jede Nacht eine andere Geliebte, eine Frau, deren Namen er am nächsten Tag schon vergessen hat. Und ich? Ich habe immer nur einen Mann geliebt. Was ist daran verwerflich?

Gut, es stimmt, ich habe ihn am Strand geliebt, in der Cala Mondragó, in einer Vollmondnacht. Es ist wahr, daß wir nackt ins Meer gelaufen sind, es ist wahr, daß wir mit unseren nackten Leibern, die wie Fische durch das warme Wasser glitten, nicht mehr darauf geachtet haben, ob Menschen uns sehen könnten, ob jemand hinter einem Strauch lauert, ein gieriger, wollüstiger Mann, der sich bei unserem Anblick eine Erregung verschaffen will. Oder eine Frau, die allein spazierenging und glaubte, Geister würden aus dem Meer steigen. Alles möglich. Daß man unsere Kleider gesehen hat, unser Lachen hörte, unser Liebesgelächter. Victoriano, der laut, im Meer schwimmend, Liebesgedichte deklamierte. Und der, nachdem wir uns auf diesem weißen, mondhellen Strand geliebt hatten, nackt am Wassersaum auf und ab lief, die Arme in den Himmel gestreckt, und rief: No pasarán! No pasarán!

Vielleicht hat man da schon beschlossen, ihn zu stellen. Vielleicht hat man gedacht, daß er einen politischen Schlachtruf ausstößt, und dabei meinte er doch nur: Sie werden nicht siegen, jene, die sich unserer Liebe in den Weg stellen.

Es ist auch wahr, daß wir uns geliebt haben in der Remise der Finca oben bei Puigpunient. Es ist eine der Fincas, die Papá verkauft hat, weil wir das Geld brauchten. Ich wollte sie Victoriano nur einmal zeigen, wegen des unglaublich schönen Blicks, den man von dort oben hat. Der Wein wurde gerade reif, und überall waren sie bei der Ernte, als wir hinauffuhren nach Puigpunient. Dann die Pinienwälder. Der würzige Geruch, der Rosmarin, der hier später blüht als bei uns, und so viele Vögel, so wunderbare Lieder, wir waren wie berauscht. Und als wir das Strohlager sahen, das sich vielleicht Erntearbeiter einmal hergerichtet hatten, aber das ganz frisch und duftend wirkte, haben wir ohne ein Wort unsere Kleider ausgezogen.

Ob uns auch da einer gesehen hat?

Wenn ich jetzt im Dorf einkaufe, drehen die Frauen sich weg, und die Männer schauen mich schamlos an, als wäre ich eine, die man kaufen kann. Ich weiß nicht, was ich falsch mache.

Vielleicht sind es meine Kleider. Aber ich habe nun mal diese, und Victoriano fand mich schön in diesen Sachen. Er fand es schön, daß man meine Beine sah, meine nackten Arme, und die Schleier, die ich mir um die Schultern lege, und mit denen ich spiele, wenn der Wind nicht mit ihnen spielt. Eine Fee hat er mich genannt. Aber die Frauen im Dorf wenden sich ab. Einmal habe ich beim Schlachter eine halbe Stunde warten müssen, und alle waren schon bedient worden, Schweinsköpfe waren eingewickelt und Lammkoteletts geschlagen, Hühnerflügel breitgeklopft und Rinderfett abgewogen, alles in kleinen Mengen, für einen ganzen Monat muß so ein Einkauf reichen. Ich stand abseits und wartete, aber immer wurden andere Frauen vor mir bedient. Bis ich schließlich sagte, Señora Revuleto, ich glaube, ich bin schon lange dran. Da machte die ihre Lippen ganz schmal, schaute hilfesuchend zu ihrem Mann, einem widerlichen Kerl, der sich immer über die Hose streicht, wenn er eine Frau begrüßt, und sagte: Sag du es ihr, Carlos. Und Carlos räusperte sich dreimal, strich sich verstohlen, so, daß seine Frau es nicht sah, wieder über das Geschlecht und sagte: Nun ja, es ist so, Doña Maria-Magdalena, daß wir meinen, daß alle hier im Pueblo meinen, es wäre besser, Sie würden nicht mehr in Santa Maria einkaufen, gehen Sie doch nach Santa Eugenia oder nach Inca.

Aber nach Inca sind es zwanzig Kilometer! sagte ich empört. Und warum soll ich in Inca einkaufen? Ist Ihnen mein Geld nicht gut genug? Oder wollen Sie meine Lebensmittelmarken nicht? Sind die anders als die Marken von Señora Ruben oder Señora Herreda? Was ist los?

Ich sprach sehr laut. Ich hatte auf einmal vor diesen Leuten überhaupt keine Angst mehr. Es war mir egal, ob sie mich je wieder grüßen würden, oder ob sie mir je auf der Kirchenbank wieder einen Platz ließen. Es war mir egal, ob ich bei dem Weinfest an ihrem Tisch sitzen und ihren Kuchen essen durfte oder nicht. Ich wollte es einfach wissen.

Der Schlachter räusperte sich wieder, sein Kopf war rot wie die Schweinsköpfe auf seinem Schlachtertisch, und er sagte, nun, meine Frau findet, daß Sie eine Schande sind für Els Sant Castells.

Das alles muß ich mir sagen lassen, nachdem ich so viel auf mich genommen habe! Nachdem ich ertragen mußte, daß man meinen Geliebten umbrachte, daß man mich verheiratete an einen Gastwirtssohn, nur um die schändliche Mordtat meines Bruders zu vertuschen. Alles umsonst! Sie haben es gewußt, die ganze Zeit. Vielleicht weiß jeder Bauer im Dorf, weiß der Schlachter und der Bäcker besser als ich, wie es meinem Kind geht, wo es lebt, was es für Haare hat. Das letzte, was ich ihm durch Sebastian schicken ließ, ist ein Matrosenanzug, wie er jetzt modern ist in Paris. Ich habe nach einer Fotografie in einer Zeitschrift etwas Ähnliches nachgestrickt, blaue und weiße Wolle konnte man in Villafranca kaufen. Ich habe es in Seidenpapier gewickelt und aus meinem Brautschleier einen Streifen abgeschnitten und den als Geschenkband herumgewickelt. Mein Kind ist jetzt schon acht Monate alt. Bestimmt kann er schon sitzen, hat stramme Beine und glänzende Augen. Ich wünsche ihm so sehr, daß er glücklich ist. Ich bete für Teofila, daß sie nicht aufhört, ihn zu lieben, und daß sie sich nicht von ihm abwenden möge, falls er einmal etwas tut, was ihr mißfällt. Aber sie könnte sich überlegen: Das ist ja gar nicht mein Sohn. Und ihn härter strafen, als sie es je mit einem eigenen Kind getan hat.

Sebastian will herausfinden, wie man ein Treffen zwischen Teofila, meinem Kind und mir arrangieren kann. Am besten wäre Palma, in der Anonymität einer großen Stadt ist alles einfacher. Aber hier funktioniert nichts mehr. Das Telefon ist unzuverlässig, der Zugverkehr nur auf die allernötigsten Verbindungen beschränkt, und man weiß auch nie, ob der Zug nach dem Fahrplan abfährt. Wenn ich mir ein Auto der Familie ausliehe, wüßte jeder sofort Bescheid. Da ich sonst niemals ausgehe, würde man sofort argwöhnen, daß ich ein heimliches Treffen mit meinem Kind plane. Aber wir werden einen Weg finden.

Und ich werde mein Kind in den Arm nehmen, bevor Juan hier wieder erscheint. Papá sagt, er kämpft in Madrid. Diese arme, geschundene Stadt ist immer noch nicht zur Ruhe gekommen. Jetzt haben sie wieder eine Gegenoffensive gestartet. Worum kämpft man eigentlich noch, wenn alles in Schutt und Asche liegt, wenn die Menschen vor Hunger nicht den Schlaf finden? Wenn es keine Fabrik mehr gibt, in der Arbeiter ihr Geld verdienen können? Keine Fabrik, die Konserven herstellt, Betten, Stoffe, Töpfe, Geschirr. Nichts ist mehr heil. Alles wird doch gebraucht, aber es gibt keine Fabriken, und das Ausland hat sich von uns abgewandt. Nicht einmal Frankreich hält mehr zu uns.

Franco hat die Arbeiterviertel von Madrid bombardieren lassen, aber die reichen Viertel ausgespart, weil er sich von denen Unterstützung erhoffte.

Das wird Juan gefallen. Denn er fühlt sich ja auch privilegiert. Er hat einen Vater, der ihn freigekauft hat von der Schuld, er hat einen Vater, der ihm eine Schiffspassage nach Amerika verschafft hat und der jetzt voller Stolz verkündet, daß sein Sohn Juan de Villalonga in Madrid die Gegenoffensive der Internationalen Brigaden bekämpft.

Mit allen Mitteln, sagt Papá stolz, und ich könnte weinen vor Scham, daß diese Menschen nichts lernen aus dem Elend, daß sie alle immer nur siegen wollen. Was ist das denn: so ein Sieg? Kann man den essen? Kann man den in den Arm nehmen und liebkosen?

Solange Juan lebt, werde ich keine Ruhe haben, das weiß ich jetzt. Mamá und Papá starren wie gebannt auf alles, was er tut, als erwarten sie jeden Augenblick ein Wunder. Oder eine Katastrophe. Ich zähle für sie gar nicht, ich habe ihren Familienstolz verletzt, die Familienehre.

Nur das Kind, das ich erwarte, rettet mich vor der Verachtung meiner Familie. Daß ich von Alonso schwanger bin, hat er ihnen erzählt. Mamá hatte Tränen in den Augen und streichelte meinen Bauch, der noch ganz flach war. Ermahnte mich, gesund zu leben, viel frische Luft und all das. Papá hat mich väterlich in den Arm genommen. Es war wie ein Ritual. Ich bin wieder Teil der Familie, wenn auch ein unwichtiger. Juan ist wichtig, weil er der Sohn ist. Alonso redet vor den Männern im Dorf, als wüßte er, daß er Vater eines Sohnes wird.

Sie gockeln herum, diese Männer. Unerträglich. Ich wünsche, es wird ein Mädchen. Mädchen zählen nichts.

Alonso redet jetzt schon von der Ausbildung, die sein Sohn bekommen wird. Dem Spielzeug, das er haben soll. Ein Pony muß her, natürlich, und eine Kinderkutsche. Und im Winter ein Mantel aus Vlies, schön warm.

Es macht mich krank, daß dieses Kind, welches ich jetzt im Bauch trage, alles bekommen wird, was Jaume nicht bekommen hat. Daß ich ihn weggeben mußte, um ihn zu retten.

Ein Wunder, daß ich daran nicht zugrunde gegangen bin. Gott läßt uns leben wie Tiere. Ohne Verstand machen wir weiter, als wäre nie etwas geschehen. Legen uns zu einem Mann ins Bett, gebären Kinder, legen sie an die Brust, schicken sie in die Schule, und nähen Kleider für die Kommunion. Tun es so lange mit so vielen Kindern, bis wir alt sind. Legen uns ins Grab, ohne etwas gelernt zu haben. Ich weiß, daß die Welt nicht besser sein wird, so lange ich lebe. Vielleicht wird sie niemals besser. Solange eine Mutter das inniggeliebte Kind weggeben muß, kann die Welt nicht gut sein.

Ich bitte das Kind, das ich unter dem Herzen trage, um Verzeihung, daß ich es nicht so lieben kann wie meinen kleinen Jaume. Ich will nicht sein wie der Hund, der Jahr für Jahr einen Welpen wirft, ihn ableckt und säugt, und nicht hinschaut. Und keinen Unterschied macht. Ich muß einen Unterschied machen.

Victoriano, mein Geliebter, du weißt, warum.

Wie oft überlege ich mir, einfach wegzulaufen. Mein Kind abzuholen, es in eine Decke zu wickeln und zu flüchten. In einem Boot über das Meer. Aber wohin könnte man gehen in dieser Zeit? Wenn überall Bomben fallen, Schiffe explodieren und Menschen vor Hunger sterben? Manche sagen, hier auf der Insel sei es besser als überall sonst. Aber das sagen nur die Menschen, deren Familien heil sind. Die keine Toten zu beklagen haben, die man an Olivenbäumen gekreuzigt oder in Massengräbern verscharrt hat.

Ich hasse Juan. Er hat mein Leben zerstört. Alonso ist Juans Freund gewesen, Alonso hat zugeschaut, als Juan meinen Victoriano getötet hat. Er hat einfach zugeschaut, und nach-

her hat er sich davon seinen Vorteil geholt. Eine Frau, einen Besitz, einen Namen. Ihn wird man jetzt beim Schlachter immer zuvorkommend bedienen. Von ihm wenden sich die Frauen nicht ab, und wenn er ins Café geht, machen sie bereitwillig Platz, um mit ihm eine Partie zu spielen. Aber darum weine ich nicht. Ich will ja gar nicht sein wie er.

Sebastian sagt, daß Teofila nicht lesen und nicht schreiben kann. Daß sie die Briefe an mich von ihrer Cousine aufschreiben lassen mußte. Vielleicht erklärt das, warum ich so wenig von ihr höre. Aber es macht mir auch Angst wegen meines Kindes. Wie kann eine solche Frau ein intelligentes Kind heranziehen? Und ich möchte, daß mein kleiner, tapferer Jaume ein kluger Mann wird, der die Welt in Staunen versetzt.

Das Gift der Toten

Als sie in den Leichenraum eintreten, erhebt Dr. José Luís sich von dem Schreibtisch, an dem er eben eine Vesper gehalten hat. Er schraubt ohne große Eile die Thermoskanne zu und wickelt den Rest eines Salamibaguettes wieder in das feine weiße Seidenpapier. Das Geräusch des knisternden Papiers ist alles, was man in diesem Raum hört. Die Klimaanlage, die stark arbeiten muß, um den Raum auf eine Temperatur von zehn Grad herunterzukühlen, läßt nicht einmal einen leisen Summton hören.

José Luís, ein Mann Mitte Vierzig, athletisch, wenn auch etwas gedrungen, leidet unter starkem Haarwuchs. Die Arme sind vollkommen mit schwarzen Locken bedeckt. Um das Haupthaar zu bändigen, trägt er ein Stirnband aus Elastik. Unter sehr buschigen schwarzen Augenbrauen schauen warme, freundliche Augen, als er die Besucher begrüßt.

»Mein Kollege, Dr. José Luís«, stellt Dr. Herreda vor, »und das ist Dr. Jaume Sureda, du wirst seinen Namen schon einmal gehört haben, José Luís, er ist einer der besten Anwälte Spaniens, sagt man.«

»Gut.« José Luís lächelt. »Ich hab zwar mit Anwälten noch nie etwas zu tun gehabt, aber ich kenne die Arbeit von Anwälten. Ich lese diese amerikanischen Krimis. Sieht aus, als wären die alle von Juristen geschrieben. Es sieht aus, als wenn man richtig reich werden kann in Ihrem Job.«

Sureda lächelt. »Ich beklage mich nicht. Jedenfalls gefällt mir meine Arbeit besser als diese hier.«

»Sie halten sich die Toten auf Distanz, was?« Dr. José Luís lacht. »Ich mache die Basisarbeit. Ich sage immer, ohne Leute wie uns könnten die Gerichte zumachen. Würde es keine großen Prozesse geben, würden viele Verbrechen nicht geklärt. Wir fangen an mit den Ermittlungen, und ihr macht dann was daraus. Einen Freispruch oder lebenslang. Hängt alles davon ab, was wir rausfinden, oder?«

Jetzt legte Dr. Herreda seine Hand auf Don Pepes Schulter. »Und das ist Don Pepe de Villalonga. Seine Tochter hat gestern geheiratet. Sie haben dieses Gut bei Alaró. Els Sant Catells. Der Vorfall geschah während der Hochzeitszeremonie.«

Dr. José Luís schüttelt freundlich die Hand von Don Pepe. »Herzlichen Glückwunsch nachträglich«, sagt er. »Ich wünsche dem Brautpaar Glück und ein langes, harmonisches Eheleben.«

»Dr. Jaume Sureda ist der Vater des Bräutigams. Wenn schon, müssen Sie auch ihm gratulieren.«

José Luís nickt Dr. Sureda zu, der mit keinem Lidzucken reagiert. Sureda konzentriert sich auf die Tür, durch die gerade eine Bahre hineingeschoben wird, Stahl und Aluminium, mit dicken Gummirädern, die beim Rollen nicht das kleinste Geräusch machen. Auf der Bahre ein Körper, der mit einem weißen Laken bedeckt ist.

Der Krankenpfleger, der die Bahre hereingeschoben hat, blickt seinen Chef fragend an.

»Hier in die Mitte, Miguel«, sagt er, »direkt unter die Lampe. Und das Licht ein bißchen abdämmen, bitte.« Er lächelt. »Diese Beleuchtung ist wirklich zu brutal, wenn man nur einen Blick werfen will. Für die Arbeit kann es natürlich nicht hell genug sein.«

»Und das«, Dr. Herreda wendet sich an den Richter, der mit hochgeschlagenem Sakkokragen dasteht und die Hände reibt, als wolle er sich wärmen, »das ist der Richter Dr. Rafael Ginard, aus Palma, der mich gebeten hat, dieses hier für ihn zu arrangieren. Seinen Anweisungen müssen Sie bitte folgen. Ich bin hier nur als Statist.« Er breitet die Arme aus und lächelt. »Ich halte mich ganz zurück.«

»Ja, also«, der Richter räuspert sich, nimmt die Hände auseinander, steckt sie in die Jackentaschen und betrachtet den Leichnam, verborgen unter weißem Tuch, »hier ist er also. Der Mann, dem es nicht vergönnt war, die Hochzeit bis zum Ende zu erleben. Dr. Herreda und Dr. Mendoz haben einstimmig zu Protokoll gegeben, daß dieser Mann schon tot war, als sie ihn untersuchten. Die Frage war nur: erstens: Woran starb er so plötzlich? Und zweitens: Wer ist dieser Mann? Und auf beide Fragen haben wir inzwischen eine Antwort gefunden.« Er wendet sich an den Pathologen. »Wenn Sie bitte langsam das Tuch von dem Toten wegziehen können.«

»Kein Problem«, José Luís stellt sich an das Fußende der Bahre und greift die Enden des Lakens.

Der Richter öffnet verstohlen das Pillendöschen und schiebt sich eine weitere Tablette in den Mund. »Er ist nackt?« fragt er. »Oder wieder angekleidet?«

José Luís lächelt. »Wissen Sie, wer hier landet, dem helfen keine Kleider mehr. Er braucht sie nicht, um sich zu wärmen, und er kann auch schwerlich Eindruck mit ihnen machen. Außerdem wird er diesen Raum verlassen, um in eine andere Leichenhalle überzuwechseln. Dort kümmert sich dann der Beerdigungsunternehmer um das Leichenhemd. Wir haben mit alldem nichts mehr zu tun. Hier liegt der Mensch, so wie ihn Gott geschaffen hat, wenn auch nicht ganz so intakt. Für die Untersuchungen mußten wir einige kleine chirurgische Eingriffe vornehmen. Aber wir haben ihn, glaube ich, ganz gut wieder hingekriegt.«

Der Richter räuspert sich. »Wenn Sie jetzt bitte beginnen wollen. Ich möchte diese Sache so rasch wie möglich hinter mich bringen.«

»José Luís«, sagt Dr. Herreda, »die Herren haben wenig Zeit. Wie ich schon sagte.« Er wendet sich, mit einem entschuldigenden Lächeln, an den Richter. »Hier unten bekommt man naturgemäß selten Besuch. Ich bitte um Verständnis.«

Sureda starrt mit zusammengepreßten Kiefern auf den Leichnam. Pepe läßt den Blick schweifen und hält irgendwann an.

Der Richter konzentriert sich auf die Reaktion der beiden Männer, die rechts und links von der Bahre stehen.

Dr. José Luís wendet sich an den Richter. »Soll ich ihn wieder zudecken?«

Der Richter will etwas sagen, aber er bekommt keinen Ton heraus. Deshalb behilft er sich mit einem Nicken, so heftig, bis der Pathologe reagiert.

»Ich kann ihn auch wieder rausbringen lassen«, schlägt Dr. José Luís vor, als das Schweigen sich ausbreitet.

Der Richter hebt die Arme. Er hustet sich frei. »Nein, lassen Sie ihn nur noch einen Augenblick hier. Danke. Ich würde gerne diesen Augenblick nutzen, um den beiden eine Frage zu stellen. Don Pepe, gibt es etwas, das Sie uns jetzt sagen möchten?«

Pepes glasige Augen richten sich auf den Richter. »Ich? Jetzt? Etwas sagen? Was meinen Sie?«

»Etwas, das mit der Identität des Mannes hier zu tun hat vielleicht?«

Pepe, das Gesicht fahl und eingefallen, schüttelt den Kopf.

»Und Sie, lieber Kollege Sureda?«

Suredas Gestalt wirkt kraftlos. Leicht vornübergebeugt steht er da und kann die Augen nicht vom Gesicht des alten Mannes lassen.

»Was hat Ihre Untersuchung ergeben, Dr. José Luís? Darf ich das fragen?«

»Natürlich, fragen Sie«, der Richter nickt. »Fragen Sie alles. Dafür sind wir ja hier versammelt.«

»Wir haben versucht, herauszufinden, ob dieser Mann an etwas anderem gestorben sein konnte als dem Offensichtlichen. Wissen Sie, manchmal stolpert man gleich über etwas und übersieht dabei etwas anderes. Ganz offensichtlich war, daß der Halswirbel des Mannes angebrochen ist. Das allein führt aber nicht zum Tod. Der Tod kann nun durch Ersticken infolge äußerer Einwirkung eingetreten sein, oder aber auch durch Ersticken infolge innerer Verletzungen oder Dispositionen. Ein Herzanfall war auch nicht auszuschließen, ein Schlaganfall beispielsweise. Über die genauen Vorgänge während der Trauung bin ich erst nach der Autopsie in Kenntnis gesetzt worden.«

»Was hat man Ihnen erzählt?« fragt Dr. Sureda.

Der Pathologe will eben zu einer Erklärung ansetzen, da kommt Leben in den Körper des Richters.

»Ach«, ruft er, »machen wir es doch anders. Gehen wir die Sache aus einem anderen Blickwinkel an. Ihre Frage, Dr. Sureda, haben wir nicht vergessen. Wir werden sie zu gegebener Zeit beantworten.« Er wendet sich an Don Pepe. Er wippt auf den Absätzen, als setze er zum Sprung an. »Es ist meine traurige Aufgabe, Señor de Villalonga, Ihnen mitzuteilen, daß man in den Kleidern dieses Mannes ein Papier gefunden hat, welches ihn ausweist als Alonso de Villalonga, geboren am 23. März 1915, in Santa Eugenia, jetzt wohnhaft in Palma, in der Carrer Font Augustín Nr. 22, zweiter Stock.« Er hält unvermittelt inne. Er wartet. Fixiert Don Pepe. »Es handelt sich unseren Erkenntnissen zufolge um Ihren Herrn Vater.«

Don Pepe erwacht wie aus einem tiefen Schlaf. Ein Zucken durchfährt seinen Körper, und ruckartig geht erst der Kopf hin und her, dann die Schultern, dann reißt er die Arme hoch, hält sich die Hände an die Ohren, alles gleichzeitig, während ein heftiger Husten ihn schüttelt.

»Nein«, keucht er, »nein, nein, das ist unmöglich. Er kann nicht mein Vater sein. Kann nicht.«

Sureda fragt scharf: »Und wenn das Papier zwar bei dem Toten gefunden wurde, jedoch einem ganz anderen Menschen gehört?«

»Es gab nicht nur das Papier«, sagt der Richter, »unsere Leute von der Policía Nacional haben bei ihm auch ein Schlüsselbund gefunden, und damit sind sie in die Carrer Font Augustín Nr. 22 gefahren. Einer der Schlüssel paßte in das Haustürschloß, der andere zu seiner Wohnungstür. Vor der Tür fanden sie einen Korbstuhl, ehemals wohl ein Schaukelstuhl, und die Nachbarin sagte, daß dieser Schaukelstuhl Alonso gehörte, einem alten Mann, der schon in der Wohnung lebte, als sie in das Haus einzog.«

»Und wann ist das gewesen?« fragt Dr. Sureda.

»Vor fünfzig Jahren«, sagt der Richter.

»Aber das ist unmöglich!« Don Pepes Hustenanfall hat sich

gesteigert bis zu einem schrecklichen Keuchen. »Mein Vater ist lange tot!«

Der Arzt, Dr. Herreda, geht zu Don Pepe, legt ihm sanft die breite Hand auf die Schulter, in der Höhe der Lungenflügel, und fragt besorgt: »Leiden Sie an Asthma?«

Als Don Pepe den Kopf schüttelt und immer nur wiederholt: »Mein Vater ist tot. Papá lebt schon lange nicht mehr. Das weiß ich ganz sicher.«

»Oder an einer anderen Erkrankung der Luftwege? Ihr Husten hört sich gar nicht gut an«, fragt Dr. Herrada weiter.

»Lassen Sie mich los!« Don Pepe schlägt wild um sich, und der Arzt tritt seufzend einen Schritt zurück. »Fassen Sie mich nicht andauernd an! Behandeln Sie mich nicht wie ein Kind! Ich habe vorhin schon Ihre dummen Papiertücher nicht gewollt.«

»Pepe«, sagt Sureda, »es geht jetzt nicht um irgendwelche Papiertücher. Hast du gehört, was Dr. Ginard sagt?«

»Auch du!« schreit Pepe. Er bäumt sich auf und hebt drohend die Faust. »Auch du redest mit mir wie mit einem dummen Bauern! Ich muß raus hier. Wo ist der Ausgang. Ich brauche Luft! Luft!« Er keucht und spuckt und greift sich an den Hals.

Dr. Herreda eilt zum Waschbecken, nimmt ein Wasserglas, füllt es und geht damit zu Pepe zurück. »Trinken Sie das hier«, sagt er eindringlich. »Atmen Sie gleichmäßig, und trinken Sie das in kleinen, langsamen Schlucken. Dann hört der Husten auf.«

Aber Don Pepe schlägt dem Arzt das Glas weg, und das Wasser spritzt auf den Boden, und er schämt sich und kniet auf dem Boden nieder und wischt das Wasser mit seinem Taschentuch auf, er kriecht herum um die Bahre, auf der ein nackter, alter Mann liegt, er wischt um die Füße des Richters und um die handgenähten, wunderbar weichen, braunen Lederschuhe von Dr. Sureda.

»Bitte«, sagt der Richter eindringlich, »stehen Sie wieder auf, Don Pepe. Wir werden Sie nach draußen bringen, an die frische Luft. Oder wir gehen in das Büro von Dr. Herreda zurück. Sie könnten sich da ausruhen, bis Sie sich beruhigt haben.«

»Natürlich«, sagt Dr. Herreda. »Ich stelle Ihnen gerne meine Liege zur Verfügung. Ich habe ohnehin heute für eine Siesta keine Zeit. Der Arbeitsplan ist mir vollkommen durcheinandergeraten.«

Pepe richtet sich auf, klopft die Knie, als sei er durch den Staub gekrochen und nicht durch eine Leichenhalle, er starrt vom Richter zu Sureda und wieder zurück.

»Ich war 10 Jahre alt«, sagt er, »ich weiß es genau. Wir lebten auf der Finca Son Rafal, dem kleinen Hof, den ich meiner Tochter Ysabel zur Hochzeit geschenkt habe, hinter dem Sanctuario Santa Magdalena. Mamá trug ein schwarzes Kleid, und sie hockte sich vor mir auf den Boden und breitete die Arme aus und war sehr zärtlich: Mein Kleiner, Papá ist tot. Er kommt nie wieder. Wir werden heute und morgen und den ganzen Monat für ihn in der Kapelle des Sanctuario eine Kerze anzünden und für seine Seele beten. Und dann wollen wir nie wieder über ihn sprechen, mein Kleiner, damit es nicht immer wieder weh tut.« Pepe wischt sich mit dem Handrücken über die Augen. »Und so haben wir es gemacht.« Er starrt den Richter an. »Warum hat sie mich belogen? Können Sie sich vorstellen, daß eine Mutter so etwas mit ihrem einzigen Sohn tut? Ihm sagen, der Vater sei tot, und dabei hat er immer weiter gelebt, und ich ahnte von nichts? Warum?«

»Es waren andere Zeiten damals«, sagt Dr. Herreda sanft, »da ist vieles denkbar. Das, wovon Sie sprechen, muß Ende der vierziger Jahre gewesen sein, in der Franco-Zeit. Da sind noch ganz andere Dinge passiert ...«

»Mich interessieren nicht die anderen Dinge, die passiert sind!« schreit Don Pepe, und wieder von einem Hustenkrampf geschüttelt. Er muß erneut um Wasser bitten, und jetzt hilft Dr. Herreda seinen zitternden Händen, das Glas sicher an den Mund zu führen.

Don Pepe starrt Sureda an, die Augen aufgerissen. »Und du«, keucht er, »du hast ihn mir wieder genommen. Er war gekommen, er wollte sich versöhnen mit uns, mit der Familie, nicht wahr, so muß es gewesen sein. Er ist gekommen ...«

»Und hat Verwünschungen geschrien, hast du alles vergessen?« Jetzt brüllt auch Sureda. Er hat einen heißen Kopf, und seine Stimme gehorcht ihm nicht, wie er will, sondern überschlägt sich mehrfach. »Was für ein Theater wird hier veranstaltet? Eben noch hat dein Vater dich nicht im geringsten interessiert, und jetzt auf einmal tust du, als reiße sein Tod dir das Herz aus dem Leib.«

Der Richter räuspert sich. Dr. Herreda blickt vielsagend auf die Uhr. Der Pathologe verschränkt die Arme vor der Brust und genießt das Schauspiel. Lang ist es in seiner Pathologie nicht so hergegangen wie heute, man sieht es ihm an.

»Ich weiß nicht«, sagt der Richter, »warum Ihr Vater die Familie verlassen hat und warum man über sein weiteres Leben den Schleier des Geheimnisses breitete. Es gibt, denke ich, viele Gründe, private wie politische. Das Private ist ja oft politisch, und umgekehrt. Wir können nichts für die Zeit, in die wir geboren sind, und ebenso ging es unseren Vätern, die über Nacht in einen Bruderkampf gezwungen wurden, den sie nicht gewollt haben. Schuld an all den Katastrophen tragen andere, Leute wie General Franco, wie de Rivera. Goded. Leute, die durch ihren willkürlichen Terror Familien auseinanderrissen und das Glück einer ganzen Generation auf dem Gewissen haben.«

»Ich hatte keine Ahnung«, sagt Sureda, »wer dieser Mann war, der da plötzlich, während der Trauung, in der Kirche auftauchte und wüste Verwünschungen ausstieß. Verwünschungen und Flüche, die unsere Gäste geängstigt haben, Pepe, die Panik unter den Gästen hätten hervorrufen können. Deine Tochter, die schöne Braut, mein Felipe, die beiden da mit hoffnungsvollen Gesichter knieend vor dem Altar. Und dann humpelt dieser alte Mann herein ... – ich wußte nicht, wer er war. Aber es kam mir so vor, als wollte jemand alte Wunden aufreißen, immer wieder, damit diese Insel nicht zur Ruhe kommt. Damit keine Familie je ihren Frieden findet. Ich wußte nicht, daß es dein Vater war.«

»Gut gesprochen«, murmelt Dr. Herreda anerkennend. »Ähnliche Gedanken habe ich auch, fast täglich, und quäle mich damit herum.«

»Habe ich gesagt, daß ich mit euch darüber reden will? Über die alten Zeiten?« schreit Pepe. »Habe ich dich um eine Erklärung gebeten, was du in der Kirche gedacht hast? Komm du mir nicht mit dem Glück unserer Kinder! Ausgerechnet du! Was hat mein Vater gesprochen? An diesen Händen klebt Blut! Das hat er gesagt, oder nicht? Was hat er damit gemeint? Hat er gewußt, du würdest ihn umbringen?« Er stürzt auf den Richter zu, packt ihn bei den Schultern, schüttelt ihn. »Dr. Ginard, dieser Mann ist ein Mörder! Er hat meinen Vater umgebracht. So ist es doch, oder? Er ist ein Mörder, dieser berühmte, reiche und mächtige Anwalt, vor dem ganz Mallorca zittert und den meine Margalída anbetet wie einen Gott. Ein Mörder. Und nichts sonst.« Pepe spuckt vor Suredas Füße.

»Nach unseren Gesetzen, Don Pepe«, sagt der Richter, »darf man einen Menschen erst einen Mörder nennen, wenn er des Mordes überführt ist. Und verurteilt.«

Sureda lächelt. »Danke, werter Kollege, daß Sie in diesem Augenblick totaler Verwirrung einen klaren Kopf behalten.«

Pepe achtet nicht auf die Einwände des Richters. Er ist wie ein wütender Stier, wie einer, den man in die Arena getrieben hat, blind, und ihm nun die Binde von den Augen zieht, daß er alles sieht, im gleißenden Licht. Er weiß, daß er verloren ist. Aber er hat diese Wut und diesen Zorn in seinem Körper. Seine Muskeln beben vor Zorn. »Du redest vom Glück unserer Kinder? Was für eine Heuchelei! Erst hast du mir mein Land abgekauft, Stück für Stück, immer das beste und schönste, das, was ich nicht hergeben wollte, als wenn ein Verbündeter, jemand bei der Bank Sa Nostra, dir Hinweise gegeben hätte, wann ein Kredit fällig ist oder eine große Summe, um die Schuldzinsen zu decken. Ich hätte die Uhr danach stellen können, Jaume. Immer dann bist du gekommen. Und hast meiner Margalída Flöhe ins Ohr gesetzt mit deinen Erzählungen über die königliche Familie, über die vornehmen Clubs und die Politiker, die dir aus der Hand fressen!«

»Ich habe nie ...« beginnt Sureda, aber schon schneidet Pepe ihm wieder das Wort ab. »Wir haben eine gute und ruhige Ehe geführt, Margalída und ich, wir hatten ein gutes und ruhiges Leben da in Els Sant Castells, und unser Haus in Palma war immer gut genug für unsere Gäste und unsere Freunde. Aber seit du in unser Leben gekommen bist, Jaume, hat Margalída mindestens einmal in der Woche eine Migräne bekommen. Sie war unglücklich, weil wir nicht genug Geld hatten, weil unsere Tochter nicht auf die richtigen Schulen gegangen war und weil wir nicht die Einladungen zu den wirklich wichtigen Festen bekommen haben, Festen, auf denen du, Jaume, natürlich ein- und ausgehst mit deinen handgenähten Schuhen. Ja, siehst du, sogar das hat Margalída mir vorgehalten, daß ich keine handgenähten Schuhe trage wie du! Und nach alledem, nachdem du alles zerstört hast, tötest du auch noch kaltblütig meinen Vater. Vor unser aller Augen! Mit deinen eigenen Händen! Oh, ich könnte ..., ich könnte ...« Er streckt die geballten Fäuste, aber Dr. Herreda faßt Don Pepe von hinten und hält ihn fest.

»Schluß! Schluß!« schreit er. »Hören Sie auf, Don Pepe. Und auch Sie, Dr. Sureda. Sagen Sie kein Wort mehr. Das erinnert mich alles zu sehr an die dunklen Tage meiner Kindheit. Habt ihr nicht eben von dem Gift gesprochen, das immer noch wirkt? Das Gift des Faschismus, der besoffenen Falangisten, die glaubten, sie können einen neuen Menschen schaffen und uns mit ihrem Arriba el sol den Kopf verdreht haben? Merkt ihr nicht, daß wir immer noch auf die gleiche alte Scheiße reinfallen? Auf dieses Gift der Zersetzung unserer Familien? Ja, auch ich bin ein Opfer dieser Zeit. Auch ich habe als Junge Dinge gesehen, die mein Leben vergiftet haben. Am Bett meiner Mutter habe ich gestanden und die Knöpfe an der Uniformjacke des Generals gezählt, während er stöhnte und brüllte und auf meiner Mutter Liegestütze machte und immer »Ja! Ja! Ja!« brüllte. Versteht ihr? Wir sind alle Opfer. Wir tragen alle Wunden mit uns herum. Bis ins Grab. Dr. Sureda hat recht. Wir müssen dafür sorgen, daß es nicht immer so weitergeht. Deshalb sind wir hier. Dafür habe ich meinen Raum zur Verfügung gestellt. Deshalb lasse ich die Patienten, die dringend ärztliche Hilfe brauchen, noch warten, nicht wahr«, er wendet sich an Carla Mendoz, die schweigend am Fenster lehnt, die Arme vor der Brust gekreuzt. »Sie verstehen, um was es hier geht? Ein Tribunal.«

Carla Mendoz hebt die Schultern. »Ich war vier Jahre alt, als man Franco gestürzt hat. Ich habe mit alldem nichts zu tun.

Überhaupt nichts. Meine Eltern haben den Namen unseres Diktators nicht ein einziges Mal in den Mund genommen. Für mich hat er nie existiert.«

Sureda lacht. »Ach, Ihre Eltern haben den Namen General Franco nie in den Mund genommen? Finden Sie das normal? Wenn man bedenkt, daß er unser ganzes öffentliches Leben bestimmt hat? Haben Sie sich nie gefragt, ob es wohl einen Grund für dieses Totschweigen gibt? Ein Geheimnis? Eine persönliche Familientragödie, ähnlich wie diese, deren Zeuge Sie gerade sind? Machen Sie endlich die Augen auf!«

Carla Mendoz blitzt Dr. Sureda an. »Sie sind Felipes Vater. Ich habe in Ihrem Haus wunderbare Tage verlebt, Sie waren ein großzügiger und charmanter Gastgeber. Das alles werde ich nicht vergessen. Aber ich weiß auch, was ich gesehen habe in dieser Kirche, gestern. Und ich weigere mich, zu akzeptieren, daß dafür heute noch, fünfundzwanzig Jahre später, ein gewisser General Franco verantwortlich gemacht werden kann. Ich werde mich jetzt um die Patienten kümmern, wenn es recht ist, Dr. Herreda.«

Schweigend blicken die Männer ihr nach. Als die Tür ins Schloß gefallen ist, räuspert sich der Richter. »Dr. Jaume Sureda, Sie wissen, daß ich Sie festnehmen muß. Die Anklage lautet auf Totschlag. Sie sind angeklagt, gestern, gegen 17 Uhr, während der Trauungszeremonie in der Familienkirche von Els Sant Castells, den Großvater der Braut, Alonso de Villalonga, durch Erdrosseln getötet zu haben. Ich nehme an, Sie werden keinen Verteidiger ernennen. Sie werden diesen Casus selber vor dem Gericht vertreten wollen.«

Dr. Sureda wirft einen Blick auf den Schreibtisch. »Ich darf telefonieren?« sagt er, zu dem Arzt gewandt. Der schiebt ihm das weiße Telefon zu.

»Eine Neun, und dann haben Sie schon das Amt.«

»Wen wollen Sie anrufen?« fragt der Richter.

Sureda wählt die Nummer. Er konzentriert sich. Erst als er den Hörer ans Ohr nimmt und sich wieder aufrichtet, antwortet er: »Meinen Sohn, Felipe Ramón.« Er lächelt. »Das ist die Chance seines Lebens. Ich gebe ihm einen großen Fall. Damit wird er Schlagzeilen machen.«

»Wir haben zweihundert Zeugen«, sagt der Richter. »Die alle gegen Sie aussagen werden.«

»Ja, aber leider können sie alle wegen Befangenheit die Aussage verweigern. Die Familie war eingeladen zu diesem Fest, erinnern Sie sich? Die Zeugen sind alle enge Mitglieder der Familie. Ich denke, die Anklage wird es schwer haben.«

Dr. Herreda nimmt Sureda den Hörer aus der Hand. »Sind Sie sicher, daß Sie das Richtige tun, Doktor Sureda?« fragt er eindringlich.

»Wollen Sie Ihrem Sohn so eine Bürde aufladen? Vielleicht sein ganzes Leben darunter leiden zu müssen, daß er versagt hat, als er den Kopf seines Vaters retten wollte? Das muten Sie ihm zu?«

»In der Tat«, sagt Sureda, »das mute ich ihm zu.«

Dr. Herreda zieht Don Pepe und den Richter ein wenig zur Seite, während Sureda in gedämpfter, aber eindringlicher Stimme telefoniert.

»Und der Leichnam?« fragt er. »Was wird jetzt mit dem? Wir können ihn nicht länger im Krankenhaus behalten. José Luís hat mir gesagt, die Kammer ist überfüllt. Es hat wegen der langen Hitze mehr Todesfälle als üblich gegeben, besonders unter den chronisch Kranken. Wir sind vollkommen überbelegt.«

Er holt tief Luft, er breitet die Arme aus, eine hilflose Geste.

»Ich weiß, daß Sie mich für solche Sätze verfluchen, Don Pepe, aber so ist das Leben nun mal.«

Pepe runzelt die Stirn, betrachtet den Arzt. »Wie ist das Leben?« fragt er. »Was wollen Sie damit sagen?«

»Ich will sagen, wir haben für uns die Krankenakte geschlossen, die ja eigentlich nie eine Krankenakte war. Von Rechts wegen hätte der Tote sofort ins Krematorium überführt werden und man hätte am gleichen Tag noch eine Bestattungsfirma beauftragen müssen.«

Der Richter nickt. Er seufzt. »Ich weiß, ich weiß. Die ganze Angelegenheit ist mißlich, für alle.« Er legt die Handflächen mit den gespreizten Fingern gegeneinander und betrachtet sie lange. »Ich denke, wir sollten Señor de Villalonga noch Gelegenheit geben, diese Geschichte mit seiner Familie zu besprechen. Man muß ihm etwas Zeit geben.«

»Ja«, Pepe nickt, »man muß mir Zeit geben.«

»Natürlich nicht allzulange. Ich denke, innerhalb von – sagen wir – vierundzwanzig Stunden müßten Sie in der Lage sein, die Bestattung Ihres Vaters vorzubereiten.«

Pepe starrt den Richter an. »Ich? Ich soll die Beerdigung organisieren? Von einem Menschen, den ich ..., der ...« Er schüttelt den Kopf. »So schnell geht das nicht. Ganz unmöglich.«

Dr. Herreda zuckt die Achseln. »Wissen Sie, wir erleben das öfter in der Pathologie, daß Familienangehörige sich nicht mit dem Leichnam belasten wollen. Und den Kosten der Beerdigung. Sie weigern sich einfach, den Toten ordnungsgemäß überführen und bestatten zu lassen. Sie denken, wir werden schon eine Möglichkeit finden, eine diskrete und billige Möglichkeit. Aber diese Menschen irren sich.«

Pepes blutunterlaufene Augen werden glasig, er reißt den Kopf zurück, öffnet den Mund, um etwas herauszubrüllen, aber da legt Dr. Herreda ihm schnell die Hand auf den Arm. »Ich weiß, das alles trifft auf Sie nicht zu. Bei Ihnen liegt der Fall anders, vollkommen anders. Das weiß ich, Don Pepe. Ich kenne Sie doch, Ihre Familie. Ich nehme einmal an, Sie müssen nachforschen, bei Ihrem Vermögensverwalter oder dem Notar, der alle Ihre Grundstücke verwaltet, oder bei einer alten Verwandten nachfragen ... Sie müssen sich ja erst einmal über die wahren Hintergründe dieser Familientragödie informieren. Natürlich wollen Sie nicht die Beerdigungskosten sparen, Gott behüte, so etwas will ich Ihnen niemals unterstellen. Ich wollte nur sagen: In anderen Fällen, wenn niemand der Verwandten bereit ist, sich um den Leichnam zu kümmern, schicken wir ihn einfach an die Adresse seiner nächsten Verwandten. In einem Zinksarg. Der wird dann im Entree abgestellt.«

»So etwas geschieht heute immer noch?« fragt der Richter fassungslos.

»Ja, Dr. Ginard, so etwas geschieht. Um ehrlich zu sein: In den letzten Jahren ist es nicht mehr vorgekommen, aber bei dem ehemaligen Chefarzt, Sie wissen schon, wir nennen seinen Namen hier nicht mehr gerne, aber bei ihm waren solche Praktiken üblich. Oft handelte es sich da allerdings um ungeklärte Todesfälle. Und natürlich auch um ungeklärte Familienverhältnisse. Bei Ihnen, Don Pepe, liegt alles natürlich anders. Wenn auch nicht weniger kompliziert.«

»Wie soll ich einen Vater beerdigen«, Pepe hustet, »von dem ich fast mein ganzes Leben glaubte, er sei tot? Wie stellen Sie sich so etwas vor?«

Der Richter legt den Arm um Pepes Schulter. »Deshalb geben wir Ihnen ja noch etwas Zeit, Señor de Villalonga. Sie werden Kontakt aufnehmen zu den richtigen Leuten, die richtigen Fragen stellen, vielleicht findet sich ja auch bei der Inspektion der Wohnung Ihres Herrn Vaters ...«

»Hören Sie auf mit dem Herrn Vater!« brüllt Don Pepe, »das macht mich ganz konfus. Sie alle machen mich konfus.«

Sureda hat sein Telefongespräch beendet. Er mustert die Runde. »Neue Probleme?« fragt er. »Habe ich etwas verpaßt?«

»Hör du auf mit deinen Fragen!« poltert Pepe. »Neue Probleme! Wir hätten nicht einmal alte Probleme, wenn du nicht ...« Er winkt ab, als er sieht, wie Sureda die Augenbrauen hochzieht. »Ach, ich rede am besten gar nicht mehr mit dir.«

»Ich werde dafür sorgen«, sagt der Richter, »daß man Sie in die Wohnung Ihres Herrn ... äh ... von Alonso de Villalonga begleitet. Wir haben natürlich alles versiegelt. Aber jemand von der Policia Nacional wird mit dem Schlüssel kommen, Sie abholen, und dann können Sie gemeinsam nachschauen, ob Sie einen Hinweis finden, irgend etwas, das Licht in das Dunkel dieser Angelegenheit bringt. Natürlich haben wir schon erste Inspektionen vorgenommen. Was man aber bisher nicht gefunden hat, ist eine Art Vermächtnis oder Testament. Das wäre für alle hilfreich.« Er lächelt. »Und, wer weiß, Señor de Villalonga, vielleicht vertreibt diese Arbeit ja auch ein wenig den Seelenschmerz.«

Don Pepe, der sich schnaufend zur Tür gewendet hat, bleibt noch einmal stehen. »Es ist nicht die Seele, die mir weh tut, Doktor Ginard und Doktor Herreda, sondern das Hühnerauge an meinem linken Fuß. Ich brauche ein Taxi, das mich nach Hause bringt.«

Maria-Magdalenas Tagebuch

23. Juli 1947

Heute haben sie Juan beerdigt. Diesen Menschen, der mir so viel angetan hat, meinen Bruder. All der Schmerz, den ich in den letzten Jahren tief in mir verborgen hatte, brach wieder hervor. Ich habe das Tagebuch genommen und, tränenüberströmt, noch einmal nachgelesen, was damals war. So viele Jahre hat dieses Büchlein unberührt in der Schublade gelegen, im Geheimfach des alten Sekretärs. Die Seiten sind vergilbt und alt, aber der Schmerz ist so frisch wie damals.

Heute haben sie Juan beerdigt. Mit allen Ehren natürlich. Seine Kameraden aus dem Krieg sind gekommen, um die Fahne der Falangisten über seinem Grab zu schwenken und all die Lieder zu grölen, die nicht auf einen Friedhof gehören. Sie sind mit ihren Stiefeln und ihren Tarnanzügen gekommen, als wäre immer noch Krieg. Dabei liegt ganz Europa in Trümmern, und kein Mensch anderswo denkt an all das, was man einander zugefügt hat. Nur dieser Haufen von Freunden, dieser Haufen von Idioten, die meinen Bruder umgeben haben, beraten, getrieben von Verschwörungsgedanken, Gedanken vom Blut der Opfer. Sie glauben immer noch an den Endsieg. Sie halten treu zu unserem Führer, zum Caudillo. Nächsten Monat war eine Reise nach Madrid geplant, dann wären sie persönlich General Franco begegnet. Eine Art Veteranentreffen.

Papá war natürlich stolz, denn jeden Morgen hatte er neue Ideen, was Juan dem Caudillo alles sagen sollte, über die Krankenhäuser auf dieser Insel, über die Korruption, und daß die Subventionen, die Madrid für Mallorca geplant hat, niemals eingetroffen sind. Aber statt dessen wollten sie dem Caudillo eine Zeichnung überreichen von einem Kriegerdenkmal. Es sollte all jene Namen tragen, die Opfer des Terrors geworden sind. Also eigentlich müßte Victoriano ganz oben stehen. Aber so haben sie es nicht gemeint: Es sollen nur die Opfer genannt werden, die auf der richtigen Seite, also der Seite der Faschisten, gekämpft haben. Ich bin sicher, der General wäre begeistert über so viel Blindheit. Mein Bruder war schon immer ein besonderer Idiot.

Ich habe mir eine Blinddarmentzündung ausgedacht, als Ausrede, um bei dieser Beerdigung nicht dabeisein zu müssen.

Alonso hat geweint, als er die Nachricht von Juans Tod erfuhr.

Warum weinst du, habe ich ihn gefragt.

Ich weiß nicht. Er war auf einmal ganz klein, ganz unsicher. Ich weiß nicht. Ich denke, wenn Juan nicht mehr lebt, wird alles anders sein.

Wie recht er hat. Wie recht. Wie klug mein Mann doch ist. Oder wie dumm. Denn er hat mich auf den Gedanken gebracht.

Jetzt sitzen sie unten beim Leichenschmaus. Meine ganze werte Familie. Papá hat den besten Wein heraufgeholt, Mamá ist natürlich in Tränen aufgelöst, ihr Bübchen, ihr Sohn, ihr Sonnenschein ist tot. Ah, wie er gestorben ist, sollte ich auch noch schreiben: Er kam unter die Räder eines Autobusses, als er in der Altstadt aus einer Bar getorkelt ist, betrunken bis zur Besinnungslosigkeit. Mit offener Hose. Das wollte Papá uns natürlich verschweigen. Aber Sebastian hat es erfahren und mir sofort erzählt. Aus Loyalität zu mir ist Sebastian auch nicht zur Beerdigung gegangen. Ich denke, sie werden es ihm übelnehmen. Früher hätten sie für so eine Eigenmächtigkeit einfach seinen Lohn gekürzt. Das, Gott sei Dank, geht heute nicht mehr so leicht. Ein paar Dinge haben sich tatsächlich verbessert, seit General Franco sich wie ein Vater um uns kümmern will. Aber die Welt wendet sich von uns ab, so, wie ich mich von meinem Bruder abgewandt habe.

Jetzt ist er tot, Victoriano. Er hat zehn Jahre länger leben dürfen als du.

Was hätten wir aus diesen zehn Jahren gemacht …

Der eine liegt unter einem Marmorblock, in den sein Name gemeißelt wird und Tag und Stunde der Geburt und Tag und Stunde des Todes.

Dem anderen hat vielleicht ein Falke das Herz aus der Brust gerissen, und Geier haben sein Fleisch gefressen, und Ameisen haben seine Knochen weißgeputzt. Bleiche Knochen und ein bleicher Schädel, in dem ein Gecko haust.

Aber Gott wählt seine Jünger nicht danach aus, wieviel Geld ihr Begräbnis gekostet haben, das weiß ich genau. Gott schaut mit anderen Augen auf uns. Und was er sieht, ist etwas anderes als das, was wir sehen können.

Ich bete für deine Seele, Victoriano, und für einen wunderbaren Platz an der Seite unseres Herrn. Morgen werde ich die Nonnen besuchen und ihnen Kleider für die Waisenkinder bringen, Opfer unseres sinnlosen Krieges.

Pepe wächst aus allem heraus, so schnell kann man gar nicht neue Kleider beschaffen, wie er in die Höhe schießt. Jetzt ist er noch keine neun Jahre alt und schon fast so groß wie ich. Ich bitte Gott um Verzeihung, aber ich kann ihn nicht ansehen, ohne an Jaume zu denken. Ich kann ihn nicht küssen, weil die Sehnsucht nach meinem ersten Kind mich sonst umbrächte. Pepes Augen betteln um Liebe. Und ich erstarre unter diesem Blick. Vor Scham und Entsetzen.

Jaume will nichts von mir wissen. Ich habe ihn besucht, er lebt immer noch in der Nähe von Capdepera. Sie besitzen jetzt ein kleines Haus am Ortsrand, das immerhin konnte ich heimlich finanzieren, wenn auch unter größten Schwierigkeiten. Pedro mußte seinen Beruf in der Ziegelei aufgeben, seine Lunge drohte zu platzen. Teofila arbeitet in einem Hotel, in der Wäscherei. Ich bin sicher, daß das Geld, welches ich ihnen gebe, für Jaume verwendet wird. Er war gut gekleidet, als ich ihn das letzte Mal sah, und hatte rosige Wangen und ein offenes Gesicht. Aber er wollte mir nicht die Hand geben und sich von mir nicht in den Arm nehmen lassen. Teofila hat sich im Hinausgehen dafür entschuldigt. Aber ich habe mich überwunden, sie zu trösten und für ihre Hingabe an meinem Kind zu loben.

Eine Mutter, die ihr Kind weggibt, darf nicht erwarten, daß dieses Kind sie liebt. Ich weiß. Ich weiß. Aber wie den Schmerz aushalten?

Sie werden Jaume jetzt auf eine andere Schule schicken, eine Schule in Palma. Dort wird er fünf Jahre bleiben, und dann wird man sehen, ob er genug Intelligenz hat, daß er Abitur machen und etwas studieren kann. Ich werde dieses Studium finanzieren, und sollte ich mir das Geld vom Munde absparen.

Aber jetzt, wo Juan nicht mehr lebt, ist meine Familie nicht mehr erpreßbar. Jetzt kann Alonso herumgehen und im Dorf erzählen, was er will, man wird ihn für einen Lügner halten oder für einen Wahrsager, es ist egal. Es kann Juan nicht mehr schaden – was mir nicht leid täte. Aber meinen Eltern auch nicht. Sie haben mehr getan, als Juan verdiente: Sie haben ihn geschützt, solange er lebte. Es war seine Entscheidung, diese Bar im Lonja-Viertel aufzusuchen und so viele Daiquiris zu trinken, daß er einfach vor den Bus fiel.

Es war seine Entscheidung. Er hat gelebt wie ein Hund, er ist wie ein Hund gestorben. Gott verzeih mir, wenn ich dieses so hinschreibe. Es wird das letzte Mal sein, daß ich meinen Bruder erwähne.

Ich muß jetzt daran denken, mein Leben neu zu ordnen. Ich beginne, mich wieder frei zu fühlen. Es ist, als habe jemand die Käfigtür aufgestoßen. Ich muß nur noch warten, daß mir die Flügel nachwachsen. Dann: Adios.

Luna de Miel

Ysabel ist unglücklich, aber sie gestattet sich dieses Gefühl nicht. Nicht am ersten Tag ihrer Ehe, der aus Warten besteht. Sie hat mit ihrer Mutter telefoniert, hat ausführlich noch einmal die Ausstattung des Festes, die Musik, die Geschenke der Gäste, die Tischreden, die Dekoration, überhaupt alles besprochen. Alles, bis auf das eine, dieses Unglück mit dem alten Mann. Jedesmal, wenn Ysabel die Sprache darauf bringen wollte, hat die Mutter schnell ein anderes Thema begonnen.

Als Ysabel sich nach ihrem Papá erkundigte, sagte sie hastig, fast nebenher, als habe es nicht die geringste Bedeutung:

»Er ist abgeholt worden.«

»Abgeholt?«

»Ja, von einem Polizisten. Die Guardia Civil war hier, sie haben ihn irgendwohin mitgenommen.«

»Wohin denn mitgenommen, Mamá?«

»Schätzchen, frage mich nicht so genau, ich weiß es doch auch nicht.«

»Meinst du, meinst du ..., es hat ... mit dieser Sache zu tun?«

»Wird es wohl. Aber frag mich nicht, bitte. Erzähl mir lieber etwas Hübsches. Etwas, das mich aufheitert.«

»Geht es dir nicht gut, Mamá?«

»Wie soll es mir gehen, nach so viel Aufregung, so viel Anstrengung. Vier Wochen habe ich für die Hochzeit gearbeitet, und jetzt, wo alles vorbei ist, fühle ich mich einfach ausgepumpt und müde.«

»Du solltest dich etwas hinlegen, Mamá.«

»Ja, das werde ich wohl tun.«

»Gib Papá einen Kuß von mir. Ich rufe noch einmal an, bevor wir morgen zum Flughafen fahren.«

»Ja, Schätzchen, tu das.«

»Und noch einmal danke für dieses wunderschöne Geschenk, Mamá. Ich wollte schon immer wissen, wie es sich in einer Präsidenten-Suite schläft.«

»Siehst du, nun weißt du es.«

»Ja, Mamá. Ich küsse dich. Und mach dir nicht so viele Sorgen. Es wird alles gut.«

»Wer sagt das?«

Ihre Mutter hatte kaum aufgelegt, da war Jessica am Apparat, noch ganz euphorisch über das Fest und ihren »hinreißenden« Tischpartner, der sie für den Abend in die Boveda eingeladen hatte.

Danach hatte der Portier den Besuch ihres Bruders Anatol gemeldet. Sie hatte mit Anatol und Barnaby auf der Hotelterrasse unter einem burgunderroten Sonnenschirm gesessen, auf grünen Leinenkissen, hatte einen Vitamincocktail getrunken und darauf gewartet, daß Anatol Neuigkeiten über den Vorfall berichtet.

Sie hatten sich stillschweigend darauf geeinigt, die Szene in der Kirche als »Vorfall« zu bezeichnen. Ein besseres Wort fiel ihnen nicht ein.

Anatol hatte noch nicht einmal gehört, daß sein Vater abgeholt worden war. Er hatte seine Mutter nicht gesehen, Barnaby und er waren nach dem Frühstück nach Petro Partals gefahren, an den Hafen, weil Anatol mit Recht annahm, daß es dort etwas fröhlicher zugehen würde als in einem Haus am Morgen nach dem großen Fest.

Und während der ganzen Zeit kein Anruf von Felipe Ramón. Keine Nachricht. Nichts. Dabei ist dies der erste Tag der Flitterwochen. Ihr Luna de Miel.

Um zwei Uhr verabschiedeten sich Anatol und Barnaby.

Barnaby versicherte Ysabel, sie sei die schönste Braut, die er je gesehen habe. Und Anatol küßte sie noch einmal zärtlich und wünschte ihr Glück.

Sie waren zum Lunch verabredet auf einer Yacht, auch das hatte Anatol schon von Amerika aus arrangiert, offenbar gab es ein Filmprojekt, das man mit ein paar Leuten beim Mittagessen »andenken« wollte.

Ysabel hat die beiden zum Parkplatz begleitet und dem Auto nachgewinkt, bis es hinter einer Zypressenhecke verschwand. Dann ist sie zum Hotel zurückgegangen, eine junge Frau, einen Tag verheiratet, den Schlüssel zur Präsidenten-Suite in der Hand. Sie hat vor dem Lift gewartet, dem Zimmermädchen auf dem Flur ein Lächeln geschenkt, die Tür hinter sich zugezogen. Danach hat sie den Zeitungsstapel auf einen Sessel geworfen, die Schuhe von den Füßen geschleudert und sich schluchzend auf das große Bett geworfen.

Als Felipe schließlich anruft, taucht sie aus schweren Träumen auf. Sie findet das Telefon nicht. Die Persianas zum Schlafzimmerbalkon sind immer noch geschlossen, das Licht fällt nur in schmalen Streifen ins Zimmer. Sie weiß sekundenlang nicht, wo sie sich befindet. Ihre Haare kleben schweißnaß an den Schläfen.

»Felipe«, flüstert sie, »ich hatte so einen furchtbaren Traum. Felipe, wie spät ist es? Wo bist du? Ist etwas passiert?«

»Es ist halb fünf Uhr nachmittags«, sagt Felipe, »ich bin immer noch auf dem Gericht, und es ist möglich, daß es noch eine Weile dauert. Es tut mir leid, daß du einen schlechten Traum hattest, aber es wundert mich nicht, du mit deinem sechsten Sinn. Ich habe eine schlechte Nachricht, mi corazón.«

Ysabel setzt sich im Bett aufrecht, zieht die Knie an den Körper. »Nein, das ist nicht wahr. Keine schlechte Nachricht, bitte.«

»Wir holen alles nach, das schwöre ich dir. Das nimmt uns niemand weg. Aufgeschoben ist nicht aufgehoben.«

»Was nimmt uns keiner weg?« flüstert Ysabel.

»Mexico, Bahía California, Honeymoon. Das alles kann man verschieben. Es gibt kein Gesetz, das vorschreibt, man müsse die Flitterwochen gleich nach der Hochzeit antreten. Oder? Papá steht neben mir. Er möchte dich sprechen. Er kann das besser erklären ...«

»Dein Vater ist bei dir? Was macht ihr die ganze Zeit?«

»Wir kämpfen«, sagt Felipe trocken. »Ich geb den Hörer jetzt weiter.«

Ysabel setzt sich aufrecht, richtet die Frisur. »Papá?« fragt sie in das lange Schweigen.

»Ja, mein Kind, was machst du gerade?«

»Ich habe allein in einem großen Bett gelegen und schlechte Träume gehabt«, sagt Ysabel. »Was ist los? Worum müßt ihr beide kämpfen?«

»Um so etwas wie Gerechtigkeit«, sagt Sureda, »oder wie immer Juristen so etwas nennen. Wir haben ein großes Problem, und ich bin sicher, du verzeihst deinem Felipe, daß er dich so lange allein gelassen hat. Wenn du erst weißt, was passiert ist. Sie haben mich aus meinem Haus geholt und dem Untersuchungsrichter vorgeführt. Die Anklage lautet auf Totschlag.«

Ysabel hat sich an das diffuse Nachmittagslicht des Zimmers gewöhnt. Sie betrachtet ihr Brautkleid, das an der Schranktür hängt. Es schimmert und duftet wie frischgepflückte Blumen. Die Zimmermädchen haben es in die Wäscherei getragen, ein Kleid wie eine Sommerwolke, leicht und verführerisch, und dort hat eine Wäscherin das große Dampfbügeleisen vom Haken genommen und mit heißem Dampf die Falten geglättet, die Rüschen neu gebauscht, behutsam, nur mit allerleichtestem Druck.

»Papá«, flüstert Ysabel, »sag, daß es nicht wahr ist.«

»Ich würde dir gerne den Gefallen tun, mein Kind. Aber die Dinge sind, wie sie nun einmal sind. Für den Augenblick haben wir gut argumentiert, denke ich. Man prüft jetzt unsere Eingaben, dein Mann hat sich tapfer geschlagen, sehr tapfer, wenn man bedenkt, daß er sozusagen aus dem Hochzeitsbett an den Galgen geholt wurde, an dem man seinen Vater aufknüpfen will.«

»Papá, bitte.«

»Die Dinge stehen nicht gut. Das ist die Wahrheit, und

ich habe Felipe gebeten, meinen Fall zu übernehmen. Es wird sein erster großer Fall, und er muß ihn durchfechten, noch bevor er in Madrid in der Kanzlei seinen Schreibtisch bezogen hat. Ich schaue ihn mir jetzt an, deinen frischgebackenen Gatten, Ysabel, und kann dir berichten, daß er tapfer lächelt.«

»Du hast mir nur nicht erklärt, weswegen man dich anklagen will.«

Schweigen, lang und zäh.

Eine Hummel hat sich durch die schmalen Luftspalten der Persianas gezwängt und fliegt jetzt wie wild im Zimmer umher, prallt gegen die Wände, gegen den Spiegel, das Hochzeitskleid, taumelt auf den Boden, liegt auf dem Rücken, direkt neben ihrem Bett, mit rotierenden Flügeln wie ein Kreisel.

Mit den Zehenspitzen dreht Ysabel die Hummel, und schon ist sie wieder in der Luft, fliegt wieder wie von Sinnen gegen den Spiegel.

»Der alte Mann, gestern, bei der Trauung. Du erinnerst dich? Der eure Hochzeit zu einem Tribunal verkommen lassen wollte ...«

»Was ist mit ihm?« fragt Ysabel.

»Er ist tot. Auf dem Weg ins Krankenhaus gestorben, vielleicht schon früher, das wird gerade geprüft, darüber sind sich die Ärzte noch nicht einig. Auch nicht, woran genau er gestorben ist. Und so lange, mein Kind, sitze ich jetzt hier in diesem Gerichtsgebäude, und neben mir sitzt mein Sohn, und gemeinsam warten wir auf eine vorläufige Entscheidung des Richters.«

Ysabel steht vom Bett auf. Ihre Hände sind schweißnaß. Sie geht, das Telefon ans Ohr gepreßt, zur Balkontür, stößt die Persianas auf. Oleanderduft strömt herein, süß und schwer wie Vanille. Sie schaut über die Hügel von Son Rapynia, schwarze Zypressen in staubbrauner Landschaft, Villen mit türkisfarbenen Pools, sie sieht, wie Limousinen die Asphaltstraßen hinauf- und hinuntergleiten, hört Hunde bellen. Unter ihr, auf dem Golfplatz, steht eine Gruppe von Spielern, alle über einen kleinen weißen Ball gebeugt.

»Glaubst du, daß er leiden mußte?« fragt Ysabel.

»Wer?«

»Der alte Mann, der ... gestorben ist.«

»Ich weiß es nicht, ehrlich gesagt, mein Kind. Ich habe keine Erinnerung daran.«

»Weiß man, wer er ist?«

»Man hat nur einen Verdacht. Das sollte dich nicht belasten.«

Ysabel tritt auf die Loggia hinaus, schaut auf die Rattansessel, die Kissen mit den Rosenmustern, den Lilienstrauß auf dem Tisch, ihre Sandaletten, eine Illustrierte, eine Sonnenbrille, einen Sommerhut mit breiter Krempe. Ein Stilleben. Siesta im Luxushotel. Die Luft ist heiß und flimmernd. In der Ferne das Meer, das Tuten der großen Schiffe, das Hin- und Herflitzen kleiner, schneller Motorboote. Auf der Terrasse Lachen, Kinderweinen, das Klappern von Geschirr.

»Papá«, sagt Ysabel, »man darf dich nicht verurteilen. Das ist ganz unmöglich. Wir haben es alle gesehen. Du hast nichts getan, ihm nur den Mund zugehalten.«

»Danke, Ysabel, mein Kind, danke, nett, daß du das so sagst. Ich wünschte, Dr. Ginard könnte es hören.«

»Wer ist das?«

»Der Untersuchungsrichter.«

»Kennst du ihn?«

»Nicht besser als die anderen hier am Gericht. Er ist bekannt für eine sorgfältige Arbeit, für Unbestechlichkeit.«

»Das ist doch gut«, sagt Ysabel.

»Ja, gut, aber auch schlecht.«

»Das heißt, du würdest ihn bestechen, wenn es etwas nützte?«

Sureda lacht.

Ysabel schließt die Augen, weil ein plötzlicher Schmerz durch ihre Schläfen fährt. Immer schon hat sie befürchtet, daß ihre Mutter ihr die Neigung zur Migräne vererbt haben könnte. Immer schon hat sie gedacht, eines Tages wird es einen Knall geben in meinem Gehirn, und der Schmerz wird dasein, sich ausbreiten wie ein Kugelblitz, so hat ihre Mutter es beschrieben. Wie ein Kugelblitz.

Aber ist es möglich, daß dies genau einen Tag nach der Hochzeit geschieht?

»Ich würde ihm die Hälfte meines Vermögens zahlen, um heil aus dieser Sache herauszukommen, Kind. Was glaubst du? Dieses ist von allen Momenten, wo so etwas passiert, der allerschlimmste.«

»Und warum?«

»Warum?« Sureda zögert.

»Weil ich fast an dem Punkt bin, mein Kind, auf den ich seit Jahren hingearbeitet habe. Fast an der Spitze, verstehst du?«

»Nein«, sagt Ysabel, »an welcher Spitze?«

»Nun, es geht, wie du dir denken kannst, um Politik. Um die Verknüpfung von Wirtschaft und Politik, Kapital und Politik. Ich habe gerade ein paar Fäden miteinander verknotet, eine wichtige Entscheidung vorangetrieben, zu einem Punkt vorangetrieben, der mich ...« Er vollendet den Satz nicht. »Aber was soll's. Wir müssen hier jetzt erst einmal durch. Ich geb dir noch einmal deinen Mann. Ich umarme dich.«

Bevor Ysabel etwas erwidern kann, ist Felipe am Apparat.

»Was sagst du?« fragt er in das Schweigen.

»Ich? Ich kann nichts sagen. Ich bin erschüttert. Felipe, auf unserer Hochzeit ist ein Mensch gestorben!«

»So etwas kommt vor«, sagt Felipe trocken. Ysabel findet, daß seine Stimme fremd klingt. Kalt und scharf. Wahrscheinlich muß die Stimme so klingen, wenn man aus dem Gericht anruft, vor dem Zimmer des Untersuchungsrichters auf einer Holzbank sitzt, oder wo immer er sich jetzt aufhält, neben seinem Vater.

»Aber so etwas sollte nicht vorkommen, Felipe! Nicht auf unserer Hochzeit! Nicht ein Schatten sollte die Heiterkeit des Tages trüben. Hast du vergessen? So haben wir es immer gesagt. Nicht ein Schatten soll die Heiterkeit dieses Tages trüben.«

»Der Schatten vergeht«, sagt Felipe. »Bleib ganz ruhig. Der Schatten zieht weiter wie eine Wolke am heiteren Himmel.«

»Wann kommst du zu mir? Ich habe so viele Fragen, Felipe. Du kannst mich jetzt hier nicht allein lassen. Oder soll ich zu dir kommen? Wo genau seid ihr?«

»Du kannst nicht kommen, unter keinen Umständen.« Felipes Stimme klingt erschrocken und warnend zugleich. »Außerdem wird deine Mutter dich anrufen. Sie hat noch nicht mit dir gesprochen?«

»Wir haben heute morgen telefoniert, bevor Anatol gekommen ist, um mit mir einen Drink zu nehmen. Als habe er geahnt, daß du mich am ersten Tag unserer Ehe im Stich läßt.«

»Ysabel, ich tue dieses hier nicht aus Freude, das kannst du mir glauben.«

»Ich weiß doch, Felipe, ich weiß. Wann hast du mit Mamá gesprochen?«

»Vor einer Stunde. Ich rief sie an, weil ich von ihr eine Liste der Gäste haben wollte, die in der Kirche in der ersten Reihe gesessen haben. Ich wollte wissen, was diese Gäste gesehen haben und wie sie mit uns verwandt sind. Verstehst du?«

»Nein«, sagt Ysabel. »Aber es ist egal. Was hat Mamá gesagt?«

»Dein Vater hat sich im Jagdzimmer eingeschlossen, seit er zurück ist, und läßt niemanden hinein.«

»Von wo zurück?«

»Jemand von der Guardia Civil hat ihn abgeholt, am Morgen gegen zehn Uhr, und ihn nach Manacor gebracht. Seitdem hat er sich im Jagdzimmer eingeschlossen. Du solltest zu ihnen fahren. Sie brauchen dich jetzt. Im Hotel bist du doch nur allein. Ich habe keine Ahnung, wie lange das hier dauert. Ich hole dich dann bei deinen Eltern ab, wenn wir hier fertig sind. Wie auch immer. Ysabel, Schatz, tu mir einen Gefallen. Wenn wir auflegen, rufst du deine Mamá an und sagst einfach nur: Mamá, ich komme jetzt zu euch raus. Keine Fragen, nichts sonst. Du nimmst ein Taxi. Hast du etwas gegessen?«

»Felipe, ich bin nicht krank. Und ich bin auch nicht plötzlich ein kleines Kind, für das du die Verantwortung übernommen hast. Ich kann sehr gut auf mich selber aufpassen. Kleine, einfache Dinge wie die Organisation meiner Nahrungsaufnahme kann ich durchaus ohne deine Hilfe bewältigen.«

Ysabel wirft den Hörer auf die Gabel. Sie ballt die Fäuste und schlägt damit auf die Luft ein, auf die seidige Stille.

Pepe und Margalída

Sie hat ihn in ihr Bett gelassen, unter ihr Laken, auf ihr Kopfkissen, das kühl ist. Nebeneinander liegen sie in Margalídas königlichem Bett und blicken zu dem Engel, der vom samtenen Baldachin auf sie herunterlächelt, ein Engel, der runde Backen hat und eine Posaune in der Hand trägt. In diesem Bett hat Margalída ihre beiden Kinder empfangen und geboren, Anatol unter großen Schmerzen, aber Ysabel war gekommen wie ein Fischlein.

In diesem Bett hat Margalída gelegen, oft tagelang, wenn die Kopfschmerzen sie peinigten, bei geschlossenen Persianas, manchmal, wenn der Sommer heiß und das Licht grell war wie ein Blitz, hatte sie sogar die Portillones an den Fenstern schließen lassen. Nachtschwarz ist es gewesen, an manchen Tagen, und Margalídas leises Stöhnen hat ihn verfolgt und gepeinigt, weil er immer glaubte, er sei schuld an ihrem Unwohlsein. Er habe Fehler gemacht in ihrer Ehe, geringfügige, aber manchmal auch große, elementare Fehler, die man nie wiedergutmachen kann, wie alt auch immer man wird.

Als das Schuldgefühl groß genug war, hat er nicht mehr gebeten, zu ihr unter das Laken zu dürfen. Hat nur noch an ihrem Bett gestanden, wenn sie vorgab zu schlafen. Hat ihre Stirn geküßt und ihre Hand gestreichelt, um ihr eine gute Nacht und leichte Träume zu wünschen.

Und jetzt liegt er auf einmal wieder in diesem Bett, den Kopf auf ihren weichen Arm gebettet, und riecht den harzigen Duft ihrer Achselhöhlen. Sein Mund an ihrem Busen, der immer noch prall und weich ist. Wie lange ist das her, seit er diese Brüste streicheln oder küssen durfte? Wie lange ist es her, daß sie ihn so gewiegt hat, in ihren Armen, wie ein Kind? Wenn er die Zunge über die Lippen bewegt, schmeckt er immer noch das Salz seiner Tränen. Seine Kehle ist rauh von den Schluchzern, die ihn erschütterten wie Stromschläge, heftiger und heftiger, bis es ihn gewürgt hat, so fürchterlich gewürgt, daß er glaubte zu sterben.

Die Fenster sind weit geöffnet, und man konnte trunken werden von dem Blütenduft des Zitronenbaumes, der seine Äste fast durch die Fenster steckt. Hummeln summen in dem Baum, und Vögel zanken sich um ihre Beute. Es ist ein Zwitschern und Zirpen. Gleich, wenn die Sonne untergeht, wird man die Zikaden hören. Er darf in Margalídas Armen liegen, ihren Körper spüren, ihren Atem fühlen, und den Grillen zuhören. Welch ein Fest könnte das sein! Aber er schmeckt die salzigen Tränen und fühlt nichts als Bitterkeit und Verzweiflung. Und Dankbarkeit. Die auch. Daß Margalída Trost bietet statt Empörung ist etwas, mit dem er nicht gerechnet hat. Zwei Stunden hat sie an seiner Zimmertür gestanden und geklopft, gebeten, geschimpft, befohlen, gefleht.

Pepe, sag mir, was los ist. Warum machst du nicht auf? Seit wann schließt du dich ein? Wir haben doch nie Geheimnisse voreinander gehabt. Pepe, warum auf einmal jetzt? Gestern haben wir unsere Tochter abgegeben, und nun wendest du dich auch von mir ab.

War es dieser Satz? Oder ein anderer?

Wie konnte sie glauben, daß sie nie Geheimnisse voreinander gehabt hatten? Was glaubte sie denn, wo er die Tage verbracht hatte, wenn er Geschäfte in Palma vorgab? Im Club Nautico wie Sureda? In der Bar Llonja, wo die Touristen sitzen? Oder in irgendeiner staubigen, brütendheißen Kanzlei der vielen Notare und Vermögensverwalter, die ihm immer die falschen Ratschläge gaben, wenn er um Hilfe nachsuchte?

Glaubte sie, er habe, weil sie ihn nicht in ihr Bett ließ, nie eine andere Frau berührt? Habe nie sich nach der Erleichterung gesehnt, nach der Ruhe und der Stille des Körpers danach? Glaubt sie, ein Mann kann ohne das leben, wenn er es erst einmal kennengelernt hat?

Vielleicht war es die Scham darüber, Margalída so oft betrogen zu haben, die ihn aufstehen, den Schlüssel umdrehen und die Tür öffnen ließ. Sie schaute ihn an, lange, und dann streckte sie ihre Arme aus und sagte: Komm.

Und er folgte ihr wie ein Kind, wie er als Junge seiner Mamá gefolgt wäre, wenn sie in diesem Ton: Komm! zu ihm gesagt hätte. Er folge ihr über den Flur, die glatten polierten Fliesen zu ihrem Zimmer, er schaute zu, wie sie die frischen Laken zurückschlug, die Kopfkissen aufschüttelte, wie sie ihr Sommerkleid aufknöpfte und sich einfach hinlegte, in das Bett, wie eine Hure, die Schenkel ein wenig gespreizt, nicht zuviel, die Knie leicht angezogen, die Arme ausgebreitet quer über das Kopfende.

Komm, Pepe, wiederholte sie.

Er ließ Hose und Hemd fallen und schlüpfte zu ihr. Sie schlang ihre Arme um ihn, küßte seine Stirn, seine Schläfen, sein Haar, streichelte seinen Rücken, streichelte den Rücken, wie seine Mamá das einmal getan hatte, einmal, als er auf ihrem Schoß sitzen durfte beim Abendessen, er kann sich erinnern, daß Kerzen brannten und eine Katze vor dem Feuer schlief. Er kann sich erinnern, daß seine Mamá lachte und daß sie duftete wie süßes Gebäck. Sie hatte ihre Hände unter seinen Pulli geschoben und krabbelte mit den Fingern über seinen Rücken, und er drückte den Rücken mal durch, und mal machte er sich krumm, er starrte in die Kerzenflamme, bis alles verschwamm, und war so glücklich wie nie in seinem Leben.

Und jetzt darf er zum zweiten Mal dieses Glück empfinden, daß ein Mensch gut zu ihm ist. Ohne Grund, ohne Zweck, einfach nur gut.

»Danke, Margalída«, flüstert er, und seine Lippen berühren ihren Hals, wenn er spricht. »Danke, daß du so gut zu mir bist.«

»Ach«, seufzt sie, »ach Pepe, sag das nicht. Wir sind doch

ein Leben, wir beide. Egal, was ist. Was so lange gehalten hat, das muß zu etwas gut sein, meinst du nicht?«

»Ja«, seufzt er dankbar, »ja, das muß zu etwas gut sein.«

»Und wenn es das ist, daß wir nun diesen Schmerz miteinander teilen, daß ich einen Teil dieses Schmerzes dir nehme, so daß es für dich leichter wird. Dein armer Vater.«

»Das ist es nicht«, flüstert Pepe. »Es ist der Gedanke an die Mutter. Daß sie mich belogen hat. Verstehst du? Sie hat mir den Vater einfach weggenommen. Hat gesagt, er sei tot, und dabei lebte er, keine dreißig Kilometer von unserem Haus entfernt! Und wie er lebte. Ich mag nicht daran denken. Ich kenne die Gegend, es ist keine gute Gegend, Margalída. Ich muß herausfinden, wovon er lebte, wer ihn bezahlte, was überhaupt gewesen ist.

Ich muß all die Notare aufsuchen und die Leute, die früher die Geschäfte meiner Großeltern erledigt haben. Ich muß herausfinden, was gewesen ist. Aber ich habe so eine Angst, Margalída. Ich habe so eine Angst. Sie preßt mir den Magen zu.«

»Aber was kann denn sein?« murmelt Margalída, während ihre Hand über seinen Rücken streicht. »Was kann schon Schlimmeres kommen als das, was wir gestern erlebt haben?«

»Ich weiß es nicht, aber ich habe den Richter gesehen, und ich habe Jaume beobachtet, und Doktor Herreda, und diese junge Ärztin Carla, die einmal mit unserem Schwiegersohn Felipe befreundet war, und ich habe die ganze Zeit gedacht, es kommt noch mehr. Das ist noch nicht genug, wie die Büchse der Pandora, habe ich gedacht. Wer sie einmal öffnet ... Halt mich fest, Weib, das tut so gut. Du riechst so wunderbar. Ist dieses Bett nicht viel zu groß für einen einzigen Menschen?«

»Ich schlafe seit Jahren in diesem Bett, Pepe, und habe nie gedacht, daß es zu groß ist.« Margalída küßt lächelnd seine Schläfe.

»Wann haben wir zuletzt so gelegen, in einem Bett, und uns aneinander festgehalten?« fragt Pepe.

»Ich weiß es nicht. Ich zähle die Jahre nicht, Pepe, ich zähle die Tage nicht, nicht die Monde. Ich laß es kommen, wie es kommt.«

»Danke, daß du so gut zu mir bist. Ich hätte dich auch viel

öfter trösten müssen, ich weiß. Ich bin nicht gut in solchen Dingen, wenn du diese Kopfschmerzen hattest – wie geht es dir heute?«

»Ach Pepe«, sagt Margalída zärtlich, »viel besser als dir, so viel ist klar. Ysabel wartet unten. Ich habe ihr gesagt, sie soll ihre Freunde wegschicken, auch Jessica. Ich habe ihr gesagt, wir müssen mit ihr und Anatol reden, wir müssen ihnen etwas mitteilen, etwas Wichtiges, aber das andere mußt du machen, Pepe.«

»Anatol ist noch in Palma. Wollen wir warten, bis auch er da ist, oder wollen wir es erst ihr sagen?«

Pepe denkt an seinen Sohn und die Schwierigkeiten, die er ein Leben lang hatte, mit ihm zu sprechen wie Vater und Sohn. Anatol interessierte sich für keines der Dinge, die das Leben des Vaters ausmachten. Er wollte nicht wissen, wie man Weinreben setzt oder den Boden unter Orangenbäumen pflegt, er weiß bis heute nicht, wie Kaninchenfallen aufgestellt werden, und Pepe würde niemals Anatol mit einer Wünschelrute über das Land gehen lassen, um nach Wasser zu suchen. Jedem auf Els Sant Castells würde er zutrauen, eine Wasserader zu finden, denn es gibt Gott sei Dank viel Wasser unter dem trockenen, ausgedörrten Boden, aber Anatol würde es nicht finden. Anatol weiß nicht, wie man eine Flinte reinigt, und kann nicht auf einen Fasan anlegen. Anatol wollte nie neben ihm auf dem Geländewagen sitzend über die Äcker fahren, zu den Pinienwäldern, den anderen Fincas im Gebirge, die auch zum Familienbesitz gehörten, er interessierte sich nicht für die Gewinne, die sie aus der Kiesgrube machten, und ob es besser wäre, das Marmorwerk zu verkaufen oder zu verpachten.

»Das ist deine Sache, Papá«, sagte er immer, wenn Pepe versuchte, ihn für die Geschäfte der Familie zu interessieren. »Da mische ich mich nicht ein. Ihr seid alle so klug, ihr versteht alle so viel von diesen Dingen. Es ist besser, du fragst mich nicht, Papá.«

Und diesem Sohn sollte er alles erzählen, was ihm auf der Seele lag? Diesem Sohn sollte er etwas erklären, das er bis zu diesem Augenblick selber noch nicht versteht?

Ysabel hingegen, die zärtliche Tochter, das fröhliche Kind,

hat sich vom Papá trösten lassen bei ersten Schmerz, und später, als sie vor Liebeskummer sterben wollte. Ysabel kannte die Namen aller Hunde und wußte, wie man Schafe hütet. Ysabel kann eine gute Traube von einer schlechten unterscheiden und weiß, woran man erkennt, ob es ein gutes Jahr für Weizen wird oder nicht. Ysabel läuft abends mit dem Gartenschlauch auf bloßen Füßen über die warmen Marmorplatten des Hofes und wässert die Blumen in den Terracottatöpfen, und sie weiß, wieviel Wasser die Calla braucht, und die Strelitzie, die Yuccapalme oder der Jasmin.

Ysabel ist seine Tochter. Als sie noch auf der Insel lebte, liebte sie das Landleben wie er. Später, in London, hat sie vergessen, mit der Natur zu leben, aber in Son Rafal wird sie es wieder lernen.

Ysabel ist als Kind eine leidenschaftliche Krankenschwester gewesen. Sie war es, die ihrem Papá die Zecken aus Armbeugen und Kniekehlen entfernte. Drei Tropfen Olivenöl, und dann den Kopf der Zecke so lange mit dem kleinen Zeigefinger umkreist, bis die Zecke so verwirrt war, daß sie einfach abließ von Papás Blut.

Dabei erzählte sie, in dem zwitschernden Ton eines Rotkehlchens, Phantasiegeschichten aus dem Land der Elfen. Oder von der kleinen Alice im Wunderland, ein Buch, das Ysabel überall mit herumschleppte und jeden, den sie traf, auf dem Hof, in der Küche, bei den Tieren, bat, ihr daraus vorzulesen. Groß war die Verlegenheit der Landarbeiter, die nicht zugeben wollten, daß niemand ihnen das Lesen oder Schreiben beigebracht hatte.

»Papá«, sagte sie dann, wenn sie mit dem Buch zurückkam, das halb so groß war wie sie selbst, »Papá, Enrique ist nicht lieb. Er will mir überhaupt nicht vorlesen.«

»Enrique hat auch etwas Wichtigeres zu tun, Schatz, er muß für die Schweine einen neuen Pferch bauen.«

Oder sie sagte: »Eugenia ist überhaupt nicht mehr meine Freundin. Sie erzählt mir nie Geschichten von Alice hinter dem Spiegel.«

»Eugenia, mein Schätzchen, muß aufpassen, daß das Feuer in der Küche nicht ausgeht. Eugenia muß den Teig für das Brot rollen, Schätzchen, und deiner Mamá Umschläge machen für den Kopf.«

»Warum braucht Mamá immer Umschläge für den Kopf?«

»Ich weiß es nicht, mein Schätzchen, der Doktor weiß es auch nicht. Aber wenn sie Umschläge bekommt, mit Apfelessig, geht es ihr besser.«

»Gut, dann geh ich jetzt und helf Eugenia. Ich weiß genau, wie man es macht: zwanzig Tropfen Apfelessig in die Schüssel mit dem braunen Rand. Und die ganz bis oben voll Wasser.«

Und dann lief sie auf ihren flinken Beinen davon. Und er hörte ihre hohe, fröhliche Stimme im Haus, wie sie rief: »Eugenia, Mamá braucht einen neuen Wickel für ihren Kopf!«

Ysabel ist sein Sonnenschein gewesen, die Freude seines Lebens.

Mit ihr will er reden.

»Nur Ysabel«, sagt er, und fügt hinzu, weil er weiß, daß es Margalída schmerzen wird, »du verstehst, bitte.«

Sie küßt ihn noch einmal, schlägt das Laken zurück, setzt sich auf, nimmt ihr Sommerkleid, zieht es an, und wieder muß er an die Huren denken, die so auf dem Bettrand saßen und sich ankleideten, wenn er sich noch im Geruch der Liebe räkelte. Sie und er, Margalída und er, haben keine Liebe gemacht, an diesem Tag nach der Hochzeit seiner Tochter Ysabel, aber etwas viel Wichtigeres ist geschehen. Etwas, das er noch nicht zu benennen weiß. Aber das ihm Kraft gibt.

Maria-Magdalenas Tagebuch

27. Juni 1948

Es ist geschafft, der heiligen Madonna sei Dank, es ist geschafft.

Ich bin so glücklich, meine Hände zittern, während der Stift über das Papier fliegt. Son Rafal gehört mir, nur mir allein!

Ich habe es den Eltern abgetrotzt, ich habe gekämpft, vier Wochen lang habe ich gekämpft.

Seit Juan beerdigt ist und Mamá aufhört, um ihren Sohn zu weinen, habe ich an diesem Plan gearbeitet.

Natürlich weint Mamá immer noch um meinen Bruder, aber nicht mehr wie am Anfang, als das Haus von ihren Klageliedern und erstickten Schreien erfüllt war, als wir alle nur auf Zehenspitzen im Haus herumgehen durften, Cecilia war schon ganz närrisch geworden, nicht einmal mit den Kochtöpfen durfte sie klappern, da brach es schon aus Mamá heraus. Jeden Tag zweimal setzt sie sich den schwarzen Hut auf und schlingt einen schwarzen Schal um die Schultern und setzt sich neben Papá auf den Kutschbock, und dann fahren sie zum Friedhof. Ich weiß nicht, warum Juan nicht neben unserer Kapelle beerdigt wurde, sondern statt dessen auf dem Friedhof im Dorf. Ich frage auch nicht. Sie können mit Juan machen, was sie wollen. Von mir aus können sie ihm einen griechischen Tempel bauen und seinen Namen in Gold meißeln lassen, für mich ist er der

Mörder meines Geliebten, und sonst nichts. Für mich ist er der Mensch, der mein Leben zerstört hat.

Ich weine keine Träne um ihn.

Wenn Mamá bei Tisch plötzlich in Schluchzen ausbricht, werfe ich meine Serviette hin und stürme aus dem Zimmer. Papá straft mich dann dafür, aber ich schreie, bin ich immer noch ein Kind, das ihr herumkommandieren dürft?

In diesen Tagen ist Alonso oft lange fort. Ich glaube, er hat eine neue Geliebte, sie wohnt in Valdemossa, das ist ein weiter Weg. Alonso nimmt immer Papás Auto. Das Benzin ist nach wie vor rationiert, und deshalb fahren Mamá und Papá mit der Kutsche, so wie früher.

Seit Alonso diese neue Freundin hat, ist er zu mir sanfter, auch aufmerksamer, vielleicht ist es das schlechte Gewissen. Aber vielleicht macht diese Person ihn ja glücklich. Ich weiß nicht, ob er es verdient hat, glücklich zu sein, wenn ich es nicht bin. Aber darum geht es wohl nicht, darum ging es nie.

Spanien, habe ich gelesen, hat sich vor dem Bürgerkrieg noch im Mittelalter befunden, unter dem harten Dogma der Kirche. Ich kann nicht finden, daß der Krieg die Situation für die Frauen sehr verändert hätte.

Immer noch dürfen die Männer alles und die Frauen nichts. Vielleicht sind die Männer, was ihre Hurerei und ihre anderen Gepflogenheiten, über die ich mich nicht äußern möchte, betrifft, etwas diskreter. Aber sonst?

Ich bin froh, wenn alles vorbei ist. Wenn ich Alonso nicht mehr sehen muß. Ich weiß nicht genau, wie lange ich diese Heuchelei noch ertragen kann. Wie lange ich sie ertragen muß.

Aber für immer wird das nicht sein, so viel steht fest. Jetzt, wo der erste Schritt getan ist.

Alonso weiß noch nichts von all den Neuigkeiten. Eben kommen wir vom Notar zurück, Papá und ich.

Für diesen Weg habe ich mir ein neues Kostüm gekauft, das erste neue Kleidungsstück seit Jahren. Aber das mußte sein. Und neue Schuhe. Jetzt habe ich eine Blase am Fuß, und das tut weh, weil das Leder so hart ist.

Der kleine Pepe hat meine zarten, empfindlichen Füße geerbt. Er hat Bauernhände wie sein Großvater und zarte Füße wie ein Mädchen. Ganz zarte Fesseln. Wenn ich ihm abends seine Schuhe ausziehe, sind die Füße voller roter Flecken.

Cecilia habe ich gesagt, sie soll Pepes Füße mit Kampfer einreiben, jeden Abend, und die Zehen schön massieren.

Aber Pepe will nicht, sagt sie.

Dann wird er später Hühneraugen bekommen. Und das tut weh, als wenn einer mit einer Nadel in die Zehen sticht. Sag ihm das, bat ich Cecilia.

Aber alles, was Pepe darauf sagte, war: Ich weiß, wie sich das anfühlt, wenn man mit einer Nadel in meine Haut sticht. Es macht mir nichts aus. Ich bin stark. Ich kann Schmerzen ertragen.

Ob er das von Alonso hat? Härte gegen sich selbst?

Von mir ganz sicher nicht. Ich neige ein bißchen zu Selbstmitleid. Ich habe um mich fast so viel geweint wie um dich, Victoriano, das ist schändlich, ich weiß, aber ich kann nichts dafür. Deine Maria-Magdalena ist nicht so stark, wie du immer behauptet hast.

Und wie Alonso denkt. Alonso hat so viel Respekt vor mir, daß ich manchmal denke, er fürchtet mich. Wie er mich aus den Augenwinkeln beobachtet, wenn ich etwas sage oder tue, Anordnungen gebe oder mich fertigmache für ein Fest. Immer spüre ich diesen Blick, der auf mir ruht. Und ich weiß nicht, was er dann denkt. Ob es freundliche Gedanken sind oder böse, ich kann es nicht sagen. Und ich frage nicht.

Seit der Geburt von Pepe hat er nicht mehr gewagt, mich anzufassen. Das war sein Glück. So konnte ich ihn noch eine Weile ertragen, so lange, bis der kleine Pepe seinen Vater nicht mehr anzusehen braucht. Jedenfalls bilde ich mir ein, daß er jetzt ohne seinen Papá zurechtkommt. Ich kann nicht sagen, daß Alonso ein schlechter Vater war.

Er hat den Kleinen geliebt, auf seine Art. Auf meine nicht. Er hat ihn erzogen auf seine Art. Auf meine nicht. Er hat ihm Dinge beigebracht, die ein Kind nicht wissen muß, schon gar nicht, wenn es gerade erst die Schule besucht. Alonso hat mir nie gesagt, wieviel Jahre er überhaupt auf der Schule gewesen ist. Drei Jahre? Vier Jahre? Fünf?

Er spricht Spanisch, weil General Franco das Mallorquín

verboten hat und weil sie immer noch Angst haben, auf den Straßen, in den Bars, auf den Märkten, in ihrer Muttersprache miteinander zu reden. Zu Hause natürlich ist es anders. Wir sprechen immer Mallorquín. Und wir haben nicht aufgehört, die Orte und die Straßen nach ihren Mallorquínischen Namen zu benennen. Aber in der Schule darf man nicht Mallorquín sprechen, nur Castellano. Deshalb sind die Mallorquíner auch wieder privilegiert: Sie beherrschen zwei Sprachen perfekt. Die Touristen, die jetzt, wo der Krieg in Europa vorbei ist, wieder ins Land kommen, sprechen meist nur ihre eigene Sprache. Und verlangen, daß wir sie verstehen. Darüber hat Alonso sich immer aufgeregt. Eine Weile hat er darüber nachgedacht, Els Sant Castells zu einem Hotel umzubauen. Er hat mit Serra Burguera gesprochen, dem besten Architekten der Insel. Hat sich Pläne zeichnen lassen. Aber dann fehlte ihm doch der Mut. Ich bin froh, ich bin es losgeworden. Els Sant Castells ist mein Elternhaus. Dorthin würde ich nie zurückgehen, wüßte ich, daß Alonso sich dort aufhält und den Hausherrn spielt. Wie der dieses Spiel beherrscht hat!

Eigentlich hast du recht, Victoriano: Jeder Mensch hat das Talent, reich zu sein, aber nicht jeder hat das Talent, reich zu werden. Alonso hat sich Reichtum und Ansehen erschlichen, indem er meine Familie erpreßt hat. Vielleicht nennt man das heute, wo christliche Werte nicht mehr zählen, ja auch ein Talent. Vielleicht wird das später einmal als größtes von allen Talenten genannt werden: die Bosheit, gepaart mit Gier.

Wie glücklich und zufrieden ich mich unter den Schwestern fühle, unter den Nonnen im Sanctuario. Welche Ruhe dort herrscht, welche Heiterkeit, obwohl man umgeben ist von Siechtum und Tod. Die Kranken lächeln, wenn man an ihr Bett tritt, und sie küssen mir die Hand, wenn sie nicht mehr sprechen können, um sich zu bedanken für den allerkleinsten Liebesbeweis. Ich weiß, daß mein Leben von jetzt an so sein wird, wie es richtig ist.

Aber was für ein Kampf es gewesen ist. Wie viele Tage ich diskutieren mußte, wie viele Nächte ich vor Zorn und Ungeduld in meine Kissen geweint habe, daß sie es endlich verstün-

den, meine engstirnigen, begriffsstutzigen Eltern. Anders kann ich sie nicht nennen.

Sie sind sich keiner Schuld bewußt gewesen, sie haben tatsächlich bis zur letzten Woche geglaubt, daß sie alles richtig gemacht haben.

Oh, mein lieber Pepe, ich hoffe, daß mir dieser Fehler nicht unterläuft, und du, Jaume Victoriano: Wirst du es mir jemals verzeihen können, daß ich nicht genug für dich gekämpft habe?

Nicht mit der gleichen Wut und Entschlossenheit, mit der ich für meine eigene Freiheit kämpfte? Wirst du es verstehen, wenn ich dir sage, daß ich damals zu jung war, zu hilflos, zu verzweifelt, um wirklich zu kämpfen. Auch zu schwach. Aber ich habe es aus Liebe getan, für dich und im Gedanken an deinen toten Vater, meinen Victoriano.

Mamá war stumm, ein einziger lebender Vorwurf. Sie zieht sich immer mehr in sich selbst zurück. Seit ihr die Zähne ausfallen, fällt ihr ganzes Gesicht ein, und ihre Sprache ist die Sprache einer Greisin. Manchmal bilden sich kleine Bläschen in ihren Mundwinkeln, wenn sie lange spricht, ohne den Speichel herunterzuschlucken. Was mir bei den Kranken oben im Sanctuario nichts ausmacht, kann ich bei meiner eigenen Mutter kaum ertragen.

Sie saß da, mit diesem eingefallenen Gesicht und diesen streng zurückgekämmten Haaren, diesen braunen Flecken auf der Stirn und dem Bärtchen auf der Oberlippe, und wartete auf eine Antwort. Aber ich hatte keine! Ich stotterte, stolperte, verhaspelte mich. Es war furchtbar, denn eigentlich hatten sie ja recht. Welche Möglichkeit gab es denn damals für mich?

1937, mitten im Krieg, wo kaum noch ein Schiff die Bucht von Palma erreichte und die Küsten regelmäßig nach Flüchtenden abgesucht wurden, wo es Patrouillen gab an jeder Ecke und ich niemanden hatte, zu dem ich mich flüchten könnte?

Aber dennoch sagte ich zu Mamá und Papá: Ich wäre lieber einfach weggegangen.

Papá lächelte grimmig. Und wohin wärst du so einfach gegangen? Hättest du dich vielleicht freiwillig gemeldet, auf der

Seite der Anarchisten für den Untergang Spaniens zu kämpfen?

Die Anarchisten haben nicht den Untergang Spaniens gewollt, sondern genau das Gegenteil, sagte ich wütend.

Ach ja? rief Papá und schlug wütend mit der Faust auf den Tisch, und wieso ist ganz Spanien jetzt ein Trümmerfeld? Ein Totenmeer? Wieso steht in der Innenstadt von Madrid kein Haus mehr? Wieso gibt es keinen Saal in der Universität, in der Studenten Unterricht haben können. Wieso sind die Krankenhäuser zerstört und wagen sich die Bauern nicht mehr in die Weinberge, weil sie Angst haben, auf eine Granate zu treten?

Das ist bestimmt nicht die Schuld der Anarchisten, sagte ich tapfer.

Und wessen Schuld ist es dann?

Die Republikaner haben zurückgeschossen, als die Falangisten angefangen haben, sagte ich.

Papá erinnerte mich daran, daß es nicht ganz stimmte, was ich sagte. Es hat ja viel früher angefangen. In der Estremadura, der Streik unter den besitzlosen Landarbeitern, die nicht länger wie Vieh behandelt werden wollten und denen der sozialistische Arbeitsminister einen Himmel versprochen hatte, den es für diese armen Campesinos niemals geben konnte. Schon 1931 haben Landarbeiter in Castilblanco Polizisten ermordet und zerstückelt, aus Rache über die schlechte Behandlung. Die Polizei war so nervös, daß sie einfach feuerte, wenn irgendwo Arbeiter auf die Straße gingen, um für ihre versprochenen Rechte zu demonstrieren. 1933 brannten die Herrenhäuser andalusischer Großgrundbesitzer, und auch als man die Löhne der Landarbeiter verdoppelte, half das nicht mehr. Es war zu spät. Dann, im Dezember, hatten die Anarchisten die Idee, eine Revolution zu starten, indem sie in Catalonien Land und kleine Fabriken kollektivieren wollten, und in Saragossa holten sie die politischen Gefangenen aus den Zuchthäusern, wo sie unvorstellbaren Folterungen ausgesetzt waren. Das Gespenst von der marxistischen Revolution ging um, und einige Tausend Landarbeiter wurden verhaftet. Und in Viehwaggons zu weit entfernten Gefängnissen gebracht, um sie dort lang-

sam durch Folter oder Auszehrung sterben zu lassen. Dann kam die Landreform, wurde aber ein Jahr später für ungültig erklärt. Das führte zu neuem Aufruhr und noch größerer Feindseligkeit auf beiden Seiten. Und dann kam Oviedo. Am 5. Oktober traten die Minenarbeiter in den Streik und formierten sich unter der Führung von Marxisten, Trotzkisten und Anarchisten. Sie sprengten die Türen zu den Kasernen und holten sich die Waffen, die sie brauchten. Da entstand das Lied, das du so liebtest, Victoriano: Union, Hermanos Proletarios. Lieder sind gut für Träume. Für mehr nicht. Denn dieser Mob, erst einmal entfesselt, hat auf seinem Marsch nach Oviedo nicht davor zurückgeschreckt, Grundbesitzer, Polizisten und sogar Priester zu töten.

Da erst kam die Stunde von General Franco und Manuel Goded. Weil die Regierung fürchtete, die Soldaten könnten sich weigern, auf die streikenden Arbeiter zu schießen, schlug Francisco Franco vor (was für ein teuflicher Plan!), Nordafrikaner ins Land zu holen, Truppen zu rekrutieren in Marokko und aus der Fremdenlegion, und diese gegen die Streikenden einzusetzen. Und natürlich gegen ihre Rädelsführer und Einpeitscher, wie Papá sie immer nannte. Ich weiß schon, Papá hat sich nicht einen Tag mit dem Gedanken abfinden können, daß sein Enkelsohn das Kind eines Anarchisten ist. Selbst wenn dieser Anarchist glühend beseelt war von dem Wunsch, das Los der Menschen zu verbessern und Gerechtigkeit für das Volk zu bringen. Er hätte ihm nicht einmal diesen Wunsch durchgehen lassen, diesen Traum.

Jetzt haben wir einen Diktator, sagte ich zu Papá, einen Führer, einen Vater, der alles für uns bestimmt. Hören wir auf, uns zu streiten.

Ja, sagte Mamá, hören wir auf.

Aber eines will ich noch klarstellen, sagte Papá, als man diesen Zug von Bilbao nach Madrid bombardierte, in dem deine Tante Zara saß …

Und es fing wieder von vorne an.

Was wir dabei völlig aus den Augen verloren, war der Grund, warum wir immer in Streit gerieten.

Ich wollte ihnen sagen, daß die Zeit abgelaufen ist. Daß ich nicht mehr bereit sei, mich auf dieses Spiel einzulassen, auf diese Erpressung.

Juan ist tot, sagte ich. Wofür soll ich jetzt noch ein Opfer bringen? Für sein Grab? Soll ich weiter mit einem Mann verheiratet sein, nur weil ihr Angst habt, jemand könnte kommen und Juans Leiche konfiszieren und ihm, dem Toten, einen Prozeß machen? Ihn als Mörder hinstellen? Keine Angst, solange der Führer wie ein Vater über uns wacht, wird kein Fangalist vor Gericht stehen, weil er einen Linken getötet hat. Das wird nicht passieren.

Also, fragte mein Vater schließlich, was willst du tun?

Das war mein Stichwort. Ich hatte mir alles schon genau ausgedacht. Mein Plan stimmte bis ins Detail.

Ich werde zu einem Notar mit euch gehen, sagte ich, und dort sollt ihr mir Son Rafal überschreiben. Ich möchte dort alleinige Herrin sein. Ich möchte auf diesem Hof leben und tun können, was ich will. Mehr möchte ich nicht.

Aber Son Rafal, sagte mein Vater, das ist ein kleiner Bauernhof. Was willst du da?

In Frieden leben, sagte ich.

Und wie?

Ich werde Wein keltern, Schafe züchten, sagte ich, vielleicht werde ich eine Olivenpresse anschaffen, denn die Oliven dort am Hang, der nach Westen zeigt, sind sehr gut, das hast du immer gesagt, Papá, es sind die besten Oliven in der Gegend. Und wir bauen da einen sehr guten Wein an. Ich werde mir Kenntnisse aneignen, wie ich einen guten Wein herstellen kann, und den werde ich verkaufen. Und von dem Erlös werde ich leben. Vielleicht halte ich auch ein paar Rinder und Schweine, darüber habe ich noch nicht nachgedacht.

Meine Mutter stand auf. Sie bebte. Sie preßte die Hände auf die Tischplatte, um sich ruhig zu halten.

Meine Tochter, sagte sie voller Verachtung, eine Bäuerin. Dafür haben wir sie auf die besten Convente geschickt, dafür hat sie Französisch gelernt und Schreibmaschine, Buchführung und Ballett, mein Gott, und jetzt will sie leben wie kleine Bauern. Auf dieser Finca gibt es nicht einmal Strom!

Ich werde einen Generator kaufen, sagte ich.

Und von welchem Geld? frage mein Vater.

Die Frage mußte kommen, auf diese Frage habe ich gewartet, aber als sie kam, erfüllte sie mich dennoch mit einer heiligen Wut.

Von deinem Geld, Papá, sagte ich. Oder von dem Geld, das du Juan gegeben hast und das er nun nicht mehr braucht. Wieviel hat er bekommen jeden Monat? Sag mir die Summe. Ich bin mit der Hälfte zufrieden. Ich gehe nicht ins Bordell, ich trinke nicht nachts in Bars, ich gehe keinen Handel mit Leuten ein, die euch nachher erpressen, ich benötige nicht so viel wie mein feiner Bruder.

Sie schwiegen wieder. Ich war so aufgeregt. Ich konnte es gar nicht genießen, daß der Augenblick endlich da war, auf den ich so lange gewartet habe. Mein Kampf für die Freiheit. Die Eltern natürlich denken anders darüber. Ich, Maria-Magdalena, das aufmüpfige Mädchen, das den Eltern Kummer und Schmerz bereitet, das Unehre über die Familie gebracht hat und so weiter und so weiter.

Also verlangst du nicht nur einen Bauernhof, sondern auch noch einen monatlichen Scheck, sagte meine Mamá bitter. Du verlangst eine ganze Menge.

Ich verlange nicht, sagte ich, ich bitte euch darum. Aber nicht in Demut, wie ihr seht. Ich erbitte nur das, was ihr meinem Bruder selbstverständlich gegeben habt. Mir ist egal, was ihr mit all dem anderen Besitz macht, der der Familie gehört. Ich will davon nichts.

Aber du wirst es erben, sagte Papá, ob du nun willst oder nicht.

Und wieso erbt es nicht Alonso? Ihr habt ihm doch alles gegeben, den Namen, eure Tochter, Els Sant Castells ....

Wir haben ihm den Namen gegeben und unsere Tochter, sagte Papá, weil wir immer noch glauben, daß es genau das Richtige war. Aber in seinem Vertrag steht nichts darüber, daß er etwas erbt, daß etwas von dem, was wir besitzen, in seinen Besitz übergeht. Er ist der Nutznießer, er ist, was man heute einen Geschäftsführer nennen würde. Er kann Entscheidungen treffen über Els Sant Castells, aber nicht über unsere anderen Länder.

Er darf sie nicht einfach verkaufen? fragte ich. Das wundert mich, daß er damit zufrieden war.

Du sprichst nicht sehr nett über den Mann, mit dem du seit zehn Jahren verheiratet bist, sagte Mamá.

Ich lachte. Mir war wirklich nach Lachen. Eine andere Antwort hatten sie auf das nicht verdient.

Alonso, sagte Papá, hat dich geliebt. Er wollte dich, weil er dich liebte. Er hat uns geschworen, damals, als er um deine Hand angehalten hat, daß er dir ein guter Ehemann sein wird.

Und ist er das vielleicht nicht? fragte Mamá. Ihre Stimme war schrill, und die dunklen Flecken auf ihrer Stirn wurden noch dunkler.

Ich hatte keine Lust, mit ihnen über meine Ehe zu reden. Wir haben in den letzten Monaten ohnehin nur noch das Nötigste miteinander gesprochen. Ich war mit meinen eigenen Dingen beschäftigt. Ich war dabei, mich von der Familie abzunabeln. Ich mußte auch innerlich Distanz schaffen, bevor ich den Schritt wagen konnte.

Jetzt ist es soweit. Alles unterschrieben und amtlich. Mir gehört Son Rafal. Mir ganz allein. Nur ich bestimme, was gepflanzt, was geerntet und was auf dem Markt verkauft wird. Mir allein gehört der Blick auf dem Mirador, über den Pinienwald hinunter in die Bucht von Alcudia. Bei schönem Wetter und klarer Sicht kann ich die Schiffe auf dem Meer sehen. Natürlich mit einem Fernglas. Das Meer ist mehr als dreißig Kilometer entfernt.

Ich kann in meinem Haus tun und lassen, was ich will. Aufstehen, wann ich möchte, und die Nächte mit Lesen verbringen. Eine Bibliothek werde ich mir anschaffen, für lange Winterabende, wenn es draußen auf dem Hof und den Feldern nichts zu tun und zu organisieren gibt. Aber die meiste Zeit werde ich den Nonnen helfen. Ich werde die Schuld, die ich auf mich geladen habe, wiedergutmachen durch Nächstenliebe, durch Pflege der Kranken und Sterbenden. Ich baue fest darauf, daß Gott mir hilft, meine innere Ruhe wiederzufinden.

Ich weiß, daß ich eine gute Mutter hätte werden können. Aber die Dinge hatten sich gegen mich gewendet. Dafür muß ich nun ein Leben lang büßen.

Rumor

Sebastian schiebt eine Karre mit roter guter Erde vor sich her, als er den Jeep hört, der den Weg heraufkommt. Er setzt die Schubkarre ab, zieht ein Taschentuch aus der Hosentasche und wischt sich über die Stirn. Die Tage sind voller Hitze und Glut, schon am Morgen.

Es ist ein Jeep von der Guardia Civil. Gestern war ein Auto der Policia Nacional auf dem Hof. Jeden Tag kommt jemand mit ernstem Gesicht, einer Mappe, jemand im schwarzen Anzug, und will Don Pepe sprechen.

Don Pepe hat keine Zeit mehr, mit Xisco auf die Felder zu fahren, hat keine Zeit mehr, Schnepfen oder Kaninchen zu jagen. Er sitzt in der Bibliothek über Büchern, er läßt die Herrn Notare und Rechtsanwälte kommen und verschließt hinter sich der Tür, wenn sie wieder weg sind. Catalína muß das Tablett mit dem Kaffee vor die Tür stellen, Don Pepe will niemanden sehen.

Auch Margalída ist – gegen ihre Gewohnheit – ganz schweigsam. Sie sitzt nicht mehr am Küchentisch, wenn Catalína das Silber putzt oder Bohnen schneidet, sie will keine Geschichten aus dem Dorf hören, sie erzählt Catalína nichts.

Vor der Hochzeit ist alles anders gewesen. Vor der Hochzeit hatte Margalída Kopfschmerzen, wegen der Aufregung und der Anspannung. Jetzt hat sie Migräne.

Catalína fragt Sebastian, was der Unterschied ist, und Sebastian herrscht sie an, sie solle sich um ihre eigenen Angelegenheiten kümmern. Aber eigene Angelegenheiten hat Catalína nicht. Sie arbeitet zwölf Stunden jeden Tag für die Villalongas, sie hat keine Zeit für eigene Angelegenheiten. Wenn sie nach Hause kommt, muß sie ihre Kleider einweichen und die Wäsche für den nächsten Tag bügeln, das Zimmer aufräumen und einen kurzen Besuch bei ihrer alten Großmutter machen. Muß die Großmutter mit Kampfer abreiben und ihr Apfelessig einträufeln, das offene Bein neu verbinden und ihre Kissen richten für die Nacht. Dann legt auch Catalína sich todmüde ins Bett. Am Morgen um sechs Uhr klingelt der Wecker.

Welche eigenen Angelegenheiten meint Sebastian?

Wenn Catalína ihr Rad an der Hofmauer abstellt und durch den Wirtschaftstrakt in die Küche geht, hat Sebastian schon den großen Wasserkessel auf dem Herd.

»Warst du überhaupt nicht im Bett?« fragt Catalína jeden Morgen.

Jetzt steht Sebastian, den Ellenbogen auf den Spaten gestützt, mitten auf der Hofeinfahrt und schaut dem Jeep von der Guardia Civil entgegen, der eine Staubwolke hinter sich herzieht.

Seit Wochen kein Regen. Auf dem Meer hat es Gewitter gegeben, schwere Wolken, Yachten sind gekentert und Badegäste ertrunken, aber vor den Küsten hörten der Sturm auf und der Regen. Die Insel ist trocken wie zu lange gebackenes Brot.

Aus dem Jeep steigt der Commandante. Er trägt ein kurzärmeliges weißes Hemd, am Gürtel blinkt der Revolver.

»Morgen, Sebastian«, sagt er. »Don Pepe da?«

»Und wenn er nicht da ist?« fragt Sebastian.

Der Commandante zuckt die Achseln. »Dann komm ich später wieder.«

»Und wenn er vielleicht noch schläft?« fragt Sebastian.

»Dann geh ich in die Küche und laß mir von Catalína einen Milchkaffee aufbrühen.«

»Du fühlst dich hier schon ganz zu Hause, was?« Sebastian kann die Leute von der Polizei nicht leiden. Wenn er die Uniformen der Policía Nacional sieht, die schlanken, ledernen Schaftstiefel, die grünen Hosen, die engsitzenden Jacken, dann fallen ihm Dinge ein, die er lieber vergessen würde, aber diese Dinge sind in sein Gehirn gebrannt. Er kriegt sie nie wieder raus.

»Er soll sich die Wohnung ansehen.« Der Commandante spielt mit einem Schlüsselbund. »Der Richter hat sie jetzt freigegeben.«

»Welche Wohnung?« fragt Sebastian.

»Die von dem Toten«, sagt der Commandante.

»Der Tote aus der Kirche? Der von der Hochzeit?« fragt Sebastian.

Der Commandante nickt, legt den Kopf in den Nacken und blinzelt an der Turmfassade hoch. Die Persianas sind geschlossen, das Anwesen steht da wie unbewohnt.

Schwalben verschwinden in den kleinen Löchern unter der Dachrinne, Spatzen schwirren um den Zitronenbaum und beschmutzen jedes Blatt mit ihrem Kot. Die Hunde im Zwinger liegen still und schlagen mit dem Schweif die Fliegen. Die Putanita, die Hündin des alten Mannes, hat man zwei Tage nach der Hochzeit tot im Zwinger gefunden. Die Rüden waren wie toll, wollten niemanden in den Zwinger lassen. Francisco mußte, bewaffnet mit einer Forke, die Rüden in Schach halten, als er die tote Hündin herauszog.

Als er Don Pepe davon erzählte, begann der zu weinen. Das hat Francisco so verwirrt, daß er seitdem kein Wort mehr mit dem Boß gewechselt hat.

Sebastian erzählt dem Commandante die Geschichte von der toten Hündin. Der Commandante spielt mit dem Schlüsselbund und hört nicht zu. Er betrachtet die breiten Hüften von Catalína. Als sie sich umdreht und eine Haarsträhne aus dem Gesicht pustet, erkennt sie seinen Blick und errötet. Schnell nimmt sie den Scheuereimer und verschwindet.

»Also, die Hündin«, sagt Sebastian, »ich verstehe nicht, liegt einfach tot im Zwinger. Und abends war sie ganz munter. Abends hat sie noch gefressen, mit den Rüden aus einem Trog.«

»Leute sterben«, sagt der Commandante gleichmütig. »Wieso sollen Tiere ewig leben?«

»Darum geht es nicht«, sagt Sebastian. »Es geht nur darum, daß sie abends lebendig war und am nächsten Morgen so tot, als wäre sie ...« Er stockt. »Ach, egal. Ich sage wohl besser Don Pepe Bescheid.«

»Ja«, sagt der Commandante, »wäre wohl besser.« Er legt seine Hände um die Kaffeetasse. Er hört, wie Catalína mit dem Scheuereimer klappert. Er steht auf, die Tasse in der Hand, und durchquert die Küche. Catalína ist im Wirtschaftsraum, läßt frisches Wasser in den Scheuereimer, sie läßt das Wasser über die nackten Oberarme laufen. In dieser Hitze hat man immer eine zu heiße Haut. Das Wasser tut gut.

Sie bemerkt den Commandante erst, als er seine Hände auf ihre Hüften legt und in ihren Nacken pustet. Die kleinen verschwitzten Löckchen teilen sich unter seinem Atem.

»Ist das gut?« fragt er, als er die Gänsehaut in ihrem Nakken sieht.

Catalína dreht den Wasserhahn zu und wendet sich um. Ihre Augen sind grün, mit einem Kranz langer brauner Wimpern.

»Hör auf«, sagt sie scharf, »du bist verheiratet. Denk an deine Frau. Was ist mit dir los? Euch Männern steigt allen die Hitze in den Kopf, was? Laß mich durch. Ich werde sonst mit meiner Arbeit nicht fertig. Und dann schimpft die Doña mich aus.«

Der Commandante atmet schwer. Sterne tanzen vor seinen Augen.

Catalína tut, als bemerke sie es nicht, schiebt ihn zur Seite, greift den Wassereimer und geht in die Küche zurück.

Als der Commandante wieder ruhig atmen und denken kann, kniet sie schon auf dem Boden, den Hintern hoch, und wischt die Ecken.

Aber jetzt ist der Commandante ruhig. Jetzt kann er sie anschauen, ohne sich dabei feuchte Gedanken zu machen.

»Ich bin gleich weg«, sagt er und greift nach der Kaffeetasse. Der Kaffee ist kalt und schmeckt nach salzigem Wasser.

»Euer Wasser ist nicht gut«, sagt er. »Habt ihr den Brunnen mal geprüft?«

»Es ist wegen der Trockenheit«, sagt Catalína. »Die Zisternen sind fast leer. Und wir haben zuviel Wasser gebraucht für die Hochzeit. Wegen der ganzen neuen Pflanzen.«

Der Commandante nickt. Er läßt sich wieder auf den Küchenstuhl fallen, lehnt den Kopf zurück.

»Heute«, sagt er, »fahre ich mit Don Pepe nach Palma. Ich zeige ihm das Haus. Und die Wohnung.«

»Welches Haus?« fragt Catalína. Sie zieht einen Schuh aus und schlägt damit nach einer Kakerlake, die aus einer Mauerritze kriecht und schnell an der Fußbodenleiste entlangläuft.

»Das Haus, in dem er gewohnt hat«, sagt der Commandante. »Die Wohnung ist im zweiten Stock. Drei Zimmer, Küche, Bad. Kein Balkon. Er hat immer seinen Stuhl unten auf die Straße gestellt, morgens, bei Sonnenaufgang, wenn es noch nicht so heiß ist, sagen die Leute. Und die Hündin war immer bei ihm. Hat unter seinem Stuhl geschlafen. Bis es Zeit war zu frühstücken.«

»Wovon redest du«, fragt Catalína. Sie nimmt mit spitzen Fingern die tote Kakerlake hoch und wirft sie in den Abfalleimer. Sie zieht ihren Schuh wieder an.

»Ich hasse diese Viecher.«

»Da hilft nur Sauberkeit«, sagt der Commandante. »Meine Frau putzt jetzt im Sommer die Küche immer mit Carbol. Zweimal am Tag.«

»Ah«, sagt Catalína, »und zum Dank dafür gehst du fremd.«

»Ich geh nicht fremd«, sagt der Commandante, »ich mach mir nur manchmal süße Gedanken. Ist das verboten?«

»Keine Ahnung, was bei euch Männern verboten ist und was nicht.«

Der Commandante klimpert mit dem Schlüsselbund.

»Mehr als fünfzig Jahre hat er da gelebt«, sagt er. »Immer allein. Bis auf die Hündin eben. Na ja, wie alt wird die gewesen sein, zehn, zwölf, vierzehn Jahre? Die Leute in der Straße sagen, er ist nie einen Schritt gegangen ohne diesen Hund. Jeden Abend die gleiche Bar, der gleiche Wein, die gleichen Tapas. Jeden Morgen das gleiche Frühstück, in der gleichen Bar. Und dann eine Runde durch die Altstadt zur Kathedrale. Manchmal hat er sich als Führer angeboten, für Touristen. Aber das Geld hat er nicht wirklich gebraucht. Geld hatte er genug. Jeden Monat einen Scheck, ohne einen Finger dafür krumm zu machen. Auch nicht schlecht, was?«

Catalína streicht die Haare aus dem verschwitzten Gesicht. Sie hat oben Schritte gehört und Stimmen.

»Ich hab immer noch keine Ahnung, von wem du redest«, sagt sie.

»Ich rede von Don Alonso«, sagt der Commandante, »dem Vater von Don Pepe.«

Catalína starrt ihn an, die Augen groß wie Teller.

»Wer?« fragt sie.

Der Commandante lächelt und schwingt die Schlüssel an dem metallenen Ring.

»Der Vater von Don Pepe«, sagt er. »Fünfzig Jahre hat er da im Lonja-Viertel gewohnt. Und Don Pepe hat nichts davon gewußt.« Er lächelt. Er genießt das Staunen, das Entsetzen von Catalína.

»Nichts gewußt, verstehst du? Don Pepe hat gedacht, sein Vater ist tot. Und dabei hat er gelebt, keine Autostunde von Els Sant Castells entfernt.«

»Das ist nicht wahr«, murmelt Catalína. Sie faßt sich an die Stirn. Sie versucht, zu begreifen, was der Commandante gesagt hat.

»Doch.« Der Commandante nickt so zufrieden, als sei diese Geschichte sein Werk. Eine phantastische Geschichte. Eine bessere ist in dem Dorf seit Jahrzehnten nicht erzählt worden.

Der Commandante legt den Schlüsselring auf den Tisch, schiebt die Schlüssel hin und her und ergreift schließlich einen.

»Das hier«, sagt er, »ist der Schlüssel zu seiner Wohnung. Der Richter hat mich ausgesucht. Ich soll Don Pepe begleiten. Er hat gesagt, ich soll ein bißchen auf ihn aufpassen, falls es ihn zu sehr mitnimmt, verstehst du? Dann soll ich dafür sorgen, daß er sich hinsetzt, und ihm ein Glas Wasser anbieten und ihn fragen, ob er seine Tabletten dabei hat.«

»Was für Tabletten?« fragt Catalína.

»Weiß ich nicht. Irgendwelche Tabletten.«

»Ich versteh überhaupt nichts.«

Catalína lauscht, geht zur Küchentür, stößt sie auf, lauscht wieder.

»Ich glaube, er kommt«, flüstert sie.

Der Commandante erhebt sich, steckt das Schlüsselbund in

die Hosentasche, legt die Hände an den Revolvergriff, zieht den Bauch ein, streckt die Brust raus.

Pepes Schritte hallen auf dem Steinfußboden.

»Catalína?« ruft er. »Sebastian?«

»Hier, ich bin hier!« gibt Catalína zur Antwort.

Pepe erscheint in der Küchentür. Er ist bleich und trägt einen dunklen Anzug. Er nickt Catalína zu.

»Guten Morgen, Don Pepe«, sagt der Commandante.

»Ach«, sagt Pepe, »du schon wieder. Ich habe gehört, du sollst mich irgendwo hinbringen.«

Der Commandante nickt. »Ja«, sagt er, »in die Wohnung Ihres Herrn Vaters.« Er klopft auf seine Hosentasche. »Die Schlüssel sind hier.«

Catalína hält die Luft an. Pepe verzieht das Gesicht, als versuche er ein kleines trauriges Lächeln. Dann nickt er, schluckt einmal und nickt wieder.

»Gut«, sagt er, »gut, bringen wir das hinter uns, was? So schlimm wird es schon nicht werden.«

Pepes Hand sucht die Schulter des Commandante. Er braucht eine Stütze.

»Bestimmt nicht«, der Commandante lächelt, sehr ergriffen von seiner großen Aufgabe. »Ich bin ja bei Ihnen. Der Richter hat Anordnung gegeben, daß ich Sie während der ganzen Zeit nicht aus den Augen lassen soll. Falls Ihnen das alles zuviel wird. Der Richter sagt, er habe sich um Sie Sorgen gemacht.«

»Wie freundlich von ihm«, murmelt Pepe.

Sie gehen durch den großen Bogen, vorbei an den Töpfen mit den Yuccapalmen, deren Blätter zur Hochzeit mit einem feuchten Tuch abgewischt wurden und die heute schon wieder staubig sind. Auch der Jeep des Commandante trägt eine Schicht von Staub und Sand.

Der Commandante fährt mit dem Finger über die Kühlerhaube. Er hinterläßt einen feinen, geraden Strich. »Ein Gruß von der Wüste«, sagt er.

Pepe öffnet die Beifahrertür und steigt ein.

»Als wenn wir das brauchten«, meint der Commandante, während er den Motor anläßt. »Auf dieser Erde gibt es viel zu viele Wüsten.«

»Nicht nur auf der Erde«, murmelt Don Pepe.

Der Commandante wirft ihm einen fragenden Blick zu.

Don Pepe lächelt und legt die Hand auf sein Herz. »Hier drinnen auch«, sagt er. Und lächelt wieder.

Catalína findet Sebastian in der Casita für die Generatoren. Er hat einen Lappen in der Hand, und er flucht.

»Sebastian!« Catalína stößt ihren Onkel in die Seite. Sie flüstert, und ihre Augen sind riesengroß. »Ich hab sie gesehen!«

Sebastian wendet sich unwirsch zu ihr um. Er haßt diese Arbeit mit den neuen Generatoren, die kompliziert wie die Flugzeugmotoren von Düsenjets sind. Die ganze Zeit hat er schon zu dem Verwalter gesagt: Das ist nicht mein Job. Dafür werde ich nicht bezahlt, daß ich diese komplizierte Technik kapiere. Laß mich damit in Ruhe.

Aber Xisco, der seit Jahren vermeidet, wegen irgendeines Problems auf dem Gut den Zorn von Doña Margalída heraufzubeschwören, hat beschlossen, daß der Generator zum Haus gehört. Und über das Haus wacht Sebastian, obwohl der eigentlich ein Gärtner ist. Aber Doña Margalída hat es nun einmal so bestimmt. Mit allem geht sie zu Sebastian. Er ist ihr Verbündeter, er ist der einzige, dem sie alles anvertrauen würde, von ihrem Scheckheft bis zu ihrem Schmuck. Deshalb soll sich auch Sebastian gefälligst kümmern, wenn im Haus der Strom ausfällt, genau in diesem Augenblick, wo die Señora ein warmes Bad nehmen will.

»Dieses verdammte rote Licht leuchtet immer noch auf, obwohl ich all die Knöpfe gedrückt hab, die man mir gezeigt hat. Sollen die aus Palma kommen und sich damit herumärgern. Wen hast du gesehen?«

»Die Señora Maria-Magdalena!« flüstert Catalína. »Die Mutter von Don Pepe!«

Sebastian schiebt Catalína aus dem Raum, in dem es nach Diesel riecht. Er schleudert den Lappen auf den Boden.

»Du hast sie gesehen? Sie ist seit dreißig Jahren tot, Mädchen!«

»Das weiß ich doch. Das hast du mir doch erzählt. Aber

Don Pepe hat mir das Album gezeigt, mit den Fotos. Und ich habe sie gesehen. Díos mío, hab ich gesagt, ist sie schön, die Señora.«

»Er saß in der Bibliothek?« fragt er mißtrauisch.

Catalína nickt eifrig.

»Er hatte ein Fotoalbum vor sich? Ein Familienalbum?«

»Vor sich auf dem Tisch.«

»Und was hat er gesagt? Ganz genau, was hat er gesagt?«

»Ich weiß nicht mehr.« Catalína verzieht ihr Gesicht, als der Onkel hart ihre Schultern packt. »Du tust mir weh.«

»Was er gesagt hat.«

»Er hat ..., warte ..., laß mich los ... Also, ich kam rein, um ihm zu sagen, daß der Commandante da ist und ihn abholen will. Da sitzt er über den Fotos, schaut auf, und lächelt.« Catalína holt tief Luft.

»Und dann?«

»Dann hat er etwas über die Vergangenheit und über schlechte Träume gesagt.«

»Er hat etwas über die Vergangenheit gesagt? Und über schlechte Träume?«Sebastian schaut sich um, argwöhnisch.

Der Wind raschelt in den Oleanderzweigen. Sonst ist alles still.

»Er hat gesagt, die Vergangenheit macht schlechte Träume.«

Sebastian läßt Catalína los. Er nickt. Sein Gesicht ist grimmig.

»Da hat er einmal was Richtiges gesagt. Ich weiß, warum ich morgens vor dem Hellwerden schon aus dem Bett bin. Ich weiß es. Und was hat er noch gesagt?«

»Nichts. Nichts. Er hat nur gefragt, ob ich einmal ein Bild seiner Mutter sehen möchte. Und ich wußte ja: es ist die Señora Maria-Magdalena, die du so verehrst.« Sie kichert. »In die du so verliebt warst.«

»Sag so was nicht!« herrscht Sebastian sie an. »Wenn dich jemand hört! Wie kann soviel Unsinn aus deinem Mund kommen? Denkst du nie nach, bevor du sprichst? Ich war nie in die Señora Maria-Magdalena verliebt. Ich habe sie verehrt. Das ja. Aber Verehrung ist das Gegenteil von Liebe, verstehst du?«

Catalína schaut ihren alten Onkel fassungslos an. »Nein«, sagt sie.

»Verehrung ist etwas«, schnauzt Sebastian, »das dem anderen Menschen, der verehrten Person, niemals schaden kann. Es ist wie ein Tuch aus Licht, das man über diese Person wirft. Verstehst du das?«

Catalína nickt, stumm, mit offenem Mund.

»Wenn man eine Person verehrt, dann will man jeden Schaden von ihr abwenden. Dann möchte man diese Person nicht berühren, man möchte sie bestaunen, anbeten, verstehst du? Man hat in seinem Herzen einen Altar errichtet für diesen Menschen. Den schmückt man mit Gedanken, mit Dingen eben, die in der Seele wachsen.«

»Und wenn man liebt? Was ist bei der Liebe anders?« fragt Catalína.

Sebastian denkt nicht eine einzige Sekunde nach. »Wenn man liebt, dann zerstört man. Liebe ist grausam. Liebe nimmt keine Rücksicht. Liebe ist wild. Wie ein Tier, weißt du, wie ein Raubtier, das seine Beute sucht. Liebe ist wie die Natur. Ist fressen und gefressen werden.«

Er reibt sein Gesicht und wirft Catalína einen Blick zu. Catalína starrt und staunt.

»Woher weißt du das alles, Onkelchen?« flüstert sie.

Er lächelt. Er bückt sich nach dem Öllappen, wirft einen Blick auf den Generator, der immer noch nicht angesprungen ist, und sagt: »Ich weiß es vom Leben, Kind. Geh jetzt und mach deine Arbeit.«

Maria-Magdalenas Tagebuch

1. August 1948

In der größten Hitze bin ich mit meinen Dingen von Els Sant Castells umgezogen nach Son Rafal. Sebastian und Cecilia haben mir geholfen, die Bücher und ein paar Möbelstücke zu transportieren. Sebastian hat einen Bauern aus der Nachbarschaft gefragt, der einen großen Erntewagen besitzt, auf den haben wir alles geladen. Und er hat es auch gefahren.

Das habe ich gemacht, damit Mamá und Papá sich nicht schämen müssen. Damit die Leute auf dem Feld nicht darüber reden, wie eine Villalonga auszieht aus ihrem Elternhaus, wie ein Flüchtlingskind, mit einem Pferdefuhrwerk voller Kram. Aber ich war so glücklich, so heiter!

Es hat mir nicht einmal etwas ausgemacht, daß Alonso mich unbedingt hinauffahren wollte in mein neues Reich. Ich sage hinauf, dabei liegt es höchstens 500 Meter höher als Els Sant Castells. Aber bestimmt sind die Winter hier rauher. Ich werde viel Holz schlagen lassen, damit wir im Winter nicht frieren müssen, mein Pepe und ich.

Alonso am Steuer, und ich neben ihm, meinen Pepe auf dem Schoß. Pepe war stumm während der ganzen Fahrt, dabei redet er sonst wie ein sprudelndes Bächlein. Plappert in einer Tour, daß man kaum selbst zu Wort kommt oder einen Gedanken zu Ende führen kann. An diesem Tag war er vollkom-

men stumm. Er ließ sich sogar von mir küssen, ohne mir diesen vorwurfsvollen Blick zu geben, den ich mir sonst immer einhandele.

Warum küßt du mich? soll dieser Blick heißen, das tust du doch sonst nie. Er macht sich immer ganz steif, wenn ich ihn umarmen oder streicheln will, so als wehre er sich gegen die Zärtlichkeit, die er vielleicht empfindet, als wolle er das nicht zulassen. Zu mir spricht er auch anders als mit seinem Vater, das habe ich wohl bemerkt. Mit seinem Vater ist er ganz eng. Alonso ist kein schlechter Vater für das Kind. Er hat ihm Dinge beigebracht, von denen ich keine Ahnung habe. Ich hingegen lese ihm abends aus Büchern vor. Alle meine Lieblingsbücher sind jetzt hier, in Son Rafal. Ich werde sie meinem Sohn alle vorlesen. Ich hätte sie auch Jaume gerne vorgelesen, aber das durfte und konnte nicht sein.

Ich hoffe ja sehr, daß sich jetzt hier, auf Son Rafal, ganz andere Möglichkeiten bieten. Vielleicht kann ich Pedro und Teofila einladen, bei mir die Ferien zu verbringen, mit Jaume Victoriano. Er ist jetzt elf Jahre alt und besucht die Schule in Palma. Ich glaube, er bringt immer nur die besten Zeugnisse nach Hause, als sei das eine Selbstverständlichkeit. Teofila schreibt, er will dafür nie gelobt werden. Er sei überhaupt ein schweigsames Kind geworden, sehr ernst. Er verbringt seine Freizeit hinter den Büchern, vergißt den Sport, die Freunde, auch seine Eltern. Das schreibt sie. Ob er mich jemals erwähnt, davon schweigt sie. Und ich wage nicht, zu fragen. Sie schreibt auch nicht, daß sie sich freuen würden, mich einmal wiederzusehen. Der letzte Besuch war so deprimierend, daß mir die Tränen kommen, wenn ich nur daran denke. Jaume ist einfach weggelaufen, als er mich kommen sah in dem Auto. Hat das Buch, das vor der Tür auf der Bank lag, einfach fallen lassen und ist gerannt, quer über die Felder, nur weg, weg.

Welchen Schmerz ich da gespürt habe.

Auch Teofila war das sehr unangenehm. Sie fürchtete vielleicht, ich würde keinen Scheck dalassen, wenn ich nicht wenigstens ein paar Worte mit meinem Sohn gewechselt habe, wenigstens ein einziges kleines Lächeln dafür bekomme.

Es tut mir so leid, flüsterte sie immer wieder, aber wir können nichts tun, er ist auch uns gegenüber manchmal so.

Läuft einfach weg? fragte ich.

Sie nickten und schauten mich an, so daß ich sicher sein konnte, daß sie es ehrlich meinten.

Ich bin eine schlechte Mutter. Den einen Jungen, nach dem ich mich verzehre, kann ich nicht bei mir haben, und der andere, der auf meinem Schoß sitzt, ist meinem Herzen dennoch viel ferner. Ständig plagt mich die Schuld deswegen, aber vielleicht wird alles anders, wenn wir erst einmal in Son Rafal heimisch geworden sind.

Als wir auf dem Hofplatz ausstiegen, in der flimmernden Hitze, und Alonso sah, wie trocken alles war, wie ausgedörrt der Boden, wie armselig das Haus, schüttelte er nur den Kopf.

Was du dir da ausgedacht hast, sagte er. Ich werde es im Leben nicht begreifen.

Laß mich nur mein Leben leben, sagte ich, und du lebst deins. Ich würde gerne mein Leben mit dir teilen, sagte er da.

Ich lachte nur. Ich nahm das nicht ernst.

Ich denke, du teilst dein Leben schon mit einer gewissen Dame in Valdemossa, sagte ich leichthin.

Er wurde rot! Er wurde tatsächlich rot!

Woher weißt du das? fragte er barsch.

Hatte er wirklich geglaubt, daß mir das alles verborgen bleibt? Ich wußte doch jedesmal, wenn er mit Juan durch die Bars gezogen ist, an jeder Hand ein Mädchen, ich wußte doch immer alles!

Hat er geglaubt, er könne mich anfassen, nachdem er vorher andere Frauen gestreichelt und geküßt hat? Was glaubt er: daß ich eine von vielen bin? Eine von denen, die sich alles gefallen lassen?

Woher weißt du das? wiederholte er, als ich nicht antwortete.

Ich zuckte nur mit den Schultern. Ich lachte. Ich schaute mich in meinem Reich um.

Das Land sieht trocken aus. Das macht mich besorgt. Es hat seit sechs Wochen nicht geregnet, nur trockene Gewitter, die sich in der Ebene bildeten, riesige Berge schwarzer Wolken, ge-

folgt von einem Wind, der den Leuten auf dem Feld die Hüte vom Kopf reißt. Aber aus diesen schwarzen, schweren Wolken hat es nur Staub geregnet, Sand aus der Wüste, denn der Wind kam aus Afrika, rote Erde hat es geregnet, daß am Schluß alles wie mit einer Schicht aus Sand und Staub bedeckt war. Jeder Gartentisch, jedes Feigenblatt, jeder Fenstersims. Selbst in den schrägen Holzleisten der Persianas sitzt dieser rötliche Staub, wie festgeklebt, auf den Jasminblüten, und er klebt an den Feigen, die man vom Baum pflückt.

Ich habe den Bauern, der uns herbrachte, gebeten, den Stein von dem Einstieg in die Zisterne zu heben. Wir haben uns über das Loch gebeugt. Es gibt kein Wasser in der Zisterne. Aber das Wasser, das wir mit einer Seilwinde und einem Eimer aus dem Brunnen holten, war gut, klar und wohlriechend.

Dennoch meint der Bauer, daß es schwer sein wird, mit so wenig Wasser das Land gut zu bestellen. Er glaubt, daß der Brunnen höchstens tausend Liter pro Tag gibt.

Alonso, der während der Zeit, die wir über das Wasser redeten, mit Pepe durch das Haus gegangen war, ist mit so einem merkwürdigen Lächeln zurückgekommen.

Was ist? fragte ich. Worüber amüsierst du dich?

Oben in den Zimmern, sagte er, kannst du vom Bett aus den Mond sehen. So schlecht sind die Dachziegel. Hat dir das keiner gesagt?

Ich erschrak, tat aber, als machte mir das nichts aus.

Es stimmt, daß ich keine Mahnungen der Eltern anhören wollte, daß ich nie bereit gewesen war, auch nur eine Sekunde in Zweifel zu ziehen, daß ich es hier schaffe.

Dann schlafen wir eben im Erdgeschoß, sagte ich gleichmütig. Ich nahm Pepe an die Hand. Nicht? Das ist auch lustig, im Erdgeschoß schlafen.

Pepe schaute seinen Vater an.

Alonso zuckte mit den Achseln und sagte: Klar, warum nicht. Da, wo das Gesinde sonst schläft, mit Mardern und Mäusen.

Aber ich ekele mich vor Mäusen! Wenn Pepe sich aufregt, hat er eine Stimme wie ein Mädchen, hoch und schrill. Ich will nicht im Erdgeschoß schlafen, Papá.

Er riß sich von mir los und drängte sich an seinen Vater.

Alonso streichelte den Jungen, gab ihm ein paar Nasenstüpse, um ihn aufzumuntern. Gut, sagte er, dann nehm ich dich wieder mit.

Untersteh dich! sagte ich, leise, scharf. Er war ganz verwirrt, daß er mich so sprechen hörte. Ich werde irgendwann noch ganz anders sprechen.

Hetz nicht den Jungen gegen mich auf, sagte ich.

Was habe ich denn gemacht? Wieso bist du so wütend auf mich? sagte Alonso. Es war doch alles deine Idee. Habe ich vielleicht schuld, daß unser Kind die Idee nicht halb so schön findet wie die Mutter? Was kann ich denn dafür?

Gott sei Dank kam der Bauer in diesem Augenblick zurück mit einer guten Botschaft. Er hat eine zweite Zisterne gefunden, in die die Hauptmenge des Regenwassers geleitet wird.

Sie ist halb voll, rief er erleichtert, und es sieht aus, als wenn es eine riesige Zisterne ist. Wir werden genug Wasser haben. Er strahlte, und seine Augen glänzten, obwohl sein Gesicht voller Spinnweben und Schweiß war.

Dafür gibt es hier Mimosen und Ginster, der im Frühling gelb blüht, und Bougainvilleas an der Südseite des Hauses, mehr als fünf Meter hohe alte Sträucher mit armdicken Zweigen. Jetzt tragen sie Blüten über und über. Gelb, Violett. Rot und Weiß. Ich könnte mein Gesicht in diese Blütendolden pressen und immer nur diesen herrlichen Duft einatmen. Und es gibt hier Maulbeerbäume. Sebastian meint, daß jemand ihm erzählt habe, früher sei hier eine Seidenraupenzucht gewesen. Wenn das wahr ist, werde ich sofort wieder damit anfangen, obwohl ich nicht das geringste davon verstehe. Ich werde mir Bücher kommen lassen. Ich werde alles lernen und vor keiner noch so schwierigen Arbeit zurückschrecken. Meine Hände werden Schwielen bekommen, und mein Rücken wird krumm werden. Aber was macht das schon. Ich, Maria-Magdalena de Villalonga, bin jetzt Herrin auf meinem eigenen Grund.

Ich kann, wenn ich will, meinen Ehemann vom Hof jagen wie einen streunenden Hund! Der Gedanke macht mich lachen.

Alonso fragte, als er mir half, die Koffer in das Schlafzimmer zu tragen: Und was wird jetzt aus mir?

Was mit dir immer ist, sagte ich, als sprächen wir nur über das Wetter und nicht über die Zukunft unserer Ehe. Du machst, was du willst.

Er schwieg.

Bedeutet das, sagte er nach einer langen Weile, in der unser Sohn uns beobachtete, aus großen Kinderaugen, daß du auch machst, was du willst?

Ich lachte und nahm Pepe in den Arm. Findest du das nicht nur gerecht?

Ich weiß nicht, sagte Alonso, ich muß darüber nachdenken.

Pepe wollte zu seinem Vater. Schlang die Arme um ihn, preßte sich an ihn. Das versetzte mir einen Stich.

Papá, schluchzte Pepe plötzlich, Papá, was ist los?

Nichts, mein Kleiner, nichts, nichts, tröstete Alonso ihn.

Wohnst du nicht mit uns hier? fragte Pepe angstvoll.

Frag deine Mutter, sagte Alonso.

Pepe schaute mich an. Wohnt Papá nicht hier bei uns? fragte er.

Ich lachte. Natürlich, sagte ich, er kann so oft bei uns sein, wie er will.

So oft wie sonst? fragte Pepe.

Ich lachte wieder. Ich dachte an die Geliebte in Valdemossa. Ich war sicher, Alonso würde nach einer Weile froh sein, daß seine Frau nicht über jeden der Schritte wachte. Er würde länger in Valdemossa bleiben und immer weniger Lust verspüren, in die kleine, bescheidene Finca nach Puigpunient hinaufzukommen. Ich war ganz sicher.

Er kann so oft kommen, wie er will, wiederholte ich.

Alonso und Pepe schauten mich an. Und ich dachte plötzlich: das gleiche Gesicht, der gleiche Blick. Und wandte mich ab.

12. Oktober 1948

Jetzt sind mein Kind und ich schon zwei Monate hier in Son Rafal, und ich kann mit Stolz sagen, daß es uns gut geht. Das Kind macht einen glücklichen Eindruck, lacht viel und springt draußen herum, kommt mit roten Backen wieder herein, küßt mich zur Begrüßung, trinkt den Saft, den wir aus den Trauben gepreßt haben, stopft sich die Backen voll mit getrockneten Aprikosen und läuft wieder hinaus, zu den Arbeitern, um zu helfen.

Ich bringe Pepe jeden Montag früh in die Schule, mache Einkäufe in Palma, trinke einen Café in der Bar Can Lobo, lese die Zeitungen oder schreibe in dieses Büchlein. Ich habe festgestellt, daß es mir Spaß macht, in einem Café zu schreiben. Es hat etwas Unbürgerliches, Bohèmehaftes, das mir gut gefällt. Es ist ein schöner Kontrast zu meinem Landleben. Dann besorge ich die Dinge, die wir brauchen, für den Hof, das Vieh, die Küche, lade alles in mein altes Auto und fahre wieder hinauf nach Puigpunient. Inzwischen kenne ich alle Bauern aus der Nachbarschaft und im Dorf den Bäcker, den Schlachter und Amelia, die den Eisenwarenladen führt. Bei ihr bin ich fast täglich, mal brauchen wir Fliegendraht, dann eine neue Kaffeekanne, dann fehlt etwas Draht, um den Wein hochzubinden, bei Amelia findet man fast alles. Wenn sie ihre Kunden bedient, trägt sie ihr Baby auf dem Arm. Sie knöpft ihre Bluse auf, wenn es schreit, und gibt ihm die Brust, ganz selbstverständlich. Sie hat große, schneeweiße Brüste, und sie geniert sich überhaupt nicht, ihre Brust zu zeigen, selbst wenn sie Männer bedient. Auch die Männer sprechen ganz selbstverständlich weiter, über das Haus, das sie bauen, den Viehstall, für den sie neue Futternäpfe brauchen, oder die nächste Familienfeier.

Amelia ist wirklich eine erstaunliche Frau. Das Baby macht einen so zufriedenen Eindruck. Ich wünschte, ich hätte leben können wie Amelia. Mamá wäre in Ohnmacht gefallen, wenn ich Pepe vor ihren Augen gestillt hätte. Oder vor Papás Augen! Oder vor den Augen völlig Fremder! Ich bin sicher, sie hält die Leute hier im Dorf für zurückgeblieben und primitiv. Mamá war schon immer eingebildet. Papá, der viel mit Bauern redet, ist da anders. Aber Mamá achtet sehr auf Etikette.

Sie warten alle darauf, daß ich ein Fest gebe, als Einstand für das Dorf. Ich suche noch nach einer guten Gelegenheit. Ich habe Pepe versprochen, daß er auf jeden Fall dabeisein wird. Also müssen wir das Fest an einem Samstag oder Sonntag or-

ganisieren. Denn freitagabends kann ich den Jungen erst aus der Schule abholen. Manchmal darf er einen Freund mitbringen. Er ist jetzt sehr oft mit dem Sohn eines Schneiders aus Palma zusammen, ein netter, etwas blasser Junge, der einen unglaublichen Appetit entwickelt, wenn er bei uns ist. Pepe sitzt ihm dann gegenüber am Küchentisch, die Ellbogen aufgestützt, und starrt ihn an, wie er wahllos alles in sich hineinstopft. Pepe ist fasziniert von Jorge.

Nachts, wenn sie zusammen in einem Bett schlafen, höre ich sie noch stundenlang lachen und reden. Pepe sagt, Jorge kann so verrückte Geschichten erzählen. Wenn ich frage, was das für Geschichten sind, lachen sie und laufen hinaus. Sie kommen jetzt in das Alter, wo sie Geheimnisse haben.

Von Jaume höre ich nichts. Er soll das Internat in Palma verlassen haben, nach einem Skandal. Man sagt, daß er seiner Lehrerin vorgeworfen habe, sie sei dumm. Ich mußte lächeln, als ich das hörte. Vielleicht ist die Lehrerin wirklich dumm. Teofila, die mir einmal im Monat, wie wir es verabredet haben, eine Nachricht zukommen läßt – wenigstens das –, ist ganz voller Ehrfurcht vor der Intelligenz meines Kindes. Sie hält ihn für etwas sehr Besonderes.

Ach, Victoriano, wie glücklich hätten wir werden können.

Die Liebe der Väter

Seit Felipe seinen Vater aus den Fängen des Untersuchungsrichters Dr. Rafael Ginard befreien konnte, ist kein Wort über Suredas Lippen gekommen. Er hat keine Frage gestellt, hat nicht danke gesagt. Es hat ihn offensichtlich nicht interessiert, mit welchen juristischen Finessen es seinem Sohn gelungen ist, den Haftbefehl wegen Mordverdacht vorläufig außer Kraft zu setzen. Nur neun Stunden hat er für etwas gebraucht, das andere Anwälte Tage, gar Wochen in Atem hält. Ohne eine einzige Pesete Kaution zu hinterlegen. Nur den Paß mußte Dr. Jaume Sureda abgeben und versichern, daß er das Land bis auf weiteres nicht zu verlassen gedenkt. Aber keine Kaution! Keine Vorverurteilung. Das ist Felipes Triumph.

Am Morgen ist Jaume Sureda vom Commandante in einem schlechtgefederten, staubigen Jeep aus seiner Villa abgeholt, ja abgeführt worden, und jetzt bringt Felipe den Vater in einer Limousine mit getönten Scheiben und Klimaanlage wieder dorthin zurück. Welch ein Sieg!

Aber der Vater lacht nicht, nicht einmal ein Lächeln spielt um seine Lippen, nicht einmal die Hand hatte er auf dem Weg vom Justizpalast zum geparkten Auto auf die Schulter des Sohnes gelegt. Stumm, den Kopf zwischen den Schultern, die Arme auf dem Rücken verschränkt, ist er neben seinem Sohn hergegangen unter den schattigen Platanen. In der Calle de

Conquistadores. Schweigend hat er sich entschieden, im Fond des Autos zu sitzen, als wäre Felipe sein Chauffeur.

Sie sind, um dem Sonntagsrückreiseverkehr von den Stränden auszuweichen, auf Schleichwegen durch das Viertel Sa Calatrava auf die Straße nach Llucmayor gekommen, Felipe am Steuer, sein Vater wie ein Fremder auf dem Rücksitz, den Kopf zwischen den Schultern, die Fäuste geballt, den Blick unbeirrt nach draußen. Weil das Schweigen ihn verwirrte, hat Felipe sich immer wieder im Rückspiegel vergewissert, daß es seinem Vater gut geht. Er hat die blasse Stirn gesehen, die Stirnader, dick geschwollen, das Blinken der Augen hinter den Brillengläsern hat er gesehen, manchmal war es ihm, als habe er ein Stöhnen gehört, oder auch ein Knurren, wie das Knurren eines gefährlichen Tieres. Nicht einmal als es fast einen Zusammenstoß gab, hat sein Vater das Schweigen gebrochen.

Auf dem Verkehrskreisel in Llucmayor, an der Abzweigung nach Santanyi, wäre Felipe fast, weil er wieder in den Rückspiegel geschaut hat, mit einer Furguneta zusammengestoßen, einem Mini-Lieferwagen, der von einem uralten Mann im schwarzen Anzug gesteuert wurde. Der Lastraum des Wagens war voller Hühnerkäfige. Weil der alte Mann das Steuer herumreißen mußte, flogen die Hühnerkäfige durcheinander, und Felipe hat einen Augenblick nur Hühnerköpfe, Federn, Drahtkörbe gesehen, dann waren die Autos zum Halten gekommen.

Felipe ist ausgestiegen, hat sich bei dem Fahrer entschuldigt, gemeinsam haben sie nach den Hühnern geschaut, festgestellt, daß ihnen nichts geschehen war, und dann ist Felipe, nach einem Händedruck und einem Wortschwall des Bedauerns, wieder zu seinem Auto zurückgekehrt.

»Nichts passiert, Vater«, hat er gesagt, als er sich wieder hinter das Steuer setzte. Sein Vater hat nur genickt.

Also ist Felipe weitergefahren, und während der ganzen Strecke nach Campos, auf der ihnen die Badegäste von Son Jordí und Sa Rapitá entgegenkamen, haben sie geschwiegen. Und je länger das Schweigen dauerte, desto mehr wünschte Felipe sich, bei seiner Frau zu sein, weg von allem. Aber als sie dann vor dem Haus von Sureda ausstiegen und Felipe seinem Vater die Hand reichen wollte, um sich zu verabschieden, ignorierte der die ausgestreckte Hand und sagte barsch: »Komm rein. Ich muß mit dir reden.«

»Aber Vater, Ysabel wartet seit heute morgen auf mich.«

»Ich habe gesagt, ich muß mit dir reden. Deine Frau wirst du noch lange genug sehen.« Zum ersten Mal richtete der Blick des Vaters sich auf den Sohn, und Felipe begann zu zittern, ohne zu begreifen, warum.

Sureda hat die Terrassentüren aufgestoßen, und jetzt flutet die Meeresluft herein, frisch und kühl und salzig, und vertreibt den schwülen Geruch der Lilien, die Bartolomé in einem silbernen Champagnerkühler arrangiert hat.

»Wieviel Uhr ist es?« fragt Sureda. »Ich habe Hunger. Und Durst habe ich auch. Was denkt sich dieser Bursche? Wieso ist Bartolomé noch nicht da? Sonst erwartet er mich vorn an der Tür.«

»Vater, es ist doch egal. Komm, setz dich, entspann dich.«

Sureda unterbricht seine ruhelose Wanderung durch das Zimmer. Er bleibt vor seinem Sohn stehen, schaut auf ihn herab. Felipe sieht, daß das Hemd des Vaters verschwitzt ist, daß er bleiche Flecken im sonnengebräunten Gesicht hat und daß seine Augen blutunterlaufen wirken. Er findet, daß sein Vater schon besser ausgesehen hat.

»Entspannen?« sagt Sureda. »Gut.« Er wirft sich seinem Sohn gegenüber in den Sessel und trommelt mit den Fingern auf der Lehne. Dabei starrt er immer auf die Tür. »Wenn Bartolomé in einer Minute nicht da ist, muß ich annehmen, daß er heimlich dieses Haus verlassen hat.« Er lacht trocken. »Die Ratten verlassen das sinkende Schiff, was? Leute wie dieser Bursche haben einen siebten Sinn, wann es Zeit ist zu gehen.« Er lacht wieder. »Bartolomé, der eben noch für den berühmtesten Anwalt Mallorcas gearbeitet hat, steht nun im Sold bei einem mutmaßlichen Mörder. Wie findest du das?« Er wirft einen Blick auf Felipes nackte Füße. »Du trägst keine Socken«.

Er trägt Segelschuhe, wie für einen Bootsausflug.

Felipe spielt demonstrativ mit den Zehen. »Stimmt. In London ist das jetzt Mode. Socken sind spießig, provinziell.«

»Du meinst, ich sollte auch auf Socken verzichten? Gut.«

Sureda zieht erst das eine, dann das andere Knie heran,

schnürt die Schuhe auf. Als er die Socken von den Füßen streift, erscheint Bartolomé, wie immer barfuß, wie immer makellos in Weiß gekleidet, das schwarze Haar glatt aus der Stirn gekämmt, die Augen leuchtend. »Master«, ruft er, »endlich! Sie sind zurück, alle beide!«

»Ja, mit knurrendem Magen und lechzend nach einem Drink. Sohn, sag, wonach dir der Sinn steht.«

Felipe würde am liebsten aufstehen und gehen, aber er weiß, sein Vater wird ihm das nicht erlauben. »Einen trockenen Martini«, sagt er, »mit viel Eis.«

»Und was wollen wir essen?« Sein Vater breitet die Arme aus. »Wünsch dir irgend etwas. Bartolomé ist ein Zauberer. Er beschafft es. Egal was.«

Bartolomé verneigt sich wortlos.

»Ich glaube nicht, daß ich Lust habe, etwas zu essen«, bemerkt Felipe. »Ysabel wartet, und ich würde lieber ...«

Sein Vater schneidet ihm das Wort ab. »Nichts da. Wir werden uns eine kleine Schweinerei ausdenken, kurze Hosen anziehen und unten auf den Bootssteg gehen. Bartolomé macht es nichts aus, uns unten einen Snack zu servieren. Habe ich recht, mein Lieber?«

»Es wird mir ein Vergnügen sein, Master«, versichert eilfertig der Diener.

»Gut, dann beschließe ich einfach jetzt etwas.« Sureda wendet sich an Bartolomé. »Mach uns einfach eine Dose Beluga auf, und dazu servierst du gehacktes Ei, ein paar Zwiebeln, ein Schälchen Creme Fraiche ...« Er wendet sich wieder an Felipe. »Was ißt du am liebsten zu Kaviar? Pellkartoffeln? Blinis? Baguette?«

»Mir vollkommen egal, Vater.« Felipe ist aufgestanden, die Schuhe in der Hand. »Ich wasch mir nur eben die Hände.«

Sureda wendet sich sofort an Bartolomé. »Ich muß mit meinem Sohn allein sein. Achte darauf, daß uns niemand stört.«

»Jawohl, Master, ich werde die Gespräche hier oben in Empfang nehmen und sagen, daß Sie nicht im Hause sind. Ich werde alle Anrufe notieren und Ihnen einen Zettel ins Schlafzimmer legen.«

»Auch Ysabel«, sagt Sureda. »Auch wenn Ysabel anrufen

sollte, oder ihre Eltern. Wir wollen mit niemandem reden, verstehst du? Keinesfalls mit Pepe de Villalonga. Und schon gar nicht mit irgendeinem anderen Mitglied der Sippe. Verstanden?«

Bartolomés Gesicht ist eine Maske. »Selbstverständlich, Master, ich habe alles verstanden.«

Ein weißgedeckter Tisch, halb beschattet von den Pinien oben am Fels, halb der untergehenden Sonne ausgesetzt. Das Bier fließt wie Honig in die Gläser. Draußen, an der Boje, dümpelt Suredas Yacht, 26 Meter lang, fünfhundert PS. Der Tank faßt 90 Liter Diesel. Eine Tankfüllung für die Yacht ist teurer als der Jahreslohn von Bartolomé.

Vater und Sohn sitzen am Tisch, schaufeln mit Perlmuttlöffeln Kaviar auf gehackte Wachteleier, und diese wiederum auf frisch gebackene Blinis, schlagen etwas Creme Fraiche darüber und schieben sich kleine, sündhaft teure Kanapees in den Mund.

Ein Vater mit seinem Sohn beim Abendessen, auf dem Bootssteg einer privaten Bucht vor türkisfarbenem Meer. Von den Yachten, die in weitem Bogen die Bucht umfahren, schauen sie zu diesem Tisch auf dem Bootssteg hinüber und beginnen zu träumen. Felipe jedoch denkt an Ysabel, die auf ihn wartet.

Sureda nimmt ein weiteres eisgekühltes Bier aus dem Kühler und öffnet es. »Wir haben vor ein paar Tagen ein Gespräch begonnen. Über deine Mutter. Wir haben genau über diesen Platz gesprochen, den Bootssteg. Schon da«, sagt Sureda, während er zuschaut, wie das Bier ins Glas schäumt, »wollte ich dir etwas sagen, aber ich hatte das Gefühl, daß du mir nicht zuhören würdest. Es war nicht der richtige Augenblick.«

»Und jetzt denkst du, der richtige Augenblick ist gekommen?« fragt Felipe. »Ysabel wartet seit Stunden auf mich. Ich habe heute den ganzen Tag, den ersten Tag einer Ehe, nichts anderes getan, als mich um deine Dinge zu kümmern.«

Sureda blickt seinen Sohn nachdenklich an. »Meine Dinge sind auch deine Dinge, mein Sohn. Selbst wenn du es nicht wahrhaben willst: Eines Tages wirst du es begreifen. Und mir dankbar sein.« Sureda setzt das Glas an die Lippen, trinkt, wischt wie ein Bauarbeiter den Schaum mit dem Handrücken weg. »Ich danke dir, daß du so bereitwillig gekommen bist. Daß du mich da rausgeholt hast. Du hast dich phantastisch geschlagen, Junge. Um ehrlich zu sein, ich hatte nichts anderes erwartet. Natürlich werden wir mit unserer Verteidigungsstrategie durchkommen. Nicht der geringste Zweifel, daß sie die Anklage fallenlassen müssen.«

»Wirklich?« fragt Felipe spöttisch. »Vorhin hat das noch anders geklungen.«

»Es ist nur der verdammt falscheste Moment für eine Anklage. Sie durchkreuzt meine Pläne. Denn ich drehe gerade am ganz großen Rad.«

»Wann tust du das nicht«, sagt Felipe, »ich kenne dich nicht anders als mit den Händen an dem großen Rad. Zu Ysabel sage ich immer: Du kommst mir vor wie ein Steuermann, der gegen die sturmgepeitschte See immer geradeaus fährt. Einem Fixpunkt entgegen, den du selber auf der Landkarte markiert hast.«

Sureda lacht anerkennend. »So etwas sagt der Sohn über seinen Vater. Nicht schlecht. Ich nehme das einfach als Kompliment. Später erzähle ich dir mehr von diesem Fixpunkt. Und wie ich dort ebenfalls hinkommen werde, ganz nach oben. Da, wo die Luft dünn ist. Später. Du ißt gar nichts. Komm, der muß jetzt weg. Jetzt, wo er an der frischen Luft gewesen ist. Den können wir nicht in den Kühlschrank zurückbringen. Früher habe ich ein halbes Pfund von diesen Fischeiern ganz allein gegessen.«

»Du warst immer schon unmäßig«, sagte Felipe, als sein Vater ihm einen Löffel Kaviar auftut. »In allem, was du tust.«

»Ich hatte gar nicht die Möglichkeit, unmäßig zu sein. Man hat vergessen, mich zu verwöhnen. Über das normale Maß hinaus. Unterstes Maß, Junge. Man hat überhaupt vergessen, mir ein paar Dinge fürs Leben mitzugeben, von denen man weiß, daß sie wichtig sind.« Sureda nimmt das Glas, trinkt, hält es gegen das Licht, stellt es wieder ab. »Ich bin ohne Mutter aufgewachsen, Felipe. Ebenso wie du. Aber während es bei dir eine Tragödie war, ein Schicksalsschlag, liegt mein Fall anders.« Er atmet tief durch, blickt auf seine Finger, die leicht zittern, preßt die Hände zwischen die Knie. »Meine Mutter hat mich abgelehnt, als ich noch ein Fötus in ihrem Bauch war. Ich bin ein nichtgewolltes Kind. Sie hat mich weggegeben, nachdem sie nur einen einzigen Blick auf mich geworfen hat.« Ein trockenes, hartes Lachen. »Vielleicht war ich ihr zu häßlich. Oder ich habe zuviel geweint. Oder sie hat mir die Schmerzen übelgenommen, die ich ihr bei der Geburt bereitet habe. Ich weiß es nicht. Sie hat mich, als ich kaum auf der Welt war, einer fremden Frau in den Arm gedrückt und ist verschwunden! Mitten in der Nacht, heimlich, hat sie sich mit dieser Frau, die meine Pflegemutter wurde, getroffen, in der dunklen Straße, irgendwo auf dem Land. Hat sich umgedreht und ist zurückgegangen in ihr Haus, zu ihrem Mann, in das Ehebett, in das warme, satte Licht einer gemütlichen Stube, der Stube, in der reiche Leute wohnen, während ich getragen wurde in ein Haus, das ...., ach«, Sureda hebt die Arme, »ich erspare dir die Details.«

Felipe starrt seinen Vater an. Er ist verwirrt und verängstigt. Er fragt sich, warum sein Vater ihm das jetzt erzählt, in diesem Augenblick, wo ganz andere Dinge wichtig sind, es um ganz andere Probleme geht.

»Vater«, sagt Felipe leise, »es tut mir leid, wenn du ...«

»Es muß dir nicht leid tun«, erwidert der Vater barsch, »ich erwarte von meinem Sohn kein Mitleid, ich erwarte von niemandem Mitleid. Ich bin sehr gut damit zurechtgekommen, vielleicht nicht gleich, vielleicht auch später nicht, als ich heranwuchs, als Student, ich kann mich nicht erinnern. Aber heute komme ich damit zurecht. Ich habe mir meinen Haß auf meine Mutter bewahrt wie eine Kostbarkeit. Ein kleiner Schatz, der steckt hier drin.« Er schlägt sich gegen die Brust. »Hier drin bewahrte ich meinen Zorn und meine Verachtung für meine Mutter auf. Alles, was mit ihr zu tun hat, möchte ich zerstören, wie ein Kind, verstehst du? Ich gönne ihr nicht den Anblick der Blumen, die sie liebte – weiß ich überhaupt, ob sie Blumen liebte? –, ich gönne ihr nicht die Luft, die sie geatmet hat, die Steine unter ihren Schuhen, das Laken, das sie zudeckte, das Lächeln, das ihr jemand schenkte.« Sureda schließt die Augen.

Felipe fürchtet plötzlich, sein Vater könnte anfangen zu weinen. Er weiß, daß er damit nicht umgehen könnte. So nah waren sie sich niemals, Vater und Sohn, daß sie sich ihre Tränen gezeigt oder vom anderen Trost erwartet hätten, eine Zärtlichkeit, die Trauer und Schmerz leichter ertragen ließe. Sureda öffnet eine weitere Flasche Bier und drückt sie seinem Sohn in die Hand.

»Meine Mutter«, sagt er, »war verheiratet mit einem Mann, der nicht mein Vater war. Das habe ich alles mühsam herausgefunden. Ich bin ein Bastard, ein Kind, das niemand wollte, das Schande über die Familie brachte. Diese Familie war es nicht gewohnt, mit einer solchen Schande zu leben. Ich störte einfach, verstehst du? Ich störte das noble Bild, das sie abgaben auf ihrem Gut, ein ehemaliges Benediktinerkloster, oben bei Alaró, umgeben von Algarrobos und Oliven, mit dem Blick auf den Puig de Alaró, über dem die Falken kreisen. Verstehst du? Dahin gehörte ich nicht. Das gönnte man mir nicht: ein Leben auf einem Herrensitz, verwöhnt von Verwandten und Dienstboten. Gut gekleidet und genährt, von allen verhätschelt und geliebt – das durfte nicht sein. Ich mußte eine jämmerliche Wohnung teilen mit einem Mann. Und einer Frau, die immerzu krank war und sich Tag und Nacht fürchtete. Vor dem Gerichtsvollzieher, vor dem Sturm, der Dürre, dem Regen, der Tante, immer vor irgend etwas. Ich habe sie verachtet, diese Frau, wie ich den Mann verachtet habe, der nicht einmal die Tageszeitung lesen konnte.«

»Vater, wie hieß deine Mutter? Sag mir ihren Namen.«

»Warum fragst du das?«

»Weil du willst, daß ich diese Frage stelle.«

Sie blicken sich an, lange.

»Meine Mutter«, sagt Sureda in das Schweigen hinein, »hieß Maria-Magdalena de Villalonga.«

Das Wasser steigt mit der Flut und leckt an den Planken des Bootssteges. Es riecht nach Muscheln und Tang, der mit der Flut in die Bucht drängt. Der Wind schüttelt die Pinien. Zapfen prasseln auf den Boden. Oben, auf der Terrasse, fünfzig Meter über dem Meer, steht Bartolomé, ein Telefon in der Hand, und sagt, daß Dr. Jaume Sureda nicht zu sprechen ist.

Ein weißgekleideter Diener an der andalusischen Balustrade aus Marès-Steinen aus Santanyi, die die Farbe von reifen Aprikosen hat. Die Menschen, die mit ihren Booten vorbeifahren, schauen voller Sehnsucht herüber, diese Menschen, denken sie, haben es gut.

»Der Mann, den meine Mutter heiratete, wurde auf den Namen Alonso getauft. Er war der Sohn eines einfachen Gastwirtes. Bis heute habe ich nicht herausgefunden, wie dieser Alonso in die Familie kam. Meine Pflegeeltern konnten oder wollten es mir nicht sagen, warum er den Namen Villalonga tragen durfte. Und ich nicht. Und bis heute ...«, er schließt wieder die Augen, »habe ich nicht gewußt, daß dieser Mann, der meine Gegenwart in Els Sant Castells nicht duldete, noch lebte. Ich weiß nicht, warum Don Pepes Familie ihn totschwieg. Und ich weiß nicht, warum er von allen Tagen dieser Welt ausgerechnet gestern auf deiner Hochzeit wieder auftauchen mußte. Hineinplatzen in die Trauung. Ich verstehe es nicht, warum er das getan hat.« Er hebt seine Hände, hilflos, und betrachtet sie wie etwas, das nicht zu ihm gehört.

»Dieser alte Mann, dieser Mann, der in der Kirche gestorben ist ...«

»Die Gründe für seinen Tod sind noch ungeklärt, Junge. Vergiß das nicht.«

»Dieser Mann ist Alonso de Villalonga?«

Sureda blickt seinen Sohn an, dann das Meer. Er nickt.

Felipe fährt durch die Nacht. Sein Herz schlägt wild. Er nimmt die Kurven zu schnell, der Wagen gerät ins Schwanken, aber er fängt ihn immer wieder ab, die Tränen abwischend. Sein Jackenärmel ist naß von diesen Tränen, die nicht aufhören wollen, obgleich er sie verflucht.

Er muß an seinen Vater denken, den er allein im Haus zurückgelassen hat. Ein stolzer, einsamer Mann. Ein großer Mann. Größer, als Felipe es früher geahnt hat. Stärker auch, und gefährlicher. O ja, auch das. Nie fühlte Felipe mehr Angst, und mehr Respekt. Aber nie auch mehr Liebe für seinen Vater.

Ein Hund, das linke Hinterbein nachziehend, flüchtet in den

Gassen von Santanyi vor seinem Wagen, findet keinen Schlupfwinkel, kein offenes Tor, keine Nische, in der er sich verkriechen und den Wagen vorbeilassen kann.

Felipe drückt den Gashebel durch. Er sieht, wie der Hund im Fliehen sich verängstigt umwendet, die Scheinwerfer lassen seine Augen rot leuchten, ein Hund mit einem braunen und einem weißen Ohr, einem krummen Schwanz und einem lahmen Hinterbein, für so einen Hund muß man nicht den Fuß vom Gas nehmen. Nicht an einem solchen Tag. Nicht, wenn man der Sohn von Jaume Sureda ist, dem besten und reichsten Anwalt der Insel. Das hat Felipe immer gewußt, wie reich sein Vater ist, wieviel Einfluß er hat in Madrid und Barcelona und anderswo, wo es um Geld und Machtspiel geht. Aber manches, was sein Vater ihm heute erzählte, hat er bis dahin nicht gewußt, nicht einmal geahnt. Manches, das alles verändern kann. Nicht nur das Leben von Jaume Sureda und seinem Sohn Felipe. Nicht nur das Leben der Leute in der Ebene zwischen Alaró und Binisalem, in dieser fruchtbaren Ebene, mit dem Boden, auf dem guter Wein gedeihen kann und guter Weizen. Auf dem Schafe grasen und Bauern Melonen anbauen. Dieser Boden, der jahrhundertelang im Besitz einer einzigen Familie gewesen ist und erst im letzten Jahrzehnt, Parzelle für Parzelle, Quarterada für Quarterada verkauft worden ist.

Don Pepe, hat Sureda gesagt, weiß nicht, wem er das Land verkauft hat, welche Leute hinter den Namen standen, die der Notar eingetragen hat. Es hat ihn nicht interessiert. Dein Schwiegervater brauchte Geld. Immer schon. Frage mich nicht, wofür. Wenn er einen besseren Verwalter hätte, sich selber mehr um die Dinge kümmern würde, könnte er noch heute ein reicher Mann sein. Aber er hat die Dinge schleifen lassen, und das ist ein Fehler, der Folgen hat. Heute muß man auf der Hut sein, Felipe, jeden Augenblick ändern sich die Dinge, jeden Augenblick werden auf diesem Globus Deals abgeschlossen, die uns alle, dich, mich, die Mallorquíner, die Europäer, die Menschheit überhaupt betreffen. Glaubst du mir das?

Ja, Vater, natürlich. Ich bin nicht dumm.

Ich weiß, daß du nicht dumm bist, mein Sohn. Ich will dir

auch nur sagen, warum ich kein Mitleid habe mit Pepe. Warum er es verdient, daß die Dinge unter ihm zerfallen wie Staub, verstehst du? Sein Besitz löst sich auf wie ein Stück Tuch, das man mit Salzsäure behandelt hat. Am Ende ist nichts mehr da. Nichts, verstehst du? Gar nichts!

Der Hund versucht, die großen Steinmauern hinaufzuspringen, die zur Kirche führen, aber er ist zu erschöpft, oder sein lahmes Bein schmerzt zu sehr, oder er hat sich verschätzt in der Höhe des Steins. Jedenfalls fällt er wieder herunter, und einen Augenblick erfassen die Scheinwerfer von Felipes Auto den weichen, weißen Bauch des Hundes, und man sieht die Zitzen, prall und rot, und dann gibt es einen Schlag, Felipe stützt sich mit den Armen am Steuerrad ab, er hört einen Ton, ein lautes Heulen, und er biegt um die Ecke, und als er dann in den Rückspiegel schaut, sieht er nur wieder eine dunkle Gasse und, ein wenig später, die erleuchteten Kirchtürme gegen einen Sternenhimmel.

Sein Vater hat diesen Deal eingefädelt. Sein Vater hat die Rükkendeckung der Regierung von Madrid. Der Wirtschaftsminister persönlich hat sich Zeit genommen, mit Sureda das Projekt zu besprechen. Ein internationales Projekt. Das größte Hightech-Projekt, das man in Madrid in den letzten zehn Jahren angedacht hat. Mit Kapital aus England, den Bermudas, den Cayman Islands. Auch der britische Premierminister weiß Bescheid. Gordon Brown ist ein enger Vertrauter des britischen Premierministers. Auch England will den Sprung ins dritte Jahrtausend nicht verschlafen, den Sprung in die digitale Welt.

Wenn die Dinge gut gehen, hat Sureda zu Felipe gesagt, dann gehören wir beide, Felipe, du und ich, zu den Top 100 der Welt. Dann stehen wir auf der gleichen Liste wie Bill Gates und Jonathan Forbes. Verstehst du?

Sureda hat seinen Sohn an den Schultern gepackt und ihn geschüttelt. Felipe hat das Leuchten in den Augen seines Vaters gesehen, und auch den Schmerz, er hat in dem Triumph auch die Bitterkeit gehört, und den Ehrgeiz und den Stolz eines verstoßenen Kindes.

Da hat er das erste Mal geweint. Und der Vater hat ihn vor

die Brust gestoßen mit der Faust, was weinst du, Junge? Was soll der Unsinn? Ich rede hier vom größten Geschäft, und du weinst.

Du wirst es nicht schaffen, Vater, hat Felipe gesagt.

Ich? Ich will es auch nicht schaffen. Nicht allein. Ich will es mit dir schaffen, Junge. Felipe, mein Sohn. Du und ich. Wir zusammen. Das ist der Deal. Das ist die Idee.

Und wieder dieser Stoß mit der Faust gegen die Brust.

Felipe nimmt eine Hand vom Steuer und befühlt den Rippenbogen, der vom Brustbein abgeht. Bei vorsichtigem Druck schon tut es weh. Vater hat mir eine Rippe gebrochen, denkt er.

Man bildet sich vieles ein, wenn man, allein, über die dunklen Straßen Mallorcas rast, wenn Schnepfen vor einem aus dem Gebüsch aufsteigen und Hasen über die Straße jagen, um im nächsten Feld zu verschwinden. Man bildet sich viel ein, wenn man über sich die Scheinwerfer eines Flugzeuges sieht, das zur Landung ansetzt.

Felipe streicht mit der Hand über die Wange. Keine Träne mehr. Sein Gesicht: trocken. Die Augen: klar.

Noch zehn Kilometer bis nach Els Sant Castells. Dort wartet Ysabel, seine junge Frau. Dort warten Pepe und Margalída, seine Schwiegereltern.

Was soll er ihnen sagen? Was soll er Ysabel sagen?

Mein Vater betrügt euch? Mein Vater hintergeht euch? Dankt ihm nicht für die Hochzeit, die er bezahlt hat: Es ist euer Geld, das hier ausgegeben wurde. Er hat euch einen schlechten Preis für euer Land bezahlt, und, was noch schlimmer ist, er hat euch belogen über Ziel und Zweck dieser Käufe. Ihr denkt, dieses Land wird Bauernland bleiben, aber falsch, falsch!

Auf dem Land, das eurer Familie jahrhundertelang gehörte, wird etwas entstehen, etwas Futuristisches, Unglaubliches, Phantastisches, das den Charakter der Insel vielleicht nicht, aber den Charakter des Es Pla, der großen Ebene zwischen Palma und Manacor, verändern wird.

Eine eigene Welt, abgeschirmt und beachtet, beschützt von Maschendrahtzaun und Elektrokabeln, Hunden mit Zähnen wie Wölfe. Satellitenschüsseln, Fernsehüberwachungen vor Toren, die nur mit Codes zu öffnen sind. Wachpersonal, das sich ablöst unter dem gleißenden Licht von Suchscheinwerfern. Und hinter dem Zaun THE BRAIN, der große think-tank, wie Vater es nennt. BIG BRAIN.

Das war das Codewort, unter dem sein Vater mit Gordon Brown zusammen die Sache angeschoben, Interessenten geworben, Spezialisten heißgemacht, Gelder angefragt, Kapital sichergestellt und Know-how eingekauft hat, die Verträge sind unterschrieben, Laufzeit: zehn Jahre.

Felipe drückt auf die Hupe, als er sieht, wie ein Radfahrer aus einer Seitengasse herauskommt, ohne Licht, der Wahnsinnige taumelt mit seinem Rad von einer Seite zur anderen, so, als könnte er jeden Augenblick von seinem Rad stürzen.

Felipe kurbelt das Fenster herunter und schreit: »Hey! Du hast kein Licht!«

Der Mann auf dem Fahrrad dreht sich um, lacht. »Was willst du, hombre?«, brüllt er zurück. »Ich fahre immer ohne Licht.«

Was für eine Insel, denkt Felipe, auf der lahme Hunde nachts durch die Straßen laufen, Besoffene Fahrrad fahren, Männer ihre Hühner in Käfigen von einem Markt zum anderen kutschieren. Woanders sitzen Spezialisten in weißen Anzügen vor Hochleistungscomputern und bewegen die Welt. Das Universum. Und wir fahren Hühner spazieren.

Er lacht plötzlich. Sein Herz schlägt immer noch wie wild, aber er lacht. Was für ein Tag.

Er hat seinem Vater gesagt: Du wirst es nicht schaffen. Dieser Traum wird ein Traum bleiben, denn du wirst im Gefängnis sitzen, wenn Gordon Brown mit der Unterschriftenmappe kommt. Im Gefängnis kann man keine Deals unterschreiben, jedenfalls nicht die, von denen du redest. Es wird nicht klappen, Vater. Du stehst unter Mordverdacht. Selbst der König kann dir nicht helfen. Niemand kann dir helfen.

Doch, hat sein Vater gesagt. Einer kann mir helfen. Du, Felipe. Du hast das Gehirn, du hast die Ausbildung, und du hast durch mich die Kontakte, die wir brauchen. Du wirst mich da rauspauken. Koste es, was es wolle.

Felipe hat gezögert, ist zurückgewichen, als sein Vater ihm die Hände auf die Schultern legen wollte.

Aber der Vater ist ihm gefolgt, bis an den Rand des Bootsstegs gefolgt, und es war Felipe, als würde er noch einmal ins Wasser stürzen, und diesmal vielleicht nicht gerettet werden. Aber sein Vater hat ihn gepackt, an den Schultern, und ihn an die Brust gezogen. So fest, daß Felipe die Luft wegblieb.

Du bist mein Fleisch, hat sein Vater gesagt, und seine Stimme hat vor Aufregung gezittert. Du und ich. Wir werden es ihnen zeigen, ihnen allen. Das lassen wir nicht zu, daß ein Kind, von seiner Mutter verstoßen, ins Nichts stürzt. O nein, das lassen wir nicht zu. Wir geben diesem Kind Flügel, nicht wahr, wir lassen es aufsteigen, Felipe, wie Phönix lassen wir es aufsteigen zum Himmel, ans Licht.

Felipe kennt den Schweißgeruch seines Vaters. Als Kind schon hat er diesen Geruch unangenehm gefunden und versucht, sich aus einer Umarmung zu befreien.

An diesem Tag läßt er es zu, daß sein Vater ihn weiter an sich drückt, daß seine Nase gegen das Hemd des Vaters gedrückt wird, daß Felipe diesen Männer-Moschusgeruch einatmen muß, diesen Geruch eines starken Mannes.

Sein Vater hat ihn ans Herz gedrückt. Sein Vater wird ihm Flügel schenken und wird ihn mitnehmen auf dem Flug ins Firmament.

Alle werden sie zurücklassen. Alle.

Denn anders, mein Sohn, hat der Vater gesagt, kann es nicht gelingen. In dieser Sache darf es nur sowenig Mitwisser wie möglich geben. Früher sind solche Deals immer an zu vielen Mitwissern gescheitert. Diesen Fehler machen wir nicht, mein Sohn. Drück die Daumen, daß diese Regierung lange bleibt.

Ja, Vater, hat Felipe gesagt.

Er war wie benommen gewesen während des ganzen Gespräches. Noch nie hatte sein Vater so mit ihm geredet. Noch nie waren sie sich so nahe gewesen. Es ist Felipe, als habe er einen neuen Vater bekommen. Ein Fremder steht vor ihm, ein Fremder sagt zu ihm, mein Sohn, wir werden dieses Ding schaukeln. Wir werden aus dieser Sache als Sieger hervorgehen, das weiß ich. Das spüre ich in meinem Blut. Es ist die Stunde, auf die ich immer gewartet habe. Die Stunde, in der mir Gerechtigkeit widerfahren wird. Mehr als sechzig Jahre habe ich auf diesen Augenblick gewartet. Felipe, mein Junge, du und ich ..., was? Wir stehen jetzt mit dem Rücken zur Wand. Aber auch wenn wir an der Wand stehen, können wir kämpfen, du und ich, was? Wir werden es allen zeigen. Sie werden erkennen, daß sie sich den guten Arm abgeschlagen haben vom faulen Baum. Ja, der Baum ist faul, Felipe, verstehst du, mein Junge?

Nein, hätte er sagen können. Nein, wovon redest du, Vater?

Aber er hat es nicht gesagt. Sein Vater stand vor ihm, nah bei ihm, immer wieder hat er den Sohn an sich gezogen, an seinen vor Zorn und Aufregung bebenden Körper.

Sie haben mich weggeworfen wie Abfall, mein Junge. Aber nun komme ich zurück. Und wie ich zurückgekommen bin. Habe ihr Land gekauft, Felipe. Habe ihnen ihre Tochter weggenommen, und da kam dieses Lachen, so tief aus seiner Brust, daß Felipe erschrak, ihre Tochter gehört jetzt uns. Alles wird uns gehören.

Es kommt eine Zeit, mein Junge, in der nur ganz wenige ganz viel Macht haben, Macht und Geld, und Einfluß. Es wird sein wie im Mittelalter. Die Fürsten teilen sich die Schätze auf. Und wir werden zu den Fürsten gehören. Werden neben dem König sitzen, zwischen den Ministern. Auf uns wird man hören, die Worte von unseren Lippen lesen.

O ja, ich werde sie dafür bestrafen, daß sie mich nicht für wert hielten, unter ihnen zu leben. Wir beide, Felipe, werden sie dafür bestrafen.

Und Ysabel? hat Felipe gefragt.

Sie gehört zu uns, sie ist deine Frau. Wir haben einen Vertrag. Sie ist auf unserer Seite. Eines Tages werden wir sie einweihen in die Pläne, werden wir sie mit hineinnehmen in die Führungsmannschaft. Eine Frau wie Ysabel, so klug, so gut erzogen, mit so vielen wichtigen Kontakten, und so schön. Eine Frau wie Ysabel paßt gut in unsere Runde.

Warum, glaubst du, habe ich das so arrangiert?

Was, Vater, was hast du arrangiert?

Sein Vater war auf einmal wie gelöst, wie befreit. Hat sich eine Havanna angezündet, was er fast nie tat, und ist, diese Havanna zwischen den Lippen, herumgegangen auf dem schmalen Bootssteg, Nacht war es, und der Bootssteg ein stumpfes, schwarzes Viereck über silbern glitzerndem Wasser.

Ich? Ich habe nichts arrangiert. Glaubst du, ich kann euer Glück arrangieren? Ich bin nicht Gott, Felipe, aber Gott ist auf unserer Seite. Er hat dafür gesorgt, daß ihr euch kennenlernt, euch ineinander verliebt. Er hat dafür gesorgt, daß das Auto, mit dem ihr nachts von der Party nach Hause gefahren seid, einen Motorschaden hatte. Weißt du noch? So ist es mit eurer Liebe angefangen. Das war Gottes Werk, mein Junge. Er führt das wieder zusammen, was bösartige Menschen einmal zerstören wollten.

Und wieder ist der Vater zu ihm gekommen, wieder hat Felipe seinen Atem im Gesicht gespürt, schwer vom Tabakgeruch.

»Es ist Gottes Wunsch, daß all dies geschieht. Wir dürfen uns nicht wehren. Wir müssen dankbar sein, daß jemand da oben uns an die Hand nimmt, mein Sohn. Er ist auf unserer Seite, Felipe! Dieser Tote stört uns nicht. Darf uns nicht stören. Unser Blick ist nach vorn gerichtet. Unser Ziel ist das neue Mallorca. Das allein zählt.«

Felipe nickt, beeindruckt von den Worten seines Vaters. »Und was sage ich Ysabel?« fragt er.

»Sag ihr nichts, Junge. Laß das unter uns bleiben. Das ist eine Geschichte, die nur die Suredas betrifft, hörst du? Mein Leben geht andere nichts an. Sie haben mir früher nicht geholfen, als ich ihre Liebe brauchte. Heute will ich weder ihr Mitleid noch ihre Neugier.« Er faßt seinen Sohn an den Schultern und zwingt ihn, ihm in die Augen zu sehen. »Versprichst du mir das? Du, mein Sohn?«

Und Felipe beugt sich vor und küßt seinen Vater auf den Mund. Das erste und einzige Mal.

Maria-Magdalenas Tagebuch

Januar 1949

Er ist weg. Mein Ehemann ist fort und wird nicht mehr zurückkommen! Ich könnte weinen vor Glück! Ich bin jetzt frei, wirklich endgültig frei!

Diese vielen Feiertage um Weihnachten. Immerzu Familie, Familie, Familie.

Die Eltern haben sich zwar damit abgefunden, daß Alonso und ich getrennte Wege gehen, aber recht ist es ihnen natürlich nicht. Sie hegten immer noch die Hoffnung, man würde diese Ehe wieder kitten können. Wie naiv sie waren.

Ich habe die Eltern am Weihnachtstag besucht und sie für den Silvesterabend eingeladen.

Kommt Alonso auch? war Mamás erste Frage.

Wenn er will, habe ich gesagt.

Mamá hat natürlich sofort fragen wollen, aber Alonso war, wie so oft, gar nicht da.

Du mußt in Valdemossa anrufen, sagte ich, da erreichst du ihn. Willst du die Nummer?

Mamá errötete. Was ist da in Valdemossa? fragte sie.

Frag ihn selbst, sagte ich. Und verließ das Zimmer.

Aber dann fragte sie noch einmal, und ich erzählte ihr, wie die Dinge stehen. Diese Dame hat offenbar eine sehr große Anziehungskraft für Alonso. Er ist zweimal in der Woche bei ihr, einmal oder alle zwei Wochen kommt er zu Pepe und mir nach Son Rafal herauf, meist am Sonntag, vielleicht auf dem Rückweg von Valdemossa. Er spielt dann ein wenig mit Pepe, läßt sich von ihm die letzten Schularbeiten und Aufsätze zeigen, und manchmal, wenn Pepe mich darum bittet, laden wir ihn noch zum Abendessen ein.

Aber ich fand es immer unerträglicher, ihn an meinem Tisch zu sehen. Früher habe ich es für möglich gehalten, daß ich vergessen würde, was geschehen ist. Vergessen, wie er sich in unsere Familie geschlichen hat. Aber heute weiß ich, daß es zwei Menschen gibt, denen ich niemals vergeben kann, solange ich lebe: meinen Bruder Juan, der Victoriano getötet hat, und Alonso, der zusah und ihn daran nicht hinderte.

Gott möge mir verzeihen, ich weiß, daß man vergeben muß, und ich bemühe mich sehr, allen Menschen alles zu vergeben, aber Alonso und Juan zu vergeben würde bedeuten, daß ich dich verrate, mein geliebter Victoriano, daß ich unsere Liebe verrate, die ewig ist. So, wie wir es uns geschworen haben, damals, bei den Talaiotes, weißt du noch?

Natürlich weißt du das noch.

Wenn meine Zeit hier abgelaufen ist und wir uns wiedertreffen, im Himmel oder anderswo, werden wir uns davon erzählen. Nicht wahr? Ich bin ganz sicher, daß unsere Seelen, die sich ja niemals losgelassen haben, sich wiederbegegnen werden, wenn auch meine Zeit um ist.

Ich bin dir jetzt schon näher, seit ich frei bin. Seit meine Familie Alonso ausgestoßen hat.

Er hat es übertrieben. Er dachte, er kann sich alles erlauben, muß auf nichts und niemanden Rücksicht nehmen. Und so hat er diese Dame aus Valdemossa in die Oper mitgenommen und ist hinterher mit ihr zu Freunden meiner Eltern gegangen, die einen Empfang gaben für den Operndirektor. Mein Ehemann Alonso geht mit einer anderen Frau zu einem Fest, das Freunde meiner Eltern geben! Und steht meinen Eltern – die er übrigens in Madrid vermutete, aber sie hatten die Reise kurzfristig abgesagt – plötzlich gegenüber.

Diese Peinlichkeit! Diese Verwirrung! Aber die Dame soll sich ganz fabelhaft benommen haben. Alle waren sehr beein-

druckt von ihr. Als Alonso sie einfach stehenließ und so tun wollte, als sei sie nur eine ganz flüchtige Bekannte, drängte sie sich vor und sagte: Wer sind diese Leute?

Meine Schwiegereltern, sagte Alonso. Und war bestimmt puterrot im Gesicht.

Und? Willst du mich ihnen nicht vorstellen? Willst du ihnen nicht erzählen, daß ich ein Kind von dir unter dem Herzen trage?

Es muß wie in einer kitschigen Oper gewesen sein, Mamá kurz vor einem Ohnmachtsanfall, Papá unsicher, ob er der Dame die Hand geben sollte oder nicht, griff schnell nach einem Weinglas, alle verstummten.

Dann muß Alonso ungefähr folgendes zu meinen Eltern gesagt haben: Gebt bitte nicht acht auf das, was sie sagt, sie ist ein bißchen verwirrt im Kopf. Meine Cousine hat mich gebeten, auf sie aufzupassen. Und sie auszuführen. Wenn ihr wollt, bringe ich sie sofort in die Anstalt zurück.

Mamá rang immer noch um Haltung. Papá, wie immer, fand nicht die richtigen Worte.

Aber da nahm diese Dame aus Valdemossa Papá das Weinglas aus der Hand – nicht ohne vorher höflich um Verzeihung zu bitten – und schüttete es Alonso über seinen Frack!

Ist das nicht einfach wunderbar!

Wie begossen stand er da, wortwörtlich.

Die Dame raffte ihr schönes Kleid – sie soll wirklich sehr hübsch sein, was ich ihr gönne – und schwebte durch die geöffneten Türen hinaus.

Papá und Mamá versuchten, das vor mir geheimzuhalten, aber sie kennen Palma offenbar nur halb so gut wie ich. Auch ich habe Freunde, mit denen ich telefoniere und manchmal unten im Café Born oder im Grandhotel eine heiße Schokolade trinke. Auch mir erzählt man Dinge, obgleich ich nur noch eine kleine Landfrau bin aus den Bergen.

Also wußte ich schon, was passiert war, als Alonso auf einmal hier erschien. Mit Geschenken für Pepe, größer als gewöhnlich, und einem Karton Pralinés für mich!

Aber ich hatte jetzt endlich einen Grund.

Ich sagte ihm, daß ich keine Lust mehr habe auf seine Be-

suche, zu der Willkür, mit der er hier ein und aus gehe und so tue, als sei dieses auch seine Finca, und so tue, als sei unsere Ehe noch ein bißchen in Ordnung. Ich will klare Verhältnisse, sagte ich.

Und das heißt? fragte Alonso.

Ich möchte, daß du jetzt gehst, dich von deinem Sohn verabschiedest, und zwar für immer. Du wirst ja bald einen anderen Sohn haben. Oder eine Tochter. Von dieser Dame aus Valdemossa.

Mit ihr, sagte Alonso, ist es aus.

Ich wußte das längst, tat aber, als glaubte ich es ihm nicht. Es paßte besser in meine Strategie.

Sie soll ein sehr schönes Haus haben, sagte ich, mit viel Platz für deine Gewehre, deine Jagdanzüge, all die Dinge, die du dir von Papás Geld gekauft hast. Ich wünsche dir Glück. Aber komm nie wieder hierher. Und versuche niemals, Kontakt zu deinem Sohn oder zu mir aufzunehmen.

Das kannst du nicht verbieten, sagte Alonso, dafür gibt es Gesetze.

Ich schaute ihn an. Ich weiß, mein Blick war wie Eis.

Die Gesetze, sagte ich, haben dich früher auch nicht interessiert. Es gibt ein Gesetz, das verbietet den Mord. Und ein Gesetz, das verbietet Erpressung. Und ein Gesetz, das Ehebruch unter Strafe stellt.

Ich werde Pepe sagen, daß du gestorben bist, sagte ich, ich werde ihm genau am 1. Februar mitteilen, daß du mit einem Flugzeug abgestürzt bist. Dann hat Pepe einen Vater, der als Held gestorben ist. Da unterbrach er mich.

Gut, sagte er, wenn du willst. Aber dann möchte ich lieber, daß du sagst, daß ich bei einer Reise zum Caudillo ums Leben gekommen bin mit dem Schiff. Daß ich von General Franco eingeladen wurde, um einen Orden entgegenzunehmen, aber vorher mit dem Schiff untergegangen bin. Denn dann, sagte Alonso, bin ich für meinen Sohn ein wirklicher Held, für immer.

Ich sagte nur, gut, wie du willst.

Ich gab ihm nicht die Hand. Ich erlaubte ihm nicht, mich zum Abschied zu küssen.

Er verabschiedete sich von Pepe. Ich ließ die beiden allein.

Ich wußte, Alonso würde sich meinen Wünschen nicht widersetzen. In der Zeit ahnte er noch nicht, daß auch die Eltern ihm die Tür weisen würden. Vielleicht wäre dann alles nicht so leicht gewesen. Aber so ging es gut.

Ich blieb in meinem Zimmer und wartete, bis ich den Motor seines Wagens hörte. Wenig später hörte ich Pepe im Hof mit Jorge lachen. Gott sei Dank war Jorge bei uns.

Als ich beim Abendessen beiläufig fragte, was hat Papá noch erzählt?, sagte Pepe: Ach nichts. Ich glaube, er muß nach Madrid.

Ja, sagte Jorge, zu so einem dummen General, Franco oder so.

Wenn Alonso das gehört hätte!

Kaum war Alonso fort, verzogen sich die Wolken, die seit Wochen über der Tramuntana hingen, und alles war getaucht in goldenes Licht.

15. Februar 1949

Der petit verano ist gekommen – unser kleiner Sommer. Die Winde sind weich und sanft, die Sonne steigt über dem Nebel morgens auf und küßt die Tautropfen, die auf den Pflanzen glitzern wie Kristalle.

Auf den Feldern blüht es weiß und gelb. Unsere Mandelbäume werden jeden Augenblick im Blütenkleid dastehen. Ich kann es kaum erwarten. Morgens stoße ich die Fenster weit auf und stehe da, die Arme ausgebreitet, und begrüße den neuen Tag wie ein Geschenk. Es ist, als habe ich ein zweites Leben bekommen. Wer hat schon so viel Glück.

Pepe schaut mich verwundert an, wenn ich ihn morgens lachend begrüße, und er verschüttete vor Schreck seine Milch, als ich plötzlich, bei der Küchenarbeit, anfing zu singen. Ich glaube, er hat seine Mutter noch nie singen hören.

Ob ich ihm dadurch fremd bin?

Aber er muß doch merken, wie gut es mir geht.

Natürlich zünden wir jeden Abend eine Kerze an und beten für seinen Papá, der bei den Engeln ist.

Manchmal, wenn ich abends in sein Zimmer gehe, um die Laken noch einmal glattzustreifen, sehe ich eine Träne in seinen Augenwinkeln. Ich wische diese Träne behutsam weg, und er wacht auf.

Was hast du, mein Großer? frage ich dann.

Er streckt seine Arme aus und schlingt sie um meinen Hals. Er schluckt, und sein ganzer Körper zuckt.

Ich vermisse Papá, flüstert er dann.

Und es gibt mir einen Stich. Mir wird für einen Augenblick ganz schwindlig.

Ich vermisse ihn doch auch, Schatz, sage ich dann. Aber das tröstet ihn nicht.

Bestimmt, sagt er dann, freuen sich die Engel, daß er jetzt bei ihnen ist.

Ganz bestimmt, mein Großer.

Ich sage jetzt immer mein Großer, weil er kein Kind mehr sein will, seit er das Gymnasium besucht. Jorge hat sich darüber lustig gemacht, daß ich »Kleiner« zu ihm sagte. Also ist er von nun an mein Großer.

Gestern sagte er zu mir: Ich glaube nicht, daß du Papá so vermißt wie ich.

Und warum glaubst du das nicht? fragte ich.

Weil du so fröhlich bist, sagte er.

Die Totenklage

Ysabel läuft durch das Haus, reißt die Türen auf, ruft: »Mamá? Papá! Wo seid ihr?«

Hört, wie Fenster schlagen im Wind. Hört Schritte, eilig, und dann wieder nichts. In der Küche: niemand.

In den Wirtschaftsräumen: Stille. Tonnen mit Abfall. Reste der Hochzeit, hier sieht man sie. Berge von Tischtüchern, weißer Damast, zerknüllt. Container mit leeren Flaschen, Kartons mit Gläsern.

Ysabel schlägt die Tür wieder zu, geht in den Kreuzgang. Kühl ist es hier, unter dem Gewölbe, im Schatten der schlanken Säulen, in der Mitte ein Brunnen, der sein altes Lied spielt. Das Glöcklein der Kapelle läutet.

»Mamá?« ruft Ysabel. »Wo bist du? Wo seid ihr alle?«

Auf dem Teich recken Wasserlilien ihre blauen Köpfe ins Licht. Die Zypressen stehen schwarz wie Wächter gegen einen purpurnen Abendhimmel. Schwalben fliegen tief, tiefer als Fledermäuse. In der Luft ein Schwirren. Der Wiedehopf schreit, und noch einmal. Sie klettert auf den Turm und schaut hinunter ins Land. Dann beginnt ein Kuckuck. Auf dem Wasser des Swimmingpools treiben noch kleine Teelichter auf grünen Blättern.

Ysabel sieht, daß die Tür zur Kapelle geöffnet ist. Sie schaut auf die Uhr. Die Zeit der Abendmesse ist längst vorbei.

Sie läuft zum Portal, bleibt stehen, atmet tief, blickt in den Himmel.

Vor einem Tag, denkt sie, bin ich durch dieses Portal gegangen, und in meinem Herzen war Musik, und ich habe gelacht vor Glück. Und Stolz. Und jetzt? Was ist jetzt?

Wieso fühle ich kein Glück, keinen Stolz? Wieso verkrampft sich mein Herz vor Angst?

Sie geht in die Kapelle. Nichts deutet mehr darauf hin, daß hier gestern eine Hochzeit stattfand. Auf dem Boden kein welkes Blütenblatt. Die Glocke läutet unentwegt. Ein Dröhnen in ihrem Kopf, ein Dröhnen in dem Kirchengewölbe, im Kreuzgang, überall dieser Glockenton, anders, als sie ihn kennt. Schneller, lauter, verzweifelter.

Vorn, in der ersten Reihe, auf dem Platz, auf dem sie auch gestern saß, um ihre Tochter anzuschauen in einem Brautkleid aus blaßgelber Seide, sitzt ihre Mutter. Margalída sitzt auf der Kirchenbank, den Kopf weit zurückgelehnt, die Augen aufgerissen, und blickt auf den gekreuzigten Christus, der an unsichtbaren Fäden von der Decke hängt. Blickt in das Gesicht des Leidenden, des an den Menschen Leidenden, in dieses milde und gequälte Gesicht, sieht Blut an den Händen und den Füßen, sieht die Nägel, die Dornenkrone und spürt den Schmerz dieses Menschen, der vor zweitausend Jahren starb, wie einen eigenen Schmerz.

Ysabel tritt neben sie, setzt sich auf die Bank, legt ihre eiskalten Finger auf die Hände der Mutter.

»Mamá, Mamá, was ist nur los? Was machst du hier? Warum läutet die Glocke immerzu? Ich hab mich so erschrocken.«

»Dein Vater«, sagt Margalída.

»Was?« ruft Ysabel. »Papá? Wieso?«

»Dein Vater läutet und läutet. Er zieht an diesem Strang, wie ein Besessener. Er läutet die Glocke. Und hört nicht auf. Es macht mich krank.«

Ysabel läuft den Kirchengang zurück, durchquert den Vorraum und öffnet das Türchen, das zum Glockenzug führt.

Da steht ihr Vater. In bloßem Hemd, die Ärmel hochgeschoben, nicht aufgekrempelt, schmutzige Manschetten, die an den staubigen Seilen scheuern. Schmutzige Hände. Schweißränder am Kragen. Schweiß auf der Stirn. Er hängt sich an das Seil und zieht es herunter, bis in die Knie geht er, und dann schwingt er sich wieder auf, und tänzelnd schwebt er eine Viertelsekunde in der Luft, klammert sich an das Seil, das seine Hände aufreißt, und schwebt wieder herunter, geht in die Knie, federt sich ab. Und bei jedem Glockenschlag schreit er: »Papá! Papá! Papá«

Ysabel weicht zurück an die Wand. Sie steht, schaut ihren Vater an und wartet.

Ihr Vater federt sich vom Steinfußboden ab in seinen Lederschuhen, das Seil schnellt nach oben, zieht ihn mit sich, er schreit: »Papá! Papá! Papá!«

Das Gesicht kreidebleich, Schaum an den Lippen. Er schreit, bis Ysabel es nicht mehr erträgt und zurückschreit: »Hör auf! Papá! Sei endlich still! Hör auf, sag ich!«

Da läßt der Vater das Seil los und fällt auf den Boden, in den Staub. Richtet sich auf, wischt die Hände an den Hosen ab und schaut auf seine Tochter.

»Wieso spionierst du mir nach?«

Ysabel geht zu ihm und nimmt ihn in die Arme. »Was ist los? Was ist nur mit euch allen los, Papá? Felipe antwortet nicht am Telefon. Er ist bei seinem Vater, und Bartolomé sagt, er darf sie nicht stören. Ich verstehe nicht, was er so lange bei seinem Vater macht. Und du, du läutest dieses Glöckchen, und Mamá sitzt vorn in der Kirche wie ein Geist. Wenn das dabei herausgekommen ist, dann sage ich: So eine Hochzeit habe ich nicht gewollt. Gestern haben wir alle gelacht! Waren wir alle so fröhlich! Und jetzt? Und jetzt?«

Don Pepe streichelt das Gesicht seiner Tochter. »Ich läute die Glocke für meinen Vater. Eine Totenglocke, verstehst du, eine Totenklage. Denn mein Papá ist gestern gestorben, und ich habe es nicht gewußt. Mein Papá hat in Palma gelebt, fünfzig Jahre, in einer kleinen Straße im La-Lonja-Viertel, einer Straße, durch die ich vielleicht manchmal gegangen bin auf meinem Weg zu ...« Er stockt, schließt die Augen, wischt mit der Hand den Schaum von den Mundwinkeln. »Da hat er gelebt, im zweiten Stock, drei Zimmer. Da hat er gelebt. Keine dreißig Kilometer von hier, von Els Sant Castells. Und ich habe es nicht gewußt. Habe immer gedacht, ich bin ohne Vater aufgewachsen, verstehst du?«

Ysabel schließt die Augen.

»Als ich zehn Jahre alt war, mein Täubchen, hat meine Mutter zu mir gesagt, dein Vater ist gestorben, Pepe, mein Junge. Wir wollen jetzt einen Monat jeden Tag eine Kerze für ihn anzünden und für ihn beten. Verstehst du? Das hat sie gesagt. Und ich habe gehorcht, einen Monat jeden Tag habe ich zu meinem Vater gebetet, den ich im Himmel vermutet habe. Habe mit ihm gesprochen, ihn gefragt, wie die Engel aussehen und ob es im Himmel süße Kuchen gibt und lustige Spiele. Ich war ein Kind, verstehst du? Ich habe ihn vermißt. Keiner mehr, der mit mir spielte. Keiner, der mir Geschenke machte. Ich habe ihn geliebt, weißt du, ich hätte ihn auch später noch geliebt. Wenn er nicht bei uns leben wollte, hätte ich ihn doch besuchen können. Er hätte mir erzählt, von früher, von meiner Mamá, von dem Leben nach dem Krieg, verstehst du? Er hätte mir sagen können, was passiert ist, warum er auf einmal weg war und meine Mamá gesagt hat, dein Vater ist tot, mein Junge, wir wollen jetzt jeden Tag für ihn eine Kerze anzünden und für ihn beten. Gestern ist er gestorben. Dein Großvater, Ysabel, verstehst du eigentlich, wovon ich rede? Ich spreche von deinem Großvater, der gestern kam, in die Kirche, um die Trauung seines Enkelkindes, seiner Enkeltochter zu erleben. Weißt du überhaupt, wovon ich rede? Hörst du mir zu?«

Sie hockt sich hin und preßt, wie früher als Kind, die Hände an die Ohren. Wie früher, wenn sie das, was gesagt werden mußte, nicht hören wollte. Aber wie früher nützt es nichts, denn Pepe nimmt sanft ihre Hände von den Ohren, zwingt sie, ihm ihn die Augen zu schauen, und sagt: »Es ist dein Großvater, der gestern gestorben ist, Ysabel. Es ist dein Großvater, für dessen Tod man heute Jaume Sureda vor den Untersuchungsrichter geladen hat. Sureda hat ihn getötet. Vielleicht aus Versehen. Ich weiß es nicht. Er hat ihn umgebracht. Meinen Vater, der zurückgekommen ist am Tag der Hochzeit meiner Tochter, um Frieden zu schließen, um wieder bei uns zu sein. Ich bin taub vor Schmerz. Ich muß dieses Glöcklein läuten für ihn. Eine Totenmesse. Ein Totenglöckchen. Ich muß mit ihm reden. Es gibt so viel zu reden. Und jetzt laß mich allein, mein Täubchen, geh zu deiner Mutter. Tröste sie. Oder geh zu deinem Mann und tröste ihn. Denn Felipe ist der Sohn eines Mörders, verstehst du? Du hast keine Schuld. Ich küsse dich, meine Tochter. Laß mich allein. Ich muß dieses Glöckchen jetzt läuten.«

Noch nie hat Ysabel ihren Vater, der morgens mit dem Gewehr aus dem Haus geht und mittags mit Schnepfen am Gürtel zurückkehrt, so gesehen. Aufgelöst und verstört. Die Augen blutunterlaufen, die Stirn fahl, die Wangen schlaff. Ein alter Mann, zerstört. Ein Mann, dem man an einem Tag fünfzig Jahre seines Lebens gestohlen hat. Die Jahre, in denen er seinen Vater für tot hielt, die Jahre, die er vaterlos leben mußte, ohne vaterlos zu sein. Noch nie hat Ysabel in das Gesicht eines Menschen geschaut, das entstellt ist vom Unglück, von der Verzweiflung. Sie möchte ihn umarmen, ihn küssen, möchte ihn wiegen und trösten wie ein Kind, aber es geht nicht. Der Vater hat wieder das Seil ergriffen, hängt sich daran, zieht schwer, zieht es herunter, geht in die Knie, federt sich ab und läßt es wieder hochschnellen, und schon ist da wieder dieser Ton, der grelle Ton, der anschwillt und verebbt, anschwillt und verebbt.

Ysabel verläßt den Raum eilig, wie eine Fliehende. Findet die Mutter in der Kirche, hingestreckt auf der Kirchenbank, die Augen geschlossen wie in tiefem Schlaf.

Die Glocke schlägt, hat ihren Rhythmus gefunden. Schlägt und schickt ihren hellen Ton über den Kreuzgang, über das alte Kloster Els Sant Castells, als riefe sie die Mönche zum Gebet. Aber niemand zeigt sich, als Ysabel den Hof durchquert und das Haus, die Gänge, die Halle, den Salon, die schweren Portale, die auf den Vorhof hinausführen.

Ihre Schritte auf dem alten Steinboden.

Einen Augenblick bleibt sie an dem Tisch stehen, auf dem ihre Hochzeitsgeschenke sich auftürmen.

Sie verläßt das Haus und tritt auf den Hof. Alle Lampen brennen. Beleuchten einen Karren voller welker, brauner Blüten, zusammengekehrt mit Besen, die an der Hauswand lehnen.

Das Fest ist vorbei. Vorbei die Musik, der Tanz. Kompost wird aus den Blüten, und der Wind hat die Musik mit sich genommen, hinaus aufs Meer, oder weit hinauf in die Berge, wo sie nun hängt wie Schleier, zwischen dornigem Gestrüpp und scharfen Felskanten.

Aus der Ferne der Glockenton, wie ein Warnton. Ein Rufen, das niemand beachtet. Denn alles ist still.

Im Tiefflug die Schwalben und Fledermäuse auf ihrem letzten Beutezug vor der Nacht. Die Luft schwer und schwül, als könnte es jeden Augenblick aus einem klaren Himmel regnen, in Sturzbächen könnte das Wasser herunterkommen und alles fortspülen, was noch da ist, was sich noch klammert, alles fort, alles.

Ysabel läuft den Weg entlang, fast blind. Eine helle Figur zwischen den schwarzen Zypressenreihen und Palmen, deren lange Blätterwedel im Wind knistern wie prasselnder Regen.

In der Ferne fressen sich Scheinwerfer eines Autos durch das Dunkel. Beleuchten die schwarzen Kronen der Orangenbäume, haushohe Mauern, an denen Eidechsen entlanghuschen, Efeu sich klammert.

Es ist Felipe. Sein Wagen hält, Ysabel öffnet die Tür, steigt ins Auto, schlägt die Hände vor das Gesicht.

»Felipe«, keucht sie, »bring mich hier weg. Laß uns fahren. Heute noch. Irgendwohin. Hier werde ich verrückt.«

Felipe stellt den Motor aus und nimmt seine Frau in den Arm.

»Mí corazon«, murmelt er, »mí corazon.«

»Ich will nach Mexico«, schluchzt Ysabel, »ich muß irgendwohin, weit weg, wo ich das hier alles vergessen kann.«

»Aber im Augenblick ist das unmöglich. So leid es mir tut, mein Schatz, wir müssen hierbleiben.« Felipe öffnet das Fenster und lauscht. »Was ist das für eine Glocke? Warum schlägt sie immerzu?«

»Mein Vater. Er läutet die Totenglocke für seinen Vater. Verstehst du?« Ysabel schaut Felipe an. Sie legt seine Hand auf ihr Herz. »Der Mann, der gestern auf unserer Hochzeit starb, war mein Großvater. Der Vater meines Vaters. Von dem er dachte, er sei seit fünfzig Jahren tot. Seit fünfzig Jahren oder mehr hat mein Großvater in Palma gelebt, im La-Lonja-Viertel, da, Felipe, wo wir abends getanzt und gelacht haben, wo wir uns mit Freunden getroffen haben, da hat er gelebt, in einer Drei-Zimmer-Wohnung, zusammen mit seinem Hund ... – und wir haben alle nichts davon gewußt, Felipe!«

Felipe wiegt seine junge Frau in den Armen, spürt, wie ihr Körper zuckt unter den Tränen, streichelt sie.

»Wir haben nichts gewußt«, murmelt er, »nichts, nichts.«

Ysabel schaut Felipe an. »Und wir haben nichts damit zu tun. Es ist nicht unser Unglück, Felipe. Es ist nicht unser Leben. Ich will das nicht aushalten. Es macht mich krank, verstehst du? Krank, krank. All diese Geschichten aus der Vergangenheit. Meine Mutter liegt auf der Kirchenbank und schläft, erst hat sie ausgesehen wie der Tod, hat auf den Christus gestarrt, der da an diesen Nylonfäden hängt, hat mich gar nicht wahrgenommen. Mich, ihre Tochter. Ich war gestern die Braut, Felipe! Du der Bräutigam! Es sollte die schönste Hochzeit des Jahres auf Mallorca werden.«

»Es war die schönste Hochzeit des Jahres.«

»Falsch! Falsch! Wir haben nur so getan, wir haben das nur gespielt. Jeder Tanz nur ein Theater, jede Rede nur eine Farce. Nichts hat gestimmt, Felipe, weil die ganze Zeit ein toter Mann in der Kirche lag, den wir einfach vergessen wollten, den wir aus unserem Bewußtsein verdrängt haben. Wir wollten feiern. Wir wollten fröhlich sein. Oh, was für ein Theater. Wie ich mich schäme. Ich möchte weg hier. Weg. Warum haben wir nicht in London geheiratet, in diesem kleinen Pub, bei Willies, mit Guiness Bier und fish & chips?« Sie schluchzt und klammert sich fester an ihren Mann. »Weißt du noch? Eine richtige Studentenhochzeit, das hatten wir einmal geplant. Und ich verstehe nicht, ich versuche mich zu erinnern, aber ich weiß nicht mehr, wie es kam, daß auf einmal alles so groß geworden ist, so bombastisch. Es ist uns über den Kopf gewachsen, Felipe, dein Vater und meine Eltern, sie haben es uns aus der Hand genommen, sie haben aus unserer Hochzeit ihr eigenes Fest gemacht. Ich weiß nicht, was es bedeuten soll, aber ich fürchte, daß wir nichts gewesen sind als Marionetten, ich in diesem lächerlichen Brautkleid, blaßgelbe Seide! Mein Gott, wir haben uns lächerlich gemacht. Wir sind nicht besser als all die anderen reichen, dummen, eitlen Leute, über die ich mich immer lustig gemacht habe. Kein bißchen besser, Felipe.«

»Du mußt dich beruhigen, Schatz! Du mußt aufhören zu weinen!« Felipe küßt seine Frau, damit sie wieder zur Ruhe, zur Vernunft kommt. Aber Ysabel hat gerade das Gefühl, daß sie zur Vernunft gekommen ist, gerade hat sie das Gefühl, daß sie beginnt, zu verstehen.

Sie wischt die Tränen weg, rückt von Felipe ab, schaut in die schwarze Nacht.

»Was ist mit deinem Vater?« fragt sie.

Felipe zuckt mit den Schultern. »Er ist zu Hause. Es war ein harter Kampf, ihn aus der Untersuchungshaft freizubekommen. Ohne Kaution. Ich habe mich geweigert, zu verstehen, daß man von meinem Vater eine Kaution verlangen kann. Als wollte er einfach fliehen, einfach vor der Verantwortung davonlaufen. Doch nicht mein Vater! Noch vor zwei Tagen hatten sie vor Ehrfurcht weiche Knie, wenn sie meinem Vater irgendwo begegnet sind, haben den Kopf so weit gebeugt, daß ihnen fast das Rückgrat gebrochen ist, und jetzt wollten sie ihn ins Gefängnis stecken wie einen kleinen miesen Verbrecher.«

»Hat er es getan?« fragt Ysabel.

»Was getan? Was getan?« fragt Felipe schneidend.

»Hat er meinen Großvater getötet?«

Sie schauen sich an und erkennen sich kaum, weil die Nacht so schwarz ist. Spüren gegenseitig den warmen Atem, riechen den Duft ihrer jungen Haut, hören das eigene Herz, wie es schlägt.

»Ob er es getan hat oder nicht«, sagt Felipe scharf, »das steht nicht zur Debatte.«

»Für mich schon, Felipe, für mich schon. Er ist mein Großvater gewesen. Und für meinen Vater auch. Denn es war sein Vater, der in der Kirche starb.«

»Ein Vater, an den er fünfzig Jahre nicht gedacht hat! Ein Vater, der für deinen Vater fünfzig Jahre nicht existierte! Und jetzt auf einmal so viel Tränen! Das ist doch Heuchelei!« Wütend dreht Felipe am Radio.

Ysabel hält seine Hand fest.

»Auf welcher Seite stehst du, Felipe?« fragt sie sanft. »Worüber redest du überhaupt?«

»Geht es hier schon um Seiten? Deine Seite, meine Seite? Ich dachte, es geht erst einmal darum, daß wir meinen Vater von dem Vorwurf freisprechen, daß er den Tod eines Menschen, unwillentlich natürlich, herbeigeführt hat. Für mich geht es erst einmal nur darum, meinen Vater von der Anklage freigesprochen zu sehen, damit er weiter das tun kann, wozu er auf der Welt ist.« Felipe holt tief Luft, öffnet die Wagentür.

Da hört man wieder die Glocke.

Ysabel stellt sich ihren Vater vor, wie er an diesem Glockenseil hängt und Papá!, Papá!, Papá! schreit.

»Und wozu«, fragt Ysabel »ist dein Vater auf der Welt?«

Felipe schaut seine Frau an.

»Das wird er dir selbst sagen, wenn die Zeit dazu gekommen ist«, sagt er. »Ich bin müde und erschöpft. Wollen wir zurück ins Hotel? Hast du im Hotel Bescheid gesagt, daß wir länger bleiben werden?«

Ysabel nickt.

»Wie lange? Was hast du gesagt?«

»Nichts, ich habe nichts gesagt. Einen Tag, oder zwei. Ich dachte ja immer noch, daß wir nach Mexico fliegen, Felipe, vielleicht mit ein paar Tagen Verspätung. Du bist ganz sicher, daß wir unsere Luna de miel vergessen können?«

Felipe wendet auf dem schmalen Weg das Auto.

»Ganz sicher«, knurrt er.

»Und warum bist du so sicher?«

Felipe schnaubt. »Verstehst du es immer noch nicht? Nach allem was passiert ist? Es gibt wichtigere Dinge als einen Honeymoon.«

Ysabel lehnt den Kopf zurück, beobachtet, wie der Scheinwerfer sich in die Nacht frißt, wie schneeweiße Hibiscusblüten aufleuchten in dem dunklen Grün und erlöschen, als die Scheinwerfer weiterfliegen.

Als sie in die Ebene hinunterkommen, zuckt über den Himmel der erste Blitz. Und gleich danach, einen Atemzug später, ein Donnerschlag, der die Erde beben läßt. Sekunden später prasseln Hagelkörner auf das Autodach, sammeln sich an den Scheibenwischern, die nur mit Mühe gegen das Gewicht der Körner anarbeiten. Der Staub der Windschutzscheibe verwischt sich zu Schlieren, und einen Augenblick sind sie in ihrem Auto wie blind.

Und dann: ein weiterer Blitz, der quer über den Himmel rast, und ein senkrechter Blitz, ein leuchtendes Kreuz, und wieder ein Donnerschlag. Und Regen. Wie Wasserfälle, rauschend und unbändig.

Felipe steuert den Wagen besonnen und sicher durch die Wassermassen, die weißen Hagelflächen, durch Licht und Finsternis, als sei er ohne Furcht, daß der Wagen aus der Spur geraten und in den Straßengraben rutschen könnte, der wie ein reißender Bergbach ist.

»Stell dir vor«, sagt Ysabel, »dieses Gewitter wäre bei der Hochzeit gekommen.«

Felipe nickt. Er nimmt, obgleich er den Wagen durch ein tiefes Wasser steuern muß, eine Hand vom Lenkrad und legt sie auf Ysabels Knie.

»Aber es ist nicht gekommen«, sagt er.

»Bei einem Gewitter«, sagt Ysabel, »wäre mein Großvater vielleicht gar nicht gekommen, oder der Regen hätte ihn aufgehalten. Alles wäre anders gewesen. Mein Vater glaubt, er wollte sich mit uns versöhnen. Er will es glauben, damit er nicht verrückt wird. Das macht mich ganz krank. Diese Vorstellung, alles, was passiert ist, wäre nicht geschehen, wenn dieses Gewitter einen Tag früher gekommen wäre.«

»Du meinst, wir wären dann vielleicht auch gar nicht verheiratet? Die Hochzeit hätte gar nicht stattgefunden? Meinst du das wirklich? Wünschst du dir das?«

Ysabel tut, als habe sie seine Frage nicht gehört.

»Ich dachte, ein Betrunkener, ein Landstreicher, ein Verrückter. Irgend jemand, auf dessen Worte man nichts geben muß. Nicht im Traum wäre ich auf die Idee gekommen, daß dieser alte Mann mein Großvater ist. Felipe!«

»Ja?«

»Felipe, hast du gehört, was er gerufen hat?«

Felipe faßt das Steuer fester, als ihnen ein Auto mit aufgeblendeten Scheinwerfern entgegenkommt, wie ein Boot, das durch die Fluten pflügt.

»Nein«, sagt Felipe.

»Es ist mir ..., wenn ich nachdenke ... Hat er gesagt, Blut klebt an euren Händen? Oder etwas Ähnliches? Felipe! Ich rede mit dir.«

»Und ich«, erwidert Felipe, »konzentriere mich aufs Fahren. Ysabel, warum machst du dir jetzt so einen Kopf? Wir können das Problem nicht lösen, nicht jetzt. Wir fahren ins Hotel, nehmen ein warmes Bad und gehen ins Bett.«

»Ich habe Hunger«, sagt Ysabel, als falle ihr das in diesem Augenblick erst ein. »Ich habe seit dem Frühstück nichts gegessen. Du mußt doch auch todhungrig sein.«

»Ich habe mit meinem Vater eine Kleinigkeit gegessen«, sagt Felipe, »unten am Bootssteg. Er wollte es so.«

Ysabel starrt Felipe fassungslos an. »Du hast mit deinem Vater gegessen? Unten am Bootssteg? Und mich habt ihr nicht gefragt, ob ich vielleicht auch dabeisein möchte?«

»Vater mußte mit mir reden. Wir hatten viel zu besprechen, Schatz, es wäre nicht der richtige Abend gewesen.«

Eine Weile fahren sie schweigend. Ysabel rückt weiter von Felipe ab, zur Tür, lehnt den Kopf gegen die Scheibe und schaut dem Spiel der Scheibenwischer zu.

»Was habt ihr gegessen?« fragt sie schließlich.

»Nur ein bißchen Kaviar«, sagt Felipe.

Maria-Magdalenas Tagebuch

18. Juni 1965

Vor einer Woche kam Pepe von einem Besuch bei seinen Großeltern zurück und erzählte etwas, das mich versteinern ließ.

Ich werde zurückkehren müssen in mein Gefängnis, an den Ort, an dem ich so viel gelitten habe. Dieses Paradies, in dem ich glücklich bin, der Mensch sein kann, der ich will, dieses Paradies muß ich wieder verlassen. Denn meine Eltern sind krank.

Und ich habe es nicht einmal gewußt! Sie haben mir eine Nachricht geschickt und um Hilfe gebeten.

Nur Sebastian hatte sich verändert. War stumm seiner Arbeit nachgegangen, meinem Blick ausgewichen, wenn ich fragte, wie geht es, knurrte er nur und sagte, wie soll es gehen.

Wir schicken unsere blauen Feigen in kleinen Körben, die wir aus Palmwedeln herstellen, auf den Markt nach Barcelona und Madrid. Dort kaufen die besten Köche der Halbinsel ein. Unsere Feigen heißen: »Las delicias de Maria«.

Neulich hat ein Engländer mich hier auf Son Rafal besucht und mir erzählt, daß man im Ritz Hotel in Madrid meine Feigen mit Jamin iberica angerichtet hat und daß darüber in einer amerikanischen Feinschmecker-Zeitung berichtet wurde! Ich habe gar nicht gewußt, daß die Amerikaner Madrid besuchen. Ich dachte, Hemingway wär der letzte von ihnen gewesen, der noch den Glauben hatte, etwas ändern zu können.

Denn die Amerikaner wollen doch das Land, das sie kennenlernen, immer gleich verändern. Hier einmal wäre es gut.

Aber unser General sieht aus, als würde er ewig leben, und erläßt Gesetze, die für die Ewigkeit sind, und wir leben und sterben dahin, und es ändert sich nichts.

Hier auf Son Rafal kann man das alles vergessen. Hier sind die Tage so ebenmäßig schön. Heute zum Beispiel sind im Huerta die Granatapfelblüten aufgegangen, alle auf einmal, nach einem kurzen, heftigen Regen gestern abend haben sie es sich wohl überlegt, und nun stehen diese jahrhundertealten, knorrigen Bäume, angelehnt an gelbe Steinmauern, da, als hätten sie sich für ein Fest hergerichtet, für einen Ball so schön gemacht.

Sie leuchten herrlicher als die Bougainvilleas an der alten Mühle, das Grün ihrer Blätter ist fast so zart wie das Grün der Mandelbäume im Februar. Jetzt, wo alles schon grau und staubig wirkt, sind die Bäume wie Erstkinder.

Bevor Pepe kam, um mir die furchtbare Nachricht über die Eltern zu bringen, habe ich mich so wunderbar gefühlt. Und habe einmal wieder gedacht, welches Glück es ist, wenn man einen Platz gefunden hat, an dem man atmen kann, ohne daß die Brust schmerzt, an dem man schlafen kann, bei offenem Fenster und dem Gesang der Grillen, wie ein Kind, an dem man aufsteht, sich wäscht, die Fenster öffnet, wie eine Braut am Morgen ihrer Hochzeit: Jeder Tag eine Verheißung. Es durfte nicht sein. So glücklich, wie ich mich gefühlt habe, bevor ich vom Unglück auf Els Sant Castells erfuhr, bin ich nie vorher gewesen und werde ich wohl nie wieder sein. Hier im Dorf erzählen sie, daß auf Son Rafal immer nur glückliche Menschen gelebt haben, gute Menschen. Dieser Platz hat für sie eine fast mystische Bedeutung. So erklärt es sich auch, daß wir von unserem Land quer über das Land der Nachbarn mit den Traktoren und Pferdefuhrwerken hinwegfahren können, ohne daß es je Zwist oder Streit gibt. Der Besitzer von Son Rafal hat ein Wegerecht auf allen Nachbargütern. Dieses Wegerecht ist nicht in den Grundbüchern eingetragen, nur in wenigen Ausnahmefällen, aber alle respektieren, daß es dieses Recht gibt, und sie respektieren es gern.

Wenn ich dagegen an Els Sant Castells denke: als liegt auf diesem Gut ein Fluch, vielleicht schon seit der Zeit, als man die Mönche aus dem Kloster vertrieben hat, vielleicht schon lange, bevor die fanatischen Banden während des Bürgerkrieges unsere kleine Kapelle geschändet und die Madonnensäule im Kreuzgang gestürzt haben. Im Dorf werden wir respektiert, aber auf eine ganz andere Weise, als ich hier in Puigpunient respektiert werde. Hier schauen sie mir ins Gesicht und lachen, wenn sie mich grüßen. Dort, in Binali und Alaró, senkt man den Kopf zum Gruß und geht eilig vorbei. Abgesehen von den Menschen, die in Els Sant Castells gut verdienen, die natürlich sind immer freundlich gewesen, und vielleicht habe ich deswegen nicht gemerkt, was sie eigentlich von den Leuten auf Els Sant Castells halten.

Manchmal, hat mir ein alter Mann hier aus Galilea erzählt, liegt ein Fluch seit mehr als acht Generationen auf einem Haus. Dort hat es einen Mörder gegeben, einen Mann, der seine Frau erstach und dafür nie ins Gefängnis mußte. Seitdem sind acht Generationen in diesem Haus geboren und gestorben, und alle werden immer noch behandelt wie Mörder.

Ich hingegen lebe von dem Wohlgefallen, das man an einem meiner Vorgänger hatte, einem Menschen namens Rafa Gilot, von dem ich nichts weiß, weil es keine Aufzeichnungen gibt.

Ich frage mich, was mit diesem Tagebuch geschehen wird. Ob es, wenn ich schon lange im Grab liege, wenn meine Knochen schon zu Staub zerfallen sind, vielleicht jemanden gibt, der dies alles liest.

Vielleicht sollte ich mein Tagebuch Jaume schicken. Damit er mich versteht. Und mir vergibt. Darüber werde ich nachdenken, wenn die Zeit dazu gekommen ist. Im Augenblick bin ich dankbar, wenn ich überhaupt etwas über Jaume höre. Was selten genug ist.

Von Teofila bekomme ich kaum Nachrichten. Wie ich höre, hat sich Jaume auch von der guten Teofila entfernt. Er soll ein Einzelgänger geworden sein. Er studiert Jura in London.

Pepe ist auf der Insel geblieben und arbeitet jetzt auf dem Weingut von Joan Mesquida in Porreres. Bald wird er nicht mehr woanders sein Geld verdienen müssen, bald wird er Herr auf Els Sant Castells sein.

Mamá hat Krebs, etwas, das sie seit Jahren weiß und als Geheimnis gehütet hat. Aber jetzt, als Papá mit der Kutsche umgestürzt ist und sie ihn ins Krankenhaus gebracht hat, ist es herausgekommen. Daß alle Leute in dem Krankenhaus von Inca sie kennen, sie freundlich grüßen, mitleidig. Mamá hat einen Krebs, der ihr Rückenmark auffrißt.

Man kann nichts für sie tun. Natürlich, Bestrahlungen, Tabletten, aber man weiß, daß ihr davon immer übel ist und daß die Bestrahlungen letztlich doch nicht helfen.

Sie ist dem Tod geweiht und weiß es seit Weihnachten, und ich habe nichts gewußt.

Habe Weihnachten wie üblich einen kleinen Nachmittag bei ihnen verbracht und sie dann allein gelassen. Mamá mit der Todesangst und meinen Vater, der ohne seine Frau verloren wäre. Ich kann nicht mehr schlafen, seit ich das weiß. Ich fühle mich elend und schlecht.

Jetzt sitze ich in meinem alten Zimmer, schaue hinunter auf den Kreuzgang, sehe den Kapellenturm und höre, wenn die Arbeiter vom Feld zurückkommen. Der Weizen steht dieses Jahr gut, letztes Jahr ist er in der Dürre vollkommen verbrannt. Das Haus ist in schlechtem Zustand. Man sieht, daß keine Frau sich gekümmert hat. Die Gardinen staubig, Spinnen waren in meinem Schrank. Cecilia sagt, es gibt Ratten in der Küche, sie weiß nicht, wie sie der Ratten Herr werden soll. Mein Vater habe sie erschossen, wenn er sie entdeckte, in der Dämmerung sind sie zwischen den Lagerschuppen und dem Wirtschaftsraum hin und her gerannt, geschäftigt wie das Personal. Und ohne Scheu. Einmal, sagt Cecilia, hat eine Ratte sich vor sie hingestellt und ihr in die Augen geschaut. Und es hat ausgesehen, hat Cecilia gesagt, als wollte sie sagen: Und als nächste bist du dran. Da ist sie aus der Küche geflohen, und mein Vater hat sein Gewehr aus dem Schrank geholt. Er zählte tote Ratten wie früher die Geweihe der Rehböcke.

Mamá hatte Tränen in den Augen, als ich in ihr Zimmer trat. Sie streckte ihre Arme nach mir aus und flüsterte: »Endlich.«

Diese dünnen Ärmchen! Und wie schmal ihr Gesicht ist! Wie totenbleich ihre Haut. Ich habe versucht, mein Erschrecken zu verbergen. Ich habe sie geküßt, und sie hat sich an mich geklammert wie ein Kind. Wollte, daß ich ihre Haare streichele, wollte, daß ich sie festhalte, ließ mich nicht aus dem Zimmer, um ein frisches Nachthemd zu holen, ließ mich keinen Tee für sie kochen, keinen Brei. Sie ißt nur noch Grießbrei, sonst nichts. Sie sagt, das Schlucken strenge sie so an, obwohl der Arzt meint, mit ihrem Hals sei alles in Ordnung. Aber der Arzt sagt auch, bei diesen Krankheiten, die den Körper von innen zerfressen, weiß man nie. Man muß den Patienten glauben, wenn sie sagen: Ich kann nicht schlucken. Ich kann den Arm nicht heben. Ich kann nicht in die Schuhe steigen, man muß es ihnen einfach glauben.

Ich habe Mamá gewaschen, ihr ein frisches Nachthemd angezogen, ich habe ihre Haare gekämmt und die Kissen in ihrem Rücken so geschichtet, daß sie jetzt aufrecht sitzt. Sie wollte, daß ich die Persianas auflasse, obgleich die Wärme hereinströmen kann. Sie sagt, die Wärme mache ihr nichts aus, es sei eher die Kälte. Eine Kälte, die in den Mauern ist, sagt sie, und die aus diesen Mauern nie mehr herausgeht.

Ich frage sie, warum sie nicht in Palma geblieben sind. Dort gibt es Zentralheizung. Papá hat die Heizung extra einbauen lassen, was große Schwierigkeiten bedeutet hat in so einem alten Palast. Aber Mamá sagte: Dein Vater ist glücklicher hier.

Und du? fragte ich.

Da schaute sie mich nur an.

Ihr Sohn, ein Mörder, ist tot.

Ihre Tochter hat sich von der Familie abgewandt. Hat den Ehemann verstoßen, den sie ausgesucht hatten. Lebt allein auf einem kleinen Hof, züchtet Schweine und Wein, arbeitet für die Nonnen im Kloster und kümmert sich nicht um die Eltern.

Aber nun bin ich ja zurückgekehrt. Nun haben sie es geschafft. Papá wird heute aus dem Krankenhaus entlassen. Ich werde auch ihn pflegen müssen, weil sein Bein schlecht heilt und er sich nur auf zwei Krücken bewegen kann im Haus.

Pepe ist freundlich und sanft mit mir wie nie. Mein Sohn be-

handelt mich mit Fürsorge und – ich möchte fast sagen: mit Hochachtung.

Vielleicht weiß er, was es für mich bedeutet, in dieses Haus zurückzukehren. Vielleicht weiß er es auch nicht. Pepe und ich sind immer gut miteinander ausgekommen. Ich habe ihn heranwachsen sehen, ich habe die Rechnungen für ihn bezahlt, die bezahlt werden mußten, ich habe gesehen, wie er sich verliebt hat, und wie er seinen Kummer vor mir verbergen wollte, wenn es mit dem Mädchen nicht klappte.

Er liebte eine Margalída aus Biniali. Das hatte er mir nicht erzählt, das weiß ich von einer Freundin. Margalída ist ein schönes, stolzes Mädchen, und die geht mit ganz anderen Jungen aus als mit Pepe. Sie geht mit Jungen aus, die elegante Figuren haben. Mein Pepe sieht aus wie ein Bauer. Wie der Sohn eines Gastwirtssohnes. Ja, er hat, je älter er wurde, immer mehr Ähnlichkeit mit seinem Vater Alonso bekommen. Manchmal schnürt es mir das Herz ab, zu sehen, wie ähnlich die beiden sich sind. Er hat auch das fröhliche Lachen von Alonso, die Unbekümmertheit. Das macht ihn sympathisch. Er ist gerne mit seinen ehemaligen Schulkameraden unterwegs, in der Natur.

Und wie er diese Margalída liebt! Wie er, in der Kirche, keinen Blick von ihr lösen kann, ich wünsche ihm, daß Margalída von diesem anderen schönen Jungen aus Palma läßt und ihn erwählt. Ich habe ihm vorgeschlagen, ein Fest zu geben für seine Freunde auf Son Rafal. Da könntest du Margalída einladen, habe ich gesagt, und er ist tiefrot geworden.

Woher weißt du von ihr? hat er gefragt.

Ich habe nur gelächelt, seine Wange gestreichelt und gesagt, ich bin deine Mutter. Mütter wissen so etwas.

Der Blick, den er mir darauf schickte! Dieser Blick!

Ich werde mit Joan Mesquida reden müssen, Pepe hat seine Ausbildung bei ihm nicht beendet. Joan Mesquida hat ein Busunternehmen gegründet, das alle Touristen, die nach Mallorca kommen, befördern soll. Er hat Verträge mit allen Reiseunternehmen, englischen, holländischen, schwedischen, französischen, deutschen, und mit allen Hotels. Jeden Monat kauft er zwei neue große Busse, und manche sollen Klimaanlagen ha-

ben, damit die Touristen auf dem Weg zu den Höhlen von Porto Christo oder nach Soller nicht schwitzen. Joan Mesquida wird einmal ein steinreicher Mann sein, sagt Pepe.

Aber Pepe muß sich jetzt um Els Sant Castells kümmern. Vater, auf zwei Krücken, schafft es nicht allein. Und der Verwalter tanzt ihnen auf dem Kopf herum. Die Abrechnungen, die er macht, sagt Papá, sind alle gefälscht. Er weiß es genau, aber kann nichts tun. Er ist diesem Mann irgendwie ausgeliefert. Vielleicht wird Papá von diesem Menschen erpreßt. Vielleicht weiß er, daß Papá eine Freundin hat oder zu den Huren geht, ich habe keine Ahnung, ich will es auch nicht wissen.

Aber um die Finanzen steht es nicht gut. Es müßte alles viel besser aussehen, die Kassen müßten gefüllt und die Bücher gut geführt sein.

Heute, beim Frühstück, habe ich Pepe die Bücher gezeigt. Pepe hat sich eine halbe Stunde darübergebeugt, dann hat er gesagt: Ich muß mit Carlos sprechen. Das ist der Verwalter. Er ist aufgestanden, das Buch unter dem Arm, und ich habe vom Fenster gesehen, wie er mit großen Schritten vorn den Hof überquerte, wie er Carlos zur Rede stellte, wie Carlos, auf einen Spaten gestützt, sich anhörte, was Pepe zu sagen hatte.

Daraufhin hat Carlos den Spaten weggeworfen und ist einfach vom Hof spaziert. Ein jähzorniger Mensch, der sich ungern etwas sagen läßt.

Papá ist glücklich, daß wir da sind, Pepe und ich. Mamá liegt in ihrem Bett, klein wie ein Mädchen, und lächelt mich an, wenn ich das Zimmer betrete. Klagt nie über ihre Schmerzen, sagt immer nur, wie schön es ist, seit ich da bin. Alles so frisch, sagt sie, so licht und so warm.

Mamá sagt, sie friert, seit ich das Haus verlassen habe. Immerzu habe sie gefroren, ihre Knochen seien immer eisig gewesen, eiskalte Knochen im warmen Fleisch. So konnte die Krankheit sich ausbreiten, sagte sie.

Ich will nicht hören, daß ich schuld an ihrer Krankheit bin. Es ist umgekehrt. Sie, sie sind schuld an allem.

Aber jetzt ist es zu spät, alte Schuld gegen neue aufzurech-

nen. Jetzt muß ich hier sein und die Arbeit tun, die getan werden muß. Der Arzt sagt, Mamá wird vielleicht noch zwei Monate leben, vielleicht sechs. Mehr aber nicht.

Der Schlüssel

Don Pepes Hochzeitsgeschenk liegt in einem Kästchen aus Zedernholz, mit Silberbeschlägen und einem Lilienmuster aus Golddraht, eingelassen in das weiche, gelbe Holz. Die Meisterarbeit eines marokkanischen Handwerkers. Ein Kästchen, das Don Pepe beim Stöbern in den Antiquitätenläden am Passeig Born gefunden hat. Das Innere hat er mit Samt ausschlagen lassen. Weicher, braunroter Samt, in den der Schlüssel gebettet war. Der Schlüssel zum Portal von Son Rafal, der äußere, der alte Schlüssel mit einem Bart aus Eisen. Ein herrlicher Schlüssel.

»Das ist mein Hochzeitsgeschenk für dich«, sagte Don Pepe, als er Ysabel das Kästchen überreichte. Sie trug noch nicht das Brautkleid. Sie saß noch mit Jessica oben im Zimmer, auf der Bettkante, und hat all die dummen Spiele gespielt, die seit Jahrhunderten zum Ritual der Vermählung gehörten. Jessica mußte Ysabel etwas schenken, etwas, das sie selbst am Leib getragen hatte, und das würde Ysabel Glück bringen. Dafür mußte Ysabel aus dem Brautkleid, innen, vom Saum, ein Stückchen Stoff heraustrennen, und den muß Jessica nun immer bei sich tragen. Damit auch ihr Leben voller Glück sei.

Ihr Vater legte das Kästchen in ihren Schoß, küßte ihre Stirn und sagte: »Für dich, meine Kleine, ein Hochzeitsgeschenk von deinen Eltern. Ich hoffe, ich habe alles richtig gemacht.«

»Ach, Papá, du machst doch immer alles richtig! Was ist in dem Kästchen?«

»Mach es auf.«

Jessica war neugierig noch näher herangerückt, zwei Backfische, albern, aufgeregt, haben da nebeneinander auf dem Bett gesessen, während Ysabel herauszufinden versuchte, wie das komplizierte Silberschloß sich öffnen ließ.

Dann endlich klappte der Deckel zurück, und Ysabel sah den Schlüssel.

»Ein Schlüssel!«

»Er gehört zu einer kleinen Finca, oben bei Galilea. Wirklich nichts Besonderes. Eine Finca mit 20 Quarteradas Land. Kein besonders gutes Land, aber auch kein schlechtes. Deine Großmutter hat dort oben Wein angebaut. Feigen und Aprikosen waren in Madrid und London begehrt. In den Olivenhainen hat sie schwarze Schweine laufen lassen. Ihre Schinken waren die besten der Insel. Na ja, du wirst es dir ansehen. Ich habe eine ganze Weile damit zugebracht, das Haus wieder ein bißchen herzurichten, damit es für moderne Menschen wie dich und Felipe paßt, weißt du. Neues Bad, andere Treppen, größere Zimmer. Was man so macht. Ich wollte den Charme des Hauses erhalten, und ich glaube, es ist mir gelungen. Ich weiß natürlich nicht, ob dir so ein jahrhundertealtes Haus oben in den Bergen gefallen könnte. Aber man hat einen unglaublichen Blick von dort. Man thront wie in einem Adlerhorst über den Dingen. Deiner Großmutter hat es dort gefallen, sie hat da viele Jahre gelebt.«

»Oh, mein Gott!« hat Jessica geschrien. »Ich glaube es nicht! Eine Finca! Du bekommst zur Hochzeit eine Finca! In den Bergen! Mit schwarzen Schweinen und Olivenbäumen! Ich faß es nicht!«

»Die Schweine gibt es nicht mehr«, hat Don Pepe gesagt, ein bißchen schmunzelnd, »und die Olivenbäume sind lange nicht beschnitten worden, Granatäpfel gibt es viele, aber wer interessiert sich heute für diese Bäume. Auch Kakifrüchte. Die sind in dem Westteil des oberen Gartens angepflanzt. Damit die untergehende Sonne die reifen Früchte zum Glühen bringen kann, wie Lampions. So hat man das früher gemacht. Heute ist das alles vergessen.«

»Du hast auch in dem Haus gelebt, Papá?« hat Ysabel gefragt.

»Ja, eine Zeit. Bevor ich in die höhere Schule kam. Dann habe ich meistens in Palma gewohnt, unter der Woche sowieso, und am Wochenende hatte ich oft etwas anderes vor, als da oben mit meiner Mutter zu sein.«

Dann war Anatol hereingekommen, um sie zu küssen, noch einmal im Zustand der Unschuld, wie er das nannte, und Ysabel hatte schnell das Kästchen zugeklappt.

Dann wollte der Friseur ihre Haare richten, und jemand kam, um Telegramme zu bringen. Ysabel kann sich nicht erinnern, ob sie sich überhaupt bei ihrem Vater bedankt hatte, so, wie man sich für ein solches Geschenk bedankt. Ob sie sich an seinen Hals gehängt und ihn geküßt hat, ob sie vor Freude in Tränen ausgebrochen ist oder wenigstens einen Jubelschrei ausgestoßen hat.

Sie kann sich nicht erinnern.

Während des ersten Tanzes jedenfalls, den sie mit ihrem Vater tanzen mußte, als Eröffnung des heiteren Teils der Hochzeit, hat sie ihm ins Ohr geflüstert: »Danke, Papá, für das unglaublich schöne Geschenk.«

»Bedank dich erst, wenn du es gesehen hast.«

»Felipe wird fassungslos sein, wenn er es hört. Eine Finca! Wirklich, Papá, ich dachte, wir hätten fast das ganze Land schon verkauft.«

Ihr Vater hatte weiter gelächelt während des Tanzes, hatte die Hand um die Taille seiner Tochter gelegt, hatte sie geführt, leicht, aber bestimmt, ein großer, starker Mann und eine zarte, schöne Braut. Und die Gäste haben im Kreis um sie herumgestanden und applaudiert und »Viva!« gerufen und »Bravo!«

»Wir haben viel Land verkauft«, hat Don Pepe gesagt, »aber nicht alles. Dieses Stück hätte ich niemals verkauft, weißt du. Es ist etwas anderes als die großen Aprikosenplantagen, die wir im Es Pla besitzen. Etwas anderes als das Kieswerk bei Puig Son Miguel. Es ist etwas anderes, ob du ein Stück Land irgendwo an der Nordküste verkaufst, das deiner Familie vor Jahrhunderten gehört hat, und auf dem immer nur Ziegen und Schafe grasten, oder ein Stück Land, auf dem du mit deiner Mutter gelebt hast. Verstehst du? Ein Haus, in dem sie herumgegangen ist, ein Garten, der von ihr entworfen und gepflanzt wurde. Brunnen, die sie anlegen ließ, na ja, du wirst es sehen. Ich hoffe, daß es dir gefällt.«

»Felipe und ich werden es uns morgen ansehen.«

»Gut, wenn ihr Zeit habt. Wenn nicht, ist es nicht schlimm, dann kommt ihr in den Ferien. Und sagt vorher Bescheid, damit ich jemanden schicke, der das Haus durchlüftet und den Staub aus den Polstern klopft.« Er hat sie geküßt. »Denn das ist auch im Hochzeitsgeschenk inbegriffen.«

»Papá, du bist so süß. Ich muß gleich weinen.«

Aber sie weinte nicht. Felipe kam, um sie abzuklatschen, wie es Sitte ist, und so löste sie sich aus den Armen ihres Vaters und fiel ihrem Felipe um den Hals, spontan und ganz unfeierlich. Und sie küßten sich während des ganzen Tanzes und hielten sich aneinander fest. Und sie dachten beide dasselbe: Das muß nun ein ganzes Leben halten. Dieses Glück, sich zu fühlen, dieser Wunsch, beieinander zu sein. Der muß nun immer dasein. Sonst wird es nichts.

Danach wurde über Son Rafal nicht mehr gesprochen. Sie hätten sich die Finca am Tag nach der Hochzeit angesehen, wenn alles verlaufen wäre, wie es geplant war. Vor dem Aufbruch in die Flitterwochen, vor der Abreise in ein neues Leben. Erst Mexico, dann Madrid. Die neue Wohnung, neue Jobs. Und dann, vielleicht, in den Septemberwochen ein erster Kurztrip nach Puigpunient, ein Wochenende auf der eigenen Finca. Welch ein Luxus.

Felipe kann nicht nach Son Rafal fahren. Er sagt, er muß wieder zu seinem Vater, sie müssen über der Verteidigungsstrategie brüten. Ihm ist über Nacht etwas eingefallen, etwas Wichtiges, das er unbedingt mit seinem Vater besprechen muß.

»Wann ist es dir eingefallen?« fragt Ysabel. »Als wir miteinander geschlafen haben? Da vielleicht? Da hast du an deinen Vater gedacht?«

»Nicht da, Schatz. Sei nicht so aggressiv.«

»Ich bin nicht aggressiv, Felipe. Ich versuche, ganz vernünftig zu sein. Aber wenn du gestern den ganzen Tag mit deinem Vater verbracht hast und mir heute erzählen willst, daß du wieder keine Zeit hast, um mit mir das Hochzeitsgeschenk meiner Eltern anzusehen ...«

»Wir könnten es verschieben. Auf den Nachmittag. Wie wäre das?«

Sie sitzen beim Frühstück in ihrer Loggia. Das Silber schimmert. Die Croissants sind so weich, daß man sie kaum spürt, wenn man in sie hineinbeißt. Der Orangensaft eisgekühlt.

Unten, am fünften Loch, probiert eine Frau in karierten Hosen und zitronengelbem Polohemd zum dritten Mal den Abschlag. Drei Männer stehen um sie herum. Ein Bademeister fischt mit einem Netz herabfallende Blüten aus dem Pool, ein anderer legt schneeweiße Badetücher auf gelbe Laken.

»Ich könnte mit dir fahren«, schlägt Ysabel vor. »Wir machen eine Kurve bei deinem Vater vorbei, du erzählst ihm, was dir in der Nacht eingefallen ist, und dann fahren wir weiter nach Son Rafal.«

»Das, was mir eingefallen ist, Schatz, kann man nicht in zwei Sätzen sagen. Das ist kompliziert, du wirst dich langweilen.«

»Hast du vergessen, daß ich auch sechs Semester Jura studiert habe? Warum soll mich das langweilen?«

Felipe errötet und verbirgt das Gesicht hinter der Serviette.

Ysabel mustert ihren Mann, und sie stellt in diesem Augenblick fest, daß sie einen Fremden geheiratet hat. Sie kennt das Gesicht nicht, diesen Zug um den Mund, die zusammengezogenen Augenbrauen, sie hat vorher nicht bemerkt, daß seine Hand manchmal zittert, wenn er die Tasse zum Mund führt, und daß er blinzelt, wenn er in die Sonne schaut. Vorher hat sie das alles nie bemerkt.

»Mein Vater«, sagt Felipe, nachdem er sich mehrfach geräuspert hat, »steckt in einer großen, schweren Krise.«

»Das weiß ich, Felipe.«

»Eben, du weißt es. Du weißt, was es bedeutet, wenn ein Anwalt von seinem Kaliber, einer, auf dessen Wort der König hört, der ganze Corte, wenn ein solcher Mann, der die Vermögen der reichsten Männer Spanien verwaltet, auf einmal wegen Totschlags angeklagt ist. Oder, wenn es ganz schlimm kommt: wegen Mordes.«

»Ich weiß es« sagt Ysabel, »weil es mein Großvater ist, der starb. Felipe, ich bin nicht blöde! Ich weiß doch, worum es geht! Glaubst du, ich habe gern einen Schwiegervater unter Mordverdacht? Glaubst du, meine neue Firma, bei der ich am 15. nächsten Monats anfangen soll, findet es lustig, wenn sie den Zusammenhang erst einmal begreift? Aber was glaubst du erst, wie meine Eltern sich fühlen. Mein Vater, der seinen Vater verloren hat, und zwar, weil er – ich weiß, daß es nicht gewollt war, aber dennoch ist es passiert – getötet wurde von dem Vater des Bräutigams.«

»Hör auf.« Felipe rollt die Serviette wie eine Zeitung zusammen und schlägt damit gegen die Tischkante. Es gibt einen scharfen Ton, wie einen Knall. »Hör endlich auf, mir einzureden, daß mein Vater irgendwie in eurer Verwandtschaft jetzt ...« Er verliert den Faden, er weiß nicht, was er sagen will, er lehnt sich zurück. Seine Hände umklammern die Lehnen. Er zittert.

»Felipe«, beginnt Ysabel behutsam.

Er öffnet die Augen, blitzt sie an. Er weiß wieder, was er sagen will. »Hör auf, meinen Vater hier als den großen Bösen aufzubauen, der alles kaputtgemacht hat! Eure heile Familie, ja? Die hat mein Vater angeblich kaputtgemacht! Weißt du, daß mich so etwas ankotzt? Wo ist dein Großvater denn die ganze Zeit gewesen? Wovon hat er gelebt? Wieso hat niemand überhaupt gewußt, daß er noch lebt? Weil es niemanden interessiert hat, nehme ich mal an. Und jetzt, wo er wieder aufgetaucht ist und dann sofort sterben mußte, jetzt tut ihr alle so, als habt ihr nie jemanden mehr geliebt als Alonso. Was für eine Farce! O Gott, das halte ich nicht aus. Nein, das nicht.«

»Felipe«, drängt Ysabel.

Aber er fällt ihr schneidend ins Wort. Er ist so erregt, wie Ysabel ihn niemals, nicht einmal vor den wichtigsten Prüfungen, erlebt hat. »Mein Vater hat ein schweres Leben gehabt. Mein Vater ist es, den du bemitleidigen müßtest, mit dem deine Sorge sein müßte. Das Leben, das er geführt hat. Das müßte dir leid tun. Und du müßtest dich schämen für die, die Schuld daran haben, daß mein Vater so viel Unglück, so viel Entbehrung, so viel Einsamkeit ... – ach.« Er bricht mitten im Satz ab und springt auf, verschwindet im Zimmer, kommt zurück, seine Jacke über den Schultern. »Ysabel, mein Schatz, tut mir leid, aber ich muß mich um meinen Vater kümmern. Es geht nicht anders.«

Ysabel reicht ihm ihre kühle, zarte Wange zum Kuß.

»Gut, fahr du zu deinem Vater. Dann schaue ich mir allein das Haus an. Ich nehme mir ein Auto, hier unten im Hotel wird man eins leihen können, und fahre da hoch. Gut, wenn du es so willst.« Sie reicht ihm auch ihre andere Wange, die noch kühler ist. »Und wann sehen wir uns wieder? Zum Abendessen? Oder überhaupt nicht?«

»Warum so zynisch, Schatz.« Felipe lächelt jetzt. Er ist erleichtert, daß letzten Endes alles so glimpflich verlaufen ist, das sieht Ysabel ihm an. Sie weiß, daß er in der Nacht ruhelos sich hin- und hergewälzt hat, daß er manchmal im Halbschlaf etwas gemurmelt hat, daß er dreimal aufgestanden ist, um ein Glas Wasser zu trinken, daß er, als sie ihn am Morgen küßte, um sich geschlagen hat wie ein Kind, das noch in seinen Alpträumen gefangen ist. Sie weiß das alles, und dennoch will sie ihm nicht verzeihen, daß er sie jetzt schon wieder im Stich läßt.

»Ich komme nach, sobald ich kann.« Er lächelt. Und bittet mit diesem Lächeln um Vergebung. »Ich komme wirklich ganz schnell.«

»Weine nicht, mein Engel«

Der Untersuchungsrichter Rafael Ginard hat dem Commandante einen sehr jungen Polizisten an die Seite gestellt. Sie sollen noch einmal die Wohnung des Toten durchsuchen, auf irgendwelche Hinweise, die den Vorfall in der Kirche erklären könnten. Am besten, hat der Amtsrichter gesagt, wäre es, wenn sie ihm einen Beleg dafür bringen, daß es zwischen Don Jaume Sureda und Alonso Villalonga eine Verbindung gibt, wie auch immer. Das würde etwas erklären, was ihm bislang so unlogisch scheint.

Der Commandante hat genickt und versucht, ein verständiges, kluges Gesicht zu machen. Ihm ist bislang jeder Mord unlogisch vorgekommen und überflüssig. Er hat nie verstanden, warum Soziologen und Psychologen versuchen, in der Vergangenheit eines Mörders das Motiv für die Bluttat zu finden. Ein Blick in die Geschichtsbücher, sagte er immer zu seiner jungen Frau, zeigt uns doch, wie gut man auch ohne Motiv töten kann. Ein Blick in die Geschichte unserer Insel zeigt doch, wie gut sie hier Menschen umbringen konnten, ohne einen Funken Berechtigung. Mit ihrer Vergangenheit hat das auch nichts zu tun gehabt. Vielleicht mit der Gegenwart, mit diesen Politikern, die Leute wie unsereiner, wie meinen Vater und deinen Vater, dazu gebracht haben, Dinge zu tun, die ihnen heute den Schlaf rauben. Ich für meinen Teil brauche keinen Psychologen, der mir so was erklärt. Ich sage nur:

General Francisco Franco. Das genügt. Gott sei Dank kann ich das heute sagen, ohne daß man mich dafür ins Gefängnis steckt und auf meiner Brust brennende Zigaretten ausdrückt.

Jetzt steht der Commandante vor dem Schrank im Schlafzimmer Alonsos und schiebt seine Hände widerstrebend zwischen die zusammengelegte Wäsche. Unterhosen aus Baumwolle, Hemden mit kurzem Ärmel und ärmellose. Socken, von denen viele ohne Gegenstück sind, andere mit großen Löchern. Pullover in Braun, Blau und Beige, auch alle Töne von Grün. Manche Pullover erscheinen fast neu, andere können schon ein paar Jahrzehnte alt sein. Es riecht nach Mottenpulver und abgestandenem Schweiß. Es riecht nicht gut. Der Commandante hat an diesem Morgen zu wenig gefrühstückt, aber das, was er gefrühstückt hat, liegt ihm nun im Magen und auf der Zunge. Er schmeckt, während er die Wäsche eines alten Mannes durchwühlt, die ranzige Butter, mit der das Bocadillo bestrichen war, das er in der Bar Ingles gegessen hat. Ein Bocadillo mit Schinken und Tomaten, nicht, weil er so etwas besonders gern zum Frühstück ißt, sondern nur, weil es nichts anderes gab. Und weil dieser junge Kollege, der ihm zugeteilt wurde, eine Schwäche für die Serviererin in der Bar Ingles zu haben schien, ein dralles, blondes Mädchen mit zu kurzen Beinen und einem viereckigen Arsch. Der Polizist konnte sich nicht satt sehen an ihrem Hintern. Solchen Männern, die ihre Begierde nicht zügeln können, bringt der Commandante nur Verachtung entgegen. Ohnehin hält er nicht viel von diesen jungen Leuten, die auf der Polizeischule im Schnellverfahren trainiert werden, nichts verstehen von den Feinheiten dieses Jobs, aber schnell die Pistole aus dem Halfter ziehen können, das schon. Und ihre Hosen heimlich zum Schneider im Dorf bringen, damit der Arsch noch knackiger wirkt. Und sich mit Sonnenbrille und Gel im Haar von der Freundin fotografieren lassen, in der Uniform.

Aber der Commandante will nicht ungerecht sein. Gewisse gute Hinweise auf das Vorleben von Alonso de Villalonga hat dieser Joan schon entdeckt. Zum Beispiel eine goldene Taschenuhr mit einem Sprungdeckel. Dieser Deckel klemmte, und der Commandante wollte die Uhr schon zur Seite legen, aber Joan sagte: Manchmal sind diese Uhren innen im Deckel graviert.

»Woher weißt du so was?« knurrte der Commandante.

»Mein Großvater hat so eine Uhr von meiner Großmutter zur Verlobung bekommen«, sagte Joan. »Meine Großmutter kam aus einer besseren Familie, weißt du, sie hatten Land, und deshalb hat mein Großvater sie auch geheiratet. Weil sie ein Stück Land besaß, und weil es sein Traum war, sich ein eigenes Haus zu bauen. Das haben sie dann auch gemacht. Meine Eltern wohnen immer noch in diesem Haus, obwohl es im Winter zu kalt und im Sommer zu heiß ist und jetzt an einer Straße liegt, oben bei Petra, die zum Steinbruch führt. Tag und Nacht donnern die Lastwagen direkt am Wohnzimmer meiner Eltern vorbei, ein solcher Höllenlärm, daß du dann dein eigenes Wort nicht mehr verstehst. Aber sie ziehen nicht weg. Sie sagen, dieser Flecken Erde gehört uns. Unsere Füße wachsen hier in die Erde.« Joan hat gelacht. »So was sagen meine Eltern. Ihre Füße wachsen da in die Erde, verrückt, was? Na ja, mein Vater ist Schlosser. Er arbeitet immer mit schweren Dingen. Vielleicht wird man dann so, wenn man immer Eisen glühend machen und dann beschlagen muß. Wenn die Funken einem ins Gesicht sprühen, vielleicht denkt man sich dann solchen Mist aus, daß die Füße in die Erde wachsen, weil er ja nicht wegkommt von seinem Hammer und dem Amboß.«

Während er redete, und der Commandante vor Empörung, daß ein Untergebener so ungeniert drauflos plaudert und dem Vorgesetzten die schöne Zeit stiehlt, die Lippen blutig biß, schaffte Joan es, den Uhrdeckel aufspringen zu lassen. Er erschrak selber so, daß die Uhr auf den Boden fiel, denn beim Öffnen des Deckels erklang eine kleine Musik. Ein altes Kinderlied – wie auf einem Xylophon gespielt:

Horabaixa past el sol
plarinyava l'infanto'
no plarev, angelet no

que mumareta no ha vol
no-ni-ño. No-ni-ño.

Wenn abends die Sonne versinkt,
weint der Kleine.
Weine nicht, mein Engel,
weil deine Mamá es nicht will.
Nein, nein, nein,
weine nicht, mein Engel.

Dem Commandante wurde das Herz weich, als er das Lied hörte. Es ist das Lied, das seine Mamá sang, wenn er weinte, es ist das Lied, das seine Großmutter sang, wenn seine Mamá weinte, als sie noch ein Kind war.

Es ist das Lied, mit dem ein Baby in den Schlaf gewiegt wird, das Lied, das er sang, als Knabe, wenn er im Dunkeln Angst hatte.

Es ist das Lied, das seine Frau singen wird, wenn ihr Sohn geboren ist. Seine Augen sieht er schon, groß auf die Lippen der Mutter gerichtet. Sein Lächeln sieht er schon und die Küsse, mit der seine Frau die Stirn ihres Babys bedeckt.

Horabaixa past el sol
plarinyava l'infanto'

»Hey«, rief Joan, und seine Augen wurden groß. »Hombre! Was ist das?«

»Ein Lied, du Dummkopf. Sei froh, daß die Uhr nicht kaputtgegangen ist.«

Er bückte sich, hob sie auf und ging damit ans Fenster. Das Fenster des Schlafzimmers führt auf einen Hof hinaus, der an diesem Morgen voller Wäsche hängt. Weiße Laken, vom Wind gebläht, von einer Häuserwand zur anderen gespannt.

Es riecht nach Lauge und billigem Waschpulver, nach einem Weichspüler, der mit einem chemischen Duftstoff versehen ist, etwas wie Apfel oder Zimt, etwas, das überhaupt nicht zu diesem Juni-Morgen und zu weißen Bettlaken paßt.

Aber Joan hat auch das schon recherchiert. Gegenüber sei

die Pension Galicia, sie werde von einer alten Dame geführt, Señora Artigues, einer Witwe, die von ihrem Mann um die Rente betrogen worden sei, weil er auf dem Totenbett in seinem Testament alles der Krankenschwester vermacht habe. Nur weil er ihre Brüste streicheln durfte, während er dem Tod entgegendämmerte. Alle hätten Mitleid mit der Señora Artigues und ertrügen es, daß sie jeden Morgen die Wäsche über den Hof hängt.

Tatsächlich war das Innere des Deckels graviert. In fein ziselierten Schnörkeln stand da: Zur Geburt am 4. Juni 1937 – und sonst nichts. Der Commandante rechnet, während er den Wäscheschrank des Toten durchwühlt. Dieses Geburtsdatum ist nicht das von Alonso. Alonso, das weiß man aus seinen Papieren, ist im Jahr 1915 geboren, und zwar im März.

»Man muß herausbekommen«, sagt der Commandante, »wer an diesem Tag geboren ist.«

»Wo?« fragt Joan. »In Palma? Oder auf der ganzen Insel? Oder in der Welt? Wo muß man suchen?«

Das ist eine gute Frage, aber genau deshalb ärgert sich der Commandante. »In den Papieren der Familie Villalonga natürlich, Dummkopf«, sagt er. Und weiß, daß Joan, dieser Schlaumeier, auch darauf eine Antwort haben wird.

Aber in diesem Augenblick spürt der Commandante, während er blind durch die hängenden Jacken und Hosen auf Hosenspannern hindurch die rückwärtige Schrankwand abtastet, fühlt er etwas Merkwürdiges, wie Kerben im Holz, und etwas, das sich wie ein Reifen anfühlt. Er schiebt die Hosen zur Seite und entdeckt eine kleine Tür, aus dem gleichen Holz wie die Rückwand, mit Sicherheit später von jemandem, der kein Meister der Tischlerkunst gewesen ist, eingepaßt. Er schiebt den Riegel zurück und sieht einen kleinen Safe. Vielleicht zwanzig mal zwanzig Zentimeter, groß genug, um Schmuck oder Dokumente darin zu verstecken. Groß genug, um ein schönes Geheimnis zu verbergen.

Der Commandante reckt sich und atmet tief durch. Draußen im Hof blähen sich die weißen Bettlaken der Señora Artigues.

Joan ist immer noch mit seinem Fund, der Taschenuhr, beschäftigt, dreht sie um und um, als könne er ihr noch mehr entlocken als dieses Kinderlied und die Gravur.

Aber ein Safe ist wahrlich besser als eine Taschenuhr. Kein Zweifel, in diesem Safe steckt der Schlüssel zum Tod des Alten, dieser Safe birgt den Schlüssel, um das Geheimnis des Todes von Alonso de Villalonga zu lösen.

Der Commandante wird sofort Meldung machen beim Amtsrichter, er wird persönlich um einen Termin beim Amtsrichter bitten und sich nicht von dieser dämlichen Sekretärin im Vorzimmer abspeisen lassen.

Er spürt schon, wie der Untersuchungsrichter Ginard hinter seinem Schreibtisch vorkommt, die Arme ausgestreckt, die Augen strahlend, und ihm die Hände auf die Schultern legt und folgendermaßen lobt: Gute Arbeit! Ich werde Sie bei nächster Gelegenheit lobend erwähnen, wenn eine Beförderung ansteht.

»Schau mal, Joan«, sagt der Commandante und tritt elegant einen Schritt zur Seite, um seinen Kollegen einen Blick in den Schrank werfen zu lassen.

Manche der Hosen haben Hosenträger, die auf dem Boden schleifen. In anderen stecken Gürtel. An der Schrankwand hängen die Krawatten, meist in gedeckten Farben, getupft und gestreift.

Alonso scheint einen gewissen Wert auf Kleidung gelegt zu haben. Oder er hat die Dinge, die er besaß, nie getragen. Der Anzug, in dem der den Tod fand, war offensichtlich vollkommen neu. Dabei hätte es der schwarze, der im Schrank hängt, durchaus getan. Zum Sterben allemal gut genug.

»Hey«, sagt Joan, »Hombre!« Er schaut den Commandante an. »Das ist ja ein Safe!«

»Exakt, Schlaukopf. Das ist ein Safe. Und weißt du was? Diesen Safe lassen wir jetzt aufbrechen, aber dazu brauchen wir eine richterliche Genehmigung.«

»Ganz genau.«

Der Commandante zerrt sein Sakko von der Stuhllehne, zieht es an, knöpft es zu, fährt sich einmal durchs Haar, streckt die Brust raus und zieht den Bauch ein und sagt: »Ich werde sofort dem Untersuchungsrichter Meldung machen. Du faßt mir nichts an, bis ich zurück bin.«

Son Rafal

Ysabel fährt in die Berge hinauf, die Wegbeschreibung ihres Vaters auf den Knien. Sie ist, wie der Vater es vorschlägt, kurz nach dem Ortsschild in Richtung Puigpunient abgebogen und hat dann eine Abkürzung über eine Schotterstraße, die durch den Besitz der Possession Sa Xaloc führt, genommen. Ihr Vater hatte vermerkt, daß Son Rafal alte Wegerechte besitze und man praktisch in jede Straße einbiegen könne, auch wenn auf ihr PRIVAT stehe. Auch dieses, hat er geschrieben, gehört zu dem Charme der Finca, daß man den Bewohnern immer jedes Recht eingeräumt habe, nicht aus Respekt oder Ehrfurcht, sondern aus Freundlichkeit. Er hoffe, daß sie den guten Ruf dieser Finca ehren werde.

Ysabel folgt dem Lauf des Torrent Sa Reira. Obwohl es heißt, daß er immer Wasser führe, kann sie nur ein feines, aber kristallklares Rinnsal in dem Kiesbett erkennen.

Weiter oben sieht man die sonnenbleichen Häuser von Galilea. Irgendwo muß eine alte Mühle sein, ein Tor, das immer offensteht (auch das gehört zu den alten Wegerechten), und neben dem Tor eine kleine Madonnenstatue. Vor der Statue liegt ein feingebundener Strauß aus Zweigen des Erdbeerbaumes, mit rotgelben Früchten. Der Regen hat in der Nacht auch hier gewütet. Überall haben sich Maronen gelöst, ist Schiefer vom Fels abgesprungen und auf dem Schotterweg zerplatzt. Scharfe Kanten werden unter den Rädern zermahlen. Ysabel fährt vorsichtig, schaltet einen Gang zurück. Sie hält Ausschau an einem Steinwall, hinter dem Feigenbäume stehen sollen. Alte, große Feigenbäume, die blaue Früchte tragen, die ersten schon jetzt, im Juni. Ihr Vater hat ihr erzählt, daß diese Feigen der ganze Stolz seiner Mutter gewesen sind. »Bis nach Madrid haben wir die Feigen verkauft«, hat er gesagt, »in den besten Restaurants von Barcelona hat man unsere Feigen serviert, zusammen mit kleinen Scheiben vom Jamon Iberico. Mamá hat sich ihr ganzes Leben geärgert, daß die gleichen Händler, die ihre Feigen so liebten, aber nicht den Schinken ihrer Schweine kaufen wollten. Diese Schweine haben sich schließlich genau von den Feigen dieser Bäume ernährt, unter ihnen sind sie herumgelaufen, haben sich gesuhlt, geschlafen und den Magen vollgeschlagen. Mamás Schinken war wunderbar, aber sie konnte ihn immer nur in Palma verkaufen, auf dem Mercat Olivar. Die Versorgung über das Wasser hat sie mit ihren Schinken nicht geschafft.« Das hat Don Pepe Ysabel erzählt, als er von seiner Kindheit sprach, von den Wochenenden, die er bei seiner Mutter verbrachte. Jetzt, wo sie nach diesen Feigenbäumen Ausschau hält, fällt es ihr wieder ein.

Ein Fuhrwerk kommt ihr entgegen. Gezogen von einem Maulesel, der mit den Ohren spielt, um die Fliegen zu vertreiben. Eine alte Frau, das Kopftuch tief in die Stirn gezogen, lenkt mit ihren gichtigen Fingern die Zügel. Sie hockt auf einem Brett, das sie über zwei Holzkisten gelegt hat, und muß bei jedem Rucken das Brett ausbalancieren. Ihr Kopf sitzt tief zwischen hochgezogenen Schultern. Das Gesicht ist gegerbt, voller Falten.

Ysabel lenkt den Wagen so nah wie möglich an die Felswand, um das Fuhrwerk vorbeizulassen.

Die alte Frau hebt kurz den Kopf, nickt.

»Nach Son Rafal?« ruft Ysabel und deutet nach vorn. »Führt dieser Weg dahin?«

Die alte Frau zerrt am Zügel, und der Maulesel bleibt augenblicklich stehen und läßt den Kopf so tief sinken, daß sein Maul den Boden berührt.

»Nach Son Rafal? Ja, das ist der Weg. Aber da wohnt keiner.«

»Ich weiß.« Ysabel lacht. »Aber mein Vater hat mir den Schlüssel gegeben.« Sie hält den alten Eisenschlüssel hoch. Sie lacht wieder. »Und jetzt schau ich es mir an. Zum ersten Mal. Wie schön es hier ist.«

»Wir haben die beste Luft von Mallorca«, sagt die alte Frau, ihre kleinen Augen mustern Ysabel. »Don Pepe de Villalonga. Er hat Ihnen den Schlüssel gegeben?«

Als Ysabel nickt, sagt sie: »Dann müssen Sie seine Tochter sein. Seine Tochter Ysabel, über die er schon viel gesprochen hat. Mein Sohn ist Maurer. Er hat geholfen, das Haus wieder herzurichten. Er ist ein guter Maurer, so geschickt, er kann gipsen und verputzen, er kann alte Farben anrühren und Steinböden verlegen nach uralten Mustern. Er ist sehr gut, mein Sohn. Sie werden es sehen. Er hat im Eingang alle Pflasterarbeiten gemacht.«

»Schön«, Ysabel lacht. »Ich freue mich.«

»Und mein Mann«, sagt die alte Frau, »hat bis vor zehn Jahren noch die Bäume beschnitten. Es gibt sehr viele Granatäpfel auf der Finca, und Feigen. Aber das wissen Sie bestimmt.«

»Ja«, Ysabel deutet nach rechts. »Da irgendwo muß der Feigengarten sein.«

»Hundert Meter noch, mehr nicht. Dann sehen Sie auch den Brunnen, mit der Zisterne, und wenn Sie weiterfahren, kommen Sie an dem alten Wasserreservoir vorbei. Aber das ist jetzt trocken. Es gibt einen neuen Brunnen, den hat Ihr Vater bauen lassen. Das Wasser in dem anderen Brunnen war gelb. Zuviel Eisen. Zuviel Schwefel. Einfach zu lange nicht gepflegt. Mit dem Wasser ist es wie mit allem. Mein Pferd da, mein Maulesel, er ist schon so alt, er müßte längst tot sein. Aber ich denke, weil ich immer so gut zu ihm war, ihn geschont habe, wenn er müde war, und seine Beine gesalbt, wenn er Schmerzen hatte, deshalb denkt er, er muß durchhalten so lange wie ich. Ich bin jetzt fünfundsiebzig. Aber wenn Gott will, daß ich achtzig werde«, sie lacht und zeigt ihren zahnlosen Mund, »dann wird er das nicht schaffen. Fünf Jahre kann er nicht mehr leben. Es wäre ein Wunder.«

»Manchmal geschehen solche Wunder«, sagt Ysabel.

Die alte Frau nickt, schaut Ysabel an. »Ich habe Sie in der

Zeitung gesehen«, sagt sie. »Mein Sohn hat alle Zeitungen gekauft, in denen etwas über Ihre Hochzeit stand. Das muß ein großes Fest gewesen sein. Solche großen Feste werden hier oben schon lange nicht mehr gefeiert. Die Leute, die früher hier wohnten und diese Feste veranstaltet haben, sind weggezogen. Sie haben ihre Güter verkauft an Hotelbesitzer, an Ausländer, was weiß ich. Sie sind jedenfalls nicht mehr da. Das einzige Ereignis, das es hier noch gibt, ist der Tanz, jeden Freitag, auf dem Platz. Da machen sie sich dann alle hübsch. Sie müssen auch einmal kommen. Damit das Dorf weiß, daß Son Rafal wieder bewohnt ist. Es war traurig zu sehen, wie es immer mehr verfiel.«

»Ich werde oft kommen«, sagt Ysabel.

»Ich denke, Sie werden in Madrid wohnen, da arbeiten. Und Ihr Mann, er ist doch der Sohn von dem berühmten Anwalt, ich denke, er wird auch in Madrid arbeiten.«

»Ja«, sagt Ysabel, »Felipe wird in der Kanzlei arbeiten, die seinem Vater in Madrid gehört. Und ich werde für eine Bank arbeiten.« Sie lacht. »Devisengeschäfte und solche Sachen. Klingt nicht besonders spannend.«

Die alte Frau nickt. »Früher habe ich gedacht, nur die Liebe ist wichtig, daß man genug zu essen hat für die Kinder, daß man ein Haus hat, das im Winter warm und im Sommer kühl ist, einen Mann, der treu ist, solche Dinge eben. Und ein bißchen Spaß am Sonntag, nach dem Kirchgang. Früher habe ich gedacht, daß das alles ist, was der Mensch sich wünschen kann. Heute weiß ich, daß solche Dinge, wie Sie sie gelernt haben, Señora, und wie Ihr Mann sie gelernt hat, ganz wichtig sind.« Sie lenkt den Maulesel, der erschrocken den Kopf hebt, ein bißchen weiter an Ysabels Wagen heran. »Wissen Sie, ich sage immer zu meinem Sohn: Diese Leute, die große Häuser besitzen, und Schiffe, unten im Hafen, haben Sie schon einmal gesehen, welche Yachten da liegen? Mein Gott, die kosten soviel wie ein Schloß, sage ich zu meinem Sohn. Und dann sage ich, Leute, die so etwas besitzen, haben alle bessere Schulen besucht als du. Sie haben mehr gelernt für die Schule als du. Sie sind nicht jeden Nachmittag hinauf in die Berge geklettert und haben Fallen aufgestellt, oder sich mit Jungen auf dem

Fußballplatz geprügelt. Und deshalb haben sie jetzt mehr Geld als wir. Mein Sohn ist nämlich manchmal neidisch auf all das Geld, das die anderen haben. Und das sie so herumzeigen. Er sagt, ich arbeite zehn Stunden am Tag und werde mir nie eine Yacht leisten können. Das ist ungerecht.«

»Besonders, wenn jemand eine so gute Arbeit macht wie Ihr Sohn.«

»Sie haben seine Arbeit noch nicht gesehen. Fahren Sie hin. Schauen Sie es sich an. Und wenn Sie Lust haben, kommen Sie irgendwann mal vorbei, auf ein Glas Hierbas. Wir machen den Kräuterschnaps selbst. Und dann sagen Sie meinem Sohn, was Sie von seiner Arbeit halten. Und vielleicht haben Sie ja wieder mal Arbeit für ihn. Was weiß ich, wenn ein Baby kommt und Sie ein Zimmer für die Kinderfrau brauchen, oder wenn Sie sich Pferde anschaffen wollen und ein Stall ausgebaut werden muß. Mein Sohn macht alles. Er kann alles. Aber jetzt spielt er immer im Lotto. Er denkt, da verdient man das Geld schneller.« Die alte Frau lacht, hebt die Schultern. »Was soll man sagen, er ist jetzt vierundvierzig Jahre alt. Er soll tun und lassen, was er will. Ich wünsche Ihnen einen guten Tag, Señora, und daß Son Rafal Ihnen Glück bringt.«

Sie schlägt die Gerte so in die Luft, daß sie pfeift. Der Maulesel legt die Ohren an und trottet los.

Als Ysabel ein paar Meter weiter gefahren ist, sieht sie hinter einer zwei Meter hohen Steinmauer die ersten trockenen Zweige alter Feigenbäume, und an den Zweigen schwere, blaue Früchte.

»Hallo, ihr Feigen«, sagt Ysabel, »hallo, ich komme. Ich bin Ysabel. Es kommt wieder Leben nach Son Rafal.«

Der Deal

Bartolomé öffnet Felipe die Tür. Er verbeugt sich und begrüßt den Sohn seines Masters mit jenem sanften, demütigen Lächeln, für das Sureda ihn vor Jahren eingestellt hat.

»Die Herrschaften sind im Arbeitszimmer.«

Er führt Felipe durch die Halle, den Salon, das angrenzende Speisezimmer mit den aus Marmor gebauten Bogenfenstern, durch die man einen Blick auf das türkisblaue Meer und die schroffen Felsen hat, die die Cala Oscura einrahmen.

»Welche Herrschaften?« fragt Felipe, ohne Blick für die Schönheiten. »Ist mein Vater nicht allein?«

»Mister Brown hat uns zum Frühstück besucht. Er ist schon seit acht Uhr hier. Ihr Vater hat eine sehr schlechte Nacht verbracht, Mister Felipe.«

»Mister Brown?« fragt Felipe. »Gordon Brown?«

Bartolomé hat die Hand auf der Türklinge. Er wendet sich zu Felipe um. Seine Stimme ist noch leiser als gewöhnlich, nur ein Hauch. »Ja, Mister Brown aus London. Würden Sie bitte einmal fragen, ob ich frischen Tee bringen soll, oder kaltes Mineralwasser. Ich habe Ihrem Vater gesagt, er soll mich rufen, und ich sitze hier und warte, aber er vergißt manchmal, daß er viel trinken muß. Der Arzt hat ihm gesagt, er soll viel trinken, wegen seiner Nieren.«

»Was ist mit Vaters Nieren?« fragt Felipe.

Bartolomé lächelt sanft. »Ich weiß es nicht. Der Master

spricht nicht über solche Dinge mit mir. Er hat mir nur einmal gesagt: Bartolomé, achte darauf, daß ich immer genug Wasser trinke. Der Doktor hat gesagt, drei Liter Wasser täglich, sonst spielen meine Nieren nicht mehr mit. Würden Sie Ihren Vater fragen, bitte? Und vielleicht möchte Mister Brown etwas anderes als Tee? Einen Gin Tonic vielleicht?«

Als Felipe an ihm vorbei ins Arbeitszimmer treten will, fällt sein Blick wie zufällig auf Bartolomés Füße.

»Aber du trägst ja Schuhe!« ruft er verblüfft.

Der Diener nickt. »Ihr Vater hat es angeordnet. Ich weiß nicht, warum.«

Er schaut auf, schaut in Bartolomés Gesicht, und auf einmal scheint ihm, daß sich etwas verändert hat.

»Geht es dir nicht gut?« fragt er besorgt.

Bartolomé lächelt. »Oh, mir geht es gut, Mister Felipe. Ich mache mir nur Sorgen wegen des Masters. Was wird passieren, wenn man ihn doch verurteilt?«

»Er hat nichts getan, Bartolomé, er ist unschuldig.«

Bartolomés Augen werden groß. »Ein anderer Mensch ist es gewesen? Ein anderer hat diesen alten Mann getötet?«

Felipe seufzt. Jetzt ist er gereizt. Hinter den Türen verhandelt sein Vater mit Gordon Brown, und er hat keine Ahnung, worüber geredet wird.

»Ich werde sie fragen und dir Bescheid sagen. Ich denke dran.«

Das Konferenzzimmer, ein halbrunder Raum mit Fenstern, die wie Sehschlitze sind, wie Schießscharten, in Augenhöhe, wenn man steht, aber sobald man sich an den Konferenztisch aus poliertem Granit setzt, sieht man nun doch das Licht, das durch die Sehschlitze fällt. Sureda hat seinem Sohn damals, als er den Arbeitstrakt ans Haus anbauen ließ («für Verhandlungen, die nicht unbedingt von der ganzen Belegschaft in der Kanzlei verfolgt werden sollen«), erklärt, daß man in einer Konferenz, bei einem Arbeitsgespräch, durch gar nichts abgelenkt werden soll, deshalb sind die Wände nackt bis auf die Lampen, die ein gleichmäßiges, neutrales Licht im Raum schaffen, keine Kunst an den Wänden, kein Blumenschmuck, acht Aluminiumstühle mit Lederpolsterung um den Tisch. Auf jedem Platz eine Schreibunterlage aus Löschpapier, in schwarzes Leder eingefaßt, ein silberner Drehbleistift, mehrere Kugelschreiber. Und sonst nichts. Nicht einmal Bücher, nicht ein juristisches oder wirtschaftliches Nachschlagewerk. Das alles ist verbannt ins Nebenzimmer. Dort gibt es Fax, Computer, Satellitentelefonverbindungen um den Globus. (Die große Satellitenschüssel ist, von Lorbeersträuchern verdeckt, auf einer Felsspitze angebracht, unter Lebensgefahr des Monteurs, der nur deshalb ausgewählt worden war, weil er in seiner Freizeit Ex-trem-Bergsteigen liebt.)

Sie umrunden den Tisch, wie immer. Weil die seidenglatt geschliffene Oberfläche des lapislazuliblauen Tisches ihn fasziniert, fährt Felipe mit der Hand darüber.

Bartolomé lächelt. »Ich habe heute morgen sehr früh noch alles geputzt, Mister Felipe, ich mache das immer selbst. Hier und in das Schlafzimmer des Masters lasse ich die Putzfrauen nicht.« Er legt die Hand auf die Klinke des Arbeitszimmers. Von drinnen dringt kein Geräusch heraus.

»Nicht ein anderer, Bartolomé. Du verwechselst da etwas.«

Bartolomés Augen, erfrischend und groß, auf Felipes Gesicht gerichtet. Felipe lächelt. »Mach dir keine Sorgen. Es wird alles so bleiben, wie es ist. Alles. Vielleicht wird es sogar noch schöner.«

Bartolomés Mundwinkel zucken. Felipe kann nicht unterscheiden, ob es die Andeutung eines Lächelns ist oder ob er einen Schmerz verbergen will.

Sureda, in Polohemd und heller Leinenhose, steht mit Gordon Brown am Fenster des Arbeitszimmers. Auch hier Bogenfenster mit dem Blick auf die Bucht. Nach dem nächtlichen Regen und dem Sturm, der den Regen begleitet hat, ist das Meer jetzt wieder ruhig. Auf der Yacht, die draußen vor Anker liegt, arbeitet die Crew, schrubbt das Deck, poliert die Messingnischen.

Sureda dreht sich lachend zu Felipe um, als der durch die Tür tritt.

»Felipe, ich habe meinen Freund Gordon Brown eben zu einem kleinen Turn nach Ibiza überreden können. Ich lasse das Boot startklar machen. Wir werden an Bord Mittag essen, es ist alles schon geregelt, das Boot wird in Palma gechartert und kommt hierher zurück, so gegen zwölf. Du hast doch Zeit?«

Felipe begrüßt seinen Vater, indem er ihm die Hände auf die Schultern legt und für einen Sekundenaugenblick seine Wange gegen die glattrasierte, kühle Wange des Vaters hält. Dann reicht er Gordon Brown die Hand. Gordon Brown, im dunklen Anzug, mit weißem Hemd und einer Hermes-Krawatte, hat seine Hand gedrückt, wie Felipe es nicht erwartet hätte. Er verzieht schmerzhaft das Gesicht. Sureda lacht aufgeräumt. »Ein Händedruck wie ein Pferdekutscher, was? Ich gebe diesem Mann schon lange nicht mehr die Hand. Ich bin zufrieden mit der Art, wie meine Fingerknöchelchen in den Gelenken sitzen. Ich will nicht, daß sich da was ändert.«

Gordon Brown, gutgelaunt, lacht über diesen kleinen Scherz. »Es hat nicht weh getan, oder?« fragt er. »Nicht wirklich.«

»Nein, wirklich nicht. Nur ein bißchen.« Felipe reibt seine Fingergelenke, während er sich an seinen Vater wendet: »Bevor ihr mir irgend etwas erzählt, etwas Wichtiges, soll ich von Bartolomé fragen, ob du genug getrunken hast, Vater, ob noch Mineralwasser gewünscht wird, Tee oder irgend etwas anderes. Bartolomé schleicht draußen herum. Sehr besorgt, ihr könntet hier drinnen verdursten.«

»Und man schiebt ihm später zwei Morde in die Schuhe«, Sureda wirft einen Blick auf den Teewagen, benutzte Teetassen, geleerte kleine Pellegrinoflaschen, ausgedrückte Zitronenviertel.

»Ich denke, ein paar Fläschchen Pellegrino wären gut. Felipe, wir haben dir etwas Großartiges mitzuteilen. Gordon Brown hier, mein Freund, der nicht nur mein Freund ist, sondern auch der von Tony ...«

»Der Tony?«

»Wer sonst. Er kommt direkt aus London.«

Felipe schaut aufmerksam von Gordon Brown zu seinem Vater. Die beiden schauen sich an, alte Kumpel, alte Kumpanei. Felipe spürt, wie jung er ist, wie wenig er dieses Spiel bislang beherrscht. Jemanden ins Boot ziehen und gleichzeitig das Wichtige ungesagt lassen. Immer noch im Besitz eines Geheimnisses zu sein, immer noch ein paar Dinge nur Chefsache sein lassen. Herrschaftswissen. Das ist die wahre Macht. Daß man immer ein bißchen mehr weiß als die anderen, auch jene, von denen man erwartet, daß sie mit ins Boot kommen.

Felipe nutzt den Moment, hinauszugehen und Bartolomé, der im Konferenzzimmer wartet, die Bestellung aufzugeben.

»Danke, Mister Felipe, danke«, flüstert Bartolomé.

»Wofür bedankst du dich?« fragt Felipe amüsiert. »Dafür, daß du in die Küche gehen mußt und ein Sechserpaket Pellegrinofläschchen holen darfst?«

Bartolomés Augen verdunkeln sich. Er verneigt sich, wendet sich ab und geht in seinen neuen Schuhen davon. Der Gang ist nicht mehr so geschmeidig, und vor allen Dingen nicht mehr vollkommen lautlos, obgleich Bartolomé sich große Mühe gibt, mit diesen neuen Ledersohlen kein Geräusch auf dem Marmorboden zu machen.

»Bartolomé trägt jetzt Schuhe«, sagt Felipe, als er zu den beiden Männern zurückkehrt. »Hast du das wirklich angeordnet, Vater?«

Sureda macht eine ungeduldige, barsche Handbewegung. »Ach, hör damit auf. Hat er sich bei dir beklagt? Mir sagt er, seine Füße tun weh, wenn er Schuhe trägt. Aber das ist Unsinn. In der ganzen zivilisierten Welt tragen die Menschen Schuhe.«

»Aber früher hat es dir so gut gefallen, wie Bartolomé lautlos durch das Haus geht. Jetzt ist sein Gang auf einmal plump. Ich glaube, darunter leidet er mehr, als er sagen kann.«

»Sind wir hier zusammengekommen, um über die Schuhe meines Dieners zu reden?« In Suredas Augen blitzt Zorn auf. »Felipe, nimm dich zusammen. Wir sind keine Studentenvereinigung, die für Rechte der Völker in der Dritten Welt kämpft. Bartolomé hat das große Los gezogen, als er diesen Job hier bekommen hat. Weißt du, wieviel Geld er schon auf der Bank hat? Eines Tages wird er sich hinstellen in einem wunderbaren Armani-Anzug und sagen: Master, ich gehe jetzt zurück auf die Philippinen. Vielen Dank. Und machen Sie Ihren Dreck in Zukunft alleine. Ich gehe zurück auf die Philippinen, kaufe mir von dem Geld, das ich bei Ihnen verdient habe, ein Haus und einen Mercedes, gebraucht natürlich, und heirate.«

Felipe weiß, daß jetzt alles gesagt ist und daß es Zeit ist, zum eigentlichen Thema zurückzukehren. Er hat einen Blick auf die Pläne geworfen, die auf dem Schreibtisch ausgebreitet sind, und einen Blick auf die beiden Computer. Einer druckt gerade die neuesten Börsenkurse des Nasdaq Index aus Tokio, London und New York aus, der andere zeigt ein Auto, eine Zeichnung, dreidimensional, die im Raum schwebt. Etwas an diesem Auto ist anders, das sieht Felipe auf einen Blick, und er sollte jetzt seinem Vater zeigen, wie schnell sein Kopf funktioniert, wie phantastisch sein Verstand ist. Er sollte zu dem Bildschirm gehen und auf den kleinen Chip deuten, dieses leuchtende kleine Ding unter der Motorhaube, und sagen: Das ist es, nicht wahr? Das ist der Chip, den ihr bauen wollt. Auf dem Land, das du den Villalongas abgekauft hast, nicht wahr? Für diesen Chip wollt ihr da Fabriken bauen lassen und Häuser für die Spezialisten. Das ist das Ding, das alles zwischen Madrid und London so begehrlich macht. Damit werden wir Milliardäre. Nicht wahr? Und kriegen einen Sitz im Corte.

Gordon Brown geht zu dem Computer, auf den Felipe jetzt starrt, deutet mit dem Finger auf den kleinen Chip unter der Motorhaube des dreidimensional rostereten, skizzierten Autos und sagt: »Raten Sie mal, Felipe, was das ist.«

»Der Chip, der den Benzinverbrauch so steuern kann, daß jeder Motor mit dem geringstmöglichen Benzin die beste Leistung bringt.«

»Richtig.« Gordon Brown klickt ein anderes Bild an.

Eine Küche, hypermodern, auch dreidimensional. Er vergrößert den Kühlschrank, bis er fast das ganze Bild füllt. Auch der Kühlschrank dreht sich jetzt um die eigene Achse.

»Und hier?«

»Keine Ahnung.« Felipe hebt die Schultern. »Für mich ist das ein normaler Kühlschrank. Wollen wir hier Kühlschränke bauen? Ist das nicht ein bißchen spät?«

»Dieser Kühlschrank, mein Lieber«, sagt Gordon Brown, »ist kein normaler Kühlschrank. Er ist so etwas wie ein eigenes Headquarter. Schauen Sie sich diesen Chip an. Hier, in der Seitenwand. Dieser Chip kann ermitteln, welche Bestände im Kühlschrank fehlen, er weiß, was der Haushalt gewöhnlich an

Lebensmitteln braucht, und er ist in der Lage, selber die fehlenden Lebensmittel zu ordern. Ebenso kann die Waschmaschine Bestellungen für Waschpulver und Antikalkmittel aufgeben, die Geschirrspülmaschine etc. Wir haben einen Spezialisten ins Boot geholt, Felipe, der uns einen Chip bauen wird, bei dessen Anblick Bill Gates alt aussieht.«

»Alt wie ein Greis«, sagt Sureda und lacht.

»Mit diesem Chip werden wir die Elite der Zukunft an uns ziehen. Mallorca wird das neue Silicon Valley Europas.« Gordon Brown atmet tief durch und strahlt Felipe an. »Wie klingt das? Und zwar alles genau auf dem Gelände, das Ihr Vater vorausschauenderweise vor Jahren bereits gekauft hat und für das er alle Genehmigungen in der Tasche hat, die die Regierung von Mallorca verlangen wird.«

»Die Burschen hier sind nicht einfach, seit die Regierung gewechselt hat«, sagt Felipe skeptisch. »Für mich klingt das alles grandios. Aber wird es gelingen?«

Gordon Brown und Sureda wechseln einen Blick.

Wie auf Kommando gehen sie auf Felipe zu. Jeder legt eine Hand auf Felipes Schultern. Ein feierlicher, ernster Augenblick. Ein Augenblick, der über die Zukunft entscheidet. Von Mallorca oder Madrid, London, Europa. Oder vielleicht nur über die Zukunft von Dr. Felipe Ramón Sureda.

»Es wird gelingen, ganz ohne Frage«, sagt Gordon Brown, »alle Weichen, die gestellt werden müssen, sind gestellt. Alle Hindernisse, die aus dem Weg geräumt werden mußten, sind aus dem Weg geräumt. Wir haben das GO der Regierung und das Placet der europäischen Gemeinschaft. Natürlich alles Top secret. Natürlich ist das nur auf der allerobersten Ebene gelaufen. Also, deshalb niemals ein Wort an irgend jemanden.«

»Verstehst du?« warnt Sureda. »An niemanden!«

»Auch nicht einmal an Ihre reizende junge Frau«, sagt Gordon Brown. »Ich werde den Verdacht nicht los, daß ich im Flieger von London neben ihr gesessen habe, ohne es zu wissen. Möglicherweise habe ich furchtbaren Unsinn geredet, und sie wird mich jetzt immer für einen kotzlangweiligen Vertreter halten.«

Sureda und Felipe lachen, wie es Gordon Brown erwartet.

»Ich glaube nicht, daß Ysabel so etwas denkt«, sagt Felipe. »Mein Sohn hat nämlich nicht nur eine sehr attraktive, sondern auch eine kluge Frau geheiratet.«

Man hört Schritte.

Alle drei Männer heben den Kopf und schauen sich an.

Kurz darauf ein dezentes Klopfen.

Es ist Bartolomé. Er bringt die Wasserflaschen, er bringt Eiswürfel, die so kalt sind, daß sie knallen, wenn man sie in eine Flüssigkeit gibt, und frisch aufgeschnittene Zitronen, eben vom Baum gepflückt. Wortlos tauscht er die leeren Flaschen aus und verschwindet. Seine Schritte hallen auf dem Marmor.

»Verstehst du jetzt«, Sureda wendet sich an seinen Sohn, »warum ich ihm gesagt habe, er soll in Zukunft Schuhe tragen? Jetzt höre ich ihn, wenn er kommt. Wir dürfen in dieser Sache niemandem trauen. Niemandem.«

»Also, noch einmal«, Gordon Brown läßt das Wasser über die Eiswürfel laufen und hört zufrieden das Knacken des Eises, »wir kümmern uns um das alles, Felipe. Sie sind mit im Boot, das ist klar, auch wenn wir Sie im Augenblick noch nicht in alles einweihen. Das ist aber kein Mißtrauen gegen Sie, sondern nur ökonomisch. Wir wollen nicht, daß Sie Ihre Zeit vergeuden. Sie sollen sich ganz auf eines konzentrieren. Nur auf das eine.«

»Und das wäre?« fragt Felipe.

»Junge, du mußt mir diese Sache vom Hals schaffen. Diesen Richter dazu bringen, daß er die Anklage fallenläßt.« Sureda wendet sich an Gordon Brown. »Die Dinge haben sich ein bißchen kompliziert, seit wir erfahren haben, daß der arme alte Herr in der Kirche ein Verwandter ist. Genaugenommen der Großvater vom Ysabel, meiner Schwiegertochter.« Sureda fixiert seinen Sohn. »Es ist so wichtig, daß auf mir nicht der Makel lastet, ich habe seinen Tod willkürlich verursacht. Von Mord will ich nicht reden, denn mit Mord hat diese unselige Geschichte nicht das geringste zu tun.«

»Aber sie könnte«, sagt Felipe. »Ich habe darüber nachgedacht. Wenn nämlich herauskommt, daß du als Kind von den Villalongas weggegeben wurdest, wenn die Welt erfährt, was diese Familie dir angetan hat, Vater, dann wird der Richter vielleicht denken, du hast ihn aus Zorn ermordet, aus Rache.«

Gordon Brown nippt an seinem Pellegrino und schaut von einem zum anderen. »Gibt es etwas, das ich wissen sollte?«

Sureda legt seinen Arm um Gordon. »Eine Familienangelegenheit. Aber nicht schön.«

»Gar nicht schön, nein«, sagt Felipe. »Die ganze Nacht habe ich an meinen armen Vater denken müssen. Wie er das weggesteckt hat, diese Kindheit. Diese Schmach. Diese Demütigung.« Er wendet sich an seinen Vater. »Wie du das weggesteckt hast. Respekt.«

»Danke. Ich habe immer gehofft, daß du es verstehst.«

»Was muß er verstehen?« fragt Gordon Brown. »Und was sollte ich wissen, um es auch zu verstehen?«

Sureda schaut auf die Uhr. Er geht ans Fenster. »Das Boot wird in einer Stunde zurück sein. Inzwischen machen wir hier unsere Hausaufgaben, und dann gehen wir raus, aufs Meer, Richtung Ibiza. Und dann erzählen wir dir eine Geschichte, Gordon, die wieder einmal beweist, daß alle großen Entscheidungen in der Welt ihren Ursprung im Privaten haben. Im ganz Persönlichen. Warum ist Napoleon von diesem unbändigen Machtwillen und Ehrgeiz gewesen? Warum hat er sich zum Kaiser krönen lassen? Weil er den Makel loswerden wollte, Kind armer Eltern zu sein. So einfach funktioniert die Welt, meine Lieben. Und jetzt an die Arbeit.«

Die Enttäuschung des Untersuchungsrichters

Der Commandante eilt um den Jeep herum, der vor dem Haus Nr. 22 in der Carrer Font Augustín hält, und reißt für den Untersuchungsrichter Rafael Ginard den Schlag auf.

Der Untersuchungsrichter, der an diesem Morgen bereits einen rückfälligen Einbrecher, einen Triebtäter und eine alte Frau, die ihre zwanzig Katzen verhungern ließ, verurteilen mußte, steigt aus dem Wagen auf die Straße und stürzt beinahe über die Schubkarre mit Wassermelonen, die vor dem Gemüseladen aufgestellt ist.

Der Gemüsehändler steht vor der Tür und tut, als sei er furchtbar damit beschäftigt, einen Zopf Peperoni und einen Zopf Knoblauchzehen an der Markise zu befestigen.

Eine Vespa mit stinkendem Auspuff zwängt sich an ihnen vorbei. Oben, im ersten Stock des Hauses Nr. 23, beugt sich eine Frau über das Balkongeländer, sie trägt einen Morgenmantel, der zu eng für ihren großen Busen ist.

»Was ist los?« schreit sie. »Wir wollen keine Polizei. Haut ab! Hier ist alles in Ordnung. Schert euch weg! Wir haben lange genug Leute wie euch ertragen müssen, Leute wir euch, die überall herumschnüffeln. Ich habe die Nase voll.« Sie tritt in das Zimmer zurück und schlägt die Balkontüren zu.

Der Richter reibt verlegen sein Kinn, der Gemüsehändler tippt sich an die Stirn. »Sie ist ein bißchen verrückt, machen Sie sich nichts draus.«

»Ich hatte nicht vor, das ernst zu nehmen«, sagt der Richter, nachdem er sich gefaßt und seine Würde zurückgewonnen hat.

Der Commandante geleitet den Untersuchungsrichter zum Haus Nr. 22. »Hier ist es«, sagt er beflissen, »hier hat der Ermordete gewohnt, im zweiten Stock. Hier unten stand immer sein Korbstuhl, eine Art Schaukelstuhl, wie der Gemüsehändler sagt. Jeden Morgen, wenn der Gemüsehändler seinen Laden öffnete, saß Don Alonso schon da. Jedenfalls im Sommer, im Winter schlief er bis mittags, und das Frühstück, das er in der Bar Francisco einnahm, war zugleich auch sein Mittagessen. Achtung, bitte, im Eingang ist eine Stufe, die man schlecht sieht, wenn draußen das Licht so hell ist. Überhaupt ist es ein sehr dunkler Flur. Das Geländer, fürchte ich, ist auch nicht sehr fest. Bitte, passen Sie auf.«

»Hören Sie«, der Untersuchungsrichter, die Hand am Geländer, um in den ersten Stock hinaufzusteigen, wendet sich um zum Commandante, »es ist nicht das erste Mal, daß ich ein solches Haus betrete. Ich komme schon zurecht. Zeigen Sie mir nur die Wohnung und den Safe.«

»Die Wohnung im zweiten Stock, wie ich schon sagte, rechts.«

»Gut. Was ist mit Señor Pepe de Villalonga?«

»Er ist unterwegs, wie mir die Köchin sagte. Er kommt mit seiner Frau. Er wollte, daß sie ihn begleitet.«

»Gut so.« Der Untersuchungsrichter nickt zufrieden und beginnt den Aufstieg in den zweiten Stock.

»Schauen Sie, hier, ein Müllsack. Was die Leute alles im Flur stehenlassen.«

»Es ist nicht unsere Sache, uns dafür zu interessieren, was die Leute mit ihrem Müll machen, mein Lieber. Wir müssen uns nur um die Dinge kümmern, für die wir einen Auftrag haben, einen schriftlichen Auftrag, verstanden?«

Der Commandante, beschämt, senkt den Kopf. Er folgt dem Untersuchungsrichter, der für sein Alter erstaunlich behende und ohne geringste Atemnot die ungleichen Stufen nimmt.

Oben auf dem Treppenabsatz wartet Joan auf sie.

»Na, mein Lieber«, ruft der Untersuchungsrichter, »haben Sie noch eine bahnbrechende Entdeckung gemacht?«

Joan schüttelt den Kopf. »Leider nicht. Ich habe nur gewartet und aufgepaßt, daß nichts angerührt wird, keine zusätzlichen Fingerabdrücke und so.«

»Gut. Das war gut.« Der Untersuchungsrichter lächelt dem jungen Polizisten leutselig zu, während er an ihm vorbei in die Wohnung tritt. Das gibt dem Commandante einen Stich ins Herz. Hat der Untersuchungsrichter ihm vielleicht zugelächelt, als er von der sensationellen Entdeckung berichtete? Ein geheimer Safe! An der Rückseite des Kleiderschrankes! Den er entdeckt hat durch seinen Spürsinn, durch seinen Scharfsinn hat er etwas entdeckt, das den Kollegen von der Spurensicherung entgangen ist.

»Ich wußte schon, warum ich Sie noch mal losgeschickt habe«, hat Rafael Ginard gesagt, seinen Sakko angezogen und ist dem Commandante gefolgt. Das war alles. Keine Erwähnung einer Beförderung, nicht mal ein anerkennender Blick. Nicht mal ein Lächeln wie jenes, das der junge Kollege jetzt einheimsen konnte. Steif, nur mühsam seine Empörung unterdrückend, geht der Commandante voran durch den Salon mit den verblichenen grünen Samtsesseln und der Kommode aus Eschenholz in den schmalen Flur, von dem das Schlafzimmer abgeht.

»Hier«, sagt er, »der Schrank. Und dort«, er geht, immer noch steif, und mit einer Stimme, die reserviert, aber korrekt klingen soll, fügt er hinzu: »Der Safe.«

Der Richter setzt seine Brille auf, blickt sich um, studiert das Bett mit dem zerknüllten Laken und Kaffeeflecken, den Hokker vor dem Bett, auf dem eine alte Hose liegt, ein getragenes Hemd, Socken. Daneben ein paar Schuhe, Alltagsschuhe. Diese Sachen muß Alonso getragen haben, bevor er sich für die Hochzeit umkleidete, bevor er sich auf den Weg machte, zusammen mit der Putanita, seiner Hündin, um die Hochzeitsgesellschaft in Els Sant Castells aufzuschrecken. Was er da wohl gedacht hat.

Der Richter seufzt. Es gibt so viele Dinge zwischen Himmel und Erde, die ihm immer verschlossen sein werden. Aber er tröstet sich damit, daß dies nicht nur auf ihn zutrifft, sondern auf alle, die ganze Menschheit. Man muß sich begnügen mit dem, was erklärbar ist, entzifferbar. Manchmal ist es viel, einen anderen Tag nur wenig. »Haben wir denn auch einen Schlüssel zu diesem Safe?«

Der Commandante reißt die Augen auf, faßt sich an die Kehle. Der Richter Rafael Ginard, der es gewohnt ist, mit Beamten zu arbeiten, die ihm an Intelligenz und Weitblick nicht das Wasser reichen, lächelt maliziös.

»Dann frage ich mich«, sagt er, »warum wir in dieser Hast aufgebrochen sind, um …«

Da tritt Joan vor den Richter. Er schiebt seine Hand in die Hosentasche, zieht etwas heraus und reicht es dem Untersuchungsrichter stumm, aber mit Pathos, mit angehaltenem Atem und geschwellter Brust. »Ich habe mir erlaubt«, sagt er, »in der Zeit, die ich wartete, nach dem Schlüssel zu suchen.«

»Und Sie haben ihn tatsächlich gefunden!« Der Untersuchungsrichter schenkt dem jungen Kollegen ein zweites, äußerst leutseliges Lächeln. »Das nenne ich eine gute Arbeit. Eine gute Polizistenarbeit.«

Der Commandante kämpft mit einem Hustenanfall. Früher, als Kind, wenn er sich aufregte, hatte er oft diese plötzlichen Hustenattacken. Seine Mutter befürchtete damals, er könne Asthmatiker werden. Aber der Arzt, der ihn untersuchte, hatte solche Befürchtungen nicht. In einem gewissen Alter, sagte er, neigen Jungen zu falscher Atmung.

Seine Mutter hatte gefragt, um welches Alter es sich handele, und da hatte der Arzt gesagt: Es ist immer die Zeit des sexuellen Erwachens.

Daraufhin ist die Mutter des Commandante feuerrot im Gesicht geworden und hat eine Woche nicht mit ihrem Sohn gesprochen. Und der Sohn hat sich in der Woche nicht getraut, abends im Bett, die Hand an sein Geschlecht zu legen. Aber dafür hat er um so heftiger husten müssen.

Jetzt ist es wieder soweit. Der Commandante hustet, ein einziger, krampfartiger, jedoch nicht anhaltender Hustenanfall, und fragt: »Paßt er denn auch?«

»Wer?« fragt Joan.

»Der Schlüssel da, ob er zu dem Safe paßt?«

»Selbstverständlich.« Joan lächelt.

»Und woher wissen Sie das?« fragt der Untersuchungsrichter. »Haben Sie etwa ohne richterliche Genehmigung den Safe bereits geöffnet?«

Joan schaut vom Commandante zum Untersuchungsrichter. Dann schüttelt er heftig den Kopf. »Nein, habe ich nicht. Ich habe ihn nur reingesteckt, geschaut, ob er paßt, ob er sich dreht, und ihn wieder rausgezogen.«

»Hineingesehen haben Sie nicht?« Der Richter wiederholt seine Frage, und der Commandante kann feststellen, daß das leutselige Lächeln aus seinem Gesicht verschwunden ist.

»Gut«, sagt der Untersuchungsrichter, »dann warten wir jetzt hier, bis die Kinder von Señor Alonso de Villalonga eintreffen. Dann werden wir zusammen den Safe öffnen.« Er lächelt. »Das hat den unschätzbaren Vorteil, daß wir dabei die Studien der Gesichter betreiben können. Was auch immer im Safe ist: Es wird sich auf den Gesichtern der Kinder etwas spiegeln. Denken Sie ebenso?«

Der Commandante nickt. »Selbstverständlich, Señor Ginard, ich denke ganz genauso.«

Pepe und Margalída kommen die Straße herauf. Sie sind mit dem Taxi gekommen, weil Pepe sich außerstande fühlte, einen Wagen zu steuern. Außerdem hat Margalída eine endlose Zeit im Badezimmer verbracht und eine weitere endlose Zeit vor ihrem Kleiderschrank.

Mein Gott, Frau, hat Pepe empört gerufen, was stehst du so lange und überlegst, was du anziehen sollst? Es ist vollkommen gleichgültig, wie du aussiehst.

Nein, Pepe, das ist es eben nicht. Es ist der erste Besuch bei deinem Vater. Für mich ist es wie eine Art Antrittsbesuch, verstehst du? Ich komme das erste Mal in seine Wohnung, und ich möchte einen guten Eindruck machen.

Aber auf wen? Auf wen? hat Pepe gerufen, außer sich vor Ungeduld. Papá ist tot! Du kannst keinen Eindruck mehr auf ihn machen. Vielleicht hast du einen Eindruck auf ihn gemacht, als er dich sah, in der Kirche, in der ersten Reihe, ich habe keine Ahnung, wen oder was er überhaupt wahrgenommen hat. Ob er mich gesehen hat, unsere Tochter, Felipe. Ich weiß es nicht. Verstehst du?

Pepe mußte schreien, und je mehr er schrie, desto störrischer verhielt sich Margalída. Schließlich kleidete sie sich in Dunkelblau, ein Kleid mit zweireihigen Perlmuttknöpfen, dazu dunkelblaue Schuhe, eine dunkelblaue Handtasche, ein weißer Hut mit dunkelblauem Band. Das hielt sie nun für passend. Ausgerechnet. Warum nur?

Im Taxi hat Pepe immer wieder einen Blick auf die doppelreihigen Perlmuttknöpfe geworfen und sich gefragt, was in aller Welt eine Frau dazu bringt, ein solches Kleid für passender zu halten als zum Beispiel ein gelbes oder schwarzes. Eines ohne Knöpfe oder eines mit Reißverschluß. Aber Margalída war zufrieden mit ihrer Wahl, saß ruhig im Wagen neben ihm, hielt seine Hand und blickte ernst und aufmerksam geradeaus.

Der Taxifahrer fand zuerst die Straße nicht, er verwechselte sie mit einer anderen, die einen ähnlichen Namen hatte, aber schließlich setzte er sie doch auf der Plaça de la Revolución ab, und ein Eisverkäufer, den sie fragten, zeigte ihnen den Eingang zu der kleinen Gasse, in der der Vater fünfzig Jahre gelebt hatte, ohne daß sie davon je etwas wußten.

Sie gehen Hand in Hand, wie ein junges Paar, schüchtern, fast ängstlich. Margalída setzt eine Sonnenbrille auf, und Pepe wagt nicht, an den Häuserfassaden emporzusehen. Diese Straße erinnert ihn an all die Gassen, in denen er im Laufe seines Lebens junge Friseurinnen, Kellnerinnen und Huren besucht hatte, Häuser mit Schlafzimmern, die im Sommer stickig heiß waren und im Winter nach feuchtem Holz rochen.

Diese Straße erinnert ihn an all die Frauen, die er dafür bezahlt hat, daß sie ihm etwas geben, etwas, das er nicht kannte, nach dem er sich gesehnt hat und das er nie bekommen hat. Sein Herz tat ihm weh, als er daran dachte, daß er vielleicht etwas ganz anderes gesucht hat. Etwas, das der alte Mann im Haus Nr. 22 ihm hätte geben können. Der alte Mann, der sein Vater war.

Sie grüßen den Gemüsehändler, der vor der Tür mit einer Kundin den Preis für eine Melone aushandelt, und nicken diskret einer Frau zu, die aussieht, als wisse sie alles über jeden

Menschen, der jemals in der Gasse gewohnt hat. Dann entdekken sie das Hausschild Nr. 22 und steigen in den zweiten Stock hinauf.

Die Tür ist verschlossen. Es gibt kein Schild, keinen Hinweis, nicht einmal eine Klingel. Der Mann, der hier gelebt hat, erwartete entweder keinen Besuch oder nur Menschen, die ihn sehr gut kannten.

Pepe spürt einen leichten Schwindel, Schweiß tritt auf seine Stirn.

Margalída, seine Ehefrau seit mehr als dreißig Jahren, nimmt seine Hand und drückt sie. »Du mußt jetzt sehr stark sein.«

Er seufzt. Er atmet tief, und seine Lunge brennt. »Ja«, sagt er, »sehr stark, ich weiß.« Er hebt die Faust und klopft.

Der Commandante öffnet die Tür, wortlos verbeugt er sich, macht eine einladende Geste, tritt zur Seite und läßt das Ehepaar de Villalonga Duque de Sa Carrotxa eintreten.

Im Wohnzimmer, auf zerschlissenem grünen Samt, sitzt der Untersuchungsrichter Rafael Ginard. Hinter dem Sessel steht ein junger Polizist mit roten Backen, der freundlich lächelt, dem man aber eine gewisse Aufregung anmerkt.

Der Commandante hustet leicht und wirft Don Pepe einen Blick zu, einen eindringlichen Blick, den Don Pepe aber nicht deuten kann.

Ohne ein Wort der Begründung hebt der Untersuchungsrichter einen goldenen Gegenstand hoch. Ein runder, goldener Gegenstand, wie eine Taschenuhr. Er läßt den Deckel aufschnappen, und da ertönt ein Lied, ein Schlaflied, ein Kinderlied, ein Mallorquínisches Wiegenlied.

Horabaixa past el sol …

Pepe schließt die Augen. Er kennt dieses Lied. Er hat es oft gehört. Die Mutter seiner Kinder hat es gesungen.

Margalída, die auf alles, aber nicht auf dieses vorbereitet war, bekommt ein verträumtes Gesicht. Ysabel fällt ihr ein, das Baby, so winzig, das abends im Dunkeln Angst hatte, Anatol, der nachts aufwachte und an ihr Bett lief, um sich trösten zu lassen. Ein kleiner Junge auf großen Füßen, der in einem zu großen Schlafanzug vor ihrem Bett stand und schluchzte: Mamá. Das fällt ihr ein, während die Uhr spielt.

Der Untersuchungsrichter schweigt und schaut die beiden an. Er blickt länger in das Gesicht von Pepe, weniger scheint er an Margalída interessiert zu sein. Als das Lied erklungen ist, hebt er die Uhr hoch und fragt: »Kennen Sie diese Uhr?«

Pepe schüttelt den Kopf.

»Sie kennen diese Uhr nicht?«

»Nein«, sagt Pepe. Er nimmt die Uhr in die Hand, schaut in das Innere des Deckels.

»Lesen Sie, was da steht«, sagt der Richter.

Pepe liest vor. Er stutzt. Er schaut den Richter an.

»Das ist nicht Ihr Geburtsdatum?« fragt der Richter.

Pepe schüttelt den Kopf. »Nein, nein. Ich bin ein Jahr später geboren. Ungefähr. Ich habe keine Ahnung, wer das sein kann.«

»Darf ich einmal sehen?« fragt Margalída. Pepe gibt ihr die Uhr. Sie schaut alles an, ruhig und ernst. Dann sagt sie: »Das ist eine sehr alte Uhr. Sie ist bestimmt schon älter als das Datum in dem Deckel. Mindestens hundert Jahre älter. Meine Großtante besaß so eine Uhr. Ein Geschenk zu ihrer Hochzeit. Von ihrer Urgroßmutter. Also, sehen Sie, das sind zwei verschiedene Dinge. Die Uhr und das Datum.«

»Das Datum sagt Ihnen nichts?« fragt der Untersuchungsrichter.

Margalída schüttelt den Kopf. »Mir muß es ja auch nichts sagen. Ich bin viel später geboren. Ich habe mit dieser Familie erst zu tun bekommen, als Pepe und ich geheiratet haben.«

Der Untersuchungsrichter nickt. Das ist ihm wohlbekannt. Er hat dennoch gehofft, irgendein Hinweis könnte sich ergeben ... Irgend etwas ...

»Und das Lied?« fragt er.

Don Pepe schaut seine Frau an. »Du hast das immer gesungen, wenn die Kinder nachts nicht schlafen wollten.«

»Ja«, sagt Margalída, »das stimmt. Ein altes Kinderlied. Ein Schlaflied. Es ist sehr berühmt.«

»Ich weiß, daß es berühmt ist«, sagt der Richter. »Ich selbst ..., meine Mutter hat es mir vorgesungen.«

Er erhebt sich, und jetzt erst begrüßt er Don Pepe und seine Frau. Er tut das formvollendet, mit der nötigen Vorsicht und Diskretion, die der Ort und der Augenblick erfordern. Dann sagt er: »Ich möchte Sie jetzt bitten, mir ins Schlafzimmer von Don Alonso zu folgen. Wir haben im Schlafzimmer etwas gefunden, das vielleicht Aufschluß auf manche Unklarheit gibt.«

Er steuert die beiden. Beide blicken ruhig und klar, aufmerksam und ernst.

»Wir haben einen Safe entdeckt und zu dem Safe auch den passenden Schlüssel gefunden«, sagt der Richter. »Zusammen mit Ihnen möchte ich diesen Safe nun öffnen. Wir wissen alle nicht, was in dem Safe ist. Aber mit Sicherheit wird es uns irgendeinen Hinweis geben. Denn warum sonst sollte Señor Alonso sich die Mühe machen, einen Safe zu beschaffen?«

Er geht voran. Margalída und Pepe folgen in das Schlafzimmer. Pepe wagt nicht, auf das Bett zu blicken, das seit dem letzten Weggang seines Vaters nicht benutzt war. Zerknüllte Laken, zerknüllte Kopfkissen, getragene Wäsche auf einem Hocker. Ein offener Kleiderschrank, Hosen und Jacken zur Seite geschoben, der Blick frei auf eine Tür in der hinteren Schrankwand, die offensteht. Der Blick fällt auf eine Safetür, metallgrün, zwanzig mal zwanzig Zentimeter.

Der Untersuchungsrichter kann eine gewisse Aufregung nicht verbergen, dennoch will er die Form wahren. Er wendet sich an Don Pepe. »Sie sind sicher, daß es Sie nicht zu sehr aufregt, wenn wir gemeinsam diesen Safe öffnen?«

Pepe schüttelt den Kopf. »Was auch immer es ist: Schlimmer als das, was ich in den letzten Tagen erlebt habe, kann es nicht sein.«

Der Untersuchungsrichter steckt den Schlüssel mit den vielen Zacken in den Safe, dreht das Schloß, die Tür schwingt zurück.

Das Safe ist leer. Vollkommen und absolut leer.

Der Commandante wird weiß vor Enttäuschung und Scham. Der junge Polizist hingegen, Joan, pfeift durch die Zähne. Und hält sofort erschrocken die Hand vor den Mund.

Pepes Finger umklammern das Handgelenk seiner Frau.

Margalída schaut den Untersuchungsrichter fassungslos an. In das betretene Schweigen hinein sagt sie, unüberhörbar einen Vorwurf in der Stimme: »Und nun, Doktor Ginard?«

Der Untersuchungsrichter seufzt, als er sanft die Safetür wieder zudrückt.

»Nun, gnädige Frau, wird es wohl so sein, daß Ihr verehrter Schwiegervater, und ...« er wendet sich mit einer kleinen, angemessenen Verbeugung an Don Pepe, »Ihr sehr verehrter Vater ...«

»Hören Sie auf mit dem Schmus, er war nie sehr verehrt, das wissen Sie genau«, knurrt Pepe wütend. »Wenn er sehr verehrt gewesen wäre, hätte er nicht hier gelebt, oder? Abgesondert von seiner Familie. Wenn alles mit rechten Dingen zugegangen wäre, dann hätte mein Vater gestern als Ehrengast an der Hochzeit teilgenommen.«

Der Richter nickt bekümmert und reibt die Handflächen gegeneinander. Seine Fingernägel sind gelb, aber sorgfältig gefeilt. Er betrachtet sie aufmerksam.

»Was ich sagen wollte, Señor de Villalonga, ist doch nur, daß Ihr Vater sein Geheimnis mit ins Grab nehmen wird.«

Doña Margalída pflückt eine Flaumfeder vom Jackenärmel ihres Mannes. »Und weißt du was, Pepe, ich denke, es ist gut so.«

Pepe knurrt. Er schaut sich in dem Zimmer um. Er betrachtet jedes Detail. Die schiefe Schranktür, die Kleidungsstücke, sorgfältig zusammengelegt, den Blick aus dem Fenster, er sieht die Wäschestücke auf der Leine, weiße Laken, die sich wie Segel im Wind blähen.

Er stellt sich vor, daß sein Vater sein Schiff besteigt, ein Boot mit großen, geblähten Segeln, das ihn hinunterbringt zum anderen Ufer, hinüber in ein Land, das kein Lebender betreten kann. Er sieht die Sonne, und das Boot, das dem Licht entgegensegelt. Am Bug sieht er die Gestalt eines kleinen, alten Mannes in einem schwarzen Anzug. Er hebt den Arm, als wollte er dem Boot und dieser kleinen, schwarzen Gestalt noch einmal zuwinken. Ein letztes Adieu, Papá.

Barsch fährt er den jungen Polizisten an, der ihm den Weg versperrt. Und betritt den Salon. Das Zimmer, in dem sein Vater fünfzig Winter, fünfzig Weihnachtsabende, Hunderte von Regen- oder Nebeltagen verbracht hat. Das Zimmer, in dem er saß, als Ysabel den Schoß ihrer Mutter verließ und vorher Anatol, oder noch früher – hat er da auch allein in diesem Zimmer gesessen, als Pepe und Margalída ihre Hochzeit feierten? Gab es damals schon diese scheußliche Kommode, diesen düsteren Schrank und Sessel mit verschlissenem Samt? Hat irgendeine fremde Frau ihm eine Suppe gekocht, als er krank war, hat er hier an diesem Tisch gesessen über den Abrechnungen, den huldvollen Zuwendungen seiner Familie? In einem Zimmer, das in einen Patio führt, vollgehängt mit weißen Laken? Ein Patio, der erfüllt ist von der schrillen Stimme der Witwe Artigues, die ihre Zimmermädchen herumkommandiert, sie verdächtigt, sie beschimpft?

Pepes Brust schmerzt, als er sich umschaut. Drei Zimmer hat sein Vater bewohnt, während es in Els Sant Castells einen ganzen Flügel mit unbenutzten Räumen gibt, die ehemaligen Mönchszellen der Benediktiner, alle mit eigenem Abort und kleiner Loggia. Die Wohnung oben im Turm! Dort, wo seine Margalída ihr Büro eingerichtet hat – einen Raum, den sie nie wirklich gebraucht hat, außer um anzugeben –, hätte er wohnen können. Hier oben hätte sein Vater ein Adlernest haben können, über den Dingen thronend und dennoch weit genug von ihrem eigenen Leben entfernt. Mit dem Blick auf den Camí, der sich ins Tal windet, die Weinberge, die Obstplantagen. Im Februar hätte er im Duft von Orangenblüten Siesta gehalten, im Mai, auf einem Gang über die Felder, meinetwegen mit seinem Hund, hätte er roten Mohn und blaue Kuhschelle unter seinen Schuhen zertreten. Er hätte auf die Jagd gehen können. Palmen züchten. Mit seinen Enkelkindern Ausfahrten machen.

Statt dessen hatte er hier gesessen, in einem schäbigen, halbdunklen Zimmer, und was getan?

Geflucht? Gehaßt? Von Rache geträumt?

Oder war er vielleicht froh, dieser Familie und der Verantwortung für so viel Land, so viel Besitz entkommen zu sein? Hatte er vielleicht Laster, denen er so besser frönen konnte?

Pepe denkt an die Huren, die er in dieser Gegend besucht

hat, und fragt sich beklommen, ob eine, die ihn bediente, es vielleicht vorher seinem Vater besorgt hat. Er denkt an die vielen Spaziergänge, die er in diesem Viertel unternahm. An die tausend Möglichkeiten, bei denen er seinem Vater hätte begegnen können.

Und es wird ihm schwindlig. Er will sich aber nicht auf diesen Sessel setzen und nicht auf das Sofa. Er tritt an das Fenster und atmet den Laugengeruch zu oft gewaschener Laken ein.

»Wo bist du, Frau?« ruft er.

Margalída läuft zu ihm hin, sieht, wie weiß er ist. Pepe steckt eine geballte Faust in seinen Mund, um nicht zu schreien.

Sie nimmt sanft die Hand, löst seine Finger einen nach dem anderen, behutsam wie eine Krankenschwester und zärtlich wie eine Geliebte, und sagt: »Ich bin doch hier, Pepe, ich bin doch bei dir.«

Si las Gardenias se mueren …

Ysabel begrüßt die Chicas am Eingang, rechts und links der alten Tür, die ins Haus führt. Chicas in uralten Töpfen, von denen die Glasur abgesprungen ist. Vierzig, fünfzig, vielleicht hundert Jahre alte Chicas. Die Lieblingspalmen der Mallorquíner, Bonsaipalmen, die pro Jahr nur ein, zwei Palmwedel hervorbringen, die in zehn Jahren nur zehn Zentimeter wachsen. Weil sie so klein sind, nennen die Mallorquíner sie wie ihre Kinder. Und pflegen und hüten sie wie ihre Kinder.

Ysabel streicht im Vorbeigehen mit der Hand über die harten spitzen Blätter der Palmwedel.

»Hallo Chicas«, sagt sie. »Hallo, wie geht's?«

Sie begrüßt alles, was ihr bei ihrem ersten Rundgang auf Son Rafal begegnet. Sie sagt: Hallo Brunnen, und bewegt das Seil, das über die Winde läuft, beugt sich hinunter und sieht tief unten, zwanzig Meter unten, schwarzes, öliges Wasser, und darin einen hellen Fleck, den Himmel, der sich im schwarzen Wasser spiegelt, und in diesem hellen Viereck ihren Kopf.

»Hallo«, sagt sie. Und das dunkle Wasser gurgelt, eine Antwort, als sie die Winde bewegt, und das Spiegelbild zerfließt.

Sie steckt den Schlüssel in die alte Tür, streichelt das Holz, die polierten Eisenknöpfe, den Eisenklopfer. Sie hält die Luft an, um das Geräusch der sich öffnenden Tür zu hören, ein leichtes, kaum vernehmbares Knarren, ein Ächzen. »Ja, ja«, sagt sie, »ich bin ja da.«

Im Haus ist es kühl und frisch. Es riecht noch ein bißchen nach Farbe und frischem Mauerkitt. Die Eichenholzfenster, vom Schreiner aufgearbeitet, sind mit neuen Haken versehen. Der Tisch in der Halle ist so groß, daß zwanzig Menschen daran Platz nehmen können. Auf dem Tisch eine Keramikschüssel, gefüllt mit trockenen Artischockenblüten. Ysabel geht zu dem Tisch, fährt mit den Händen über das glattpolierte Olivenholz und sagt feierlich: »Hallo Tisch.«

Alte Stühle, mit geraden Lehnen und geflochtenen Sitzen, schwarzes Holz. In der Ecke eine Truhe, der Anisgeruch entströmt, als sie den Deckel hebt. Kissen in der Truhe. Kelim in alten Mallorquínischen Mustern. Kissen für die Schaukelstühle, die sie draußen auf der Veranda begrüßt hat, eine Laube, die mit wildem Wein umrankt ist.

Sie trägt die Kissen nach draußen und verteilt sie in die drei Schaukelstühle aus Bambusrohr. Sie setzt sich in einen der Stühle, lehnt den Kopf zurück und schaut. Ihre Hände streicheln die Lehnen. Ihr Kopf liegt auf dem alten Kissen, das nach Anis riecht. Anis blüht rechts und links vom Weg, überall hier oben. Die Luft ist frisch, mindestens fünf Grad kühler als unten im Es Pla. Kieferduft. Und der Schrei eines Käuzchens.

Ysabel schaut in den Himmel und sieht einen Bussard, der langsam kreist. Das Käuzchen schreit.

Ihr Blick fällt auf einen Mirabellenbaum, in dem kleinen Garten hinter den Steinmauern.

Sie steht wieder auf, findet das Gatter, das in den Obstgarten führt. Pflückt Mirabellen und probiert sie. Die erste Mirabelle aus ihrem eigenen Garten. Süß und sauer zugleich. Saftig und frisch.

»Hallo Mirabelle«, sagt sie und streichelt die alte Rinde des Baumes.

Opuntien haben ein Viertel des Gartens erobert, an den langen Stacheln rankt sich eine blaue Winde empor, ihre Blüten leuchten wie das Meer zur Mittagszeit.

Auch hier im Garten ein Brunnen aus grobem Stein. Auch diese Winde ist frisch geölt, und das Seil gleitet leicht über sie hin.

Ysabel geht zurück in das Haus, öffnet Türen, geht durch Räume, stößt die Persianas auf und genießt den Blick aus jedem einzelnen Zimmer mit der gleichen Andacht, mit der sie früher in Museen Bilder betrachtet hat. Jeder Ausblick ein Kunstwerk, jedes Fenster ein Bild.

»Hallo Zimmer«, sagt Ysabel. »Hallo Berg. Hallo Baum. Hallo Wald.«

Sie läuft zurück, holt aus ihrer Tasche das Handy, wählt Felipes Nummer.

»Ja?« fragt Felipe. »Was ist?«

Er weiß, daß sie es ist. Er hat ihre Nummer auf dem Display ablesen können. Und dennoch klingt seine Stimme, als spräche er bereits mit einem Klienten, oder mit dem Untersuchungsrichter Rafael Ginard, fremd und kühl und eilig.

»Felipe, ich bin in Son Rafal!« ruft Ysabel. »Es ist unglaublich wunderschön hier. So unvergleichlich herrlich. Ach, ich ...«

»Ysabel«, sagt Felipe, die Stimme gedämpft. Ysabel stellt sich vor, daß er mit dem Handy in eine Zimmerecke gegangen ist und den Rücken nun den anderen zuwendet, die mit ihm im Raum sind, »ich habe jetzt wirklich keine Zeit, mit dir darüber ...«

»Du sollst ja gar nicht viel Zeit haben. Ich wollte es dir nur sagen, daß ich hier bin. Ich bin hier, in Son Rafal.«

»Das weiß ich doch. Das hast du mir doch heute morgen schon gesagt.«

»Und es ist wunderbar, Felipe. Ich kann mich gar nicht lösen. Jedes einzelne Ding hier im Haus, jedes Möbelstück, es ist, es ist ...«

»Ysabel, Darling.« Jetzt sagt er Darling. Das sagt er nur, wenn er wirklich im Streß ist und sie abwimmeln will, das kennt sie schon. »Wir sind hier mitten in einer äußerst wichtigen Besprechung.«

»Das bist du doch, seit wir geheiratet haben«, sagt Ysabel.

»Du verstehst das nicht.«

»O doch«, sagt Ysabel, »ich verstehe das. Aber trotzdem dachte ich, wir könnten wenigstens einen Augenblick ...«

»Du willst es einfach nicht verstehen.«

Ysabel schweigt. Sie lauscht auf das Schweigen, das Felipe ihr schickt. Horcht auf seinen Atem. Versucht, sich das Zimmer vorzustellen, die anderen Menschen, die in dem Zimmer sind, das Gespräch, das sie gerade geführt hatten, als sie es unterbrach. Und sie stellt fest, daß es sie nicht interessiert.

»Okay«, sagt sie, tief durchatmend, »okay. Wahrscheinlich wirst du heute keine Zeit haben, hierherzukommen.«

»Ich habe dir gesagt, ich weiß es noch nicht, ich komme, sobald ich kann.«

»Gut, ja, ich verstehe.« Ysabel geht durch die Halle hinaus auf die Veranda, läßt sich in den Schaukelstuhl fallen und betrachtet die gelben Früchte am Mirabellenbaum. »Weißt du was, Felipe? Es ist egal. Du kannst kommen, wann du willst. Ich ruf nicht mehr an.«

»Schatz!« ruft Felipe. Aber da hat sie ihn schon weggedrückt. Sie läßt das Handy auf den Boden fallen, schließt die Augen.

Ein Geruch, denkt sie, in der Luft. Ein wunderbarer, eigenartiger Geruch.

Sie streift die Sandalen von den Füßen, zieht die Beine an, umschlingt die Knie. Sie blinzelt in das helle Licht, das auf die Bäume fällt.

»Hallo«, sagt sie, »ich bin Ysabel.«

Zwei Wochen später sind die Mirabellen geerntet und zu Marmelade verarbeitet. Sie stehen, mit handgeschriebenen Etiketten von Ysabel versehen, auf einem alten Steinbord im Trastero hinter der Küche.

Ysabel hat einen Ventilator dort anbringen lassen, damit die Speisen und der Wein immer von einem frischen Lüftchen befächelt werden.

Vor den Fenstern im Schlafzimmer hängen Gardinen aus cremefarbener Spitze. Eine Schneiderin aus Galilea hat den Brautschleier so raffiniert zerteilt, daß es für alle vier Rundbogenfenster reichte.

Jessica ist wieder in London und schickt E-Mails an Ysabel und Felipe. »Ihr Süßen, ich vermisse Euch so. Seit ich den Himmel über Mallorca kenne, ertrage ich das Londoner Wetter noch viel weniger. Schickt eine Nachricht, wie es Euch geht. London ist langweilig ohne Ende, wenn Ihr nicht da seid. Außerdem bin ich beleidigt, daß Ihr mir keine Mails aus Mexico geschickt habt. Gibt es nicht einmal Postkarten in diesem Honeymoon-Hotel? Oder seid Ihr vor lauter Liebe überhaupt nicht mehr aus dem Bett oder der Hängematte gekommen? Warum hört man nichts?«

Ysabel hat einen alten Tisch vor das Fenster mit dem Blick auf den Puig Major gestellt. Und schreibt:

»Meine Süße, wir sind gar nicht nach Mexico gefahren. Wir sind immer noch in Mallorca und richten uns gerade auf der Finca ein, die Papá mir zur Hochzeit geschenkt hat. Das heißt, ich mache eigentlich alles allein, denn Felipe hat nur noch Zeit für seinen Vater.

Habe ich Dir erzählt, daß mein Schwiegervater unter Mordverdacht steht? Habe ich Dir erzählt, daß der alte Mann, der unsere Hochzeit störte, in der Kirche, Du erinnerst Dich – daß es mein Großvater war? Hier sind so viele Dinge passiert, und ich habe Mühe, einen klaren Kopf zu behalten.

Felipe sagt, ich muß die Dinge voneinander trennen. Aber wie geht das? Felipe sagt, ich muß vergessen, daß der alte Mann mein Großvater war. Oder ich muß vergessen, daß es mein Schwiegervater war, der ihn – so heißt es – wahrscheinlich umgebracht hat. Sonst, sagt Felipe, kann ich seinen Vater nicht mehr respektieren. Ich habe gefragt: Ist das so wichtig?

Mein Großvater ist tot.

Wir haben nun also einen Mörder in der Familie.

Mamá sagt, sie hat gesehen, wie Sureda den alten Mann brutal anfaßte, daß er keine Luft bekam. Mamá sagt, sie hat gehört, wie es in seinem Hals geknackt hat. Seine Knochen hat sie gehört, sagt Mamá. Natürlich nicht, wenn Papá dabei ist. Papá sitzt in der Bibliothek über alten Büchern, wenn er sich nicht mit dem Notar trifft. Joaquin Bueno Perez hat all die Jahre dafür gesorgt, daß mein Großvater ein monatliches Geld bekam, aus dem Familienbesitz, und er hat diese Transfers vor uns verborgen! Kannst du dir das vorstellen? Weil es der Wunsch meiner Urgroßeltern gewesen ist. In einem Beiblatt zu ihrem Testament haben sie das festgehalten. Papá hat dieses Beiblatt jetzt erst zu sehen bekommen, fünfzig Jahre, nachdem man seinen Vater aus der Familie verbannte! Ich finde das Ganze so grotesk, so verrückt. Und noch immer weiß niemand, was eigentlich passiert ist. Papá sitzt in der Bibliothek und grübelt und versucht, sich zu erinnern. Es gibt kein Foto meines Großvaters in den Familienalben, keinen Hinweis auf ihn. Wir wissen nicht einmal, warum er den Namen Villalonga annehmen konnte. Warum meine Großmutter Maria-Magdalena nicht seinen Namen erhalten hat. Wir wissen gar nichts. Papá vermutet, daß alles irgendwie mit dem Bürgerkrieg zusammenhängt, mit den Zeiten, als Franco hier auf Mallorca seine Gefolgsleute rekrutierte. Du hast davon gehört, nehme ich an. Vielleicht weißt Du mehr darüber als wir hier auf der Insel. Hier schweigt man sich über alles aus, was zwischen 1930 und 1975 passierte. Zwei Generationen, über denen das große Schweigen liegt. Unfaßbar.

Ich sitze also hier und richte mir meinen kleinen Hof ein. Während Felipe von einem Gerichtstermin zum anderen eilt, Gesetzestexte durchliest, über Verteidigungsschriften grübelt, Gutachter bestellt, mit dem Pathologen feilscht, der meinen Großvater am Tag nach der Hochzeit seziert hat.

Felipe will erreichen, daß José Luís ein weiteres Gutachten nachreicht, in dem er auf die Herzinsuffizient aufmerksam macht. Offenbar waren die Herzkranzgefäße so schlecht, daß jeden Augenblick ein Infarkt, ein tödlicher Infarkt eintreten konnte. Wenn das so wäre, könnte mein Großvater auch schon ein paar Sekunden früher am Infarkt gestorben sein. Behauptet Felipe. Er spricht viel mit dieser jungen Ärztin, Carla Mendoz, die einmal seine Geliebte war. Ich weiß nicht, ob sie Dir auf der Hochzeit aufgefallen ist, eine dunkelhaarige Person. Manchmal, wenn sie lächelt, sieht sie einigermaßen hübsch aus, meistens aber lächelt sie nicht. Felipe ist sicher, daß sie ihm helfen kann, weitere Gutachter zu finden, die zu seinen Gunsten aussagen können.

Morgen erst wird mein Großvater eingeäschert. Vorher hat ihn das Gericht nicht freigegeben, auf Drängen von Felipe. So lange ist er, im Kühlwagen, von einer Pathologie zur anderen gefahren worden. Man hat sein Herz seziert, seine Lunge, seine Leber, Niere, alles. Die Arterien geöffnet und die Hirnschale aufgesägt.

Papá weiß davon nichts.

Ich melde mich, wenn die Dinge wieder ihren normalen Lauf nehmen, meine Süße. Wann wir nach Madrid ziehen, ist immer noch ungewiß. Ich habe bei der Sa Nostra um weiteren Aufschub gebeten. Jetzt ist der neue Termin für meinen ersten Arbeitstag der 15. August. Hoffentlich reißt denen nicht irgendwann die Geduld. Felipe sagt, er kann Mallorca nicht verlassen, solange sein Vater als Angeklagter gilt. Er habe es seinem Vater versprochen. Es gehe um alles, sagt Felipe. Um die Ehre und den Ruhm und den Namen und das Ansehen seiner Kanzlei. Mein Schwiegervater hat Verbindungen in die ganze Welt. Jetzt steht es schon in den ausländischen Zeitungen, daß er mit einer Mordsache in Verbindung gebracht wird. Und alle sind aufgeschreckt. Wie Du jetzt wahrscheinlich auch.

Gestern sind die Kontaktabzüge der Hochzeitsfotos gekommen. Aber weißt Du was? Ich schaffe es nicht, sie anzusehen.

Ganz viele Küsse, Deine alte Freundin,

Ysabel.«

Zwei Wochen nach Alonsos Tod erscheint im El Mundo eine Anzeige über die ganze Zeitungsseite:

Alonso de Villalonga
*** 25.03.1915 + 18.06.1999**

Mit tiefer Bestürzung geben wir Nachricht vom Tod unseres Vaters, Schwiegervaters und Großvaters.

Für die Familie:

Don Pepe de Villalonga de Sa Carrotxa
Margalída de Villalonga de Sa Carrotxa
Ysabel Sureda de Villalonga

Die Einäscherung findet in aller Stille statt. Von Beileidsbesuchen bitten wir abzusehen.

Els Sant Castells, den 03. Juli 1999

Die Nachricht verbreitet sich wie ein Feuer im trockenen Busch. Wer die Zeitung nicht abonniert hat, kauft sie noch am gleichen Vormittag am Kiosk. Telefondrähte glühen, Faxe und E-Mails gehen hin und her.

Hast du gehört? Weißt du es schon?

Aber was weiß man eigentlich?

Ein alter Mann in einem neuen Anzug ist am Tag gestorben, als Ysabel de Villalonga ihrem Geliebten Felipe das Ja-Wort gab. In der Familienkapelle, auf dem Familienbesitz. Nur geladene Gäste. Kein Zaunvolk, niemand aus dem Dorf hat etwas gesehen, weder die Braut in ihrem prächtigen Schmuck, noch hat man die Eltern der Braut gesehen, noch irgend etwas.

Lastwagen sind am frühen Morgen durch die Gassen von Alaró gefahren, und man wußte: Es ist für die Hochzeit. Es soll groß gefeiert werden. Mehr wußte man nicht. Dann mußten die Campesinos die Arbeit auf dem Feld ruhen lassen. Um fünf Uhr hat die Glocke geläutet. Die Hochzeitsglocke. Wenig später ist mit heulender Sirene ein Krankenwagen durch das Dorf gefahren, und man hat die Sirene verfolgen können, den ganzen Camí de Salays Verds hinauf bis zum Gut.

Man hat in den Gassen gestanden, vor den Bars gesessen und darauf gewartet, daß der Krankenwagen, mit heulender Sirene, zurückkommt.

Aber er ist nicht zurückgekommen.

Mehr wußte man nicht. Bis man von Catalína, die im Dorf über der Bäckerei wohnt, erfuhr, daß ein alter Mann in der Kirche randaliert haben soll und später ohnmächtig geworden ist. Und noch später, daß der Mann, den niemand kannte, in der Kirche Verwünschungen ausgestoßen hat. Und daß er tot umgefallen ist. Vor Aufregung vielleicht, oder weil er betrunken war. Oder in der heißen Sonne den ganzen Weg zu Fuß hinauf nach Els Sant Castells gegangen ist. Jemand erinnert sich, ihn überholt zu haben, als er mit dem Wasserwagen aufs Feld fuhr, obgleich für diese Zeit die Arbeit auf dem Feld doch untersagt war. Aber wer kümmert sich um die Wünsche Don Pepes?

Früher wäre das etwas anderes gewesen, als er selber noch

hundert Leute beschäftigt hat. Als man noch von ihm abhängig war. Als der Schlächter, der Bäcker und der Eisenwarenladen zitterten, daß Don Pepe zur Konkurrenz gehen könnte, um für Els Sant Castells einzukaufen, aber heute doch nicht. Und nun, auf einmal, steht im El Mundo, daß dieser tote alte Mann, den niemand kannte, Don Pepes Vater war!

Die Zeitung geht von Hand zu Hand in der Bar Plaça, der Bar Sol, auf den Bänken der schattigen Plätze um den Brunnen, alte Männer trinken mehr schwarzen Kaffee als sonst und verpassen die Zeit, heimzugehen zum Pa'mb oli. Aber die Frauen sind sowieso mit ihren Einkäufen noch nicht zurück, sie ziehen sich in die schattigen Torbögen und unter die Markisen der Juweliere und Sportmodengeschäfte zurück. Hast du schon gelesen? Weißt du es schon?

Mit großer Bestürzung! Für die ganze Familie!

Jedes Wort wird laut gelesen, zergeht auf der Zunge.

Mit tiefer Bestürzung. Das heißt also: nicht mit Trauer? Und warum so spät?

Und was heißt: für die Familie? Gibt es nicht auch einen Sohn? Der in Amerika lebt?

Wieso ist er nicht aufgeführt in der Todesanzeige?

Und wo wird die Einäscherung stattfinden? Und wann wird für den Toten die Messe gelesen? In welcher Kirche? Um welche Uhrzeit? Wer wird dort sein? Was wird der Priester sprechen?

Don Pepe fährt in die Berge hinauf zu Ysabel.

Er sagt, wir dürfen ihn jetzt beerdigen. Man hat seinen Leichnam freigegeben.

Ysabel nickt. »Willst du Anatol anrufen?« fragt sie.

Don Pepe schüttelt den Kopf.

»Warum nicht?« fragt Ysabel.

»Ach«, sagt Pepe, »ich weiß nicht. Es ist so ein Druck auf meiner Brust, Kind. Und Anatol ist doch in Amerika.«

»Es gibt jeden Tag mindestens einen Flug von Los Angeles nach Madrid«, sagt Ysabel, »das ist kein Grund.«

»Nein«, sagt Pepe, »das ist es wohl nicht.«

»Du willst nicht, daß er bei der Einäscherung dabei ist?«

»Ich weiß nicht«, sagt Don Pepe, »was ich will.«

»Hast du Angst, er würde seinen Freund mitbringen? Ist es nur deswegen?«

Don Pepe hebt die Augen. Er sieht müde aus. Ysabel beugt sich vor und streichelt seine Hände.

Sie sitzen auf der Veranda, auf diesen alten, geflochtenen Schaukelstühlen, und zwischen ihnen auf einem Tisch stehen zwei Gläser mit einer Limonade, die Ysabel aus den Limonenfrüchten selber hergestellt hat. Sie könnte ihrem Vater auch ein Sorbet aus Brombeeren anbieten, denn Brombeeren wachsen überall auf Son Rafal, wuchern an den Steinwällen empor, ranken sich dort, wo früher Tomaten, Auberginen und Piementos angepflanzt wurden.

Ysabel trägt ein weites, helles Leinenkleid und einen breiten Strohhut. Sie geht barfuß im Haus und auf der Veranda. Gekkos huschen vor ihren leichten Füßen davon.

Don Pepe schaut ihr nach, wie sie herumgeht, wie sie von diesem Haus Besitz nimmt, und in seine Verzweiflung mischt sich ein Stolz darüber, daß er etwas geschafft hat, er hat das Haus seiner Mutter zum Leben erweckt, er hat seiner Tochter ein Geschenk gemacht, ein fürstliches, über das sie sich wie eine Fürstin freut.

»Wo ist Felipe?« fragt Don Pepe. »Wieso treffe ich ihn nie, wenn ich dich besuche?«

»Er ist bei seinem Vater«, sagt Ysabel leichthin. »Er versucht, seinem Vater zu helfen.«

Pepe nickt grimmig. »Sie werden es schaffen, ihre Hände in Unschuld zu waschen.«

»Papá«, sagt Ysabel, »Felipe ist mein Mann.«

»Ich weiß, ich weiß. Und Jaume dein Schwiegervater. Schade nur, daß er auch der Mörder meines Vaters ist.«

»Das ist nicht bewiesen, Papá.«

»Nein«, sagt Don Pepe, »bewiesen ist es nicht. Aber ich habe es gesehen, mit meinen eigenen Augen. Ich weiß nicht, wie man das nennt, wenn man es nicht Beweis nennt.«

»Niemand ist schuldig, bevor man ihm die Schuld nachgewiesen hat, Papá«, sagt Ysabel.

»Das lernt man im ersten Semester Jura: in dubio pro reo.

Und dubio heißt Zweifel«, sagt ihr Vater. »Wenn es aber nun keinen Zweifel gibt?«

»Es gibt immer einen Zweifel«, sagt Ysabel, »immer, bei allem.«

»Lernt man das auch im ersten Semester?«

Ysabel beugt sich vor und küßt ihren Vater. »Nein, das lernt man im Leben.«

»Es ist gut«, sagt Don Pepe, »daß du hiergeblieben bist, daß ihr nicht nach Mexico gefahren seid.«

»Wir werden das nachholen, irgendwann«, sagt Ysabel.

»Ja«, sagt Don Pepe, »irgendwann.« Er hebt das Glas an die Lippen und trinkt. »Diese Limonade schmeckt gut. Frisch, säuerlich. Wirklich gut.«

»Jessica hat mir das Rezept gemailt. Sie hat es in einer amerikanischen Zeitschrift gefunden.«

»Ah, so«, sagt Don Pepe, »verstehe. Ihr mailt euch Rezepte?«

»Und alles Mögliche«, sagt Ysabel, »was uns so interessiert.

»Du vertraust ihr diese Geheimnisse an?« fragt ihr Vater.

Ysabel lächelt. »Ach, ich weiß nicht, Geheimnisse. Habe ich denn Geheimnisse?«

»Keine Ahnung, das mußt du wissen.«

»Hast du denn Geheimnisse?« fragt Ysabel.

Don Pepe lehnt sich zurück. Er schließt die Augen. »Ich hatte Geheimnisse« sagt er, »vor deiner Mutter. Eine Menge Geheimnisse. Dinge, die ich tat und die sie nicht wissen sollte. Das schmerzt jetzt. Das ist der Druck auf meiner Brust. Deine Mutter ist wunderbar, weißt du das?« Don Pepe erhebt sich, stellt das Glas ab. »Ich werde jetzt zu ihr zurückfahren. Komisch, neuerdings halte ich es nicht lange ohne sie aus. Nirgendwo. Früher sind wir uns immer aus dem Weg gegangen. Heute verstehe ich nicht, warum das so war.«

»Ist das eines von diesen Geheimnissen?« fragt Ysabel.

»Ja«, sagt Don Pepe nach einigem Zögern. »Ja, wahrscheinlich.«

Er steigt die Treppenstufen, zwischen denen Steinkraut wuchert, hinunter. »Wir werden meinen Vater in Palma einäschern lassen«, sagt er, »sehr früh am Morgen. Ich schätze, gegen fünf oder sechs Uhr. Ich werde eine Ausnahmegenehmigung erbitten, daß es um diese Uhrzeit geschieht.«

»Aber warum so früh?«

»Ich will vermeiden, daß Neugierige erscheinen. Ich möchte, daß nur wir drei da sind, wenn der Sarg den Flammen übergeben wird. Deine Mutter, du und ich. Nur wir drei. Es soll niemand davon erfahren. Also bitte, sag es keinem.«

»Auch nicht Felipe?«

Ihr Vater zögert. »Er ist dein Mann«, sagt er. »Du kannst das selber bestimmen. Du bist jetzt eine erwachsene Frau.«

»Das war ich auch, bevor ich Felipe geheiratet hab«, ruft Ysabel ihm nach. »Oder ist man in deinen Augen erst erwachsen, wenn man Ehefrau ist?«

Ihr Vater bleibt stehen, dreht sich zu seiner Tochter um, schaut sie nachdenklich an. »Ich habe die Frauen immer geliebt«, sagt er. »Aber verstanden habe ich sie nicht. Ich weiß nichts über dich. Oder über Margalída. Oder über eine andere Frau. Jetzt erst fange ich an, über deine Mutter nachzudenken. Jetzt erst. Stell dir mal vor. Und ich komme zu der Überzeugung, daß Frauen die besseren Menschen sind.«

»Papá«, sagt Ysabel, »ich liebe dich.«

»Ich dich auch, meine Taube, ich dich auch.«

Asche zu Asche

Eines hatte Don Pepe nicht bedacht: daß es in der Nacht vor der Einäscherung so heiß sein würde, so unmenschlich heiß, daß niemand in den Dörfern zwischen Alaró und Santa Maria es in seinen vier Wänden aushält. Er hat nicht bedacht, daß er mit Ysabel und seiner Margalída dieses Spießrutenfahren erleben muß, auf dem Weg nach Palma, morgens um fünf, wenn es nicht einmal richtig hell ist. Nur ein fahles Licht im Osten und ein bleicher Mond über den Gassen.

Sie haben es sich auf Campingliegen und Klappstühlen in Hauseingängen bequem gemacht, haben ihre Matratzen auf den Balkon geschleppt und mit Kissen die steinernen Treppenstufen gepolstert. Da schlafen sie, oder träumen, genießen die Kühle des dämmrigen Morgens, und sehen jedem Auto nach, das vorbeifährt. Nichts entgeht ihnen. Auch nicht der dunkelblaue Wagen, den Don Pepe durch Alaró steuert, auf dem Weg zum Krematorium. Neben ihm Margalída, das Gesicht hinter einem schwarzen Schleier verborgen, im Fond sitzt Ysabel, die Haare zu einem Knoten zusammengesteckt, zart und bleich, die Stirn gegen das Seitenfenster gepreßt.

Nur das sehen sie. Aber sie haben alles gesehen. Und sie wissen, wohin Don Pepe so frühmorgens mit seiner Familie fährt. Alle wissen, daß man eine Sondergenehmigung zur Einäscherung in aller Frühe erhalten hat.

Und sie denken sich ihren Teil, als der Wagen abbiegt in die

Hauptstraße, am Marktplatz vorbei. Schweigend. Bis einer ruft: »Seinen Hund habt ihr euren Kötern zum Fraß vorgeworfen, und jetzt verbrennt ihr ihn, damit nichts mehr von ihm bleibt. Und ihr euch keine Gedanken mehr machen müßt. Damit wieder Ruhe herrscht, bevor der erste Hahn kräht!«

»Hör auf, Enrique«, schreit eine Frauenstimme. »Misch dich nicht in Sachen ein, die dich nichts angehen.«

Aber der Mann, den sie Enrique nennen, hört nicht auf. Er erhebt sich von seinem Campingstuhl, er trägt nur ein Unterhemd und eine weiße, ausgebeulte Hose, seine Füße stecken barfuß in offenen Sandalen. So läuft er hinter dem Auto der Villalongas her und brüllt: »Franco ist tot! Habt ihr das vergessen? Alles kommt ans Licht! Alles! Auch, daß ihr einen aus der Familie wie einen Hund verscharren wollt, bevor der erste Hahn kräht!« Und dann bleibt er erschöpft stehen und faßt sich ans Herz. Und seine Frau schreit: »Siehst du, das hast du davon. Jetzt schwitzt du schon, bevor es heiß ist!« Und schlägt wütend die Fenster zu.

Der Hahn hat schon gekräht, und wie einen Hund will Don Pepe seinen Vater nicht verscharren. Im Gegenteil. Der Sarg, in den man ihn legte, ist aus Eiche. Und das Totenhemd, das sie über seinen aufgeschnittenen, ausgehöhlten Körper gezogen haben, ist aus schneeweißer Seide. Der Schädel, den sie aufsägen mußten, um alles zu untersuchen, auch das, was man nicht untersuchen kann, ist mit einem gehäkelten Baumwollkäppi schamvoll bedeckt gewesen, als Don Pepe seinem Vater Lebewohl sagte. Da war der Leichnam schon zwei Wochen alt und künstlich heruntergekühlt, um den Verfall ein wenig hinauszuzögern. Don Pepe war dennoch vor Entsetzen so starr gewesen, daß ihm kein Gebet einfiel, kein Wort, das er dem Vater, der immer abwesend war, noch zurufen könnte. Er hat nicht gewagt, ihn zu berühren, nicht einmal die Hände, die über der Brust gefaltet waren, hat er zu berühren gewagt. Zwischen die erstarrten Finger hat man einen Rosenkranz aus rosafarbenen Kunstperlen geschoben. Und sein Gesicht war so stark geschminkt, mit einer leichenfarbenen Creme, dick aufgetragen wie eine Paste, und die Wangen hat man rot gepudert, daß sie wie Apfelbäckchen leuchteten in einem Mumiengesicht. Don Pepe schämte sich für seinen Vater, schämte sich dafür, daß man ihm im Tod seine Würde genommen hat.

Aber was sollte er tun? Der Leiter des Krematoriums, der schon unter der Franco-Herrschaft auf das Einäschern von Leichnamen spezialisiert war, hat Don Pepe nicht aus den Augen gelassen. Und als Don Pepe sich endlich abwandte von seinem Vater, hat er gefragt: »Alles recht so?«

Da hat Pepe, statt einer Antwort, einen Zehntausend-Peseten-Schein aus der Brieftasche genommen und dem Leiter zwischen die gierig greifenden Finger gesteckt wie einen Rosenkranz.

»Warum haben sie das gemacht?« hat Don Pepe seine Margalída später gefragt, als er wieder bei ihr war, als er bei der Siesta im abgedunkelten Schlafzimmer neben ihr liegen durfte. »Warum machen sie ihn im Tod noch lächerlich? Schminken ihn, damit er aussieht, als würde er leben?«

»Weil sie es immer schon so gemacht haben, Pepe«, hat Margalída sanft erwidert. »Weil sie diese Rituale brauchen, um nicht an ihrer Angst zu ersticken. Weil dieser Rosenkranz den Toten beschützen soll, wenn er ins Dunkle kommt. Verstehst du? Und weil man sich mit diesem letzten Leichendienst belügen kann. Denn Lügen lassen sich leichter ertragen als die Wahrheit.«

Pepe hat sich zu seiner Frau umgewandt, hat auf ihr Gesicht geschaut und sie mit einem Kuß auf die Lippen zum Schweigen gebracht. Er hatte vergessen, daß ihre Lippen nach Tau schmeckten, damals, als er sich in sie verliebte. Es fiel ihm erst wieder ein, als er sie, so viele Jahre später, wieder auf den Mund küßte.

Im Krematorium, einem weißgetünchten Raum mit tief in den Wänden liegenden Fenstern, sitzen drei Menschen und weinen. Sie haben die Stühle eng zueinandergeschoben. Margalída hat Ysabel neben ihren Vater gesetzt, auf der anderen Seite sitzt sie, aufgerichtet, der schwarze Spitzenschleier vor den Augen, und blickt auf das Kreuz hoch oben an der Wand, hoch über der eisernen Tür, hinter der das Feuer schon lodert.

Vorn der Sarg, geschmückt mit Calla-Blüten, die Ysabel von Son Rafal mitgebracht hat, einen Armvoll weißer Blüten in dunklem Blattwerk.

Vom Band, durch Lautsprecher oben in den Deckenbalken versteckt, kommt Trauermusik. Das Band ist schon so oft abgespielt worden, daß es Risse hat und Fehler, daß es Noten ausläßt und andere Töne lang hinauszieht, wie arabische Klagelaute, wie ein Jammern. Es ist eine furchtbare Musik. Aber niemand ist da, den man bitten könnte, die Musik abzustellen oder ein anderes Band einzulegen.

Ysabel, Don Pepe und Margalída sitzen in der zweiten Reihe, weil sie sich in die erste Reihe nicht setzen möchten, und weinen. Sie weinen jeder aus einem anderen Grund. In der ersten Reihe sitzen die Seelen der Menschen, denen Alonso vielleicht nahe war im Leben, Seelen von Menschen, die Don Pepe nie begegnet sind. Oder nicht begegnen wollten, wer weiß das schon.

Sie weinen über die Endgültigkeit, die im Tod liegt. Das Unwiederbringliche, über das nie Gesagte, über Liebe, die sie nicht geben konnten und nicht erfahren haben. Sie weinen über den Verlust eines Menschen, der ihnen hätte nah sein können. Sie weinen, weil sie in ihrer Erinnerung weder sein Lachen haben, noch seine Gesten, weil sie nichts mit ihm verbinden können, nicht einen Blick aus dem Fenster, nicht einen Baum vor dem Haus. Sie weinen, weil sie dem Verlust, den sie erfahren, nie mehr werden entrinnen können. Weil dieser Verlust sie begleiten wird bis in den Tod. Über die eigene Feigheit weinen sie, und über das Schweigen. Darüber, daß sie niemals Fragen gestellt haben. Über ihre eigene Angst weinen sie, und über die Eilfertigkeit, mit der sie vergessen wollen.

Pepe weint, weil er an den Notar Joaquin Juano Perez denken muß, der fünfzig Jahre lang per Bankanweisung von einem Sonderkonto den Unterhalt für Alonso de Villalonga unterschrieben hat. Jedes Jahr um ein weiteres Jahr verlängert. Das Sonderkonto hat er auf Geheiß von Don Pepes Großvater eingerichtet, ohne große Fragen zu stellen. Es handelte sich um eine Familienangelegenheit, und die behandelte man diskret.

Auf die Frage von Don Pepe, wie er denn wissen konnte, daß sein Vater noch lebte, erwiderte er nur: Man hätte es mir gesagt.

Aber wer? Wer? hat Pepe geschrien. Wer hätte es gesagt?

Der Notar Joaquin Perez, der zwei künstliche Hüftgelenke und einen Herzschrittmacher hat, wußte darauf keine Antwort. Er war nur sicher. Und diese Sicherheit hat ihm genügt, all die Jahre, daß in der Stunde des Todes irgend jemand ihm Bescheid geben würde, daß die Überweisungen eingestellt werden können. Und so war es ja auch. Denn das Vermögen, das die Familie Villalonga, Pepes Eltern, dafür festgelegt hatte, hätte in jedem Falle ausgereicht. Er hätte hundert werden können.

Der Eichensarg ist verglüht. Und in ihm der alte Mann. In einem Feuer von 1000 Grad bleibt nichts zurück. Asche zu Asche.

Ysabel spürt einen Schmerz in ihrem Innern und ringt nach Luft. Sie möchte schreien, aber sie ist eingeklemmt zwischen ihren Eltern, die wie Statuen dasitzen, reglos.

Felipe ist bei seinem Vater. Pepe und Margalída haben nicht gewollt, daß er in dieser Stunde mit ihnen sitzt. Er gehört zur anderen Seite, hat Pepe gesagt.

Welcher anderen Seite, Papá?

Auf die Seite der Mörder, hat Ysabels Vater erwidert. Und dann kein Wort mehr darüber verlieren wollen.

Sie versucht, an Felipe zu denken, während die Flammen ihre Arbeit tun, aber sie kann es nicht.

Sie denkt an die Gardinen im Schlafzimmer, ihr Brautschleier. Brüsseler Spitze, zwölf Meter die Schleppe. Jacarandablüten haben sich in der Schleppe verhakt, sie mußten die zarten, welken Blütenblätter einzeln aus den kleinen Spitzenrosetten herauszupfen. Diese Schleppe war über den Kirchengang gezogen worden, über den Boden, auf den ihr Großvater seine letzten Schritte gesetzt hatte, auf dem sein Hund mit heißen, staubigen Pfoten seine Abdrücke hinterließ. Sie hat etwas von diesem Mann mit sich getragen, die ganze Zeit. Während sie tanzte, hatte sie den Staub seiner Schuhe in ihrem Kleid, während sie aß, hatte sie den Geruch seiner Hündin an ihren Schuhen, und wenn sie schwieg, hörte sie wie ein fernes Echo in ihrem Kopf die Worte des alten Mannes.

Ja, denkt Ysabel, er hat recht. Es ist eine Familie von Mördern.

Und jetzt sitzen sie da, intrigieren und tüfteln, drehen das Recht und strangulieren die Gesetze, bis sie passen, bis sie Dr. Jaume Sureda freigesprochen haben von der Schuld.

Der Justizminister ist beeindruckt

Der Justizminister ist gekommen. Bei einem Besuch in London hat Gordon Brown einen Termin bekommen und ihn informiert über das, was auf Mallorca vor sich geht. Über die Fehler, die gewisse engstirnige Juristen auf der Balearen-Insel machen, die nicht, wie Gordon Brown sagte, über den Tellerrand hinaussehen können. Die gar nicht ermessen können, weil ihr Verstand nicht reicht, hat Gordon Brown gesagt, welchen Schaden man dem Land zufügen würde, wenn ein Mensch wie dieser, ein Mensch wie Dr. Jaume Sureda, verurteilt würde wegen Mordes an einem Mann, der bereits so gut wie tot war, denn seine Arterien waren verstopft, seine linke Herzkammer arbeitete fast gar nicht mehr, er war praktisch tot, auch von der Aufregung, diese Anstrengung, er muß zu Fuß gegangen sein den ganzen Weg bis zum Gut hinauf, in der Hitze, es war fünf Uhr nachmittags, verstehen Sie, selbst ein gesundes Herz hält so etwas nicht aus. Dann ist er in die Kirche gekommen, vorn das Brautpaar, das er beschimpfen wollte, weiß Gott warum, auf den Bänken die Hochzeitsgäste, alle vorbereitet auf etwas Schönes, Feierliches, alle in dieser wunderbaren Erwartung, verstehen Sie? Aber das wollte der alte, störrische Mann nicht, in seiner Sturheit, in seinem Wahn, ein Mann, verstehen Sie, für den die Zeit stehengeblieben ist. Wer weiß, mit wem er diese Hochzeitsgesellschaft verwechselt hat, wer weiß, was da in seinem Kopf alles durcheinandergeraten ist. Er war praktisch schon tot, als Dr. Sureda ihn aufhielt, verstehen Sie? Er hat ihm den Mund zugehalten, das ist wahr, und das wird von niemandem bestritten, auch nicht von Dr. Jaume Sureda selbst, denn ihm liegt sehr viel daran, daß alles geklärt wird, daß kein Makel an ihm haftenbleibt. Aber kann man denn nicht verstehen, daß hier ein Irrtum vorliegt? Welche Beamte schicken Sie nach Palma, Herr Minister, welche Ungeheuerlichkeiten dürfen sich Ihre Untergebenen leisten, in einem Augenblick, wo es um alles geht? Um die Zukunft Spaniens? Denn die hat Dr. Jaume Sureda, mit Verlaub, in der Hand.

So hat Gordon Brown mit dem Justizminister gesprochen, der hat herrisch seinen Staatssekretär und den Protokollchef, auch die Stenotypistin und den Vertreter des diplomatischen Corps aus dem Zimmer geschickt, um unter vier Augen mit dem englischen Wissenschaftler und Software-Tycoon zu reden. Ein Gespräch unter vier Augen oder gar nicht, hat Gordon Brown gefordert.

Auf dem Weideland, eben und glatt, über der Cala Oscura landet ein Hubschrauber. Die Schafe, die in Panik geflüchtet sind, stehen immer noch wie starr und glotzen, dabei rotieren die Blätter des Hubschraubers nicht mehr, der Pilot ist aus der Kanzel gestiegen und vertritt sich die Beine, und der Justizminister steht neben Felipe und Dr. Jaume Sureda auf der Terrasse des Hauses und schaut hinunter auf den Zweimaster, der an der Boje leise schaukelt, in einem türkisfarbenen Meer, und sieht, wie die Seeschwalben aus großer Höhe pfeilschnell hinabtauchen in die Bucht und wieder aufsteigen mit einem silbernen Fisch, der noch zappelt.

Der Justizminister ist beeindruckt. Auch von Bartolomé, dem weißgekleideten Diener, der an diesem Tag wieder Schuhe tragen muß, von den auf silbernen Tabletts angerichtete Kanapees, dem schwarzen Kaffee, dem Champagner, den er jedoch ablehnen wollte, oder mußte, aus Gründen der Staatsräson. Er will nicht als bestechlich gelten. Wenn man auf einer Terrasse über dem Meer Kaffee trinkt, und kleine Häppchen mit Wachteleiern auf Zucchiniblüten ißt, ernährt man sich nur. Weil es gerade die Zeit für eine kleine Vesper ist, zum

Beispiel. Kaffee stimuliert, und Wachteleier regen ebenfalls an. Das könnte er begründen, vor jedem neidischen Kollegen im Corte. Was er nicht begründen könnte, wäre der Champagner. Deshalb bevorzugt er Wasser, stilles Wasser aus Vichy.

»Ich habe nur eine Viertelstunde Zeit für Sie«, sagt der Justizminister, »ich habe diesen Termin sozusagen in meinen schon übervollen Terminplan gezwängt.«

»Wir wissen das zu schätzen«, sagt Felipe und hält noch einmal, freundlich einladend, die Champagnerflasche hoch. Aber der Minister lehnt ein zweites Mal ab.

Sureda breitet Papiere vor dem Minister aus.

»Wir arbeiten an einer ganz großen Sache, ein Wirtschaftsvolumen von mehreren Milliarden Euro. Mit steigender Tendenz. Wir arbeiten an einer Sache, mit der wir bereits zum Anfang des nächsten Jahres an die Börse gehen wollen. Und der Standort dieser ganzen wunderbaren Zukunftstechnik wird Mallorca sein. Eine sensible Angelegenheit. Verstehen Sie?«

Der Justizminister versteht. Vielleicht aber auch nicht. Er entschließt sich, doch eine Zigarette anzunehmen, und läßt sich von Bartolomé das Feuer reichen. »Sie haben einen unglaublichen Platz für dieses Haus gewählt.«

»Ich wähle immer die besten Plätze«, erwidert Sureda. »Auch für dieses große Projekt, das wir immer nur intern BIG BRAIN nennen, habe ich den bestmöglichen Platz gewählt. Wir werden aus Mallorca das Silicon Valley Spaniens machen, Herr Minister. Und Sie«, er hebt sein Champagnerglas und prostet dem Minister zu, »können später sagen, daß Sie Ihren Anteil daran hatten. Aus dem Buch der spanischen Geschichte wird Ihr Name nicht mehr wegzudenken sein.«

»Es geht im Grunde nur um eine Kleinigkeit«, fügt Felipe ein, der neben seinem Vater gestanden und jede Gesichtsbewegung des Ministers registriert hat.

»Ich weiß. Ich weiß.« Der Justizminister pafft den Rauch in den azurblauen Himmel. »Sie sind nicht zufrieden mit der Arbeit der Justizbehörden hier vor Ort.«

»Oh, das will ich nicht sagen. Es sind alles ehrbare, gute Leute, die ihre Arbeit tun. Aber eben nicht mehr, verstehen Sie? Wie kann Spanien den Anschluß an die Weltelite halten, wenn es umgeben ist von Kleingeistern und Paragraphenreitern. Ich sage meinen Leuten immer: Man muß Visionen haben.«

Der Justizminister lacht. Er wirft den Kopf zurück. Eine Möwe schreit. »Visionen. Ja. Das hat mein Vater auch immer gesagt. Und jetzt bin ich Minister.«

»Schön für Sie. Und für Ihren Vater«, sagt Felipe.

Sureda legt seinen Arm um die Schultern des Sohnes. »Er hier, er wird einmal ein ganz großer. Felipe Sureda hat magna cum laude promoviert.«

»Glückwunsch«, sagt der Minister. »Und wo?«

»Cambridge«, sagt Felipe.

»Die Madrider Universität ist Ihnen nicht gut genug?« fragt der Minister.

Felipe zögert. Er tut, als sei ihm ein Staubkorn ins Auge geflogen, er wendet sich ab. Sein Vater gibt für ihn die Antwort. »Wir brauchen hier in Spanien Leute, die überall von den Besten ihres Landes ausgebildet wurden, mit einer Übersicht über unser Land, das ist wichtig. Nur wer außen steht, sieht die Konturen. Nicht der, der mitten in der Menge ist.«

Der Justizminister denkt einen Augenblick nach. »Es erinnert mich an einen Satz von Mao. Um zu wissen, wie ein Apfel schmeckt, muß ich ihn essen«, sagt er. »Meinen Sie dasselbe?«

Sureda lächelt und hebt die Schultern. Er will den Justizminister nicht beleidigen. Er meint eigentlich genau das Gegenteil.

»Zu meiner Zeit«, sagt der Justizminister, »haben wir Mao wie eine Bibel gelesen. Wenn das der General Franco gehört hätte, daß seine Elite Mao liest!« Er lacht. »Er wäre früher gestorben, denke ich.«

»Was kein Verlust gewesen wäre«, sagt Felipe.

Der Minister und Sureda schauen Felipe an, daß er errötet.

»Ich glaube«, sagt der Minister, »einen ganz kleinen Schluck Champagner nehme ich doch, zur Erfrischung. An so einem Platz, an so einem herrlichen Tag ...«

»Warum sollte man den nicht mit einem Gläschen Roederer Kristal krönen?« fügt Sureda hinzu. Er winkt dem Diener, und schon perlt der Champagner hellgelb im Kelch.

»Um noch einmal auf diesen Todesfall während der Hochzeitsfeier zurückzukommen«, der Justizminister blickt durch das Champagnerglas auf das Meer. »Ich denke, es könnte hilfreich sein, wenn wir den Casus von der Staatsanwaltschaft in Palma nach Madrid rüberziehen.«

»Aber ja!« ruft Felipe. »Das ist es!«

»In Palma«, sagt der Justizminister, »sind mir aus verschiedenen Gründen die Hände gebunden. Aber in Madrid«, er lächelt, »da sind die Wege kürzer, verstehen Sie? Da kann man manche Dinge bei ein paar Tapas in der Bar besprechen, für die man sonst den Amtsweg nutzen muß. Weniger Papier, verstehen Sie?«

»Ich verstehe«, Sureda atmet tief durch, als sei die Brust auf einmal befreit von einem schweren Druck. »Ich verstehe. Ja, eine glänzende Idee.«

»Sie haben doch auch eine Kanzlei in Madrid«, sagt der Justizminister.

»Natürlich. Es ist die größte«, ruft Felipe. »Mein Vater hat eine Sozietät gegründet, aber er gehört zu den Senior-Partnern.«

»Also müßte doch eigentlich der Gerichtsstand für diese Anklage Madrid sein.«

Der Justizminister blickt Dr. Sureda an.

Und Sureda nickt, das Gesicht ausdruckslos.

»Wenn es mit rechten Dingen zugeht, durchaus.« Er nimmt die Flasche aus dem Kühler, sieht, daß sie fast leer ist. »Bartolomé, haben wir noch eine zweite Flasche kalt gestellt?«

Der Diener ist schon unterwegs.

Eine Viertelstunde später begleitet Felipe, gefolgt von drei Leibwächtern, den Gast zurück zum Hubschrauber.

Sie geben sich noch einmal die Hand.

»Machen Sie sich keine Sorgen«, sagt der Justizminister, »ich nehme die Sache in die Hand.«

»Es hätte keinen unpassenderen Augenblick geben können als gerade jetzt«, sagt Felipe, »wo es um so viel geht.«

Der Minister übergibt seinem Sekretär die Aktenmappe und klettert in den Hubschrauber. In der Tür wendet er sich noch einmal um. »Sie haben mein Wort. Und grüßen Sie noch einmal Ihren Vater. Ein imponierender Mensch. Ich empfinde es als Ehre, ihm in dieser Sache beistehen zu dürfen.«

Der Motor springt an. Die Hubschrauberblätter rotieren, und der Wind bläht Felipes Hemd.

»Danke!« ruft er gegen den ansteigenden Lärm. »Wir werden es nicht vergessen!«

Felipe verabschiedet sich. Sein Vater sitzt im Schatten, die Augen hinter einer dunklen Brille verborgen.

»Ich werde jetzt zu Ysabel fahren, Vater«, sagt Felipe. »Ich denke, nun geht alles seinen richtigen Weg.«

»Wir müssen Gordon Brown anrufen und ihm danken.«

»Gut«, sagt Felipe. »Er ist dein Freund. Du kannst ihn anrufen.«

»Nein, besser du. Ich denke, sie hören meine Telefonate ab. Wir wollen keine Spuren hinterlassen.«

Felipe nickt.

»Es gibt schon viel zu viele Spuren«, sagt Sureda seufzend, »aber damit müssen wir leben.« Er nimmt die Brille ab und schaut seinen Sohn an. »Und wir werden damit leben. Gut sogar. Es wird funktionieren, mein Junge. Er nimmt immer mehr Gestalt an, der große Plan. Nicht heute, nicht morgen, aber irgendwann wird Spanien uns dankbar sein. Und diese Insel.«

Felipe schaut auf das Meer, in das glitzernde Funkeln der Wellen, die vom Wind in die Bucht getrieben werden. »Heute morgen wurde er eingeäschert.«

»Wer?« fragt Sureda schläfrig.

Die höhere Instanz

Der Commandante hat in der Nacht schlecht geschlafen. Das passiert ihm öfter nach einem dienstfreien Wochenende. Mit seiner Frau und den Kindern ist er am Strand von Es Trenc gewesen und hat eine Paella gegessen, viel zu fett, zu schwer. Jetzt liegt ihm alles im Magen, die Muscheln, das Krebsfleisch, die fetten Schweineteile, der Reis, der in Öl schwamm, die Paprika, gegen die sein Magen sich schon lange sträubt.

Wenn der Commandante schlecht geschlafen hat, grübelt er über ungelöste Fälle. Und über seine Karriere, die ins Stocken geraten ist. Dann sitzt er in seiner Amtsstube, an dem Schreibtisch mit dem kleinen verbeulten Ventilator, der ihm abgestandene Luft ins Gesicht bläst, und grämt sich, daß sein Zimmer nicht größer und seine Uniform nicht imposanter ist.

Er hat seiner Frau versprochen, daß sie eines Tages ein Haus haben werden im Campo, mit einer Pritsche, unter der man im Schatten den Tag verbringen kann, mit einem Pool, in dem die Kinder während der großen Hitze planschen können. Aber er kann dieses Haus nur bauen, wenn er befördert wird. Und für eine Beförderung stehen die Aussichten schlecht.

Er muß immer wieder an seine Niederlage denken, in der Dreizimmerwohnung im La-Lonja-Viertel. An den Safe, den er gefunden hat. Und den ganzen Aufwand, den er deswegen betrieb. Don Pepe zu holen! Und den Untersuchungsrichter Rafael Ginard!

Und dann zu erleben, daß der Safe leer ist bis auf eine tote Spinne und etwas Staub.

Welche eine Schande.

Da hat Joan mehr Glück gehabt mit seiner Uhr, wenn auch diese Spur nicht weitergeführt hat.

Eine goldene Taschenuhr mit einem Sprungdeckel, der die Maschine einer Spieluhr in Bewegung setzt, sobald man den Deckel aufklappt.

Horabaixa past el sol.

Der Commandante reibt seinen Magen, den Gürtel hat er ein wenig gelockert, und grübelt über dem Text des Kinderliedes.

Gibt es eine geheime Botschaft?

Wenn abends die Sonne versinkt, weint der Kleine.

Was heißt das?

Weine nicht, mein Engel, weil deine Mamá es nicht will.

Ist mit der Mamá jemand anderes gemeint?

Könnte man dieses Lied ganz anders verstehen, wenn man es nicht wie ein Kinderschlaflied liest?

Der Commandante hat schon in der Schule schlechte Aufsätze geschrieben, Mangel an Phantasie, stand da unter seinen Arbeiten. Vielleicht kommt er deshalb nicht weiter, weil ihm die Phantasie fehlt.

Er schlägt die Akte auf und studiert die Daten von Dr. Jaume Sureda. Ein berühmter Mann, wirklich. Und was für ein Haus. Eine private Bucht, wer hat schon so was.

Und der Zweimaster draußen an der Boje, und das kleine Schlauchboot, das sie an den Bootssteg angebunden haben, um den Eigner damit hinüberzurudern auf die Yacht. Und alles andere mit an Bord zu nehmen. Frauen, Wein. Der Commandante seufzt. Nicht einmal dafür hat er genug Phantasie. Wie schnell dieser Anwalt es geschafft hat, so reich zu werden. Wie wenig Jahrzehnte man dafür braucht. Andere Mallorquínische Familien sammeln ihr Vermögen seit Jahrhunderten an, seit sechzehn Generationen vererben sie Grundbesitz und alte Steinbrüche, Weinkellereien und Keramikfabriken, Mandelplantagen und Fischgründe.

Aber dieser Dr. Jaume Sureda hat es ganz allein geschafft.

Geboren am 4. Juni 1937 ...

Der Geburtstag von Jaume Sureda.

Der Commandante reißt den Hemdkragen auf. Er massiert seinen Magen. Reibt die Schuhe gegeneinander. Blinzelt im Windhauch des Ventilators.

Was bedeutet dies?

Ist das vielleicht die große Entdeckung?

Ist er einem Familiengeheimnis auf der Spur?

Sein Herz schlägt.

Er steht auf, die Hose rutscht, er reißt sie hoch, knöpft sie zu, zerrt den Gürtel ins engste Loch, greift nach dem Jackett, das über dem Stuhl hängt, stößt die Tür auf, eilt durch den langen, stickigen Gang, nimmt zwei Stufen auf einmal, die Treppe hinauf, eilt einen weiteren Gang entlang, stößt die Tür auf zum Sekretariat des Untersuchungsministers: »Ich muß den Richter sprechen«, ruft er, »sofort!«

Dr. Rafael Ginard sitzt an seinem Schreibtisch. Das Zimmer ist kühl und angenehm frisch. Es wird auch den ganzen Tag über so angenehm frisch bleiben, denn das Zimmer des Untersuchungsrichters Dr. Rafael Ginard weist in den Innenhof des Justizpalastes, in dem Palmen sich in der Meeresbrise biegen.

Mit seinen manikürten Fingern dreht der Untersuchungsrichter einen silbernen Bleistift auf der Schreibunterlage, die aus Löschpapier besteht. Der Untersuchungsrichter liebt so altmodische Dinge wie Löschpapierunterlagen und silberne Bleistifte. Den Computer hat er im Sekretariat aufstellen lassen. Er ist der Meinung, daß dies genügt. Er muß sich nicht noch mit den Techniken des dritten Jahrtausend beschäftigen, so kurz vor seiner Pensionierung.

Der Commandante spricht, und der Richter hört zu. Der Commandante hat vor Eifer ein rotes Gesicht und eine hohe Kopfstimme. »Wir müssen der Sache nachgehen!« ruft er. »Wir müssen Dr. Jaume Sureda mit dieser Information konfrontieren. Er ist am 4. Juni 1937 geboren, und in dieser Spieluhr, die im Besitz von Alonso de Villalonga war, steht auch der 4. Juni 1937! Das hat doch etwas zu bedeuten, müssen wir Dr. Sureda auf den Kopf zusagen und ihn auffordern, eine Erklärung zu liefern.«

Der Richter legt den silbernen Bleistift hin. Er lehnt sich zurück. Er betrachtet seine manikürten Hände. Er schweigt lange. So lange, daß der Commandante ruft: »Wir dürfen keine Zeit verlieren. Wir müssen zugreifen, solange Dr. Sureda noch ahnungslos ist. Wir müssen die Gunst der Stunde nutzen.«

Der Untersuchungsrichter seufzt. Er erhebt sich und geht auf den Commandante zu. Er legt ihm die Hände auf die Schultern.

»Sie haben eine gute Arbeit gemacht«, sagt er. »Aber wir können die Zeit nicht nutzen. Sie hat schon gegen uns gearbeitet.«

Der Commandante blickt verstört. »Die Zeit? Gegen uns? Wieso?«

»Wir haben den Fall abgeben müssen. Wir sind nicht mehr zuständig, mein Lieber.«

»Aber wieso nicht?«

Dr. Rafael Ginard lächelt müde. »Dafür gibt es vielleicht hundert Gründe, vielleicht auch nur einen. Aber man wird ihn uns nicht nennen, mein Lieber. So ist das. Eine höhere Instanz hat sich eingeschaltet.«

Der Commandante überlegt. »Dann müssen wir der höheren Instanz unsere neuen Erkenntnisse mitteilen.«

»Aber warum sollten wir das tun?« fragt der Untersuchungsrichter. »Warum sollten wir denen, die uns ärgern, auch noch die Arbeit erleichtern? Meriten bekommen wir dafür nicht, die in Madrid werden sich die Federn an den Hut stecken. So ist das immer, mein Lieber. Damit lebe ich, seit man mir diesen Schreibtisch zugewiesen hat. Und jetzt muß ich zu einem Termin. Wie heiß ist es draußen?«

»Heiß«, sagt der Commandante.

Der Untersuchungsrichter seufzt. »Also alles wie immer.«

Der treue Diener

Der Commandante lehnt an der alten Steinmauer, die den Olivengarten von den Weizenfeldern trennt. Er hält eine reife Kakifrucht in der einen, ein Messer mit einer gebogenen Klinge in der anderen Hand. Mit dem Messer schneidet er den Stiel heraus und den Kranz fester grüner Blätter. Sticht in das weiche, saftige Fruchtfleisch und leckt die Finger ab.

Sebastian schaut dem Commandante dabei zu, wie er versucht, in den bloßen Händen eine vollreife Kakifrucht zu zerteilen. Der Saft rinnt durch seine Finger, süßer, klebriger Saft, das Fruchtfleisch zerfließt wie roter Gelatinepudding.

»Also ist das Verfahren gegen Dr. Jaume Sureda eingestellt«, sagt er. Und schaut auf das braune Weizenfeld. Eine Noternte wegen der Trockenheit. Morgen werden die Traktoren kommen, den Weizen einfach umpflügen und alles in einer Wolke aus Staub versinken lassen. In diesem Sommer rechnet man nicht mehr mit Regen. Man wird auf den September warten müssen, früher hat es im September manchmal ergiebige Regenfälle gegeben. Jetzt sind die Staubecken leer, auf dem Grund der Stauseen grasen die Schafe.

»Das Verfahren ist eingestellt, richtig.« Der Commandante schiebt ein Stück der Kakifrucht in den Mund. Seine Lippen glänzen. »Die sind gut, diese Kakis.«

»Ich mach mir nichts draus«, sagt Sebastian. »Und mit welcher Begründung ist das Verfahren eingestellt?«

Der Commandate wischt das Messer an seinem Taschentuch ab und klappt es zusammen. Er lacht. »Glaubst du, daß jemand wie ich Anspruch auf eine Begründung hat? Der Fall wurde nach Madrid abgezogen. Warum, weiß ich nicht. Der Untersuchungsrichter weiß es vielleicht, sagt es mir aber nicht. Die großen Fische behandelt man lieber in Madrid. Wir hier auf Mallorca erfahren doch nicht, was wirklich gespielt wird.«

»Wird denn etwas gespielt?« fragt Sebastian. Er nimmt einen Stock auf und schlägt damit gegen die Steinwand. Er schlägt, bis der Stock bricht, und schleudert die Enden dann über die Mauer. »Ich dachte, alles ist blutiger Ernst.«

»Ach Mensch, es wird doch immer irgendein Spiel getrieben. Mit Regeln, die wir gar nicht erst erfahren. Wieso fragst du mich? Du bist ein alter Mann. Du hast in deinem Leben einen Haufen Dinge gesehen, schätze ich. Scheißspiele der Mächtigen hast du gesehen, was? Die da oben spielen mit denen da unten, so ist es doch. So ist es immer. Der Untersuchungsrichter muß seinen besten Fall abgeben nach Madrid. Ich erfahre nicht einmal, warum. Jeder behält das kleine bißchen Wissen, das er hat, für sich. Je weniger einer weiß, desto kleiner seine Macht. Nachher, für die Männer ganz unten, reicht die Macht nur noch, um ihre Familien das Fürchten zu lehren. Da schikanieren sie ihre Frauen und prügeln die Kinder. Aber das ist auch Macht, Sebastian.«

Sebastian nickt. Er denkt nicht so sehr über die Macht nach wie über die Tatsache, daß Dr. Jaume Sureda ganz offenbar ohne Bestrafung davonkommen wird. Mit einem Mord kommt einer davon. Das gibt es also immer wieder. Er kann sich erinnern ... Vor langer Zeit ist auch einer mit einem Mord davongekommen. Ein gewisser Juan de Villalonga. An ihn will er nicht denken. Von ihm träumt er oft genug, in den kalten, klammen Winternächten, da muß er nicht auch noch am Tage an ihn denken.

»Warum interessiert dich dieser Fall so sehr, hombre?« fragt der Commandante. Er hat seine klebrigen Finger mit dem Taschentuch abgewischt, jetzt schiebt er seinen Gürtel zurecht und die Pistole, die im Gürtel steckt.

»Na ja«, sagt Sebastian mit einem Schulterzucken, »man

kennt halt die Familie schon so lange. Weißt du, wann ich hier auf Els Sant Castells angefangen habe? Da war ich noch ein Kind. Und besaß nur ein Paar Schuhe, und ich hatte eine Stimme wie ein Mädchen. Den Stimmbruch hatte ich erst spät. Aber arbeiten mußte ich schon wie ein Mann.«

Der Commandante korrigiert mit dem Zeigefinger den Sitz seines Copo. Er wirft Sebastian einen lauernden Blick zu. »Du meinst, wir haben einen Fehler gemacht, daß wir dich nicht zum Verhör geholt haben?«

Sebastian lächelt. Er blickt in den Himmel und schweigt.

»Und was hätten wir denn erfahren, wenn wir mit dir geredet hätten, der Untersuchungsrichter und ich?« fragt der Commandante.

Sebastian spuckt den Zahnstocher aus, den er die ganze Zeit im Mund herumgedreht hat. »Nichts hättet ihr erfahren, gar nichts.«

Don Pepe hat in der Leselampe der Bibliothek eine Glühbirne gewechselt. Er müßte die Birne in den Abfallkorb werfen, aber er fühlt sich dafür auf einmal zu schwach. Er läßt sich in seinen Stuhl fallen und schließt die Augen. Seine Hände streifen über das polierte Eschenholz der Sessellehne. Das faßt sich gut an, glatt und weich.

Ysabel oben in Son Rafal hat einige Stühle aus der Bibliothek bekommen. Hier war alles zu eng. Don Pepe öffnet die Augen und schaut sich um. Ja, besser so. Man kann herumgehen vor den Regalen, stößt nicht ständig an irgendwelche Stuhlbeine, wenn man etwas sucht. Man muß die Möbel nicht hin- und herschieben, der Teppich kann nicht mehr verrutschen. Margalída hat schon recht mit ihrer neuen Erkenntnis, daß wenig manchmal mehr ist. Wann hat sie das noch gesagt?

Er muß jetzt oft an Ysabel denken, häufiger als früher. Es gefällt ihm, daß seine Kleine da oben in der Finca keine Angst hat, so allein. Ein tapferes Mädchen. Ach, was sage ich: eine tapfere junge Frau, deren Ehemann nie Zeit für sie hat. Er muß den Vater verteidigen. Gibt es etwas Schlimmeres?

Don Pepe überlegt, ob er Ysabel vielleicht einen Hund

schenken sollte. Einen Gefährten für einsame Nächte und lange Spaziergänge. Er selbst hat sich ein Leben ohne einen Hund nie vorstellen können. Andererseits, wenn Ysabel mit Felipe nach Madrid zieht... Ein Hund will laufen, will Kaninchen aufstöbern und Spatzen fangen, ein Hund will einen Garten bewachen und Enten jagen. Aber nicht auf dem Pflaster an der Leine spazierengehen. Ysabel kommt vielleicht auch ohne Hund aus. Irgendwann wird ihr eine Katze zulaufen, und sie wird die Katze anfüttern, und dann hat sie wenigstens ein Tier, das manchmals abends um ihre Beine streift. Und jemand, der die Mäuse aus der Küche fernhält. Ysabel kommt prima mit allem zurecht, das sagt auch Margalida. Sie sieht so heiter aus, wenn sie in ihrer Finca umhergeht. Alles wirkt so, als habe Son Rafal immer auf sie gewartet. Oder als habe sie immer auf Son Rafal gewartet.

Die Ähnlichkeit Ysabels mit ihrer Großmutter wird immer deutlicher. Die Nase, die Stirn. Wenn er Ysabel beobachtet, ist es manchmal, als sehe er seine Mutter.

Er nimmt die Glühbirne vorsichtig in die Hand und erhebt sich, um sie in den Papierkorb zu werfen, da erst wird er gewahr, daß Sebastian im Raum ist. Sebastian steht ruhig da, die Stiefel in der Hand, und wartet, daß Don Pepe ihn bemerkt.

Don Pepe schaut auf die Uhr. »Wieso bist du noch nicht zu Hause? Es ist spät.«

»Ich habe nachdenken müssen«, sagt Sebastian.

»Ach ja?« Belustigt zieht Don Pepe die Augenbrauen hoch. »Und das geht nicht bei dir zu Hause?«

»Der Commandante kam zufällig vorbei.« Sebastian tritt einen Schritt näher. »Wir sprachen über dies und das. Und dann erwähnte der Commandante so nebenbei, daß man das Verfahren eingestellt hat. Ist das richtig?«

»Ja«, sagt Pepe. »Das ist richtig. Jedenfalls hat man es mir so ähnlich mitgeteilt. Madrid ist jetzt zuständig, aber wie ich die Dinge sehe, wird man das Verfahren in dem Augenblick ganz einstellen, wenn die Papiere in der Hauptstadt angekommen sind.«

»Unsere Justiz ist nicht mehr das, was sie war«, sagt Sebastian. Er wirft seinem Dienstherrn einen lauernden Blick zu.

Pepe lächelt. »Du meinst, seit Dr. Jaume Sureda hier so viel Macht hat?«

»Das habe ich nicht gesagt, aber vielleicht habe ich es gemeint.«

Sebastian stellt die Stiefel vorsichtig auf dem Teppich ab und nähert sich dem Tisch, an dem Don Pepe sitzt.

»Don Pepe, ich glaube, ich habe Sie nie um einen Gefallen gebeten.«

Pepe überlegt. Ist es möglich, daß Sebastian recht hat? Ist es möglich, daß dieser Mann seit Jahrzehnten Tag für Tag – mit Ausnahme des Sonntags – zu ihnen heraufgekommen ist und sich um alles gekümmert hat, ohne je selber um einen Gefallen zu bitten?

»Wenn es so ist, wie du sagst«, beginnt Pepe, »dann muß ich mich schämen.«

»Ich sage es, weil ich Sie heute um einen Gefallen bitten möchte, Don Pepe.« Sebastian fährt mit der Zunge über die Lippen.

»Also gut, leg los, ich werde dir den Gefallen wohl schlecht verwehren können.«

»Don Pepe«, beginnt Sebastian. Und stockt.

Pepe beobachtet ihn, nickt ihm aufmunternd zu.

»Wäre es möglich«, beginnt Sebastian ein zweites Mal. Und stockt wieder.

»Nun aber!« ruft Pepe, fast schon ein bißchen ärgerlich. »Ist es so schlimm, die Bitte auszusprechen?«

Sebastian atmet tief durch. »Catalína hat mir gesagt, daß sie das Foto Ihrer Mutter sehen durfte, in dem Album. Das Foto von Maria-Magdalena, Ihrer Mutter, es ist in dem Album. Sie trug ein schwarzes Kleid, sagt Catalína.« Er beendet den Satz und hebt die Stiefel wieder auf.

»Vergessen Sie es.« Er wendet sich um.

Pepe springt auf, hält Sebastian an den Schultern zurück.

»Mein Gott, warum machen Sie deswegen so ein Theater? Wenn Sie das Foto sehen wollen, das ich Catalína gezeigt habe, genügt doch ein Wort! Warten Sie. Ich weiß genau, wo das Album liegt. Ich habe es in der letzten Zeit oft in der Hand gehabt.«

Während Sebastian wartet, holt Pepe das Album aus dem Schrank, setzt sich wieder, winkt Sebastian heran und blättert. Schweigend sieht Sebastian zu, wie die Bilder der Vergangenheit an ihm vorbeiziehen. Er möchte die Luft anhalten, er möchte das Album nehmen und es langsam, Seite für Seite, durchblättern. Aber das wagt er nicht.

»Das hier«, Pepe streicht die Seite mit den Händen glatt, »ist es das hier? Das Catalína so schön fand?«

Sebastian nickt. Stumm beugt er sich über das Foto. Pepe beugt sich zurück, damit Sebastian Platz hat. Sebastian sagt nichts. Er schaut nur. Und schweigt.

»Und?« fragt Pepe nach einer Weile.

Sebastian sagt immer noch nichts. Schweigt nur.

»Ist es genug?« fragt Pepe noch einmal.

Sebastian richtet sich auf, schaut Don Pepe an, nickt. Mit zitternden Händen hält er die Stiefel.

»Sie war eine schöne Frau«, sagt Sebastian.

Pepe nickt. »Ja, das war sie wohl. Zu schön für meinen Vater.«

»Sie war klug«, sagt Sebastian.

»O ja, das nehme ich an. Zu klug für meinen Vater.«

»Sie hatte es nicht leicht.«

»Ach nein?« fragt Pepe. »Sie hatte es nicht leicht? Und mein Vater? Und ich? Hatten wir es vielleicht einfach mit dieser Frau?«

»Ihre Mutter hat Sie sehr geliebt«, sagt Sebastian, »das weiß ich.«

Pepe schaut Sebastian an, mit kleinen, mißtrauischen Augen. Was will dieser Mensch von ihm? So plötzlich?

»Es ist möglich, daß sie mich sehr geliebt hat«, sagt Pepe und schlägt das Album zu. »Aber das Problem ist, daß ich mich daran nicht mehr gut erinnere. Was ich allerdings genau weiß, ist, daß sie mir meinen Vater weggenommen hat. Und ich begreife nicht, warum. Wenn mir einer sagen könnte, warum sie das getan hat ...«

Sebastian mustert Don Pepe. Und während er ihn anschaut, kämpft es in seinem Kopf. Und in seinem Herzen.

Schließlich atmet er tief durch. »Es ist nicht gut, daß einer mit einem Mord davonkommt«, sagt er.

Pepe nickt bedächtig. Er läßt Sebastian nicht aus den Augen.

»Ja« sagt er, »das finde ich auch. Aber Jaume Sureda ist nicht nur ein bekannter Anwalt, wie du weißt, ganz Mallorca hört auf ihn, ganz Madrid. Der König, die Minister. Und außerdem war es ein Unfall. Kein Mord. Er hat es bestimmt nicht gewollt. Es war bestimmt nicht seine Absicht, den armen, verwirrten alten Mann zu töten.«

»O doch«, sagt Sebastian, »es war seine Absicht.«

Pepe hustet. Er preßt die Hand vor den Mund. Er wird geschüttelt von einem Hustenkrampf. »Klopfen!« würgt er heraus. Sebastian läuft zu ihm und klopft gegen seinen Rücken, bis das Würgen vorbei ist.

»Was ..., was hast du gesagt?« flüstert Don Pepe, noch heiser von dem Hustenkrampf.

»Er hat ihn getötet, weil er Angst hatte, dieser alte Mann könnte im letzten Augenblick die Hochzeit verderben. Darum hat er so fest zugedrückt. Damit der alte Mann kein Wort mehr sagen kann. Damit die Wahrheit nicht ans Licht kommt. Denn vor nichts hat Dr. Sureda sich so gefürchtet wie vor der Wahrheit. Er wollte sein Spiel beenden, bevor alles ans Licht kommt.«

Langsam erhebt sich Don Pepe, hochrot ist sein Gesicht, und der Atem geht kurz und heftig.

»Was redest du da, Sebastian?« Er packt seine Schultern, er schüttelt ihn. »Was weißt du?«

Sebastian schaut Don Pepe an. Seine Augen sind groß und eindringlich, aber seine Lippen bleiben stumm.

»Wenn du etwas weißt«, schreit Pepe, »so sag es mir jetzt! Oder schweig!«

Draußen kräht ein Hahn. Die Hunde antworten mit wildem Gebell. Pepe stöhnt auf, läuft zum Fenster und schlägt es zu. Ein Zittern geht durch den Raum, als er zurückkommt.

»Also!« schreit Pepe.

Sebastian schaut zu seinen Stiefeln, an denen der rote Lehm klebt. Er schaut auf seine Arbeitshose, eine Hose, die er seit zwanzig Jahren trägt und die an den Knien ganz dünn ist. Er könnte sich eine neue Hose kaufen, daran mangelt es nicht, man bezahlt ihn gut hier auf Es Sant Castells. Man hat ihn nicht immer so gut bezahlt. Früher war es anders, aber wem kann er das erklären, wem kann er erzählen, wie es war, als er der engste Vertraute von Maria-Magdalena war?

Ein Kind zwar noch. Aber ein Kind, das viel erlebt hat. Ein Kind, das viel gesehen hat, viel gelitten. Und seitdem mehr verstanden hat als andere Kinder. Er hat nichts vergessen. All diese Bilder, die ihn früher quälten, sind immer noch da, kommen Nacht für Nacht zurück in seinen Träumen. Manchmal ist auch das Gesicht von Maria-Magdalena plötzlich da, das schöne, sanfte, das wilde, das verzweifelte, das zornige Gesicht von Maria-Magdalena. Er hört ihr Schluchzen manchmal im Schlaf. Er weiß noch, wie es war, wenn die Verzweiflung sie jähzornig werden ließ, wenn sie herumlief in ihrem Haus, barfuß, mit offenen Haaren und vom Weinen verquollenen Augen. Einmal hat sie ihm Tomaten an den Kopf geworfen, aus lauter Wut, als er sie beim Schreiben ihres Tagebuchs überraschte.

Ein anderes Mal hat es ihr nichts ausgemacht, wenn sie am Tisch saß unter den Weinreben und schrieb und er ganz in der Nähe das Unkraut jätete. Und wenn sie aufschaute, und er zur gleichen Zeit sich aufrichtete, sagte sie zu ihm: »Wenn ich sterbe, Sebastian, mußt du dieses Buch für mich aufbewahren. Aber lesen darfst du es nicht.«

Warum soll ich es auch lesen, dachte er damals, wo ich doch alles weiß.

Aber er schwieg, nickte, lächelte, und kümmerte sich wieder um das Unkraut.

»Don Pepe«, sagt Sebastian, »was ich jetzt sage, sollte ich vielleicht nicht sagen. Ich weiß nicht, ich bin mir nicht sicher, was richtig ist und was falsch. Aber seit einiger Zeit, seit ich beobachtet habe, wie diese Hochzeit vorbereitet wurde und wie Dr. Sureda alles bestimmen durfte, alles, aber auch alles, nur weil er das Geld besitzt und die Macht ...«

Pepe wirbelt herum, in seinen Augen sprüht Zorn. »Was maßt du dir an!« brüllt er. »Was geht es dich an, wer diese Hochzeit bezahlt hat?«

»Ich weiß, daß es mich nichts angeht. Aber trotzdem, verzeihen Sie, hat es mich beschäftigt. Weil es nicht richtig ist.«

»Was ist nicht richtig?« brüllt Pepe. »Nun sag es endlich, Mann!«

Sebastian weicht Pepes Blick nicht mehr aus. Er ist so weit gegangen, ein Zurück gibt es nicht.

»Ihre Mutter, Maria-Magdalena«, sagt er, »hatte zwei Söhne.«

Pepes Augen verdunkeln sich, seine Lippen werden schmal.

»Sie, Don Pepe, sind der Sohn von Don Alonso. Aber Ihre Mutter hat noch einen anderen Sohn zur Welt gebracht, ein Jahr vorher.«

»Was?« fragt Don Pepe rauh. »Was sagst du?«

»Der Mann war ihre große Liebe. Er hieß Victoriano. Die Eltern wußten nichts davon. Aber ihr Bruder. Sie trafen sich heimlich, Don Pepe, das weiß ich, weil sie es mir selber erzählt hat. Sie trafen sich – und ...«

Pepe schüttelt Sebastian. »Und was? Wer ist es? Ich weiß, daß du mir etwas Ungeheuerliches sagen willst, Mann. Also raus damit! Ich kann es aushalten. Ich habe bewiesen, daß ich etwas aushalten kann, oder nicht?«

»Den ersten Sohn, den Ihre Mutter bekam, hat sie weggegeben. An ein junges Paar oben in Capdepera. Die hießen mit Nachnamen Sureda, und die haben den Jungen adoptiert. Und dafür Geld bekommen. Er ist getauft worden auf den Namen Jaume Victoriano. Das weiß ich genau. Ich habe die Papiere geprüft, um ganz sicher zu sein. Es gibt keinen Irrtum, Don Pepe, Jaume Sureda ist Ihr Bruder. Ich bin nicht sicher, ob es gut war, Ihnen das zu sagen. Und ich weiß nicht, ob das, was ich Ihnen jetzt sage, richtig ist oder falsch. Aber ich möchte Ihnen etwas geben, Don Pepe, das seit dem Tod Ihrer Mutter in meinem Besitz ist.«

Er bückt sich und zieht aus dem Schaft des linken Gummistiefels ein Päckchen.

Pepe hebt abwehrend die Arme. »Ich glaube nicht, daß ich das haben will, Sebastian. Was du mir eben gesagt hast – das ist genug für einen Tag. Ich will das nicht. Nimm das wieder mit. Was ist das?«

»Es ist das Tagebuch Ihrer Mutter«, sagt Sebastian, »das sie begonnen hat an dem Tag, als ihr Geliebter starb. Sieben Monate vor der Geburt von Jaume. Ich lasse es einfach hier liegen. Machen Sie damit, was Sie wollen. Vernichten Sie es. Lesen Sie es. Geben Sie es Ihrer Tochter. Ich will es nur nicht mehr in meinem Haus. Ich möchte die letzten Jahre meines Lebens ruhig schlafen, Don Pepe. Ich will Schluß machen mit den schlimmen Träumen, Schluß damit, mir Gedanken um andere zu machen, um Leute, die mich eigentlich nichts angehen.«

Pepe hört nicht zu, das spürt Sebastian. Er steht, wie benommen, reibt die Stirn, starrt auf das verschnürte Päckchen, seufzt. Er hört nicht zu, was Sebastian sagt.

»Und deshalb möchte ich Ihnen sagen, Don Pepe, daß Sie sich nach einem neuen Gärtner umschauen müssen. Ich bin viel zu alt. Ich möchte die letzten Jahre meines Lebens in Frieden vor meinem Haus sitzen und mit den Nachbarn über das Wetter reden. Und über nichts sonst. Gute Nacht, Don Pepe.«

Don Pepe knipst die Leselampe in der Bibliothek aus, klopft mechanisch die Kissen in dem Sessel zurecht, richtet sich auf, betastet die schmerzende Stelle in der Wirbelsäule, seufzt tief und verläßt das Zimmer.

Draußen wird es gerade hell. Ein fahles Licht im Osten, das sich in wenigen Minuten verwandeln wird in die Farbe von blaßlila Bougainvilleablüten.

Die trockene, gelbe Erde wird übergossen mit flüssigem Gold, wenn die Sonne über die Hügel kriecht. Das Vogelgezwitscher schwillt für einen Augenblick an, die Raubvögel verharren reglos auf ihren Posten, und bei dem ersten Schuß ist es still wie nach dem Tod.

Don Pepe ist in den vielen Jahren seines Lebens um diese Zeit oft draußen im Campo gewesen, mit seiner Jagdflinte und dem Hund. Er kennt jedes Licht auf dieser Insel, jede Wolkenformation. Er kennt die Nebelbänke in jeder Senke, weiß, wie die Wolken sich über dem Puig Mayor zusammenziehen, wenn anderes Wetter aufkommt, er kennt den Warnschrei der Fasane, der Bekassinen. Er kennt sein Land.

Aber die Menschen, denkt Don Pepe, als er an der Galerie seiner Ahnen vorbei den langen Wandelgang entlangtastet, die kenne ich nicht.

In einer Stunde wird Xisco den Traktor anwerfen, und irgend jemand muß ihm sagen, daß Sebastian nicht wiederkommt. Falls der Kerl das ernst gemeint hat. Aber bei sturen Leuten wie Sebastian weiß man nie.

Pepe überlegt, was er Margalída zuerst sagen soll.

Er steigt die Treppen hoch und lauscht. Nie ist ihm aufgefallen, wie still dieses Haus in der Nacht ist. Wie weit die Räume, wie leer. Zwei Menschen in einem Haus mit 46 Zimmern. Vierzig davon sind meist abgeschlossen. Staub sammelt sich auf den Möbeln, den weißen Leinenbezügen über Sesseln und Stühlen. Die Fenster werden blind, die Insekten, die tage- und wochenlang mit verzweifelter Anstrengung gegen die Scheiben geflogen sind, liegen tot auf dem Boden. So viele Räume, die zu gar nichts gut sind.

Margalída und er, sie brauchen nur diese sechs Zimmer, und den Turm, unten die Halle, die Küche, den Comedor.

Für diese Hochzeit haben sie noch einmal alle Türen geöffnet, alle Möbel entstaubt, alle Fenster geputzt, noch einmal diese ganze Anstrengung, das alte, große Haus mit Leben zu füllen. An ein Lachen, das durch die Räume hallt, über Treppen klettert, an fröhliche junge Leute, die hin- und herlaufen, Fenster aufreißen, sich etwas zurufen, mit der Kaffeetasse in der Hand über warme Steine schlendern, daran haben sie gedacht, Margalída und er, als sie die Hochzeit planten. Und was ist daraus geworden?

Ein paar Stunden die Illusion von Heiterkeit.

Was sind ein paar Stunden im Leben eines Menschen? Was ist das Leben überhaupt, wenn es auf so etwas hinausläuft. Wofür das alles?

Don Pepe drückt vorsichtig die Klinke zu Margalídas Schlafzimmer herunter. Er erschrickt, als er sieht, daß sie aufrecht im Bett sitzt. Die Augen schwer von Schlaflosigkeit.

»Pepe«, sagt sie, »was hast du die ganze Nacht gemacht? Es ist fünf Uhr morgens.«

»Ich weiß, meine Liebe.« Er geht zu ihr, legt seine Hand, die heiß ist, auf ihre feuchte, kalte Stirn. »Schlaf noch ein wenig. Soll ich das Licht wieder ausmachen!«

Aber ihre Hand greift nach seinem Arm, hält ihn fest. Sie mustert ihn, aufmerksam, ängstlich. »Pepe, sag mir.«

Er lächelt. Er möchte sich über sie beugen und sie küssen, aber seine Kräfte reichen dazu nicht. »Was hast du die ganze Zeit da unten in der Bibliothek gemacht?«

»Gelesen, meine Liebe.«

»Aber was?«

»Darf ich mich zu dir legen?« fragt Pepe.

Margalída schlägt wortlos ihre Bettdecke zurück. Pepe zieht hastig sein Hemd aus, seine Hose, die Socken. Und sucht mit den Lippen ihren warmen Hals, er spürt ihre Haarspitzen an der Stirn, riecht ihre Haut. Er möchte seine Hand auf ihre Brüste legen, aber er wagt es nicht.

»Sag, Liebe, liebst du deinen Sohn?«

»Anatol? Aber natürlich.«

»Wie sehr liebst du ihn?«

»Ach, Pepe, willst du jetzt wieder davon anfangen? Anatol lebt ein anderes Leben als wir, warum ärgert dich das so?«

»Ich habe gefragt, wie sehr du ihn liebst.«

»Wie eine Mutter ihr Kind nur lieben kann.«

»Und wie kann eine Mutter ihr Kind lieben?«

Margalída will sich aufrichten, aber er drückt sie sanft zurück. Er löscht das Licht. Er möchte nicht ihre Augen sehen, er möchte gar nichts sehen, wenn sie mit ihm spricht.

»Eine Mutter«, sagt Margalída, »liebt ihr Kind wie ein Stück von ihrem Fleisch, das weißt du doch. Das steht schon in der Bibel. Darüber reden sie immerzu bei der Taufe, der Kommunion, immerzu. Wie ihr eigen Fleisch.«

»Ich weiß«, sagt Don Pepe, »aber was heißt das?«

»Das heißt, daß sie die Schmerzen fühlt, die ihr Kind erleidet, daß ihr Herz sich zusammenzieht, wenn ihr Kind weint, daß sie den eigenen Hunger nicht spürt, wenn sie sieht, wie ihr Kind sich satt ißt. Ach, Pepe, es gibt hundert, tausend Beispiele.«

»Sag mir mehr«, flüstert Pepe, »erzähl mir mehr, bitte.«

Margalída streichelt sein Haar. Sie schaut zu dem Engel hoch, den sie nicht sehen muß, um ihn zu kennen. Sie redet, was ihr einfällt. Sie spricht von der Geburt ihrer Kinder. Wie

Anatol geboren wurde, die Steißgeburt. Von ihren Schmerzen und ihrer Todesangst. Und von dem Glück, als man ihn ihr in die Arme legte. Wie Anatol heranwuchs, wie sie schwanger war mit Ysabel. Ihr fallen Krankheiten der Kinder ein, Masern, eine schwere Lungenentzündung von Anatol. Die Nächte, die sie an den Betten der Kinder verbracht hat. Der erste Liebeskummer von Anatol. Wie der Junge, traurig und bleich, vor ihr stand und ihr erzählte, daß Elena, das Mädchen aus seiner Klasse, ihm die Zunge rausgestreckt habe und gerufen, wie dumm er sei. Und was er sich bloß einbilde auf seinen Namen.

Und wie sie ihm ein Märchen vorgelesen habe, um ihn zu beruhigen. Das Märchen von einer Prinzessin, die ihren Prinzen bekommt.

Pepe lächelt. »Das alles weißt du noch?«

»Natürlich«, sagt Margalída, »das alles gehört doch zu meinem Leben. Das ist ein Teil unseres Lebens.«

»Und warum erinnere ich das alles nicht mehr?«

»Du bist ein Mann«, sagt Margalída. »Du hast dich immer mehr für die Jagd interessiert als für unsere Familie. Wenn es kompliziert wurde und ich sagte, Pepe, ich muß mit dir reden, hast du die Flinte genommen, bist aus dem Haus. So ist das gewesen.«

»Das tut mir leid«, flüstert Pepe.

Margalída lächelt in der Dunkelheit. Sie hat nicht damit gerechnet, daß ihr Mann irgendwann einmal dieses Gespräch mit ihr führen würde. Und daß er sagen würde, das tut mir leid.

»Erzähl mir mehr«, fleht Pepe.

»Wovon? Was soll ich erzählen?«

»Von der Liebe einer Mutter zu ihrem Kind.«

»Pepe, ich möchte wissen, warum dich das heute so quält.«

»Es ist nichts, Liebe, rede nur. Ich bin nur zufällig in dieser Stimmung.«

»Aber warum, Pepe?«

»Vielleicht, weil ich etwas gelesen habe.«

»Was hast du gelesen?«

Pepe wiegt sich stumm in den Armen seiner Frau. Schlingt

die Beine um ihre Hüften, spürt mit den Schenkeln die Hitze ihres Körpers.

»Hast du etwas von Anatol gehört?« fragt er schließlich.

»Ja. Er hat gestern angerufen. Sie waren noch in Venedig, um mit dem Festivalleiter zu sprechen wegen dieses Films, den sie in Thailand gedreht haben. Sie möchten gerne, daß er auf der Biennale gezeigt wird. Aber wie überall, sagt Anatol, geht es auch da nicht um gute Filme, sondern um die alten Spiele der Macht.«

»Hat er nach mir gefragt?«

Margalída zögert. Das spürt Don Pepe, und es gibt ihm einen Stich.

»Ich habe ihm gesagt, daß es dir gut geht«, sagt Margalída, »und ich habe gesagt, wir freuen uns beide sehr für ihn.«

»Warum freuen wir uns?«

»Lieber. Hör doch zu. Weil er diesen Film auf der Biennale zeigen darf.«

»Also er darf doch?«

»Ja, aber es hat ihn einige Anstrengung gekostet.«

»Gut«, murmelt Don Pepe. »Ohne Anstrengung geht nichts im Leben.«

»Sei nicht so streng mit ihm, Pepe.«

»Bin ich das?« Pepe hebt den Kopf. »Bin ich streng mit ihm gewesen?«

Als Margalída nickt, fragt er: »Zu streng?«

»Ach, ich weiß nicht, Pepe. Manchmal wünschte ich, du könntest ihn lieben, wie du deine Tochter liebst. Manchmal tut es mir weh, daß du so einen Unterschied machst zwischen deinen Kindern.«

Es ist wahr, denkt Pepe, ich habe immer einen Unterschied zwischen diesen Kindern gemacht. Aber warum? Warum habe ich das getan? Und warum habe ich mir nie Gedanken gemacht, daß es Anatol vielleicht verletzt hat?

»Im August«, sagt Pepe, »könnten wir nach Amerika fliegen, ihn besuchen. Im August ist es hier sowieso zu heiß. Meinst du, er würde sich freuen?«

»Pepe. Lieber.« Margalída küßt ihn. »Und wie er sich freuen wird.«

Sie bedeckt sein Gesicht mit Küssen. Er spürt, daß ihm die Tränen kommen. Tränen eines alten sentimentalen Mannes. Das will er nicht.

»Weißt du, was ich deinem Sohn heute am Telefon gesagt habe? Dein Vater ist ein guter Mensch. Er liebt dich wie sein Leben. Das hab ich gesagt, und heute fragst du mich auf einmal, ob wir Anatol in Amerika besuchen wollen. Pepe, ich weiß jetzt wieder, warum ich damals unbedingt dich heiraten wollte und keinen anderen. Weil du ein gutes Herz hast. Das ist wahr.«

Pepe kann nicht sprechen, will nichts mehr sagen.

Er möchte Margalídas Küsse auf seiner welken Haut spüren, und er möchte hier einfach stumm liegenbleiben, während draußen die Jagdhunde anschlagen und Rebhühner aus den Büschen scheuchen.

Das alles interessiert ihn nicht mehr.

Ysabels Tagebuch

16. Juni 2000

Vor ein paar Wochen habe ich mich dabei ertappt, wie ich immerzu eigene Gedanken in den Computer tippte, mitten in andere Arbeit hinein. Ich erledige fast alles am Computer. Überweisungen, ich habe eine Shoppingliste und mein Adreßbuch im Computer. Ich rufe Nachrichten ab und schicke E-Mails an Anatol, Jessica und Felipe.

Er beantwortet sie grundsätzlich mit einer Verzögerung von mehreren Tagen. Aber das finde ich okay. Er hat in Madrid auch viel zu tun, vor allen Dingen will er viel zu tun haben, er giert danach, die ganz große Karriere zu machen. Er dreht mit seinem Vater an einem ganz großen Rad. Ich habe immer gelacht, wenn er in wolkigen Andeutungen davon sprach. Jetzt lache ich nicht mehr.

Weil ich inzwischen weiß, worum es geht.

Sie werden Mallorca verändern, das Herz der Insel verändern, mein Schwiegervater und mein Ehemann. Und sie werden es auf dem Grund und Boden tun, der einmal meiner Familie gehört hat. Wie irrwitzig, daß ich von alldem nichts wußte, als wir uns kennenlernten.

Rückblickend glaube ich, daß mein Schwiegervater nichts dem Zufall überlassen hat. Daß selbst das erste Zusammentreffen zwischen Felipe und mir von langer Hand geplant war.

Diese Party bei einem jungen Rechtsanwalt (der dann später in die Kanzlei auf Barbados berufen wurde). Der leere Benzintank auf der Rückfahrt. Felipe und ich irgendwo in den Hügeln von Somerset, in einer nach feuchter Erde und Gras duftenden Gegend, beide mit genug Alkohol im Bauch. Da haben wir gesessen und Stunde um Stunde gewartet, ob ein Auto vorbeikommt und uns mitnimmt.

Eine lange Zeit, um sich kennenzulernen.

Ich glaube, schon am nächsten Abend ist er in meine Bude gekommen, und wahrscheinlich haben wir da schon miteinander geschlafen. Und es war gut. Ich glaube, mein Schwiegervater hat über alldem gethront wie einer, der alles sieht und immer seine Fäden zieht. Ich weiß immer weniger über ihn, je näher ich ihn kennenlerne. Zuerst liebte ich ihn. Beinahe mehr als meinen wirklichen Papá. Dafür schäme ich mich heute. Dann habe ich ihn bewundert, später respektiert. Eine Weile hatte ich sogar Angst, das war um die Weihnachtszeit, als Felipe verlangte, daß wir mit seinem Vater feiern, und mein Vater mir drohte, falls ich zusage.

Papá spricht kein Wort mit Felipe, auch nicht mit meinem Schwiegervater, seit die Anklage fallengelassen wurde. Sie haben den Prozeß nach Madrid verlegt, keine Ahnung, warum. Felipe hat das für vollkommen normal gehalten. Ich weiß, daß es nicht normal ist. Schwiegervater und Papá gehen sich aus dem Weg.

Mein Großvater ist hier gestorben, auf Mallorca. Diese Staatsanwaltschaft wäre zuständig gewesen. Aber jetzt denke ich, daß es egal wäre: Sie hätten ihn sowieso freigesprochen. Er hat zu viele zu gute Beziehungen. Er läuft herum wie ein unbescholtener Bürger. Mamá empfindet es als Skandal. Ich weiß, daß sie Jaume Sureda früher phantastisch fand. Daß sie ihn wegen seiner Kontakte zum Königshaus bewunderte. Ich weiß, daß auch sie bereit war, Papá für einen Bauerntölpel zu halten im Vergleich mit ihm. Wie verblendet wir alle waren.

Ich bin Weihnachten nicht an die Cala Oscura gefahren. Ich war bei Mamá und Papá. Anatol und Barnaby waren auch da.

Felipe kam für drei Tage aus Madrid. Zwei von den drei Ta-

gen verbrachte er bei mir, den Weihnachtstag bei seinem Vater. Als er wieder abflog, fühlte ich mich erleichtert. Und frei.

Heute ist unser Hochzeitstag, und in der Spüle in der Küche liegen Rosen im Wasser, die er schicken ließ. Auch von meinem Schwiegervater sind Blumen gekommen, Gardenien. Das kann lieb gemeint sein. Oder auch eine Warnung: ich soll nicht vergessen, daß ich jetzt eine Sureda bin. Dabei spüre ich, wie mir Wurzeln wachsen. Hier auf meinem Land. Er tut, als sei alles in Ordnung. Und ich habe keine Lust, ihn aufzuklären.

Wir leiden unter einer großen Hitze hier auf der Insel. Dafür hat es auf dem Festland in diesem Frühjahr so viel geregnet, daß alles grünt und blüht und die andalusischen Bauern in ihre Dörfer und auf ihre Felder zurückkehren, die sie schon verlassen hatten. Hier herrscht jetzt diese furchtbare Dürre.

Der Mirabellenbaum wäre beinah eingegangen. Ich habe ein Schlauchsystem in den Orangengarten und den Gemüsegarten legen lassen. Wir müssen immerzu wässern. Der Brunnen, den meine Großmutter gebaut hat, funktioniert wieder, das Wasser wurde geprüft. Es hat bessere Werte als das Wasser auf Els Sant Castells. Die Feigenbäume sind voller Früchte. Ich werde sie wohl verkaufen, wenn sie reif sind. So viele Feigen kann ich unmöglich selber verbrauchen, nicht einmal, wenn ich den größten Teil davon an die Eltern abliefere. Der Wein steht gut, nachdem ich jemanden gefunden habe, einen pensionierten Polizisten, der sich darum kümmert.

Immer noch kann ich mich an das neue Leben nicht gewöhnen. Jeder Morgen ist ein Abenteuer, jedes Aufwachen ein Fest. Ich stoße die Persianas auf und mache vor offenem Fenster meine Yoga-Übungen. Dabei atme ich den Geruch ein, der von draußen kommt. Jeden Tag ein wenig anders, denn immerzu dreht sich hier oben der Wind.

Eine Katze ist mir zugelaufen und schläft in der Küche, das finde ich beruhigend, denn seitdem habe ich keine Mäuse mehr im Haus. Die Katze ist gestreift wie ein Tiger. Mit Jadeaugen schaut sie mich an, unergründlich, als wolle sie mir eine uralte Geschichte erzählen. Überhaupt ist dieses Haus voller Geschichten. Wenn ich die Augen schließe, ist es, als höre ich ein Summen von Stimmen, höre Lieder, höre das Wasser in der Zisterne, wie es gurgelt und mir ein altes Geheimnis verrät.

Aber wenn ich die Augen öffne, habe ich das Geheimnis wieder verloren.

Ich kann nicht nach Madrid. Ich kann nicht in dieser Bank über Devisengeschäften und Auslandsinvestitionen brüten, wenn ich weiß, daß ich lieber hier sein möchte, in meinem Haus herumgehen, barfuß auf alten Steinfliesen, in meinem Gemüsegarten Auberginen abschneiden, und Pimientos, und sie in einem Korb in die Küche tragen, mein Tumbet ist besser als Catalínas Tumbet. Das sagt sie selbst.

Sebastian besucht mich oft. Er sieht müde aus. Müde, aber glücklich. Er spricht oft davon, daß er so glücklich ist.

Warum? Frage ich.

Dann schaut er mich an und sagt: Weil Sie jetzt hier leben, Señora.

Aber warum macht dich das glücklich?

Weil es die Señora Maria-Magdalena auch glücklich gemacht hätte.

Meine Großmutter. Ich glaube, er hat sie heimlich verehrt. Oder geliebt.

Ich erinnere ihn irgendwie an meine Großmutter. Er sagt, ich hätte dieselben Haare, dasselbe Lachen. Ich weiß es nicht.

Papá, der es wissen müßte, sagt so was nie. Er spricht kaum über seine Mutter, und es scheint so, als habe er nur ganz wenig Erinnerungen an Son Rafal. Vielleicht will er sich auch nicht erinnern, weil dann der Schmerz über den Vater wiederkommt. Er und Mamá sind wieder ganz eng. Mamá hat keine Migräne mehr. Sie sind die meiste Zeit jetzt in ihrem Haus in Palma.

Dieses Buch faßt sich schön an. Und hat einen schönen Leineneinband. Es lag bei den Hochzeitsgeschenken, wir haben, weil es so viele Geschenke gab und wir so aufgeregt waren, das Kärtchen verloren, das zu dem Buch gehörte. Irgend jemand muß es uns geschenkt haben, und wir haben uns nicht einmal bedankt.

Eine Weile bin ich um dieses Buch herumgestrichen. Wie meine Katze um das Futternapf streicht.

Aber heute, an meinem ersten Hochzeitstag, weil es so heiß ist und man draußen ohnehin nichts arbeiten kann, und weil diese Blumen von Felipe und meinem Schwiegervater mich irgendwie aus der Balance zu werfen drohten, habe ich beschlossen, einfach anzufangen.

Warum schreibt man ein Tagebuch?

Schreibt man es für sich?

Oder für andere?

Möchte man, daß später einmal jemand das Buch in die Hand nimmt, es aufschlägt, anfängt zu lesen und, gefesselt von der Geschichte eines Fremden, sich einen Platz in einer Fensternische sucht und nicht wieder aufhört?

Oder schreibt man nur, um sich zu befreien, um sich etwas von der Seele zu reden, mit dem Wunsch, daß nie ein Mensch diese Zeilen liest?

Ich kann das für mich noch nicht beantworten. Es ist zu früh.

Alles ist noch zu früh.

Vielleicht, wenn ich es geschafft habe, die Pläne meines Schwiegervaters zu vereiteln, vielleicht dann, weil ich dann meinen Sieg feiern kann. Sie wollen Mallorca verändern. Fit machen, wie sie sagen, für das dritte Jahrtausend.

Ich finde Mallorca so, wie es ist, schon fit genug.

Aber sie sagen, ohne Visionen ist ein Land verloren. Spanien braucht Visionen.

Es sind Visionen, mit denen man reich wird und mächtig.

Felipe sagt, daß sein Vater als Berater des Wirtschaftsministers berufen wurde. Er soll die Entwicklung Mallorcas voranbringen. Niemand kann sich darunter etwas vorstellen, aber alle finden es gut. Die Entwicklung voranbringen.

Doch was heißt das? Was ist da vorn, wo wir hinsollen?

Ich arbeite daran, mir ihre geheimen Pläne zu verschaffen. Was ich erfahre, sprengt alle Dimensionen. Sie wollen ein Silicon Valley aus dem Es Pla machen. Sie wollen High-Tech nach Mallorca bringen, eine hochsensible Technologie. Im ganz großen Stil, versteht sich. Tausende von Arbeitsplätzen für Computerspezialisten aus der ganzen Welt.

Auf dem Boden, der früher meiner Familie und jetzt Jaume Sureda gehört. Das soll ein Zufall sein?

Welch grandioses Teufelsspiel treibt er da. Und Felipe hilft ihm dabei. Und schämt sich nicht.

Heute, an meinem ersten Hochzeitstag, werde ich ihm eine E-Mail schicken. Lieber Schwiegervater.

Ich werde mich für die Gardenien bedanken. Und ihm schreiben, daß er mir keine mehr schicken soll, nicht zu meinem Geburtstag, nicht zum Hochzeitstag.

Und ich werde Felipe schreiben, daß er mit mir nicht rechnen kann. Was immer er treibt, er muß es auf eigene Rechnung tun. Ich habe für mein Leben andere Ziele als Reichtum und Macht. Mir geht es nicht darum, zu verändern. Ich möchte schützen und erhalten. Wir passen nicht zusammen, Felipe.

Ich werde hier bleiben. Dieses Land, diese Mauern halten mich fest. Ich spüre, daß ich hier bleiben muß.

Felipe weiß noch nicht, daß ich seine Pläne bekämpfen werde. Von hier aus. Mit meinem kleinen Computer, meinem Fax, meinen E-Mails werde ich den Kampf gegen die Giganten aufnehmen.

Die Chancen stehen nicht schlecht. Mein Professor hat mir während des Examens Hartnäckigkeit, Sturköpfigkeit und Starrsinn attestiert. Und genügend Intelligenz.

Sie können schaffen, was Sie wollen, hat er gesagt. Sie sind stark. Heute weiß ich, daß er recht hat.

Heute vor einem Jahr haben wir nach der Musik der Dos Gardenias einen Bolero getanzt. Wir haben immer nur die ersten beiden Strophen gesungen. Ich werde Felipe eine E-Mail schicken mit der letzten Strophe:

> *Pero si und atardecer*
> *Las gardenias de mi amor se mueren*
> *Es porque han adivinado*
> *Que tu amor me ha traicionado*
> *Porque existe otro querer.*

Aber wenn eines Abends
die Gardenien meiner Liebe verwelken,
dann ist es, weil sie erraten,
daß deine Liebe mich betrogen hat,
weil es ein anderes Verlangen gibt.

Und dieses andere Verlangen ist stärker. Es ist die Liebe zu dem Land meiner Familie, es ist die Liebe zu den Chicas, den kleinen Palmen vorn am Tor, die Liebe zu meinen Feigenbäumen und den Schweinen, die von den Feigen täglich fetter werden. Es ist die Liebe zu diesem Licht, diesem Ausblick auf die Tramuntana. Zu dem Gebimmel der Schafherden und dem Gesang der Lerchen. Es ist eine Liebe, Felipe, die stärker ist.

Alles beginnt mit der tragischen Liebe zwischen Rosa und Esteban. Aber als Rosa bei einem Attentat ums Leben kommt, bricht nicht nur für Esteban eine Welt zusammen – ihre mit dem zweiten Gesicht begabte kleine Schwester Clara hat den Tod Rosas kommen sehen. Von Schuldgefühlen geplagt, beschließt die Zehnjährige, von nun an immer zu schweigen. Der vor Schmerz wie gelähmte Esteban zieht sich auf das verfallene Landgut der Familie zurück. Nach zwanzig Jahren harter Arbeit wird er zurückkehren, um »Clara wieder zum Leben zu erwecken« ...
Der Erfolg dieses großen Romans verdankt sich dem hinreißenden Erzähltemperament Isabel Allendes: Souverän, mit Phantasie und Witz, mit Zärtlichkeit und Ironie malt die Autorin das große bunte Tableau einer Familie über vier Generationen hinweg.

Isabel Allende

Das Geisterhaus
Roman

»Ein Roman, wie es ihn eigentlich schon gar nicht mehr gibt. Ein Roman prall von Geschichte.«
El País

Econ | ULLSTEIN | List